二人のキャプテン

ДВА КАПИТАНА

Вениамин Александрович Каверин

ヴェニアミン・カヴェーリン

入谷 郷 訳

郁朋社

二人のキャプテン／目次

第一部　子供時代

第二部　何か思うところがある

第三部　古い手紙

第五部　愛情のために

第七部　別離　カーチャ・タターリノヴァの話したこと

第八部　闘い、探し求める　サーニャ・グリゴーリエフの話したこと

主な登場人物

アレクサンドル・グリゴーリエフ（サーニャ）……幼時に両親を亡くし、N市からモスクワに行き、極地の飛行士となる。

エカテリーナ・タターリノヴァ（カーチャ）……タターリノフ船長の娘。

ピョートル・スコヴォロードニコフ（ペーチャ）……幼時からのサーニャの親友、サーニャと一緒にモスクワに行き、画家となる。

アレクサンドラ・グリゴーリエヴァ（サーニャ／サーシャ）……サーニャの妹。

ミハイル・ロマショフ（ロマーシカ）……サーニャの学校以来の友人。カーチャを巡ってサーニャと熾烈な争いをする。

ヴァレンチン・ジューコフ（ヴァーリャ）……サーニャの学校以来の親友。後に生物学研究所の教授となる。

マリヤ・ワシーリエヴナ・タターリノヴァ……カーチャの母親。夫のタターリノフ船長の遭難の後、ニコライ・アントニッチと結婚。

ニーナ・カピトーノヴナ……カーチャの祖母。

ニコライ・アントニッチ・タターリノフ　………サーニャの学校の校長。タターリノフ船長の遭難を巡り、自分の無実を主張。

イワン・イワニッチ医師　…………………………唖だった幼時のサーニャに話し方を教える。病気のサーニャの命を救い、以降サーニャとカーチャの心の支えとなる。

イワン・パーブルィチ・コラブリョフ　…………サーニャの学校の教師。サーニャとカーチャが最も信頼を寄せる人生の師。

スコヴォロードニコフ爺さん　……………………N市のペーチャの父親。後にダーシャおばさんと同居し、判事となる。

ダーシャおばさん　…………………………………N市で幼時からサーニャ、ペーチャの母親代りで愛情を注ぐ。

イワン・グリゴーリエフ　…………………………サーニャの父親。

アクシーニャ・グリゴーリエヴァ　………………サーニャの母親。

ガエール・クリー　…………………………………サーニャの継父。幼いサーニャたちに横暴の限りを働く。

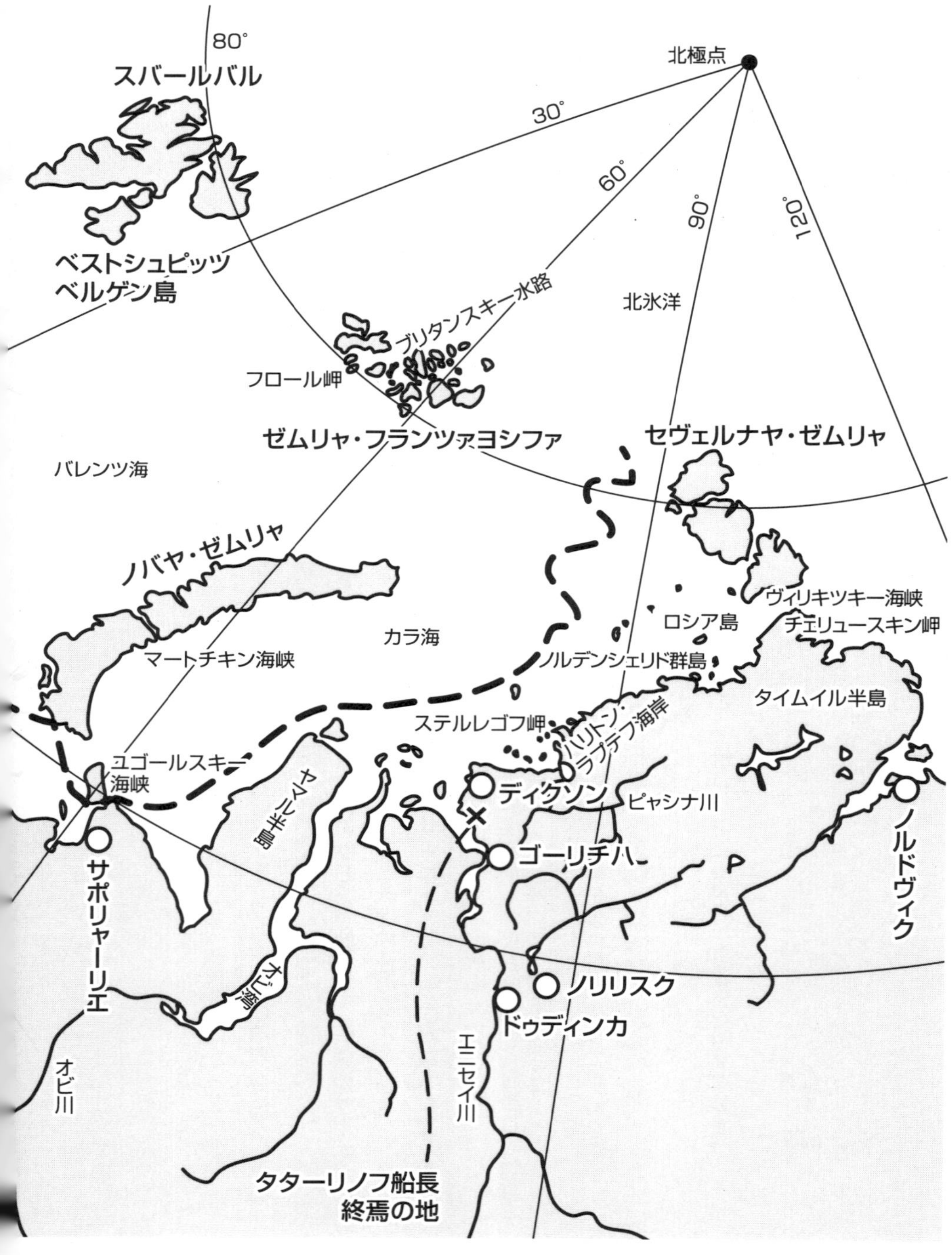

80°
北極点
スバールバル
30°
60°
90°
120°
ベストシュピッツベルゲン島
北氷洋
ブリタンスキー水路
フロール岬
ゼムリャ・フランツァヨシファ
セヴェルナヤ・ゼムリャ
バレンツ海
ノバヤ・ゼムリャ
ヴィリキツキー海峡
ロシア島
チェリュースキン岬
カラ海
マートチキン海峡
ノルデンシェリド群島
タイムイル半島
ステルレゴフ岬
ハリトン・ラプテフ海岸
ユゴールスキー海峡
ヤマル半島
ディクソン
ピャシナ川
ノルドヴィク
ゴーリチハ
サポリャーリエ
オビ湾
ノリリスク
ドゥディンカ
エニセイ川
オビ川
タターリノフ船長終焉の地

━ ━ ━ 聖マリヤ号の航路（推定）

1912年6月　ウラジオストックに向けてアルハンゲリスクを出航。
1913年10月　流氷のためカラ海を漂流開始。
1914年4月　航海士クリモフたち、船を降りてフロール岬に向かう。
タターリノフ船長ら、発見したセヴェルナヤゼムリャ島に上陸。

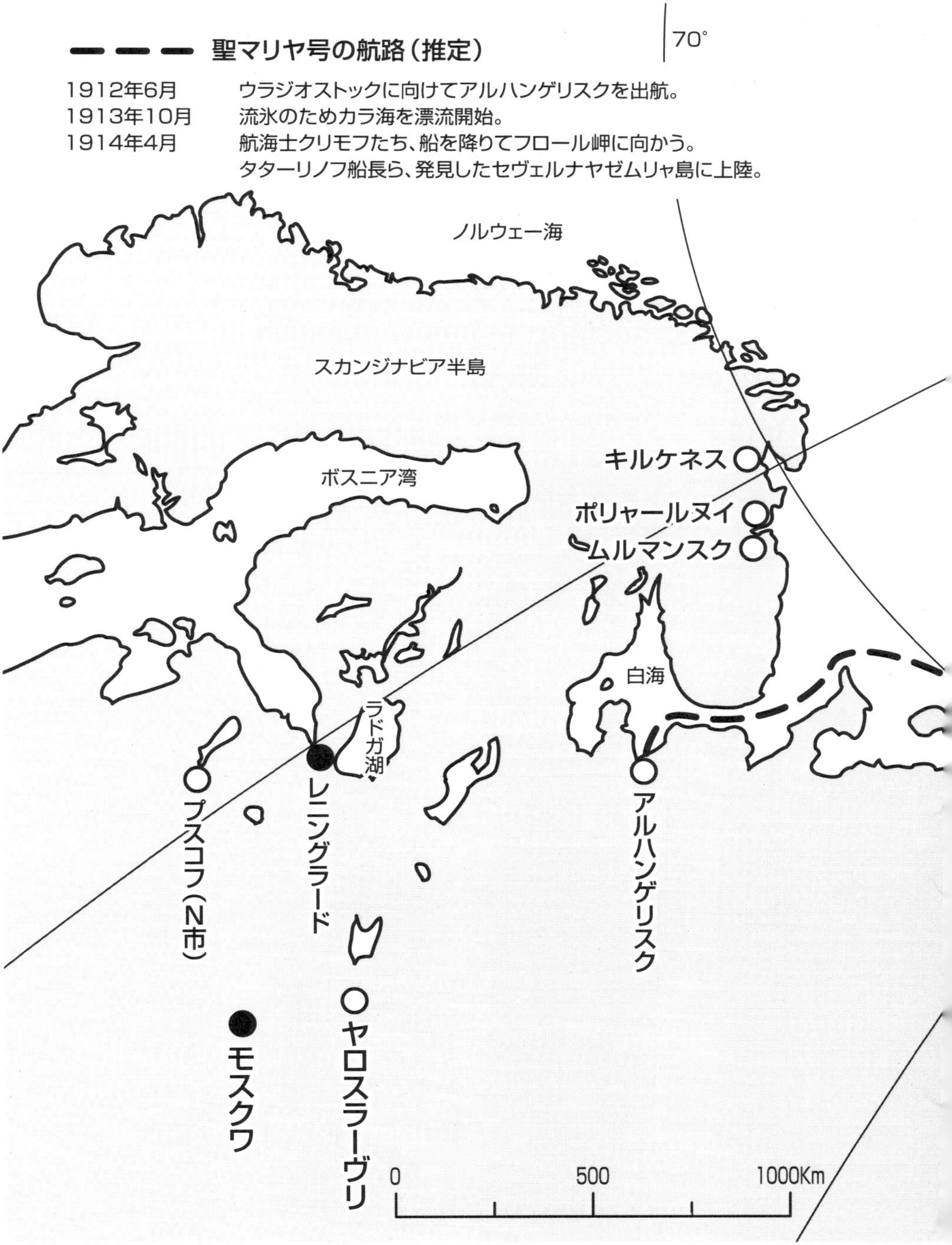

装丁／根本　比奈子

第一部　子供時代

第1章　手紙。

空色のザリガニを探して

柵で囲まれたぬかるんだ広い中庭と低い家々を思い出す。中庭はほんの川べりにあって、春が来る毎に雪解け水が引いた後には、木片だの貝殻だの、そして時としては、そんなものよりはるかに興味深いものが撒き散らされるのだった。そんなある時、ぎっしりと手紙の詰まった鞄《かばん》を私たちは見つけ、その後しばらくすると雪解け水はなんと郵便配達夫本人を運んできて、そっと川岸に残していったのだ。

彼は仰向けに、まるでまぶしい太陽を遮るかのように腕を伸ばしていて、見るからにまだ若く、金髪で、ピカピカのボタンの制服ジャケットを着ていた……多分、最後の配達に出掛ける前、この郵便配達夫は自分の制服のボタンをチョークで磨いていたのだろう。

鞄は巡査が取り上げてしまったけれど、手紙の方は水ぶくれになって、もう何も役に立たないというのでダーシャおばさんが自分で持っていった。でも、手紙はすっかり駄目だった訳ではなかった……鞄は新品の革製で、しっかりと口が閉められていたのだ。毎晩ダーシャおばさんは一通ごとに声に出して、あるときは私だけに、またあるときは中庭の皆に手紙を読んで聞かせた。

それは、とてもおもしろかったものだから、スコヴォロードニコフ爺さんのところに、カジョール遊び（ドミノ遊びの一種）に通っていたお婆さんたちまでが、トランプをやめて、私たちに加わったほどだった。

これらの手紙のうちの一通を、ダーシャおばさんは特に何回も読んだ……それはよく読んだものだから、ついには私はその手紙を空で覚えてしまった。あれからずいぶん時が経ったけれど、私は、まだその手紙を最初から最後の言葉まで覚えている。

拝啓　マリヤ・ワシーリエヴナ様！

とり急ぎお知らせします。イワン・リボーヴィチ船長は元気で生きています。四か月前私は、彼の指示に従って十三名の乗組員とともに船を降りました。まもなくあなたに会えると期待しているので、私たちの流氷沿いのフランツァア・ヨシファ島での苦しい旅のことを話すのはよしましょう。信じられないような災難や困難には、じっと耐えるしかありませんでした。要するに私たちのグループの中で、フロール岬に無事たどり着いたのは私一人だったのです……もっとも、無事にと言っても凍傷にやられた足のことを考えに入れなければの話ですが。

セドフ中尉の探検隊の船、聖フォーカ号が、私を拾って、アルハンゲリスクまで送ってくれました。私は生存者だけれど、そのこと自体を、どうも残念に思わざるを得ないようです。というのも近々、私は手術を受けることになっていて、術後は、足なしで生きていけるかどうか分からない、ただ慈悲深い神様にすがるしかないのです。しかし、このことはあなたに伝えなければなりません。つまり、聖マリヤ号は、カラ海でいまだに凍りついていて、一九一三年十月以来、流氷とともに絶え間なく北へ流されています。

私が船を去ったとき、聖マリヤ号は北緯八二度五五分にありました。北極の流氷のまっただ中で無事でした。いや、より正しく言うなら一九一三年の秋から私が船を去った時まではそうでした。多分、今年のうちに船は氷から解放されるもようですが、私の考えでは、おそらくそれは来年になるでしょう……つまりフラム号が氷から解放されたその場所にたどり着くのに、およそそのくらいかかるからです。

残りの食料はまだかなりありますから、来年の十月、十一月まではもつでしょう。いずれにせよ私たちは船の状況が絶望的になったために船を降りたのではないということだけは、あなたにはっきり申し上げます。もちろん、私は船長の指示を実行しなければなりませんでしたし、船を離れるということが私の願いに叶《かな》っていたことを隠しはしません。私が十三名の乗組員とともに船から退去したとき、イワン・リボーヴィチは私に、今は亡き海図局長あての封書と、あなたへの手紙を託しました。私はそれらを郵便で出すという危険を避けることにします。というのも、たった一人の生存者である私の正直な行動を証明できる証拠となるものはすべて大切に扱いたいからです。だからあなたにお願いがあるのですが、その封書と手紙を受け取りに人を寄こすか、あるいはあなたがご自分でアルハンゲリスクまで出向いて来て頂きたいのです。というのも、向こう三か月は、私は病院で過ごさねばならないからです。ご返事をお待ちしております。

心を込めて……敬具

遠洋航海士　イー・クリモフ

宛名は水で濡れていたが、にもかかわらず読むことができた。というのも、宛名は、分厚い黄色になった封筒に、手紙と同じ活字体の立体で書かれてあったから。

多分、この手紙は私にとっては何か祈りにも似たものになっていた……毎晩、父が帰ってくるのを待ちながら、その手紙を心の中で繰り返していた。

父が、桟橋から帰ってくるのは遅かった。桟橋には汽船が今や毎日入ってきて、以前のような麻やライ麦でなく、弾薬や大砲の部品の入った重い箱を積み込んでいた。父は太って、ずんぐりしていて、口髭をはやし、小さなラシャのつばなし帽子を被り、防水布のズボンをはいて……そんな風采で戻ってくるのだった。母はしゃべりまくるのに、父は黙々と食べ、時おり咳払いをするだけで、口髭を拭うのだった。それから父は子供たち……私と妹を両腕に抱えてベッドに横になった。父からは大麻の匂いがしたり、時にはリンゴやライ麦の匂い、さらに時として何かひどい悪臭の機械油の臭いがした。そして私は、これらの臭いのせいで、だんだん退屈な気持ちになったのを覚えている。

父と並んで横になりながら過ごした、まさにあの不幸な夜に、私は、私を取り囲むすべてのものに初めて意識的に判断を下すようになったようだ。新聞紙を貼りめぐらせた低い天井と、窓の下の大きな破れ目からは冷気が漂い、川の匂いがする、そんな小さな狭い部屋……これが私たちの家。藁をいっぱい詰めた二個の袋の上で、床に眠っている、黒髪のほどけた美しい黒い目の女の人……これが私の母。つぎはぎの毛布の下から突き出た小さな子供の足……これが私の妹の足。ダブダブのズボンをはいて、寒さで震えながら寝床から降りてこっそりと中庭にトイレに出ていく、痩せた黒髪の少年……これが私。

ずっと以前から、手ごろな場所として選んであった〝壁穴蔵〟には、ロープや束にされた枯枝まで用意されていた。でも、空色のザリガニ捕りに必要な、腐った肉切れだけはなかった。

川底は色々な模様をしていて、ザリガニはその色に合わせて、黒や緑、黄色い色になっていた。こういうザリガニは蛙や焚き火でやって来るのだが、空色のザリガニだけは、腐った肉にしかやって来ないと、少年たちは皆固く信じていた。昨日は結局運が良かった。私は母のところからひと切れの肉をこっそり頂戴して、日向《ひなた》にそれを一日中置いておいた。今や、もう腐っているはずだ。それを確かめるのに、手でつかんだりしなくてもよい、きっとすごい臭いがするから……

私は、〝壁穴蔵〟まで川岸沿いに急いで走っていった。そこには焚火用の束ねた枯枝があった。遠くに塔が見える。こちら岸がポクロフスカヤ塔、向こう岸にスパスカヤ塔……そこには戦争が始まったとき、皮革製造の軍の倉庫が建てられていた。親友のペーチカ・スコヴォロードニコフは、スパスカヤ塔には以前悪魔が住んでいて、彼自身、悪魔たちがこちら岸に川を越えて来るのを見たんだと言い張った。……こちらに渡って渡し舟を沈め、ポクロフスカヤ塔に住み始めたというのだ。ペーチカはこうも言った……悪魔たちは煙草が好きで大酒飲みで、そして三角頭をしていて、彼らの中には跛《びっこ》が多い、なぜなら彼らは天から落ちてきたものだからと。ポクロフスカヤ塔で彼らは数を増やし、天気のよい日には川に出て、煙草を盗むのだった……その煙草は漁師たちが漁の無事を祈って網に結びつけていたものなのだ。

小さな焚火を起していて、ポクロフスカヤ塔の要塞の〝壁穴蔵〟の中に黒い、痩せた人の姿を見つけたとき、ひとことで言って、私はそれほど驚きはしなかった。

「おい、小僧っ子、ここで何をしてる？」

その悪魔は、まるで人間のように尋ねた。

もし声を出すことができたとしても、私は全く答えられなかっただろう。私はただ彼を見て震えていた。

このとき雲間から月が出てきて、皮革製造の倉庫を囲んだ向こう岸を歩いている守衛が見えた……大柄で太ってどっしりして、ライフル銃が背中から突き出ている。

「ザリガニを捕っているのか？」

彼はひらりと下に跳ねてきて、焚火のそばにちょこんと座った。

「おい、いったいどうして黙ってるんだ？」

彼は厳しく尋ねた。

ちがう、こいつは悪魔なんかじゃない！　それは、帽子のない痩せた人間だった……細いステッキを持っていて、それでしじゅう自分の足を軽く叩いている……

私は顔をよく見なかったけれど、そいつは上着を裸の体の上に着ていて、さらにシャツをマフラー代りにしているのに気付いた。

「この野郎、何で俺と話ができないんだ？」

彼は、私をステッキで突いた。

「さあ、返事をしろ、返事をするんだ、さもないと……」

立ち上がらずに彼は私の足をつかみ、自分の方に引きずり始めた。私は口をもぐもぐ言わせた。

「ええっ！　お前はしゃべれないのか！」

彼は私を放して、ステッキで炭をときどき動かしながら、長いこと座っていた。

「まったくすばらしい町よ！」

彼は憎しみを込めて言った。

「どの中庭にも犬ども、巡査の奴らは人で無し、忌々しいザリガニ食いたちめ！……」

とうとう彼は怒鳴り始めた。もし私が一時間後に何が起るかを分かっていたなら、口の利《き》けない私は、誰にも言葉を伝えることはできないけれども、彼の話したことを覚えていようと努めていたことだろう。彼は長いこと怒鳴っていて、さらに焚火に唾《つば》を吐いたり、歯ぎしりさえした。それから、頭を後ろに反り返らせ、膝を腕に抱えながら沈黙した。私はちらりと彼の方を見た。もし彼がそのように不機嫌でなかったなら、彼のことを気の毒な気持ちにもなっていただろうに。

突然そいつは跳び上がった。いくらもしないうちに彼はもう浮き橋の上にいた……その浮き橋は、最近兵士たちがつくったもので、彼はしばらく向こう岸に見え隠れしていて、消えてしまった。

私の焚火は消えていたが、もうかなりの数つかまえていたザリガニの中に、空色のザリガニは一匹もいないことは、焚火なしでもはっきり分かった。ふつうの黒いザリガニ、それもそんなに大きくないものは、ビヤホールで二匹で一コペイカで買い取ってくれた。

寒い風が、どこからか後ろの方から漂い始め、私のダブダブのズボンは風でふくらみ、私は凍えそうになった。もう家に帰る時間だ。肉のついたロープを最後に川に投げ入れたその時、私は向こう岸を守衛が斜面を下の方に走っていくのを見た。スパスカヤ塔は川面の上に高く立っていて、そこから川岸に向かっては、岩の窪みに一面に覆われた斜面になっていた。

明るく照らしている月光で、その斜面には誰も見えなかったのに、守衛はなぜか止まらずにライフル銃をはずした。

「止まれ！」

守衛は発砲せずライフルの遊底をカチャリとさせただけだった。そしてこの瞬間私は向こうの浮き橋の上で、彼が誰を追いかけているのかが分かった――ここは、とても気を付けながら書いている。というのも、その誰かが一時間前、私の焚火のところに座っていたあいつであったかどうか、今となってはもう断言はできないから。しかし、私は自分の前にこんな光景を見ていた気がする。つまり、私から浮き橋のはしけまで、まっすぐに放射状に月光が広がっている静かな川岸と、その橋の上を走っている二人の人間の長い影を……

太った守衛は苦しそうに走り、一度はひと息つこうと立ち止まったりした。しかし、前方を走っている人間は、見たところもっと苦しそうだった。というのも、彼は突然手摺《てすり》のところにしゃがみ込んだのだ。守衛は彼に走り寄るや悲鳴をあげ、急に後ろに体をのけぞらせた。多分、下から守衛を刺したのだろう。彼は、下にゆっくりずり落ちていきながらも、なお手摺に覆いかぶさっていて、一方、殺人者はもう要塞の外壁の向こうに消えていた。

何故だか分からないが、この夜は浮き橋を見張っている人間は誰もいなかった。つまり、見張り小屋は空で、まわりには誰もいなくて、その守衛だけ……手を前に突き出して横たわっているのだった。

大きなカーフ皮（青い雌牛の皮）が、彼のすぐ近くにころがっていて、恐怖で震えながら彼に近付くと、守衛はゆっくり欠伸《あくび》をした。何年もたった後、私は多くの人々は死に臨んで、欠伸をするものだということを知った。それから守衛はほっとしたかのように大きく溜息をついて、それからすべてが静かになった。

どうしていいか分からず、私は彼の上に身を屈《かが》め、そして見張り小屋に走った。ところが、そこは期待はずれの空だと分かり、また再び守衛のところに戻った。私は、叫ぶことさえできなかった。それは、私がその時口が利《き》けなかったからではなく、ただただ恐ろしかったためだった。

すると、なんと岸辺から人の声が聞こえてきて、私はザリガニを捕っていた元の場所に跳び降りていった。こんなに速く走ったことはこれまでなかった……胸がチクチク痛み、呼吸が止まりそうだった。私はザリガニを草で蓋《ふた》をすることができなくて、その半分を家にたどり着くまでに次々に失くしてしまった。しかし、その時はザリガニどころではなかったのだ。

心臓が早鐘のように打ちながら、私は静かに戸を少し開けた。私たちの唯一の部屋は暗く、皆静かに眠っていて、誰も私が出掛けたことも、戻ってきたことも気付かなかった。少しして私は、父の横の以前の場所に横になった。しかし、ずっと長い間寝入ることはできなかった。目の前には、あの月明かりの浮き橋や、二人の走っていく長い影が浮かぶのだった。

第2章　父

翌朝、私には残念なことが二つあった。一つは母がザリガニを見つけて、それをみんな煮てしまったのだ。こうして、私の二十コペイカ——それで、川カマス釣りの新しい釣針とルアーが買えたのに——が無くなってしまった。二つ目は電気工用のナイフを失くしてしまったこと。本当のことを言えば、そのナイフは父のものだったのだが、刃が折れてしまい、父はそれを私にくれたのだった。私は家の中も、中庭も、すべて調べてみたけれど、このナイフはどこかに消えてしまっていた。

　こうして大騒ぎしているうちに、父にお昼を届けるため桟橋に行かなくてはならない十二時になってしまった。それは私の仕事だったが、私はそれをたいへん誇りにしていたのだ。

　桟橋は、今は向こう岸にあって、こちら側は菩提樹の並木道——その木は、私たちの町で長いことお気に入りの木だったのだが——になっていた。しかし、私が父にキャベツスープの鍋の包みとじゃがいもを持っていったあの日、並木道のところには、労務者のためにつくられた見世物小屋が建っていた。要塞の外壁に沿って、ライ麦の俵や袋がピラミッド型に積まれており、艀《はしけ》（荷船）から岸には、広い板が掛け渡されていて、荷役労務者の叫ぶ声が聞こえた。

《おい、気をつけろよ！》——一人ずつ、荷物でいっぱいの手押しの一輪車をころがしていた。

　私は桟橋の水が、油の散った真珠色の斑点になっていたこと、それに係留ロープをひっかける磨《す》り減った杭、さらに、魚やタールや莚《むしろ》の混じった臭いを思い出す。

　私が着いたときは、皆まだ働いていた。一輪車が板の間にはまり込み、船縁《ふなべり》から岸までのすべての動きが止まっていた。後ろの者たちが叫び罵《ののし》り声をあげ、二人の労務者が滑り落ちた一輪車を轍《わだち》に置こうと努力しながら、鉄梃《かなてこ》の上に横になっていた。父は、あわてずに彼らの回りを歩いていた。彼は何か言って身を屈めていた……大柄の、髭のある丸顔の、肩幅の広い、重く厄介《やっかい》な一輪車を容易に運び上げる父——こんなふうに私は彼のことを覚えている。そして、このような父を見るのは、これが最後だったのだ。

　父は昼食を食べ、その間中、私を時々見ていた——《どうだい、サーニャ？》桟橋に太った警察署長と三人の巡査が登場したのはその時だった。一人の巡査が、《おじさん》——協同組合長をそう呼んでいた——と叫んで、何か彼に話をした。《おじさん》は、あぁと言って十字を切った。そして彼ら全員、私たちの方にやって来た。

「あんたがイワン・グリゴーリエフかね？」

　署長がサーベルを背に回しながら尋ねた。

「そうだ」

「彼を連行しろ！」

署長は叫び、真っ赤になった。

「彼を逮捕する」

皆が騒ぎ出した。父は立ち上がり、皆がシンとした。

「何のために？」

「黙れ、捕えろ！」

巡査たちは父に近付いて、両腕を取って捕えようとした。父が肩を揺り動かしたので、彼らは飛び退いて、一人の巡査がサーベルを取り出した。

「だんな、これは一体どういうことで？」

父は尋ねた。

「何のために、私を連行なさるんで？　私は素性はこの通り、皆私のことは知ってまさぁ」

「いや、おまえ、まだ皆知っちゃいないよ」

署長は反論した。

「お前は強盗だ……ひっ捕えろ！」

また巡査たちが父に近付いた。

「この馬鹿、ぶっそうなもの振り回すんじゃないよ」

サーベルを抜いた巡査に、父は小声でもごもご言った。

「だんな、私は家族持ちでして、この桟橋で二十年間働いていています。私が何をしたって？　何のために私を連行するか、すべて分かるように皆に話して下さい。そうしないと、本当に私が強盗だと皆が思ってしまいまさぁ」

「ふん、聖人気取りしやがって」

署長が叫んだ。

「お前のことはよく分かっているんだ！　さあ！」

巡査たちは手間取っているようだった。

「そら、早く！」

「待って下さい。だんな、自分で行きますから……サーニャ……」

父は私の方に身を屈めた。

「サーニャ、お母さんのところに走って伝えるんだ……ああ、そうかお前は……」

彼は、私が口が利《き》けないと言いたかったが、しかし、踏みとどまった。彼は、私がいつかまた話ができるようになると望みを持っているかのように、一度たりともその言葉を言わなかったのだ。彼は黙って振り返った。

「イワン、息子さんとちょっと行ってくるよ」

組合長は言った。

「心配しないでいいから」

「行ってくれ、ミーシャおじさん、ほらここに……」

父は三ルーブルを取り出して組合長に渡した。

「彼女に渡してくれ、じゃあみんな、さようなら」

全員が声をそろえて返事をした。

彼は、私の頭を撫《な》でて言った。

「泣くな、サーニャ」

でも、私は泣いていることさえ、分からなかった。

今でも思い出すと怖くなるのは、父が連行されたと知った時の母の様子だ。母は泣かなかった。その代り《おじさん》が出ていった途端、ベッドに座り歯を食いしばり、頭を壁に強くぶつけたのだ。私と妹は大声で泣き出したけれど、母は振り返りもしなかった。何かつぶやきながら、母は頭をぶつけていた。それから立ち上がり、ショールを羽織り、出ていった。

ダーシャおばさんは、一日中、私たちのところで家事をしていた。私たちは寝ていた。つまり妹は寝ていたけれど、私は目を開けて横になってあれこれ思っていた。まず、みんなに別れを告げている父のこと、それから太った警察署長のこと、それに県知事の庭で私が見たセーラー服の彼の小さな息子のこと、それからその子が乗り回していた三輪車——私にあんな三輪車があったらなぁ——そして、結局、母が帰ってきた時は、もう何も考えていなかった。母は、痩せた暗い顔色をして戻ってきて、ダーシャおばさんは母に駆け寄っていった……

何故か分からないが、私は突然、巡査たちが父を切り殺すのを想像した。そして少しの間身動きできないで横になっていた——悲しみで我を忘れ、なんの言葉も聞こえなくなって。それから、いや父は生きている、だけど母は父に会うのを許されないのだと分かった。

母は父が殺人の廉《かど》で逮捕された……夜中、浮き橋のところで守衛が殺された……と三回言っていた。そして私は気付いたのだ。夜中……それは昨晩のこと、守衛……それはまさにあの守衛のこと、浮き橋……それは、手を伸ばして彼が横たわっていたまさにあの浮き橋であると。私は跳び上がり、母に身を投げ出して叫んだ。母は私を抱擁した。多分、私が脅《おび》えていると思ったのだろう。しかし、私はもう《話》をしていた……私が口を利《き》けたらなあ！

私はすべてを話したいと思った。きっぱりとすべてを……ペシャンカ川でザリガニを捕るためこっそり抜け出していたことも、要塞の外壁の穴蔵に現れたステッキを持った黒い人間のことも、彼が怒鳴って歯ぎしりをし、それから焚火に唾を吐いて去っていったことも……。でも、やっと二、三の聞き取りにくい言葉を話せる八歳の子供にとって、それはあまりに難しいことだった！

「子供たちは気が動転してるのさ」

私が、今やすべてがはっきりしたと思いながら黙って母を見ていると、ダーシャおばさんは溜息をつきながらそう言った。

「いいえ、この子は何か話したいの。お前何か知っているのね、サーニャ?」

ああ、私が話ができたらなぁ! また私は身振り手振りで話を始めた……母は、他の誰よりも私のことを分かっていたけれど、今回は、彼女でさえ一言も言葉が分かってくれないと、私は絶望的になった。

当り前だ! シャツ一枚で部屋中を走り回りながら、痩せた黒い男を身振りで表現しようと試みるなんて、浮き橋での場面とはなんとかけ離れたものになっていたことか!

父がこの夜、ぐっすりと眠っていたことを見せるためベッドに身を投げ出したり、椅子に飛び乗って、途方にくれたダーシャおばさんの上で、固く握った拳《こぶし》を振り上げたりするのだから……

おばさんは、とうとう私に十字を切った。

「よその子たちに、この子はやっつけられたんだね」

私は頭を振り始めた。

「彼は、お父さんが逮捕されたことを話しているのよ」

母は言った。

「巡査がお父さんにサーベルを振りかざしたことを……そうでしょう? サーニャ」

私は泣き出して、母の膝に首を突っ込んだ。母は私をベッドに連れていった。そして、私は母たちの話を聞きながら、そして自分の不思議な秘密をどうやって母に伝えたらいいかと考えながら、長い間横になっていた。

第3章 奔走

母が翌朝発病していなければ、それでもなんとか私の話を伝えることができていただろう。母は、普段から奇妙なところがあったが、そんなにおかしな母を私は一度も見たことはなかった。

これまでも、母が突然何時間も窓辺に立っていたり、夜中に飛び起きて、寝間着一枚で朝までテーブルに座っていたりしだすと、父は、母を田舎の実家に数日間連れていき、すると母は健康を取り戻すのだった。

今、父はいない。でも、今回ばかりはこの旅行でも、多分母の病気を治すことはできないだろう。

頭髪を隠そうともせず、素足で母は干し草の上に立っていて、家に誰かが入ってきても顔を向けようともしなかった。ずっと黙っていて、時折りぼんやりと二言三言話すだけだった。

まさに母は、あたかも私を怖がっているかのようだった。私が《話》を始めると、母は痛々しい表情をして耳を塞ぐのだった。何かを思い出そうと努力するかのように、母は手で両目や額をこすった。ダーシャおばさんの説得に答えて顔を向け、黙って黒い恐ろしい眼差しで、じろりとこちらを見た時には、おばさんはひそかに十字を切ったほどだった。

母が正気を取り戻すまで、おそらく二週間くらいはかかった。放心状態のまま母は苦しんでいたが、次第に話し始め、中庭から外に出ていって、仕事をするようになった。今や、ずっと以前より頻繁《ひんぱん》に《夫を救うためにあらゆることをしなきゃ》と繰り返すようになった。

最初はそれをスコヴォロードニコフ爺さんに、彼に続いてダーシャおばさん、それからさらに中庭の皆にまで話した。奔走して救い出さねば！

私はその《奔走する》(フロポターチ)という言葉がセルギエフスカヤ通りの玩具《おもちゃ》の店《エウレカ》と、何か関係があるのかと、なんとなく思っていた……というのも、その店の窓にクラッカー(フロプーシキ)がぶら下がっていたからだ。でもまもなく私は、それは全然別のことだと納得した。

その日、母は私と妹を連れていった。私たちは《役所》に請願書を持っていった。役所——それは高い鉄の塀の向こうの、バザール広場に面した黒っぽい建物だった。

私は何度か役人たちが毎朝役所の建物に入っていくのを見たことがあった。そんな奇妙な考えが私のどこから起ったか分からないが、彼らは、その建物にずっと留まっていて、翌朝、また新しい役人たちが役所に入っていく……その次の朝も、また新しく、そうやって毎日……という風にしっかり信じ込んでいたのだ。

私と妹は、高く薄暗い廊下で鉄製のベンチに長いこと座っていた。守衛たちが書類を持って走り回っていて、ドアをバタバタと閉めていた。やがて母が戻ってくると、妹の手を引っ張って、私たちは走り出した。私たちが入った部屋は仕切りで別々に分かれていて、私には、母が誰と話をして、誰に向かって卑屈そうにペコペコしているのかが見えなかった。でも、私は、そっけない冷淡な声を聞いた。そして、その声は驚いたことに、この世で私一人しか、ちゃんと答えることができないその件について話していたのだ。

書類のページがめくられるさらさらという音まで聞こ

えてくる。

「ええっと、グリゴーリエフ・イワン……、刑罰法典の第一四五四条、故意の殺人……よしと、奥さん、何でしょうかな?」

「お役人様、あの人は無実です。決して殺人なんてしてません」

聞き慣れない、緊張した声で母は言った。

「法廷で審理することです」

私は、もう長い間爪先立ちのままだった……今にも落ちそうなくらいに頭をできるだけ後ろに反らせながら。しかし、仕切りの上から見えるのは、眼鏡をゆっくり揺らしている、長い、痩せ細った指先だけだった。

「お役人様、法廷に請願書を出したいんです。中庭の皆が署名したものですから」

母は改めて言った。

「請願書は、一ルーブルの収入印紙代を払えば提出できます」

「ここでもう払ってあります……お役人様、見つかったナイフですが、彼のものではないんです」

ナイフ!? 私は聞き違えたかと思った。

「そのことに関しては、被告人本人の供述があります」

「彼は恐らく一週間前からそれを失くしていたんです……」

私は、母の唇が震え出しているのを下から見上げていた。

「それなら誰かが拾っているでしょう、奥さん。しかし、法廷が審理することです」

私は、それ以上もう聞いていられなかった。この瞬間、私は何故父が逮捕されたかが分かった。父じゃない、私がそのナイフを失くしたのだ——木製の柄の古い電気工用のナイフを。殺人の翌朝、私が探していたナイフ。私が浮き橋で守衛の上に身を屈めたときに、どうやら私のポケットから滑り落ちたらしいナイフ。ペーチカ・スコヴォロードニコフが、虫眼鏡で私の名前グリゴーリエフを焼きつけた、あのナイフ。

今、このことを思い出しながら、思い始めている……言葉が話せたとしても、それでもやはり役人たちは私の話を信じなかっただろう……あの薄暗い広い部屋の、高い仕切りで区切られたN市役所に座って仕事をしている役人たちは。しかし、あの時!! 思えば思うほど、私は気持ちの上で苦しくなるのだった。つまり、私のせいで父は逮捕され、私のせいで、私たちは今や飢えている。私のせいで、母がまる一年お金を貯めて買った新品の厚ラシャの外套を売ってしまった。私のせいで、母は役所通いをし、あんな聞き慣れない声で話し、あの眼鏡をゆっくり揺らしている、長い、骨と皮ばかりの痩せ細った指をした、私からは見えない役人に卑屈そうにペコペコしなければならないのだ。

あの時ほど、私は自分が唖であることを強く感じたことはなかった。

第4章　田舎

最後の筏《いかだ》が、もう川の下流に流れていった。小さな、ゆっくり動いていく筏の上の小屋の明かりは、私が目を覚ます夜ごとに見えなくなっていった。川はがらんとして、中庭も、家の中も人気《ひとけ》が無くなってしまった。

母は病院の洗濯の仕事で、まだ私たちの寝ている朝から出掛けていき、一方私は、スコヴォロードニコフ宅に直行し、老人が怒鳴るのに耳を傾けるのだった。

鉄製の眼鏡をかけ、白髪で毛深いこの老人は、小さな暗い台所で、低い革製の腰掛に座って、長靴を縫っていた。彼は、時には長靴を縫い、時には網を編んだり、ヤマナラシの薪《まき》から鳥や馬の彫刻品を売り物として彫ったりしていた。この手仕事——彼の出身のヴォルガ地方から持ってきたのだが——を、彼は自称《おしゃべり仕事》と呼んでいた。

彼は、私を可愛がってくれた——多分私が一度も話に反論したりしない、唯一の話し相手だったからだろう。彼は医者や役人や、商人たちの悪口を言った。しかし、特に憎しみを込めて司祭たちを罵《ののし》るのだった。

「人は死ぬ。でも、そのことであえて神に文句を言うだろうか？」

「司祭は言う、否と。でも、私は言う、然りと。では、文句とはいったい何ぞや？」

私は文句とは何なのか分からなかった。

「文句とは、不平・不満でござる。それでは、不平・不満とはいったい何ぞや？　汝に定められたもの以上多くを望むことだ。司祭は言う、それは否と。何故？」

私は、どうしてか分からなかった。

「何故なら、人は大地から産まれ、大地に戻るのだから——だとさ」

彼は、苦々しく笑った。

「でも、その大地に何のご用があるというんだい？　奴さんに与えられた使命なんてそんな大げさなものじゃあるまいよ」

私は、彼のそばに一日中座っていた。私はすべてが気に入っていた。彼が全く私には分からないことをしゃべったり、ひどく錆《さび》ついたような軋《きし》み声で笑ったり、それはもう、なんとも言えない、茫然自失で、思わず彼に見とれてしまうほどだった。

というわけで、もう秋になり、最近は我が家の家計の大切な手助けとなっていたザリガニも穴に隠れ、私の蛙にもそんなにひっかからなくなってきた。私たちは飢えて、母はとうとう私と妹を田舎に送り出すことに決めた。

私は、この田舎への旅行のことをよく覚えていない……というのも、たった今触れたように、あの奇妙な茫然自失……それがちょうどこの時、原因となっていたようだ。子供の頃、私はしばしば見とれたり、夢中になって聞いたりしていながら、ほとんどのことが記憶に残っていない。実に簡単なことがらにも私は感動した。驚嘆で口をポカンと開けて、私は眼前に広がる世界をとらえていたのだ。

今度は私は、汽船の切符の検札をしている少年に見とれていた。二週間前には、彼はただのミーニカと呼ばれ、ペーチカ・スコヴォロードニコフと中庭で一緒にリューハ（投げ石遊び）をやっていた。当然ながら彼は私に気付かなかった。

彼は水夫のボタンのついた青い制服に、《ネプチューン》――それが汽船の名前だった――と刺繍された制帽をかぶり、乗客をぞんざいにちらちら見ながら、階段のところに立っていた。操舵室の中の舵《かじ》をとるための舵手を兼ねた船長の、顎髭《あごひげ》をはやした謎めいた面構え、そして蒸気機関が煙を吐き出す恐ろしいほどの音……これ以上私の心を独占してしまうものは何もなかった。

ミーニカ少年は私を感動させた。そして道中、私は彼から目を離さなかった。ネプチューン号は有名な汽船で、私はそれに乗っていくことにあこがれていた。川で水浴びしながら、船のつくる波に力まかせに突進するため、何度私たちは船を待っていたことだろう！　今となっては、その遊びもすべて消え失せてしまった。暗くなって、顎髭の船長兼舵手が低い声で送話管に《停止、後進》と言うまでは、私は、ミーニカ少年を眺めながら、なんとうっとりしていたことだろう。船尾の下方で水の泡が湧き立って、水夫は彼に投げられたロープを器用につかまえるのだった。

私は一度も田舎に行ったことはなかったけれど、田舎には父の家と、家に付属した敷地があることを知っていた。《お屋敷！》この言葉の下に、単に草ぼうぼうの小さな菜園、そしてその真ん中に何本かの古いリンゴの木という現実が隠されているのを知って、何と失望したことだろう。

父は、この遺産を受け取ったとき、十八歳だった。しかし、彼は田舎に住むようにはならなかった。そして、その時から家は空家になっていた。家は父のものであり、私には、家は父に似ているはず、つまり父のようにゆったり広々としていて、完全であるように思っていた。なんと私は思い違いをしていたことか！

それは小さな家で、昔傾いてしまったのが、そのままの状態で放ってあった。屋根は歪み、窓ガラスは落ちてしまい、一番下の丸太組みは湾曲していた。ロシア式暖炉は火をつけないうちは、見たところ立派だった。煙でくすんだ黒い腰掛が壁に沿って置いてあった。一方の角にはイコンが掛かっていて、その煤《すす》で汚れた板に、誰かの顔がかすかに見られた。（〔訳注〕一九四〇年代当時の検閲の名残と思われる）

どんなにボロであっても、それは私たちの家だった。私たちは、荷物の包みをほどき、敷布団を藁《わら》でいっぱいにして、窓にガラスをはめ住み始めた。しかし、母は私たちとほんの三週間ほど過ごしただけで町に戻っていった。母の代りを引き受けたペトローヴナおばあさんは、父の叔母にあたり、私たちには従妹《いとこ》のおばあさん（大叔母）だった。彼女の白髪の顎髭と口髭には馴染めなかったけれど、彼女は優しいおばあさんだった。

ただ困ったことは、彼女自身が介護を必要としていることだった。実際に冬の間、私と妹は彼女の面倒を見ることになった。つまり、私たちの家より少し立派な彼女の家が、幸い近くだったため、何度も水を運んだり、暖炉を焚いて暖めたりしたのだった。

あの冬に、私は妹と特に親しくなった。彼女は、これから八歳になるところだった。私たちの家族は皆黒髪だったのに、彼女は明るい金髪で、三つ編みのお下げに青い目をしていた。私たちは皆口数が少なく、特に母はそうだったのに、妹だけは、目が覚めるとその瞬間からおしゃべりを始めるのだった。私は彼女が泣いているのを一度も見たことはなかったけれど、彼女を笑わせるのは訳は無かった。

私と全く同じく、妹もサーニャと呼ばれていた。つまり私は、アレクサンドル、妹はアレクサンドラだった。ダーシャおばさんは彼女に歌を教え、彼女は毎晩、とても長い歌を、大真面目にすごい甲高い声で歌うものだから、みんな大笑いして聞くのだった。

しかし、ほんの七歳で何と器用に家事をやっていたことだろう。とはいえ、その家事は質素なものだった。屋根裏の一方の隅にはじゃがいも、もう一方の隅にはサトウダイコン、キャベツ、玉葱、そして塩が置いてあった。黒パンをもらいに、私たちは、ペトローヴナおばあさんのところに通ったものだ。

こうして、私たち二人の子供は、雪に覆われた人気のない田舎の、がらんとした家で生活していた。毎朝、私たちはペトローヴナおばあさんのところへの雪道を踏みしめるのだった。でも、夜だけはとても恐ろしかった。つまり、降る雪の柔らかい音さえ聞こえそうな静けさの中で、突然煙突で風がゴーッとすごい唸り声をあげるのだった。

第5章　イワン・イワニッチ医師。話し方を学ぶ

それはある晩のこと。おしゃべりな妹が最後の言葉を発し沈黙したばかりの時、寂しい静けさの中、例の煙突から唸り声が聞こえる、いつものように私たちが寝入ったちょうどその時だった。私は窓をコツコツ叩く音を聞いたのだ。

それは背の高い、顎髭の、毛皮の半オーバーに防寒帽の人間で、あまりに凍えていたので、私がランプに火をつけて、彼を家に入れた時、彼は自分でドアを閉めることさえできない有様だった。ランプの明かりを手で遮りながら私は、彼の鼻が完全に真っ白であることに気付いた。彼は、背負い袋を下ろそうと体を曲げて、突然床に座り込んだ。

今、こうして、この小説を書いているのは彼の御蔭なのだが、最初に私たちの前に現れたときの彼は、死ぬほど凍えていて、ほとんど四つん這いで私たちのところに飛び込んできたのだった。震える指を一生懸命口に当てながら、彼は床に座って、大きく息をしていた。私は、毛皮の半オーバーを脱がせ始めた。彼は何かつぶやいて、失神して脇に倒れてしまった。

私は一度だけ、母が失神して、ダーシャおばさんが母の口に息を吹きかけていたのを見たことがあった。全く同じようにこの私も行動した。私の客人は、暖かい暖炉のそばに横たわっていて、私は自分の頭がぐるぐる回り出すくらい、全く無我夢中で息を吹きかけたのだけれど、結局、彼に役立ったのかどうか分からない――ともかく、彼は意識を回復し、座ってむさぼるように体を暖め始めた。

彼の鼻は元に回復した。彼は、私が彼のコップに暖かい湯を注ぎ入れた時、微笑《ほほえ》もうとさえした。

「君たち、ここで二人きりなのかい？」

妹のサーニャが「二人よ」とだけ言ったと思ったら、彼はもう眠っていた。そんなに早く眠ってしまったので、私はぎょっとした。死んだんじゃないか？しかし、彼は返事するかのように鼾《いびき》をかき始めた。

翌日には、彼は完璧に意識を回復した。私が目覚めたとき、彼は暖炉の上の寝床に妹と並んで座って、話をしていた。妹はもう、彼がイワン・イワニッチという名前で、道に迷ってしまったこと、そして、彼のことを誰にも話してはいけない、そうでないと恐ろしい《鉤棒《かぎ》（ツグンジェール）で彼は捕まえられ》てしまう――そんなことをもう知っていた。

正直言って、このツグンジェールの正確な意味を知らないのだけれど、私と妹はすぐに、この人にはある危険が差し迫っていることが分かり、約束はしないけれど、彼のことは誰にも、どんなことがあっても一言も話さないと決心したのを覚えている。もちろん口の利《き》けない私の方が、おしゃべりの妹より黙り通すのは、より簡単なことだった。

イワン・イワニッチは、自分の手を下に敷いて暖炉の上の寝床に座って聞いていた。一方妹はしゃべりまくっていた。もう、すべて話されていた。つまり、父が刑務所に連行されたこと、私たちが請願書を出したこと、母が私たちをここに連れてきて、町に戻っていったこと、私は口が利けないこと、ペトローヴナおばあさんは井戸から二つ目の家に住んでいて、彼女には、少し小さくて白髪だけれど顎髭《あごひげ》があることまで。

「ああ、君たち何て可愛いんだ！」

イワン・イワニッチは言い、軽やかに寝床から飛び降りた。彼は明るい色の目をしていて、顎髭は黒く、滑らかだった。初めのうち、彼が腕をとても必要以上に動かすのを私は変に思っていた。つまり、たった今頭越しに自分の耳をつかんだと思ったら、足の裏を掻いたりするのだった。でも、じきに私は彼に慣れてしまった。話をしながら彼は突然手で何か物をつかんで、それを下から投げたり、手の上に立てたり、曲芸師のようだった。

最初の日から、彼は私たちにたくさんのおもしろい遊びを見せてくれた。彼はマッチと樹皮、それに玉葱一個で、猫に似たおかしな獣のようなものをつくり、さらに、パンの柔らかい中身でハツカネズミをつくり、そうして猫がネズミをつかまえると、本物の猫のようにごろごろと喉《のど》を鳴らしてみせるのだった。彼は手品も見せてくれた。時計を飲み込んだかと思うと袖からそれを取り出して見せた。彼は私たちに、じゃがいもを箸《はし》で刺して焼くことも教えてくれた——要するに、彼が私たちのところで過ごしたこの数日間、私と妹は退屈することはなかった。

「君たち、私は医者だから……」

あるとき彼は言った。

「誰か病気の人がいたら言いなさい。すぐに治してあげるから」

私たちは健康だった。しかし彼は何故か、病気の娘のいる村長のところには行こうとしなかった。

《そりゃ、こんな立場にいれば
　とっても恐いものさ
　改宗を迫る拷問に
　修道士が連れていかないかとね》（村長が警察に密告することを暗示している）

彼はこう言って笑うのだった。

彼から私は初めて詩というものを聞いた。彼はしばしば詩で話をし、詩を歌いさえした。そして暖炉の火の前にトルコ人のようにあぐらをかいて、眉毛を上げながら詩をつぶやくのだった。

はじめのうち、私が彼に何も質問することができないのを彼は気に入っているようだった。特にそれは彼が夜ごと、外の雪を踏みしめるいろいろな足音に目覚め、肘をついて、聞き耳を立てながら長いこと横たわっている時、あるいは彼が屋根裏に身を隠して、暗くなるまでじっとしている——確か、聖イーゴリの祭日だったが、一日中そうやって過ごしていた時、あるいは彼がペトローヴナおばあさんと知り合いになることを断った時だった。

しかし、二日が過ぎ、彼は私が啞であることに関心を持ち始めた。

「君は、どうしてしゃべらないの？　しゃべりたくないの？」

私は黙って彼を見た。

「僕は思うんだけど、君は話さなければ駄目だよ。君は聞こえている——だから話さなければいけない。すっかり聞こえているのに口が利《き》けない——これは、ねえ君、とてもまれなケースだよ、君は聾啞者でいいのかい？」

私は頭を振り始めた。

「そうだね、だからしゃべれるようになるよ」

彼は背負い袋から何かの器具類を取り出して、明るい日の照った日だったけれど、光が少ないことを残念がり、そして私の耳にその器具を入れた。

「耳はブルガリス（ラテン語で普通の）だね」

彼は嬉しそうに宣告した。

「耳は正常だよ」

彼は隅の方に遠ざかると、声をひそめて《ばか》と言った。

「聞こえた？」

私は笑い出した。

「犬みたいによく聞こえているね」

彼は、口をポカンと開けて私たちを見ていた妹に目配せした。

「たいへんよく聞こえているよ、だから君、どうしてしゃべらないの？」

彼は二本指で私の舌をつかみ、それをグイと引っ張り出したものだから、私はびっくりしてしゃがれ声を出した。

「君はすばらしい喉《のど》をしているよ、シャリャーピン張り（（訳注）一八七三―一九三八年ロシアを代表するバス歌手）のね、ほんとに」

彼は一分くらい私を診察していた。

「ねえ君、練習をしなきゃいけないね」

彼は真面目に言った。

「君は自分の中で何か話すことができるかい？　頭で考えてだよ」

彼は、私の額を叩いた。

「頭でだよ、分かるかな？」

私は、《ダー（はい）》と、もぐもぐ言った。

「なんだって、え？　声に出して。できる限りすべて声に出して言うんだ。さあ、言って《ダー》と」

私はほとんど何も言えなかった。しかし、それでも発音した。

《ダー》

「すばらしい！　もう一回」

私はもう一度言った。

「今度は口笛吹いて」

私はひゅうという音を出した。

「それじゃ、《ウー》と言って」

私は言った。

《ウー》

「うーん、何て怠け者なんだい！　私について繰り返すんだ……」

彼は、私が頭の中でいつもしゃべっていることが分からなかった。それは疑いないことで、だからこそ、私の幼い時のことがはっきり記憶に残っているのだ。しかし、唖の私にとって《エー》《ウー》《イー》のような、これらすべての発音はとても無理なことだし、唇や舌の動かし方、それに最も簡単な言葉さえもつっかえてしまう喉を、どうやって動かすのか皆目分からないことだらけだった。

　私は彼の後について繰り返すとき、主に母音の個々の音はうまく発音できたのだが、それらを一つに合わせ、よどみなく発音するとなると、《吠えるんじゃない》——彼はこう私に命じていたのだけれど——まさにそれが問題だった。

《ウファ(耳)》《ママ》《プリター(竈《かまど》)》の三語だけはすぐに発音できるようになった。それはこういうこと——母が話したところによると、私は二歳でもう話し始めていたのだが、何かの病気のあと突然、口を利かなくなってしまった——そのため、これらの単語については、かつてそれらを発音していたのを単に思い出せばよかったのだ。

　私の先生であるイワンは、毛皮の半オーバーにくるまり、何か金属製の光るものを干し草の布団の下に敷いて床で眠っていた。一方、私はというと、ずっと寝返りを打ったり、水を飲んだり、寝床の上に座り、窓に氷がつくる模様を眺めたりしていた。私は家に帰り、母やダーシャおばさんと話をするようになった自分を想像していた。私は、私が言葉をしゃべれないことが分かった最初の瞬間のことを思い出していた。それは晩のことだった。母は私が寝ていると思っていた。そして、黒髪のお下げを胸に投げかけて、背筋を伸ばし青ざめた表情で長いこと私を見ていた。そのとき初めて、私の頭にそれこそ私の幼年時代をすべて台無しにしてしまう、辛い考えが浮かんだのだった。《僕は皆の誰よりも駄目な人間なんだ、だからお母さんは僕のことを恥ずかしく思ってるんだ》

　《エー》《ウー》《イー》の発音を繰り返しながら、私は幸せで朝まで眠らなかった。妹は、もう昼になって私を起しに来た。

「おばあちゃんのところに走って行ってきたわ、でもお兄ちゃん、ずっと寝てたのね」

　妹は早口で言った。

「おばあちゃんとこの子猫がいなくなったの。で、イワン・イワニッチはどこ?」

　干し草の布団は、床にあってまだ、頭や肩、足で押し潰《つぶ》されたままになっていた。しかし、イワン・イワニッチ自身はもぬけの殻だった。彼は背負い袋を頭の下に敷いていたのだが、それも無くなっていた。くるまっていた毛皮の半オーバー、それも無くなっていた。

「イワン・イワニッチさーん！」

私たちは屋根裏に駆け出した。いない。

「神に誓って言うわ、おばあちゃんのところに走って行って戻ってくるまで寝ていた筈よ。だって、まだ彼のいるのを見たもの。寝ているのを見たんだから、だから思うわよ、おばあちゃんのところに行ってきた間そうしていたと……サーニカ、見て！」

両端に二つの輪のついた黒い管が、テーブルの上に置いてあった。一方は平たくて少し大きく、もう一方は小さいけれど少しぶ厚い輪になっていた。私たちは、イワン・イワニッチが、私の耳を診察するときに、それを背負い袋から他の器具と一緒に取り出していたのを思い出した。どこへ行ったのだろう？　イワン・イワニッチさーん！

それから多くの年月が過ぎ去った。私はベーリング海、それにバレンツ海の上を飛行した。スペインにも行った。私は、レナ川とエニセイ川に挟まれた沿岸地帯を調査した。迷信からではなく、この人への感謝の気持ちから、私はいつもこの黒い管を一緒に持っていった。それは彼が私たちのところに忘れていったのか、あるいは多分思い出にと残していったのだろう。じきに私はそれが聴診器――それで医者が肺や心臓を聴診するたいへん簡単な器具――であることが分かった。しかし、その時は、その器具は不思議な、愛すべきもの――ちょうどイワン・イワニッチ自身のように、あるいは彼が私たちに話したり、してくれたすべてのことのように――そんなふうに私には見えたのだった。

《イワン・イワニッチさん！》

誰に断りもしないで、消えていってしまった！

寂しい思いで私は中庭に出て、家のまわりを歩き回った。足跡だ！　彼の足跡――もう、かすかに雪に覆われていたけれど――道に向かう方角とは違う野原の方に、まっすぐ続いていた。足跡はずっと少なくなって池まで達していて、その池の氷に開けた穴でおばあさんたちが洗濯物のすすぎ洗いをするために通う小道のところで、その足跡は消えていた。

第6章　父の死。話せるようになんてなりたくない

冬の間中、私は話す練習をした。朝目覚めるや否や、

私は、イワン・イワニッチが毎日発音するように言い残した六つの言葉を大声で発音した。それは《クラー（雌鳥《めんどり》）》《セドロー（鞍）》《ヤーシック（箱）》《ビューガ（吹雪）》《ピュット（飲む）》《アブラム（人名）》だった。これらが何と難しかったことか！　だのに妹は何と上手に、私とは大違いにこれらの言葉を話したことだろう！　でも私は辛抱強かった。きっと私に役立つと、まるで呪文のように、私はこれらの言葉を、一日中数えきれないくらい繰り返した。ついには夢にまで現れた。私はこんなふうに想像してしまうのだった。つまり箱に雌鳥を入れ、あるいは帽子をかぶって外出する謎のアブラムが、肩に鞍をかついでいる。吹雪、酒を飲んでいる！

私の舌は言うことを聞かないし、唇はほんの少ししか動かない。何度か、私の前で思わず笑ってしまった妹を、もう少しでひっぱたくところだった。

夜ごとに憂鬱に目覚め、私は思うのだった。駄目だ、全然しゃべれない、永久に不具の人間——いつか母が私をそう呼んだように——のままなんだ。しかし、そんなことを考えるその一方で私は《ウロート》（不具の人）という言葉を何回も発音しようとしているのだった。

私は、ついにその発音ができるようになった時のことを忘れない。そして私は幸せな気持ちで眠ったのだった。

イワン・イワニッチは、私にできるだけ手を動かさないで話をするように言った。というのも、とても根強く私に定着していた聾唖者のその習慣を直すためだった。

ポケットに手を入れて、私は目で何か——《アクノー（窓）》とか《ペーチ（暖炉）》とか《ビョードラ（バケツ）》——を指し示して、大声で音節を区切ってこの言葉を何回も発音した。どうしてかアクセントが私はうまくできなかった。私は今に至っても誤ったアクセントのままでいるのだ。

私が目が覚めて六つのイワン譲《ゆず》りの大切な言葉を話さなかったあの日は、私の人生で最も悲しい日のひとつだった。その日、ペトローヴナおばあさんは朝早く私たちを起した。そんなに早いことは本当に変なことだった。なぜなら、おばあさんでなく、私たちが普段は毎朝彼女のところに出向いて、暖炉を焚いたりティーポットを用意したりしていたのだ。彼女は杖の音を立てながら入ってきて、イコンの前で止まった。彼女は長い間、何かぶつぶつ言って（〔訳注〕祈りの言葉を「ぶつぶつ」と検閲されたらしい つぶやく」）十字を切った。それから妹を呼び止め、ランプに火をつけるように言った。

何年も後になって大人になったある時、私は子供の本で鬼婆《おにばば》（〔訳注〕スラブ民話バーバ・ヤガー、一本足の女魔法使い）を見た。それはまさにペトローヴナおばあさんそっくりだった――顎髭《あごひげ》の、背中の曲った、そして杖を持っている――でもペトローヴナおばあさんは優しい鬼婆だった。そしてあの日……そう、あの日、深い溜息をつきながら彼女は長椅子に座り、顎髭に沿って涙が流れているようにさえ、私たちには思えたのだった。

「サーニカ、暖炉から降りておいで！」

彼女は言った。

「こっちにおいで」

私は歩み寄った。

「お前はもう大人だね、サーニカ」

ペトローヴナおばあさんは、私の頭を撫でた。

「昨日、お母さんから手紙が来たんだけど、お父さんが病気なのだよ」

彼女は泣いていた。

「刑務所でね、ひどく悪いんだよ、頭が炎症を起して腫れていて、両足もね。お母さんは、お父さんが今生きているかどうか分からないと書いているのさ」

妹も泣き出した。

「仕方ないね、神の御心のままさ」

ペトローヴナおばあさんは言った。

「神の御心のままよ」

彼女は、何か憎しみを込めたように繰り返し、またイコンの方を見上げた。彼女は父が病気だとだけ言った。しかし夕方、教会で私は、父は死んだのだと分かった。夕方、ペトローヴナおばあさんは《病気の回復をお祈りする》と言って、私たちを教会に連れていった。

田舎で三か月暮らしながら、私は一緒にスキーをする何人かの子供たちの他に、ほとんど誰も知り合いがいなかったことは、本当に変なことだった。口の利《き》けないことを憚《はばか》って私はどこへも行かなかった。ところが、今、教会で私は村中のすべての人たちを見た――貧しい身なりの、口数の少ない、私たちみたいに憂鬱そうな女の人と老人の群れを。

彼らは暗闇の中に立っていた――司祭が、長く伸ばした声で読み上げている場所の前だけ、蝋燭《ろうそく》が灯《とも》っていた。多くの人々は溜息をついて、十字を切っていた。

《主、憐れめよ》――司祭は果てしなく繰り返した。

彼の口から白い息が出ていて、ときどき振り回す手提げ香炉からは、青っぽい細い煙が出ていた。私には、皆が祈っているのでなく、その細い煙が一筋になって昇っていき、ぐるぐる回りながら青く氷結した窓の方へと、上に拡散していくのを私と同じようにただ見ているように思えた。多分、私は父のことを忘れていたのだろう。でも、突然、ペトローヴナおばあさんが怒って私の背中を突いた——今でも何のためだか分からないのだが——その瞬間、私は父のことを思い出し、彼が死んだのだと分かった。

皆が溜息をついて十字を切っているのは父が死んだから、私と妹が教会の暗闇に立っているのは、父が死んだから、そしてペトローヴナおばあさんが怒って私を突いたのも父が死んだからなのだ。私たちが立って《健康をお祈りする》のも、父が死んだからなのだ。

ペトローヴナおばあさんは、妹を自分のところに連れていき、私は家に戻り、明かりをつけずに長い間座っていた。黒いごきぶり——それは、おばあさんがわざわざ幸運を祈って私たちのところに持ってきたのだが、冷たい竈《かまど》の上でさわさわ音を立てていた。私はじゃがいもを食べて、そして泣いた。

父は死んだ、もう二度と会えないんだ！　ほら、父が役所から運び出されている、母と一緒に請願書を出しに行ったあの部屋から……。私は食べるのをやめて歯を食いしばった——あの冷淡な声、そして眼鏡をゆっくり揺らしている、骨と皮ばかりの長い痩せた指の手を思い出して。今に見てろよ！　思い知らせてやるから！　いつかお前は私にぺこぺこして、私は言うんだ《いや、あなたね、法廷が審理することです》ほら、棺が廊下を運ばれていく、でも書類を持った守衛たちは走って通り過ぎていく……父が運ばれていくのを誰も気付かないし、見ようともしない。ダーシャおばさんだけが、修道女みたいな長い黒いショールを被ってこちらに向かってやって来る。十字を切って、泣いているんだ。でもドアのところに誰か立っていて、私たちは立ち止まる。棺は手の上で揺れて、床に降ろされる。母はぺこぺこ頭を下げていて、私は、彼女の唇が震えているのを下から見上げている……

私は、自分の声を聞きながら我に返った。多分、私は熱にうなされていたのだろう。支離滅裂なことを言って、自分やなぜかお母さんを罵ったり、そして確か、イワン・イワニッチと話をしていた——彼はずっと以前に去って、彼の足跡はたった二日間だけ野原に残っていたけれど、やがて雪に埋もれてしまったことはよく分かっていたのに。

でも、私は話をしていた——大声で、はっきりと！私は話ができた——あの夜、浮き橋で何が起ったかを、今なら話ができるのに。ナイフは私のもので、死者に身を屈めたときに失くしたんだと証明もできるのに。もう遅い！　一生涯取り返しがつかない、そしてもうどんなことも決して何の手助けにもならないんだ！

　腕で頭を抱きかかえながら私は暗闇に横たわっていた。家の中は寒く、足は凍えていた。しかし私はそうやって朝まで立ち上がらなかった。私は決心した。もう、これ以上話せるようにはならないと。どうして？　何と言おうと父は死んだんだ。そして、私は二度と彼には会えないのだから。

第7章　母

　二月革命のことは覚えていないし、町に戻ってくるまでこの言葉すら知らなかった。でも私は不思議な興奮とか、理解できない会話とかを、その当時、私に話すことを教えてくれたあの夜の客人に結びつけていたのを覚えている。

　夜になると、教えてくれたように、じゃがいもを箸に刺しながら私はしばしば彼のことを思っていた。そして、彼は私にとって革命よりもずっと神秘的で、ずっと魅力あるように思われた。どうして、彼はそんなに突然消えてしまったのだろうか？　別れの挨拶もしないで、どこへ行くとも言わないで……なぜ屋根裏なんかに隠れたのだろう……なぜ村長の娘のマーニャの治療をしようとしなかったのか……ペトローヴナおばあさんの所へすら行こうとしなかった……彼は今どこ？　戻ってくるのだろうか？　真夜中に目覚める毎に私は聞き耳を立てたものだった……窓をコツコツ叩《たた》く音がしないか、彼じゃないのか……でも誰も叩かない。ただ柔らかな雪が音もなく私たちの家に降っていて、そして突然、風が煙突でびゅうびゅうと音を立て始めるのだった。

　誰も彼のことを私たちに尋ねる人はいなかった。しかし、何故か分からないけれど、私は革命のあった今は、すべてが変わったんだと確信していた。今となっては、彼は屋根裏なんかに隠れる必要はない。もしかしたら、彼は、ペトローヴナおばあさんとだって親しくなれるかも知れない。

　私は、春が終ったのに気付かなかった。しかし《ネプチューン号》が、脅すような汽笛を鳴らして後進し、私たちと母が朝から待っていた桟橋に接岸したまさにその日、夏が始まったのだった。

　ミーニカは、金色の刺繍文字の制帽を被り、青い、もうかなりくたびれた制服を着て、以前のように階段のところに、勇敢に、そして無雑作に乗客をちらちら見ながら立っていた。顎髭の船長兼舵手は低く送話管に言った。《停止！ 前進！》そして《停止！ 後進！》甲板は謎めいたように震えていた。私たちは町に戻るのだ。

母は、私たちを家に連れ帰るところだった――少し痩せて、やや若返り、新しい外套に新しい色柄のショールを身につけて……

冬の間しばしば私は思っていた……私が話をするのを聞いたら、母はどんなに驚くことだろう。ところが、母は、ただ私を抱擁して笑い出したのだった。冬を過ぎて母は全く別人のようになっていた。いつも彼女は、あることを考えていた――それを私はすぐに生き生きした表情で分かったのだけれど――あるときは黙って一人で落胆していたり、あるときは微笑んでいるのだった。ペトローヴナおばあさんは母が気が狂ったのだと決めつけ、溜息をついて、あるとき母にそのことを聞いたものだった。母は、微笑んで、そんなことはないと言った。

私たちは、売るための草鞋《わらじ》を編んでいるペトローヴナおばあさんのために、森に木の内皮を剥ぎに出掛けた。そして、その日の母は、こんなふうに私の記憶に残ったのだった……黒髪で、健康な白い歯をして、色柄のショールを胸のところで十文字に結んで……身を屈め、器用に木を切り取って枝をもぎ取りながら、芽が出てくるところの皮を噛んで一回で皮の繊維を剥ぎ取るのだ。母は私にも教えようとしたけれど、ちっともそうはならずに、私は指に切り傷をつけるだけだった。

それから、私は茂みに隠れて長い間、小鳥が先を争ってさえずっているのを聞きながら物思いに耽って座っていた。そして、私からだんだん遠ざかっていく母をちらちら見ていた。すると、突然、母が歌い始めた。

《裏口からやってくる小商人《こあきんど》たち
　雌馬を売って白粉《おしろい》に
　　雌牛を売って　頬紅《ほおべに》に
　　　とうとう乳絞り桶は眉墨になっちまったよ》

太陽が灌木を照らしていて、母は輝く眼差しで顔を紅潮させて直立していた。これは何か訳《わけ》有りだよ！　私たちの前で母はめったに父のことを思い出したりしなかった。しかし、母が優しく私と話すときは、いつも、父のことを考えているのが分かった。母はいつも妹を愛していたし……

汽船の中で母はずっと考え事をしていた――眉毛を上げ、頭を軽く振って――多分、頭の中で誰かと言い争っていたのだろう。私も又、考えに考えていた。つまり、もったい振って中庭をあちこち歩き回り、まるでいつでも話ができるかのように、突然、ぶっきらぼうに私が何かを話す様《さま》を頭に思い浮かべていた。

川の水に見とれているうちに、私はまどろみ、夢の中で死ぬほどびっくりしていた。つまり私が再び唖になる夢を見たのだ。

「母さん」――私は声をひそめて言った。

母は黙っていた。

「母さんったら！」――私は恐怖で怒鳴った。

母は私の方を向いた。


……私たちが家に戻ってきた時、私たちの中庭は何と放置され、何とみすぼらしい姿になっていたことか！今年は誰一人として下水に気を配る人がいなくて、木片の浮いた汚い水が各家の表階段の下に溜ったままになっていた。粗末な納屋は、冬の間にさらに大きく傾いていた。そして、柵には大きな穴があいていて、その中を通って四輪の荷馬車が乗り入れることができるほどだった。スコヴォロードニコフ家の裏には悪臭を放つ骨や蹄《ひづめ》それに毛皮の切り屑が山のように積み上げられていた。

老人は膠《にかわ》を煮ていた。彼は眼鏡をかけ、前掛けをして、同じ腰掛に座っていた。竈《かまど》には石油コンロがあり、そのコンロに鉄の盥《たらい》がかけてあったのだけれど、そこからの臭いのひどさといったら、私が彼のところに座っている間中、ずっと吐き気がするほどだった。

「皆、こいつは普通の膠《にかわ》だと思っているがな……」

三十分後に、私が外に出てもいいかと聞いたとき、彼は私に言った。

「この膠は万能なんだ、こいつはどんなものでもくっつける。鉄でも、ガラスでも煉瓦《れんが》でも――まあ、煉瓦を膠付けする馬鹿がいればの話だがな――わしはこいつを発明したのさ、スコヴォロードニコフ製なめし皮の裏膠よ。こいつが、強く悪臭を放つほど、しっかりくっつくのさ」

彼は、眼鏡越しに私を不審そうに見た。

「スコヴォロードニコフ製なめし皮の裏膠」

彼は繰り返して、溜息をついた。

「本当に誰か、宣伝に七ルーブル出してくれたなら、お客は引きも切らずの大繁盛なのに。百姓たちは、市場で膠をフント(約四百グラム)当たり四十コペイカで買ってる。これを何と言うか知ってるかい？……ぼったくりよ。こら、何とか言ったらどうなんだ！」

私は答えた。彼はそうだと頷《うなず》いた。

「あぁ、イワンは気の毒に」

　ダーシャおばさんは、他所《よそ》に出掛けていて、二週間ほどして戻って来た。よし、僕がおばさんを喜ばせ、驚かせてあげよう！　私たちは夕方、台所に座っていた。彼女は、ずっと私に、田舎で私たちがどんなふうに生活していたかを尋ねていた――尋ねて、そして自分で答えるのだった。

「お前たち、どうだったんだい、かわいそうに、きっと妹とたった二人で寂しかっただろうね。お前たちに食事なんか誰が作っていたんだい？　ペトローヴナかい？　ペトローヴナだろうね」

「違うよ、ペトローヴナおばあさんじゃない」

　突然、私は言った。

「僕たち、自分で食事を作ったんだ」

　私がこれらの言葉を発したときのダーシャおばさんの顔の表情は決して忘れられない。口をポカンと開けて、おばさんは頭をしばらく揺すり、しゃっくりをした。

「ちっとも寂しくなんかなかった」

　私は大笑いしながら言い足した。

「ただ、ダーシャおばさんのことだけは、寂しかった。どうして、僕たちのところに来てくれなかったの、どうして？」

　おばさんは私を抱擁した。

「かわいい坊や、これはいったいどうしたの？　しゃべれるようになったの？　そうなんだね。愛しい坊や！　でも黙ったりして、話せない振りなんかして、あぁ、坊や、そうだったの！　さぁ、訳《わけ》を話しておくれ！」

　そこで私は、おばさんに、私たちの家の扉を叩いた凍えた医者のこと、彼を三昼夜匿《かくま》ったこと、私に《エー》《ウー》《ウィー》を教えて、《ウーハ》の発音をさせたことを話した。

「サーニャ、お前、その人にお祈りするんだよ」

　ダーシャおばさんは真面目に言った。

「何て名前なんだい？」

「イワン・イワニッチ」

「祈りなさい、毎晩お祈りするんだよ！」

　しかし、私はできなかった。お祈りをすることが好きではなかったから。

第8章　ペーチカ・スコヴォロードニコフ

　ダーシャおばさんは、私が話せるようになってから、とても変わったと言った。私自身もそれを感じていた。去年の夏、私は友達付合いを避けていた。自分の障害への辛い意識が私を束縛していたのだ。

私は、極端に病的なくらいはにかみ屋で、無愛想で、そしてとても物悲しい子供だった。今となっては、多分これを信じるのは難しいだろう。

二〜三か月のうちに、私は、自分の同年輩の子供たちに追いついた。十二才だったペーチカ・スコヴォロードニコフは私と親しくなった。彼は背の高い、毅然とした性格の赤毛の男の子だった。

ペーチカのところで、私は人生で初めて本を見た。それは、「昔の戦争の義勇兵の戦闘物語」とか「ユーリー・ミロスラーフスキー」とか、「手紙文例集」——その表紙には手に羽ペンを持った赤いシャツの長い口髭の勇士と、彼の上方には空色の楕円形の中に、別嬪《べっぴん》さんが描かれていた——とかであった。

この「手紙文例集」を読みながら、私たちは、以前よりもずっと親しくなった。《親愛なる友よ》あるいは《貴殿A・F》などの呼掛けには、何か不思議な響きがあった。それは遠洋航海士の手紙を私に思い出させ、そして私は初めてその手紙を声に出して話してみせたのだ。

私たちは大聖堂の庭に座っていた。川の向こう側に、私たちの中庭と家々——それはとても小さく、実際の大きさよりもずっと小さく——が見えた。ほら、小柄な愛すべきダーシャおばさんが表階段に出てきて、座って魚の鱗《うろこ》を取っている。私には、銀色の鱗が剥がれ落ちて、わずかに輝きながら、彼女の足元に積っていくのが見えるように思われた。ほら、町の狂人カルーシャが——いつもしきりに顔を顰《しか》めたり、微笑んだりしている——向こう岸を歩いていき、私たちの門のところで立ち止まった。多分、ダーシャおばさんと話を始めるよ。

私は、遠洋航海士の手紙を空んじて読んでいる間、ずっと彼らを見ていた。ペーチカは注意深く耳を傾けていた。

「おもしろいよ」

彼は言った。

「僕も、その手紙は知っていたけど、忘れていた。それでそのあとは?」

「おしまいさ」

「それから、その船がどうなったのか興味があるなあ。その船への救援は間に合ったのさ。僕は、実はニック・カルテールの本を読んだんだけど、そこでも、そんな出来事があったよ。一人の百万長者が、貯水槽に投げ入れられる。彼は蛇口を閉めることに気付くんだ。その時、植木屋が水を撒こうとして思うのさ――はて、どうして水が出てこないんだ？　そうして、最後の瞬間になって救助が間に合うんだ。彼は、そこでくたばるところだったのさ。でも、君はうまく空で話せるね。長いことかかって覚えたのかい？」

「知らないさ」

「今度は僕が何かを読むから、君が繰り返してみてくれるかい」

彼は読み出した。

《断りの返事

Ｓ・Ｎ殿

あなた様がおっしゃられるお気持ちは、私にとってたいへん光栄でございます。でも、私には、こういう理由で、お気持ちを受け入れることは不可能なのです。つまり、ここで引き合いに出して書くことは無益なことであり、それはあなた様に関係のないことであるからです。　草々

注釈／断りの返事は、常に一般的な簡単な文句で書かれます。そこには、丁重さ以外に、全く余計な考えを書いてはいけません》

言葉どおりに、私は注釈とともにその手紙を繰り返した。ペーチカは不審そうに鼻をかんだ。

「すげえ！」

彼は言った。

「じゃあ、これは？」

今度は彼は、一息に次の文章を読み通した。

《彼もしくは彼女への手紙

人の書いた言葉で始めます。

《過ぎ去ったすべてを忘れてしまいたい

でも、それらに別れを告げるのは残念なこと

過ぎ去ったことの中に一瞬きらめく幸せ

私の喜びそして悲しみ》

お分かりですか？　私はあなたに高い評価を見い出したのです。（具体的に書かなければなりません）。あなた以上に大切で、お慕いする人はいません。あなたは、私にとってそれほど（あとは自分で考えて）尊敬するお方でした。初めての涙そしてあなたの、私の手への初めての接吻《くちづけ》を思い出します。

あなたのいない生活がもう二日続いています（あとは自分で、楽しいとか、淋しいとか、元気だとか、あるいは家庭の事情についてここに書かねばなりませ

ん）。さようなら、キスを送ります》

ちょっとつっかえながら、私はこの手紙も復唱してみせた。

「すげえや！」

ペーチカは感嘆して言った。

「なんて記憶力だ！」

残念ながら、私たちはごくまれにしか仲良くこういう時間を過ごすことはなかった。ペーチカは忙しかった。彼は中国人のところで紙巻き煙草の商売――それは、私たちの町では骨の折れる仕事といわれていた――をしていたのだ。

ポクロフスカヤ村に住む中国人たちは紙筒に煙草を詰めて、少年たちを雇って売らせていた。この中国人のうちの一人で李という姓の男――小柄で、黒い目の黄色い肌の、並はずれて皺《しわ》だらけの顔をして、なかなか親切だった――が、私は今でも目に浮かぶ。つまり《おもてなし》と称して李さんは、他の中国人たちよりもたくさん煙草をくれた。

《おもてなし》――それは私たちのまるまるの稼ぎとなった（その後、私も煙草を売るようになった）。というのも私たちは、まさしく皆をおもてなししていたのだから。

「煙草はいかがですか？」――でも、このもてなしを受ける無邪気な客は、必ずお金を払う羽目になったのだ。そのお金は私たちのものになった。紙巻き煙草は二百五十本で一箱になっていて、《カティク》とか《アレクサンドルⅢ世》と呼ばれ、駅や列車の中や大通りで、私たちはそれらを売っていた。

一九一七年の秋が近付いていたけれど、私は私にとって、国全体にとって、そして地球上の全世界にとって、この時代の深遠な意義ある価値のすべてを見て、感じ、あるいは少しでも理解したいと思っていたと断言するならそれは嘘になるだろう……私は、何一つ見ていなかったし、理解もしなかったのだから。

私は田舎で春に体験したあの漠然とした興奮さえ忘れていた。私は煙草を売り、黄色や緑や灰色のザリガニを捕まえたりして――空色のザリガニはとうとう一度も捕まらなかったけれど――ただ日々を過ごしていた。

でも、すべての私の気儘な生活にも、まもなく終りが来たのだ。

第9章　棒線の練習　一本、二本、五本、二十本、百本……

多分その男は私たちが町に戻ってくる以前から、我が家によく来ていたのだろう。というのも、中庭の皆が彼を知っていたし、彼に対しスコヴォロードニコフ家やダーシャおばさんが振舞う、ある種の表には出さないけれど馬鹿にしたような態度がすでに出来上がっていたのだ。でも、その男はほとんど毎日やって来るようになった。ときどき、彼は何かを土産《みやげ》に持ってきたが、実際のところ私は、彼のプラムの果実も、莢《さや》インゲンも、キャンデーも、ただの一つさえ決して食べなかった。

その男は、巻き毛だらけの、輪っか髭で脂性の顔をしていたが、かなりすらりとしていた。太い彼の声は私に言わせればたいへんイヤなものだった。彼は、浅黒い皮膚に目立つにきびの治療を受けていた。でも、それほどのにきび面の巻き毛だらけであっても、そしてどろどろとしたイヤな声であっても、残念なことに母はその男が気に入っていた――そうでないなら、まさかその男がほとんど毎日私の家に来るようにはならなかっただろう。そう、母はその男が気に入っていたのだ。彼の前で、母は全く別人のようになって、笑ったり、その男と同じくらい長々と賢振って話し始めたりした。

ある時など私は母が一人で座って微笑んでいるのを見た――私は母の表情で、母が彼のことを考えているということに気付いた。また別のときには、ダーシャおばさんとおしゃべりしながら、母は誰かについてこんなことを言った。《おかしなことは、いくらでもあるものよ》これは、彼の言い草だった。

その男の姓はチモシキンといった。しかし彼は、なぜか自分をガエール・クリーと名乗っていた――それで彼が何を言いたかったのか今でも分からないのだけれど。ただ覚えているのは、《貧しいガエールの人生で》とか《人生は木端《こっぱ》のように彼を放り出した》とか、その男は母に話すのが好きだった。

しかも、その男は意味ありげな顔をして、ばかげた物思わしげな様子で母を見るのだった。

こうして、ガエール・クリーは今や毎晩私たちのところにやって来た。そんな晩のうちの一つがこうなのだ。

台所のランプが壁に掛かっていて、私の髪の毛の突っ立った頭の影が、ノートやインク壺や手を覆っている。

そして、その手は途方に暮れて羽根ペンを軋《きし》ませながら、紙の上を動いている。私はテーブルに向かって座り、懸命のあまり頬に舌を突き当てながら、棒線を描いている――一本、もう一本、三本、百本、千本。私は少なくとも百万本の棒線を描いた。なぜなら私の先生のその男は、棒線が《ちゅっかく（直角）》にならないうちは、どんなことがあろうと次の練習に進んではいけないと断言していたから。

その男は、私のそばに座って、時おり見下すように恩着せがましくチラチラ母を見やりながら私を教えるのだ。彼は書くことだけでなく、どう生きるかを教える。そして、その果てしないばかばかしい議論に、私は目眩《めまい》がして、描いている棒線は、ずんぐりになったり、しっぽ付きになったり乱れ放題で、ちっともまっすぐで、先生の言う《ちゅっかく》になりはしない。

「誰でも、うまそうな一切れをつかみたがるものさ」

彼は言った。

「そして誰もがそうしようと切望するのは本能。しかし、このような一切れが生活を保障する現象と呼べるかどうか、それが問題なのだ！」

棒線一本、二本、三本、五本、二十本、百本……

「たとえば俺は、子供時代、困難な雰囲気にあってな、母親の労働力に頼ることには決して成功しなかったのさ。それどころか家庭生活は崩壊に達してな、親爺は馬泥棒で有罪になり禁固刑を宣告され、他ならぬこの俺様が生活の糧を手に入れる羽目になったんだ」

棒線、棒線、太い線、細い線、曲った線、ずんぐりした線、五本、……二十本、百本……

「残念なことに、刑務所から戻ると親爺はいつも酒を飲むようになった。そして、大酒飲みに没頭すればするほど、親爺の体調と家の中のことがめちゃめちゃになっていった。その後親爺は死を迎える、それも言うまでもなく突然の死。というのも、死んだ馬の皮剥ぎをやったことの結果だったのさ」

私は、私の先生のお父さんにその後起ったことをよく知っている。つまりその父は炎症で腫れ上がり、彼の言うには《作り始めていた棺を急いで作り直す必要があった。なんとなれば死者の姿は、生前の大きさより三倍にまでご立派に膨《ふく》れ上がっていやがったんだ》

ある夜私の夢に出てきたのだ、その胸の悪くなるような不快な死が……

棒線一本、二本、三本、……羽根ペンがきしむ、棒線、あっインクの染み……

「俺たちの代々からの家から、ついに人がいなくなってしまった。でも俺は決してがっかりなんてしなかったし、十一才でおふくろのやっかいにはならなかったのさ」

先生である彼は、私の方を見る。私は、ほんの十才だったけれど、腰掛の上で落ち着かずにもじもじし始める。

「俺はレストランに入った。使用人そして出前持ちの使い走りになって、穀潰しみたいにおふくろの稼ぎに出費の負担をやめたのさ」

疑いもなく、まさにこの驚くべき言葉遣いが、私の母にこんなにも強い印象を引き起こしていたのだ。ガエールが、もし普通に話していたら、母は、彼が平凡な男——愚かで、なまけもので、そして残酷な男だとすぐに見破っていただろう。とはいえ、彼がとても無慈悲な男だということは、母はまもなく分かったのだった。

母は、その私と同じテーブルに向かって座り、魔法にかけられたみたいに彼の話を聞いている。母は、シャツ——それは父のシャツだった——を繕っている。そして私は、母が誰のためにそれを繕っているかを知っている。何だか不幸な予感がして、私は目を上げて母の青白い顔、中央に分けた黒い髪、細い腕を見て、それから自分の棒線の練習に戻る……

ノートの行に沿って、せめて一本の長い線——そうすると、すばらしい柵になるのに——を引きたくてたまらなかった……でもそうしてはいけない！ 棒線は《ちゅっかく》でなければならないのだから。

「そうこうしているうちに、おふくろは」

ガエールは続けた。

「教会への自由意思での喜捨の方に、目立って関心を向けるようになったのさ。俺がそこで何をしたかって？ それは俺の成長にとって明らかにマイナスだと認識したから俺は、俺の叔父さん、今は亡きニキータ・ズーエフ叔父さんに声をかけ、おふくろをなんとかしてくれるように頼んだんだ」

私は、この今は亡き叔父さんのことをもう百回も聞いていて、私の頭に浮かぶのは、ガエールと同じにきびだらけの顔をした歳とった脂性の男が、田舎から大きな橇《そり》でやって来て、黄色い毛皮の外套を脱いで雪を払い落としながら、そしてイコンに十字を切りながら入ってくる様子なのだ。彼は、母親を殴り、一方幼いガエール・クリーは、自分の母親が殴られるのを、立って平気で見ていたのだ。

棒線一本、二本……でも、柵はもうだいぶ前に描かれていた。そして、これから私に起ることをよく分かっているくせに、私は急いで柵の上に太陽や鳥や雲を描くのだ。話を続けながらガエールは私を横目で見る。私は急いで太陽や鳥を袖で隠す……遅い！　彼は手で私のノートを取り上げる。彼は眉をしかめる。私は立ち上がる……

「ほら、アクシーニャ・フョードロヴナ、おたくのろくでなしの息子が、今度は何をやらかしたか見てごらん！」

父が生きていたときは一度も子供を叩いたりしなかった母まで、私の耳をつかんでテーブルに私の頭をぶつけるのだ。

こんな晩もあった。私の将来の継父がたまたま声を出して読んでいた。その読み方といったら、大聖堂の庭でのペーチカ・スコヴォロードニコフと一緒のときの私たちとは何と違っていたことだろう！

ガエールはいつも同じ一つの本を読んでいた。つまり《旅順の水兵の日記から》という、表紙に次のような詩が印刷されたものだった。

《目下　すべての勲章を持った勇士は
ツアーと祖国を防衛しながら
ろくでなしの我が身を惜しまずに
五か所の銃創と二度の砲弾を受けても
なお健在で敵をやっつける》

この本でさえ彼は、勇敢な旅順の水兵のすべての惨禍は、あたかも他ならぬ私に罪があるかのように、教訓的でいて威嚇するような表情で読むのだった。

ガエールの授業は、彼が私たちのところに引っ越してきたその日に中止になった。前日には結婚式が祝われたが、ダーシャおばさんは病気だと言って式には来なかった。私は母がとても着飾って結婚式に座っていたのを覚えている。母は、はやりの白の模様の入ったビロードのジャケット――それは花婿からの贈りものだった――を着て、娘のような髪型をしていた。つまりお下げを頭のまわりに十字に巻いていたのだ。

母は、おしゃべりをし、飲み、微笑んでいた。でも時々へんな表情をして手で顔を撫でていた。ガエール・

クリーはスピーチで貧乏な家族——彼の言うには以前の主が破壊的な情景のまま放置していたので絶対崩壊に進んでいく——に対して自分の功績を指し示し、勢いでついでに、おそらくその言葉で《ちゅっかく》の棒線のことを意味していたのだろうが、彼が、私の目の前に《一般教養》の知識を開陳したことまで言及した。

恐らく母はこのスピーチを聞いていなかったのだろう。恥ずかしさに目を伏せて母は花婿のそばに座っていたが、突然顔をしかめながら当惑した表情で自分の前をまっすぐに見た。したたかに酔ったスコヴォロードニコフ爺さんが歩み寄ってきて母の肩を叩いた。

「ええい、アクシーニヤ、亭主をとっ替えやがって……」

母は途方に暮れて、急いで微笑み始めるのだった。

結婚式から約二か月たって、私の継父のガエールは桟橋の事務所に勤務を始めた。そして、彼が勤めから帰ってきて、以前父が座っていた場所に足を投げ出して座り、父のスプーンで父の皿から食べるのを見るのはとても辛かったけれども、ダーシャおばさんやスコヴォロードニコフ爺さんのところに逃げ込んだり、沈黙を守ったり、彼が寝てから家に戻ったりしながら、私たち子供はなんとなく生活していた。

でも、まもなくある疑惑がらみの事件で、彼は事務所をお払い箱になり、彼が家にいる生活は、すぐに耐え難いものになってしまった。私たち、つまり私と妹を教育しようという忌わしい考えが、このガエールのボンヤリした頭の中に起り、私にはもはや自由な時間は一瞬たりともなくなってしまった。

今私は気付くのだが、彼は若いころ下男で働いていて、私や妹に教えていた、あのこっけいでヘンなことすべてを、彼自身どこかで見て知っていたのだろう！

そのまず第一には、私たちが彼のベッドのすぐ近くの床で寝ていたのに、彼は毎朝、私たちが彼に挨拶《あいさつ》するようにと要求したのだ。だからしかたなく私たちはそうした。でも、どんなに強制しても、私たちに《パパ、お早う！》と言わせることはできなかった。朝は、ちっとも心地好くはなかった（〔訳注〕お早う＝ドゥブロエ・ウートラはすばらしい朝の意）し、パパは本当のパパじゃやなかったから。

テーブルに着くのは彼より先では駄目、そしてテーブルから立ち上がるのも彼の許しを得なければならなかった。母は相変らず病院で洗濯して働いていて、お昼は母と私がお金を出して、妹が作っていたにもかかわらず、私たちは、感謝のことばを彼に言わなければならなかった。私は、かわいそうな妹のサーニャがテーブルから立ち上がり、教えられた通りに醜くお辞儀《じぎ》をしながら、初めて《パパ、おごちそうさま》と言ったとき、私をとらえた絶望感を覚えている。どんなにか、私は、あの太った顔めがけて、食べかけのお粥の皿を投げつけたかったことだろう！　私はそうしなかったけれど、今に至るまでそのことを悔んでいる。

どんなにか彼を憎んでいたことだろう！　私は、彼の歩き振り、彼の鼾《いびき》、髪、そして毎朝陰気な精力を込めて、彼自身で磨いていた長靴までもムカムカするほど大嫌いだった。夜ごと目覚めると、私は長いこと嫌悪感を込めて、彼の太った寝顔を眺めるのだった。こんな危険に晒されているなんて、彼は思いも寄らなかったことだろう！　私は、ダーシャおばさんがいなかったら、彼を殺していただろう。

第10章　ダーシャおばさん

私の目の前に、他でもないあのダーシャおばさんの優しい姿が現れていなかったら、多分私はあの時期を思い出すことはなかっただろう。おばさんを、私はそのとき子供ながらに初めて意識的に評価したり好きになったのだ。私は彼女のところに行って黙っていた。でも、おばさんはすべてを知っていた。私を慰めるために、彼女は私に、自分の人生の話をしてくれた。私はおばさんがまだ四十才にもなっていないことを知って驚いた。でも、私には彼女が眼鏡をかけて、夜ごと春先の増水とともに私たちの中庭に運ばれてきた他人の手紙を読んでいる時は特に、彼女が本物のお婆さんのように思えたのだった。彼女はそれらの手紙を、まだ何度も読んでいた。

二十五才で、おばさんは未亡人になった。つまり彼女の夫は、露日戦争の初期に戦死したのだった。レースのカバーで覆われた整理箪笥《だんす》の上の、青いよじれたガラスの花瓶の間に、夫の肖像画が立ててあった。肖像画の後ろに手紙が——もちろん私は暗記していた——保管されていた。第二十六東シベリア歩兵連隊の行軍本部は、ダーシャおばさんにこう通告した。

つまり第三位および第四位戦闘勲功賞を授与された彼女の夫、兵士フョードル・アレクサンドロヴィチ・フョードロフが、日本軍との戦闘で英雄的な死を遂げたと。《ゲロイ(英雄)》だって！　この言葉に私は、口髭と顎髭の、髪を短くカットした男が、葦で編んだ肘掛椅子に雪山を背景に座っている、そんなイメージを長いこと持っていた。

毎晩、ダーシャおばさんは一通ずつ手紙を読んだ——それは彼女にとって何やら儀式にも似たものだった。儀式は、ダーシャおばさんが、封筒とか、たいていの場合、水ですっかり濡れて読めない住所とかで、手紙の内容を見分けようとすることから始まった。

それから、手紙の音読が行われた——まさに厳《おごそ》かに執り行われた——ゆったりとして、長い溜息をついたり、読みにくい言葉に出会うとぶつぶつ言ったりしながら。ダーシャおばさんは他人の喜びには喜び、他人の悲しみには同情し、ある人たちには毒づいたり、他の人たちには誉めたりするのだった。結局、すべてのこれらの手紙は彼女宛に発送されたことになったのだ。

おばさんは、本も全く同じように読んだ。雑誌《祖国》の付録の主人公である種々の諸侯や伯爵たちの家庭問題、恋愛問題に対して、ダーシャおばさんは諸侯、伯爵たちがすべて、まるでお隣りの中庭に住んででもいるかのように好き嫌いを言うのだった。

「ところでL男爵はね」

生き生きと彼女は言った。

「思った通り、貴婦人サン・スーを捨てるのさ。いとしい愛する貴婦人と言っていながら、ほら、やっぱり！　ハンサムのくせに、まあ、なんて人かしら！」

ガエール・クリーから逃れて毎晩おばさんのところで過ごしていたとき、彼女はすでに手紙を読み終えていて、たかだか十五通が残されていた。それらの中に、ここで引用する一通の手紙があったのだ。ダーシャおばさんは、その手紙が何のことが書かれているのか分かっていなかった。でも私にはあの時でさえ、その手紙が遠洋航海士の手紙と、何か関係があると感じていた。

それがこの手紙——はじめの何行かは、ダーシャおばさんは水に濡れて判読できなかった。

《君に、ぜひ頼む。つまりあの男を信用しないように！　すべて私たちのうまく行かない原因は、ひとえにあいつのせいだとはっきり断言してもいい。アルハンゲリスクであいつが私たちに売った六十四の橇《そり》を引く犬たちの大半を、ノヴァヤ・ゼムリャ島で早くも射殺せざるを得なかったことでも明らかだ。犬を売ってくれたこの男の好意が、私たちに何と高いものについたことか！　私一人でなく、探検隊員のすべてが、あいつに呪《のろ》いを送っている。

私たちは、危険に向かって進んでいた。危険は承知、でもこれほどのひどい目に遭うとは予想していなかった。私たちの力の限り、ただただ一生懸命やるしかなかった。私たちの探検旅行についてどんなにか多くのことを君に話せることだろう！　カチューシャにだったら、一冬中でもその話ができるだろう。でも、こんなにも高いツケを払わねばならないなんて、あぁ神よ！　私は、私たちの状況が絶望的だと君に思って欲しくない。だけどやっぱりあまり期待もしないで欲しい……》

ダーシャおばさんは、つっかえながら、眼鏡越しに私をチラチラ見ながら、教訓めいた表情でこの手紙を読んだ。私は聞いていた。数年後に、私がこの手紙の一語一句を思い出すのに一生懸命になろうとは思いも寄らなかった。

手紙は七〜八ページもの長いものだった。つまり氷で動けなくなり、北へゆっくり流されている船での生活についての詳しい話だった。私が特に驚かされたのは、船室の中にまで氷がきて、毎朝、斧で切り取っていたということだった。

私は、白熊狩りをしていて氷の割れ目に落ち、大怪我《けが》をして死んでしまった甲板員スカチコフのこと、病気の機関士チスの世話で皆疲れ果ててしまったことについて自分の言葉でなら話せるだろう。でも、手紙どおりに私が記憶していたのは数行だけで、それは先に引用した部分なのだ。

ダーシャおばさんは相変らず溜息をつきながら手紙を読んでいた。そして私には、まるで霧の中のようなぼんやりとした光景が浮かんだ。つまり、白い雪の上に白いテント、あえぎながら橇を引いている犬たち、毛皮の長靴をはき、毛皮の高い帽子をかぶった大男、巨人が橇でこちらへ向かってやって来る……それは毛皮でできた祭服を着た司祭みたい……

あるとき、ダーシャおばさんのところに行ったとき、私は、おばさんが大泣きしているのを見つけた。彼女は、露日戦争の英雄である夫の肖像画が立っている整理箪笥の前で泣いていた。私に気付いておばさんは頭からショールを取った。

「私になんでそんなひどいことをするのさ、この吸血鬼、人で無し！」

おばさんは、驚くほどの憎しみを込めて私に言った。

「あぁ、なんて侮辱なの！　独りぼっちの私を守ってくれる人なんて誰もいないって思ってるでしょう？　いますよ！」

「おばさん！」

「いますとも！」

おばさんは繰り返し、また泣き始めた。

「辛抱するのはもうイヤ、出て行きます。この人で無し、そう、出て行きますとも……いい気味さね！」

おばさんはベッドに座り、編上げ靴を脱いで力まかせに床にそれを投げた。

「悪魔に呪われるがいいさ！」

おばさんは、厳《いか》めしく言った。

「あんた自身、オンボロ悪魔さ、これだけはハッキリ言っておくけど、私はあんたとは似合いの相手じゃないのさ！　これからも絶対にネ……」

私は、おばさんがスコヴォロードニコフ爺さんを罵《ののし》っていると分かり、彼が何をしたのか尋ねた。でも、おばさんは手を振るだけだった。

私には、まだその時、おばさんはスコヴォロードニコフ爺さんが自分を侮辱したのか、そうでないのか、おばさん自身よく分かっていないように思われた。

いずれにしても、爺さんは彼女に何か特別なことを言ったのだろう。というのも夕方、ダーシャおばさんは黒いレースのショールを羽織り隣りの中庭に住んでいるジプシー占いのところに出掛けたのだ。

戻ってくるとおばさんは物思いに沈み、落ち着いた様子で、それ以上爺さんの悪口を言わなかった。それどころかいきなり独り言でこう言ったのだ。

《それに、酒を飲まない人だし……》

この不思議な態度は翌日も続いた。ダーシャおばさんが中庭に座って編物をしていると、門のところに見たことのない赤い鼻面《づら》の男が、麻の汚い外套を着て靴底の厚い長靴をはいて姿を現した。まわりを見回して、彼は、表階段のところで万能膠《にかわ》を煮ているスコヴォロードニコフ爺さんの方に向かった。

「家を売るってのは、あなた様でがすか？」

スコヴォロードニコフ爺さんは男を見て、それからダーシャおばさんを見た。

「わしじゃ」

爺さんは返事した。

「旅立ちのためにな、この家と資産全部を売ろうと思うとるんだ」

ダーシャおばさんは興奮して、声をひそめてヒソヒソしゃべりだし、急に立ち上がって椅子を倒したかと思うと、昨日のように頭からショールを取り払った。

「土地はあるんでしょうな？」

「あるとも、柵で囲まれたこの範囲さ」

ダーシャおばさんは、もっと強くヒソヒソ声を出した。

「売りませんよ！」

突然、おばさんは喚《わめ》いた。

「この家は売りものじゃないよ！　出てっておくれ！」

スコヴォロードニコフ爺さんは、ずるそうな表情で片目をつぶった。

「あんたは所有者なのかい？」

突然、ズックの外套の男が爺さんに早口で尋ねた。

「そうだ」

「それで、その売るのかい、売らないのかい？」

「ホラ、だから売らないって言ってるだろう」

得意そうに、スコヴォロードニコフ爺さんは言ってヒッ、ヒッと笑い出した。

ペーチカは、この騒動の中にいた。彼は台所の敷居のところに立っていて、軽蔑するかのように薄笑いをもらしていた。私は何のことだかさっぱり分からなかった。でも、まもなくすべてが明らかになったのだ。

第11章　ペーチカとの会話

《ちゅっかく》の棒線練習をまだ続けるうちに、私はこっそり逃げ出す決心をした。柵の上に太陽や鳥や雲を描いたのは少年の私にとっては無理もないことだった！やがて、私はその決心を忘れてしまった。でも、日ごとに家に戻るのが、やっかいなことになっていった。母とは、ほとんど会うことはなかった。母は、私がまだ寝ている時に出掛けて行き、夜ごと私が目が覚めると、食卓に母がいるのを見たのだった。疲労でチョークのように白い顔をして母はゆっくり食事をしていた。そして、母の黒い目でじろりと睨《にら》まれると、ガエールでさえ少し怖《おじ》けづいたものだった。

私は妹をたいへん愛していた。でも、いっそ彼女を愛していなければよかったと思うこともあった。私は、悪党のガエールが、植物油をグラスに注ぎこぼした妹をなんともひどくめった打ちにしたのを忘れない。食卓から妹は追い出され、それでも私はこっそり彼女にじゃがいもを運んでやった。それを食べて、妹はさめざめと泣き、そして急に自分の色ガラスを、殴《なぐ》られた時に失くしてはいないかとふと思い出した。

色ガラスは見つかった。彼女はにっこりしてじゃがいもを食べ終り、再び泣き始めたのだった……

多分、もう秋が近付いていたと思う。なぜならペーチカと私は大聖堂の庭のまわりをぶらついて、裸足《はだし》で木の葉を蹴上げて遊んでいたから。ペーチカは、私たちが座っていた盛土で隠された昔の地下道が、大聖堂の庭から川の向こう岸まで水の下を通って通じているとか、彼が一度地下道の中央まで行ったとか、嘘をつくのだった。

「夜通し歩いたさ」

いばってペーチカは言った。

「あそこは骸骨だらけなんだ」

盛土からは、白いそれほど高くない屋根のある壁で囲まれたポクロフスキー修道院が、高い岸壁の上に見えた。そして、その向こうは草原で、風が吹くと薄緑色になったり、黄色になったり、海のように色を変えるのだった。

でも、その時ペーチカと私は、そんな自然の美しさなんかちっとも気付かなかった。私たちは、盛土の上に腹這いになって何かの植物の苦い根を、ペーチカが甘いというものだから、吸っていた。

確か、話はくまねずみから始まった。つまり、地下道にくまねずみは住んでいるだろうか？　ペーチカはいる、そして自身でも見たし、それから蜜蜂のように、くまねずみにも女王くまねずみがいるんだと言った。

「奴らは、閏年《うるうどし》には皆くたばっちゃうのさ」

そして言い足した。

「で、女王くまねずみは、またたくさん産むんだ。こいつはうさぎくらいにでっかいんだ」

「うそ！」

「神にかけて本当さ」

平気でペーチカは言った。

私たちには、あることについて、嘘をついてもいいか、嘘をついてはいけないかという取り決めのようなものがあった。私たちは、その当時、そうやってお互いを尊敬する、そんな子供だったのだ。

「でも、トルキスタンにはくまねずみはいないんだ」

ペーチカは、物思わしげにつけ加えた。

「あそこは、とびねずみさ。そしてステップ(草原)には野くまねずみがいるんだ。でも、これは全く別のねずみさ。というのも、こいつらは家うさぎのように草を食べるんだ」

ペーチカは、よくトルキスタンの話をした。そこは、彼の言葉によれば西洋梨、りんご、オレンジが通りにじかに成育していて、好きなだけそれらをもぎ取ってよいし、そのことで誰もここみたいに果樹園の番人に大きな塩の弾丸で背中を撃たれることもない、そんな町なのだった。

そこは冬がないので、野外に絨毯《じゅうたん》を敷いて眠るし、だれもが長靴や外套でなく、ゆるい上っ張りだけで暮らしているというのだ。

「あそこにはトルコ人が住んでるんだ。皆、一人残らず武装している。鞘《さや》に銀飾りのある曲ったサーベル、腰巻きには短刀を差し、胸には弾薬筒さ、行こうか?」

私は彼が冗談を言っていると決めてかかった。しかし、彼はそうではなかった。少し青ざめて、ペーチカは急に私に背を向けて興奮して遠くの岸を眺めながら立っていた。その岸には、水辺の砂利につき立てた釣竿を前にしてぼんやりしている、知り合いの歳をとった漁師がいた。私たちは、しばらく無言でいた。

「でも、お父さんは? いいって言う?」

「聞くつもりなんかないさ! 親爺は今、ぼくのことに興味ないいんだ」

「どうして?」

「結婚するからさ」

軽蔑するようにペーチカは言った。

私は驚いた。

「誰と?」

「ダーシャおばさんさ」

「うそ!」

「親爺は、おばさんに言ったんだ。結婚してくれなきゃ、家を売って田舎を回って鍋に錫めっきをする仕事を始めるんだと。おばさんは、はじめのうちは向きになっていたけど、それから同意したんだ。惚《ほ》れ込んだってことかな!」

軽蔑してペーチカはつけ加え、唾を吐いた。私は、まだ信じられなかった。ダーシャおばさんが! 結婚するんだって! スコヴォロードニコフ爺さんと! あんなに彼を罵っていたのに!

「どうしてそんなにいらいらしているの?」

「別に」

ペーチカは言った。彼は泣きたい気持ちで顔をしかめ、話題を変えて他のことを話し始めた。二年前ペーチカの母が死んだとき、彼は泣きながら我を忘れて中庭から外に出てとても遠くまで迷い込んでしまい、かろうじて捜し出されたことがあった。私は彼がそのことで男の子たちに泣き虫とからかわれたのを思い出した。

私たちはさらにしばらく話をした。それから両手を大の字に広げて仰向けになり、目を開いて空をじっと見始めた。

ペーチカは、そうやって瞬《まばた》きせずに二十分くらい横たわっていれば、昼間でも星や月が見えてくると請け合った。という訳で、私たちは横たわって眺《なが》め続けた。空は晴れ渡って広々としていた。どこか高いところで雲がお互いを追い越しながら速く走っていた。

私の目は涙が溢《あふ》れてきたけれど、一生懸命に瞬きをしないように我慢していた。月は相変らず見えないし、まして星が見えるなんて……私はすぐにペーチカが嘘をついていると分かった。

どこかでエンジンの騒音がする。私は軍のトラックが桟橋（それは下の要塞の外壁の近くだった）のところで動いているのだと思った。しかし、騒音は近付いてきた。

「飛行機（〔訳注〕一九一八～一九年当時は、複葉機の可能性が高い）だ」

ペーチカが言った。それは太陽に照らされた、美しい翼を持った灰色の魚みたいに飛んでいた。雲がそれに近付いてきた――飛行機は風に向かって飛んでいたのだ。でも、なんと自由に雲をよけて飛んでいくことか、私は初めて大いに感動したものだった。

ほら、もうポクロフスキー修道院を越えたところ……黒い十字形の飛行機の影が、向こう岸の草原の上をあとから走っていった。飛行機はだいぶ前に消えたけれど、それでも私には、小さな灰色の翼をまだ遠くに見ているように思えた。

第12章　死の大隊のガエール・クリー

ペーチカには、血のつながった叔父さんがモスクワにいて、トルキスタンに行くという私たちの計画のすべては、この叔父さん次第だった。叔父さんは鉄道で働いていて、ペーチカは運転士だと主張したけれど、私は釜焚《かまた》きだと思っていた。いずれにしても、以前はペーチカも彼のことをいつも釜焚きと呼んでいたのだ。この運転士兼釜焚き叔父さんは五年前、モスクワ、タシケント間を走っていた列車に乗務していた。私はどうして正確に五年と言うかといえば、この叔父さんから、もう五年手紙がなかったからだった。でも、ペーチカに言わせれば、それはたいした問題ではない、叔父さんはいつもめったに手紙を書かないし、同じ列車で働いているし、まして最後の手紙はサマラから届いたのだからというのだ。私たちは一緒に地図を調べて、本当にサマラが、モスクワとタシケントの間にあることが分かった。

要は、この叔父さんをとにかく捜さなければならなかった。彼の住所をペーチカは知っていた――もし知らなくても、姓でいつでもこの人を見つけられただろう。姓については、私たちは、ペーチカと同じスコヴォロードニコフであると私たちは微塵《みじん》も疑いを持たなかった。

タシケントへの旅の後半は、私たちはこう思っていた。つまり叔父さんは、蒸気機関車でモスクワからタシケントまで私たちを容易に連れていくに違いなかった。でも、モスクワまではどうやって行ったらいいのか？

ペーチカは、私を説得しようとはしなかった。しかし、石のような無表情な顔で彼は、私がびくびくして反対するのを終りまで聞いていた。彼は私に返事をしなかった――彼には、すべてのことが明らかだった。一方、私にもただ一つだけはっきりしていたことがあった。つまり、もしガエールがいないのなら、私はどこへも行かないだろう。そして突然、彼ガエールが去るということが分かった――彼は去り、それで私は残るのだ。

それは忘れられない日だった。軍服を着て、新品のピカピカのキュッキュッと軋《きし》む長靴をはいて、斜めに軍帽を被り、その下から巻き毛を滑らかな波のようにはみ出させてガエールは家に現れ、食卓に二百ルーブルを置いた。

当時、それは驚くべき金額のお金で、母でさえ、思わず意地汚なくそれを手で隠してしまった。でも、私やペーチカ、それに私たち中庭の男の子たち皆が驚いたのは断じてお金ではなく、全く別のものだった！　つまり、彼の詰襟《つめえり》の軍服の上着の袖には、髑髏《どくろ》が刺繍されていて、しかも髑髏の下は交差した骨になっていたのだ。継父は死の大隊に入ったのだった。

太鼓を持った人は、何かの集会や祝宴、つまりたくさん人のいるところならどこでも突然現れたものだった。彼は太鼓を打ち、全員がだんだんと静かになる。そうすると、別の人、たいていは将校が――私の継父と同じ髑髏と骨が袖にある――話を始めた。

臨時政府を代表して、彼は皆を死の大隊に誘った。しかし、登録した各人が月六十ルーブルと、さらに支度金とは別に士官の制服支給を受けると彼が断言したにもかかわらず、誰も臨時政府のために死にたいとは思わなかった。だから、死の大隊に加入したのは、主として私の継父のようないかさま師たちだった。

でも、厳粛で陰気に、新しい軍服を着て彼が家に帰ってきて、二百ルーブルを持ってきたその日、彼は、いかさま師には決して見えなかった。彼をひどく嫌っていたダーシャおばさんさえも、自分の家から外に出てきて、わざとらしくお辞儀をしたのだった。

晩に彼は客を招待して、演説をした。

「首脳様がなさった、これらすべての死の大隊創設という手続きは、大半がユダヤ人どもが組織している乞食どもから、革命の自由を守るという任務を有している。乞食どもとボリシェヴィキは、卑しい山師的行為をつくり出しており、そのせいでいうまでもなく現体制のすべての成果が被害を受けている。我ら自由の守護者にとって、この悲劇を解決するのはいとも簡単なことだ。我らは、武器を掌握しており、それは個人の権力を満足させるために、革命を企てたり、自由を奪おうとする奴らには気の毒なことよ！　自由は高くつくもの。我らは安価にそいつを引き渡しはしない！　概してまわりの状況を示している時期はこのようなものだ！」

母はこの晩とても陽気だった。よく似合った白いビロードのジャケットを着て、母はワインの瓶を手に客のまわりを歩き、乾杯の毎に各自のワイングラスに次々と注ぎ足していった。継父の友人の、チビで愛想のいい太っちょが、彼も死の大隊員なのだが、立ち上がり、うやうやしく母の健康のために乾杯を申し出た。彼は継父が演説している間、心の底から笑っていたけれど、今はとても真面目になっていた。ワインの入った大型のワイングラスを高く持ち上げて、彼は母と杯を合わせ、短く《ウラー！（万歳）》と言った。

みんなは《ウラー！》と大声で叫んだ。母は、はにかんでいた。少しバラ色の顔で母は部屋の中央に進み、低く、昔風の深いお辞儀をした。

「別嬪《べっぴん》さん！」太っちょが大声で言った。

それからスコヴォロードニコフ爺さんが返答の演説をした。彼は酔っていたものだから、とても長い中断——その間全員が沈黙していた——を挟んで話をした。

「各人は理解していなければならない、死についてな」

不機嫌に彼は始めた。

「まして、ただ訳もなく無為に過ごしているような人間なら、もっと死について分かっていなけりゃな。そしてそんな男の行く一つの道が、あんたの死の大隊さネ。だがワシは、たとえ白パンをいくらくれてもそこへの誘いには乗らんナ。どうしてかって？　ワシはあんたのいう自由のために死ぬのは真っ平。あんたの自由それは商売のこと。だからあんたの大隊、これも同じく商売さネ。

自分のこれから先の死を、二百ルーブルで売ったというワケ。でも、ちょっと待てよ。もしワシが死なない場合は？　金は返すことになるのかな？」

　彼は、資本主義者の大臣たちについてさらに少し演説して座った。拳《こぶし》を握りしめ、継父は彼に歩み寄っていった。

　このお祝いの日が台無しで終りそうになった……でも、太っちょが、この返答の演説にも、また心から笑っていたのだが、急に立ち上がって、二人の間に喧嘩にならないように飛び出していった。

　太っちょが継父を説得している間に、スコヴォロードニコフ爺さんは、わざと長靴で大きな足音を立てて出ていった。しかし、それでもやっぱりお祝いの日は台無しで終ってしまったのだった。

第13章　遠い見送り

　多分、夜中の二時になっていただろうか——私はだいぶ前に寝ていて、叫び声で目が覚めた。煙草の煙が食卓の上に静止したまま漂い、皆、ずっと前にガエールの祝いの会から帰っていて、継父は床の上に手足を伸ばして横たわって寝ていた。叫び声が繰り返された。

　私はダーシャおばさんの声だと分かり、窓に歩み寄った。中庭にある女の人が横たわっていて、ダーシャおばさんは大声をたてて、彼女の口の中に息を吹きかけていた。

「ダーシャおばさーん！」

　まるで私の声が聞こえないみたいに、おばさんは急に立ち上がり、なぜか私たちの家をぐるりと走り回って、窓を叩いた。

「水をおくれよ！　ピョートル・イワニッチ、あそこにアクシーニャが倒れてるんだよ！」

　私は戸を開けた。おばさんは入ってきて、継父を起そうとした。

「ピョートル・イワニッチったら！　あぁ、どうしよう！……(継父はもぐもぐ言うだけだった)。サーニャ、お母さんをこっちに移さないと、多分、中庭で倒れて怪我《けが》をしたのよ……ピョートル・イワニッチ！」

　目を閉じたまま継父は座り、それから又横になった。それで私たちはどうやっても彼の目を覚ますことができなかった。

　夜通し私たちは、ばたばたしながら母の面倒を見た。

そして明け方近く、ようやく母は意識を取り戻した。それは単なる失神だったけれど、倒れたとき彼女は石に頭をぶつけていて、私たちは不幸にもそれを知ったのは、翌日の夕方近く、診てもらった医者からだったのだ。医者は、氷を当てるように命じた。でも、氷を買うなんて、皆にはおかしなことに思われ、ダーシャおばさんは、氷の代りに濡れたタオルを当てることに決めた。

私は妹のサーニャが中庭に飛び出して、泣きながらバケツにタオルを濡らして、掌《こぶし》で涙をふきながら戻ってきたのを忘れない。母は、いつもと同じ青白い顔で安静にして横になっていた。母は、次の日に自分の大隊に移動することになっている継父のことは一度も尋ねなかった。でも、その代り私たち——私と妹——を、自分から一歩も引き離さなかった。吐き気が彼女を苦しめ、あたかも何かをよく見ようと努力しているみたいに母は、ひっきりなしに目を細めた。そして、そのことは、よくないことだと分かっているダーシャおばさんには、とても気掛りなことだった。母は三週間病気が続き、そしてもう快方に向かっているように見えた。それなのに突然母は《狂って》しまった。

ある日、明け方近く私は目覚め、母が裸足《はだし》の足を床におろして、ベッドに座っているのに気付いた。

「ママ！」

母はじろりと私を眺め、突然私は母が私に気付いていないことが分かった。

「ママ、ママったら！」

相変らず、厳しい表情のまま、母は寝かしつけようとする私の手を拒んだ……

その日以来、母は食べるのをやめた。そして医者は、彼女に無理にでも卵とバターを食べさせるよう命じた。これはすばらしい助言だったけれど、私たちはお金がなく、一方、町には卵もバターもなかった。（〔訳注〕革命の最中で、農民は食料を売らない）

ダーシャおばさんは、彼女にブツブツ言って泣いていたが、母は黒いお下げ髪を胸に投げかけて、ぼんやりと陰気に横になって、一言もしゃべらなかった。一度だけ、ダーシャおばさんが捨鉢《すてばち》になって、母がなぜ食べないのか知っている——それは、生きたくないから食べないんだと公言したとき、母は何かつぶやいて、顔をしかめ、そっぽを向いた。

母は、病気して以来、私にたいへん優しくなった。そしてさらに、妹のサーニャと同じくらい私を好きになったようだ。しばしば母は、注意深く、何かにびっくりしたように長いこと私を眺めるのだった。病気の前は一度もそんなことはなかったのに、今や、毎日泣いているのだった。それで私は、何で母が泣いているのかが分かった。それは母が、以前私を愛していなかったことを残念に思い、父を忘れたことを後悔し、それにもしかすると、ガエールのこと、彼が私たちにしたすべてのことに対して許しを求めていたのかも知れない。しかし、なんとなく茫然自失の状態が私を襲ってきた。何をやってもうまくいかなかったし、私は全然何もせず、何かについて考えることもしなかった。

私たちの最後の会話はこんな風だった——私も、母も一言もしゃべらなかった。母はただ私を呼び寄せ、病気で頭を震わせ、やっとのことで震える唇をこらえながら私の手を取った。私は母が別れを告げたいのだと分かった。でも、間抜けな私は頭を下げて、頑固に下の床を見つめて立っていたのだった。

次の日、母は死んだ……

ライフル銃を肩に、手榴弾を腰につけた行軍の正装の軍服を着て、入口のところで継父は泣いていた。しかし、なぜか誰も彼に少しも注意を向けようともしなかった。

私と妹は中庭に座っていた。そして、来る人来る人皆が、私たちのすぐそばに立ち止まり、きまって同じことを言った。つまり、「ほんとうにお母さん気の毒にね」とか「これからは二人っきり、孤児になるのね」と言うのだった。

それは、あるたいへんな儀式にも似たものだった。つまり、スコヴォロードニコフ爺さんのところまで《カジョール遊び》に通っていたお婆さんたちは、私たちの家に閉じ籠《こも》り、そうしてスカートをたくし上げ、袖まくりをして床洗いでもしているかのように、バケツの汚水を外に捨てたり、ダーシャおばさんは、《死者移動証明書》のような書類を取りに役所に走るのだった。

私には、この儀式が終るまでは、私たちは中庭に座っていなければならないように思えた。だから、こうやって私たちは座り、待っていたのだ。

何年もたってから私はバルザックの本で《観察力は、苦痛に対して鋭敏になる》ということを読んだ。そして、すぐにこの数日間、つまり母を死装束に着替えさせ、弔い、埋葬した葬式のことを思い出したのだった。

私には、自分についても他人についても、言葉の一つひとつ、動きの一つひとつが、記憶に残っている。私は、折りたたんだ手に小さなイコンを持って、テーブルに横たわっている母の前で、皆が最初の日には声をひそめていて、やがてより声高になり、ついには、自分たちの普通の声で話すようになった訳が分かった。彼らは慣れてしまったのだ――スコヴォロードニコフ爺さんも、継父も、ダーシャおばさんも――母が死んだことに、もう慣れてしまったのだ！　私はふと気付くと、その自分も、突然他のことを考え始めていることにぞっとしたものだった。本当に、私も母の死に慣れてしまったのか、つまり、ペーチカがずっと前にくれた鉛の弾丸入りのビトーク（小骨遊びに使うバットのこと）を考えていて、そのビトークを試そうとしないのは母の死のためだというのは本当なのだろうか？　だから今は、即刻後悔しながら自分に母のことを考えるように強いるのだった。葬式の日は、こんなふうだった。

妹のサーニャは頭が痛いというので家に残った。継父は、朝から大隊に呼び出され、出棺に遅れるため、私たちは彼を待って二時間以上過ごしたあと、私たちだけで棺と出発することになった。私たち、つまりスコヴォロードニコフ爺さん、ダーシャおばさん、そして私。

彼らは徒歩で行った。つまり、ダーシャおばさんは遅れないように馬車の取っ手につかまり、一方私は、その馬車に乗せられた。

今思うと思い出すのも恥ずかしいが、私は知り合いの男の子たちが道で出会い、立ち止まり、私たちの葬列を目で見送り、あるいは、誰かが私たちが誰を埋葬するのかを尋ねるために、二～三分葬列に加わったりするのを、得意がっていたのだった。

するとまたすぐにそんな自分を私は責め始めるのだった。でも、私たちはずっとずっと先まで進んでいき、鳥打帽と汚い上っ張りの無関心な御者が眠そうに駄馬をときどき怒鳴っていて、そうするとまたどこからとも知れずこんな考えが頭に浮かび始めるのだった。つまり、この貧しい、かろうじて白い布で包まれた棺とは似ても似つかない子供っぽい考えが……

ホラ、外壁通りにやって来た。町の壁に沿って木の柵が、夏の庭園に入場券なしで誰も入らないように壁の穴をふさいでいる。でも、最後から二番目の柵は動かせる――どうぞ、庭園にお入り下さい！――ということをペーチカと私以外誰も知らない。なんなら音楽も聞けるし、花壇でストックの花をこっそり摘んで、芝居のあとで観客に一束五コペイカで売ることだってできるんだ！

さあ、陸軍幼年学校だ。敷布団を積んだ荷車が中庭に止っていて、明るい軍用外套を着た、将校とも高等中学校の生徒ともつかぬ人たちが何かのために敷布団を運び、それを二階の窓に押し込んでいる。ほら、アフォーニャの丘にやって来た。その丘については、それは墳墓教会の跡で、復活祭《パスハ》の前の夜、地面の下から聖歌が聞こえると町では言われている。

アフォーニャの丘には、誰かが動いていて、じっと見ると同じ明るい軍用外套が、積み上げられた小枝の間に見え隠れしているのを私は見分けることができた。すると急に私は気がついた。私は、さっきバザール広場を通り過ぎた時、役所の門のところに歩哨が立っていて、柵の向こうの庭では、私服のような人たちが急いで歩き回り、彼らの一人は機関銃を引いていたのを思い出した。店は閉まっていて、通りはガランとしており、セルギエフ通りを過ぎても、私たちは一人の人間にも出会わなかった。何が起ったのだろうか?

汚い上っ張りの御者は、ひっきりなしに馬に鞭をくれながら馬車を急がせた。ダーシャおばさんとスコヴォロードニコフ爺さんはなんとか後をついてきた。私たちはパサード荒地——町と町はずれの間にあるがらんとした、汚い場所でそう呼ばれている——に出た。そして、そこは水車橋のかかった川に向かって下り坂になっていた。遠くで何か短くパンパンという音がして、御者はびっくりして振り返り、ためらいながら鞭を振り上げた。ダーシャおばさんは、私たちに追いつくや、ガミガミやり始めた。

「頭が狂ったのかい? 薪《まき》を運んでいるんじゃあるまいし!」

「撃ってくるんだよ」

陰気な調子で御者は反論した。川へ向かう坂は切通しになっていて、少しの間私たちは周囲が全然見えずに進んでいった。どこかで撃っていたけれど、ずっとまばらになっていた。私が小魚のスナモグリを何回もつかまえたことのある水車橋が、もう見えていた。すると、突然御者は腰を上げ鞭を振り上げたのだが……馬はびくっと動いたかと思うと、私たちは川岸に沿って疾走を始め、スコヴォロードニコフ爺さんとダーシャおばさんをはるかかなたに置き去りにしてしまったのだ。

多分、それは弾丸だったのだろう。なぜなら馬車から小さな木の破片が飛び散り、その一つが私の顔にじかに当たったから。

私が手でつかまっていた彫刻のある柱はぐらついてキーッと軋んだ音をたて、私たちは大きく振られ、そしてその柱は道に落ちてしまった。私はどこか後の方でスコヴォロードニコフ爺さんが怒鳴っていて、ダーシャおばさんが泣き声で罵《ののし》っているのを聞いた。

帽子をやや深目に被って、頭上に鞭を振りかぶりながら、御者は入口が梁や板や煉瓦のようなもので仕切られているのが見えないかのように、一直線に橋に向かって馬を全速力で走らせた。どすん！　馬は後ずさりして、右に左にびくっと動き、そして止まった。その梁の中から私たちの方に飛び出してきた人たちの中に、私は見覚えのある植字工——去年の夏、隣りの中庭の女占い師のところに部屋を借りていた——に気付いた。手に彼はライフル銃を持ち、ふつうの外套にしてはとても奇妙に見える皮のベルトをして、ナガン式拳銃を差していた。彼らは皆武装していて、幾人かはサーベルまで着けていた。御者は降りて、上っ張りを帯に差し込み、そして長靴に鞭を押し込みながら罵り始めた。

「あんたたち、この葬式が分からんのかい？……全く、馬が撃ち殺されるところだったじゃないか！」

「我々は撃ってはいない、それはお前、カデット（帝政ロシアの立憲民主党員）側がやったんだ」

植字工は反論した。

「一体お前は、バリケードが見えないのか、この馬鹿」

「あんたの名前は何ていうのかい」

御者は怒鳴った。

「あんたたち、責任とってもらうよ！　誰が修理代を払ってくれるのかい？」

御者は馬車のまわりを歩いて指でこわれた箇所に触れた。

「あんたたち、車輪の輻《や》をこわしてくれたね！」

「馬鹿野郎」

植字工はまた言った。

「我々じゃないとお前に言っただろう！　棺に我々が発砲するだって、この大馬鹿野郎！」

「坊や、誰のお葬式なのかい？」

毛皮帽の初老の男——その帽子には記章の代りに赤いリボン（ボリシェヴィキ赤軍の帽子）が付いていた——が、小声で私に尋ねた。

「お母さん……」

ようやく私は言った。彼は帽子を脱いだ。

「同志諸君、もう少し静かに」

彼は言った。

「葬式で、この子は母親の野辺の送りをしているんだ。やはり騒ぐのはよくないな」

皆が私の方に顔を向けた。多分、私はあまりよくない姿をしていたのだろう。というのも、喧嘩に片がついてダーシャおばさんは泣きながら私たちに追いつき、製粉所を通って橋に向かった時、私はジャンパーのポケットに二個の砂糖の固まりと、白い乾パンを見つけたのだった。

疲れ果てて、私たちは葬式のあと家に戻った。町の上の空は赤々としていた。クラスノヤルスク連隊の兵舎が燃えていたのだ。浮き橋のところで、スコヴォロードニコフ爺さんが顔見知りの歩哨を呼び止め、ずいぶん長い話——私にはさっぱり分からなかったが——を始めた。つまり、誰それがどこどこで鉄道の線路を解体してしまったとか、騎兵部隊がペトログラードに向け進撃中であるとか、死の大隊が駅舎を占拠しているとかである。

ケーレンスキーという名前が、まさに一分毎にいろいろな言い方で何度も繰り返された。私はほとんど足が立たなかったし、ダーシャおばさんは「ああ困った」といって溜息をついた。

私たちが戻ったとき、妹は寝ていた。服を着たまま私はベッドの妹のそばに座った。

私たちが二人だけになったその夜、その最初の夜に、ダーシャおばさんが何故私たちのところに泊まらなかったのか分からない。おばさんは私にお粥《かゆ》を持ってきてくれた。でも私は食べたくなかった。しかも、おばさんは、そのお皿を窓のところに置いたのだった。食卓——そこは、朝、お母さんが横たわっていた——ではなくて、窓に。朝、そして今は夜。妹のサーニャはお母さんのベッドに寝ている。お母さんが額にイコンの紙片をつけ、手にはお守りのお経——私はこの管のように巻いた紙を何と呼ぶのかとんと分からなかった——を持って横になっていたそのベッドのその場所に。

私は立ち上がって、窓のところに行った。中庭は暗かったけれど、川の上の空は赤く、黒い煙の帯が輝き出して、そして消えた。兵舎は燃えていた。でもそれは鉄道の向こうの遠く離れた全く違う方向だった……

私は、母が頭を震わせ、涙をこらえながら私の手を取ったのを思い出していた。なぜ私は母に何も話さなかったのだろう。母は、せめて一言でも私の言葉を待っていたというのに。

小石が岸にころがる音がしていた——多分、風が起り、雨がポツポツ降り始めたのだろう。長いこと、何も考えずに私は、大粒の重い水滴が窓ガラスをすべり落ちる——はじめのうちはゆっくり、それからずっとどんどん速くなっていく——のを見ていた。

私は誰かがドアを引っ張り部屋に駆け込み、濡れた軍用外套を床に投げ捨てる夢を見ていた。私はこれが全く夢ではないとは、すぐには気付かなかった。継父は、歩きながら軍服の上着を引っ張って脱ごうとして、家中を駆けずり回っていた。歯ぎしりして彼は脱ごうとするのに、汗で背中にくっついてうまく脱げなかった。ズボン一つの裸になって彼は自分の長持に突進して、そこから背負い袋を取り出した。

「ピョートル・イワニッチ！」

ちらりと私を一瞥して彼は何も答えなかった。毛深い汗ばんだ体で、彼は急いで下着類を長持から背負い袋に移した。彼は、毛布を巻いて、膝《ひざ》を押しつけ、革紐できつく締めつけた。その間ずっと憎らしそうに彼は唇を動かし、食いしばった歯は、本物の狼の大きな長い歯のように見えた。

軍服の上着を三枚彼は着て、四枚目は背負い袋に突っ込んだ。多分彼は私が眠っていないということを忘れていたのだろう。そうでないと、母のビロードのジャケットを、釘からひったくり同じ背負い袋に突っ込むような破廉恥は恐らくできなかっただろう。

「ピョートル・イワニッチったら！」

「うるさい！」

頭を上げて彼は言った。

「何もかも糞食らえだ！」

彼は、靴を履《は》き替え、軍用外套を着て、突然袖の髑髏《どくろ》と骨の刺繍に気がついた。悪態をつきながら再び外套を脱ぎ捨てると、歯でその髑髏と骨を剥がし始めた。背負い袋を肩にして――何年もの長い間、この男は私の人生から姿を消した！　残ったのは、床の上の汚い足跡と、紙巻煙草《カティーク》の空き缶――それに彼はカフスボタンや色々なネクタイピンを入れていた――だけだった。

翌日になって、すべては明らかになった。軍事革命委員会は町にソビエト政権のできたことを宣言した。死の大隊と義勇兵たちは、それに対抗して進撃し、打ち破られたのだった。

第14章　家出。僕は眠らない、眠っている振りをしてるんだ

革命の後これから、すべての鉄道はただになる（〔訳注〕革命後、通貨の切替えで、一時的に無料扱いにされた）と、ペーチカはどこで聞いてきたのだろう？　多分、無料の路面電車の噂《うわさ》が、そんなおおげさに彼に伝わったのだろう。

「大人たちには出張証明書が必要さ」

ペーチカはきっぱり言った。

「でも僕たちは何にもいらないのさ」

彼はもう黙っていなかった。彼は私を説得しようとして私の臆病をからかい、非難するかと思えば軽蔑して笑うのだった。世間でどんなことが起ろうと、あらゆることが彼にこう確信させるのだった——つまり私たちが一刻も猶予《ゆうよ》せずにトルキスタンにすぐに出掛けるべきだと。スコヴォロードニコフ爺さんは、自分がボリシェヴィキだと宣言し、ダーシャおばさんにイコンをしまうように命じた。ペーチカはすぐさま、この事件は自分のトルキスタン行きに有利になったと説明し、今や中庭ではいずれにしても誰一人いい生活はできなくなるだろうと説得したのだ。

「婆さんたち、スコヴォロードニコフ爺さんを咬《か》み殺すぜ」

陰気にペーチカは言った。

「僕は、もう爺さんの身を保証できないよ」

軍事革命委員会はラインワインの地下貯蔵室を打ち壊し、ペシャンカ川にワインを流すように命令した。このことさえ、私たちの計画に役に立つことが分かったのだ。

「魚がバタバタ死ぬだろうよ」

大人のように冷ややかにペーチカは言った。

「それでどんなことやったって同じこと、密造酒をつくり始めるのさ。だから、トルキスタンに行くしかないんだ！」

もし、ダーシャおばさんとスコヴォロードニコフ爺さんが、家族会議で、私と妹を孤児院に出すことを決めていなかったら、ペーチカは、結局のところ私を説得していたか、そうでなかったか私には分からない。ダーシャおばさんは、なんでも屋だった——シャツに刺繍をしたりランプの笠を作っていた。

しかし、今となっては彼女のランプの笠を誰が必要としていただろう？　もしかするとスコヴォロードニコフ爺さんのところに嫁に行くことで、彼女は自分の生活の立て直しを当てにしていたのかも知れない。でも、政治活動に夢中になり、老人は自分の万能膠《にかわ》を放り出し、すっかり生計を立てる手段はなくなってしまった。

涙ながらにダーシャおばさんはこう宣言したのだ。毎日、孤児院に私たちを訪れるから、そして孤児院は冬の間だけで、夏になったらきっと家に戻るから、それに孤児院では私たちに食べさせ、教え、着せてくれるから、つまり、新品の長靴、シャツ二枚、外套と帽子、長靴下にカルサン（ズボン下）までくれるんだ。私はおばさんにこう尋ねたのを思い出す。

「それで、カルサンって、いったい何なの?」

私たちは孤児院の子供たちを知っていた。それは、灰色のジャンパーにしわくちゃの灰色のズボンの、青白い顔の子供たちだった。彼らは、ゴム銃で鳥をうまくしとめて、それから庭でそれらを焼いて食べていた。孤児院で食べさせてくれるといっても、その程度のことだったのだ! 一般に彼らは《囚人》だった。そして私たちは彼らと喧嘩をしていた。でもなんと今度は私が《囚人》側になってしまうなんて!

家族会議で孤児院行きが決まったその同じ日、私は、ペーチカにトルキスタン行きに同意したと言った。私たちにはお金は少しばかり——十ルーブルほどあった。私たちは古物市場で母の編上げ靴を売った——もう十ルーブル。しめて二十ルーブルだ。最大限に用心して、家から掛布団が持ち出された。同じように用心して、それは元に戻された。つまり、四ルーブル半という多分たいへん安い値段をつけたのに、誰も買わなかったのだ。掛布団を持って市場をうろうろしている間に飲み食いした額がちょうど四ルーブル半だった。合計で十五ルーブル半になる。

ペーチカは自分の本を売り飛ばしたかった。でも幸いにも誰も本を買わなかった。私が幸いにもと言ったのは、これらの本は、今では私の蔵書のうち一番名誉ある場所に置かれているからである。とは言っても、その一冊、多分「ユーリー・ミロスラーフスキー」はうまく売ることができた。それでしめて十六ルーブル。

私たちは、このお金で叔父さんの所に行くのに十分だと思った。そして、そこでワクワクするようなすばらしい蒸気機関車の生活が始まるのだ。確か、武器の問題が私たちを興奮させ、たくさんの議論をしたものだった。ペーチカは、フィンランド・ナイフ(鞘入りの厚刃ナイフ)をもっていて、それを短剣と呼んでいた。私たちはその短剣用に古い長靴でケースを縫って作った。けれど、刀剣の武器だけで旅に出るのは、なんだかつまらなかった。どこで回転式拳銃は手に入るのだろうか?

一時、私たちは軍事革命委員会が、ナガン式拳銃を支給してくれないかと期待していた。やがて、それは多分無理と分かり、そこで、脱走兵が自分の武器を、なんでもいいから私たちに売ってくれないかと、古物市場に出掛けていった。

長いこと捜した末、私たちは必要としていたものを見つけた。それは彫刻した木の握りの、大きな五銃身式の回転拳銃——私は、言い間違いではないと、あえて言うのだが——まさに五銃身式だったのだ。そいつは、各々の五つの銃身すべてに弾を込め、射撃の毎に手でこの銃身を回さねばならなかった。疑いもなくそれは地上最初の回転式銃の一つだった。私は、あとで博物館でそのようなものを見たものだ。でも、私たちはそれが大いに気に入ったのだ。

まさに、この五銃身が私たちを感動させた。こんな銃身から、どんなにかすごい音がすることだろう！　それを売っていたのが脱走兵でなく、老いた将軍婦人だったことも私たちに尊敬の念を抱かせた。要するに私たちがお金を取りに戻っている間に、その将軍婦人が、彼女の回転式銃とともに消えていなかったら、十六ルーブルのうち、おそらく三ルーブル半以上残ることはなかっただろう。

今になって思うのだが、私たちは結局運が良かったのだろう。もし、私たちがこの銃を買ってそれを試射していたとしたら（私たちは、すでに火薬さえも調達していたのだ）、N市からモスクワ、タシケントに至るコースではなく、中庭からスパスコエ墓地行きのコースに向かっていたことだろう。

そんなわけで、武器は刀剣どまりにしておこうと決まった。他のすべての準備は、万事滞りなかった。つまり、しっかりした短靴、暖かい外套——ペーチカのはビーバーの皮の襟さえ付いていた——二着のズボンであった。

その日、私はとてもふさぎ込んでいた。そしてダーシャおばさんは何回も私を元気づけようとするのだった。かわいそうなダーシャおばさん！　おばさんのクッキーをもらいたいばかりに、私たちが出発を延ばしていることを、おばさんが知っていてくれたらなあ！　明日、おばさんは、孤児院に私と妹のサーニャを連れていくつもりだった。そして一日中、私たちの《旅のお土産《みやげ》》に、クッキーを焼いていた。一日中クッキーを焼きながらおばさんはしょっちゅう眼鏡をはずし鼻をかんでいた。

おばさんは、私に厳粛な約束をさせた。つまり、盗まない、煙草をやらない、目上の人に暴言を吐かない、勉強を怠けない、お酒を飲まない、汚いことばを使わない、喧嘩をしない——聖書にある戒めよりも多いくらいだ。とても悲しげだった妹に、おばさんは、すばらしい昔のシルクのリボンをくれた。

もちろん、簡単に家から出ていってもよかった——跡形もなく消え失せたという具合に！　でもペーチカはそれはつまらないと、私をその神秘さで感動させるような十分に複雑なプランを編み出した。まず一番目は、私たちはお互いに《血まみれの友情の誓い》を交さねばならなかった。それは、つまりこういうことだった。

《この固い誓いの言葉に背《そむ》いた者は、海にある砂、森にある木、空から落ちてくる雨滴の数をすべて数え終らない限り、許されることなし。また、前に行きたければ後ろを向き、左に行きたければ右を向いてしまうなり。私の帽子を地面に叩きつけるが如く、この固い誓いの言葉を破った者は雷に打たるべし。闘い、探し求め、見つけたらあきらめないこと》

順番にこの誓いの言葉を唱えながら、私たちは握手を交し、一気に帽子を地面に叩きつけなければならなかった。この儀式は、出発の前日、大聖堂の庭でなされた。私は誓いの言葉を空んじて言った。ペーチカは紙に書いたものを読んだ。それから彼はピンで指を刺して、血で紙にサインをした。《ペー・エス》つまりピョートル・スコヴォロードニコフと。私は苦労して乱暴に書いた。《アー・ゲー》つまりアレクサンドル・グリゴーリエフと。

二番目に、私は十時に床に入って、寝た振りをしなければならなかった。もっとも、私が寝ているか、その振りをしているかなど、誰も興味なかったのだけれど。夜中の三時、ペーチカは窓の下で三回口笛を吹くことになっていた――つまり、万事オーケー、道は空いていて、逃げられるという前もって決められた合図だった。

それは、本当に準備オーケーで、道は空いていて、誰も私たちが逃げるのに気付かないかも知れない昼間に比べると、はるかに危険なことだった。

夜中、警備隊が私たちをつかまえるかも知れなかった――町は包囲状態にあった――ペシャンカ川のすべての川岸には、夜は番犬が鎖をほどいて放たれていたのだ。でも、ペーチカは命令し、私は服従した。そうして、その晩――私の生まれた家での最後の晩が始まったのだった。

ダーシャおばさんは食卓の向こうに座って、私のシャツを繕っていた。孤児院では下着類を出してくれるのに、それでも万一の用意にもう一着というつもりなのだ！　おばさんの前にはランプがあり、ランプの上には青い笠――母の結婚のときのダーシャおばさんの贈り物だった。今となっては、そのランプの笠も、何だか当惑した風で、あたかも人のいなくなった家で身の置きどころを失ったかのようだった。隅の方は暗かった。暖炉の竈《かまど》の上には湯沸しがぶら下がっていて、その影は、湯沸しでなく、だれかの巨大なひっくり返った鼻のようだった。窓の下の隙間からは冷気が漂い、川の匂いがした。

　ダーシャおばさんは縫物をして、話をしている。おばさんはテーブルから何か（〔訳注〕状況からいって、これは指貫）を取り、すると、天井に明るい輪が震え始める。十時だ。私は寝た振りをしている。

「サーニャ、お前いい子だからちゃんとお兄ちゃんの言うことを聞くんだよ」

　ダーシャおばさんは妹に言っている。

「お前は女の子なんだから彼にすがっていくんだよ。私たちはいつだって、男たちを頼みとしてすがっていくのさ。彼は、ほんとうにお前を侮辱することは許さないからね」

　心は痛むけれど、私は妹のことを考えまいと努める。

ほら、僕たち、モスクワに着いたよ！　ペーチカの叔父さんが、駅に僕たちを出迎える。彼はスコヴォロードニコフ爺さんに似ている。でもずっと若くて、陽気なんだ。機関車は遠く離れた線路に止まっていて、真っ黒い顔の男が、釜に石炭を少しずつ投げ足していて、火花が煙突から散って、消えていく。僕たちは、機関車で疾走する。木々が見え隠れして、電話線が上へ、そして下へと流れていく。今度は、僕とペーチカも釜に石炭を放り投げる――熱く、楽しく、窓から顔を出して覗く――風が耳の中をびゅうびゅう鳴らす。

「ねえ、サーニャ」

　ダーシャおばさんは私に話しかける。私はおばさんの眼鏡から涙が流れ、縫物をしている私のシャツに落ちるのに気付く。

「妹を大事にするんだよ。お前たち、別々に引き離されるだろうけど、私が頼んでおくからね、お前が毎日妹を訪ねてもいいようにさ」

「分かったよ、ダーシャおばさん」

「おや、まあ、あぁ神様！　アクシーニャが生きていたらねぇ……」

　彼女はランプを直して糸を通し、溜息をつきながらまた針仕事にとりかかる。


　十時半、私は眠らない。眠った振りをしている。私は、白い花の木を見ている――日影になった花の下は、青や緑や空色の絨毯。

　私たちはトルキスタンにいる。通りにはオレンジの木が生えている。私たちは、初めはこっそりそれらを摘み、それからもっと大胆になる。オレンジをこれ以上入れるところがなくなると、ペーチカは袋から替えズボンを取り出す。彼はズボンの端を結び、その中にオレンジを放り込む。ホラ、顎髭《あごひげ》の老人が私たちを小さな白い家に連れていく。壁には武器が掛かっている――短剣、五銃身式回転銃、銀の飾りの曲ったサーベル。《ヤクシ?》――彼はそう言って、私たちに短剣と回転式銃とサーベルを一つずつ選ぶように勧める。

「読みも、書きも教えてくれるさ」

私は、夢の中で聞いて、思う……

《ダーシャおばさんは、どうしてここにいるんだろう?》

「たぶん一人前の人間になって、私らにきっとお礼を言うことだろうよ」

私は眠らない、眠った振りをしている。十一時半。十二時。ダーシャおばさんは立ち上がる。下から照らされたランプ仕事のおばさんの優しい顔を見るのも、これが最後、本当に最後。おばさんはランプのガラスの上に掌《てのひら》を置いて息を吹く――暗闇! 暗闇の中で私たちに十字を切って横になる。今日はおばさんは私たちのところに泊まるんだ。

眠くないときに眠った振りをするのは簡単だ! 私はやっとのことで目を開けている。何時だろう? 三時にはまだある。酔っ払いの歌が川の方から聞こえてくる。砂利が岸にころがって運ばれている。合図は全く無しの礫《つぶて》、ただ掛時計がカチカチ音を立てているだけで、ダーシャおばさんは溜息をつきながら、転々と何度も寝返りを打っている。私は眠り込まないように座って、膝に頭を乗せる。私は眠っている振りをしている。私は、口笛の合図を聞くけれど目を覚ますことができない。

ペーチカは、私に口笛で合図をしている間、ジプシーみたいにしわがれ声になってしまったと後になって言った。でも彼は、私が長靴をはいて、外套を着、クッキーを袋に入れている間中、ずっと口笛を吹いていたのだった。ペーチカはとても怒っていて、私になぜか「ホラ、外套の襟をちゃんと立てるんだよ」と言って、それから私たちは走り出した。

万事が申し分なく順調だった。犬も、人間も、誰も私たちに構《かま》うものはいなかった。実は万一のために、私たちは町を囲む土手沿いにおよそ三露里(一露里は一・〇六㎞)遠回りをした。走りながら、私はペーチカが、今はすべての鉄道にただで乗れる確信があるかどうかを知ろうとした。彼は、そうだ、悪くても座席の下に隠れていくんだと返事した。二晩でモスクワだ。急行列車は五時四十分に出る。警備隊を避けながら、駅から半露里のところから柵を跳び越え突進したけれど、五時四十分発の列車なんてどこにもありゃしない。

　薄闇の中で濡れた黒いレールが光っていて、ポイントには黄色い灯火が燃えていた。どうしたらいいだろう？　駅で朝まで待つ？　駄目だ、警備兵に逮捕されるかも知れない。家に戻ろうか？

　その時、顎髭の全身油で汚れた車輌の連結手が貨物列車の下から這い出して、枕木沿いに、こちらに向かってやって来た。

「おじさん」

　ペーチカは勇敢に彼に話しかけた。

「モスクワはどっちかな、右、それとも左？」

　連結手は、彼の方を見て、それから私を見た。

　私は背筋が冷たくなった。《今に、警備詰所送りになるぞ》

「坊やたち、モスクワまでは五百露里ある」

「おじさん、右か左を聞いてるんだよ」

　連結手は笑い出した。

「左だよ」

「ありがとう、おじさん！　……サーニカ、左に行くんだ！」

第15章　闘い、探し求め、見つけたら あきらめないこと

　十一歳か十二歳くらいの年で、車輌の下に隠れて乗り、何か月間も体を洗わない、そんな子供たちの旅行は、どれも似たようなものだろう。このことは、浮浪児の生活についての何冊かの本をめくれば簡単に確かめられる。だから、私は、N市からモスクワへの私たちの旅を記述するのはよそう。

　ダーシャおばさんの七つの戒めは、間もなく忘れられた。私たちは汚い言葉を吐き、喧嘩をし、煙草——それは暖を取るため、ときには牛糞を巻いて——を吸った。私たちは嘘をついた。オレンブルグに塩を買いに出掛けたおばさんと途中ではぐれたとか、私たちは避難民で、モスクワのお婆さんのところに行くところだとか……私たちは、兄弟の振りをした——これはホロリとさせる印

象を起させた。

私たちは、歌はできなかったけれど、私は列車の中で遠洋航海士の手紙を読んでみせた。

ヴィシニー・ヴォロチョーク駅で、ある歳よりも若々しい白髪の船乗りが、私にその手紙を二度繰り返させたのを思い出す。

「ほんとうに不思議だ……」

彼は、気難しい灰色の目で私の顔をまじまじ見つめながら言った。

「セドフ中尉の探検だって？　フーム、不思議だ……」

それでも私たちは浮浪児にはならなかった。ガッテラス船長と同じように――ペーチカは、彼について著者のジュール・ベルヌ自身さえ思いつかないほど細部にわたって私に話して聞かせた――私たちは前進、また前進をしたのだった。私たちは、トルキスタンには食べ物があって、ここにはもはやないというだけのために前進をするのではなかった。私たちは、新天地を見つけに行ったのだ――日の当たる町々、広々とした庭園を。私たちはお互いに誓いを立てていた。この誓いが、どんなにか私たちの役に立ったことだろう！

ある時、スタラヤ・ルッサに近付いていた時、私たちは迷子になり、森で道に迷ってしまった。私は雪に突っ伏して目を閉じた。ペーチカは狼の振りをして私を脅《おど》かしたり、悪態をつき、殴りさえしたけれど、すべて無駄だった。私は、もう一歩も動けなかった。

すると彼は帽子を脱いで、それを雪の上に叩きつけた。

「誓いを立てたじゃないか、サーニカ！」

彼は言った。

「闘い、探し求め、見つけたらあきらめない。いいかい、君は今誓い破りじゃないか？　自分で言ったろう――誓い破りは容赦されないんだと」

私は泣き出した。でも立ち上がった。夜中遅く私たちは村に着いた。そこは古儀式派（〔訳注〕ロシアのギリシャ正教の分派）の村だったけれど、一人のお婆さんが、それでも私たちを迎え入れ、食べさせてくれ、風呂で体まで洗ってくれた。こうして村から村へ、駅から駅へと旅をして、私たちはついにモスクワにたどり着いたのだった。

旅の途中で、私たちはN市から持って来ていた物のほとんどすべてを売ったり交換したり、そして食べ物に費したのだった。

古い長靴の鞘《さや》に入ったナイフの、あのペーチカの短剣までが、確か肉の煮凝《にこご》り二切れで売られてしまった。売らないで残ったものといえば、《ペー・エス》とか《アー・ゲー》と血でサインした誓いの言葉の紙と、ペーチカの叔父さんの住所だけだった。

　叔父さん！　彼のことを私たちは幾度話したことだろう！　あげくの果ては、彼は想像の上では蒸気機関車の支配者のように思えてくるのだった。つまり顎髭《あごひげ》を風になびかせ、煙突からは煙を吐き、釜から蒸気を噴き出し……


　そして、とうとうモスクワに着いた！　厳寒の二月の夜、私たちは最後の駅の区間を通過しているときに、便所の窓から抜け出し、線路に飛び降りた。モスクワは見えなかった。暗く、でも私たちは町自体に興味はなかった。それは、単にモスクワであり、一方、叔父さんはモスクワ貨物駅の修理場である第七車庫に住んでいた。二時間、私たちは枕木の上をさ迷い、離合集散するレールの間を歩き回っていた。

　私たちの前に第七車庫が現れたとき、夜が明け始めていた。それは錠のぶら下がった高い楕円形の扉と、暗い楕円形の窓のある陰気な建物だった。叔父さんはいなかった。叔父さんについて尋ねる人さえいなかった。

　朝になって、第七車庫の委員会で、私たちは叔父さんが前線に出掛けたことを知った。

　これでおしまいだ！　私たちは外に出て、陸橋に座った。オレンジの生育する通りよ、さようなら。戸外での夜よ、さようなら。腰に着けたナイフと銀飾りの曲ったサーベルよ、さようなら！

　念のためペーチカは、叔父さんが結婚していないかどうかを尋ねに委員会に戻った。いや、叔父さんは独身だった。彼は、実はある車輌に住んでいて、そのままその車輌で前線に行ったのだった。

　すっかり夜が明けて、モスクワが今は見渡せた。家、そして家（私は、これがすべて駅の建物かと思った）——雪の巨大な山、まばらに走っている路面電車、そしてまた家、家。どうしようか？

　辛《つら》い日々は、こうして始まった。私たちは、もうどんな仕事でもやったのだ！　私たちは、行列にじっと並んだ。金持ちのところで家並みの前の歩道から雪を掻《か》き捨てる仕事もやった。つまり《労働の義務》を果したという訳だ。サーカスの馬小屋から糞を掻き出すこともやった。私たちは、玄関や墓地や屋根裏で夜を明かした。そして突然、すべてが変わった……

　私たちは、確かボジェドムカ通りを、ただ一つのこと、つまりどこかで焚火《たきび》にあたりたい一心で歩いていた。というのも、その当時、グズネツキー・モスト通りでも焚火をすることがあったから。

　いや、出会えない！　雪、暗闇、そして静けさ！　寒い夜だった。どこを向いても玄関は閉まっている。震えながら私たちは黙って歩いていた。ペーチカが、又、地面に帽子を叩きつけやしないかと心配になる。でもその時、酔っ払いの声が、たった今通り過ぎた門の通り口から聞こえてきた。

ペーチカは中庭に忍び込み、私は歩道の台石に腰掛けた——歯をガチガチいわせ、震える指を口の中に押し込みながら。ペーチカは戻ってきた。

「さあ行こう!」

うれしそうに彼は言った。

「入れてくれたよ!」

第16章　最初の飛行

頭の上に屋根があると、なんとよく眠れることか!

零下二〇度の寒さでも、《ブルジュイカ・ストーブ》のそばに座り、煙突が唸《うな》り始めるまで、薪を割り、ストーブに投げ入れるのは何と快適なことか!　でも、塩や小麦粉を量りながら、その仕事で私たちのトルキスタン行きが約束されているのを思うことの方が、はるかにすばらしい!　私たちは不具者で闇《やみ》の商売人たちの溜り場にうまく行き当たった。溜り場の主人は、火傷顔の跛《びっこ》のポーランド人で、私たちをトルキスタンに一緒に連れていくと約束したのだった。トルキスタンは実は、町でなく国だった。首都はタシケント——そして、二~三週おきにこの不具の闇商人たちが通っていたのが、まさにそのタシケントだったのだ。

私たちは、このいかさま師たちのところで食料品の袋詰めの仕事についた。給料はなし——食事と、泊まる家だけ。でも私たちには、これだけでも幸せだった。もし、跛の闇商人の妻の女主人がいなければ、生活は、本当に悪くはないものだったのに!

女主人には、ホトホトうんざりしたものだ。太っちょで、目を剥《む》き出しながら、腹を揺すり、彼女は、私たちが食料品を袋詰めしている納屋に駆けつけて、食料品がすべてごまかされずにちゃんとあるかどうか調べるのだった。

「ペーチ、こらペーチったら、よくそんなシゴツ(仕事)でくるね」

シゴツであろうがなかろうが、例えば豚の脂身を量りながら、小さな一切れたりともくすねたりしないでいるのは、本当に容易でなかった。角砂糖なんかは、指の間やポケットの中に入り込むのだった。でも私たちは一生懸命がまんした。あぁ！　どっちみち、私たちはトルキスタンを決して見ることができないと分かっていたら――多分、この老いた鬼婆《おにばば》は、何かが無くなっていることにすぐに気がついていただろうに！

ある時（私たちはもうその溜り場で働いて三か月になっていた）、彼女は私たちのところにガウン一枚であわててやって来た。手には、夜に納屋を閉める錠前を持っていた。目を剥《む》き出して彼女は敷居に立ち止り、見回し青ざめた。

「中から叩いちゃだめ、ノックするんじゃないよ」

彼女はささやいてどうしようかと頭を抱えた。

「怒鳴るんじゃないよ、お黙り！」

苦しそうに息をついて、彼女はあっという間に閂《かんぬき》を差し込み、錠を掛けると行ってしまった。

それは、あまりに突然だったので、しばらく私たちは全く口も利けなかった。それからペーチカは口汚く罵り、床に横になった。私も横になり、私たちは戸の下の狭い隙間《すきま》を見始めた。

はじめはすべてが静かだった――がらんとした中庭に、少し溶けた雪と、黄色い水溜りになった足跡があった。やがて黒い丈夫な長靴の見知らぬ足が、一組、もう一組、そして三組現れた。足は中庭を通って離れに向かった。二組はいなくなり、三組目が表階段のところに残った。そのそばに銃の台尻が下ろされた。

「手入れだ！」

ペーチカはささやいて急に立ち上がった。暗闇の中で彼は私と頭をぶつけて、私は舌をかんだ。でも、その時は舌の痛みを感じる暇《ひま》はなかった。

「逃げるんだ！……」

もし、私たちがロープを持って行っていたなら、私の人生は違う道を行ったかも知れないなんて、誰も知るよしもない。ロープは納屋にいくらでもあったのだ。

でも、私たちがロープのことを思い出した時は、すでに屋根裏にまで来ていた。納屋は石造りの屋根裏付きで、屋根は片斜面になっていて、後ろの壁には、隣りの中庭に出られる丸い穴がついていた。

ペーチカはこの穴の中を覗《のぞ》いて振り返った。彼は、私たちが暗闇で天井から板切れを剥がしたとき頬をひっかいていて、今やひっきりなしに拳《こぶし》で血を拭っていた。

「飛ぼうかな？」

でも平らに切り立った壁の、あまり大きくない穴をくぐり、五～六mの高さから飛ぶのはそんなに容易ではない――水の中に真っ逆さまに飛び込むのなら問題ないのだけれど。その穴に足を外側に向けて這い出し、座り、腰を思いきり低く屈《かが》め、そして体ごと前に押し出して、下に落ちるというやり方をせねばならなかった。そして、ペーチカはまさにそうやったのだった。私はまだロープを取りに戻ろうかと考えていたけれど、彼はもうすでに穴の中に座っていた。

彼は私の方を向くことができなかった。ペーチカはただこう言っただけだった。

「大丈夫だ、サーニャ、勇気を出すんだ！」

そして、姿を消してしまった。心臓が止まるほどの恐怖で私はすぐ跡を見た。大丈夫だ、彼は幸い塀の向こう側の湿った雪の固まりの上に落ちたのだった。その塀は納屋にとても近い場所にあったのだ。

「行けよ！」

私は這い出して、膝を抱きかかえながら座った。隣りの中庭が、今はすべて見えた。小さな女の子が、昔風の柱のある家づたいにフィンランド風の橇で滑っていた。カラスが排水管の上に止まっていた。ほら、女の子は橇遊びをやめて、もの珍しそうに私たちを眺めている。カラスも無関心だけれど、眺めながら羽の中に頭を入れるとそっぽ向いてしまう。

「行けったら！」

女の子とカラス以外に、中庭には皮外套の男がいた。彼は私たちの離れがよその中庭に隣接する場所に立っていた。私は彼が紙巻煙草を吸い終り、それを捨て、落ち着いて私たちの方に向かうのを見た。

「行くんだよ！」

絶望的にペーチカが叫んだ。

私が、ためらいながら手をついて押し出そうとした時、すべてが突然動き出した。カラスは飛び去り、女の子は驚いて後退《あとずさ》りした。ペーチカはまっしぐらに門扉のところに走っていき、皮外套の男が彼を追って走り出した。私は、この瞬間、すべてを理解した。でももう遅い――私は下に飛んでいた。

これが私の初めての飛行だった――五mの所から、パラシュートなしで下に一直線に。飛行は成功したとは言えなかった。私は塀に胸をぶつけ、立ち上がり、また倒れた。最後に私がペーチカを見たのは、彼が通りに飛び出し、皮外套の男の鼻先で門の扉をばたんと閉めたことだった。

第17章　リヤスイ（粘土の動物たち）

私たちが何も悪くないのに逃げるというのは、もちろんたいへんバカげていた。私たちは何かにつけ込んで悪いことをしていたのではなく、ただ闇の商売人の所で働いていただけなのだ。私たちは、何でもなく、ただ取り調べられ放免されていたことだろう。でも、今は後悔しても遅かった。皮外套の男は私の手をしっかり握り、私たちは、どこか――多分刑務所にいくんだ。私は捕まりペーチカは逃げた。私は今一人ぼっち、ほら、夕方、太陽が沈み、コクマルガラスがストラスノイ並木通り沿いの樹々の上をゆっくり飛んでいく……。私は泣かなかったけれど、多分、絶望的な顔をしていたのだろう。というのも、皮外套の男は思いやり深げに私を見つめ、つかんでいた手を放した。私が逃げないと分かったのだ。

彼は、私をニキツキー門のそばの巨大な建物の六階の広く明るい広間に連れていった。そこは国民教育局の配給所で、ここで私は忘れられない三日間を過ごしたのだ。

私は、これらの赤黒い面をした人たちを見た時、心臓が止まるくらいの絶望感に襲われた。つまり、ある人たちは粘土のストーブのまわりにしゃがんで賭事のトランプをやっている。またある人たちは、高い窓から長い上の横木を取り外し、その場でストーブの焚付けにしている。三番目のグループは寝ている。四番目のグループは家を作っている。つまり隅の方に所かまわず積んである古い絵の額縁やカンバスの家だ。夜ごと、配給所が通りよりもさらに冷えてくると、これらの家の主たちはプリムス型石油コンロに火をつけ、希望者を自分の家に入らせた――ある者には紙巻煙草二本で、ある者にはパンの一切れでという具合に……

この野蛮な乱雑さの中で、高い台の上にはギリシア神たち――アポロン、ダイアナ、ヘラクレス――の白い、盲目の石膏像が立っていて、無関心に眺めているのだった。

この神々の所にだけ、人間的な顔が見られた。明け方近く、寒さで歯をガチガチ震わせながら目覚めた時、私はこわごわと石膏像たちをチラと見た。彼らは多分、こう思っているのだ。《バカ、お前は本当にバカだ！ なんで家出なんかしたんだ？ 考えてもごらん、孤児院だって春には戻れるんだし、爺さんを手伝えるし、仕事だって見つかるさ！　だのに今、お前は一人ぼっち――誰にも思い出されることなく死んでいく。ペーチカだけがお前を捜してモスクワ中をうろつき回り、ダーシャおばさんはつらそうに溜息をつくばかり！　兄弟、衣服を返してもらいな、そして家に出発するんだ！》

国民教育局では衣服を取り替えていた――つまり古いものを燃やし、その代りにズボンとシャツを支給していたのだ。多くの浮浪児たちは、ぼろぼろの衣服を取り替えてもらうためにわざと捕まえられていた。

まる三日間、私は黙り通した。最近話すことを学んだばかりの子供にとって、それは全くたやすいことだった。だって、一体誰と話せるというのだろう？　新入りの浮浪児たちが連れてこられる毎に、私は思わずその中にペーチカがいないか見るのだった。いない。ああ、いなくてよかった。私は脇の方に座って黙っているのだった。

空腹と、寒さと、退屈さから、そのうち私は塑像作りを始めた。以前、絵画と彫刻のアトリエだったので、白い彫刻用の粘土は好きなだけあった。どうにか固まりを取り上げると、私は熱湯でそれを柔らかくして指でこね始めた。ホラ、ひとりでにひきがえるが出来上がった。私は、それに大きな鼻孔と突き出した目を付け、それから野うさぎを作ろうとやってみた。もちろん、それはまだとても下手《へた》な出来だった。でも、私が、形のはっきりしない粘土の固まりに、二つに分かれたうさぎの鼻を見たとき突然、私の心にある考えが湧いた。私はこの瞬間を覚えている。つまり、私が粘土で作っていることを、誰も気付いてはいない。歳をとった泥棒は、何故か奇跡的に浮浪児のための配給所に連れてこられたのだが、駅で《二人組みの泥棒稼業》をする話をしていた。私は、窓の方に立っていき、息を止めて、野うさぎの耳が突き出した小さな粘土の固まりを見つめ、わけもなく興奮していたのだった……

それから私は、厚い、撫《な》でつけられた鬣《たてがみ》の馬を粘土で作った。リャスイだ！　スコヴォロードニコフ老人の馬そっくり――ホラ、これは本当にそうだ！　それはリャスイだった。ただ違うのは木でなく粘土でできていたことだった。

何故かは分からないけれど、この発見は私を喜ばせた。私はワクワクして眠りについた。私はどうやらリャスイが私を救ってくれるかのように期待していたようだ。ここから出ること、ペーチカを見つけること、家に帰ること、そして彼がトルキスタンまでたどり着くこと――これらすべての手助けになってくれる。孤児院の妹に、前線にいるペーチカの叔父さんに、寒く食べもののないモスクワの通りで夜中さ迷い歩くすべての人に——手助けになってくれる。こう私は祈った——神になんかではない。新聞紙の切れ端に覆われて窓のところに乾かしてある、ひきがえるや馬や野うさぎに祈ったのだ。

きっと、私のような無信仰ではない他の子供でも、偶像崇拝者になって、永遠にひきがえるや馬や野うさぎを信じるようになることだろう。これらが私を救ってくれるんだ！

翌日に国民教育局の委員会の人が配給所に姿を見せた。配給所は、今後永遠に一掃されて無くなるというのだ。

泥棒たちは刑務所に、浮浪児たちは集団居住地《コロニー》に、乞食たちは各々の村の家に出発させられた。絵画や彫刻のアトリエの広々とした広間には、ギリシアの神々——アポロン、ヘラクレス、ダイアナ——だけがとり残された。

「で、これは何だね？」

委員会のメンバーの一人でもじゃもじゃ頭の、髭をそっていない若者で皆に簡単にシューラと呼ばれている男が尋ねた。

「イワン・アンドレーヴィチ、ご覧なさい。なんとすばらしい彫刻作品でしょう！」

イワン・アンドレーヴィチも又、もじゃもじゃ頭で、髭をそっていなかったけれど、歳をとっていて、鼻眼鏡をかけ、リャスイを注意深く見始めた。

「セルギエフ・パサードの典型的なロシアの民芸品だな」

彼は言った。

「おもしろい、これは誰が作ったのかな？　君かい？」

「僕です」

「姓は？」

「グリゴーリエフ・アレクサンドルです」

「習ってみたいかい？」

私は彼を見て、黙っていた。多分、私はこの数か月、空腹の戸外の生活に、それでもやはり十分に苦しみを味わっていたのだろう。というのも、突然私の顔は歪《ゆが》み、目から鼻から、いたる所から涙と鼻水が流れ始めたのだった。

「習いたいそうです……」

委員会のメンバーのシューラが言った。

「彼を、どこに行かせますか、イワン・アンドレーヴィチ、え？」

「私の考えでは、ニコライ・アントニッチの所だな」

その人は、私の野うさぎを窓敷居の上に慎重に立てながら答えた。

「なるほど！　ニコライ・アントニッチには、こうした芸術向きのところがあります……さあ、グリゴーリエフ・アレクサンドル君、ニコライ・アントニッチの所に行くかい？」

「シューラ、彼はニコライを知らないよ、それより書類を書いてくれたまえ。グリゴーリエフ・アレクサンドル君と……何歳かな？」

「十一歳です」

私は半年つけ足して答えた。

「十一歳ね。書いたかな？　タターリノフの第四コンミューン学校行きと」

第18章　ニコライ・アントニッチ

　国民教育局からの太った女の人は、なぜかダーシャおばさんに似た人で、あとで戻るからと言って、私を薄暗く長い廊下に残して出ていった。私は携帯品預り所にいた。空《から》の外套掛けは、痩せた角《つの》のある人間みたいに、開いた戸棚の中に並んでいた。壁沿いに扉、又扉、そのうちの一つはガラスの扉だった。N市を出て初めて私は自分の姿を見た。なんということだろう！　丸く短く刈り込んだ頭の青白い男の子が憂鬱そうに私を見ている――私が思っていたよりはるかにチビのまだ子供だった。細い尖《とが》った鼻に突っ張った口。国民教育局の風呂で、軽石で汚れを取っていたのに、ところどころ、まだ黒い染《し》みが残っていた。長すぎる制服は、私をもうひと回り包むことができそうだし、長すぎるズボンは長靴のまわりを揺れ動くのだった。

　太った女の人は戻ってきて、私たちはニコライ・アントニッチの所へ行った。その人は、でっぷりした青白い顔で、禿げてまばらになった髪を後ろに撫でつけていた。口の中に金歯が光っていて、私はというと、自分の愚かな癖から、その歯をじっと見つめたり、それから目を離さずに眺めているのだった。

　私たちはもう十分長いこと待っていた。ニコライ・アントニッチは忙しかった。彼は四方を取り囲み、我先に何かを説明しようとする、十六歳くらいの子供たちと話をしていた。彼は太い指を軽く動かしながら彼らの言うことを聞いていたが、その指は私には毛深い毛虫――多分、オオモンシロチョウになる――を思い起させた。彼にはゆったりとしていて、寛大で、もったい振ったところがあった……

「静かに、君たち、一度に話しちゃいかん」

ニコライ・アントニッチは言った。

「じゃあ、イーゴリ君、君だけ話したまえ」

彼は立ち上がり、その男の子の肩を抱いた。その子は眼鏡をかけ、黒い巻き毛の、赤ら顔で、黒いうぶ毛が頬と鼻の下に伸びていた。

「ニコライ・アントニッチ！」

イーゴリは厳《いか》めしく言って赤くなった。

「私たちは、リャードフの実科中学校には反対です。私たちは第十三連合委員会に行き、反対することに決めました。食糧の配給量はそのままにして、メンバーが増えると、このコンミューンはどうなるのでしょう？　コラブリョフは、これはカーシャ（お粥）を巡っての闘いだと言っています。でも私たちは、こういう事は原則的であるべきだと思います。私たちがコンミューンの一員であるのなら、私たち自身が、新しいメンバーを受け入れるか、あるいは受け入れないかを決めなければなりません。リャードフの実科中学校を受け入れることはできません。どうしてもそうしなければならないのなら、私たちはブルジョゾフスカヤの女子高等中学校を受け入れた方がまだましです」

彼はほんとうに情熱的にしゃべり続けたので、皆が笑いを入れたとき、ほんの一瞬、言いよどんだだけだった。

「私たちは、そもそもコラブリョフの侮辱的な言い方には反対であり、問題を生徒会に諮《はか》ることを要求します」

「それじゃあ少数派になってしまうよ」

ニコライ・アントニッチは異議を唱え、私たちの方に頷《うなず》いた。私たちは歩み寄った。

「孤児かな？」

「いいえ」

「国民教育局から来ました」

太った女の人は説明し、机に書類を広げた。

「グリゴーリエフ君、どこから来たのかね？」

書類に目を通しながらニコライ・アントニッチは印象深く尋ねた。

「N市からです」

「それで、どうやってこのモスクワまで来たのかね？」

「モスクワは途中なんです」

私は答えた。

「ほう、坊や！　じゃあ、どこに行くところかな？」

私は胸に空気をたくさん入れたけど、何も言えなかった。私は、もう何回となく誰で、どこから来たかと質問されてきた。

「ふーん、君とはもう少し話し合おう」

ニコライ・アントニッチは国民教育局からの私の書類の裏面に何かを書き入れた。

「で、逃げたりしないかい？」

私は逃げるると確信していたけれど、安全のために答えた。

「ええ」

私たちは去った。敷居のところで私は振り返った。私たちの説明が終るのを待ちながら、じれったそうな軽蔑の表情でイーゴリが何かを早口でまくしたてたが、ニコライ・アントニッチは、それに耳を貸そうとせず、物思いに沈んだ様子で私のあとを眺めていた。

彼は何を思っていたのだろう？　彼自身の運命が、この日、発育不全な人間の姿——つまり、頭に黒い染みのある、ズボンをぶらぶらさせる長靴をはき、痩せた首をそこから突き出した制服姿——となって彼の前に出現したとは多分、思いもしなかったことだろう。

第二部　何か思うところがある

第1章　物語を聞く

《暖かくなった最初の日に》それ以外には考えられなかった。厳寒が去れば、はいさようなら、子供の家とはおさらば！　しかし、そうはならなかった。私はどこにも逃げはしなかった。読書が、私を離さなかったのだ。

朝から私たちはパンを求めてパン屋へ通い、その後勉強した。私たちは、年齢からすると、もう六年生で学ぶような人も二〜三人いたけれど、一年生のグループに入れられた。歳老いた先生のセラフィーマ・ペトローヴナは、旅行用ザックを肩にかけて学校に通勤しながら、私たちを教えた……いや、本当のところ、彼女が私たちに何を教えたのか説明するのは難しいのだけれど。

私たちが鴨の授業を受けた時のことを思い出す。それは、一度に三課目、つまり地理、理科、それに国語を教えるものだった。理科の授業では、鴨は鴨として教えられた。つまりどんな翼をして、どんな足をして、どうやって泳いでといった具合に。地理の授業では同じ鴨が、地球の生き物として教えられた。つまり地図を差し示して、どこに住んでいて、どこにはいないといった具合に。国語の授業では、セラフィーマ・ペトローヴナ先生は私たちに、鴨とは《у-т-к-а》と書くことを教え、鴨についてのいくつかのことを、ブレム氏の図鑑で教えたのだった。

ついでに先生は、私たちに鴨のことをドイツ語でこう、フランス語でこうと教えた。多分、それは当時呼ばれていた総合的教育法というものだったのだろう。でも、概してすべてのことが、《ついでに》教えられていただけだった。セラフィーマ・ペトローヴナ先生は、この教育法を何かと混同していたに違いない。彼女は歳をとっていて、胸のところにはピンで止めた真珠貝の時計が付けてあり、私たちは答えながらいつも、何時かとその時計を見るのだった。

その代り夜になると、先生は私たちに本を読んでくれた。先生から私は初めてアリョーヌシカとイワヌシカの姉弟の昔話を聞いた。

太陽は高く
井戸は遠い
暑さがひどく
汗が出てくる

やぎのひづめの足跡に
いっぱい水がたまっているよ

《アリババと四十人の盗賊》は、特に私を夢中にさせた。《開けゴマ！》私は何年もたってから《千一夜》の新訳で読んだ時、このゴマがシーザムでなくてシム・シム、つまり何かの植物、おそらく麻を意味する言葉になっていて、とてもがっかりしたものだった。シーザム──それは、不思議な魔法の言葉だった。それがただの麻だと知り、なんと失望したことだろう。これらの物語に私が完全に嵌《はま》ってしまったと言っても、言い過ぎではなかっただろう。何よりも一番、今や私は、セラフィーマ・ペトローヴナ先生のように読めるようになりたかった。だいたいにおいて私は子供の家が気に入っていた。暖かで、雨露をしのげ、食べさせてくれ、その上教えてもくれる。退屈ではない。どんな場合でも、あまりつまらないということはなかった。私に接する仲間は多分、私がチビだったせいで、良くしてくれた。

子供の家での日々の最初に、私は二人の男の子と友達になり、自由時間を無駄に過ごすことはなくなった。

私の新しい友人の一人はロマーシカという名前だった。彼は痩せて頭でっかちで、その頭には猫みたいな毛むくじゃらの黄色い髪が乱雑に生えていた。鼻はペチャンコで眼が不自然なくらい真ん丸、顎は角張っていて──それは怖い、人好きのしない顔だった。私と彼は絵解きパズルを通して仲良くなった。私は、パズルを上手に解き、それが彼に好感を持たせたのだ。

もう一人は、ヴァーリカ・ジューコフといって、彼は自分が大きくなって成りたいプランをたくさん持った、不精な性格の男の子だった。ライオンの猛獣使いになるために動物園の職員になろうとしたり、消防士の仕事に心を引かれたりといった具合に。パン屋では彼はパン職人にあこがれたし、劇場から出てくるときは、役者になる固い決意をするのだった。しかし、彼はとても大胆な思いつきもできた。

「それで、もし、あのね……」

彼は物思わしげに始めた。

「……地面に穴を開けて貫いて、向こう側に出ていくとしたら」

ロマーシカは意地悪く話を発展させるのだった。

「で、あの、もしね……」

「……生きているはつかねずみを飲み込んだとしたら」

ヴァーリカは犬が好きだった。サドーヴァヤ・トリウムファーリナヤ通り中のすべての犬が彼にたいへんな敬意を持って接するのだった。しかし、それでもやはりヴァーリカはただのヴァーリカであり、ロマーシカはロマーシカだった。二人ともペーチカにはとても及ばなかった。彼がいなくてどんなに寂しかったかは言葉で表現できない。

私は、私たちがさ迷い歩いたすべての場所を歩き回ったり、孤児たちに彼のことを尋ねたり、配給所や、いくつかの子供の家に張りついてみたりした。いない、どこにも。国際列車の車輛の下の箱かどこかに体を入り込ませてトルキスタンへ行ってしまったのだろうか？　食べ物のないモスクワから歩いて家まで帰ったのだろうか？　誰にも分からない！

この毎日の放浪の間に、今更ながら私はモスクワの町を知り、好きになった。それは、神秘的で巨大で雪の多い、飢えと戦争の町だった。広場という広場には地図が掛けられていて、小旗を掲げた赤い糸がクルスクとハリコフの間のあたりを通っていて、その糸がモスクワに近付いてくるのだった。（（訳注）一九一九年白軍のデニキン軍がハリコフを陥落させ、モスクワへ進軍する）

オホートヌイ街は、低層の長い木造のアーケードで、彩色されていた。未来派の画家たちが、その壁に風変わりな絵を塗りたくっていたのだ。つまり、緑色の顔の人間たちとか、丸屋根の倒壊している教会とかである。同様の絵は、トヴェルスカヤ通りの高い塀を飾っていた。商店のショーウインドーにはロシア通信社のポスターが掛かっていた。

パイナップルを食べろ
えぞらいちょうを噛《か》むんだ
お前の最期の日が
やってくるさ、ブルジョワよ

これは、私が自分で初めて読むことのできた詩（マヤコフスキー、一九一七年の詩）だった。

第2章　学校

私たちの子供の家は、若い才能のある人間の飼育場みたいな所だという国民教育局の考えに前に触れていたと思う。

国民教育局は私たちを音楽や絵画や文学の分野の才能に優れていると考えていた。だから、授業のあとは、私たちは好きなことをすることができた。私たちは自分の才能を自由に発達させるように思われていたのだ。そして、私たちは実にお見事にその才能を発達させたのだった。

モスクワ川で、消防士たちが、氷に開けた穴で魚を取っているのを手伝いに走っていく者もあれば、スハレフスキー市場で置引きしようとキョロキョロしながらぶらついている者もいた。

でも、私はだんだん子供の家にいることが多くなった。私たちは学校の下の階の、より低い階に住んでいたので、目の前で学校の全生活を見ることができた。それは、不可解で謎めいた、複雑な生活だった。

私は上級生たちの間をぶらついて、会話に聞き耳を立てた。新しい関係、新しい考え、新しい人たち。すべてがN市とは大違いだった——N市がモスクワとは似ていないのと同じように。私は長いこと、すべてのことにただひたすら驚きながら、何だかさっぱり分からなかった。しかし、今となってみれば、私は第四労働学校がこういうものであったことが分かるのだ。

つい最近サドーヴァヤ・トリウムファーリナヤ通りの大きな赤い建物に、ペストフの高等中学校が入った。そして、その附属で小さな子供の家、つまり私たちの子供の家が開設された。一九一九年の冬、ペストフの高等中学校は、リャードフの実科中学校と合併し、翌春にはブルジョゾフスカヤの女子高等中学校と統合された。

読者の多くは、革命前の中学校で習んでいないので、高等中学生と実科中学生がどんなにお互い軽蔑し合っていたかはきっと知らないだろう。この敵意の原因が何だったのかは分からないけれど、N市の私のところにまで、スケート場の恐ろしい喧嘩だとか、貴族出の立派な高等中学生とか、規則で禁じられている《鉛バンド》を拳《こぶし》にしっかりつけて喧嘩に向かう悪党の実科中学生とかの興味津々の噂が届いていた。今やモスクワで私は、自分の目で、これらの噂のすべてを見たのだ。

ペストフの高等中学生は、モスクワ中でも一番の、名うての乱暴者たちで、他の高等中学校を除名された生徒たちすべてを試験なしで受け入れていたものだから、無理もない話なのだ。それとは反対にリャードフの実科中学生は、多くが上級の役人や技師、教育者の子弟という育ちの良い生徒だった。何代にもわたる敵対の間に、国民教育局の法令により、ブルジョゾフスカヤの女子高等中学校が加わるに及んで、敵意は三倍にふくれ上がった。

口論し、陰謀をはかり陰口をたたく口実はいくらでもあった。集会の演説、また演説、たくさんの釈明書、秘密の、あるいは公然とした衝突が、どれほどあったことか！　子供の家は、その喧嘩の蚊帳の外で、誰も私たちに注意を払う者はいなかった。でも、どちらが英雄かを見分けるのは簡単だった。ペストフの高等中学生に決まっている！　私たちは、帽子を被《かぶ》るのさえ、彼らのように真ん中の折目を右にして被ろうとしていたのだ。

第四コンミューン学校からは後に有名な、尊敬すべき人たちが輩出した。私自身、この学校にたいへんお世話になったものだ。しかし、一九二〇年当時、そこはなんと混乱《カーシャ》していたことか！　ところで本物の粥《カーシャ》は、とうもろこしであったり、きびの碾割《ひきわ》りであったりして、それは、リャードフの生徒たちにも、ペストフの生徒たちにも学校での著しい関心事となっていた。

粥は、歳とったおばあさんみたいに、大事に包《くる》まれ、大鍋に入って橇《そり》でやって来て、その橇ごと上の講堂に運ばれた。《ワーリャおばさん》なる経済委員会——太いお下げ髪の、赤ら顔でぽっちゃりした少女を、皆そう呼んでいた——は、カウンターの向こうでお玉杓子を手にして、もう行ったり来たりしていた。順番に並んで各々、制服や年齢、出身の違いに関係なく、泡《あぶく》のはじけたえも言われぬうまさの、まだ熱い粥を、お玉一杯分もらったものだ。

粥の分配は昼休みということになっていたのだが、授業には出なくてもよかったので、学校のある日は全部が一つの昼休みとなってしまった。あるとき私は五年生の集会で、勉強するか、それともしないかという問題を討議しているのに行き当たった。毛むくじゃらのペストフの生徒で、皆が《いいぞ、カヴィーチカ！》と叫んでいるその子が、どんなことがあろうと、勉強はしないんだと説得していた。学校への出席は自由意思であるべきで、一方、学業の評点は多数決でつけられるべきというのだ。

「いいぞ、カヴィーチカ！」

「そのとおりだ！」

「同志諸君、要するに問題は教師たちです。その授業に出るのが絶対少数であるような教師たちをどうしたらいいか？　私は、五人の生徒という規準をつくることを提案します。もし、五人より少ない授業をやれば、その日教師は食糧の割当てはもらえない」

「そうだ！」

「ばかやろう！」

「消えろ！」

「いいぞ！」

多分演説は教師たち全員にでなく、ただ一人についてなされていたのだろう。というのも皆が、振り返って見たり、ささやき合ったり、お互いに突《つつ》き合ったりしていた。つまり、戸口に腕組みして注意深く発言者に耳を傾けている、背の高い、まだ年配でもない、口髭のふさふさした男が立っていたのだ。

「あれは誰？」

私は、お粥様の到着を待って、お玉杓子を手に廊下をぶらぶらしているワーリャおばさんに尋ねた。

「あれは、あんた、髭《ひげ》よ」ワーリャおばさんは答えた。

「えっ、髭？」

「まぁ、あんた知らないの？」

間もなく、私は第四コンミューン学校で《髭》が誰なのかを知った。それは地理の教師コラブリョフで、学校中が彼をひどく嫌っていた。第一に、リャードフか、ブルジョゾフスカヤか、ペストフか、どこからやって来たのか不明であったし、第二に、みんなの意見では、彼は馬鹿で何も知らない、第三に、彼は教室に生徒が三人であろうと、毎日授業にやって来て、定刻に席に着くのだった。それには、本当に全員一人残らず憤慨させられた……

「さて、同志諸君」

カヴィーチカは、発言の真っ最中にボタンの一つもないオーバーにボタンをかけようとしながら続けた。

「五年生から学年委員は私一人です。これは間違っています。私一人で、五年生の利益のために闘うのは困難です。私たちは、低学年だと思われているのです。でも見て下さい。第一四四学校の生徒会の議長は誰か？　ムハベーロフです。何年生？　五年生じゃないですか！　つまり、もしそうだというのなら、まず私たちが低学年生であることを証明してもらいたい。話はその後です。だから高学年生として私たちは二人の代表を持たねばなりません。一人は私、もう一人は、フィルケヴィチを推薦します！」

「グラジーリシコフだよ！」

「ニダダーエフがいい！」

「ガライだ！」

私は、コラブリョフの方を見た。多分私は目を見張っていたのだろう。なぜなら彼は突然、私の真似をして──それもやっと目につくほどに──からかったから。私には、彼が髭の下で微笑んでいるように思われた。でも、カヴィーチカはまた話し始め、コラブリョフは、いたずらっぽい眼差しを私から逸《そ》らせて、ただならぬ注意を払いながら彼の演説を聞き始めた。

第3章　N市から来たおばあさん

クドリンスカヤ広場で緑のビロードの長外套を着た痩せたおばあさんに会ったその日——日差しの明るい、春の雨がポツポツ降ったり、また止んだり——のことをはっきり覚えている。おばあさんは、じゃがいも、スカンポ、玉葱などありとあらゆるもので一杯の大きな袋を抱えて、もう一方の手には大きな傘を持っていた。袋は、おばあさんには重そうだったけれど、足取りはしっかりしていて、緊張した面持ちで絶えずひそひそと数えているのだった。私は、こんなふうに聞いた。

《茸《きのこ》、半フント——五百ルーブル、青色染料——百五十ルーブル、ビート——百五十ルーブル、カップ一杯の牛乳——百五十ルーブル、教会の記憶録——七百六十ルーブル、卵三個——三百ルーブル、懺悔《ざんげ》——五百ルーブル》

当時の物価は、そのくらいだった。

ついに、おばあさんは小さく溜息をついて、袋を乾いた石の上に置き、息を整えた。

「おばあさん、手伝うよ」

私は、おばあさんに言った。

「あっちへお行き、怠け者！　ちゃんと分かってるサ！　三個目のレモンも、家に持ち帰れやしない」

おばあさんは、エネルギッシュに私を脅す仕草をして、袋を摑《つか》んだ。私は離れた。でも、私たちは同じ方向に歩いて、数分するとまた並んでいた。きっと、おばあさんは私からこっそり逃げたかったのだろう。でも、そんな袋を持っていては、それはかなり困難なことだった。

「おばあさん、僕が盗むと思うんだったら」

私は言った。

「いいよ、ただで手伝うから。誓ってもいい、僕はただおばあさんが苦しむのを見るのが気の毒なんだ」

おばあさんは腹を立てた。片方の手で袋を抱え、もう片方で蜜蜂みたいに私を傘で追い払い始めた。

「もちろん、誰が信じるものかね！　三個目のレモンまで奪い取って、ちゃんと知ってるんだから！」

「好きなようにしたらいいさ、奪ったのは浮浪児たちで、僕は子供の家の子なんだ」

「なに、子供の家の子だって、泥棒さ」

おばあさんは僕を見つめ、僕もおばあさんを見た。鼻は少し上を向いて、毅然としていて、全身はどこか親切そうで、きっぱりしたところがあった。多分、おばあさんは私を気に入ったのだろう。突然、追い払うのをやめて、厳しく尋ねた。

「どこの子だい？」

「誰の子でもないよ」

「じゃあ、どこから来たのさ？　モスクワっ子かい？」

私は、もしモスクワっ子と答えたら、おばあさんは私を追い払うとすぐに分かった。きっと、おばあさんのレモンを奪ったのはモスクワっ子だと思っていたのだろう。

「ちがうよ、僕はN市から来たんだ」

おばあさんも、またN市から来ていたことは間違いなかった。目が輝き始め、顔付きはさらに親しくなったのだ。

「嘘ついて、ほら吹きだね！」

怒っておばあさんは言った。

「もう一人の子も、私に言ったさ、モスクワっ子じゃないと。で、気がついたら、もうレモンはありゃしない……。N市からと言うんなら、どこに住んでいたんだね？」

「ペシャンカ川のほとり、バザールナヤ広場の向こうだよ」

「また嘘をお言い……」

おばあさんは、僕が嘘をついていないと分かった。

「ペシャンカ川だけじゃ、分からないよ。そんな川はどこにだってあるだろうし、私や、お前さんを覚えていないよ」

「おばあさんは、きっと僕がまだ小さかった以前に町を去ったんだよ」

「いいや、以前じゃなく、最近さ……。さぁ、袋のこっちの取っ手を持って、私がもう一方を持つから、引っぱるんじゃないよ」

私たちは袋を運び、話をした。私はおばあさんにペーチカとトルキスタンに歩いて出掛け、モスクワで引っかかっているんだと話した。おばあさんは興味深く聞いていた。

「ほう、そうかい！　お利口さん！　歩いて出掛けるって！　なんと歩いてね！　よくも思いついたものさね！」

サドーヴァヤ・トリウムファーリナヤ通りで、私はおばあさんに私たちの学校を見せた。

「全く同郷人だよ」

意味ありげにおばあさんは言った。おばあさんは、第二トヴェルスカヤ・ヤムスカヤ通りの、小さな煉瓦造りの家に住んでいた。見覚えのある家だ。

「ここに僕たちの校長先生が住んでるよ」

私は言った。

「多分、知っていると思うけど、ニコライ・アントニッチさ」

「あら、そうかい！」

おばあさんは答えた。

「で、彼はどう？　いい校長先生なの？」

「申し分ないよ！」

私は、おばあさんが何故笑ったのか分からなかった。

私たちは、二階に上がり、清潔な油布を張ったドアの前で立ち止まった。ドアには表札が掛かっていて、そこには手の込んだ手書きの姓が書いてあり、私にはそれが読めなかった。

声をひそめて何か言いながら、おばあさんは長外套から鍵を取り出した。私は帰りたかったけれど、おばあさんは引き止めた。

「おばあさん、僕はほんとにタダだって言ったじゃない」

「そうさ、タダだとね、でもちょっといなさい」

おばあさんは、なぜか爪先立ちで小さな玄関の間に入って、明かりをつけずに長外套を脱ぎ始めた。おばあさんは長外套、房の付いたショール、袖なしの上衣、さらにもう少し小さいショール、スカーフその他を脱いだ。それから傘を広げ、そしていなくなった。ちょうどその瞬間どこかの女の子が台所からドアを開けて敷居に現れた。私は、すんでのところで、おばあさんが、女の子に変わってしまったと信じるところだった。でも、その時、おばあさん自身も現れた。おばあさんは、箪笥《たんす》にちょっと寄って、そこに自分のショールや袖なし上衣を掛けていたらしかった。

「あぁ、これはカテリーナ・イワーノヴナさ」

おばあさんは言った。カテリーナ・イワーノヴナは歳の頃十二歳、私よりそれほど大きくはなかった。ところが、これがどうして、とんでもない！　私も、できたら彼女みたいに威張《いば》って歩いたり、誇らしげに頭を反《そ》っくり返したり、黒い生き生きした眼差しで、じかに顔を見つめたりしたいものだ。彼女はお下げの髪の端を輪っかにして、同様に額にも髪で輪っかをつくっていた。彼女は赤ら顔で、でも、おばあさんと同様に毅然とした鼻をした、厳《いか》めしい顔つきをしていた。全体として彼女はかわいらしい、でもひどく威張っている——それが第一印象だった。

「言った通りだね、カテリーナ・イワーノヴナ」

相変らず衣服を脱ぎながら、おばあさんは言った。

「また、レモンを盗まれたヨ」

「だから言ったでしょ、外套の中に入れておくんだって！」

悔しそうにカテリーナ・イワーノヴナが言った。

「もちろん！　外套に入れたさ！　その外套から盗むんだから」

「ということは、おばあちゃん、また数えていたでしょう」

「数えたりするものかね。ほれ、一緒に付添いしてくれたのさ」

女の子は私を見つめた。その時まで彼女は私に気付いていないようだった。

「この子が袋を運んでくれて……お母さんはどうなんだい？」

「今、計っているわ」

落ち着いて私を観察しながら、女の子は言った。

「あぁなんてこと！」

急におばあさんはおたおたしだした。

「一体なんだって、そんなに遅いんだい？　だって、お医者様は十二時に計るように言ってただろう」

おばあさんは急いで出ていった。そして、私と女の子だけが残された。二分くらい沈黙。それから、女の子は顔をしかめて、厳しく尋ねた。


「〈エレーナ・ロビンソン〉読んだ？」

「いや」

「じゃあ〈ロビンソン・クルーソー〉は？」

「それも読んでない」

「どうして？」

私は、危うく読むことを学んでほんの半年だと言ってしまうところだったけれど、なんとか踏み止《とど》まった。

「持ってないんだ」

「あんた何年生なの？」

「何年生でもないよ」

「この子は旅人なのさ」戻って来ながら、おばあさんは言った。

「三七度二分と……この子は歩いてトルキスタンまで行くのさ。カーチャ、お前、この子を怒らせるんじゃないよ」

「えっ、歩いて？」

「そうさ、尻に帆掛けてのスタコラサッサさ」

玄関の間には、鏡の下に小さなテーブルがあった。カーチャは、椅子をテーブルに寄せて座り、頬杖をつきながら落ち着いて言った。

「さぁ、話してちょうだい」

私は、女の子に話したくなかった。彼女の威張りようは、それはひどいものだった。私たちがもしトルキスタンまでたどり着いていたのなら話は別だった。だから、私は丁重に言った。

「たいしたことじゃないさ、気が進まないんだ、今度ね」

おばあさんは私に、ジャムパンを渡そうとしたけれど、私は断った。

「タダと言ったじゃない、だからタダなんだ」

私はなぜ混乱してしまったのか自分でも分からない。私が、話を始めないでドアの方へ行った時、カーチカが赤面したのは、いい気味でさえあった。

「さぁ、いいね、怒ったりしないで」

私を見送りながら、おばあさんは言った。

「お前、なんて名前かい？」

「グリゴーリエフ・アレクサンドル」

「それじゃ、さようなら、アレクサンドル・グリゴーリエフ、ありがとうね」

私は、ドアの表札の姓を判読しながら、長いこと踊り場に立っていた。カザリノフ、いやカザリノフじゃない……

「エヌ、アー、タターリノフだ」

突然私は読めた。こりゃ驚いた！　タターリノフ・ニコライ・アントニッチ、私たちの校長先生だ。ここは、彼のアパートなんだ。

第4章　何か思うところがあった

私たちはセレーブリャンヌイ・ボールの古風な廃屋で夏を過ごすことになった。そこは、小さな中階段がいくつもあって、天井は木製の彫刻、廊下といえば、急に窓や出口のない壁に突き当たってしまう、そんな家だった。家中がギシギシ軋《きし》んでいて、ドアも鎧《よろい》戸も勝手放題の有様。大部屋の一つは、ぴったりと釘付けにされていたのに、そこからも何かキーキーと軋る音や、カサカサする音がするかと思うと、突然、時計の金槌が、ちゃんと当たらずに音を立てているような、規則正しいガタガタという金属音が始まるのだった。屋根裏にはホコリ茸(キツネノチャブクロの別称)が生えて、外国語の本が、表紙がなくページが破り取られて何冊も散らばっていた。

革命前、その家は、歳老いたジプシーの伯爵夫人が所有していた。ジプシーの伯爵夫人だって！　それは謎いたことだった。噂によれば、彼女は死に際して、秘宝を隠したという。ロマーシカは、夏の間中それを捜していた。ひ弱な大頭の彼は、棒を持って家を歩き回り、叩いては耳を澄ませた。夜通し叩いて回るものだから、上級生の誰かに彼は殴られてしまった。十三歳にして彼は金持ちになると固く決心した。彼の青白い耳は、お金についてしゃべると赤くほてり始めるのだった。それは、迷信深くて貪欲な、生まれながらの秘宝捜しだった。

　ペルシャ・ライラックが、崩れた東屋《あずまや》の周りに鬱蒼《うっそう》と生えていた。緑の小径に沿って彫像が立っていた。それらは、ギリシアの神々——無関心で、白い盲目の眼差しの——とは似ていなかったけれど、私たちみたいな、同じ人々だった。ある彫像は、コラブリョフに似た口髭を生やし、もう一つは十歳くらいの普通の女の子だった。彼女は、踵《かかと》に届くくらい長いシュミーズを着て、たった今起きたみたいに、伸びをして拳《こぶし》で目をこすっていた。

　私は、彼女を粘土で作ろうとしたけれど、ろくなものはできなかった。出来上がったものといえば、お下げの先の輪っかと、額にかかる同じ輪っか——あの、上を向いた鼻の女の子、カテリーナ・イワーノヴナみたいな——だけだった。たぶん、その鼻だって出来ただろう。でも、やっぱり人物は、ひきがえるや野うさぎのように簡単には作れなかった。

　そんなのんびりした生活も、セレーブリャンヌイ・ボールに越してきたばかりの、初夏の間だけだった。やがて生活はひどくなり、私たちはほとんど食べさせてもらえなくなった。子供の家の中すべてが、《自給生活》に移っていった。

　私たちは魚やザリガニをつかまえ、競技場で試合のある昼間はライラックの花を売ったりした。でも、その花はというと、何のことはない、すべて手当たり次第にかっぱらってきたものだった。夜ごとに私たちは庭で焚火を起し、獲物を焼いた。

　そんな晩の一つがこうだった——毎晩がすべて同じ繰返しだったのだ。

　私たちは焚火のそばに座り、疲れ、腹をすかせ、意地悪そうにしている。煙であらゆるもの——飯盒《はんごう》、それを掛ける二叉になった棒、私たちの顔、手——が黒かった。クック船長を今にも食べようとするインディアンのように、私たちは黙って火を見つめている。燃えさしの木片が急にパッと燃え上がり、ばらばらに散ると、赤黒い煙が巻き上がり、焚火を覆うように立ち込めるのだった。

　私たち、それは《コンミューン》だった。子供の家中が、各々の《コンミューン》に分けられていた。《配給》をばらばらに受けることは難しかった。各《コンミューン》には、それぞれの議長がいて焚火、それに予備の食糧――それはどんな理由があっても今日食べずに明日に残しておくもの――があった。

私たちの議長は、スチョープカ・イワノフという十五歳の若者で、つやつやした面構えの大食いの悪党だったので、皆が恐れていた……

「《アシーチキ遊び》やろうか？」

けだるそうにスチョーパが言う。皆黙っている。誰も《アシーチキ》なんてやりたくない。スチョーパは満腹で、ちょうどやりたくなったところなのだ。

「いいよ、スチョーパ、ただ暗いから」

ロマーシカが答える。

「いいかい、黒ん坊の尻じゃあるまいし、どこが暗いというんだい、さあ、立つんだ！」

私たちの議長は、この世で何が一番好きかといって、《アシーチキ遊び》以上のものはなかった。私たちの言い方で、それは《カゾーティ》とか《バーブキ》(小骨遊び)というものだった。彼の使うビトーク(バット)はインチキだということは皆が知っていた。でも、私とヴァーリカ以外、皆は彼におべっかを使い、特にロマーシカがひどかった。ロマーシカは、わざと彼に負けさえした。そうすることでスチョーパが彼を侮辱しないようにしたのだ。

私たちは焚火で焼くのは野鳥だけと考えていた訳ではなかった。台所で争って奪い取った飯盒には、スープが煮えていた。それは冬にセラフィーマ・ペトローヴナ先生が私たちに読んでくれたお伽話《ときばなし》に出てくるような、本物の《棒ソーセージ入りのスープ》だった。違いといえば、あのお伽話のスープは、初めは、はつかねずみの尻尾《しっぽ》だったけれども、私たちは、手に入るすべてのもの――蛙の足だったり――を自分たちのスープに入れた。

すると、私たちの家のドアが大きく開き、ベランダに背の低い、太ったつば広帽子の人が現れた。

「ペーチャおじさん、ようこそ！」

「こちらに、ペーチャおじさん！」

それは私たちの料理人、ピョートル・アンドレーヴィチ・ラプーホフだった。空腹による水腹《みずばら》のためではないが、ふらふらしてオペラのアリアの一節を鼻歌まじりに歌いながら、彼は各《コンミユーン》を歩いて回った。各々の大鍋の味見をして、唾を吐き、いやらしそうに言うのだった。

「わっ！　こりゃ毒だ(まずい)」

彼は好楽家、つまり音楽と声楽が好きだった。すべてのオペラを、彼は諳《そら》んじていた。彼にとって、《エヴゲニー・オネーギン》や《スペードの女王》(いずれもプーシキンの小説）からの何かの場面を演じてみせることほど大きな楽しみはなかったし、私たちにとっても、彼に聴き入り、感嘆の言葉をもらすほど楽しいことはなかった。

「見事だ！　シャリャーピンみたいだ！　ペーチャおじさん、どうして俳優にならないの？」

「心配なのさ」

「何が、ペーチャおじさん？」

「酒で才能を駄目にすることさ」

ほら、彼が私たちの焚火に立ち止まり、味見して唾を吐き、それから昔、ずっと以前、百年前か、あるいは二百年も昔、どうやって食べていたかの長い話を始める。彼は好楽家だけでなく歴史家、野うさぎのソースや鹿の胸肉などの古代料理の専門家でもあるのだ。

「王様の卵焼料理は……」謎めいたひそひそ声で彼は言う。

「十八個の卵から卵黄を取り出し、スポンジケーキと混ぜ合せ、苦いアーモンド、生クリーム、砂糖を加え、バターで焼くんだ。食べたかい？」

私たちは一斉に答える。

「食べたことない！」

しかし、料理人自身は、あらゆる料理のうち、《ウォッカ飲み》という料理が好きだった。彼は、一九二一年の夏、私たちの唯一のリーダーだった。セラフィーマ・ペトローヴナ先生は、誰一人自分に注意を払ってくれないので途方に暮れていた。家中を、その他に掃除婦のような人たち――彼女らは料理人とは敵同士である――が歩き回っていた。つまり、彼が私たちに料理されていない乾燥食糧を与えていたので、お残りにありつけない彼女らはどういうわけか不利な立場だったのだ。要するに、料理人がもしいなければ、私たちはすべてばらばらに逃げていたことだろう。

ところで、彼は私たちの焚火のところに立ち、昔はどうやって食べていたかを話し続ける。時々、医学的な注釈をして彼は自分の話の腰を折る。

「カワカマスは、誰にも役立たずさ。胃が重くなるんだ」

あるいは「鯉は血が薄くなるんだ。体に良い魚だよ」

でも、ほら、彼が私たちの飯盒を取り上げて湯気を嗅いでいる。嗅ぎ終って彼は《毒だ》と言わず《墓行き》と言って、スープを灌木にぶちまけることもある。今回は彼は何と言うだろうか？　嗅いで、顔を天に向けて黙って……

「こりゃ毒だ！」

七個の頭が飯盒の上に屈《かが》み込み、七本のスプーンが順番にスープに入っていく。食べよう！

こんな配給食糧で、秋までに私たちが太って元気になる訳がない。ダチョウのように何でも消化のできるスチョーパ・イワノフを除いて、私たちは痩せ、病気になり、とても気分が悪かった。その夏は、私の記憶に残るものであり、それはいい夏だった。それでもやっぱり、それは決して私たちが十分食べさせてもらえなかったからという訳ではなかった。

もう慣れっこになっていた——自分の人生のすべてで、何もよいものは食べてこなかったから。そうではなく、私はこの夏を別の理由で記憶していた。初めて私は、自分を尊敬の目で見ることになったのだ。

その事件が起ったのは、八月の終り、町へ私たちが戻る少し前、私たちが夕食の準備で焚火をしていた時だった。スチョーパは突然、食べ物の支給の新ルールを公表した。それまでは私たちは、順番に——交互にスプーンで——食べていた。スチョーパは議長として最初に、彼のあとロマーシカ、そしてその他というふうに。ところが今度は、皆がすぐに、スープの冷めないうちに我先に飛びかかることになるのだ。

新ルールは誰も気に入らなかった。とんでもない！そんな議長とだったら、間違いなく破滅だった。彼は三回のスプーンさばきで、飯盒をすっかり平らげるだろう。

「降りるよ！」

毅然としてヴァーリカが言い放った。

私たちも同意して騒ぎ始めた。スチョーパはゆっくり立ち上がり、膝を払うとヴァーリカの顔を殴った。ひどく殴ったものだから、すぐに血が顔中にあふれ、多分目の中に入ったのだろう、ヴァーリカは盲人みたいに手を振り始めた。

「さあ」

気だるげにスチョーパは言った。

「次は誰が殴られたいか？」

私は《コンミユーン》の中で一番年少だった。そして、もちろん彼は一撃で私を殴り倒せる。でもやはり私はスチョーパを殴った。ところがスチョーパは突然ふらふらし始め、座り込んでしまった。彼のどこに当たったのか分からないけれど、目をぱちくりさせて彼は、なんだか物思いに沈んだ様子で地面に座っていた。急いで彼は我に返り、私に飛びかかったものの、すでにその時は、皆、私への不当な仕打ちを許しはしなかった。スチョーパは犬ころみたいに滅多打《めったう》ちにされた。彼が焚火の向こうに横たわって唸《うな》っているうちに、私たちは大急ぎで次の議長——私——を選出したのだった。スチョーパは、もちろん投票しなかったけれど、いずれにしても彼は少数派であると分かっただろう、というのも私は満場一致で選ばれたのだから。

先回りをして言うなら、私は議長として悪くはなかったと言うことができるだろう。飢饉が終って、私たちが冬、ピオネール（〔訳注〕共産少年団・満十～十五歳の少年が対象）に入団したとき、私たちの《コンミューン》は学校で最優秀班になった。一番の、向こう見ずな勇気のある、大胆な班《チャパーエフ（〔訳注〕一八八七年～一九一九年、内戦期の英雄で赤軍の指揮官）》であった。

おかしなことであるが、この殴り合いは私の最初の社会的事件であった。私は、皆が私についてこう言うのを聞いた。《弱々しいけど、勇敢だ》私が勇敢だって！　そもそも、私はいったい何だろう？　何か思うところがあった。

第5章　雪の中に塩があるかな？

その年、一九二一年は、学校では何も変ったことはなかった。相変らず旧リャードフの実科中学生たちと旧ペストフの高等中学生たちが諍《いさか》いをしていたし、相変らずお粥は橇で、おばあさんみたいに包《くる》まれて運ばれてきた。相変らずコラブリョフ先生は、朝の十時には学校に現れた。彼は長い秋用の外套に、つばの広い帽子を被りやって来ると、あわてずに鏡の前で口髭をとかし、授業に出るのだった。

しかし、今ではカヴィーチカが去年提案していたような食糧の割当てを彼から取り上げることはなかった。つまり、彼の授業には、今や五人以上の生徒がいたから。彼は、誰にも口頭で課題を与えることもないし、宿題を出すこともなかった。ただ何かを話して読み上げるだけだった。実は、彼は旅行家であって、世界中あちこちを回っていたのだ。インドで彼はヨガの奇術師たちが、一年間地中に埋められていて、その後、そんな所にはいなかったようにぴんぴんして立ち上がるのを見た。中国では彼は一番おいしい中華料理であるピータンを食べた。ペルシャでは血まみれのイスラム教の祭りであるシャフセイ・バフセイを見た。

何年かたってやっと私は、彼がロシアからどこへも出たことがないことを知った。彼はずっと作り話をしていたのだ——でもなんと興味深いものだったことか！

多くの生徒が、彼は馬鹿だと主張していたけれど、もはや彼が何も知らないなんて言うことはできなかった……

相変らず第四コンミューン学校の第一人者は校長のニコライ・アントニッチ先生だった。彼は皆の中に加わり、すべての集会に出席して、あらゆる問題を解決した。高学年生は《人間関係のトラブル解決》のため、彼の自宅を訪ねた。

リャードフとペストフの生徒たちの口論も、彼なら十分で止められたし、一番の悪《わる》たちも、異議を唱えることなく彼に従うのだった。一学年から最終学年まで、どんな生徒でも自分たちの問題を相談するため、彼のところに行くことができた。

《僕はニコライ・アントニッチに話してみよう》

《ニコライ・アントニッチが、僕に命じたんだ》

《ニコライ・アントニッチが、僕を行かせたんだ》

――ひっきりなしに学校でそういう声が聞かれた。

とうとう、私自身も、この四文字の言葉を使うことになった。前の日、私は学校の生徒になっていた。子供の家にいた子たちはこれからは《試練に晒《さら》される》ことになり、私は三年生に編入されたのだ。

この事態にどう対処したものか――モスクワ川か、雀が丘にでも出掛けようか――そんなことを考えながら、私は講堂をぶらついていると、職員室のドアが少し開いて、ニコライ・アントニッチが私を手招きした。

「グリゴーリエフ君」

思い出しながら彼は言った。(彼はすべての生徒の姓を記憶していることで知られていた)

「君は、私の住んでいるところを知っているね?」

私は知っていると答えた。

「では、ラクトメーター(乳調計)がどういうものか知っているかい?」

私は知らないと答えた。

「これは、牛乳の中にどのくらいの水分があるかを示す器具なんだ」

ニコライ・アントニッチは指を立てた。

「牛乳売りの女たちは、牛乳を水で薄めていると言われている。そんな薄まった牛乳に、ラクトメーターを当てると、君、牛乳がどのくらい、水分がどのくらいと目で分かるんだ。分かったかい?」

「分かりました」

「そこで君がそれを私に持って来るんだ」

彼は、メモを書いた。

「割らないようによく気をつけるんだよ、それはガラス製だから」

「割ったりなんかしません!」

私は熱っぽく答えた。

そのメモを、ニーナ・カピトーノヴナに渡すようにとのことだった。私は、その名前がN市から来たおばあさんだとは思いも寄らなかった。しかし、ドアを開けたのはおばあさんではなく、黒いワンピースの、やせた見知らぬ女の人だった。

「坊や、どうしたの?」

「僕、ニコライ・アントーノヴィチ先生の使いで来たんです」

その女の人は、もちろん、カーチャのお母さんで、おばあさんの娘だった。三人とも同じように毅然とした鼻をして同じような目——黒く、生き生きとした——をしていた。

しかし、孫娘とおばあさんは、より陽気そうに見えた。娘の方は、悲しげで、不安そうな様子だった。

「ラクトメーターですって?」

戸惑いながら彼女は言い、メモを読み終えると、

「ああ、そう!」

彼女は、ちょっと台所に行って手にラクトメーターを持って戻ってきた。私はがっかりした。それは、少しばかり大きくした、ただの温度計だったのだ。

「割らないかしら?」

「とんでもない、割るなんて……」

私は軽蔑の眼差しで言った。

私は、ある大胆な考え——ラクトメーターで雪の中の塩を調べる——が、カーチャの母親らしき人が私の背後でドアをバタンと閉めてほぼ二分たって閃《ひらめ》いたのをはっきり覚えている。階段を降りたばかりの私は、その器具をしっかり握りしめ、その手をポケットに入れて立っていた。ペーチカだって、雪の中に塩があるんだと言っていた。きっとラクトメーターはその塩を指し示すはずだし、あるいはペーチカが嘘をついているかだ。これは問題だ。調べてみないといけない。

私は、ごみ溜めのそばの納屋の陰の、ひっそりした場所を選んだ。煉瓦を積み重ねた小さな家が、踏み散らされた雪の上に作られていた。その家から納屋の裏手まで小さな棒杭の上に黒い糸——多分、子供たちが戦争の糸電話ごっこをしていたのだろう——が通じていた。私はなぜかラクトメーターに何回か息を吹きかけ、胸をドキドキさせながら、それを煉瓦の家のそばの雪の中に突っ込んだ。読者の皆さん、まあご自分で考えてみて欲しい。私の頭の中がどんなに混乱していたか——つまり、しばらくたってからラクトメーターを取り出し、何の変化も見られないのに、再び今度はラクトメーターの頭を下に

して、又雪の中に突っ込んだのだから。誰かが、近くであっと叫んだ。私は振り返った。

「逃げて、爆発するわよ！」

納屋の中から叫び声がした。その後のことは、ほんの二秒の間に起ったことだった。つまり外套のボタンをはずした女の子が納屋から飛び出して、まっしぐらに私の方へ走ってきた。《カーチャじゃないか！》――私は思って、念のためラクトメーターに手を伸ばした。しかし、カーチャは私の手を押さえ、自分の方に引いた。私は彼女を突いて踏ん張ったものだから、私たちは雪の中に倒れた。ドカン！　煉瓦の破片が空中を飛び、もうもうたる白煙のあとに雪埃《ゆきぼこり》が舞い上がり、私たちの上に落ちてきた。

私はかつて銃撃に晒《さら》されたことがあった――母を埋葬した時だった。でも、今回の方がずっと怖かった。ごみ溜めのそばで、何やら大きな爆発が長く続き、私が頭を上げる毎に、カーチャは身震いして聞くのだった。

《すごいわ、ね？》とうとう私は立ち上がった。

「ラクトメーター！」

私は怒鳴って、ごみ溜めの方に全力で走った。

「どこなんだ？」

ラクトメーターが突っ立っていた場所には、深い穴ができていた。

「爆破されちゃった！」

カーチャはまだ雪の上に座っていた。彼女は、顔は蒼白で目は輝いていた。

「ばかね、爆鳴ガス（水素二、酸素一の割合の混合気体）が爆発したのよ」彼女は軽蔑して言った。

「でも、もう行った方がいいわ。今に民警が来る。一度やって来たことがあるの、そしてあんたを連行するわよ。だからいずれにしても私は逃げるわ」

「ラクトメーター！」

私は、唇がわなわなとなり、顔が震え始めるのを感じながら、絶望して繰り返した。

「ニコライ・アントニッチ先生が、僕に取りに寄こしたんだ。雪の中にそれを置いてきた。どこへ行ったんだ？」

カーチャは立ち上がった。中庭はひどい寒さで、彼女は帽子も被らず、黒髪を頭の中央で分けて、一方のお下げを口の中に入れていた。私は、その時彼女のことをよく見ていなかったけれど、あとで思い出したのだ。

「私、あんたを助けてあげたのよ」

彼女は言って物思わしげに鼻をひくひくさせた。

「あんたは、背に一撃を受けて死んでたところよ。私のおかげで命が助かったのよ……。爆鳴ガスの近く、そんなところで何してたの?」

私は何も答えなかった。憎しみで喉がつっかえた。

「でも、いいこと」

厳《おごそ》かにカーチャは言い足した。

「もし、猫がガスの脇に座ってても、わたしはやっぱり猫を助けてあげるの、どちらでも同じよ」

私は黙って中庭から歩き始めた。でも、どこへ? 学校へはもう戻れない――それは確かだ。カーチャは門のところで私に追いついた。

「ねえ、あんた、ニコライ・アントニッチの使いさん!」

彼女は叫んだ。

私は向き直った。あぁ、彼女をぶん殴っていたらどんなにか満足したことだろう!

「どこへ行く気? 学校で不運をこぼすつもり?」

一度にすべてがスッキリと、つまり失くしたラクトメーターも、上を向いた彼女の鼻も、学校にもう戻れないことも、頼みもしないのに彼女が私を助けたことも……。しかし彼女の方も、ぼんやりしてはいなかった。一歩退がって彼女は、私のみぞおちを強く殴った。それで私は、彼女のお下げ髪をつかみ、雪の中に鼻を突っ込ませてしまった。彼女は立ち上がった。

「あんた、下手な足払い掛けたわね」

生き生きした目つきで彼女は言った。

「足払いがなかったら、あんたにうんと平手打ちをくわせたのに。私なんか、クラスの男の子みんな引っ叩くわ……あんた、何年生よ? ……何年生?」おばあちゃんの袋、運んだのはあんたでしょ?

「三年生だよ」

私は退屈そうに答えた。彼女は私を見つめた。

「温度計を割ったなんて、たいしたことじゃないわ」

彼女は軽蔑した調子で言った。

「なんなら、あたしが割ったって言う? 私はちっともかまわなくてよ、ちょっと待ってね」

彼女は走り去り、数分してつば無し帽子に、お下げにリボンをつけた、打って変ってもったい振った身なりでやって来た。

「おばあちゃんに、あんたが来てるって言ったわ。おばあちゃん寝てるの。こう言ってたわ、〝どうして寄っていかないの?〟〝ラクトメーターは割れたってかまわない、だって毎回牛乳の中にそれを入れて大変だったんだから〟。正しく表示しないんだから同じことよ。それは、ニコライ・アントニッチの作り話よ。だっておばあちゃんはいつも味見をして、牛乳の良し悪しを言うんだから……」

学校に近付くにつれて、カーチャはさらに大胆になった。階段では意気込んで目を細めながら、頭を反り返らせて上っていくのだった。ニコライ・アントニッチは、さっき別れたその職員室にいた。

「僕が言うから、君はしゃべらないで」

私はカーチャにつぶやいた。彼女は軽蔑してせせら笑った。一方のお下げが帽子の中から半円形になって突き出ていた。

まさに、このときの会話から、次章で私が話すことになる謎が始まったのだ。というのは、ニコライ・アントニッチ——私たちが第四労働学校で専制君主として馴染んでいる、あの一番偉くて寛大なニコライ・アントニッチが、カーチャが敷居をまたいだ一瞬のうちに、どこかへ消えてしまったのだ。新たなニコライ・アントニッチの話し振りといえば、まるでカーチャが神のみぞ知る、ある不思議なことを話しているかのように、わざとらしく微笑み、テーブル越しに身を屈《かが》めて、目を見開き眉を吊り上げているのだった。彼は、カーチャを恐れているのかな？

「ニコライ・アントニッチ、あなたは彼にラクトメーターを取りに行かせたでしょ？」

私に目配せしながら、ぞんざいにカーチャは尋ねた。

「行かせたよ、カチューシャ」

「そうでしょ、でも私、それを割っちゃったわ」

ニコライ・アントニッチは、真面目な顔になった。

「嘘だ」

陰気に私は言った。

「それは爆破されたんだ」

「何だかちっとも分からない。グリゴーリエフ君、黙りなさい！……どうしたのか説明しなさい、カチューシャ」

「どうもしないわ」

堂々と頭を反っくり返らせて、カーチャは答えた。

「私がラクトメーターを割ったの、それだけよ」

「さて、さて、さてと。でも、私は、この男の子を使いにやったんだよね？」

「でも、わたしが割っちゃったから、彼は持ってこなかったの」

「嘘だ」再び私は言った。

カーチャは、厳しい眼差しで私をチラと見た。

「いいよ、カチューシャ、そうだと認めよう」

ニコライ・アントニッチは軽く微笑んだ。

「でも、いいかい、分かるよね。学校に牛乳が運ばれたので、私はその製品の品質を判定し、その品質如何によって、今後、私の学校への納入業者として採用するかどうかを決めるために、朝食をストップしていたのだよ。だから、私は無駄に待っていたことになる。さらに、その上、まだ明らかにされていない事情のために、高価な器具が割れてしまった……。今度は、グリゴーリエフ君、君が、どうしたのか説明しなさい」

「もう、うんざり！　私、帰るわ、ニコライ・アントニッチ」

カーチャは宣言した。ニコライ・アントニッチは、彼女を見つめた。何故だか分からないけれど、私はこの瞬間、彼がカーチャをひどく嫌っているように思った。

「いいよ、カチユーシャ、行きなさい」

優しく彼は言った。

「この子とは、もう少し話し合ってみるから」

「それなら、私、待つわ」

彼女は、腰を据《す》えて、私たちが話し合っている間中、せっかちにお下げ髪を噛《か》んでいた。多分、彼女が去っていたら、会話はそんなに無事には終らなかっただろう。ニコラクトメーターのことは許してもらった。ニコライ・アントニッチは私が、彼の学校に未来の彫刻家として差し向けられたことまで思い出した。カーチャは興味深く聞き耳を立てていた。

この日から、私と彼女は友達になった。彼女は、私が彼女に責任を負わせずに、しかも話の中で爆鳴ガスのことを何も話さずになんとか切り抜けたことが気に入ったのだった。

「あんた、あたしが叱られると思ったでしょ？」

私たちが学校から出たとき彼女は聞いた。

「うん」

「それはありえないことよ！……遊びに来て、おばあちゃんがあんたのこと呼んでたから」

第6章　客に行く

行こうか、行くまいか――朝、こんな思いで私は目覚めた。二つの事が私には気掛りだった。つまり、ズボンと、ニコライ・アントニッチのこと。ズボンは、膝に継《つ》ぎはぎのある、短かからず長からずの実際あまりよいものではなかった。そして、ニコライ・アントニッチはといえば、評判通り校長として十分に怖《こわ》い人物だった。

もし、何故、何のために来たのかと聞いてきたらどうしよう？　でも、授業のあと、やっぱり私は長靴を磨き、頭をしっかり濡らして髪の分け目をとかした。お客に行くんだ！

なんて気まずい思いをし、なんて気兼ねしていたことだろう！　忌々《いまいま》しい髪の毛はずっと頭のてっぺんに突っ立っていて、唾でそれを湿らせねばならなかった。ニーナ・カピトーノヴナは、私とカーチャに何か話をしていて、急に厳しく私に命令した。

「お口を閉じなさい！」

私は見とれていて、口を閉じるのを忘れたのだ。

カーチャは私に部屋を見せてくれた。一つの部屋は彼女自身が母親と住んでいて、もう一方の部屋は、ニコライ・アントニッチ、そして台所のうしろの小さな部屋にはおばあさんが住んでいた。四番目の部屋は、食堂だった。ニコライ・アントニッチの事務机には、カーチャが説明したように《勇士イリヤ・ムーロメツ（〔訳注〕ロシア民衆に伝承された英雄叙事詩の代表的な勇士）の生涯にまつわる》文房具が置いてあった。なるほど、インク瓶は兜をかぶった顎髭《あごひげ》頭の形をしているし、灰皿は、交差した古いロシアのミトン（ふたまた手袋）になっていたり、その他も同様だった。兜の下にインクがあって、つまり、ニコライ・アントニッチは勇士の頭骨に、じかにペン先を浸しているという按配《あんばい》で、私には奇妙に思われた。

窓と窓の間には本棚があった。私は、一度にこんなたくさんの本をかつて見たことはなかった。本棚の上には、船乗りの上半身の肖像画が掛けられていて、それは広い額の、顎《あご》を固く結んだ、生き生きとした灰色の目をしていた。

私は、同じ肖像画が、少し小さいけれど食堂にあり、さらにもっと小さいのが、カーチャの部屋の小さなベッドの上にあったのに気がついた。

「お父さんよ」私をじろりと見つめながら、カーチャは説明した。

ところで、私ときたらニコライ・アントニッチが彼女のお父さんだと思っていたくらいだった！　とはいえ、彼女が実の父を、名称と父称で呼ぶわけはないだろう。《継父》かしら、私は考えたが、すぐに違うと思った。私は継父がどういうものか知っていた。違う、別人だ。

それからカーチャは、私にコンパス（羅針盤）を見せてくれた。それは、とても興味深いものだった。台座の上に銅製の輪があり、その中で小皿が揺れていて、ガラスの下の小皿には針がついていた。どちらに小皿の向きを変えても、上下逆になっても、それでも針は揺れて、錨《いかり》の形をしたその針はやはり北を示すのだった。

「このコンパスなら、どんな嵐でも平気よ」

「どこからそれを手に入れたんだい？」

「父が贈ってくれたの」

「で、お父さんはどこにいるの？」

カーチャは顔をしかめた。

「知らないわ」

《離婚して、お母さんを捨てたんだ》――すぐに私は断定した。そのような事実を私は知っていたから。

私は、部屋の中にたくさんの絵画があるのに気付いた。しかも、見たところたいへん立派なものばかりだった。そのうちの一つは、特にすばらしかった。つまり、庭園の中にまっすぐ延びる広い道路と松の木々が太陽に照らされているのが描かれていた。

「これはレビターン（〔訳注〕一八六〇年～一九〇〇年。ロシア独自の風景画を生み出した画家）よ」

無頓着に、大人のようにカーチャは言った。私はその時、レビターンが画家の名前であることを知らず、それで絵に描かれた場所をそう呼んでいるのだと考えた。

その後、おばあさんは、私たちをサッカリン添えのチャイ（紅茶）に呼んでくれた。

「まあ、アレクサンドル・グリゴーリエフ、お前さんはそうなのかい」

おばあさんは言った。

「ラクトメータを割るなんて」

彼女は、私にN市の様子について話をさせた。郵便局についてまで、尋ねるのだった。

「で、郵便局はどうなったのかい？」

彼女は、私がブベーンチコフ家について何かを聞いていないことに腹を立てた。

「ユダヤ人の礼拝堂の庭だよ！　ほれ！　聞いてないって！　きっと、お前、何度もリンゴをかっ払ったんだろう……」

彼女は溜息をついた。

「私たちはだいぶ前にそこから引っ越したのさ、私は引っ越したくはなかった、まったく本当のところ！　すべてはニコライ・アントニッチのせいさ。やって来て言うには、待つも待たないも、もはや同じこと。住所を残しておこう――もし必要なら私たちを見つけられるだろうから――だとさ。身の回りの品一切を売り払い、ほれ、これだけが残っている――そしてこちら、モスクワよ」

「おばあちゃん！」

厳しくカーチャが言った。

「おばあちゃんって、何さ？」

「またそんな話?」

「もうしないさ、はい、分かりましたよ! 私たちはここでいいのさ」

私は、彼らが誰を待って、何故もはや同じことなのかちっとも分からなかった。でも、もちろん私は尋ねようとはしなかったし、ましてニーナ・カピトーノヴナ自身が他のことを話し始めたものだから……。こうやって私は、第二トヴェルスカヤ・ヤムスカヤ通りの私たちの校長の家で時を過ごしたのだった。別れ際に私はカーチャから《エレーナ・ロビンソン》の本を受け取った。しかし、表紙を折り曲げない、ページを汚さないという固い約束との引替えだった。

第7章 タターリノフ家

タターリノフ家は女中のいない生活をしていて、ニーナ・カピトーノヴナには、とりわけ彼女の年齢ではかなり大変なことだった。私は彼女を手助けした。私たちは一緒に暖炉を焚《た》き、薪を割り食器洗いまでやった。衣服の染《し》みへの大敵として彼女は突然、わけもなく中庭に洋服などをほうぼうに吊り下げようとして、そのとき私なしでは済まなかった。私は近くの空地からいくつかの煉瓦を運んできて、食堂の煙る暖炉の修理をした。つまり、私は、おばあさんがもてなしてくれたローチ(鯉科の魚)ときびの碾割《ひきわ》りのあのお昼の代りに、十分に働いたものだった。でも、私はそのお昼を食べたかったんじゃない!

私は彼らに興味を持っていたのだ。このアパートは私には財宝と危険と謎のつまったアリババの洞窟みたいなものだった。おばあさんは、私にとって財宝、マリヤ・ワシーリエヴナは謎、そしてニコライ・アントニッチは危険で不快なものだった。

マリヤ・ワシーリエヴナは未亡人だったけれど、多分そうではなかった。つまり、ある時私は、ニーナ・カピトーノヴナが溜息をつきながら彼女についてこう言うのを聞いたのだ。《未亡人じゃない、人妻でもないさ》

とりわけ不思議なのは、彼女が夫についてあんなに嘆き悲しむことだった。いつも彼女は修道女みたいな黒い服を着ていた。彼女は医学部で学んでいた。その当時、私にはそのことが変に思われた。

つまり、私の知る限り、母親は勉強したりしないものだったのだ。突然、彼女はおしゃべりをやめ、どこへも行かなくなり――大学にも、仕事（彼女は働いていた）にも――ソファーベッドに足を折り曲げて座り、煙草を吸い始めた。そんな時、カーチャは言ったものだった。《ママは気が塞《ふさ》いでいるの》そして皆がお互い腹を立てて、陰気になるのだった。

ニコライ・アントニッチは、やがて明らかになるように、決して彼女の夫ではなかったし、四十歳にもかかわらず、全く妻帯していなかった。

「彼は君にとって誰なんだい？」

あるとき私はカーチャに尋ねた。

「誰でもないわ」

彼女はもちろん嘘をついていた。なぜなら彼女と母親、それにニコライ・アントニッチとは同じ姓だったからだ。カーチャにとって、彼は伯父《おじ》さん、それも実の伯父さんではなく、彼女の親の従兄弟《いとこ》に当たっていた。そんな従兄弟の伯父さんとはいっても、彼は、彼に対して、彼女らは冷たく接していた。それなのに彼は、逆に皆にたいへん思いやりがあり、時にオーバーなほどであるのは、一方でとても奇妙なことだった。

おばあさんは映画が好きで、どんな映画も見逃さなかった。そしてニコライ・アントニッチは彼女と出掛け前もって切符を手に入れたりした。夕食を食べながら彼女はいつも熱心に映画の粗筋《あらすじ》を話すのだ（ついでながら、そういう時カーチャそっくりになるのだ）。ニコライ・アントニッチは、彼女と一緒に映画から戻ったばかりでも、辛抱強く彼女に耳を傾けるのだった。

とはいっても、カーチャは彼を気の毒に思っているらしかった。ある時、こんなことがあった。彼は、頭を低く垂れて、座ってパシヤンス（トランプの一人占い）をやり、物思いに沈んでテーブルを指でコツコツ叩いていた。そして彼女は気の毒そうに彼を見つめていたのだ。

彼に残酷に接していたのは、実はマリヤ・ワシーリエヴナだった！　彼女のためにどんなに多くのことを彼はやっていただろう！　彼は、自分は家に残っても、劇場の切符を彼女に与えた。彼は、彼女に花を贈った。彼が彼女に体を大事にして、仕事をやめるように言っているのを私は聞いた。彼女のお客に対してさえ、彼は同じように親切だった。マリヤ・ワシーリエヴナのところに誰かがやって来ようものなら、すぐに彼が現れた。とても愛想よく、陽気に、彼は客と長話を始め、一方マリヤ・ワシーリエヴナは、陰気に眉を寄せてソファーベッドに座り、煙草を吸うのだった。

コラブリョフがやって来たときは、彼は特に愛想がよかった。彼が《髭》を彼の客人とみなしているのは疑いなかった。というのも、すぐに彼を自分の部屋か食堂に連れていき、仕事の話をさせなかったから。コラブリョフが来たときは、いつも皆賑やかになり、特にマリヤ・ワシーリエヴナがそうだった。白い襟の新しいワンピースを着て、彼女は、自分で食卓の用意をして忙しく働き、ずっと美しくなるのだった。コラブリョフが、鏡の前で髭をとかしながら、おばあさんに賑やかに言い寄り始めた時など、彼女は笑うことさえあった。ニコライ・アントニッチも笑って顔が青ざめた。彼には、笑うと青ざめる妙な特徴があった。

彼は、私のことを好きでない――このことに長いこと私は気付かなかった。最初、彼は私に会ってただ驚いていたが、やがてしかめ面をして、何か不快な空気を鼻から吸い込むかのようだった。それから、訓戒を垂れ始めた。

「《ありがとう》って君、どういう意味だね」

彼は、私が何かでおばあさんにありがとうと言ったのを聞いたのだった。

「では君、《ありがとう》って、どういうことなのか知ってるかい？　君が知っているかいないか、理解しているかいないか、それ次第で、君のすべての人生で、この道か、違う道かを歩いていくかも知れないということを考えなきゃいけないよ。私たちは人間社会の中で生きていて、その社会の原動力の一つが、感謝の気持ちなんだ。多分、君は知っていると思うが、私には以前従兄弟《いとこ》がいたんだ。彼のすべての人生の間、何度も私は彼に、精神的だったり、物質的だったりの援助を与えてきたんだ。彼は恩知らずだと分かった。で、どうなったか？　それは、彼の運命に極めて破滅的な影響を与えたのさ」

彼の言葉を聞きながら、私はなんとなくズボンの継ぎ布のことを感じ始めていた。そう、古い長靴で、小さな汚れた、そしてひどく青ざめた私。私――それが一方にいて、そして彼ら、タターリノフ家は全く別のもの。彼らは金持ちで、私は貧乏。彼らは賢くて教育があるけれど、私はバカだ。何か思うところがあった。

ついでに言えば、ニコライ・アントニッチは私だけに、自分の従兄弟の話をしていたのではなかった。それは彼のお気に入りの話題だった。彼は、アゾフ海岸のゲニチェスク市で、幼い時から自分の全人生をかけて彼の世話をやってきたと断言した。

従兄弟《いとこ》は貧しい漁師の家の出で、ニコライ・アントニッチがもしいなければ、彼の父や叔父さん、そして七世代までのすべての両親たちがそうだったように、漁師のままでいただろう。《男の子の読書への並外れた才能と強い愛着に気付いた》ニコライ・アントニッチは、彼をゲニチェスク市からロストフ・ナ・ドヌーに連れてきて、商船学校に入れるように奔走するようになった。冬には彼に《毎月の金銭的援助》をし、夏には、バツーミとノヴォロシスクの間を航行している汽船の船員に就かせた。彼の直接の係《かかわ》りによって、従兄弟は海軍志願兵となり、海軍少尉補の試験に合格した。たいへんな努力をして、ニコライ・アントニッチは彼のために海軍兵学校の全課程の試験を受ける許可を得てやり、それから、学校の卒業の時、従兄弟が新しい士官の制服を注文するのに必要な金銭を援助してやった。

つまり、彼は従兄弟《いとこ》のためにかくも多くの援助をしてきた——彼が従兄弟の思い出をそんなにも気に入っている理由が分かるというもの。彼はゆっくり、詳しく話し、女たちは、何か緊張した尊敬の気持ちで彼に聞き入るのだった。

私にはこんな時なぜか分からないけれど、彼女たちは、彼に借り——彼が従兄弟のためにやったすべてのことへの払い切れない借りを感じているように思われた。しかし彼女たちはやはり借りがあった——実に払い切れないほどの——というのも、ニコライ・アントニッチが、《今は亡き》とか《行方不明》とか呼んでいるこの従兄弟は、マリヤ・ワシーリエヴナの夫で、従ってカーチャの父親だったのだ。

アパートにあるすべては、かつては夫のものだったが、今はマリヤ・ワシーリエヴナとカーチャのものになっていた。つまり、おばあさんの言葉で《トレチャコフ美術館が大金を払う》という絵画と、それにパリの銀行で八千ルーブルを受け取れる《保険証書》のようなものである。

大人たちのこういった複雑な事情や相互関係に、全く関心を持たない唯一の人間が、カーチャだった。彼女には、より大事な自分の問題があった。彼女はN市に残してきた二人の女友達と文通して、しかももらった手紙をいたるところに置き去りにして、望む者は誰でも、客人でさえも読めるほどだった。女友達たちにカーチャは、彼女らが書くことと全くぴったり同じことを書くのだった。女友達が、例えば夢で小さなハンドバッグを失くして、突然ミーシャ・クプツォーフ——《覚えているわね、前に書いた子よ》——とばったり出会い、しかも彼の手に、そのハンドバッグがあったと書いたとする。するとカーチャも女友達に、夢で何かを失くして、それはハンドバッグではなく栞《しおり》かリボンであって、シューラ・ガルベーンツェフ——《覚えているわね、前に書いた子よ》

——が見つけて持ってきてくれたと返事を書いた。女友達が映画に行ったと書けば、カーチャは家にいたにもかかわらず行ったと返事した。私は女友達たちは年上で、カーチャは彼女たちの真似をしているのだとあとで知った。

そのかわり、自分の同級生には彼女はとても手厳しく話しかけた。とくに一人の女の子——自分をキーレンと呼び、タターリノフ家で皆、彼女をそう呼んでいた——には、采配を振るうのだった。彼女は、キーレンが読書嫌いなことに腹を立てていた。

「キーラ、あんた《ドゥブローフスキー（〔訳注〕プーシキンの小説）》読んだ？」

「読んだわ」

「嘘！」

「嘘じゃないわ！」

「ふん、じゃあ答えて。なぜ、マーシャはドゥブローフスキーと結婚しなかったの？」

「結婚したわ」

「おやおや！」

「だって結婚したって読んだもの」

私が《エレーナ・ロビンソン》を返した時、私にも全く同じようにカーチャはチェックしようとした。そうはいくものか！　どんなページからでも私は暗記して読み続けられた。彼女は驚くのがいやで、ただこう言った。

「ムクドリみたいな棒暗記じゃない」

どうやら彼女は、自分をエレーナ・ロビンソンにひけをとらないと思っていたようだし、同じような絶望的な状況にあっても少くとも勇敢に振舞うと確信していたようだ。でも私の考えでは、そんな並外れた運命に備えるのに、あんなに長く鏡の前に——まして無人島にそんな鏡はめったにないのに——いるべきではないのだ。でもカーチャは相変らず鏡に張り付いている。

私がタターリノフ家によく行くようになったその冬、彼女は爆破に夢中になっていた。彼女の指は、いつも黒く、火傷《やけど》していて、彼女からは、かつてペーチャからしたような雷管と火薬の煙の臭いがした。塩素酸カリウムが、彼女が私に貸してくれる本の折り目に付いていた。爆破は急に終った。カーチャは《発見の世紀》の読書に取り掛かった。

それは十五、十六世紀のすぐれた航海者や征服者、つまりクリストファー・コロンブス、フェルディナンド・コルテスその他の伝記からなる、すばらしい本だった。その本は、これらの偉人たちに対し、心からの感嘆の思いで書かれていた。遠くの帆船を背景にした彼らの楕円形の肖像画は、今でも眼に浮かぶようだ。

その名前でアメリカと名付けられたアメリゴ・ベスプーチーは地球儀の前で、開いた本に置いたコンパスを持ち、顎髭をはやし、陽気ないたずらっぽい表情で描かれていた。ヴァスコ・ヌーニエス・バルボア（〔訳注〕スペインの探検家で、大西洋を越えて中米に至り、一五一三年太平洋を発見する）は、鎧《よろい》と甲冑《かっちゅう》を身につけて、羽毛のついた兜をかぶり、膝まで水につかっていた。私は、このような私たちロシアのヴァスコが、太平洋をようやく手に入れたのだと思った。私もまた夢中になった。でも、カーチャときたら！　彼女はもうほとんどこの本に現《うつつ》を抜かしていた。彼女は夢心地で、《トラクスカーラの住民たちの善意の見送りを受けて、コルテスが進軍し、数日後に人口の多いインカの首都に入った》と伝えるためだけに目を覚ますのだった。《発見の世紀》を読むまでは、ただヴァショーナと呼んでいた猫を、彼女はプタクチュファアートル——メキシコにあって、実はそういう名の火山——と改名した。もう一方の火山の、ポポカテペトルを、彼女はニーナ・カピトーノヴナの呼び名にしようとしたが、駄目だった。《おばあちゃん》と呼ぶ以外、ニーナ・カピトーノヴナは返事をしなかったのだ。

要するに、カーチャがひどく残念に思う何かがあったとしたら、間違いなくそれはメキシコを征服し、ペルーを発見し征服したのが彼女ではなかったことだった。でも、すべてはまだこれから。私には彼女が思っていることが分かった。彼女は船長になりたかったのだ。

第8章　学校劇団

このタターリノフ家との交際で、そんな目に会うなんて思いも寄らないことだった。しかしながら、彼らが私を外に追い出すのに、半年とかからなかったのだ。その話は、学校劇団から始まり、その学校劇団とはこんなことから始まった。つまり、ある日のこと、コラブリョフが授業に来て、近日中に講堂で芝居が行われると発表したのだ。

五年生の集会でカヴィーチカが、大嫌いな《髭》の授業のボイコットを提案していた時代はもうとっくに過ぎ去っていた。もう誰もこの地理の先生の長い足や、几帳《きちょう》面《めん》な性格や、承知のように《他人の事に口出ししたがる》ことにさえ、苛立《いらだ》つ者はいなかった。一つには彼がインドで生き返ったヨガ行者を見たということで彼を許していたし、他にも中国で彼がピータンを食べたこともそうだった。

今、彼は新しい企画——学校劇団——を思いついたのだ。劇団には監督、俳優、舞台美術、大道具、小道具、表装方が必要だったが、突然、すべてのこれらの職業のリーダーは、私たちの学校に在学していることが分かった。劇詩作家さえも見つかった——ナースチャ・シエカチョーワだった。残念なことに、私たちの劇団の第一シーズンに開幕した悲劇《時機は至れり》のことはよく覚えていない。劇の主題はある子供のいない男爵夫人が、ユダヤ人と知らずに養子を迎えることだったと思う。しかし、悪役で恐喝者の乳母は、それを知っていて、世間に恥を晒してやると脅迫して金を要求するのだ。そのうち赤ん坊は成長して結婚したいと思う。悲劇が起るのはまさにこの時だった。

私たちの劇団のよい配役のすべてを、イワン・パーブロヴィチ（コラブリョフをそう呼んでいた）が、とっくに愛想をつかした若者たちに与えたことは、少し変なことだった。

悲劇《時機は至れり》の養子役——高潔な英雄で善玉——は、先生たちの脅威で、一番のならず者、企《たくら》みの張本人グリシカ・ファーベルだった。彼は怒鳴り過ぎのきらいはあったが、うまく演じた。彼は十一回アンコールを受けた。彼は舞台裏で、我が耳を信じられず感動に震えながら、汗をかいて立っていた。でも、彼は何回も何回もアンコールを受けたのだ。彼は称賛を受けた。その後、この誉れ高い俳優はひどく威張るようになったが、乱暴を働くことはやめた。

要するに劇団は第四労働学校に、実に思いがけない影響を与えた。コラブリョフの言う《勉強するより食事をするために》学校に通っている生徒たちは、はからずも《労働関係》の間柄になったのだ。それはそうと、特に自慢する訳ではないが、それはすばらしい劇団だったと言って差し支えないだろう。私たちは他の学校にまで客演したのだ。

毎日、私たちはヴォロトニコフスキー横丁に住むコラブリョフのところに通い、俳優たちが舞台稽古するのを聴いた。グリシカ・ファーベルの参加する下稽古は建物に入らなくても、中庭から聴くことができた。いつもそれはものすごくおもしろいものだった。はじめ私はポスターをあちこちに貼っていたが、その後それを描くようになり、そのうちの一枚の、緑色のオウムのポスターはうまく描けてコラブリョフが記念にもらったほどだった。第四労働学校はモスクワで評判になり、一方学校内ではコラブリョフが評判になった。彼は、総監督で同時にメーキャップ、小道具方、そして舞台美術の主任も兼ねていた。上級生の女の子たちは、コラブリョフがハンサムだと打ち明けた。ハンサムじゃなく、おもしろい人という子もいた。それでも好きという子もいた。彼は痩せてすらりとして、新しいグレーの背広でやって来ては、長いシガレットホルダーで煙草を吸い、笑いながら指で髭に触れたりする、実際のところとても興味深い人間だったのだ。

私たちの劇団を他の先生たちが気に入っていたかどうか分からない。ニコライ・アントニッチは、初演毎に最前列に座って、皆よりも大きな拍手をした。ということは、気に入っていたのだろう。でも、多分彼は、学校で今や何につけてもコラブリョフの名前がもてはやされることにあまり満足していなかったようだ。つまり、《僕は、イワン・パーブロヴィチに話そう》とか《僕を、イワン・パーブロヴィチが寄こしたんだ》とかその他といった具合に。

コラブリョフのことを、実はどんなにいい人間であるかをニコライ・アントニッチにしじゅう話すなんて、多分、何の意味もないことだったろう。ニコライ・アントニッチは興味深げに耳を澄まし、指を軽く動かして、笑い青ざめるのだった。そして突然、破局が訪れたのだ。

第9章　コラブリョフ、プロポーズをする。教育者の責任

日曜日のこと、タターリノフ家はお昼にお客たちを待っていた。カーチャは《発見の世紀》の本から《スペイン人たちのインディオとの最初の出会い》を描いていて、一方私はニーナ・カピトーノヴナおばあさんに台所の手伝いに駆り出された。彼女は少し興奮していて、絶えず耳を澄まして、私に言った。

「しっ、静かに、呼び鈴だよ」

「あれは通りの音だよ、ニーナ・カピトーノヴナ」

しかし彼女はまだ耳を澄ましていた。結局、彼女は居間に行って、呼び鈴を聞き逃してしまった。私はドアを開けた。コラブリョフが入ってきた——明るい薄手の外套に、明るい色の帽子を被って。そんな着飾った彼を見るのは私は初めてだった。

マリヤ・ワシーリエヴナは在宅ですかと聞く彼の声は、いくぶん緊張していた。私は《はい》と言った。でも彼

は、まだ数秒間外套を着たままで立っていた。それから、彼はマリヤ・ワシーリエヴナの方へ行き、一方私はニーナ・カピトーノヴナが爪先立ちで居間から戻るのに気付いた。何故、爪先立ちなんだろう、何故そんなに興奮した、秘密めいた様子をしているのだろう？　この瞬間から台所準備の仕事は全くひどいものになってしまった。じゃがいもの皮をむいていたニーナ・カピトーノヴナは、包丁をひとりでに手から滑り落とした。彼女は、居間に何かを取りに飛び出していったけれど、手ぶらで戻ってきた。毎回、彼女は新しいじゃがいもに取り掛かり、こうして籠の中は今や、片側だけ皮をむいたじゃがいもだらけになってしまった。しかし、私が全くはたと当惑してしまったのは、ニーナ・カピトーノヴナがこれらのじゃがいもの一つを取り出して、賽《さい》の目に切り刻み、物思いに耽りながらスープの中に放り込んだ時だった。そう、彼女は何かに心を奪われていたのだ。いったい何に？　やがてすぐ私はそれが分かった。ニーナ・カピトーノヴナは、秘密を守れるような人ではなかった。

　再び彼女は、色々な謎めいた手振り——それはおよそ《おや、まあ、ああ、どうなるのかしら？》と理解されるような——だけで黙って戻ってきた。

　それから、ブツブツ言い始めた。やがて溜息をついて話し始めた。

　それはめったにないニュースだった。コラブリョフがマリヤ・ワシーリエヴナにプロポーズしたのだ。《プロポーズする》とはどういうことか、もちろん私は知っていた。彼は彼女と結婚したいと思い、彼女が同意するかどうかを聞きに来たのだ。同意するか否かだって？　もし私が台所にいなければ、ニーナ・カピトーノヴナは全く同じようにこの問題を、シチュー鍋や土鍋と相談していたことだろう。彼女は黙っていることができなかった。

「すべて差し上げます、全生涯をかけて、だとさ」

　三回か四回目に居間から戻ったとき彼女は伝えた。

「私は何も惜しみません」

　私は念のため言った。

「えっ、本当？」

「私は何も惜しみません」

　厳かにニーナ・カピトーノヴナは繰り返した。

「私はあなたの生活を知っています。それは好ましいものではありません。私は、あなたのことを見るに忍びないのです」

　彼女はじゃがいもの皮むきに少しだけ取り掛かったけれど、すぐに再び出ていき、涙目で戻ってきた。

「家族がいなくていつも寂しい、だって」

彼女は伝えた。

「《僕は身寄りのない人間です。あなた以外に僕は誰もいらない。僕は以前からあなたの悲しみを分《わか》ち合っているんです》だいたい、だいたい、そんなところさ」

《だいたい、そんなところ》はニーナ・カピトーノヴナが自分であとからつけ加えた言葉だった。十分ほどして、彼女は再び出ていき、当惑して戻ってきた。

「《僕はこういう人たちに疲れたんです》」

彼女は、目をぱちくりさせながら言った。

「《僕の仕事の邪魔をするんです。誰のことを言っているかお分かりでしょう。信じて下さい、この男は恐ろしい人間です》」

ニーナ・カピトーノヴナは溜息をついて座った。

「駄目、結婚はできない。彼女は気落ちしているし、彼は年配だよ」

私は、これにどう答えていいか分からなかった。それで念のため再び言った。

「えっ、本当?」

「信じて下さい、この男は恐ろしい人間です」

物思わしげにニーナ・カピトーノヴナは繰り返した。

「そうかな！　主よ、お助け下さい！　そうかしら！」

私はおとなしく座っていた。お昼の準備は放ったらかされ、白い湯滴がコンロに流れていた。つまりじゃがいもが浸っているお湯は、煮えたぎっていたのだ……。おばあさんはまた出ていき、今度は居間に十五分くらいいた。戻ってくると彼女は目を細め、両手を振り降ろした。

「行かないよ！」

彼女は宣告した。

「断ったよ、主よお助けを！　あんな男！」

どうも彼女自身、マリヤ・ワシーリエヴナがコラブリョフを断ったことを喜んでいいか悲しむべきかよく分かっていないようだった。

私は言った。

「残念だね」

ニーナ・カピトーノヴナは驚いて私を見つめた。

「だって、結婚できるのに」

私は付け加えた。

「まだ若いし」

「嘘をつくのはおやめ……」

怒ってニーナ・カピトーノヴナは話をしかけた……

突然、彼女は真面目で重々しい様子で、ゆっくり台所から出てくると玄関のところでコラブリョフを見送った。彼はひどく顔色が悪かった。マリヤ・ワシーリエヴナはドアのところに立って、彼が外套を着るのを黙って見ていた。少し前に彼女が泣き止んだということは一目瞭然だった。

「かわいそうに、かわいそうにねえ！」

独り言のようにニーナ・カピトーノヴァは言った。

コラブリョフは彼女の手に、彼女は彼の額にキスをした。それをするのに彼女は爪先立ちにならなければならなかったし、彼の方は前屈《かが》みになった。

「イワン・パーブロヴィチ、あなたは私、そして私たちの友人です」

真面目にニーナ・カピトーノヴァは言った。

「そして、私どもの家は、いつもあなたの生家だと思って下さい。マリヤにとってあなたは第一の友人だし、彼女もそのことを分かっていますよ」

コラブリョフは黙ってお辞儀をした。私は彼がたいへんかわいそうだった。私には、なぜマリヤ・ワシーリエヴナが彼を断ったのかまったく理解できなかった。私の見たところ二人はふさわしいカップルだったのに。

多分、おばあさんは、マリヤ・ワシーリエヴナが自分を呼び出して、すべてを話す——どのようにコラブリョフがプロポーズをして、どんなふうに彼女が断ったかを——と期待していたのだろう。しかし、マリヤ・ワシーリエヴナは彼女を呼ばなかった。逆に、彼女は自分の部屋に鍵をかけて閉じ籠り、そこで隅から隅へ歩き回るのが聞こえていた。

カーチャは《スペイン人の、インディオとの最初の出会い》の絵を描き終えて彼女に見せたいと思ったが、彼女はドア越しにこう言った。

《あとでね、カーチャちゃん》そしてドアを開けなかった。

コラブリョフが出ていってから、家の中は全体としてなんとなく寂しくなっていたのが、その後、陽気なニコライ・アントニッチがやって来て、お昼にお客が予定していた三人でなく、六人でやって来ると宣言したものだから、いっそううんざりした雰囲気になってしまった。いやが応でも、ニーナ・カピトーノヴァは真面目に台所仕事に取り組むことになった。カーチャまでが、手伝いに動員された——ペリメニ（小型の肉入り餃子）のためにコップで小麦の生地から円形をくり抜くのだ。彼女はとても精力的に取り掛かり、顔を紅潮させ、鼻も髪も、体中が粉まみれになったが、すぐに飽きて、コップでなく古いインク壺を使って円形でなく星形をくり抜こうと決心した。

「おばあちゃん、ほら、きれいでしょ」

彼女は哀願するかのようにニーナ・カピトーノヴァに

言った。それから彼女は星形をみんな捏《こ》ねて固めてしまい、自分流のピローグを別に焼くんだと宣言した――つまり、彼女は何のお手伝いにもならなかった。六人のお客だって！　いったい誰？　私は台所から覗《のぞ》いて、数えてみた。

最初にやって来たのは、あだ名が高潔ファッジェイという教務課長のルージチェクだった。どこからこのあだ名が来たかは知らない。でも、どんなに彼が気品のない男かは皆、よく知っていた。彼の次には、太った禿《はげ》の、おかしな長い頭の教師リーハが現れた。そのあとにまた一人、皆教師だった。それからドイツ語教師、彼女はまたフランス語教師でもあった――ドイツ語とフランス語を教えていた――がやって来た。胸に時計を下げた私たちのセラフィーマ先生が来て、そして最後に思いがけずあの、いやな八年生の生徒ヴォッシコフがやって来た。このヴォッシコフは典型的なリャードフ生だった。彼は清潔な服装をして、バックルにＭＲＵＬつまり《モスクワ・リャードフ実科中学校》と入ったベルトをしていて、学校評議会の上級クラスの代表をしていた。

要するに、これはほとんど学校評議会の全メンバーだった。そんなほぼすべての学校評議会が、昼食に招待されるなんて、かなり変なことだった。私は台所に座り、何について話すのかを聞いていた。ドアは閉められていた。

はじめにリーハは、《食料品》について、そしてこれから新しい通貨になると言った。今日、バター一フントが千四百万ルーブルなのが、明日には戦前のように二十コペイカになる。今日、門番に一千万ルーブル払っていたのが、明日には十コペイカで、それでも《ペコペコ感謝のお辞儀をするだろう》というのだ。

「私ったら、バカみたい。テーブルクロスを二億三千万ルーブルで売ってしまったばかりよ！」

溜息をつきながら、セラフィーマ・ペトローヴナ先生は言った。

それから、コラブリョフの話になった。何だって、これはびっくり！　彼がソビエト政権に取り入って、《出世するため》に必死になっているというのだ。彼は髭を染めている。学校劇団という極めて生徒たちに有害な活動を、彼はただ《人気取り》のためだけに行っている。彼には妻がいたが、彼女を破滅させた。会議の席で彼は《ワニの涙》を流して見せたというのだ。私は《ワニの涙》(空涙)がどういうことか知らなかった。それを聞くと、マリヤ・ワシーリエヴナの部屋から出てきた、青ざめた、まるで糊で貼りつけたように髭がペタンとなったコラブリョフの姿を思い浮かべ、私はすぐ彼らが皆嘘をついていると分かった。学校劇団のことも、奥さんのことも、どんな意味にしろ《ワニの涙》のこともみんな嘘だ。彼らはコラブリョフの敵なんだ。

今日マリヤ・ワシーリエヴナに彼が言った《僕は、こういう人たちに疲れたんです。僕の仕事の邪魔をするんです》という人たちとは、まさにこの人たちのことなんだ。

《ワニの涙》を流したというところまでは、まだ話だけだった。しかし、ニコライ・アントニッチの声を聞くやそれは会話でなく陰謀だと分かった。彼らはコラブリョフを学校から追放したいのだ。ニコライ・アントニッチは遠回しに言った。

「教育学は、外面の教育的要素の中に、いつも芸術その他のものを見込んでいます」

それから彼はコラブリョフに話題を転じ、とりわけ《彼の才能を正当に評価した》と言った。そしてこんなことを続けたのだった。我々は、《彼の亡き妻の死の原因》には全く関係はない。我々は《子供たちへの彼の影響がどれほどか》にのみ関心がある。我々はイワン・パーブロヴィチが有害な方向に学校を駆り立てようとしていることを心配していて、それはひとえに《誠実なソビエト市民の義務》として、我々は責任ある教育者として振舞わなければならないからなのだ。

ニーナ・カピトーノヴナが空の皿をガラガラと落としたので、彼の教育者の責任なるものがニコライ・アントニッチに一体何を命ずるのか聞き取れなかった。でも、ニーナ・カピトーノヴナが居間にメインの料理を運んだとき、私は全員の会話から、彼らが何をしようとしているかが分かった。まず一番目に、次の学校評議会でコラブリョフに《教科スケジュールの枠内の地理の授業に留めるよう》要求すること。二番目に、彼の活動は《労働教育の思想を通俗化するもの》と評価されること。三番目、学校劇団は廃止すること。四番目、五番目もさらに何やらと続く。こんなことになったらコラブリョフはもちろん、腹を立てて出ていくことだろう。

高潔ファッジェイはこう言った――《どこへなりと、どうぞ》そう、それは卑劣なプランだった。私は、ニーナ・カピトーノヴナが口を出さず平気でいるのに驚いた。でも、しばらくして私はどうしたのかが分った。メインの料理になった頃は、彼女はマリヤ・ワシーリエヴナがコラブリョフを断ったことを悔やんでいた。それ以上彼女は何も考えず、何も聞こうとはしなかった。彼女は何かブツブツ言って肩をすくめ、一度は大声で口にさえ出した。

「そうだよ！　母親の私を差し置いて！」

おそらく、マリヤ・ワシーリエヴナがコラブリョフを断る前に自分と相談しなかったことに腹を立てたのだろう……。お客たちは話をどんどん進め、私はといえば、どうしたらいいかまだ決めかねていた。コラブリョフがプロポーズに来たのがまさにその日だったことは、決定的にまずかった。家にいればよかったのだ。そうすれば、私は、マリヤ・ワシーリエヴナに、私の聞いたすべてを話すこともできただろう。でも、今となってはきまりが悪いし、もう不可能なこと。彼女はお昼に出てこないで閉じ籠り、誰も中に入れない。カーチャは宿題に専念している。ニーナ・カピトーノヴナは突然、へとへとに疲れた、眠いと言って、すぐに横になり寝入ってしまった。私は溜息をついて別れを告げ、家に帰った。

第10章　《断りの返事》

子供の家の当直、跛《びっこ》のヤフェットは、私たちが寝ているかぐずぐずしているか、つまり皆が寝たかどうかの見回りが、もう二回目になっていた。夜のランプが廊下に灯っていた。ヴァーリカ・ジューコフは犬のように夢で瞬《まばた》きをしていた――彼の犬たちの夢でも見ていたのだろうか？　ロマーシカは鼾《いびき》をかいていた。私だけが眠らずにずっと考えていた。次から次へと大胆な考えが浮かぶのだった。例えば生徒会でニコライ・アントニッチに反論して、皆の前でコラブリョフを学校から追放するという卑劣なプランを明らかにするのはどうだろう。例えばコラブリョフに手紙を書く……私は頭の中で手紙を作り始めて眠ってしまった……

皆より早く目覚めて、その手紙を前日止まっていた、ちょうどぴったりその箇所から作り始めたのはとても変だった。ほら、ペーチカの手紙文例集が役に立つじゃないか！　私は、ペーチカと読んでいた手紙を思い出した。《断りの返事》つまり《あなた様がおっしゃられるお気持ちは、私にとってたいへん光栄でございます……》これは使えない！　《好意的なもてなしへの礼状》も《しかるべき金額の請求の手紙》と同じく、役には立たなかった。《男寡《やもめ》から娘さんへの手紙》は、私は忘れてしまった。でも、その手紙は、私が男寡ではなく、コラブリョフも娘さんではないだけに、なおさら役には立たない。

とうとう私は決心した。まだずいぶん早かった――七時を過ぎて、通りは夜のように暗かった。もちろん、私はやめる訳にはいかなかった。跛のヤフェットは私を止めようとしたが、私は振り切って、裏口からこっそり逃げ出した。コラブリョフは、ヴォロトニコフスキー横丁の、ダーチャのような鎧戸《よろいど》とベランダのある、木造の一階建の離れに住んでいた。彼は起きていると私は何故か確信していた。昨日、マリヤ・ワシーリエヴナから《断りの返事》を受けた男が、眠ることなどできないのは明らかだ。そしてやっぱり彼は起きていた。部屋には明かりがともり、彼は窓辺に立って中庭を眺めていた――じっと目を凝らして注意を集中する様子は、まるで中庭でとんでもなく奇妙なことが行われているかのようだった。そんな風だから、私がその窓の下で手で合図をしているのに、彼は長いことに私に気付かなかった。

「イワン・パーブルィチ！」

しかし、イワン・パーブルィチは目を固くつぶり、頭を振って行ってしまった。

「イワン・パーブルィチ、開けて下さい、僕です！」

数分して彼は、外套を引っ掛けて戻ってきて、ベランダに出てきた。

「僕です、グリゴーリエフです」

私は、彼が私を忘れてしまったのではないかと（彼は、なんとなく不思議そうに見たので）思って、繰り返した。

「僕があなたのところに来たのは、いますぐあることを伝えるためなんです。学校劇団は廃止されます、そしてあなたを……」

私は《追放する》とは言わなかったと思う。でも、彼が突然我に返ったところをみると、もしかすると言ったのかも知れない。

「上りなさい」

短く、彼は言った。

いつも彼の部屋はきちんと整頓されて、本は本棚に、ベッドには白いベッドカバー、枕には覆いが掛けてあった。すべてきちんとしているのに、今日、そうでないのはこの家の主《あるじ》自身だけだった。目を細めたり、広く見開いたり――まるで彼の前のものがすべてぼやけているみたいだった。間違いなく彼はこの夜、少しも横になっていなかった。私はそんな疲れた彼を見たことはなかった。

「で、サーニャ」

彼はふらふらして言った。

「どうしたんだい？」

「イワン・パーブルィチ、僕はあなたに手紙を書きたかったんです！」

私は熱を込めて言った。

「要するに学校劇団が問題にぶつかっているんです……あなたについて、奥さんを死なせたって言われてます」

「ちょっと待て！」

彼は笑い出した。

「妻を死なせたなんて誰が言ったんだい？」

「皆です、《我々は、彼の亡き奥さんの死の原因には関係がない。思想の通俗化――これこそが、我々が憤慨しているものだ》」

「何だかちっとも分からない」

コラブリョフは真面目に言った。

「でも、確かに通俗化って言ったんです」

私は、はっきりと繰り返した。昨晩からずっと私は、《通俗化》《人気取り》そして《誠実な義務》という言葉を繰り返ししゃべっていた。《通俗化する》は言ったから、あとは《人気取り》と《誠実な義務》が残っていた。

「《会議の席で彼は空涙を流す》」私は急いで続けた。「《この極めて有害な活動を、彼は自分の人気取りのために行っている》そう、たしかに《人気取り》って言ったんです《彼はソビエト政権に取り入っている》《我々は誠実な義務を果たさなければならない》と」

多分私は何かを混同していたのだろう。でも私にとって前日聞いたことを自分の言葉で話すよりも、すべてを暗記して繰り返すほうが簡単だったのだ。それでもコラブリョフは私を理解してくれた。完璧に理解してくれた。彼の目は急に以前のぼんやりした表情を失くし、頬にほんのり赤みがさした。

「それはおもしろい」

彼はちっともおもしろくないのに、そうつぶやいた。

「で、君たちは、つまり劇団を廃止したくないんだね？」

「もちろん、そうです」

「だから、君が劇団のことで来たのかい？」

私は沈黙した。多分劇団のことで、でも一方、コラブリョフのいない学校はつまらなくなるだろう。彼らがあんなにも卑劣に申し合わせて彼を学校から追い出すことは、私には気に入らなかったのだろう。

「くそっ、あの馬鹿どもめ」

不意にコラブリョフは言った。

「なんというつまらん奴らなんだ！」

彼はしっかり私と握手して、再び物思わしげに部屋の隅から隅へと歩き回り始めた。そんな風に歩き回りながら、彼は、多分台所に行ったのだろう、熱湯を持ってきて紅茶を浸し、壁の小さな食器棚からコップを取り出した。

「学校を去ろうと思っていたけど、今は残ることにしたよ」

彼は宣言した。

「一緒に闘おう。そうするかい、サーニャ？　じゃあ、まずは紅茶を飲もう」


学校評議会が開かれたかどうかは分からない、そこでコラブリョフは《労働教育思想の通俗化》で手厳しく罰せられるはずだったのに。開かれなかったのは明らかだった。なぜなら彼は何も罰せられなかったのだから。毎朝、何くわぬ顔で、《髭》は鏡の前で髭をすいて、授業に出ていた。

数日後、劇団は新しい出し物を発表した。《どんな賢人にも抜かりはある》という演劇で、賢者役はグリシカ・ファーベルだった。彼は二十五歳くらいなのに、配役上グリシカは、禿《はげ》で金歯をした中年男を演じた。しじゅう、グリシカはニコライ・アントニッチみたいにテーブルを指でコツコツやっていて、あんなに怒鳴ることさえなければ概してとてもうまく演じた。

コムソモール地区委員会から二人の巻き毛の黒髪の男の子がやって来て、私たちの学校にコムソモール支部を組織する提案をした。ヴァーリカが、子供の家の生徒は加入できるかと席から立って尋ねると、彼らはできるけれど十四歳以上に限ると答えた。私は自分が何歳か知らなかった。私の計算では、まもなく十三歳になるはずだった。私は念のため十四歳だと言った。しかし、やっぱり信じてもらえなかった。多分、私が当時たいへんチビだったからだろう。

この集会に教師から出席していたのは、コラブリョフとニコライ・アントニッチだけだった。コラブリョフの演説はかなり厳粛なもので、はじめ私たちに支部ができることに短い祝いの言葉を述べ、それから私たちが勉強しないで暴れることに対して、長いこと小言を言った。ニコライ・アントニッチも演説をした。それはすばらしい演説で、若い世代の地区委員会の代表たちに歓迎の辞を述べ、最後にネクラソフの詩《鳴り響く緑のざわめき》を朗読した。奇妙なことに、その演説をしながら、彼は突然指が折れそうなほどポキポキと大きな音をさせたのだった。そうしながら彼はとても快活な表情をして、微笑みすら浮かべていた。

集会の後、私は廊下で彼に会って挨拶した。《こんにちは、ニコライ・アントニッチ！》でも彼は、なぜか答えなかった。

要するに、すべて事は運んでいて、私が何故タターリノフ家に行かないで、明日、カーチャに通りで会って、そこで頼まれていた粘土とヘラを彼女に渡そうと、急に決心したのか、自分でも分からなかった。でも、私は、思い直すのに三十分とかからなかった。

おばあさんが私にドアを開けてくれたけれど、何故か私が中に入ろうとするとドア・チェーンを押えた。私を入れようかどうかためらっているようだった。やがて、ドアを広く開けると、私に素早くささやいた。

《台所に行くんだよ》——そして、そっと背中を押した。私は、ただ驚いてぐずぐずしていた。その時、ニコライ・アントニッチが玄関に出てきて、私を見つけ、明かりをつけた。

「いやはや！」

押し殺したような声で彼は言った。

「現れたな」

彼は私の肩を強くつかんだ。

「恩知らずの密告者め、悪党、スパイ野郎！　二度と来るんじゃない、いいか？」

彼は憎らしそうに唇を広げ、私は、彼の口の中に金歯がギラリと光るのに気がついた。でも、それがタターリノフ家の家の中で私が見た最後だった。一方の手でニコライ・アントニッチはドアを開け、もう片方の手で私を子猫のように階段に放り出した。

第11章　去る

子供の家はガランとなり、学校も人気《ひとけ》がなくなった。日曜日なので、皆それぞれがどこかへ行ってしまった。ロマーシカだけがガランとした部屋を歩き回り、絶えず何か計算していた。多分、自分の将来の富を。そして、台所の料理人は、お昼の用意をして歌っていた。私は料理台のうしろの暖かい一隅に座を占めて、考え始めた。

そうだ、これはコラブリョフの仕業《しわざ》だ。彼を助けようとしたのに、彼は卑劣にも私に仕返しをした。彼はニコライ・アントニッチの所に行って、私を裏切ったんだ。

タターリノフ家に集ったあの六人は正しかったんだ。ニコライ・アントニッチも、ドイツ語・フランス語教師も、そして集会でコラブリョフが《ワニの涙》を流したと言ったリーハさえも。

コラブリョフは悪党だ。それでも、私はというと、マリヤ・ワシーリエヴナが彼のプロポーズを断ったことを、まだ残念に思っていた。

「ペーチャおじさん、《ワニの涙》って、どういうこと？」

ペーチャおじさんは、大鍋から熱いキャベツを取り出していた。

「ソースの名前かな」

ちがう、ソースなんかじゃない……、私は、それはソースじゃないよと言いたかった。しかしその瞬間ペーチャおじさんは急にキャベツ——彼はキャベツスープの用意ができたか、噛《か》んで味見していた——とともに私のまわりでゆっくり漂い始めた。頭がぐるぐる回り出した。私は溜息をついて、寝室へ行った。

ロマーシカは寝室の窓際に座って計算していた。

「これから、十万ルーブルは一コペイカと同じになるんだ」

彼は私に言った。

「だから、廃止になるお金を集めて、まだそのことを知らない所に出掛けて、たくさんの買い物をして、それからここで新しいお金で売るのさ。僕の計算では、一ルーブル金貨が、四百倍に増えるんだ」

「お別れだよ、ロマーシカ」

私は彼に答えた。

「僕は行くよ」

「どこへ？」

「トルキスタンさ」

私は、その直前までトルキスタンのことなど思いもしなかったのに、そう言った。

「嘘！」

私は黙って枕からカバーをはずすと、持っていたものを全部それに押し込んだ。シャツ、予備のズボン、ポスター《第四労働学校の学生主催、劇〝マーラー〟を上演》——そして、いつかイワン・イワニッチ医師が私に残してくれた黒い管も。私の作ったひきがえるや野うさぎは全部こわして、ゴミ箱に捨てた。カーチャに少し似た、額に輪っか髪の女の子の像さえ、そこに放り込まれた。ロマーシカは興味深げに私を見守っていた。彼はまだずっとヒソヒソ計算していたけれど、以前ほど熱心ではなかった。

「一ルーブルが四百倍なら、百ルーブルだと……」

さようなら、学校！　もう決してこれ以上学ぶことはないだろう。何のために？　書きも、読みも、計算も習った。もう十分、これでいいんだ。私が去っても、誰も寂しがったりしやしない。ただヴァーリカが一度思い出して、忘れるだけ。

「百ルーブルの四百だから」

ロマーシカが声をひそめて言った。

「百ルーブルは四千倍になるかな」

でも、私はまた戻ってくるんだ。ニーナ・カピトーノヴナのところに行き、お金を投げつけて言うんだ。

《ほら、僕がおばあちゃんのところで食べた、全部の代金を受け取ってよ》

学校から追放されたコラブリョフは、私のところにやって来て、愚痴をこぼし、お願いだから許してくれと言う。絶対にダメだ！

それから急に私は、彼を訪れたときコラブリョフが窓辺に立ち、とても悲しげに少し酔ったように中庭をじっと見つめていたのを思い出した。裏切ったのは彼？

もう考えるのはやめよう、裏切るとしても、何のために？　それどころか彼は、多分そんな素振りは全く見せなかった。つまり、彼は、あの秘密の会議を全然知らない振りをしなければならなかったことになる。彼を非難する理由などなかった。あれは彼じゃない。いったい誰なんだろう？

《ああ、ヴァーリカだ！——突然私は自分に言った——だってターリノフ家から戻ると、私は彼にすべてを話していた。あれはヴァーリカだ！》

でも、ヴァーリカは、確か聞き終る前に鼾《いびき》をかいていた。そもそもヴァーリカがそんなことをする筈がない。

もしかして、ロマーシカ？

私は彼を見つめた。耳を真っ赤にして、青白い顔で彼は出窓に座り、相変らず果てしなく掛け算をやり続けていた。私には彼が、鳥のように、丸く平たい眼でこっそり私を見張っているような気がした。しかし、彼は何も知らないのだから……

それはコラブリョフじゃないだろうと確信した以上、私は多分子供の家を去ることもないだろう。でも、私は頭痛と耳鳴りがして、ロマーシカに出ていくと言った今となっては、留まるのはなぜか不可能のように思われた。なんだか憂鬱な心で、私は最後に振り返ってみた。白いランプ、あれは明かりが消された暗闇の中で、いつも長いこと見つめていたんだ。下着をしまう格子になった収納棚——あそこが私の棚で、その隣りがヴァーリカの棚。ベッドがずらっと並んでいる……

私は溜息をついて、包みを取り上げ、ロマーシカに頷《うなず》いて出ていった。多分、私はもう高熱を出していたのだろう、通りに出て私は、とても寒いのに驚いた。それでも、玄関口でジャンパーを脱ぐと、私はシャツの上にじかに外套を着た。ジャンパーは売り飛ばすことに決めた——私の予想ではそれで一千五百万ルーブルになるはずだった。

高熱と頭痛のために、私はスハレフカ市場で丸一日過ごしたのに、そこでしたことをよく覚えていない。覚えていることといえば、いためた玉葱の匂いのする屋台のそばに立って、ジャンパーを持ち、弱々しい声で言っていたこと。

「あのう、これを誰か……」

どうしてこんな弱々しい声なのか驚いていたのを思い出す。人込みの中で二枚の毛皮外套を着た、やけに背の高い男に気付いたのを覚えている。

一着は、袖を通して着て、もう一着は肩に羽織って、それを売るのだった。とても不思議なことに、私が自分の売り物を持ってどこへ歩いていっても、この男に出くわすのだ。彼は、すごいのっぽで顎髭をはやし、二枚の外套を着てじっと立っていた。裾を折り曲げたり、襟をさわったりする買い手を見ないで、陰気に値段を言うのだった。

市場を一日中ぶらつきながら、私はシャツを、人参入りのライ麦ピローグの一片と交換したけれど、一口噛むと、食べる気がしなくなったのを思い出す。

私自身は寒くないのに、指はやはり紫色になっているのに気付きどこかで暖をとった。ピローグを枕カバーにしまい、それがぼろぼろに崩れないか絶えず見ていたようだ。多分、私は発病したと感じていたのだろう。とても喉が乾き、何度かジャンパーを売るのはやめようと決心した。もう三十分たって売れなかったら、茶店に行ってジャンパーを売り飛ばしコップ一杯の熱い紅茶にしてしまおう。でも、すぐにその瞬間、買い手が現れるかも知れないと思い始め、あと三十分立っていることに決めた。

あの背の高い男も自分の外套を売れないでいるのを、私は慰めにしていたのを思い出す。多分私は少し雪を食べたかったのだろう。でも、スハレフカ市場の雪はとても汚く、大通りまでは遠い。それでも、私は歩いていって食べた――雪は妙に生暖かかった。恐らく私は嘔吐していた、いやそうでなかったかも知れない。ただ覚えているのは、私が雪の上に座り、倒れようとするのを誰かが肩を押さえていたことだ。ついには、私を押さえるのをやめると、私は横になり、思いきり足を伸ばしたのだった。私の上では、何かこんなふうに人々が話していた……

《発作だ、発作だ……》

それから、誰かが枕カバーを取り上げようとして、私はこう言って私を説得する声を聞いた。

《変な子だよ、ホラ、頭の下に置いたからね！》

でも私は、枕カバーにしがみつき、離さなかった。二枚の外套の男がゆっくりそばにやって来て、急に一着の外套を私の上に投げ掛けた。でも、それは幻覚だった。しかし、その幻覚は、はっきり覚えている……。枕カバーは、まだ引っ張られていた。私は女の人の声を聞いた。

「包みを離さないのよ」

そして男の声。

「仕方ない、包みと一緒に寝かしておこう」

それから、男の声が言った。

「多分、スペイン風邪だ」

それ以上は何も覚えていない。

今でもまだ私は少し熱が出ただけですぐに譫言《うわごと》を言い始める。三八度あると、私はもうひどくばかげたことをしゃべり、親類や知人たちを死ぬほどびっくりさせるのだ。でも、スペイン風邪の間中、こんなに気持ちのいい幻覚を見たのは初めてだった。広々とした、明るい部屋にいて、私は絵を描いている──滝だ。水が、切り立った岩から狭い、石だらけの河床に落ちている。なんて美しいんだろう！　太陽にきらめく水！　緑の石のきれいなこと！

ホラ、今度は羊の毛皮にくるまれて、百姓橇に乗ってどこかへ行っている。暗くなってきたけれど、私はまだ雪が、橇の下、広い滑り木の間から流れていくのが見える──私たちは止まっていて、雪が流れていくようだ。つまり、地面に落ちた膝掛けが滑り木の横に描く雪の跡が見えるだけで、私たちの橇はどんどん進んでいく。そして私は、とても暖かく、とてもいい気持ちで、一生涯、こんなふうに冬に橇に乗って走っているだけで、それ以上は何もいらないと思えてくる。

なぜ私がそんな気持ちのいい幻想を見ていたのかは分からない。私は死に直面していて、もはや望みのない病人として、二度、他の病人たちから衝立《ついたて》で仕切られたのだった。チアノーゼ──確実な死の兆候──が私には出ていて、一人を除いてすべての医者が匙《さじ》を投げ、朝が来る毎に驚いて尋ねられたのだった。

「なんと、まだ生きているのか？」

これらすべては、私が正気に戻ってから知ったことだった……

とにもかくにも、私は死ななかった。それどころか私は健康を回復していた。ある朝、私は目を開け、ベッドから飛び起きようとした。誰かの手が、私を押えた。子供の家にいると思ったから……。誰かの顔──忘れてはいるけれど、確かに見覚えのある──が私に近付いてきた。信じようが信じまいが——それはイワン・イワニッチ医師だった。

「ドクトル」

私は、彼に言って、うれしさと衰弱から泣き出した。

「ドクトル、ほらビューガ（吹雪）！」

彼は、じかに私の目を覗《のぞ》き込んだ——多分、私がまだ、譫言《うわごと》を言っていると思ったのだろう。

「スェドロー（鞍）、ヤーシック（箱）、ビューガ（吹雪）、ピュット、アブラム」

私は涙が口の中に流れ込むのを感じながら言った。

「僕ですよ、ドクトル、サーニカですよ。田舎で、覚えていますかドクトル？　僕たち、あなたを匿《かくま》ったでしょう。あなたは僕に教えてくれた」

彼はもう一度、私の目を覗き込み、そして頬をふくらませ、音を立てて息を吐いた。

「おや！」

彼は笑い出した。

「何で忘れるものか……。妹さんはどこに？……。いったい、これはどうしたんだい？　だって君はあの時《ウーハ》としかしゃべれなかったじゃないか、しかも吠えるようにね。出来るようになったの？　その上、モスクワに引っ越して来たのかい？　しかも、急に死のうなんて思いついたりして？」

私は、決して死のうとしたんじゃないと言いかけた。でもそれに反して彼は突然掌《てのひら》で私の口を塞《ふさ》ぎ、もう片方の手で、急いでハンカチを取り出すと、私の顔と鼻を拭ってくれた。

「横になってるんだ、君、おとなしくね。君はまだ話をしちゃいけない。無言でいるんだ。君はもう、とんでもなく、今じゃ分からないくらい何回も死にかけていたんだよ。もし、ひょっとして余計なおしゃべりをしたら、死んじゃうよ。跡形もなく消えてしまうのさ」

第12章　重要な話

皆さんはきっと私が一度正気に戻ると、健康回復に向かったと思うだろう？　まるで違うのだ。スペイン風邪から回復するやいなや、私は脳膜炎にかかった。またもや、イワン・イワニッチは私の万事休すに同意しない。何時間も彼は私のベッドに座り、私の目つきや手振りに異常な動きがないか観察した。ついに、私は再び意識を取り戻し、まだ長いこと目を開いて天井を見ながら横たわっていたけれど、すでに危機を脱していたのだ。《死の危機は脱したけれど――こう、イワン・イワニッチは言った――その代り、生涯白痴になる危険がある》

私は運が良かった。白痴にはならず、病気の後私は、以前よりなんとなく賢くなったようにすら感じた。確かにそうだった。でも病気は、そのこととは関係ない。

とにかく私は病院に半月以上いた。その間、私は、ほとんど一日おきくらいひんぱんにイワン・イワニッチと面会した。でも、私が回復するようになると、彼はもうほとんど病院には姿を見せなかった。まもなく彼はモスクワを去った。どこに、そして何のために――それは以下の通りだ。

驚くべきことに、ここ数年間、彼はほとんど変わっていなかった。相変らず彼は、詩をつぶやくのが好きだった。そして私は、彼が聴診しながら、かつてのように不満そうな声でつぶやくのを聞いた。

フォン・グリンヴァリドウス男爵
この勇敢な騎士は
ずっと同じ陣地の中で
石の上に座っている（〔訳注〕サーニャの病気が回復していないことの比喩）

私たちのいる病室に、医学生たちがやって来て、彼は、明るい、生き生きした眼差しで彼らを見ながら、そのうちの一人の袖をつかんで講義をしながら、放したり、またつかんだりしていた。私と彼は、《昔の時代》を思い出し、そして彼がパンの柔らかい中身や、それに他の何かから猫とネズミをつくり、猫はネズミをつかまえ、本物の猫のようにニャーと鳴いたのを私がまだ覚えているのを、彼は驚いていた。

私は言った。

「イワン・イワニッチさん、あなたが去った後だって」

「私と妹は、冬の間中、じゃがいもを箸《はし》で刺して焼いていたんです」

彼は笑い出し、それから物思いに耽った。

「それはね、君、私が服役中に教えられたんだ」

実は彼は流刑者だったのだ。ボリシェヴィキ党のメンバーだった彼は、徒刑囚として流刑に処され、その後、終身流刑になった。彼がどこで懲役を終えたかは知らないが、その移住地は、どこかバレンツ海の近くの、とても遠い所だった。

「そして、実にそこから」

彼は笑いながら言った。

「まっすぐ君のいる田舎に駆けつけて、すんでのことに、道中で凍死するところだったんだ」

これで、夜ごと、彼がなぜ眠らなかったのかが明らかになった。黒い管――聴診器――を、彼は私と妹に思い出に残していったのだった。話が進むにつれて、私が子供の家からいつ、なぜ逃げ出したかを彼に話さざるを得なくなった。彼は、たいへん注意深く聞いて、なぜかその間中、私の口をじかに眺めていた。

「本当に見事だ」

物思わしげに彼は言った。

「まったくめったに出来ないことだね」

私は、子供の家から逃げたことを、めったに出来ないことと彼が考えていると判断して、ちっとも珍しいケースなんかではないと異議を唱えたかったけれど、彼は再び言った。

「聾唖者ではない、つまり耳は聞こえて唖であること、Stummheit ohne Taubheit. だから、《ママ》と言えない。でも、今やどうしてどうして！　雄弁家だよ！」

それから彼は、他の医者たちに、私のことを話し始めた。私はドクトルが、子供の家から脱走せざるを得なくなった私の話に少しも触れず、その上、概してその話に耳も貸さないことに、少なからず心を痛めていた。

しかし、私は間違っていた。というのもある日、私たちの病室のドアが開いて、看護婦が言ったのだ。

「グリゴーリエフさんにお客さんよ」

そして、コラブリョフが入ってきた。

「こんにちは、サーニャ！」

「こんにちは、イワン・パーブルィチさん！」

病室中が、物珍しそうに私たちを眺めていた。多分、彼が初めに私の健康についての話ばかりしていたからだろう。しかし、皆が自分の用事に取り掛かるや、彼は私を非難し始めた。あぁ、何と私を罵ることだろう！　よどみなく彼は、私が彼について思っていたことのすべてを私に話した。そして、私が彼のところに出頭して、こう言う義務があると宣告した。《イワン・パーブルィチ、あなたは悪党です》もし、私が悪党だと思っているのなら。でも、私はそうはしなかった。なぜなら私は典型的なコジンシユギシヤ(個人主義者)だからというのだ。彼は私が全く絶望してこう尋ねたとき、少し軟化したようだった。

「イワン・パーブルィチさん、コシユギシヤって何ですか？」

要するに彼は診療時間の間中、私を非難していた。しかしながら、別れ際、彼は固く私に握手して、また立ち寄るからと言った。

「いつ？」

「二、三日後に。君に重要な話があるんだ。当分、しばらく考えていなさい」

残念なことに、彼は、何について私が考えておくかを言わなかった。それで私は、むやみやたらに考えざるを得なかった。私はN市、スコヴォロードニコフ爺さん、ダーシャおばさんのことを思い出し、回復したらすぐN市に手紙を出そうと決めた。ペーチカは戻っていないだろうか？ ペーチカのことを私はしょっちゅう思っていた。私たちの病室の窓は庭に面して開いていて、風に揺れる木々のてっぺんが見えた。夜ごと、皆が寝静まり、私はその木々のざわめきを耳にし、ペーチカも、私と同じようにどこかの白いベッドに横になり、木々のざわめきを耳にしているように思った。

彼は今どこに？ 多分、トルキスタンは気に入らず、彼はペルーのどこかに逃げたのでは？ もしかして、ペーチカはペルーにいるのでは？ ヴァスコ・ヌーニェス・バルボアみたいに彼は太平洋の岸辺に甲冑を着て、手に剣を持って立っているんだ。恐らく、そんなことはないだろう。でも、やっぱり分かるものか、私がお利口さんで子供の家で生活している間、彼はあちこちを訪れているんだ。

翌日の診療日に、ヴァーリカ・ジューコフがやって来て、自分のハリネズミについて話をした。彼は、ハリネズミをどこかから手に入れて、自分のベッドの下に家をそっくり作った。冬に、ハリネズミは冬眠するのだが、このねずみはなぜか眠らなかった。とにかく、それは驚くべきハリネズミであった。ヴァーリカは、ハリネズミが自分の体を掻く様子さえ気に入っていたのだ。

「犬みたいさ！」

有頂天になって彼は言った。

「犬みたいに、足で床を叩いたりもするんだ」

要するに、まる二時間、ヴァーリカはハリネズミの話をして、ただ別れ際ふと気がついて、コラブリョフが私によろしくと言って二、三日後に立ち寄ることを伝えた。

私はすぐにそれが重要な話のことだろうと気付いた。とても興味深い！ 私はまた出会うことを確信していた。そしてそれは間違っていなかった。

コラブリョフとの話は、彼が私に何になりたいかを尋ねることから始まった。

「分かりません」

私は答えた。

「多分、画家に」

彼は眉を吊り上げ反論した。

「それはいけないな」

本当を言うと、私はまだ何になりたいか考えていなかった。内心では私は、ヴァスコ・ヌーニェス・バルボアのような人になりたかった。でも、イワン・パーブルイチは、自信をもって言うのだった。《やめたほうがいい》そして、私はそれに憤慨した。

「どうしてですか？」

「理由はたくさんある」

コラブリョフは強く反対した。

「何よりも、君は意志薄弱であることだ」

私は驚いた。私の頭には、私が意志薄弱であるとは全く思い浮かばなかった。

「まるで違います」

私は不機嫌に反論した。

「意志は強いんです」

「いや、弱いね。一時間後にやることも分からない人間に一体どんな意志があるというんだね？　君にもし強い意志があったなら、君はもっと勉強ができる筈だ。しかし、君の成績は悪い」

「イワン・パーブルイチさん」

私は絶望して言った。

「僕には《不可》は一つだけです」

「そう、駄目だね、でもそのうち優を取れるだろう」

彼は、私がまだ何か言わないか、しばらく待っていた。しかし、私は黙っていた。

「君は、理解するより、うぬぼれる方が得意のようだ」

彼は、さらにしばらく待っていた。

「だから、君もそろそろ、この世の中にどうやって、何のために生きていくかを考えてみてもいい頃だよ！　ホラ、君は言った。画家になりたいとね。そのためには、君、全く違った人間にならないといけないよ」

第13章　考える

君は、全く違った人間にならないといけない、口で言うのは簡単だ。じゃあ、どうしたらいいのか？　私は成績が悪いということに同意できなかった。《不可》は一つだけ、しかも算数、それもある時私が長靴を磨いていて、教師のルージチェクが私を呼び出して言ったのだ。

「グリゴーリエフ君、長靴に何を塗っているのかね？　灯油漬けの腐った卵かい？」

私はさんざん暴言を吐いた。それ以来、彼は私に《不可》以上の点をくれなかった。でも、やっぱり私は、コラブリョフが正しく、私は全く違う人間にならないといけないと感じていた。もし、万一、私が意志薄弱なのが本当だったら？ それはチェックせねばならない。何かを決めて、必ずそれを実行することだ。

手始めに、私は《猟人日記（〔訳注〕ツルゲーネフ（一八一八年～一八八三年）の出世作）》を読破しようと決めた。その本を、すでに去年読んで、あまりにつまらないものだから放っておいたのだ。おかしい！ 病院の図書館で《猟人日記》を借りて、五ページほど読んだばかりで、その本は、以前より三倍もつまらなく思えたのだ。もう、この世の何よりも一番、この決心はなかったことにしたかった。でも、私は自分に約束していた。たとえ毛布の下でささやいたとしても、約束は守らねばならない。

私は《猟人日記》を読了し、コラブリョフは嘘をついたと判断した。私は強い意志を持っているのだ。

もちろん、もう一回、自分をチェックする必要があっただろう。例えば、毎朝、体操の後、水道の蛇口の下で冷水で体を摩擦するとか、あるいは算数を一年で《優》にするとか。でも、これらすべて私は学校に戻るまで延期して、当分は、もっぱら考えに考え抜いていた。

《君は理解するより、うぬぼれる方が得意のようだ》

なぜ、彼はこう言ったのだろう？ もしかしたら、私が自分の塑像を自慢したからだろうか？ それは、悔しいことだった。

カーチャ――それこそ、うぬぼれ屋さんじゃないか！ それともコラブリョフは、この言葉を違ったふうに理解しているのだろうか。私は彼が今度来たら聞いてみようと決めた。しかし彼は来なかった。そしてやっと一～二年たって分かったことは、その言葉は《想像する》ことであって《うぬぼれる》という意味ではないということだった。

《君は一体この世の中にどうやって、何のために生きているんだい？》

私は、新聞を読み始めた。病院で私は新聞を読みながらこのことを考えた。面白い。外来語がこんなたくさんなければいいのに！ 私はそれらの外来語の中に《通俗化する》とか《ワニの涙》を見つけた。

とうとう、イワン・イワニッチは私の最後の診察をして退院を命じた。それはすばらしい日だった。私たちは別れの挨拶を交し、彼は自分の住所を私に残し、寄るように言った。

「ただ、二十日を過ぎないように気をつけるんだ」

陽気に彼は言った。

「そうでないと君、もしかすると尋ねてきても家にいないかも知れない……」

包みを手にして私は病院を出て、街を歩きながら、歩道の台石にちょっと腰をおろした——まだ、そんなに衰弱していたのだ。でも、なんてすばらしいんだろう！　なんと広いモスクワ！　私は忘れていた。それに通りはなんと騒がしいことか！　頭がクラクラしたけれど、私は倒れることはないと分かっていた。私は健康で、生きていくんだ。私は回復したんだ。さようなら病院！　こんにちは、学校！

本当を言うと、私は、学校で皆が平気で迎えてくれるか少し悩んでいた。ロマーシカだけが聞いてきた。

「良くなったのかい？」

私が死ななかったのを少し残念がるかのような表情だった。ヴァーリカは喜んだ。しかし彼は私どころではなかった。ハリネズミがいなくなっていた。そして彼が推測するに、料理人がニコライ・アントニッチの命令で、ハリネズミをごみ溜めに捨てたというのだ。

「それなら、売ってしまったほうがよかった」

悲しげにヴァーリカは言った。

「二十五コペイカで売れただろう。バカだった、売りに持っていかなかったのは」

私が入院している間に、新貨幣——銀貨と金貨が登場した。子供の家ではすべて昔どおりで、ただセラフィーマ・ペトローヴナ先生が上級クラスに移り、そのあとに男性教師ストゥーキンが入った。ヴァーリカは、彼はごますりだと言った。ニコライ・アントニッチにも、ドイツ語教師にも、ルージチェクにも、生徒たちにもおべっかを使うというのだ。

その代り、学校ではこの半年の間に大変化が起っていた。第一に、学校は半分の規模になった。つまり上級生クラスは、別の学校へと移された。第二に、学校は白い色に塗り替えられた——以前の、薄暗い窓と黒い天井の汚い教室は、ほとんど分からなくなった。第三に、皆が、コムソモール支部のことばかり話すようになった。書記は、今やワーリャおばさん、つまり、一九二〇年当時、お玉杓子を手に廊下をてきぱきと行ったり来たりしていた、まさにあの経済委員会の女の子だった。多分、彼女は有能な書記ということになったのだろう、なぜなら私が戻った時、コムソモール支部の小さな部屋は、学校中で一番興味深い場所になっていたから。私はまだコムソモール員ではなかったけれど、病院から戻って三日目には、もうワーリャおばさんからの指示を受けていた——

雲の中を飛んでいる飛行機を描き、その上にスローガン《青少年よ、ODVF（空軍擁護者協会）に入ろう！》を入れるようにと。

指はまだ他人みたいに思うように動かないけれど、私は張り切って仕事に掛かった。要するに学校は以前より千倍もおもしろくなっていた。そして私はすぐ、全てのサークルに参加し、新聞の集団読みの会に夢中になり、イワン・イワニッチ医師のこと、それに彼が五月二十日より前に立ち寄るように言っていたことをすっかり忘れてしまった。

第14章　五十コペイカ銀貨

私が、ついに彼の所へ行こうとしたその日、子供の家では朝から大騒ぎになっていた。ヴァーリカのハリネズミが見つかったのだ。実は屋根裏に入り込み、どうやったのか古いキャベツの桶に入ったのだった。多分ハリネズミは、冬眠していないことを思い出し、そして二週間、桶の中にいて衰弱したのだろう。ハリネズミの様子はあまりよくなかった。死にそうに見えたために、どんなことがあっても、ハリネズミを早く売らねばならなかった。ハリネズミは鼻に触れても、もう鼻面を隠したり、体を丸くしたりしなかった。赤茶色の髭は、かろうじて垂れ下がっていた。早い話、ハリネズミは全くだダメで、もはや大学に持っていくほか手立てはなかった――大学のある研究室でハリネズミを買ってくれるのだ。ヴァーリカは、ハリネズミを古いズボンに包《くる》み出ていった。一時間後、悲痛な様子で彼は戻ってきて、ベッドに座った。

「解剖するんだ」

彼は私に言って、泣き出すまいと顔を歪めた。

「えっ、解剖するって？」

「簡単さ、腹を切り開いて、掻《か》き回すんだ。かわいそうに」

私たちは、どのハリネズミの内臓も、全部同じ所にあるかをめぐって少し口論した。

「仕方ない、どうってことないよ」

私は言った。

「もう一匹買ったら……。いくらくれたんだい？」

バーリカは黙って拳《こぶし》を開いた。ハリネズミは半ば死んでいて、二十コペイカでしか売れなかった。

「僕は三十コペイカあるんだ」

私は言った。

「金を出し合って釣具《スピニング》を買おうよ」

スピニングのことは、彼を慰めるためにわざと言ったのだった。

スピニング――それは、長い折りたたみ式の釣竿に、リール式の長い釣糸のついたもので、岸から遠く四十mまで投げることができた。私は、これをN市ですでに見ていた。N市のある警察署長が、スピニングで魚を取っていたのだ。私たちは、金を出し合い、私たちの十コペイカ硬貨や十五コペイカ硬貨を、新通貨の五十コペイカ銀貨にわざわざ交換した。五十コペイカ銀貨を私はまだ見たことがなかった。それはなぜかめったに手に入らなかったのだ。

ヴァーリカのハリネズミの話で、すっかり私は引き止められ、ドクトルの所へやっと抜け出したときは、もう暗くなりかけていた。彼は、遠くのズボフスカヤ並木通りに住んでいて、でも路面電車は一九二〇年と違い、今では有料だった。けれど私はそれでもタダ乗りして行った。

ズボフスカヤ並木通りに面した、円柱のある白い家は、庭の奥の窓が一つだけ明かりがついていた。そして、それがドクトルの部屋の明かりだと私は判断した。

私は誤っていた。実はドクトルは三階に住んでいて、明かりは二階だった。八号室、ここだ。部屋番号の下に、チョークで大きく書かれていた。

《ここに住んでいるのは、リベンソンではなくてパブロフです》

パブロフ――それはイワン・イワニッチ医師のことだった。ドアを開けたのは、幼児を腕に抱いた女の人で、絶えず静かにさせるために、しっ！ と言って、何の用件か尋ねた。

私は言った。彼女はずっとしっ！ と言いながら、ドクトルは在宅だが、多分寝ていると答えた。

「それでも、ノックしてごらん」

声をひそめて彼女は言った。

「多分寝てはいないから」

「寝ていないよ！」

どこからかドクトルが大声で叫んだ。

「誰かな？」

「どこかの男の子よ」

「入らせなさい」

私は初めてドクトルの所に行き、部屋の乱雑さに驚いた。床は、紅茶や煙草の紙包みで雑然としていて、皮の手袋や奇妙な派手な毛皮の長靴がころがっていた。部屋中が、開いた旅行鞄《かばん》や背負い袋で埋まっていた。この乱雑の中、三脚台を手にイワン・イワニッチ医師が立っていた。

「あぁ、サーニャ！」

うれしそうに彼は言った。

「来たね。それで、どう？　元気かい？」

「元気です」

「よろしい！　咳は？」

「ありません」

「えらい！　それで私はね、君のことを論文に書いたんだ」

私は、彼が冗談を言っていると思った。

「唖の珍しい症例だよ」

ドクトルは言った。

「《医療新聞》の十七号を読んだらいい。患者Gとは君のことだ。有名になると思うよ。今のところまだ患者としてだがね。でも前途は洋々さ」

彼は歌い出した。《前途洋々、前途洋々！》――それから急に一番大きな旅行鞄に飛びかかったと思うと、ばたんと閉めると、うまく閉まるようにその上に座った。多分、ドクトルはモスクワを立とうとしていたのだろう。

私は、どこへ行くのか聞きたかったけれど、その前に、ドアに、ここに住んでいるのは彼で、リベンソンではないと書いてある理由を知ろうと決めた。

「イワン・イワニッチさん、どうしてあなたの家のドアには、ここにあなたが住んでいて、リベンソンではないと書いてあるのですか？」

ドクトルは笑い出した。

「それは、ここに私が住んでいて」

彼は答えた。

「そしてリベンソンが隣の家に住んでいるからさ。彼は八号室、そして私は八号室。出入り口は同じ。分かったかい？」

「分かりました」

ドクトルはその日、たいへんよくしゃべった。こんな楽しそうな彼を私は見たことはなかった。急に彼は私に何かを贈ろうと決めて、皮の手袋をくれた――古いけれど、皮ひもで止めるとても素敵なものだった。私は断りかけたが、彼は有無を言わさず、私に手袋を押しつけて言った。

「黙って取っておきなさい」

手袋の礼を言うべきところを、私は感謝の代りに尋ねた。

「どこかへ行こうとしてるんでしょう？　出発するんで

すね？」

「そうだ」

ドクトルは答えた。

「北極圏の極北地方にね、聞いたことあるかい？」

私はぼんやりと遠洋航海士の手紙を思い出していた。

「あります」

「そうかい。そこにね、君、婚約者がいるんだ。どういうことか分かるかい？」

「分かります」

「嘘だ、分かっても理解できないだろう」

私は、彼の持っていく種々の奇妙な品物をよく見てみた。三角形の皮の裏張りのついた毛皮ズボン、何かの金属製の革紐付きの靴底その他。一方、ドクトルは、絶えずしゃべりながら物を詰めていた。一つの旅行鞄が、どうしても閉まらないので、彼は上のふたを摑《つか》んで、ベッドの上にひっくり返した。すると、大きな肖像写真が私の足元に落ちた。それは、黄色になったかなり古い写真で、数箇所が曲っていた。裏面には、大きな丸味のある筆跡でこう書かれてあった。《帆船〝聖マリヤ号〟の乗組員》

私は写真をよく見て、驚いたことにそこにカーチャのお父さんを見つけた。そうだ、これは彼だ！　彼は、タターリノフ家の居間に掛かっていたあの肖像画と全く同じく、腕組みして、乗組員たちの真ん中に座っていた。しかし、ドクトルは写真の中にいなかったので、私はどうして彼がいないのか尋ねた。

「それはね、君、私は帆船《聖マリヤ号》の船乗りで働いていなかったからだよ」

旅行鞄をベルトで締めるのに、ひどく苦心しながら、ドクトルが言った。彼は写真を私から取り上げ、どこに入れようかと少し考えていた。

「ある男が残していったんだ――思い出にね」

私はその男が誰か、カーチャのお父さんではないか、聞きたかったが、彼はもう本と本の間に写真を挟み、背負い袋の中に入れてしまった。

彼は言った。

「さて、サーニャ」

「そろそろだ。でも、君、どうしているか、気分はどうかを手紙に書くんだよ。君は、興味深いサンプルだということを忘れちゃいけないよ！」

私は彼の住所をメモして、私たちは別れを告げた。

家まで歩く道の途中で、私は少し回り道をした――トヴェルスカヤ通りの拡声器を聞くためだった。それはモスクワで最初の拡声器だった。とてもおもしろいけれどあまりに怒鳴り声なので、私はグリシカ・ファーベルの悲劇《時機は至れり》を思い出してしまった。

子供の家に近付いたときは、十時を回っていて、ドアが閉まっているかもと少し心配した。そんなばかな！ドアは開いていて、窓はすべて明かりがついている。どうしたのだろう？　弾丸のように寝室に飛び込んだ。誰もいない！　ベッドは寝床の用意がされている——きっと、もう寝ようとしていたのだろう。

「ペーチャおじさん！」

私は料理人が帽子を手に新しい服装で台所から出てきたのに気付き、怒鳴った。

「どうしたんですか？」

「集会に呼ばれてな」

謎めいたヒソヒソ声で料理人は答えた。

「何の集会？　どこで？」

「生徒、教師、それに職員全部の集会だよ」

同じく意味ありげに料理人は言った。多分、彼はしたたか飲んでいたのだろう。しゃべる毎に、長いこと目を閉じていたから。彼は私に、自分が集会に呼ばれたからには、こうして人間らしい身だしなみをしなければねと説明しかけたが、私はもう階上の学校へ駆け上がっていた。

講堂は立錐《りっすい》の余地もないくらい一杯で、なお多くの生徒がドアや廊下に立っていた。でも、私はどうにか入り込み、最前列の、演壇の真正面それも椅子でなく床になんとか座ったのだった……

それは、ワーリャを議長とした厳粛な集会だった。とても赤い顔をして、彼女は鉛筆を手に幹部の席に座り、鼻にじかに垂れかかる巻き毛の髪をしじゅう耳の後ろにやっていた。それは彼女が議長をする最初の大集会で、それほど興奮する理由が理解できた。

コムソモール支部からの他の生徒が彼女の両側に座っていて、何か熱心に記録していた。そして、彼らの上に、幹部席の上に、そして講堂のすべての上に私のポスターが掛かっていた。私は興奮で息が止まりそうだった。それは、私の描いたポスター——雲の中を飛んでいる飛行機、そしてその上にスローガン《青少年よ、ＯＤＶＦに入ろう！》でも、私のポスターは何の関係もなく、私はずっとそのことを理解できなかった。なぜなら、発言者は皆、もっぱら何かの最後通告について話をしていたから。しかし、コラブリョフが演説すると、そこですべてが明らかになった。

「同志諸君！」

小声で、しかしはっきりと彼は言った。

「ソビエト政府に最後通告が突き付けられた。概して、君たちはこの文書の重要性をたいへん的確に判断していた。君たちの観点では、この作者は典型的な帝国主義者である。全くそのとおりだ！　しかし西側の彼らがそのことが分からないとか、我々からそのことを初めて聞かされたとするのは誤りであろう。そうでなく、我々は、最後通告に他の方法で返答せねばならないのだ！　我々は、学校に、空軍擁護者の組合支部をつくらねばならない！」

皆が拍手をして、それからは、コラブリョフの発言毎に、拍手が起った。ついでに、終りに彼は私のポスターを指した。私は学校中が私の、雲の中を飛んでいる飛行機を見て、スローガン《青少年よ、ＯＤＶＦに入ろう！》を読むのを得意に思った。

それから、ニコライ・アントニッチが登場し、またたいへんうまい演説をした。次いで、ワーリャおばさんがコムソモール支部は、そっくりＯＤＶＦに加盟することを宣言した。志願者は、明日朝十時から夜十時まで彼女のところで登録できること、そしてさしあたり、ソビエト飛行隊のためにカンパをして、集めた金を、新聞《プラウダ》の住所に送ることを提案した。

きっと私はとても興奮していたのだろう。なぜなら、ヴァーリカは、やはり床の上に私から三人おいて近くに座っていたのだが、私をびっくりして眺めていたから。私は五十コペイカ銀貨を取り出して彼に見せた。彼は気付いた。彼はスピニングのことを何か尋ねたかったのだろう。しかし我慢して、ただ頷《うなず》いたのだった。

私は演壇に飛び乗り、ワーリャおばさんに銀貨を渡した……

「イワン・パーブルィチさん」

私は廊下に立って、長いシガレットホルダーで煙草を吸っているコラブリョフに尋ねた。

「飛行士は何才から採用されるのですか？」

彼は、真剣に私を見つめた。

「知らないね、サーニャ。君はおそらくまだ採用されないだろう……」

採用されないって？　私はかつて大聖堂の庭で、ペーチカと交した誓いを思い出していた。《闘い、探し求め、見つけたらあきらめないこと》でも私は、声に出してそれを言わなかった。どうせコラブリョフはそんなこと分からないのだから。

第三部　古い手紙

第1章　四年

昔の無声映画にあるような大時計を、私は思い浮かべる。但し、針の一回りが示すのは一年だ。針が一回り――ロマーシカと同じ机でコラブリョフの授業を受けている自分がいる。賭けをしていた。つまり、ロマーシカが私の指をペンナイフで切っても、私は大声を上げたり、手を引いたりしないという賭けを。それは意志のテストだ。《意志強化のための戒律》に従って私は、《自分の気持ちを外に表さない》ことを習得する必要があった。毎晩、私はこの戒律を繰り返し唱え、そしてついにちょうどいい機会がやって来た。私は自分をチェックするんだ。

クラス中が、私たちに注意を向けていて、誰もコラブリョフの話を聞いていなかった――今日はチュクチ人の習慣と風習という興味深い授業だったのに。

「切れよ」

私はロマーシカに言う。

すると、この悪党は平然とペンナイフで私の指を切る。私は悲鳴を上げないが、思わず手を引いてしまい、賭けに負ける。誰かがあっと言い、ささやき声が学童机の間に広がる。血が流れ、私は少しも痛くないところを見せるため、わざと大声で笑ってみせる。すると突然コラブリョフは私を教室から追い出す。私はポケットに手を突っ込んで出ていく。

「戻ってこなくていい」

でも私は戻ってくる。授業はおもしろい。そして私はドアの下の床に座って聞いている……

意志強化のための戒律！　私はまる一年、それにかかりきりになった。私は《自分の気持ちを隠す》だけでなく《軽蔑する人たちの意見を無視する》ように努めた。これらの戒律のうち、どれが難しかったかは覚えていない。多分、それは一番目の戒律だろう。なぜなら私の顔には、私が感じたり思ったことすべてが、例外なくはっきりと表れたから。

《意志は夢の中では存在しないから、できるだけ睡眠をとらない》――それも、やはり私のような人間にはそれほど難しい課題ではなかった。でもそのお蔭で私は《朝、一日のスケジュールを決めるという習慣》を学び、私は自分の全生涯この戒律に従っている。

《自分の生きる目標を忘れない》という主要な戒律については、それをいつもたびたび繰り返すことはなかった。なぜなら、その目標は私にはっきりしていて、あの頃でもすでに……

また、針が一回り――一九二五年の冬の早朝のこと。私は皆より早く目が覚め、眠っているのかもう覚めているのか分からず横になっていた。夢のように私は、N市や城壁や浮き橋、なだらかな岸辺の家、ガエール・クリー、スコヴォロードニコフ爺さん、それにダーシャおばさんが諭すような表情で他人の手紙を読んでいるのを思い浮かべている……。私は、幼い髪を刈り込んで、ダブダブのズボンをはいている。そんな昔の私は、もうたくさんかな？　横になり思う。眠ろうか起きようか。N市は、他人の手紙やガエール、ダーシャおばさんとともにどこかへ遠ざかる。私は、タターリノフ家を思い出す……。彼らの所には二年いなかった。ニコライ・アントニッチは、まだ私を憎んでいる。私の姓には、シュー音（〔訳注〕しーっという音で、いらだち・威嚇を表す）は一つもないけれど、それでも彼は悪態をついてその発音をする。ニーナ・カピトーノヴナおばあさんは、まだ私が好きだ。この間、コラブリョフは彼女からの《よろしくの挨拶》を伝えてくれたから。マリヤ・ワシーリエヴナはどうだろう？　絶えずソファーに座って煙草を吸っているのだろうか？　カーチャは？

私は時計を見る。間もなく七時だ。もう起きる時間だ――私は、起床ベルの前に起きると自分に誓っていた。爪先立ちで洗面台に走り、開け放った窓の前で体操をする。寒い。雪が窓に飛んできて舞い上がり肩に落ちて溶ける。私は上半身裸になって顔を洗う――そして本を読む。アムンゼン（〔訳注〕一八七二～一九二八年、南極点に到達したノルウェーの極地探検家）の南極についてのすばらしい本、それを私は四回読んでいる。

私は、十七歳の若者の彼の、名高い漂流から帰還したナンセン（〔訳注〕一八六一～一九三〇年、フラム号で北極海を横断したノルウェーの探検家）との出会いとか、《一日中彼が国旗で飾られた通りで、ウラーと叫ぶ群集の中を歩き回り、彼のこめかみは血が鼓動し、若者のあこがれは、彼の心に嵐のように巻き起った》こととかを読んでいる。

寒さが肩や背、足そして冷たい鳥肌の立っている腹にまで行き渡る。私はどんな言葉も飛ばさぬように読む。もう調理場から声がする。女の子たちが話しながら食器を持って食堂に行く。でも私はまだ読んでいる。私は、血液がこめかみで鼓動し、ひどく興奮した顔になっている。私はそれでも読んでいる――興奮して、霊感に打たれたように。私はこの瞬間を永久に記憶するんだ……

再び針が一回り――以前から見覚えのある小さな部

屋に自分がいる。そこは三年間、ほとんど毎晩過ごしたところ。コムソモール支部の依頼で私は初めて新聞の集団読みのサークルの係になる。初めて——それは恐いものだ。私は《現時点》とか《民族政策》とか《国際問題》は知っている。でも、国際記録（世界記録）の方が私はよく知っている——飛行の高度、滞空時間、航続距離。でも、もし物価の引下げについて尋ねられたら？でもすべてうまく行く。女の子の誰かが、レーニンの生涯を話すように頼む。そしてレーニンの生涯ならほんとうに私は精通している……

コムソモール支部とは、より密接な関係を持つようになる。敷居に立って、コラブリョフは注意深く私に聞き入っている。彼は指で髭に触る——万歳！——つまり、満足なんだ。喜びと誇りの気持ちが私をとらえる。私は驚嘆しながら話し、思う。《あぁ、僕はなんてうまく話せるんだろう！》

それは私の初めての社会的な初舞台だった。もっとも、スチョーパ・イワノフ政権を打倒した焚火での事件を除けばであるが。それは成功だったと思う。翌日、社会科の教師が私を呼んでレーニンの生涯を繰り返すように頼み、そして言った。《私が病気になったら、私の代りをしてくれ、サーニャ・グリゴーリエフ君》

また一つ、針の一回り——私は十七歳である。学校中が講堂にいた。大きな赤いテーブルの向こうに裁判官たちがいる。左手に弁護士、右手に公共告発人、被告席には被告がいる。

「被告、あなたの名前は？」裁判官が言う。

「エヴゲーニーです」

「姓は？」

「オネーギン」

それは忘れられない日だった。

第2章　エヴゲーニー・オネーギン裁判

はじめは学校の誰も、この計画に興味を示さなかった。しかし、私たちの劇団の女優の誰かが、《エヴゲーニー・オネーギン裁判》を戯曲として、衣裳をつけて上演する提案をするや、その計画は学校中に広まった。

主役にはグリシカ・ファアーベル自身に声が掛かった。彼はすでに一年演劇学校で学んでいたが、古い記憶からまだ時々私たちの主役俳優という見方がされていた。証人には、私たちの劇団の俳優が扮するのを引き受けた。ただ、ラーリン家の乳母の衣裳が見つからず、プーシキンの時代に乳母が私たちの時代と同じ衣裳を着ていたと証明する羽目になった。弁護側はヴァーリカに依頼し、公共告発人には私たちの教師ストゥーキン、そして裁判長は私……

かつらを被り、青い燕尾服に蝶結びのリボンのついた靴をはき、膝までの長靴下をはいて犯人は被告席に座り、折れた鉛筆でだらしなく爪の汚れをとっていた。時に傲《ごう》慢《まん》に、同時になんとなくぼんやりと彼は観衆そして判事たちを眺めていた。多分彼の考えでは、エヴゲーニー・オネーギンも、同じ状況では、そういう態度をとるのだろう。

証人たちの部屋（以前の職員室）には、娘をつれたラリーナおばあさんと乳母が座っていた。彼女たちはその反対にとてもそわそわしていて、特に乳母役は、年齢にしては驚くほど若々しく、かわいらしかった。弁護士も興奮していて、なぜかしじゅう厚い書類挟みを宙ぶらりんに抱えていた。物的証拠——二丁の旧式の短銃——は、私の前の机の上に置かれていた。私の背後から、舞台監督のせわしないささやきが聞こえた……

「あなたは自分の罪を認めますか？」

私はグリシカに尋ねた。

「何について？」

「決闘を口実にした殺人に関して」

舞台監督がささやいた。

「決闘を口実にした殺人に関してです」

私は言って、起訴状に目を通してから付け加えた。

「詩人ウラジミール・レンスキー、十八歳への」

「決して認めません！」

傲慢にグリシカは答えた。

「決闘は殺人ではない、区別すべきです」

「それならば、証人尋問に入ります」

私は宣言した。

「ラリーナさん、この件で何か証言できますか？」

下稽古はとても楽しかったのに、本番の今は、皆なんとなくうまく演技できないと感じていた。グリシカだけが水を得た魚のように、のびのびとしていた。櫛《くし》を取り出して頬《ほお》髭《ひげ》をとかしたり、非難っぽい眼差しで判事たちを直視したり、誇らしげに頭を反っくり返し、蔑《さげす》むように微笑んだりしていた。証人のラリーナおばあさんが、自分たちはオネーギンとは家で親族のような付き合いだったと証言した時、グリシカは片手で目を覆い、もう片方を胸に置いて彼がそんなにも苦しんでいることを示そうとした。彼はすばらしい演技で、私は証人たち、特にタチヤーナとオリガが彼に全く目を釘付けにされているのに気付いた――まあ、いたしかたないだろう。タチヤーナは小説上、彼に夢中になるとしてもオリガときたら、彼女も完全に役を忘れていたのだ。観衆もグリシカだけに目を注ぎ、私たちに注意を向ける者は誰もいなかった。

私は、証人ラリーナおばあさんを解放して、タチヤーナを召喚した。おやおや、何て彼女はおしゃべりなことか！　彼女は肩までの巻き毛以外は、プーシキンのタチヤーナとはまるで大違いだ。オネーギンを殺人で有罪とするかという私の審問に、彼女はオネーギンはエゴイストですとあいまいに返答した。

私は弁護人に発言を許し、その瞬間からすべてがひっくり返ってしまった。つまり、第一に弁護人がひどくばかげたことをしゃべり出したため、そして第二に、私がカーチャを見つけたために。

もちろん、彼女はこの四年でたいそう変わっていた。でも、胸に投げかけられたお下げ髪は、相変らず輪っかになっていたし、額にも同じ輪っかが掛かっていた。相変らず彼女は自信に満ちた面持ちで眼を細め、鼻は同じく毅然としていて、それは百年経っても、この鼻で彼女を見分けられるほどだった。

彼女は注意深くヴァーリカに聞き入っていた。この世で興味のあることといったら、動物学だけのヴァーリカに、弁護人を依頼したことは一番の大失敗だった。彼は、決闘は動物界にはよくあることだが、それを殺し合いとは考えないと、なんともおかしな陳述を始めた。それから、彼は齧歯類《げっしるい》の動物について話し、あまり夢中になったものだから、エヴゲーニー・オネーギンの弁護に戻るのに全く訳が分からなくなってしまった。でもカーチャは、興味深く彼に聞き入っていた。この何年かの間で私は、彼女がお下げ髪を噛《か》む時は、興味があるんだと知っていた。少女たちのうちで、グリシカに何の注意も払わないのは彼女だけだった。

ヴァーリカは突然話し終り、公共告発人が発言を許された。それはもう全くつまらないものだった。まる一時間、公共告発人が立証したことは、つまりレンスキーは十九世紀初めの地主と官僚の社会に絶望していたとはいえ、それでもエヴゲーニー・オネーギンは、殺人の廉《かど》であますところなく処罰される、《なぜなら、決闘はすべて、あらかじめ考え抜かれた意図を伴った殺人であるからである》ということだった。要するに、公共告発人はエヴゲーニー・オネーギンに十年の収監と財産差押えを求刑すべしと考えたのだった。

誰も、そんな求刑を予想する者はなく、ホールには高笑いが響いた。グリシカは得意そうに立ち上がる……私は彼に発言を許した。

俳優たちは観客気分のようだった。多分、グリシカ本人もそうだった。なぜなら彼があとで説明したように、《ホールを盛り上げる》ために、第一声から彼はひどい怒鳴り声で話を始めたのだ。しかし彼は《ホールを盛り上げる》ことはできなかった。彼の演説には一つの欠点があった。つまり、彼が、彼自身でしゃべっているのか、あるいはエヴゲーニー・オネーギンに成り代ってしゃべっているのか分からなかったのだ。オネーギンだったら、おそらく、レンスキーが《高慢になった》とは言わないだろう。それに、オネーギンは《今だって平然とウラジミール・レンスキーの心臓に命中できる》なんて言わないだろう。

彼が、自身たいへん満足して、額を拭《ぬぐ》いながら座ったとき、皆は、ひとことで言ってほっと息をついたのだった。

「審議のため休廷します」

「皆、もっと早くやれ!」

「つまらない」

「長引かせるな」

これらの声は全く正しかった。そして私たちは下準備の相談なくあっという間に審議を行うことにした。驚いたことに大部分の判事たちが、公共告発人の求刑に同意した。

十年と財産差押え。エヴゲーニー・オネーギンが、これに該当しないことは明らかだった。証人のタチヤーナとオリガを除く皆をうんざりさせたグリシカに、判事たちは十年を求刑しようとした。でも、私はそれは不公平だと言った。つまり、グリシカはそれでもよく演じたし、彼がいなくても十分つまらなかっただろう。求刑五年で折合いがついた。

「起立! 裁判官入廷!」

皆、立ち上がった。私は判決を述べた。

「間違ってるぞ!」

「無罪だ!」

「消えろ!」

「分かった、同志諸君」

私は暗く言った。

「私も間違っていると思う。私はエヴゲーニー・オネーギンは無罪と認めるべきだと思う。そしてグリシカには感謝を表明する。私に同意する人は?」

皆が大笑いしながら手を上げた。

「満場一致で裁決されました。閉廷します……」

私はひどく腹を立てていた。私の裁判長の役は無駄だった。多分、この裁判のすべては悪ふざけに変えねばならなかったのだろう。でも、それはどうしたらいいのか？　私は、皆が私のことを、頭の回転の悪い、気のきかない人間と見ているように思った。

こんな不愉快な気分で、私は手荷物預り所に行って、ばったりカーチャに出会った。彼女は外套を受け取ったばかりで、出口により近い、空いた場所をやっと通り抜けていたところだった。

「まあ、驚いた！」

彼女は言って笑い出した。

「ちょっと外套を持ってて……ひどい裁判ね！」

彼女は、まるで昨日別れたような口振りだった。

「やあ！」私は暗く答えた。

彼女は興味深く私を眺めた。

「なんて変わったの！」

「えっ、何？」

「傲慢よ、さあ、自分の外套を持ってくるのよ、行きましょう！」

「どこ？」

「もう、どこって、やれやれ！　ほんの角までよ。ちっとも礼儀をわきまえないのね」

私は外套なしで彼女と出掛けたが、彼女は階段のところで私を戻らせた。

「寒いし、風も強いでしょ……」

私が、トヴェルスカヤ通りとサドーヴァヤ・トリウムファーリナヤ通りの角で彼女に追いついた時は、こんな風に彼女は私の記憶に残っている。

彼女は、グレーの防寒帽を耳で結ばないまま被って、私が学校を走って往復する間に、風が彼女の外套の裾《すそ》を吹き払い、額の髪の輪っかは霜に覆われていた。風が彼女の外套の裾を吹き払い、彼女は少し身を屈めて、手ですらっとして、多分、とてもかわいらしかった。彼女は中背ですらっとして、多分、とてもかわいらしかった。私は《多分》というのは当時、そんなことは考えなかったからだ。もちろん、私たちの学校の女の子の誰一人、そんな命令口調をあえてする子はいなかった。

《外套を持ってくるのよ、行きましょう！》

でも、それは確かに、私がお下げ髪を引っぱって雪の中に鼻を突っ込ませたカーチャだった。やっぱり、それはカーチャだった！

彼女が私たちのところにいた二時間で、彼女は私たちの学校のすべてについて知識を得ていた。彼女は、皆が好きだった図画の教師ブロイトマンが亡くなったのを気の毒に思った。彼女は、ドイツ語の教師が老年に及んで散髪して唇を赤くぬっているのを皆が笑っていることを知っていた。彼女は、私たちの壁新聞の最新号の内容を私に話した。実は、それはエヴゲーニー・オネーギン裁判の特集号になる予定だったのだ。ヴァーリカが《決闘は動物界にでも起る》というスローガンの下、喧嘩する犬を引き離している絵だった。グリシカ・ファーベルは、櫛を手に悩ましげに証人タチヤーナとオリガを眺めているのが描かれていた。

「皆が、あんたを船長って呼ぶ訳《わけ》を聞かせて？　あんたは、海軍兵学校へ行きたいんでしょ？」

「まだ分からないよ」

私はもうずっと前から海軍兵学校でなく航空学校だと分かっているのに、そう答えた。

私は彼女を見覚えのある家の門まで送った。すると彼女は寄っていかないかと私を誘った。

「まずいよ」

「どうして？　あんたとニコライ・アントニッチが仲が悪いことが、私に何だというの！　おばあちゃんも、あんたのこと思い出してるわ。寄っていく？」

「いや、まずいよ……」

カーチャは冷たく肩をすくめた。

「じゃあ、好きにすれば」

私は、中庭で彼女に追いついた。

「なんてバカなんだ、カーチャ！　まずいんだって、君に言っているじゃないか。一緒にどこかに行った方がいいよ、どう？　スケートは？」

カーチャは私を見つめ、急に子供の頃よくしたように鼻を上に向けた。

「考えとくわ」

もったい振って彼女は言った。

「明日四時に電話して、ふう、なんて寒いの！　歯まで凍りそう」

第3章　スケート場にて

私がアムンゼンに夢中になっていたその年のこと、無邪気な考えが私の頭に浮かんだ。それはこうだ。飛行機でなら、アムンゼンは南極に七倍も早く到達できただろう。日に日を継いで果てしない雪の広野をどんなに苦労して彼は前進したことだろう！　彼は二か月間結局は共食いをしてしまう犬たちのあとに続いて進んでいった。でも、飛行機でなら彼は一昼夜で南極に行けただろう。彼がその飛行で発見する山々の峰、氷原、そして高原のすべてに命名するのに、友人や知り合いの名前をいくら使っても足りないだろう。

毎日、私は極地飛行の莫大《ばくだい》な書き抜きを行った。私は北極への初飛行の新聞記事を切り抜き、それを古くなった帳簿に貼り込んだ。その本の第一ページには、このように記された。《〝前進号〟――アムンゼンの船の名前だ。〝前進〟――彼はこう言って、実際まっしぐらに前進する。アムンゼンについてのナンセンの言葉》これは私のモットーだった。私は想像の中ですべてのルートをとって、スコットやシェクルトンやロベルト・ピリーの跡を飛行機で飛んでみた。そして、飛行機を自分の自由にできるためには、その構造を勉強することが必要だった。

私の戒律の三番目、つまり《決めたことは実行する》に従い、私は、《飛行機製造の理論》を読破した。

あぁ、それはなんと苦痛だったことか！　でも、私は分からない箇所はすべて、どんなことがあっても暗記して覚えた。

毎日、私は自分の想像上の飛行機を分解してみた。私はそのエンジン、プロペラを学んだ。私は、飛行機に関して、その最新の装置を取り付けてみた。私は、飛行機に関して、自分の五本指のようによく知るようになった。ただ一つだけ、私はまだ分からないことがあった。つまり、どうやって飛行機は飛ぶのか。しかし、だからこそ私はなおさら学びたかった。私の決心は皆には秘密で、コラブリョフにさえも内緒だった。

学校では、私があれこれと手を広げていると見られていたが、私は自分の飛行機への関心が、《新たな、一時的な熱中》と言われたくなかった。それは、熱中なんかではなかった。私には、まだN市にいたあの日、私とペーチカが大聖堂の庭に、大の字に手を広げて寝そべり、日中に月や星を見ようと目を凝らし、そして翼を持った魚に似た飛行機が、雲を軽々と追い越し、ペシャンカ川の向こう岸に消えていったあの日、飛行士になろうと以前から決心していたように思われた。もちろん、ただ私にはそう思えたのだ。でも、やっぱりあの飛行機がそれほど記憶に残るのは理由があった。多分、その時本当に私は、今では私の考えのすべてを夢中にさせていることに、初めて思いついたのだろう。

それで、私は自分の秘密を皆に隠していた。そして突然、彼女に打ち明けた。誰にって？　カーチャに。

その日、私たちは朝からスケートに行く約束だった。でも、すべてが何かと私たちを邪魔するのだった。カーチャが延期したり、私が駄目になったり。とうとう支度をして出掛けたのだが、スケートは始まりからまずかった。第一に、ひどい寒さになり半時間待たされた。つまり、スケート場は雪で覆われて閉鎖され、雪が取り除かれたのだ。二番目にカーチャのスケート靴の踵《かかと》が一周もしないうちに壊《こわ》れてしまった。それで、私が万一のために持っていた革紐をスケートにくくり付けることになった。そこまではまだ大したことではなかった。しかし、私の革紐は何度もはずれてしまった。更衣室に戻ってスケートを、赤い頬の怒りっぽい研ぎ屋に出すことになった。その研ぎ屋は丸い土色の研磨機で、恐ろしい音をたててスケートを研ぐのだった。彼が、留金を修理したと思ったら、肝心の紐が切れてしまう――しかも、紐は豚皮、ひどい寒さの中、よじれた豚皮の革紐を結んでごらんなさい！　ようやく万事オーケーになった。再び雪が降ってきて、私たちは長いこと手をつないで、右に左に大きな半円形を描いて滑った。そのフィギュアはオランダ風ステップと呼ばれていた。

雪が邪魔をして、上手なスピードスケーターとはいかない。でも、スケート場で急に雪が降り始めると、何とすばらしいことか！　スケート場で雪は決して氷の上に一様に降ることはない。雪はぐるぐる回り始める――なぜなら、氷の上を旋回する人々が風を起すから――長い間、上に下に跳ね上がり、それから透明な氷の上に降り積もる。それはとても美しく、私はこの世界のすべてがすばらしく感じた。私は、カーチャも鉄のように固い豚の革紐が、彼女の足をこすって痛めるものの、そう感じていて、雪が降り、私と彼女がゆったりとしたオランダ風ステップで滑るのを、彼女も同じく喜んでいるのが分かった。

それから私は、フィギュアのスケート場の囲いをしているロープのそばに立って、カーチャが二重の八の字を描くのを見ていた。

初めのうち彼女はちっともうまく出来ず、腹を立てて、すべて靴の踵のせいだと言ったけれど、やがて突然とてもうまくできるようになり、一生懸命円形を描いていたある太ったおじさんまでが、彼女に喉を鳴らして叫んだ。

「お見事！」

私は、彼女がおじさんにまで壊れた踵の不平を言うのを聞いていた。まあ、これでよし。私はすっかり凍えてしまい、カーチャに手を振りながら、大きく二周して暖まった。それから私たちはまたオランダ風ステップで滑り、そしてオーケストラの真下に腰をおろした。カーチャは突然私の方に、黒い生き生きとした目の、熱く紅潮した顔を近付けてきた。私は彼女が何かを私に耳打ちしたいのかと思い、大声で聞いた。

「何だって?」

彼女は笑い出した。

「別に、何でもないの、暑いわ」

「カーチャ」

私は言った。

「あのね……誰にも話さないかい?」

「話さないわ」

「僕は航空学校に行くんだ」

彼女は目をぱちぱちさせ、そして黙って私を見つめた。

「決めたの?」

「あぁ」

「決定なの?」

私は頷《うなず》いた。

オーケストラが突然演奏し始め、私は彼女がジャケットとワンピースから雪を払いながら話すのが聞こえなかった。

「聞こえないよ!」

彼女は私の手をつかみ、私たちはスケート場の反対側の、子供用の遊び場に滑っていった。そこは暗く静かで、遊び場は雪に覆われていた。滑り台に沿って、樅《もみ》の木が植えられ、遊び場のまわりにも小さな樅の木——まるで私たちはどこか郊外の森に来たようだった。

「で、入れるの?」

「学校にかい?」

「そうよ」

それは恐《こわ》い質問だった。毎朝私はアノーヒン方式の体操をして、ミューレル方式の冷水摩擦をやっていた。私は自分の筋肉を調べて思った。《もしも入学できなかったら?》私は、目、耳、心臓を検査してもらった。学校の校医は、私は健康だと言った。でも、健康にもいろいろある——だって彼は、私が航空学校に行こうとしていることを知らないじゃないか。もしも私に神経疾患があったら? いや、もしもまだ何かがあるとしたら? 身長だ! 忌々しい身長! ここ一年間、私はようやく一・五㎝伸びただけだった。

「入れるさ」きっぱりと私は言った。

カーチャは私を見つめた。多分敬意をもって……。もう明かりが消され、フェルトの長靴をはいた警備員が、ふつうの歩き方なのに、氷の上では驚くほどゆっくりしたおかしな動作で、鋭く笛を鳴らし、箒を手に私たちの方に向かってきた時、私たちはスケートをやめた。

がらんとした更衣室で、私たちはスケートを脱いだ。売店はもう閉まっていたのに、カーチャは売り子に取り入って、彼女に《おばちゃん》と呼びかけた。すると、それに感動したのか、私たちに一つずつコッペパンと冷えたコップ一杯の紅茶《チャイ》を出してくれた。私たちは飲んでおしゃべりをした……

「もう決めたって、なんて幸運なんでしょう!」

溜息をつきながらカーチャが言った。

「私なんか、まだ分からないの……」

私が航空学校に行くと言ったその後は、私たちは真面目な話題、主に文学についてばかり話した。彼女はグラトコーフの《セメント》がとても気に入っていた。そして、私がまだ読んでいないと言って私を非難した。概してカーチャは私よりはるかに、特に文学作品を読んでいた。

それから私たちは恋愛について話し、それはくだらないということで合意をした。はじめ私は疑っていたが、カーチャはとてもきっぱりと言うのだった。《もちろん、くだらないことよ》――そして、グラトコーフからのある例を引用した。それで私も同意したのだ。

私たちは、暗い夜の路地を戻っていった――そこは、スカーチョルトヌイ横丁やノジョーヴィ横丁ではなく、まるで月世界の不思議な光に照らされた通りのように神秘的で静寂だった。

第4章　変化

私とカーチャは彼女の家庭内問題の話はしなかった。私はただマリヤ・ワシーリエヴナはどうしているかと尋ね、彼女は答えた。

「ありがとう、まあまあよ」

「じゃあ、ニーナ・カピトーノヴナは?」

「ありがとう、まずまずね」

おそらく《まあまあよ》とは、よくないことだろうと私は思った。そうでないと、カーチャが例えばスケート代と路面電車賃のどちらかを選んだりはしないだろう。でも、問題は単にお金のことだけではなかった。

私は、N市でガエール・クリーが家で全くのご主人気取りで、私と妹が彼を《パパ》と呼ばねばならない、そんな家に帰りたくなかったことをはっきり覚えていた。私の考えでは、カーチャも、おおかたそんな風に感じていたのだろう。彼女は家に帰らなければならなくなると、陰気になった。家で彼女らはうまく行っていなかった。まもなく私はマリヤ・ワシーリエヴナに会い、そのことをすっかり確信したのだ。

私たちは、《トゥーランドット姫》をやっている劇場で出会った。カーチャは三枚の切符——三枚目はニーナ・カピトーノヴナ——をやっと手に入れた。でも、ニーナ・カピトーノヴナはなぜか来なかったので、切符は私のものになったのだ。

私はよく劇場に行った。でも、学校の観劇では普通のことだが、マリヤ・ワシーリエヴナとカーチャと行くとなると全く勝手が違った。私はヴァーリカから折襟のシャツを借り、一方ロマーシカからはネクタイを借りた。この悪党はネクタイに担保を要求した。

「だって、もし失くしでもしたら?」

担保に一ルーブルを払うことになった。

私たちは違う場所から集まった。それでカーチャはあやうく遅れるところだった。彼女は改札係がもうすぐドアを閉めようとした時、大急ぎでやって来た。

「で、お母さんは?」

母親は観客席にいた。彼女は、私たちが暗がりで誰かの足を踏みながら、自分たちの席を捜していると、私たちを呼び止めた……

私たちの学校では、《トゥーランドット姫》についての噂が立ち、上演しようとさえしていた。グリシカ・ファーベルは、この戯曲の婿候補のすべての男性役が、まるで自分のために書かれたみたいなものだと主張した。だから、第一幕で私はマリヤ・ワシーリエヴナを見る暇がなかった。私はただ彼女が以前のようにとても美しい、いや、もっとずっと美しくなったのに気付いた。彼女は髪型を変え、白く広い額がすっかり見えていた。彼女は背筋を伸ばして座り、目を離さずに舞台を見ていた。

その代り幕間になると私は、彼女をしっかり見つめた——なんとがっかりしたことだろう。彼女は痩せて歳をとっていた。彼女の目はすっかり見開かれ、全く陰鬱になっていた。

私は、彼女を初めて見た人は、その暗い眼差しのためぎょっとするかも知れないと思った。私たちは《トゥーランドット姫》について話し、カーチャはあまり気に入らないと言った。私は気に入ったかどうか分からないまま、カーチャに同意した。でも、マリヤ・ワシーリエヴナは、すばらしいと言った。

「あなたもカーチャもまだ子供で分からないのよ」

彼女は私にコラブリョフがどうしているかを尋ねた。そして私がこう言ったとき、彼女の顔色が少し赤くなったように思った。

「多分、元気だよ」

本当のところ、コラブリョフはとても元気だとは言えなかった。冬の初め、彼は重い病気にかかっていた。でも私には、コラブリョフ本人だって、自分がとても体調が悪くても、彼女には《元気だ》と答えるだろうと思われた。もちろん、彼は彼女がプロポーズを断ったことを忘れていなかった。もしかすると彼女は、今ではこのことを少し悔やんでいたのかも知れない。そうでなければ、多分、彼女は彼についてそんなに詳しくいろいろ質問しようとは思わなかっただろう。彼女は、彼が何年生のクラスを教えているのか、そして学校で皆が彼にどんな風に接しているのかさえも興味を示した。

私は簡潔に答え、それで結局彼女は腹を立ててしまった。

「まぁ、サーニャ、あなたは《はい》と《いいえ》の二つの言葉しかしゃべれないの！　まるで押し黙っているんだから！」

彼女は悔しそうに言った。


なんら前触れもなく突然、彼女はニコライ・アントニッチについてしゃべり出した。とても変なことに……彼女は彼がすばらしい人間だと思うと言った。私は黙った。

幕間が終り、私たちは第二幕を見に行った。ところが次の幕間で彼女はまたニコライ・アントニッチのことを話し出した。私はカーチャが顔をしかめるのに気付いた。彼女の唇がぴくりとして、彼女は何か言おうとしたが我慢した。

私たちは、劇場のロビーをあちらこちらと歩き、マリヤ・ワシーリエヴナはその間ずっとニコライ・アントニッチのことをしゃべっていた。それは堪えがたいものだった。しかし、それは全く私には驚くべきことだった。だって、彼女が以前、彼にどのように接していたかを私は忘れていなかったから。

全然違う！　彼は実は、まれにみる善良で高潔な人間だという。生涯彼は、自分が時として苦しいにもかかわらず、自分の従兄弟《いとこ》の面倒を見てきた（私は、マリヤ・ワシーリエヴナが亡き夫をワーニャと呼んでいたことを初めて聞いた）。彼は、最後の不幸な探検の支度を彼に整えてやるために、自分のすべての財産を犠牲にしたというのだ。

「ニコライ・アントニッチは彼を信頼していたのです！」

彼女は激しく言った。

これらの言葉はすべて、私はニコライ・アントニッチ本人から聞いていたし、その表現までが全く同じだった。以前はマリヤ・ワシーリエヴナは彼とは口もきかなかった。これは何かがある。彼女はたいへん喜んで、情熱さえ込めて話してはいるものの、そうであればあるほど、私には彼女がすべてをこんな風に、自身納得したいという気持ちをそっくり見る思いがした。つまりニコライ・アントニッチは、たぐいまれな人間であり、亡き夫は例外なく全てのことに、彼のお蔭をこうむっているというのだ。

第三幕の間中、私はこんな風に考えていた。私は必ずカーチャに彼女の父親のことを問い質《ただ》そうと決めた。広い額の、固く結んだ顎と明るい生き生きとした目の、船乗りの肖像画が突然私の想像に浮かんだ。彼が戻らなかった探検とはいったい何だったのだろう？

演劇の後、私たちは手荷物預り所の人混みが少なくなるまで待つために観客席に残っていた。

「サーニャ、どうしてあなたはちっとも家に寄らないの？」

マリヤ・ワシーリエヴナが聞いた。私は、なんとなく黙っていた。

「私は思うの、ニコライ・アントニッチはあのばかげた事件なんてとっくに忘れているわ」

マリヤ・ワシーリエヴナは激しく続けた。

「なんなら、私が彼に相談してもいいのよ」

私は彼女がニコライ・アントニッチに、彼の家に行く許しを得て欲しいとは決して思わなかったし、私はあやうく彼女にこう言うところだった。《ありがとう、でも結構です》しかし、この時カーチャは、ニコライ・アントニッチはこの場合まったく関係ない、なぜなら私が彼女を訪れるのであって、彼を訪れるのではないのだからと述べた。

「だめ、だめよ！」

驚いてマリヤ・ワシーリエヴナが言った。

「どうしてそうなの？　サーニャは私やママのところにも来るのよ」

第5章　カーチャの父

あの探検とは、いったい何だったのだろうか？　カーチャの父親とはどういう人だったのだろう？　知っていることといえば、彼は船乗りで、死んだということ、死んだのだろうか？　カーチャは父親のことを決して《亡くなった》とは言わない。逆に、この言葉をとてもよく使うニコライ・アントニッチを除いて、だいたいタターリノフ家の人たちは、彼についてあまり話をしない。肖像画はすべての部屋に掛けられていたのに、それほど頻《ひん》繁《ぱん》に話されることはなかった。結局、私はあれこれ推測したり、ましてカーチャに、彼女の父親がどこにいて、生きているのか死んだのかただ聞いてみることにも飽きてしまった。でも私は聞いたのだ。彼女が私に話したのはこんなことだった。

　彼女は三歳だったが、父が出掛けていったその日を彼女ははっきり覚えていた。彼は背の高い、青い詰襟服を着て、大きな手をしていた。朝早く、まだ彼女が寝ているとき彼は部屋に入ってきて、彼女の寝床に屈《かが》み込んだ。彼は彼女を撫《な》でて何か言った……多分こんなふうに《マーシャ、ごらん、この子は何と青白いことか、もう少し外気に当てるようにして欲しいな、いいかい？》

　それで、カーチャもほんのかすかに目を開け、泣きはらしたママを見た。でも、カーチャは目覚めているのを見せたくなかった。なぜなら、嬉々として彼女は眠っている振りをしていたのだ。その後のこと、彼らは広く明るいホールの長いテーブルに着いていて、そのテーブルには、小さな白い小山のようなものが並べられていた。それはナプキンだった。カーチャはこのナプキンに見とれて、ママが席からこっそりいなくなったのに気付かなかった。そして、ママの席に今度はおばあちゃんが座り、絶えず溜息をついて《あぁ！》と言っていた。一方ママは、肩が丸く膨《ふく》らんだ見たこともない奇妙なドレスを着て、父の隣りに座り、遠くからカーチャに目配せするのだった。食卓はとても賑やかでたくさんの人々が絶えず笑ったり、大声で話したりしていた。

　しかし、父が大型のワイングラスを持って立ち上がるや、皆はすぐ静かになった。カーチャは彼の話は分からなかったが、彼が話し終えたとき、皆が拍手をして《万歳》と叫び、一方おばあちゃんが再び《あぁ！》とつぶやき、溜息をついたのを覚えていた。それから皆は、父とそれに何人かの船員たちと別れをして、さらに彼はお別れにカーチャを高く放り上げ、優しい大きな手で受け止めたのだった。

《じゃ、マーシャ》彼はママに言った。そして彼らは交互にキスをした。

　それは、N市駅でのタターリノフ船長のお別れ夕食と送別の様子だった。一九一二年の五月、彼は家族との別れのためN市にやってきて、六月の半ばには帆船《聖マリヤ号》でペテルブルグからウラジオストックに向けて出航した……

初めの頃はすべてが昔のままだった。ただ、生活の中で全く新しいことが一つ起った。パパからの手紙だ。《パパから手紙が来るのを待ちましょう》

そして手紙は届いた。それは二週間も来ないこともあったが、それでも結局届いた。そして、とうとうユゴールスキー海峡からの最後の手紙が届く。確かにそれは最後であったけれど、ママは特に心配もせず、きっとそうなる筈《はず》よ、つまり《聖マリヤ号》は郵便局のない、そして氷と雪以外に全く何もない所に沿って進んでいるのだからとさえ言った。

多分、きっとそうなる筈。パパ自身だって、手紙はもう出せないだろうと書いていた。でも、やはりそれはとても悲しいことで、ママは日増しにより口数少なく、悲しげになっていった。

《パパからの手紙》——それはすばらしいことだった。例えばおばあちゃんは、パパの手紙が来るといつもピローグを焼いた。でも、今では、皆の生活を楽しくさせたこのすばらしいことに代って、長々とした退屈な言葉が現れたのだった。つまり《多分、きっとそうなる筈よ》とか《悪いことなんてまだ起りはしないでしょう》

これらの言葉は、毎日繰り返され、カーチャが就寝して、ママとおばあちゃんが夜ごと絶えずしゃべり続けるとき、特にそうだった。でも、カーチャは聞いていた。彼女はもう前からこう言いたくてたまらなかった。《きっとパパは狼に食べられたのよ》でも、ママが怒ると分かって、言わなかった。

父は《越冬》した。N市はすっかり夏なのに、彼は依然として《越冬》していた。それはとても変なことだったが、カーチャは何にも尋ねなかった。彼女はおばあちゃんが一度隣人にこう言うのを聞いた。

《越冬しているって皆言うけど、生きてるかどうかなんて誰にも分かりやしないさ》

その後、ママは《皇帝への請願書》を書いた。その請願書をカーチャはとてもよく覚えていた——彼女は、もう成長していたのだ。タターリノフ船長の妻として、不幸な夫へ援助を差し伸べる救援の探検隊の準備を願い出たのだった。彼女は主な理由としてこの探検旅行が、《国民の誇りと国の名誉を無条件に示すもの》であることを指摘した。彼女は《皇帝陛下》が、《国家の栄光》のために命を犠牲にすることも厭《いと》わない勇敢な探検旅行家を援助もせず放置することのないように期待をした……

カーチャには《ヴィソチャイシエ・イーミヤ》という言葉が、なんだか復活祭の行進——つまり、大勢の人たちと、先頭に深紅色の帽子の高位聖職者のいる行進——のように思われた。

実は、それは単に皇帝という言葉だと分かった。皇帝は長いこと返事をくれず、おばあちゃんは毎晩彼を非難した。ついに、皇帝の官房から手紙が届いた。たいへん丁寧な表現で官房は、ママに海軍大臣を頼って行くように勧めた。

しかし、海軍大臣のところへ行く必要はなかった。すでにこのことは彼のところに報告されており、彼はこう言った。《お気の毒ですがタタ－リノフ船長は戻りませんでした。国有財産のぞんざいな取扱いの廉《かど》で、私は即刻彼を告訴することになります》

やがて、N市にニコライ・アントニッチがやって来ると、家では新しい言葉が現れたのだった。つまり《もう絶望だ》彼は、この言葉をおばあさんにひそひそ声で話した。でも、皆なんとなくこのことを知っていた。おばあさんの親戚のブベーンチコフ家も、カーチャの女友達も、皆、ママを除いては。

もう絶望だ！　決して戻らないんだ。何か冗談を言う者は誰もいないし、おばあさんとこんなふうに言い争うこともなくなった。《昼食前のウォッカは体にいいんだ、いや良くはないが悪くもないさ、いやその悪いかも知れないが、これがこたえられなくてね》彼らが劇場に行くとき、ママが服を決めるのに長い時間かかるのを笑いものにすることも、そして、ニコライ・アントニッチが毎朝、服を着ながら《人生とは何？　ゲームよ》と歌うのを聞くこともなくなった。

もう絶望だ！　彼はどこか遠い雪と氷の極北地方に置き去りにされ、彼の探検隊員の誰一人戻らなかった。ニコライ・アントニッチはパパ本人が悪いのだと言った。

探検隊の装備は立派だった。小麦粉だけでも五千kg、オーストラリア産の肉の缶詰が千六百八十八kg、豚のもも肉が二十kg、スコリーコフの乾燥ブイヨンが七十kg。それにいくらかの乾パン、マカロニ、コーヒーまで！　広い船室の半分を仕切って乾パンで一杯にした。四十kgのアスパラガスまで持ち込まれた。ジャムにくるみ。これらすべてがニコライ・アントニッチのお金で買われたのだ。遭難の際、家まで犬橇で戻れるようにと、八十四匹のすばらしい犬たちも。

要するに、もしパパが死んだとしても、それは疑いなく彼個人の責任なのだ。たとえば容易に推測できることだが、あそこで氷待ちなどでしばらく待機せざるを得なくても彼は先を急ぐだろう。ニコライ・アントニッチの意見では、彼はいつもせかせかした人間だったから。いずれにせよ彼は極北地方に残され、生死は誰にも分からない。なぜなら三十人の乗組員のうち誰一人家に帰り着いていないのだから。

しかし、彼の家では長いこと彼は生きていた。ひょっとして、ドアが開いて彼が入ってくるかも！　N市駅での最後の日と全く同じ服装で——今ではこんな服はもう着ない、青い詰襟服に固い白の襟カラーを開襟にして、楽しげにあの大きな手で……。家では彼に関する多くのことが今なおついて回っていた。ママは煙草を吸う——彼がいなくなって彼女は吸い始めたのを皆知っている。おばあさんはカーチャを通りに追い出す——ほら、また彼だ。彼はカーチャを、もう少し頻繁《ひんぱん》に外気に触れさせるように頼んでいたのだ。難しい書名の本が、幅の狭いガラスの本棚にあって、誰も読むことは許されない——彼の本だから。

やがて彼女たちは、モスクワのニコライ・アントニッチの家に引っ越し、そしてすべてが変わってしまった。もしかして、ドアが開いて彼が入ってくるなんて、もう誰も期待しなかった。だって、ここは彼が決していたことのない他人の家だったのだから。

第6章　再び変化

カーチャが私に船長の本と地図を見せてくれると約束しなければ、多分私はタタ－リノフ家には行かなかっただろう。私は船長のルートを見て、それが実は、三百年くらい捜し求められてきた最も有名な《北東水路》であることが分かった。一八七八年になって、ついにスウェーデン人の旅行家ノルデンシェリドがここを航行した。間違いなくそれはとても容易なことではなかった。何故なら、もう一人の旅行家ヴィリキツキーがそこを、今度は反対方向に航行するまでに、なお二十五年が過ぎていたのだ。つまり、これらすべてはとても興味深く、だから私はタタ－リノフ家に行こうと決めたのだ……

タタ－リノフ家の部屋は何も変わっていなかったが、ただ、家の中の物が目立って少なくなっていた。とりわけ、昔私が気に入っていたレビターンの絵——庭にまっすぐ広々と続く道と太陽に照らされた松の木——がなくなっていた。私はカーチャにその絵がどこに行ったのか尋ねた。

「売ったの」

短くカーチャは答えた。私は黙っていた。

「ニコライ・アントニッチに」

突然意地悪そうにカーチャは付け加えた。

「彼はレビターンには目が無いの」

きっと、ニコライ・アントニッチに売ったのはレビターンだけではなかったのだろう、居間は全体になんだかガランとしていた。でも、羅針盤《コンパス》は昔のように元の場所にあって、針は以前のように北を指していた。誰もいなかった――マリヤ・ワシーリエヴナも、おばあさんも。それからおばあさんが帰ってきた。私は、彼女が玄関の間で服を脱いで、カーチャに、みんなまた高くなった――キャベツが十六コペイカ、子牛の肉が十三コペイカ、教会の記憶録が四十コペイカ、卵が一ルーブル二十コペイカ――と愚痴をこぼすのを聞いていた。私は笑い出して、玄関に出ていった。

「ニーナ・カピトーノヴナおばあさん、で、レモンは？」

彼女はいぶかしげに振り返った。

「レモンは、男の子たちが奪わなかったの？」

「サーニャ！」

ニーナ・カピトーノヴナは言って、手を広げた。彼女は私を窓辺に引っ張っていき、四方から子細にながめ不満そうにした。

「小さいね」

彼女は悲しそうに言った。

「成長してないよ」

彼女は台所に走った――牛乳をコンロに置くために――そして数分して戻ってきた。

「レモン、思い出したよ」

彼女は言って笑い出した。

「まあね！　今でも持ってくさ！」

彼女はすっかり歳をとって、腰が曲り痩せていた。見覚えのある緑のビロードの袖なし上衣はだぶだぶで、痩せた肩が突き出ていた。でも、昔のように彼女は威勢がよくて、心配性なところがあったが、今はまだとても朗らかだった。彼女は私が思っていたよりはるかに私のことを喜んでいた。

「生煮えのそばの碾割《ひきわ》りを食べると」

彼女は自信ありげに言った。

「成長するそうさ。N市に司祭がいてね、それがこうさ！　しょっちゅうそばの碾割りを食べてた」

「それで成長したの？」

真面目にカーチャが尋ねた。

「成長しないで、彼の声が太く響くようになったよ。それまで甲高《かん》いキーキー声だったのがね」

彼女は笑い出して、急に牛乳を思い出した。

「ああ！　吹きこぼれる！」

そして彼女は自分で走っていった。

私とカーチャは長いこと船長の本と地図に見入っていた。それはナンセンの本だった——《氷と夜の国で》それから《カラ海水路誌》その他、概して本は少なかったけれど、どれもすべて興味深いものだった。どれでもいいから、ちょっと読ませて欲しくてたまらなかったけれど、もちろん私は、それはまずいとハッキリ分かっていた。だから、カーチャが突然こう言った時、私は驚いた。

「どれでも持っていったら、なんなら？」

「でも、いいの？」

「かまわないわ」

私を見ないでカーチャは答えた。私は、なぜそんなに私を信用するのか、とりたてて思い巡らすことなく、時間を無駄にしないように、本の選定に取りかかった。全部をすごく借りたかったけれど、それは不可能なので、私は五冊を選んだ。ついでながら、それらの中には、船長自身の書いた小冊子があった。そのタイトルは、《グリーリ探検隊の遭難の原因》。


私はタタァリノフ家に行くときは、ニコライ・アントニッチに会わないようにあらかじめ心積りをしていた。つまり、その時間はいつも教員評議会の会議が行われていたのだ。でも多分会議は廃止されたのだろう、なぜなら彼は家に戻っていたのだ。私とカーチャは、呼び鈴を聞かれないように気をつけていたが、突然、隣りの部屋で足音と堂々たる咳《せき》が聞こえた。カーチャは顔をしかめドアをバタンと閉めた。ほとんど同時にドアが開いて、ニコライ・アントニッチが敷居に姿を現した。

「カチューシャ、お前には何度も、大きな音をたててドアを閉めるなと言っているじゃないか」

彼は言った。

「その癖がもう直ってもいい頃なのに」

もちろん、彼はすぐに私に気付いたが、何も言わずただ少し目を細め頷《うなず》いた。私も又会釈をした。

「私たちは人間社会に住んでいて」

静かにニコライ・アントニッチは続けた。

「その社会の原動力となるものの一つが、お互いを尊重する気持ちなんだ。カチューシャ、お前は私がドアをバタンとされることに堪えられないことを知っているではないか。お前はそれをわざとやっていると思わざるを得ない。しかし、私はそうは思いたくない、そうだ、決して……」

その他、云々……

私は彼のしゃべるこのばかげたことが、ただカーチャを怒らせるだけだとすぐに分かった。でも、以前なら、彼は彼女にあえてこんな話し方はしないはずだった。彼は、結局出ていったが、私たちはもう船長の本を見るのがいやになった。それに、ニコライ・アントニッチがしゃべっている間中、カーチャは本が置かれているテーブルに背を向けて立っていた。彼は何も気付かなかった。でも、私にはどういうことか分かった。つまり、彼女が私にこれらの本の持出しを許していることは、彼には内緒だったのだ！

要するに、気分は台無しになり、私は家に帰ろうとしかけた。この瞬間、私が出ていかなかったのは何と残念だったことか！　私はカーチャと別れるのにぐずぐずしていて、するとニコライ・アントニッチが戻ってきたのだ。

「カチユーシヤ、もしかするとお前は腹を立てているかも知れない」

彼は再び始めた。

「無駄だ！　私がお前を人間として、教師として立派な娘であれと願っていることを、お前はよくよく分かっているはずだ」

彼はチラリと私を見て、しかめ面をして不快そうに鼻で空気を吸った。

「お前が私にとって全くの他人であれば、話は別だ！　しかし、お前は、亡くなった私の大切な従兄弟の娘。お前は、私がすべての犠牲——それは自分の財産だけでなく全人生と言ってもいい——を捧げた人間の娘なのだ」

私は、ニコライ・アントニッチが、亡くなった従兄弟に捧げる犠牲が年毎にどんどん大きくなっていくように思った。以前なら話は《精神的かつ物質的な》援助だけだったが、今や、彼は従兄弟に全人生を捧げたというのだ。

「だから、こうして」

ニコライ・アントニッチは続けた。

「カチユーシヤ、私はお前に一つ同じことを何度も繰り返すつもりだ！　一日の仕事で私は疲れて、休息する権利がある。ところがどうだい——お前自身が一人前の年齢に成長してとっくに身に付けているべきことを、お前に話して教え込むのに四苦八苦の有様」

カーチャは黙っていた。私は思った——彼女はなんと辛いことだろう！　しかし、彼女には強い意志があった。私は、彼が話し終える前に出ていくことはできなかった。

それに、本なしで出ていく訳にもいかない。だから私は座っていた。私は、決して彼を怒らせたとは思わなかった。ただ、立っているのに疲れたのだ。でも彼は怒っていたのだ。

「カチユーシヤ、お前にはこういう言葉がある」

落ち着いた柔和な声で彼は続けた。

「ある有名なローマの諺《ことわざ》で《君の友達がどんな人か私に言うなら、君はどんな人か私は言える》だ。席に座るより前に、自分の先生には椅子を勧めなければと頭に浮かぶことのない、そんな人間と友情を保てるとお前が考えているなら、つまりそれは……」

ニコライ・アントニッチは、ついに途方に暮れて両手を広げた。私は、少し当惑していた――まさか彼を怒らせたとは思わないで、そうしていたのだから。でも、このときカーチャの我慢は限界を越えた！

「誰と友達になろうと、私の勝手でしょ！」

早口で彼女は答えて、赤面した。

ニーナ・カピトーノヴナは、多分どこか近く、恐らくきっとドアの陰にいたのだろう。なぜなら、カーチャがこう言ったとたん、彼女はすぐに入ってきて、やたらと忙しそうに働き始めたのだ。

「牛乳が煮立ったから、ニコライ・アントニッチ、コーヒーはいかが？」

でもその時は、おばあさんは市場から戻ったばかりで、お昼にはまだ早いのに……。まるで彼女はこんな口喧嘩を止《や》めさせるのは初めてではないみたいだった。

カーチャは頑固に頭を垂れて、一方、ニコライ・アントニッチは、丁寧《ていねい》に、でも見下したような態度で、おばあさんの言うことを聞いているのだった……

私は、彼らが出ていくまで待って、それからカーチャと別れた。私は重い気持ちで家に戻った。私には、彼女たち――マリヤ・ワシーリエヴナやおばあさんやカーチャがかわいそうだった。タタ―リノフ家の家の中の変化は、ひどく私の気分を害するものだった。

第7章　余白の手記。ヴァーリカの齧歯《げっし》動物。古い友人。

学校は最後の学年になり、正直言ってスケートをしたりお客に招かれたりせずに勉強しなければならなかった。いくつかの科目、例えば数学や地理はよかった。しかし、いくつかの科目、例えば文学は全くひどかった。

私たちに文学を教えていたリーハは、たいへんな馬鹿で、学校中が阿呆《あほう》のリーハと呼んでいた。彼は、いつもクバン・コサックの帽子を被ってきて、私たちは、この帽子を黒板に描いて、その中に透かせるようにロバ(阿呆)の耳を書き込んだものだ。リーハは私を嫌っていて、それはこういう原因だった。

第一番目に、彼はあるとき何かの書取りでこう言った。《オプストラクトナ（(訳注) アプストラクトナ (抽象的に) の読み間違い）》私はそれを訂正したものだから、私たちは口論になり、私が科学アカデミーに問い合せようと言ったので、彼は腹を立ててしまったのだ。

第二番目は、生徒の大部分は、本や記事についての作文を書くのに、その批評を読んでから書き写していたが、私はそれが嫌《いや》だった。私はまず作文を書き、そのあと批評を読んだ。これがリーハの気に入らないことだったのだ！　彼は作文の上にこう書いた。《風変りなこと（(訳注) アリギナーリノスチ (独創性) とアリギナーリニチャーニエ (風変り) を混同）で、うぬぼれている。まだ不十分！》　彼は、もちろん、独創性でと言いたかったのだろう。風変りなことをひけらかす人間が一体どこにいるというのだ？　要するに、私は、文学はその年は《不可》だろうと心配したものだ。

最終の《卒業の》論文として、リーハは私たちにいくつかのテーマを与えた。その中で、私には《十月革命後の文学における農民》が一番おもしろそうに思えた。私は熱心にそれに取り組んだけれど、すぐに冷めてしまった――カーチャが私に貸してくれた本のせいかも知れない。これらの本以降、私は論文をひどく退屈に思うようになった。それがどんなに興味深い本であったかは、まだ言い足りない！　それは、カーチャの父の本、つまり、フランクリンやアンドレその他のような雪と氷の中で消息を絶った極地の船長の本だったのだ。

私はこんなにゆっくり本を読んだことは決してなかった。ほとんどページ毎に書き込みがあり、数行にアンダーラインが引かれたり、余白には疑問符や感嘆符があった。

船長は《まったくその通り》とか《全面的に異議あり》とか記していた。私の驚いたことに、彼はナンセンと論争していた。彼は、ナンセンが北極から四百kmほどに達していながら、陸地へと向きを変えたことを非難していた。ナンセンの本に添えられた地図には、彼の漂流の最北点が赤鉛筆でなぞられていた。どうやら、北極点に到達するというこの考えに、船長はとても関心を寄せていたらしい。というのも、彼は他の本の余白でも、その考えに再三立ち戻っているのだ。

《問題を解決するのは氷そのものだ》――あるページの欄外に書かれてあった。私がページをめくると、突然、本の間から黄色くなった一枚の紙がすべり落ちた。それは同じ筆跡で書かれていた、こんなふうに。

《旅行家たちの多くが、容赦なくそこで命を落としているにもかかわらず、人間の知恵は、これまでその課題に引きつけられ、その解明に絶え間のない国家間の競争がなされてきた。この競争にはほとんど全ての文明国が参加し、北極発見へのロシア人の熱い高揚は、学者ロマノソフ（〔訳注〕科学アカデミーの創設者）時代にすでに起り、これまで消えることがなかったのに、ロシア人だけは参加していなかった。アムンゼンはノルウェーがぜひとも北極発見の栄誉に浴したいと願っているし、私たちも今年始めよう、ロシア人にもこの偉業を達成できることを全世界に証明するのだ》

多分、これはある報告の一節だったのだろう、というのも裏面にはこう書かれてあったから。

《海図局長》そして日付《一九一一年四月十七日》

だから、カーチャの父は、海図に目印を付けていたんだ！　彼はナンセンのように流氷と一緒にできる限り北方まで行き、それから犬橇で北極に到達したかった。自分の癖で私は計算してみたのだが、彼は飛行機でなら、北極まで何倍も早く行けただろう。

一つだけ分からないことがあった。一九一二年夏、帆船《聖マリヤ号》はペテルブルグからウラジオストックへ向けて出航した。それがどうして、北極なのだろうか？

翌日のまだ朝食前に、私は学校の玄関番のところに走り、カーチャに電話した。

「カーチャ、君のお父さんが北極に向かったのは本当かい？」

彼女はそんな質問をされるとは思っていなかったのだろう、だから私は、驚いたような、けだるそうな不明瞭な返事を聞いたのだ。そうして彼女は言った。

(欠伸《あくび》しながら)「ふぅ～ん、えっ、何？」

「何でもないよ、彼は、ナンセンの最北点から北極まで犬橇でたどり着きたかったのさ、ええい、全く！」

「どうして《ええい、全く》なの？」

「自分の父親で、そんなことも分からない……君は今日暇《ひま》かい？」

「キーラと動物園に行くの」

ふむ……動物園か！　ヴァーリカは前から彼の齧歯類《げっしるい》

の動物たちを見に動物園に来るように私を誘っていた。そして私が今までそうするつもりがなかったのは彼に済まないことだった。私はカーチャに、入口で会おうと言った。キーラとは、かつて《ドゥブローフスキー》を読んで、《マーシャは彼と結婚した》と言い張った、あのキーレンだった。彼女は今やものすごい大柄の娘になっていて、金髪のお下げを頭のまわりに結んでいた。以前のように彼女はカーチャの顔色をうかがい、彼女の言う通りにしていた。ただ時々、反論する代りに、彼女は大笑いを始め、それがあまりに不意に大声を出すものだから、皆が身震いするほどで、すると、カーチャは辛抱強く慣れた身振りで耳を塞ぐのだった。

私は、ヴァーリカが入口で私たちと会うように打ち合せていたのに、彼はなぜかいなかった。ただで入場できると彼が請け合った以上、入場券を買うことはばかげた話だった。やっと、彼はやって来た。私が彼に女の子たちを紹介すると、彼は赤面して、《齧歯類《げっしるい》の動物たちは、気に入らない》か心配だとつぶやいた。カーチャは丁重に反論して、彼がエヴゲーニー・オネーギン裁判の弁護で述べたあのスピーチから齧歯類の動物たちを判断すれば、逆にたいへん興味があると言った。それで私たちは、かしこまって守衛のそばを通っていった。ヴァーリカは、その守衛に三回こう言った――自分は実験生物学研究所の職員で、これは《自分のところへのお客》であると。

当時の動物園は、今とは違っていた。動物舎の多くは閉まっていて、他のところは雪に覆われた全く普通の原っぱ然としていた。ヴァーリカはこの野原に北極ぎつねが住んでいて、彼らは巣穴を持っているとかそんなことを話した。でも、私たちは、一匹の北極ぎつねも見なかったし、雪以外概して何も見えず、だからヴァーリカの言葉だけを信じるしかなかった。彼は私たちに自分の齧歯類の動物たちを見せたくてたまらない、そして彼は虎や象その他の興味深い獣を私たちに見せずに、動物園中を通り抜けて、ある齧歯類動物舎に無理に連れていった。この舎に、ヴァーリカの齧歯類の動物たちが住んでいた。私たち各々が、この齧歯類ということばを理解していたかどうかは分からない。どう見ても私たちには、齧歯類といっても、それはただのネズミとしか思われないのだった。

その齧歯類の動物はとてもたくさんいて、それらすべてにある病原菌が接種されているんだとヴァーリカは得意げに私たちに説明した。

彼が言うには、こうもりもまた彼の管轄で、それらに彼は手から蛆虫《うじ》を食べさせるのだ。その舎はひどい悪臭がしていたけれど、概してそれはなかなかおもしろかった。そして、ヴァーリカはずっと果てしなくしゃべり続けた。

私たちは敬意をもって彼の言うことを聞いていた。特にキーレンがそうだった。しばらくすると彼女は急に震え出し、ネズミが大嫌いだと言った。

「バカね！」

小声でカーチャが彼女に言った。キーレンは笑い出した。

「いやよ、ほんとうにいやらしいんだから！」

キーレンは言った。ヴァーリカも笑い出した。私は、彼が自分のネズミのためにむっとしているのが分かった。私たちは彼に感謝して先に進んだ。

「なんて退屈なの！　猿でも見ましょうよ」

キーレンが提案した。それで私たちは、猿を見に行った。ここも何という悪臭！　ヴァーリカの齧歯類とはまるで比較にならない！　キーレンは息ができなくなると言った。

「あぁ、全く！　守衛の人たちは何ともないのかしら？」

カーチャは尋ねた。それで私たちは檻《おり》のそばで、間の抜けた、それでいて意味ありげな様子で立っている守衛を見た。それは、何とガエール・クリーではないか！

一瞬、私は目を疑った――だって、彼には八年以上も会っていなかったから。しかし、ホラ、彼が前に出てきて、あの太い、いやな声で言う。

「キツネザルは……」

彼だ！　私は彼を直視した。でも彼は私に気付かない。彼は歳をとっていて、鼻は鴨みたいだった。あの巻き毛はもはや変わり、まばらで汚い白髪になっていた。以前の雄々しいガエールの印象を留めるのは、輪っかの髭とにきびだけだった。

「動物の胸と腹のところに」

ガエールは、よく聞き覚えのある教訓めいた脅すような調子で続けた。

「皆さんは、彼らの子供たちを乳で育てる器官として知られている乳頭を見つけるでしょう」

彼、彼だ！　私はおかしくなった。するとカーチャは私になぜにやりとするのかと尋ねた。私は声をひそめて言った。

「彼をごらんよ」

彼女は見た。

「誰だか分かる？」

「何ですって！」

「僕の継父さ」

「嘘！」

「本当だよ」

彼女は疑わしげに眉を上げ、そして瞬《まばた》いて話を聞き始めた。

「次の檻で皆さんは、人間との驚くべき究極の類似の類人猿テナガザルを見つけるでしょう。このテナガザルは陰気な性格が知られていて、自分の場所を飛び回りながら、たいへん苛立ちやすいのです！」

あわれなテナガザルめ！　私は、この悪党が果てしなく話し始めるとき、私を襲う《陰気な感情》を思い出していた。私はカーチャとキーラをちらりと見た。間違いなく彼女たちは私が気が狂ったと思っている！　でも私はもしこの機会を逃したら、自尊心を保てなくなってしまうだろう。

「棒線は《直角（ちゅっかく）》でなければ」

私は小声で言った。彼は横目で私を見たが、私はテナガザルを見ている振りをした。

「続く檻《おり》には」

ガエールは続けた。

「皆さん、ジブラルタルから来た、尾のないキヌザルを見つけるでしょう。成長するとこのサルは子供みたいになります。口に袋があって、そこにふつうおいしい食べ物を蓄えているのです」

「なるほど、だから」

私は言った。

「誰でも、うまそうな一切れをつかみたがる。でも、このような一切れが生活を保障する現象と呼べるかどうか、それが問題だ」

私自身、このくだらない言葉を暗記しているとは思っていなかった。キーラは吹き出した。ガエールは黙り、間抜けな疑り深い様子で私を見つめた。何かあいまいな思い出が彼の鈍感な頭にチラチラ浮かんだようだった……。しかし彼は私に気付かなかった。

もちろん分かる筈はない！

「私たちは、これらのサルたちを飼っています」

今までと違う無愛想で事務的な口調で彼は言った。

「毎日、がつがつ食べるんです。ふつうの人間は、こいつらほど貪《むさぼ》り食うことはしません」

彼はふと思い出した。

「サルたちのお尻をごらん下さい」

彼は続けた。

「その部分が異常に赤いのに気付くでしょう。これは皮膚ではなく、胼胝《たこ》のように固いのです」

「あの、お聞きしたいのですが」

私は生真面目《きまじめ》に尋ねた。

「話をするサルたちでも、そうなのですか？」

キーレンは笑い出した。

「聞いたことはないです」

疑わしげにガエールは反論した。彼は、私がふざけているのか真面目に話しているのか分からなかった。

「私は、汽船の桟橋に勤めていたあるサルの話を聞きました」

私は続けた。

「その後、サルは追放され、子供たちの教育に専念したんです」

ガエールは慇懃無礼《いんぎんぶれい》に、にやりとした。

「どんな子供たちのかい？」

「よその子供さ、そのサルは長靴の台で子供たちを叩くんだ」

この思い出に心臓が早鐘を打つのを感じながら私は続けた。

「特に女の子をね、だから男の子はおそらく仕返しをしただろう」

私はずっと大声で話した。ガエールは口を開けて聞いていた。突然彼は驚いて口を閉じると目をパチクリやり始めた……

「昼食の後は、このサルに感謝しなくちゃ……」

私は、びっくりして肘《ひじ》をつかんだキーラを払い除《の》けた。

「この卑しいサルは働かずに他人の金で暮らしていて、ただ朝から晩まで自分の、忌々しいクソ長靴を磨いているんだ。でも、それから死の大隊に入ってそれと引替えに二百ルーブルと新しい制服を受け取るのさ。サルは演説をした！……」

私は歯軋《はぎし》りを始めたようだった。

「でも、この大隊が撃破されると、サルは町からこっそり逃げ、家にあったものを全部持ち去ったんだ」

多分、私はひどく怒鳴っていたのだろう、カーチャが突然ガエールと私の間に割り入ってきたから。ガエールは何かぶつぶつ言って、檻にもたれかかっていた。彼は私に気付いた。彼の唇がしきりに震え始めた。

「サーニャ！」

命令口調でカーチャは言った。

「待って！」

私は彼女を脇にやった。

「彼が逃げ出して幸いさ、だって僕はもしかして彼を……」

「サーニャったら！」

忘れもしない。ひどく驚いたことに彼は不意に悲鳴をあげ、両手で頭を抱え込んだのだ。私は我に返った。気まずく微笑みながら、私はカーチャを見た。こんなに怒鳴ったのが私は恥ずかしかった。

「行きましょう」

短く彼女は言った。私たちは黙って動物園のまわりを歩いた。私は、キーラが驚いて目をぱちくりさせ、私から離れて歩いているのに気付いた。カーチャは何か彼女にひそひそ話していた。

「悪党め！」

私はつぶやいた。私はまだ気持ちが収まらなかった。

「今日、ヴァーリカを通して動物園に届け出をしようよ。どうしてあんな悪党を雇っているのだろう？　彼は、反革命の白衛兵だよ」

「あたし、まだあんたが怖いわ」

カーチャは言った。

「あんたって、凶暴な人だったのね。まったく唇まで真っ白よ」

「だって、僕は彼を殺したかったんだ」

私は言った。

「オーケー、あいつなんか糞食らえだ。何か他のことを話そうよ……テナガザルは気に入ったかい？」

第8章　ダンスパーティ

学校に付属の木工所があって、私は夜ごとそこで働いた。ちょうどその時、農村の学校のための教材の注文をたくさん受けていて、私たちはたっぷり稼ぐことができた。《十月革命後の文学における農民》の論文は終った。私は、うまく書けなくて腹を立てて、それを一晩で書き上げた。でも、私にはたくさんの宿題がたまっていた――例えば私の苦手のドイツ語、要するに学期末までに私とカーチャがスケートに行ったのはたった一回で、それも滑ることはできなかった。朝から、スケート場でアイスホッケーチームが練習していて、氷がひどくデコボコになっていたのだ。私たちは、売店でお茶を飲むだけだった。

カーチャは、私に継父に対する届け出を書いたのかと聞いた。

「いや、書かなかったよ。でも、ヴァーリカが言うにはガエールはもういないから同じことだとさ」

「彼はどこへ行ったの？」

「知るもんかい！　こっそり逃げたのさ」

　私がなぜ彼をひどく嫌っているかをカーチャは聞きたがっていたけれど、私はこの悪党のことを思い出す気にならず、黙っていた。彼女はそれでも尋ねた。それで、とても簡潔に、つまり、私たちがＮ市に住んでいて、刑務所で父が死に、母がガエールに嫁いだことなどを話すことになった。カーチャは私に妹がいるのに驚いた。

「なんて名前なの？」

「同じサーニャさ」

　でも、私がＮ市を去って以来、一度も妹に手紙を書いていないことを知って、なおさらびっくりした。

「歳はいくつなの？」

「十六歳」

　カーチャは憤慨して私を見つめた。

「恩知らずね！」

　実際それは卑怯《ひきょう》な振舞いだったので、私はＮ市に手紙を書くと誓った。

「卒業したらね。でも今は、何を書くことがあるんだい？　僕はもう数回書こうとしたんだ。まあ、元気だとか、達者だとか……つまらないことだ」

　カーチャとスケート場へ行ったのは、それが冬休み前に彼女に会った最後だった。それからはまた勉強に次ぐ勉強、読書に次ぐ読書、私は朝の六時に起き、《航空機工業》の本に取り組み、そして晩は木工所で働いた——それは深夜までかかったのだ。

　でも、そうして第一学期は終った。十一日間の自由な冬休み！　まず私がしたのは、カーチャに電話して彼女を学校の仮装舞踏会に招待することだった。ポスターには、舞踏会は反宗教的なものと書かれてあった。しかし、生徒たちは、このもくろみには無関心で、反宗教的なテーマに沿った仮装はほんの二〜三だけだった。つまり、シューラ・コーンチェフは、カトリック司祭の服装で、自分のことを、

　　夜ごと十二時になると寝室から
　　丸キャベツ君が出てくる　（〔訳注〕コーンチェフとカチャーン（丸キャベツ）の語呂合せ）

と歌うのだった。それは大成功！　背の高い彼には、長衣とつばの広い帽子が似合っていた。彼は厳《おごそ》かに歩き回り、すべてのことにぞっとして恐ろしがるのだった。彼がうまく演じたので、それはおかしかった。他の生徒たちは、自分のロシア正教の司祭服を床に引きずってゲラゲラ笑っていた。

　カーチャはかなり遅くやって来て、私はもう少しで彼

女に電話をかけに走るところだった。彼女は赤蕪《あかかぶ》のように凍え、赤面してやってきて、携帯品預り所でも、私が彼女の外套とオーバーシューズを預けている間、すぐにペチカの方に駆け寄った。

「ひどい寒さよ」

彼女は言って、頬をペチカに近付けた。

「零下二百度ね！」

彼女は、レース襟の青いビロードのドレスを着ていて、お下げの上に青い大きなリボンをしていた。そのリボン、青いドレス、そして首には精巧な珊瑚《さんご》のネックレス――驚くほど彼女にぴったり似合っている！ 彼女は健康でたくましく、しかも軽快でスタイルが良かった。だから、私と彼女が、すでにダンスの始まった講堂に入るや否や、学校で一番の踊り手たちが自分のパートナーを放っぽって彼女に走り寄るのだった。人生で初めて私は踊れないのを後悔した。でも仕方がない！ 私は踊りなどどうでもいい振りをして、楽屋の仮装の俳優たちのところに行った。でも、そこは出演の準備中で、女の子たちに私は追い出されてしまった。私は講堂へと戻った。ちょうどワルツが終ったところだった。私はカーチャを呼び止めた。私たちは腰をおろすと、おしゃべりを始めた。

「あれは誰？」

急にぞっとした口調で彼女は聞いた。

私は見回した。

「どこ？」

「ほら、赤毛の」

なんのことはない、ただのロマーシカだった！ 彼は着飾っていて、私が担保を払って彼から借りたことのある、そのネクタイを締めていた。私が思うに、今日の彼はなかなかのものだった。しかしカーチャはいやらしそうに彼を見ていた。

「どうして分からないの、彼は最低よ！」

彼女は言った。

「見慣れてるから、気がつかないのね。彼は、ウリヤ・ギープ（〔訳注〕ディケンズの長編小説ディビッド・コパフィールドに登場する大悪人）そっくりよ」

「誰だって？」

「ウリヤ・ギープ（〔訳注〕ユーライヤ・ヒープのロシア語読み）よ」

私はウリヤ・ギープが何者か知ったか振りをして、意味ありげに答えた。

「ああ」

でもカーチャは簡単には解放してくれなかった！

「まあ、ディケンズを読んでないの」

彼女は言った。

「教養あるって言われているくせに」

「僕が教養あるなんて、誰が言ったんだい？」

「皆よ、いつだったか、あんたの学校の女の子と話したとき、彼女は言ったの。《グリゴーリエフは、個性がはっきりしている》、とんだ個性だわ！　ディケンズも読まないなんて」

　私は、ディケンズは読んだけれど、ただウリヤ・ギープについては読まなかったと彼女に説明したかった。しかし、この時またオーケストラが演奏を始め、ゴーシャと皆から呼ばれている私たちの体育の先生が、カーチャをダンスに誘ったので、私はまた一人残された。今度は、俳優の女の子たちは私を入れてくれて、仕事まで与えられた。つまり一人の女の子にユダヤ教の律法学者《ラビ》の扮装をさせること。それはかなり手間のかかる仕事だった。私は女の子と三十分過ごし、講堂に戻るとカーチャはまだ踊っていた――今はもう相手はヴァーリカだった。

　本当のところ、それはかなり滑稽な光景だった。つまり、ヴァーリカは、自分の足元から目を離さず、そのことにどんな楽しさがあるのかさっぱり分からない様子だし、カーチャはといえば、ステップを教えながら彼を急き立て、腹を立てているのだった。でも私はいささか退屈になってきた。

　誰かが私の服のボタンに番号札を掛けた――郵便遊びだ。私は囚人のように胸に番号を付けて座り、退屈していた。突然、すぐに二通の手紙が届いた。つまり《思わせ振りはもうたくさん、誰が好きかほっきり言って下さい。返事は百四十番に書いてね》《ほっきり》とミススペルで書かれてあった。もう一つの手紙は謎めいていた。《グリゴーリエフは個性がはっきりしている、でもディケンズを読んでいない》私はカーチャを脅す仕草をした。彼女は笑い出し、ヴァーリカを放って、私のそばに座った。

「この学校、楽しいわ」

　彼女は言った。

「ただ、なんて暑いこと。これからダンスを習うってのはどう？」

　私は、習うつもりはないと言い、私たちは教室に行った。そこは劇場のロビーのようになっていた。つまり、隅には悲劇《時機は至れり》で使ったにせの肘掛椅子が置いてあり、電球には赤や青色の紙が巻きつけられていた。私たちは、右側の列の一番後ろの私の席に座った。何の話をしたか覚えていない――何か、真面目なこと、多分、トーキー映画の話だったろうか。カーチャは声の出る映画を疑ったけれど、私は、音と光の速さを比較したデータを引用して、彼女にそれが可能なことの証拠を話した。

彼女はすっかり青色になっていた――私たちの上には青いランプが灯っていて、多分、そのために私は大胆になっていたのだろう。私は、長いこと彼女にキスをしたいと思っていた――彼女が凍えて顔を赤くして入ってきたばかりの時、そしてペチカに頰を寄せていた時も。でも、その時は不可能だった。しかし、今、彼女が青色になった今なら可能だ。私は話の途中で黙り、目を閉じて彼女の頰にキスをした！

おや、彼女は何と怒り出した！

「これはどういうこと？」彼女は厳しく聞いた。

私は黙った。心臓がドキドキする。そして私は、今にも彼女がこう言うかと恐れた。つまり《私たちは親しい間柄なんかじゃないわ》もしくはだいたいそのような言葉を。

「何て不潔なの！」彼女は憤慨して言った。

「ちがう、不潔なんかじゃないよ」

私は途方に暮れて反論した。一瞬、私たちは黙った。それからカーチャは私に水を持ってきて欲しいと言った。私が水を持って戻ると、彼女は私にくどくどと小言を言った。私が彼女が明快に証明してみせたのは、私が彼女に無関心であること、そして、《不潔じゃないなんて私がただそう思っているだけ》で、さらに他の女の子がこの時彼女の立場にあっても、私はその子にもキスをするということだった。

「あんたはそのことを自分に信じさせようとしているだけよ」

彼女は確信して言った。

「でも実際にはまるで大違いよ！」

彼女は、私が彼女を侮辱したのではないことは認めた。だって、それはその通りではないか？　でもやっぱり私はそうすべきではなかった、なぜなら私はただ思い違いをしていて、本当のところ愛情なんかちっとも感じていなかったのだから……

「愛なんてないわ」

彼女はしばらく黙ってから言い足した。私は彼女が赤面したのを感じた。返事する代りに私は彼女の手をとって、それで自分の顔や目を撫《な》でた。彼女は手を離さず、私たちは薄暗い教室で黙ってしばらく私の席に座っていた。私たちが座っていた教室、そこは私が、質問されてそこは私が、黒板に数学の定理の証明をしたところ、そしてそこは私が、黒板に数学の定理の証明をしたところ――私の席、そこにはしわくちゃになったヴァーリカのカンニング用のメモがまだ置いてあった。それは奇妙だった。でも、なんとすばらしかったことか！　この瞬間がどんなに素敵な気持ちだったかはとても言い表せない！

しばらくして私は、隅で誰かが大きく息をしているのに気付いた。私が向き直ると、ロマーシカがいた。何故そんな荒い息をしていたのか分からないけれど、彼は異常に卑しい姿をしていた。もちろん彼はすぐに私たちが気付いたことが分かった。彼は何かブツブツ言って無気力に微笑んで私たちのほうへやって来た。

「グリゴーリエフ、僕を紹介してくれないのかい？」

私は立ち上がった。きっと私はそれほど親しみを見せなかったからだろう、彼はびっくりして瞬《まばた》きをして出ていった。私たちは二人とも吹き出し、カーチャは、彼はウリヤ・ギープに似ているだけでなく、赤毛で鉤鼻の、真ん丸眼のフクロウにそっくりだと言った。彼女は見抜いていた。ロマーシカはクラスでいつもフクロウとからかわれていたから。私たちは講堂に戻った。

シューラ・コーンチエフは入口で私たちを迎え、滑稽に恐ろしい仕草をして見せた。私はカーチャに彼を紹介し、彼は、本物のカトリック司祭のように十字を切ると彼女を祝福して、震える手を彼女の唇に当てて見せた。ダンスはもう終って、一般聴衆の部――私たちの劇団が舞台稽古をしていた《検察官（ゴーゴリの喜劇）》からの一節――が始まった。私とカーチャは三列目に座ったが、何も聞いていなかった。少なくとも私は。多分、彼女もそうだったと思う。私は彼女にささやいた。

「もっと話をしようよ、いいだろう？」

彼女は真剣な顔つきで私を見つめ、頷《うなず》いた。

第9章　初めてのデート。不眠症。

一本道で、いわば一直線に続いていた人生が、突然急転し、《横揺れ》や《宙返り》を始めるということは、私にとって初めてのことではなかった。八歳の男の子だった私が、浮き橋のところで殺された守衛のそばで、電気工のナイフを失くした時がそうだった。国民教育局の配給所で、退屈しのぎに私が粘土細工《リャスィ》を始めた時がそうだった。コラブリョフへの《陰謀》を私が偶然目撃して、タターリノフ家から屈辱的に追放された時がそうだった。そして今、私はまた追放され――今回は、永久追放の、人生の急転が訪れたのだ！

いつもの急展開は、こうして始まった。つまり、私とカーチャはブリキ屋のそばのアルージエヌイ横丁で会うことに決めた――でも彼女はやって来ない。

この悲しむべき日、すべてのことがなんとうまく運ばなかったことか！　私は第六時限の補習を欠席した――教師のリーハが授業後に宿題の作文を返すと言っていたのに、それはばかなことだった。私は、カーチャとこれから話すことについてあれこれ考えたかった。でも、数分で犬みたいに凍えて、猛烈に足を踏み鳴らし、鼻や耳をやたらにつかむしかないほどの寒さで、どうしてそれを考えられようか！

それでも、やっぱり思い巡らすことはひどく興味をそそることだった。昨日からすべてが何とすっかり変わってしまったことだろう！　例えば昨日だったら、私は、カーチャのバカ！　と言っていた。でも今日は違う。昨日だったら、彼女のデートの遅刻を非難するのに、今日は違う。でも、もっと面白いと思ったのは、いつだったか《エレーナ・ロビンソン》の本を私に読んだかと尋ねたり、ラクトメーター(乳調計)を破裂させ、そのために私から大目玉をくらったのが、同じカーチャ自身だということだった。それが彼女だろうか？

《彼女なんだ！》――私は愉快に思った。でも、今は彼女はあの時の彼女ではなく、私も同じだった。しかし、もうまる一時間がたった。横丁はひっそりしていて、小柄な鼻の大きいブリキ職人が数回、工房から出てきて、私のことをオドオドしたいぶかしげな様子で見つめるのだった。私は、彼に背を向けたが、それは彼の疑いをただ強めたようだった。私は、通りの反対側に行ったけれど、彼は、N市の大聖堂の天井に描かれた神みたいに、もうもうとした暖房の蒸気の中でずっと入口に立っていた。トヴェルスカヤ通りに降りていくしかなかった……

学校に戻ると、お昼はもう終っていた。私は調理場に暖を取りに行って、料理人からお叱りと暖かいじゃがいもの皿を受け取った。私は黙ってじゃがいもを食べて、ヴァーリカを探しに行った。しかし、ヴァーリカは動物園だった。私の作文を、リーハはロマーシカに返していた。私はがっかりしていたものだから、ロマーシカが興奮して私を迎えているのに注意が向かなかった。彼は、私が、みんなが予習・復習することにしている図書館に入っていくと、なんとなくそわそわし始めた。彼はなんの理由もなく数回笑って、大急ぎで私に作文を渡した。

「全く、リーハのバカったらないよ」

彼は、おもねるように言った。

「君の立場だったら、僕は不満を訴えるね」

私は自分の作文をパラパラめくった。どのページの欄

外にも赤線が引いてあり、最後に書かれていた。《（証拠を伴わない）理想主義、きわめて（証拠）不十分》

私は無関心に言った。《バカめ》、ぱたんとノートを閉じて出ていった。ロマーシカがあとを追ってきた。彼が今日こんなにせかせかしているのは不思議なくらいだった。つまり、先回りをしたり、私の顔をちらりと盗み見するのだ！　多分、私が自分の作文で失敗したことがうれしかったのだろう。

彼の振舞いの本当の理由は、私の頭の中には思い浮かばなかった。

「全くおバカのリーハさ」

まだ彼は繰り返していた。

「シューラ・コーンチェフは彼のことをうまく言ったものさ、《彼の頭はヤシの実、外は固いけど中身は水っカス》」

彼は不快そうに笑い出し、また先回りをした。

「とっとと消え失せろ！」

私は、口の中でもごもご言った。彼はやっと止めた

……

生徒たちはまだ校外見学（観劇・博物館見学のこと）から戻っていなかったけれど、私はもう寝床に入った。でも、私はそんなに早く横になるべきではなかったのだろう。目を閉じて寝返りを打つとすぐに、眠気が去ってしまった。それは私の人生で初めての不眠症だった。私は落ち着きはらって横になり考えた。何のことを？　きっと、まわりのすべての人々のことを！　コラブリョフには、明日作文を持っていって読んでもらうこと。私を泥棒と間違えたブリキ職人のこと。《グリーリ探検隊の遭難の原因》というカーチャのお父さんの本のこと。でも、どんなに何かを考えようとしても、思うのは――彼女のことだった！　私はうとうとし始め、突然彼女の優しさを思い出すと、呼吸が止まり、心臓がゆっくりと強く打ち始めるのだった。私はまるで彼女が私のそばにいるよりも、よりハッキリと彼女を見ていた。私は目の上に彼女の手の感触を感じていた。

《よかろう――それほど惚《ほ》れ込んだのさ、さあ、もうおやすみ》

私は自分に言った。

でも、これほど心がうっとりしているこの今、少し眠かったけれども眠るのは惜しい気持ちがした。私が寝入ったのは、明け方の、ペーチャおじさんが調理場で子猫のマホメットにぶつぶつ小言を言っていた頃だった。

第10章　不愉快な出来事

初めてのデートと、最初の不眠症——それでもまだそれは以前のよき生活の名残だった。でも翌日、不愉快な出来事が起ったのだ。朝食の後、私はカーチャに電話した——失敗だ。ニコライ・アントニッチが出た。

「どちら様かな？」

「知り合いです」

「というと？」

私は黙った。

「はて？」

私は受話器を掛けた……。十一時に私は、トヴェルスカヤ・ヤムスカヤ通りがすっかり見渡せる八百屋で待ち伏せした。今回は誰も私を泥棒と間違えたりしなかった。私は電話をかける振りをして、水漬けのリンゴを買い、無関心にドアのところに立っていた。私は、ニーナ・カピトーノヴナを待っていたのだ。何年か以前から、私はいつおばあさんが市場から戻るかを知っていた。ついに彼女は現れた——小柄で背を屈《かが》め、緑のビロードのゆるい長外套を着て、傘を持って——こんな寒さの中で！——いつもの買物籠を持って。

「ニーナ・カピトーノヴナ！」

彼女は私に厳しい目を向け、一言も言わずに先に歩いていった。私はあっと驚いた。

「ニーナ・カピトーノヴナったら！……」

彼女は買物籠を地面に置いて、姿勢をまっすぐにして憤慨して私を見つめた。

「いいかね、ねえおまえ」

彼女は強い口調で言った。

「私は昔のよしみでお前を怒る気はないさ。でも、お前のことを見たり聞いたりはもうしたくないよ」

彼女の頭は少し震えていた。

「お前と私たちはもう関係ないのだよ！　手紙も電話もいらない！　私が言えることは、よくもこんなひどいことを、思いもしなかった！　どうやら勘違いをしていたよ！　ということさ」

彼女は買物籠を持ち上げると、バタン！と私の鼻先でくぐり戸を閉めてしまった。私はポカンと口を開けて彼女のあとを見た。私たちのうちで、気が狂ったのはどっち？——私、それともおばあさん？……

これが最初の不愉快な会話だった。この後に二番目、そしてその後三番目の不愉快な出来事が続いたのだ。

家に戻ると、私は玄関で教師のリーハに会った。やれやれ、私の作文のことで彼と話なんかする時じゃないのに！ 私たちは一緒に階段を登った。彼は、いつものように頭を反り返してばかみたいに鼻をそわそわ動かし、一方、私はやけに彼の鼻を殴ってやりたい衝動にかられる。

「リーハ先生、作文を受け取りました」

突然、私は言った。

「《理想主義だ》と書きましたね。まずハッキリさせておかねばならないのは、それは評価でなくて非難だということです」

「あとで、話をしよう」

「いえ、今、話をしましょう」

私は反対した。

「私は共産青年同盟員《コムソモーレッツ》です。なのにあなたは私を理想主義の廉《かど》で非難しています。あなたは何も分かっていません！」

「何だって？」彼は尋ねて、顔をしかめた。

「あなたには、理想主義についての知識がないんです」

私が言う毎に、彼の鼻面《づら》が伸びるのがいい気味と思いながら私は続けた。

「あなたはどういうことで私をからかっているのか、ちっとも分かっていません。それで、《理想主義だ》なんて書いたんです。だから、あなたはこう呼ばれるんですよ……」

私はこれからひどい暴言を吐く覚悟で一瞬言葉を切った。そして、やはりこう言ったのだ。

「あなたの頭は、ヤシの実で、外は固いけど中身は水っカスだと」

それは、私たち二人とも唖然とするくらい思いがけないことだった。それから彼は鼻を膨らませて、短く無気味に言った。

「何だって⁉」

そして大急ぎで去っていった。

この会話のきっかり一時間後、私はコラブリョフに呼び出された。それは、おっかない気がした。なぜなら、コラブリョフはめったに自宅に呼び出すことはなかったのだ。こんなに怒った彼を私はこれまで見たことがなかった。彼は頭を垂れて、部屋を歩き回り、それでも私が入っていくと、なんだか不快そうに脇に寄った。

「それでは！」

彼は、厳《いか》めしく髭をびくりと震わせた。

「君について、何という知らせなんだ！ こんな話を聞くなんて！」

「イワン・パーブルィチ、これからすべて説明します」

まったく冷静に話そうと努めながら、私は反論した。

「私が批評家たちが嫌いなこと、それはその通りです。でも、それはまだ理想主義なんかではないでしょう！　リーハ他の生徒たちはみな批評家から丸写ししていて、リーハ先生はそれが気に入っているのです。私が理想主義者なら、まずそれを彼に証明してもらいたい。彼は、そのことが、私に対する侮辱であることを分かる必要があります」

私はコラブリョフにノートを差し出したが、彼はそれに目をやろうともしなかった。

「君は、職員会議で、やったことを釈明することになるよ」

「どうぞ！　イワン・パーブルィチ」

突然、私は言った。

「タターリノフ家にはしばらく伺ってませんか？」

「何だって？」

「なんでもありません」

コラブリョフは私の目をじっと見つめた。

「ねえ、君」

静かに彼は言った。

「君がリーハに暴言を吐いたのには、訳《わけ》があるのだろう。座って話しなさい。ただ、いいかい、嘘をついたらダメだよ」

私がカーチャに夢中で、一晩中彼女のことを考えているなんて、実の母にだって話せないだろう。それは不可能だった。でも私は、前からコラブリョフには話しておきたかった――タターリノフ家の変化、私の気に入らない変化のことを。

彼は隅から隅へ歩き回りながら、私の話を聞いていた。時おり彼は立ち止まり、悲しげな表情でまわりを見まわした。全体として私の話は彼を混乱させたようだった。一度、彼は手で頭をつかみさえしたが、ふと気がつくと額を撫《な》でる振りをした。

「よかろう」

私が、彼にタターリノフ家に電話をして、どういうことなのか解明して欲しいと頼むと、彼はこう言った。

「そうしよう、で、君は一時間後に来なさい」

「イワン・パーブルィチ、三十分後にして下さい！」

彼は笑った――悲しげに、心優しげに……。私はその三十分を講堂で過ごした。講堂の床はエゾマツの嵌木床《はめきゆか》になっていて、私が窓から扉のところまで歩くと、床の暗い縞が明るくなり、明るい縞が暗く変わった。太陽がぎらぎらと輝いていて、広い窓にゆったりと埃《ほこり》が舞っていた。なんて自然はすばらしいんだ！　そして心の中はなんとひどいことか！

私が戻ったとき、コラブリョフはソファーに座って煙草を吸っていた。気分が悪いときにいつも着る、けばだった緑の詰襟の軍服を肩に羽織り、シャツの柔らかい襟はボタンをはずしていた。

「君、電話をかけないほうがよかったよ」

彼は言った。

「私は、もう君の秘密をすっかり知っているよ」

「どんな秘密ですか？」

彼は、まるで初めて見るように私を見つめた。

「しかし、秘密は守られるべきだ」

彼は続けた。

「でも、君はそうすることができない。例えば今日、君が誰かに言い寄ったら、明日にはそれは学校中が知ることになる。そして学校内だけであればまだいいんだ」

多分、私はひどくばかな顔つきをしていたのだろう。コラブリョフは思わず薄笑いを――それも、かすかに気付く程度に――漏らした。少なくとも二十通りの考えが、すぐ私の脳裏をかすめた。

《誰がやったんだろう？　ロマーシカ！　やつを殺してやる！　だからカーチャはデートに来なかったんだ！　だから、おばあさんは僕を追い払ったんだ！》

「イワン・パーブルィチ、僕は彼女が好きです！」

私はきっぱり言った。彼は困惑して両手を広げた。

「僕にはどちらでも同じです。このことが学校中の噂になればいいんです！」

「まあ、学校はいいとして」

コラブリョフは言った。

「でも、マリヤ・ワシーリエヴナとニーナ・カピトーノヴナに話されたとしたら、それは君、どうでもいいことにならない、そうじゃないかい？」

「いえ、それも同じことです！」

私は熱っぽく反論した。

「でもね、君は家から外に追い出されたんだろう？」

「どんな家からというのです？　あれは彼女の家ではありません。彼女は卒業してあの家を出ることが夢なんです」

「ちょっと待って、待って……つまり、何かい？　君は、結婚しようとしているのかい？」

私は、少し冷静さを取り戻した。

「それは誰にも関係のないことです！」

「もちろんだよ……」

大急ぎでコラブリョフは言った。

「でも、いいかい、私は、結婚はそんなに簡単なことじゃないと心配するのさ、少なくともカーチャに聞いてみなきゃね。きっと彼女はまだ結婚しようとは考えていないだろう。いずれにしても、彼女がN市から戻るまで待つことになるよ」

「えーっ」

私は落ち着きはらって言った。

「彼らが彼女をN市にやったのですか？　それはすばらしい」

コラブリョフは再び私を見つめた——今度は好奇心むき出しにして。

「おばさんが病気で、その見舞いに行ったんだよ」

彼は言った。

「彼女は何日か行っていて、授業の始まりには戻るだろう。そういうわけだから、心配することはないよ！」

「心配なんかしていません、イワン・パーブルィチ。それで、リーハ先生のことだけれど、もし必要なら私は彼に謝罪します。ただし、私が理想主義者だという言明は彼に取り消させて下さい……」

まるで何事もなかったように、カーチャはN市になんか行かず、私はロマーシカを殺そうなどと思いもしなかったかのように——私たちは十五分ほど落ち着いて私の作文について話し合った。それから私は別れの挨拶をして、もしできれば明日また寄りたいと言って、去った。

第11章　N市に行く

ロマーシカを殺してやる！　私は彼がやったと毫《ごう》も疑わなかった。他に誰あろう！　彼はロビーに座っていて、私がカーチャにキスしたのを見たんだ。憎らしげに彼のベッドとサイドテーブルを見ながら、私は半時間、寝室で彼を待った。そして、書き置きをして釈明を要求し、さもないと学校中にロマーシカを悪党呼ばわりすると脅した。それからその書き置きを破ると、動物園のヴァーリカのところに出掛けた。もちろん、彼は齧歯類の動物たちと一緒だった。汚れた上っ張りで、鉛筆を耳に大判の用紙綴を脇に抱えて、彼は檻のそばに立って、手からこうもりに餌をやっていた。彼は蛆虫《うじむし》を食べさせながら、とても満足そうな様子で口笛を吹いていた。私は彼を呼び止めた。彼は困ったように振り返り、怒って手を振って言った。

「待って！」

「ヴァーリカ、一分だけだよ」

「ちょと待って、混乱するじゃないか、八匹、九匹、十匹……」

彼は蛆虫《うじむし》を数えていた。

「なんて欲張りなんだ！ 十七匹、十八匹……二十匹……」

「ヴァーリカったら！」

私はお願い口調になった。

「外に追い出すぞ！」

早口でヴァーリカは言った。

私は憎らしそうにこうもりを見つめた。彼らは頭を下にして、間抜けな、何か奇妙な、ほとんど人間面をしてぶら下がっていた。こん畜生！ どうしようもない！

私は、彼らがたらふく食べるまで待つしかなかった。

やっと終った！ しかし、汚れた指で鼻をこすりながらヴァーリカはさらに半時間、何かを大判の用紙綴りに書き込んでいた。ふう、この苦しみもおしまい！

「どこかに消えてしまえ！」

私は彼に言った。

「自分の獣でさんざん苦しめといて……。君、金あるかい？」

「二十七ルーブルね！」

得意げにヴァーリカは答えた。

「みんなくれよ……」

それは残酷なことだった。つまり、ヴァーリカは、ある蛇《へび》のために貯金していたのだ。でも、一体何ができるというのだ？ 私には十七ルーブルしかなく、鉄道の切符はちょうどその二倍するのだ。ヴァーリカは軽く瞬《まばた》きをして、それから真面目に私を見つめて金を差し出した。

「出掛けるんだ」

「どこに？」

「N市さ」

「何のために？」

「行って帰ってきてから話すよ、今はこれだけは言っておく。ロマーシカは悪党だ！ 君は彼と仲がいいけど、どんなに彼が悪党か君は知らないんだ。もし、知ってて仲がいいのなら、君自身も悪党さ！ 言いたいことはこれだけ、じゃあな」

ヴァーリカが私を呼び止め、それがあまりにも変な声で言うものだから、別れようとしていた私は、瞬《またた》く間に戻ってしまった。

「サーニャ」

彼はつぶやいた。

「僕は彼とは仲なんてよくない、だいたい……」

彼は黙り、また鼻をぴかぴかになるくらいこすった。

「これは僕のせいなんだ」

彼はきっぱりと言った。

「僕が君に、前もって知らせせなければならなかったんだ。コラブリョフの件、覚えているかい？」

「もちろん、なんで忘れるものか！」

「実は、あれは彼なんだよ！」

「何が彼なんだい？」

「彼がニコライ・アントニッチのところに行って、彼に全部話したんだ」

「嘘だ！」

一瞬、あの晩のことが思い出された。タタ—リノフ家から戻って、私はヴァーリカにコラブリョフに対する陰謀を話したのだ。

「ちょっと待って、でも僕が話したのは君じゃないか」

「そうさ、でもロマーシカが立ち聞きしたんだ」

「いったいどうして黙っていたんだい？」

ヴァーリカは頭を垂れた。

「彼は僕と約束した……」

彼はぶつぶつ言った。

「さらに、夜中に僕の寝ているのを見てやると脅したんだ。あのねぇ、僕は夜中に見られるなんてとてもやり切れないよ。今ならそれは戯言《たわごと》だと分かるさ。僕はあるとき目覚めると、彼が僕を見ているのが分かった——それから始まったんだ」

「君は本当にバカとしか言いようがない！」

「彼は手帳に書き留め、それからニコライ・アントニッチに届けたんだ」

残念そうにヴァーリカは続けた。

「彼は僕を苦しめ抜いたさ。届けておいてそれから僕に話をするんだ。僕が耳を塞いでも、話をするんだ」

三年ほど前、学校でロマーシカは目を開けて眠ると噂された。それは本当だった。私自身、かつて彼が眠っていて、まぶたの間に眼球の縞——あるぼんやりした恐ろしげな——がはっきり見えているのに気付いたことがある。眠っていて、しかも眠っていない！——それは、気味悪いものだった。ロマーシカは、自分は決して眠らないと言ったけれど、それはもちろん嘘で、ただ彼のまぶたが短かっただけなのだ。それでも彼を信じる生徒たちもいた。彼は《眠らない》ということで尊敬され、少し恐れられた。多分、ヴァーリカの恐怖はこのせいだったのだろう。つまり彼は、五年間、隣りのベッドでロマーシカと並んで寝ていたのだから。

これまでのことのすべてが、おぼろげに頭の中に広がった。

《間抜けめ——私は思った——それで自然科学者かい！》

「やい、このいくじなし！」

私は言った。

「今、話している時間はないけれど、その手帳の件は支部に知らせる必要があると思うよ。正直言って、彼がそんなに君を意のままにしていたなんて思わなかったよ。そんな《約束》を何回彼にしたんだい？」

「知らないよ……」

ヴァーリカは口籠《ごも》った。

「数え上げるんだ」

彼は悲しげに私を見つめた……

動物園から駅に切符を買いに行き、そこから学校へと戻った。私はりっぱな製図用具箱を持っていて、万一苦況に立たされたらそれを売ろうと、持っていく決心をした。困ったことに私のあらゆる愚行に、さらにもう一つが加わることになる——この製図用具箱のために私はたっぷり報いを受けたのだ！　私が入ったとき寝室には十人程の生徒がいて、ついでながらターニャ・ヴェーリチコは同じクラスの女の子だった。読書したり話したり皆忙しそうだった。シューラ・コーンチェフは新任の数学の教師の真似をしていた。つまり手を上げながら仮想の黒板に突進していき、それからゆっくり堂々と席に着くのだ。まわりは大笑い。要するに、私のベッドに跪《ひざまず》き、私の物入れ鞄をかき回しているロマーシカに注意を向ける者は誰もいなかった。この新たな卑劣な行為に、私はあっと驚いた。血液が頭の中をどっと廻ったけれど、私は落ち着いた足取りで彼に近付き、冷静な声で尋ねた。

「何を探しているんだい、ロマーシカ？」

彼はびっくりして私を見上げ、私は、確かに興奮していたのだけれど、この瞬間、彼が異常なくらいフクロウそっくりなのに気がついた——赤い大きな耳の、この上なく生気のない顔の。

「カーチャの手紙かい？」

私は尋ねた。

「それをニコライ・アントニッチに渡したいんだろ？ほら、ここだよ、受け取れよ！」

そして私は力まかせに足で彼の顔を蹴った。話はすべて小声だったので、私が彼を蹴ったのに誰も気付かなかった。多分私はさらに二～三回彼を強く殴ったと思う。もし、ターニャ・ヴェーリチコがいなかったら、彼を殺していただろう。生徒たちが口をポカンと開けて立っている間に、彼女は勇敢にも私たちの間に飛び込んで私にしがみつき、強い力で押しのけたものだから、私は思わずベッドに座ってしまった。

「あんた、気でも違ったの！」

頭の中が靄《もや》に遮《さえぎ》られたようになり、彼女の顔を見て、私は、彼女がいやらしそうに私を見ているのが分かった。私は思い止《とど》まった。

「みんな、すっかり説明するから」

私はふらふらと言った。しかし彼らは黙っていた。ロマーシカは頭を反らせて床に伸びていて、やはり黙っていた。彼の頬には青痣《あざ》ができていた。私は、物入れ鞄を持って出ていった……

重苦しい気分で三時間ほど私は駅の中をぶらついた。不快な、胸の悪くなるような気分で、私は新聞を読み、時刻表を調べ、三等クラスの食堂でチャイを飲んだ。お腹がすいたが、チャイはまずいし、オープンサンドは口に入らない——口の中は、ヴァーリカのこうもりが食べていた蛆虫《うじむし》を腹一杯食べたようなひどい味がしていた。

私はあの騒動のあと何か汚《けが》らわしい気持ちになっていた。あぁ、学校になんか戻るんじゃなかった！　製図用具箱？　いったい何のためだと言うんだ！　まさか、帰りの切符のお金をダーシャおばさんがくれないなんて訳じゃあるまいし？

第12章　生家

私とペーチカ・スコヴォロードニコフがかつて盗みや物乞いをしてぶらついていたその場所へ行くこの旅は、ある印象——この上もない自由な印象を私にもたらした。

生まれて初めて、私は切符を買って鉄道に乗った。私は窓際に座れるし、隣の人とおしゃべりもできるし、そういう習慣があれば煙草を吸うこともできた。検札係がやって来ると、座席の下に入り込むこともなかった。無関心な様子で、会話を中断することなく、私は彼に切符を差し出した。客車はとても狭かったけれど、それは何かゆったりとした奇妙な感覚だった。それが私の気を晴らし、私はもうN市のこと——妹やダーシャおばさんのこと、彼らのところに私が突然現れて、私のことに気付かない——そんなことを考えていた。こんな思いで私は寝入り、隣席の人たちが死んだのじゃないかと不安になるくらい長いこと眠っていた。でも、ご心配なく、ごらんのように私は死んでなんかいない。

八年振りに生まれた町に戻るのはなんて素敵なことか！　すべてが昔なじみであり、同時にすべてがそうでなかったり。まさか、あれが県知事の家だって？　昔、私には巨大な家だったのに。これがザステンナヤ通りかしら？　本当にこんなに狭く、曲りくねっていたのだろうか？　これがあのラプーヒン並木通り？　でも、その並木通りは私を喜ばせた。つまり、このメインストリートの通り沿いに一面に植えられた菩提樹の向こうに、新しい素敵な建物が広がっていた。黒い菩提樹は白を背景にまるで描かれたようだし、その樹からの黒い影が白い雪に斜めに差している——それはとても美しいものだった。

　私は早歩きをして、いたるところで昔のものに気付いたり、変化にひどく驚いたりした。ほら、ここがダーシャおばさんが、私と妹を入れようとしていた孤児院。そこは緑色に塗られ、壁には金文字で書いた大きな大理石板が作られていた。私はそれを読んで目を疑った。《この家に、一八二四年、アレクサンドル・セルゲーヴィチ・プーシキンが泊まった》　畜生！　この家に！　もし、それを知っていたら、孤児たちはどんなに自慢したことだろう。

　ここが、かつて私と母とで請願書を届けに行った《役所》だ！　そこは今は全く《厳《いか》めしいお役所ではなくなり、昔風のありふれた窓格子は取り外され、門には《文化会館》の表札が掛けられていた。

　そして、ここが要塞堡塁（クレパスノイ・バール）——胸がドキドキし始める。花崗岩でできた川岸が目の前に開け、そこにようやく私は、みすぼらしい、なだらかな川岸があるのに気がついた。でも、驚いたことに、以前家の建っていたその場所には小公園がつくられ、お包《くる》みをした赤ん坊を抱いた子守りたちが、偶像のようにベンチに座っていた。こんなに変わったとは思わなかった。驚きに言葉を失い、小公園や花崗岩の川岸や、かつてリューハ遊びをした並木通りを見ながら、私は長いこと要塞堡塁に立っていた。以前、その向こうがペンキ・膠《にかわ》街の家並になっていた空き地には、今は高い灰色の建物が立っていて、玄関のところに巨大な毛皮外套を着た警備兵がぶらぶら歩き回っていた。私は彼の方に歩み寄った。

「N市の発電所さ」

　私が建物を指して、これは一体何かと尋ねると、彼は、もったい振った口調で答えた。

「ところで、スコヴォロードニコフさんが、どこに住んでいるか知りませんか？」

「判事の？」

「いいえ」

「それなら知らないね。判事のスコヴォロードニコフだけしかいないよ」

私は離れた。もしかして、スコヴォロードニコフ爺さんが判事になったのかしら？　振り返って私は再び、私たちの貧しい家のあった場所に建てられた高い立派な建物を見て、それも有り得ると思った。

「で、判事さんの顔立ちはどんなふう？　背は高いの？」

「背は高いさ」

「口髭ある？」

「いや、口髭はないね」

まるでスコヴォロードニコフ爺さんに腹を立てているかのように警備兵は反論した。ふむ……口髭がない？じゃあ望み薄だな。

「それで、その判事さんはどこに住んでいるの？」

「ゴーゴリ通りの、以前のマルクーゼの屋敷だよ」

その家なら私は知っていた――玄関の両側にライオンの顔の像のある、町で一番の建物の一つだ。ここでまた私は困ってしまった。でも、仕方なく私はゴーゴリ通りへ歩いていった――しかし、スコヴォロードニコフ爺さんが口髭を剃り、判事になってそんな素敵なお屋敷に住みつくなど、ほとんど考えられなかった。

三十分後、私はゴーゴリ通りのマルクーゼの屋敷の前にいた。八年間でライオンの顔は歳をとり、それでもまだ印象的で怒った顔をしていた。ためらいがちに屋根のある広い玄関に私は立った。呼び鈴を鳴らそうか？　それとも、住所案内所はどこか警官に尋ねようか？

ダーシャおばさん好みのモスリンのカーテンが窓のところに見えた。私は突然呼び鈴を鳴らす決心をした。開けてくれた女の人は、歳の頃十六、青いフランネルのドレスで、中央で分けた髪をきれいに撫でつけていて、浅黒い顔だった。浅黒い――それが私を当惑させた。

「こちらはスコヴォロードニコフさんのお宅でしょうか？」

「そうです」

「じゃあ、ダーリヤ・ガブリローヴナさんはご在宅ですか？」

「彼女はもうじき戻ります」

女の人は微笑んで、もの珍しそうに私を観察しながら答えた。彼女の微笑みは妹のサーニャそっくりだけれど、サーニャは縮《ちぢ》れたお下げの金髪で、目は青かった。違う、妹じゃない。

「待ってもいいですか？」

「どうぞ」

私が玄関の間に自分の物入れ鞄を置き、外套を脱ぐと、彼女は私を明るく大きな、片付いた上にきれいに飾られている部屋に案内した。部屋の中央にはグランドピアノ——それは、ダーシャおばさんにはふさわしくなかった——が場所を占めていた。しかし、青いガラスの花瓶の間にある肖像画、つまり雪山を背景に葦で編んだ肘掛椅子に座った英雄の肖像画——それはまるでダーシャおばさんの所そのものだった。私は、かなり間の抜けた、それでいてうれしそうな表情でまわりを見回していたのだろう。というのも女の人は私のことを、目を皿のようにして見つめていたから。突然、彼女は頭を傾け、眉を高く吊り上げた——全く母にそっくりに。私はやっぱり妹だと分かった。

「サーニャかい？」

私はもう確信して言った。彼女は驚いた。

「えぇ」

「ちょっと待って、だって君は金髪だったろう」

私は震え声で続けた。

「どういうことなんだい？　僕たちが田舎に住んでいた時、君は全く金髪だった。だのに今はなんだか黒髪になっている」

彼女はびっくり仰天、口をポカンと開けた。

「どこの田舎ですって？」

「父が死んで」

私は言って笑い出した。

「あぁ、君、忘れてる！　みんな忘れてる！　僕のことまで覚えていないのかい！」

私は少し舌がもつれた——きっとうれしかったのだ。だって、やっぱり私は彼女をとても愛していたし、八年間会わず、それに彼女は母そっくりになっていたのだから。

「サーニャなの？」

彼女も、ついに言った。

「まあ、何てこと！　だって、もうとっくに死んだと思っていたのよ」

彼女は私を抱擁した。

「サーニャ、サーニャ！　ほんとうにサーニャなの？……ダーシャおばさんはいないし……さぁ座って、どうして立ってるの？　どこから来たの？　いつ着いたの？」

私たちは並んで座ったが、彼女はすぐに立ち上がり、玄関に私の物入れ鞄を取りに走った。

「ねえ、待って？　どこへ行くの？　せめてどうしていたか話してよ？　ダーシャおばさんは？」

「お兄ちゃんこそ、どうよ？　どうして一度も手紙を書かなかったの？　私たち捜してたのよ、新聞広告まで出して」

「読まなかったよ」

私は後悔して言った。こんなにいい妹がいて、こんなすばらしいダーシャおばさん――私が帰ってきたと知ったら、喜びで死んでしまうかも知れないから、おばさんには言えないと、たった今妹が言うほどの――がいることを忘れるなんて、それがどんなに卑劣なことか、今だったら私は十二分に判断ができる。

「ペーチカも、お兄ちゃんを捜してたのよ」

彼女は続けた。

「つい最近だって、タシケントに住所照会の手紙を出していたわ。彼は、お兄ちゃんがタシケントに住んでると思っているの」

「ペーチカが？」

「そうよ」

「スコヴォロードニコフがかい？」

「同じことでしょ！」

「彼はどこにいるの？」

「モスクワよ」

妹は言った。私はあっと驚いた。

「前からかい？」

「お兄ちゃんと彼が姿を消して以来よ」

ペーチカがモスクワに！　私は驚きで茫然自失となった。

「サーニャ、だって僕もモスクワに住んでいるんだよ！」

「えっ、ほんと？」

「本当だよ！　彼はどうしてるの？　何をしてるの？」

「大丈夫、元気よ、彼、今年卒業なの」

「ちぇっ！　僕だってそうさ！……彼の写真はないかな？」

私が写真のことを聞くと、サーニャは少しはにかんだように見えた。彼女は《今すぐ》と言って、出ていきすぐに戻ってきた――まるでペーチカの写真をポケットから取り出したかのように。

「ほう、なんてハンサムなんだ！」

私は言って笑い出した。

「赤毛かい？」

「赤毛よ」

「ちぇっ、上等だよ！　で、スコヴォロードニコフ爺さんは？　どうしてる？　それって本当かい？」

「本当って、何が？」

「判事なんだって？」

「まあ！　もう五年やってるわよ」

私たちは絶えず質問してお互いの話を遮《さえぎ》り、そしてまた質問するのだった。やがてサーニャは台所に走っていったけれど、彼女がいないと淋しいので私は妹のあとを追った。彼女がいないとすぐに淋しくなる――それはまったくその通りだった。私たちは、サモワールでお茶の用意をし、コンロに火をつけた。間もなく玄関で低い呼び鈴が鳴った。

「ダーシャおばさんだ！」

「お兄ちゃんはここにいて」

妹は声をひそめて言った。

「私、おばさんに心構えをさせるわ。本当言うと、おばさん、心臓がひどく悪いの……」

彼女は出ていき、私は隣の部屋でこんな会話を聞いた。

「ダーシャおばさん、どうか興奮しないでね。とてもよい知らせがあるの、だからへんに興奮しないことよ」

「ふん、話せば、おてんば娘ったら」

「ダーシャおばさん、今日はピローグの練粉こねるのやめにしたけど、やっぱりそうすることになるわ」

「ペーチカが来たのかい？」

「ペーチカといえばペーチカだけど、少し違うの、ダーシャおばさん、興奮したりしない？」

「しないよ」

「本当に？」

「へん！　分かった、約束するよ」

「ほら、この人よ、やって来たのは！」

そして妹は、台所の方にドアを開けた。すばらしいことに、ダーシャおばさんは一目《ひとめ》で私だと分かった。

「サーニャ」小声で彼女は言った。

彼女は私を抱擁した。そして座って目を閉じた。私はダーシャおばさんの手を取った。

「かわいいおまえ！　ほんとうに、おまえなのかい？」

「僕だよ、ダーシャおばさん」

「夢じゃないだろうね？」

「ちがうよ、おばさん」

しかし、ダーシャおばさんは私が信じられないらしく、まだ目を閉じて、本当に眠り込みそうになった。

「かわいいおまえ！　生きていたのかい？　一体どこにいたんだい？　おまえのこと、ロシア中捜してたんだよ」

「分かってるよ、ダーシャおばさん、僕が悪かった」

「《悪かった》だって！　ああ！　やって来て、その上に悪かっただなんて。いとしいおまえ！　なんてりっぱになったこと！　なんてハンサムなこと！」

ダーシャおばさんには、私はいつもハンサムに見えるのだ……この忘れられない出会いのことを、これ以上何を思い出し、何を話せるだろうか？　ただ覚えているのは、ダーシャおばさんが話の途中で立ち上がり、もの凄い形相《ぎょうそう》で妹に声をひそめてこう言ったこと――《お腹一杯食べさせてもらってないんじゃないかい？》、それにテーブルいっぱいの食べ物を見て、それが《昼食前の、軽いつまみ》だと言うのを聞いて、私が笑い転げたことだった。

　この瞬間から、私はただひたすら食べ続けた。話しては食べるのだ。それからダーシャおばさんは、私が汚れていると言い、風呂に入って体を洗う羽目になった。そうして時間が過ぎていった。晩になって、体はきれいになり、食べ過ぎ状態で私は居間に座り、その両側に妹とダーシャおばさんが座って、正直なところ恥ずかしいほどの愛情を込めて私を見つめるのだった！　やがて判事が帰ってきた。

　発電所の警備兵の話は嘘ではなかった――老人は髭を剃っていた。彼は十歳くらい若返って、彼がなめし皮の裏膠《にかわ》を煮て、それにあれほど望みをかけていたことが、今や、想像もできないほどだった。彼は私が戻ったのを知っていた。妹が彼に電話していたのだ。

「放蕩息子のお帰り（〔訳注〕新約聖書・ルカ福音書からの引用）か……」

　彼は言って、私を抱擁した。

「わしがおまえを厳しく罰するかと心配なんじゃないかい？　ええい、このろくでなしめ！」

　私は何と弁明できただろうか？　ただ私は後悔の気持ちで喉を鳴らすだけだった。夜遅く、私とスコヴォロードニコフ爺さんの二人きりになった。老人はN市を出て以降、これまで私が何をして、どんな暮らしをしていたかを知りたがった。

　判事らしく彼は私のすべてのこと――学校生活や個人的なこと――について厳しく質問した。私が飛行士になりたいと言うと、彼はごわごわして長い、濃い眉毛の下から私に目を向けながら黙っていた。

「軍の飛行士かな？」

「民間の極地の飛行士です。でも国の要請があれば軍でも」

　彼は黙り込んだ。

「危険だが、素晴らしい、興味ある仕事だね」

　彼は言った。たった一つだけ私は彼に話さなかったことがあった。つまりカーチャを追ってN市に来たということ。もしカーチャがいなければ、私は多分、この故郷の町、生家に戻るのがもう少し遅くなっていただろうと、彼に白状する決心がつかなかったのだ。

第13章　古い手紙

誰かが居間のドアを少し開け、小声で《寝てるわ》と言った声で私は目が覚めた。壁越しにコップに当たるスプーンの用心深い音が聞こえ、私は妹が私を起さないようにして台所で朝食をとっているのが分かった。私はすぐに起きようと決心し、多分起きたと思った。でも、どのくらい時間が過ぎたか分からないが、私は起きずに寝ていたらしく、夢で起きない自分を、ただ叱っているのだった。

要するに私は十一時近くまで寝ていた。妹はとっくに出掛けていたし、老人は勤めに行き、ダーシャおばさんは彼女の話ではもう《お昼の準備》を済ませたとのことだった。遅い朝ごはんになったお茶の時間、彼女は私がちっとも食べないといって、絶えず憤りの素振りをした。

「お前たちはこんな風にしか食べさせてもらえなかったのかい！」

彼女は憤慨しながら言った。

「自分の馬をくたばらせたジプシーだって、お前たちにこんな食べさせ方はしなかったさ」

「ダーシャおばさん、僕は昨晩は食べ過ぎたんだ！　本当だよ、あれからお腹が痛いんだ。ダーシャおばさん、実は昔住んでいた場所で、おばさんのことを捜してたんだよ。家は取り壊されたの？」

「壊されたよ」

溜息をついてダーシャおばさんは言った。私たちはしばらく隣人たちの話をした。かつて私の想像を膨らませ、ひどく感動させたミーニカは、今や以前の《ネプチューン号》だった汽船《ツルゲーネフ号》の船長だった。荷役仲仕の協同組合長だったミーシャおじさんは去年亡くなり、彼の息子が市議会の議長になっていた。私はダーシャおばさんに、継父のガエール・クリーの話をした。彼女はあぁと言って身の毛をそばだてた。

「ダーシャおばさん、で、ブベーンチコフ家のこと知ってる？」

ブベーンチコフ家は、ニーナ・カピトーノブナおばあさんの親戚だったので、カーチャはそこに来ていると私は信じて疑わなかった。

「あの、追放された人たちのことかい？　知らない者なんて誰もいやしないよ！」

「どうして、そうなったの？」

「司祭があの人たちを追放したのさ」

ダーシャおばさんは言った。

「あの人たちは、司祭の悪口を言い触らした。だから司祭はそうしたんだよ。もう革命より前のことさ。お前がまだ小さくてね。でも、お前、それがどうしたんだい？」

「モスクワのある人からよろしくという挨拶を僕は伝えないといけないんだ」

私は嘘をついた。ダーシャおばさんはいぶかしげに首を横に振った。

「へえ、まさか挨拶を……」

私は住所が分かった。ユダヤ人の礼拝堂《シナゴーグ》のそばの一軒家だった。でも礼拝堂は今はなくて、町全体がすっかり変わっていたので、ブベーンチコフ家を探し出すのはとても難しいことだった。ようやく私は、人気《ひとけ》のない、高い塀の前にたどり着いた。塀に木の表札が掛かっていて、《ラプーチン通り八番地、M・G、L・G、そしてO・G・ブベーンチコフ家》とあった。木戸は錠をしてあったが、簡単に開いて中は広々とした庭で、その奥に、前面に木のポーチのある、彫刻で装飾された切妻壁の古風な小さな家が建っていた。一本の小道――雪を踏み固めたばかりの、ごくふつうの小道で、まわりを山羊がうろついている――が、門から通じていた。私は心が浮き浮きしながら、この小道を家へと向かった。そこまでは本当にまるで訳《わけ》もないことだった。つまり私は庭に入り、そして確か、一面の雪に太陽が明るく輝いている庭の美しさに見とれ、山羊に向かって小道を歩いていったと思う。山羊が鳴き出した。そして突然、お伽《とぎ》話のようにすべてが変貌したのだ！　どこかでドアがバタンと音を立て、叫び声が響き、私は家の中から老婆が手に棒を持って走り出てきたのに気付いた。もしかしたらそれは棒ではなく火掻き棒だったかも知れない。

「マーシェニカ！　マーシェニカ（マーシカ　山羊の名前）！」

彼女は叫んだ。

「よその人じゃない！　よその人じゃないんだったら！」

私はよその人ではないと聞くのは愉快なことだった。でも喜ぶのはまだ早かった。二人目の老婆が家から出てきて、少し歯をむき出しながら私の方に走ってきた。手には絨毯《じゅうたん》掃除用の車輪のついたブラシを持っている。彼女は、このブラシで私を叩こうとしているのは間違いない。

「マーシェニカったら！」

初めの老婆は泣き叫んだ。

「それはよその人じゃないんだよ！」

しかし、山羊は彼女を信用していないのだろう。ずっと大声で鳴いた。私はブベーンチコフ家の人たちに自己紹介するため、出だしの挨拶まで用意していたのに、この状況では不可能に思えた。私はちょっと立ち止まり、体面を取り繕《つくろ》ってゆっくりと逆に門の方に向かった。憎らしそうにブツブツ言いながら、陰気な老婆は私まで数歩のところにきて、引き返していった。なんてひどいことか！　通りに出て、私はおかしくなった。私が笑い出したのを、きっと老婆たちは聞いていただろう。彼女たちが、私が誰で、何の用件かも私に尋ねなかったのは驚くべきことだった。多分、私が誤って彼女たちの庭に迷い込んだと思ったのだろう。でも、もっと不思議なのはカーチャが、この大騒ぎの間中、家から出てこなかったことだった。

とにかく、すべてが不思議な事件だった！

私が早く戻ったものだから、ダーシャおばさんはびっくりした。

「ダーシャおばさん、妹は帰ったの？」

「彼女は二時過ぎに戻るよ、今日は授業は六時限だから」

私はダーシャおばさんに封筒と用紙をもらい、手紙を書き始めた。《カーチャに手紙を書き、妹に持っていかせよう。そうすれば、老婆たちもそんなに不機嫌に迎えることはないだろう》

《カーチャ》——と私は書いて考え込んだ。こんな時いつもどんなにか、ペーチカの手紙文例集が鮮やかに思い出されたことだろう。つまり《あなた様の中に、長いこと悼《いた》んでいた亡き妻の美徳を見い出し、私があなたの夫になり、あなたが私の赤ん坊たちの優しい母になってもらうことが、私の務めだと思う所存です》という文章を思い出し、私は突然大笑いを始めたのでダーシャおばさんをひどく驚かせてしまった。

《カーチャ！——私は書いた——あなたのところへ突破しようとしたけれど、山羊と二人の老婆という打ち破り難い障害に遭い退却しました。ごらんの通り、私はN市にいて、とてもあなたに会いたいんです。四時頃大聖堂の庭に来て下さい。この手紙をあなたに渡すのは誰だか分かりますか？　私の妹です。

アレクサンドル・グリゴーリエフ》

「ダーシャおばさん、ペーチカは昔おもしろい本を持っていたよね、どこにあるかな？　だいたいその本はどこに置いてあるの？」

ペーチカの本は、妹の部屋の本棚にあった。多分、それらの本はあまり大切にされていないのだろう。一番下の棚の雑多ながらくたの中だったから。《恐怖の夜》とか《コーカサス連山のドン・コサックのすばらしい不思議な冒険》の本を手にして、私は悲しくなった。あの頃私がまだ子供で、どんなに不幸だったことか！

手紙文例集捜しに夢中になり、ばたばたと本を動かしていたとき、黄色に変色した新聞に包まれた紙包みが床に落ちた。それは古い手紙だった！　私は瞬間的にそれを思い出した。それはかつて、雪解け水が私たちの中庭に郵便鞄を運んできたときの古い手紙だった。冬の長い夜、ダーシャおばさんが声に出して読んでくれたのが私の記憶に蘇《よみがえ》った――この朗読が私にはどんなにすばらしく、また不思議なものだったことか！

他人の手紙！　それを書いた人たちは今どこかなど誰が分かるだろう？　黄色くなった分厚い封筒の中のこんな手紙でも、もしかしたら、誰かが夜も寝ずにずっと待っていたのだろうか？　無意識に私は封筒を開いて、数行を読んだ。

《拝啓　マリヤ・ワシーリエヴナ様！

とり急ぎお知らせします。イワン・リボーヴッチ船長は元気で生きています。四か月前私は、彼の指示に従って十三名の乗組員とともに船を降りました……》

私は読んで、我が目を疑った。これは、私がずっと以前暗記して、N市とモスクワ間の列車の中で読んでみせた、あの航海士の手紙ではないか！　しかも、私を驚かせたのは全く別のことだった。

《〝聖マリヤ号〟――私は先を読んだ――は、カラ海でいまだに凍りついていて、一九一三年十月以来、流氷とともに絶え間なく北へ流されています》

〝聖マリヤ号〟だって！　タタ―リノフ船長の帆船がそういう名前なんだ。私は手紙をひっくり返し、また初めから読み直した。

《拝啓　マリヤ・ワシーリエヴナ様！》――マリヤ・ワシーリエヴナだ！――《とり急ぎお知らせします。イワン・リボーヴィチ……》――イワン・リボーヴィチだって！　カーチャの名前は、エカテリーナ・イワーノヴナ（父称イワーノヴナはイワンの娘の意）じゃないか！

私が急に短く叫んだり、ものすごい勢いで古い手紙を片っ端から調べ始めたので、ダーシャおばさんは、私が気が狂ったと思った。でも、私は何をしているか分かっていた。つまり、ダーシャおばさんが、いつだったか読んでくれた別の手紙——氷の中の生活、大怪我をして死んだある甲板員のこと、それに船室の中の氷を叩き割ったことが書いてある手紙を捜していたのだ。

「ダーシャおばさん、手紙はこれで全部？」

「ああ、一体どうしたというんだい？」

「なんでもないよ、ダーシャおばさん！　その手紙には、また別のおもしろいことが書いてある筈なんだ」

私は我を忘れていた。その手紙がこれだ。

《私の親愛なるマリヤ様！

ユゴールスキー海峡の探検の知らせを電報で君に送ってからもう二年近くになる。でも、それ以来なんと多くの変化があったか、君に伝えられないほどだ！　予定のコースを氷に阻まれず自由に航行していた時から始まり、一九一三年の十月からは、流氷とともに北へゆっくり流されていった。そうして、否応なしに私たちは当初の計画——シベリヤ沿岸をウラジオストックまで航行する——を断念しなければならなくなった。でも、悪いことばかりは続かない。全く違った思いが、今私を夢中にしている。この思いを、何人かの私の仲間が言うように、子供っぽいとか、無謀だと君にとられなければいいのだが……》

ここで一枚目の手紙は終っていた。私をそれを裏返してみたが、染《し》みや汚れの中にわずかに保たれている幾つかの脈絡のない言葉を除いて、その他の行はどうやっても判読できなかった。二枚目の手紙は帆船の描写から始まっていた。

《……かなり水深のある氷原に到達していた。こんな氷原だらけの真ん中で〝聖マリヤ号〟は船鍔《ふなつぼ》を雪に埋めて止まっている。時折、花飾りのようになった霜が、ワイヤロープから落ちて、サラサラと小さな音を立てて下にまき散らされる。こんなだからマリヤ、悲嘆のあまり私は詩人になってしまったよ。とはいっても、本当の詩人も、私たちの船にはいたのだ——コックのコルパーコフだ。いつも陽気な男さ！　一日中、自分の詩を声を張り上げて読むんだ。ここに、四行詩を記念に記そう。

母なるロシアの旗の下
私は船長と航路を行く
シベリア海岸を迂回する

美しい大型帆船とともに

私は、この長ったらしい手紙を書いて読み返し、また書いて分かったのは、ただ自分のことを無駄話するのでなく、もっと多くの大事なことを話さねばならないということだ。私は、航海士のクリモフに託して海図局長あての文書を送った。それは私たちの漂流の一部始終を述べた私の観察であり、業務連絡書であり、報告書だ。しかし、念のため、君にも私たちの発見について記そう。地図ではタイムイル半島の北には陸地は一切記載されていない。しかしながら、北緯七九度三五分、東経八六度と八七度の間に、私たちは水平線から延びた、少し隆起したくっきりと白く光る帯を発見したのだ。四月三日、帯は月明かりの色をした鈍い楯状地に変化し、さらに翌日には遠くの丘陵を一面に覆う霧のような、とても不思議な形の雲を見つけた。私は、それが陸地だと確信した。残念なことに、そこを調査するという過酷な状態に船を引き留めることはできなかった。しかし、この先は前途洋々だ。とりあえず、私はこの陸地に君の名前をつけておく。君がこれからどんな地図にでも君の……からの挨拶を見つけられるようにね》

ここで二枚目の手紙の裏面が終っていた。私はそれを脇に置いて、三枚目に取り掛かった。はじめの数行は濡れて不明瞭だった。その先は、

《……すべてが全くこんなでなくて、うまくいっていたらと考えることは辛いことだ。私は彼が自分を正当化するだろうことは分かっている。つまり、私一人がすべて悪いのだと、多分君をうまく説得することだろう。君にぜひ頼む。つまりあの男を信用しないように！　すべて私たちのうまく行かない原因は、ひとえにあいつのせいだとはっきり断言してもいい。アルハンゲリスクであいつが私たちに売った六十四の橇《そり》を引く犬たちの大半をノヴァヤ・ゼムリャ島で早くも射殺せざるを得なかったことでも明らかだ。犬を売ってくれたこの男の好意が、私たちに何と高いものについたことか！　私一人でなく、探検隊員のすべてが、あいつに呪いを送っている。私たちは危険に向かって進んでいた。危険は承知、でもこれほどのひどい目に遭うとは予想していなかった。私たちの力の限り、ただただ一生懸命やるしかなかった。私たちの探検旅行について どんなにか多くのことを君に話せることだろう！カチューシャにだったら、一冬中でもその話ができる

だろう。でも、こんなにも高いツケを払わねばならないなんて、あぁ神よ！　私は、私たちの状況が絶望的だと君に思って欲しくない。だけどやっぱりあまり期待もしないで欲しい……》

　この数行を読んで私はすべてが分かった。それはまるで森の中で突然、稲妻がパッとあたりを照らし、暗い風景が急に変化し、一瞬前までは獣とも巨人とも思えた木の、葉一枚一枚までが見えたようだった。そして、永久に忘れ去っていたような細々《こまごま》したことまでが思い出された。私には分かった、ニコライ・アントニッチの《今は亡き従兄弟《いとこ》》についての偽善的な話し振りを。私には分かった、起ったことのすべてが、ある程度あなたたちのせいだとでも言いたげに、ニコライ・アントニッチが彼のことを話しながら厳しく眉を寄せる時の、あの意味ありげな偽りの顔の表情を。私には分かった、自分の高潔さを自慢げに装《よそお》っているこの男が、どんなに深い卑劣さを持っているかを。タターリノフ船長は、名前を挙げてはいなかったが、それはニコライ・アントニッチのことだ！　私はそう信じて疑わなかった。

　私は興奮で喉がカラカラになり、ひとりでに大声を上げたものだから、ダーシャおばさんは本当にぎょっとしたようだった。

「サーニャ、一体どうしたんだい？」

「なんでもない、ダーシャおばさん、この古い手紙だけど、まだどこかにあるかなぁ？」

「これで終りさ！」

「まさか！　昔、この手紙を僕に読んでくれたのを覚えてる？　手紙は八枚の長いものだったよ」

「覚えてないよ、おまえ」

　それ以上、紙包みの中には何も見つからなかった――八枚のうち、手紙は三枚だけ、でもそれでも十分だ！　妹に持たせる手紙の《四時に来て》を、私は《三時に来て》に書き直し、それから《二時に来て》に直した。しかし、もう二時だったので、私はまた三時と書き直した。

第14章　大聖堂の庭でのデート。《あの男を信用するな》

　少年の頃私は大聖堂の庭に本当によく行ったのだが、それがこんなに美しいとは当時の私は思わなかった。それはペシャンカ川とチハヤ川が合流したところの高い丘の上に建てられ、要塞の城壁で取り囲まれていた。城壁はよく保存されていたけれど、私とペーチカが《血まみれの友情の誓い》をお互いに交すためにここで最後に出会った時から比べると、塔はだいぶ低く見えた。雪は多かったけれど、私はマルティン修道僧の塔の一段目を登った。イリノフスキー草原やニコリスカヤ学校や、皮革製造工場がどうなったか見えるはずだった。みんな元のまま——そして、どこも雪、雪、地平線の彼方まで……

ついに彼女たち——カーチャと妹がやって来た。私は、妹がお婆さんのような黄色の毛皮外套を着て、《ここが大聖堂の庭よ》と言うかのように手を一振りして、秘密めいた表情で頷きながら、すぐに別れを告げて去っていくのを見た。

「カーチャ！」

私は叫んだ。彼女はびくりとして、私を見つけると笑い出した……。三十分ぐらい私たちはお互いを非難しった。つまり私は彼女に——自分の旅行を私に言わなかったことを。彼女は私に——私が彼女の手紙を待たずにやって来たことを。それから私たち二人はお互い一番大事な話をしていないことに気付いた。実は、ニコライ・アントニッチは、カーチャと話し合いをしていたのだ。《今は亡き従兄弟《いとこ》の名において》彼は、カーチャに私と会うことを禁じた。彼は長い話をして、なんと泣き出したのだった。

「サーニャ、あんたは信じないかも知れないけど」

真面目にカーチャは言った。

「でも、あたし、本当にこの目で泣いているのを見たのよ！」

「あのね」

私は言って、胸に手をやった。胸のサイド・ポケットに、私がダーシャおばさんにねだって手に入れた、油紙に包んだタタ——リノフ船長の手紙がしまってあった。

「聞いて、カーチャ」

私は思い切って言った。

「君にある話をするから、だいたいこういうことさ。つまり、君が川岸に住んでいて、ある時、その岸辺に郵便鞄が現れるんだ。もちろん、それは天から降ってきたのではなく、春の増水した川が運んできたのさ。郵便配達夫が溺れたんだ！ そしてその郵便鞄は読むのが大好きなある女の人の手に入った。そして彼女の隣人の中に、話を聞くのが大好きな八歳くらいの男の子がいてね。あるとき彼女は彼にこんな手紙を読んで聞かせたんだ。つまり《拝啓　マリヤ・ワシーリエヴナ様……》」

カーチャはぎくりとして驚きの目で私を見つめた。

「《……とり急ぎお知らせします。イワン・リボーヴィチ船長は元気で生きています――私は急いで続けた――四か月前私は、彼の指示に従って……》」

それから私は、航海士の手紙を一気に暗誦した。カーチャは数回、恐ろしさと驚きで私の袖を引っ張ったけれど、私は暗誦を止めなかった。

「あんた、その手紙を見たの？」

彼女は聞くと、顔を青ざめた。

「彼が、父のことを書いてるの？」

再び聞いた彼女は、そこには何か疑いがあるかのようだった。

「そうだよ、しかもこれで全部ではないんだ！」

それで私は彼女に、ダーシャおばさんがあるとき偶然見つけたもう一通の手紙、つまり氷で動けなくなり、ゆっくり北へ流されている帆船の生活が述べられている手紙のことを話した。

「《私の親愛なるマリヤ様……》」

暗誦を始めた私は、それを中断した。背中がぞくぞくして喉が詰まり、突然私の目に、暗い疑わしげな目をしたマリヤ・ワシーリエヴナの歳をとった陰気な顔が、夢を見ているように浮かんだ。彼がこの手紙を彼女に書いた時、マリヤはカーチャぐらいに若かった。そしてカーチャは、いつも《パパからの手紙を》を待っている、小さな女の子だった。ついに、手紙が届いたのだ！

「つまり、これなんだ」

私は言うと、サイドポケットから油紙の包みを取り出した。

「座って読んだら。僕は行くよ、読み終った頃戻るから」

もちろん、私は決して去るわけではなかった。私は、マルティン修道僧の塔の下に立って、彼女が読んでいる間、じっと彼女を見つめていた。彼女のことを思うといつも私の胸は暖かくなり、その一方で彼女がこの手紙を読むのが、どんなに恐ろしいかを思うと、彼女がとても気の毒で、心が凍る思いがした。私は、彼女が読むのを妨げる髪を無意識に直す動きを見て、それから判読しにくい言葉をよく調べようとするかのようにベンチから立ち上がるのを見た。

以前は、私にはこの手紙から受ける印象が、悲しみなのか喜びなのか分からなかった。でも、今や彼女を見て分かった――それは深い悲しみだった！　私は、彼女が決して希望を失っていないのを知っていた。十三年前、彼女の父は飢えと寒さで死ぬのは確実な、北極の氷の海で消息不明になっていた。しかし、彼女にとって、父は今まさに死んだのだ！

戻ってみるとカーチャは泣きはらした赤い目をして手紙を持った手を膝の上に置いてベンチに座っていた。

「凍えていない？」

私は何から話を始めていいか分からず尋ねた。

「言葉がいくつか読めないの……ここよ《君にぜひ頼む……》」

「あぁ、そこかい！　そこはこう書いてあるんだ《君にぜひ頼む、あの男を信用しないように……》」

晩にカーチャは私たちのところにお客に来たが、あらかじめ申し合わせて私たちは古い手紙の件は決して話をしなかった。ダーシャおばさんだけは我慢できずに、溺れた郵便配達夫のことを話した。実は、ダーシャおばさんの説明では、彼は偶然溺れたのでなく、《恋の恨み》で身投げしたのだった。彼はある女の人に夢中だったけれど、その女の人は他の人に嫁に行かされたのだ。

「身投げなんかする前に、郵便を配達していればねえ！」

残念そうにダーシャおばさんは言い足した。カーチャはとても悲しげだった。皆が彼女に気配りし、特に妹はすぐに彼女が好きになって、女の子特有の思いやりを見せた。それから私と妹は、あの小道にまだいる山羊のところまでカーチャを送っていった。でも、今度は山羊は怒って髭を振り回すだけでヒステリーは起さなかった。

私たちが戻った時、老人たちはまだ寝ていなかった。判事のスコヴォロードニコフ爺さんは《住所が判読できる手紙だけでも》ダーシャおばさんが配達しなかったといって、ずいぶん昔のことを今になって彼女を非難し、それでも十年にもなることだからと彼女の言い訳を聞いてやった。ダーシャおばさんはカーチャについて話した。彼女の考えでは、私の運命はもう決まったとのことだった。

「まあいいさ、気に入ったよ」

彼女は溜息をつきながら言った。

「美人だし、悲しそうだけど健康そうだね」

私は妹にソビエトの北方ユーラシアの地図を出してもらい、タタ－リノフ船長がレニングラードからウラジオストックまで行くときの航路を示した。今、私は彼の発見を思い出していた。タイムイル半島の北方の陸地はいったい何と記されているのだろう？

「ちょっと待って」

妹は言った。

「そう、それはセヴェルナヤ・ゼムリャ島よ！」

何だって！　それは、一九一三年ヴィリキツキー海軍大尉によって発見されたセヴェルナヤ・ゼムリャ島となっていた。北緯七九度三五分、東経八六度と八七度の間だ。これはおかしい！

「すみません、皆さん！」

私は言った。ダーシャおばさんが驚いて私を見つめたので、多分私は少し顔が青ざめていたのだろう。

「僕はすべて分かっているんです！　はじめその陸地は水平線から延びた白く光る帯でした。四月三日、帯は鈍い色の楯状地に変わったんです。四月三日ですよ！」

「サーニヤ……」はらはらしながらダーシャおばさんは言いかけた。

「いいですか皆さん！　四月三日です。でもヴィリキツキーがセヴェルナヤ・ゼムリャ島を発見したのは秋です。正確には覚えていませんが、でも九月か十月、秋なんです。半年後の秋なんです！　つまり、この陸地はすでに発見されていたんですから、秋に彼がやったことは、まるっきり発見でも何でもないんです……」

「サーニャ！」判事は言った。

「……発見され、マリヤ・ワシーリエヴナにちなんで命名され……」

私は、再び何か誤りが起る恐れを警戒するかのように、セヴェルナヤ・ゼムリャ島を強く指さしながら続けた。

「マリヤ・ワシーリエヴナにちなんで、《ゼムリャ・マリー》とかそんな風な名前です……。じゃあ、今度は座って下さい。すべてを説明しますから！……」

こんな日にどうして寝つくことができるだろうか？　私は水を飲み、地図をよく調べた。居間にはN市の風景画が掛かっていて、それが妹の絵で、彼女は絵画を学んでいて美術アカデミーに強く憧れているのも知らずに、私は長いことそれらの絵を眺めていた。私は再び地図を調べた。私はこの群島がセヴェルナヤ・ゼムリャと命名されたのは最近であること、そしてヴィリキツキーは、その群島を《ゼムリャ・ニコライⅡ世》と呼んでいたことを思い出した。

かわいそうなカーチャの父親！　彼は驚くべきたいへんな不運な人だった。彼に言及した地図帳は一冊もないし、彼がやったことを知っている者は世界に一人もいないのだ。私は悔しさと熱狂とで寒気がしてきたが、五時過ぎて、通りで誰かがもう箒《ほうき》を動かしているので、横になっていた。でも、寝入ることはできなかった。船長の手紙のことばの断片が私を苦しめた。私は、まるでダーシャおばさんの声を聞いて、彼女が眼鏡越しにちらちら見ながら、溜息をつき、口籠りながらこの手紙を読んでいるのを見ているようだった。ずっと以前の光景が私の想像の中に浮かび上がった。つまり雪の上の白いテント、橇をつけた犬たち、毛皮の長靴に高い毛皮の帽子の巨人……それらが私の中で蘇《よみがえ》り、私はこのすべてが自分に起り、漂流する氷とともに破滅へとゆっくり流されていくこの帆船に私が乗り、妻に別れの手紙を書く船長になった気持ちだった。その手紙はこんなふうに終りがないのだ。《私はこの陸地に君の名前をつけておく。君がこれからどんな地図にでも君の……からの心からの挨拶を見つけられるようにね》

手紙のここの文章はどんな風に終っていただろうか？……突然、私の頭に何かが、まるでいやいやながら現れるみたいにゆっくりと閃《ひらめ》いた。私はそれを思い出し、気も狂わんばかりに茫然自失して寝床の上に座った。

《君がいつだったか私をそう呼んだ、君の鷹の爪モンゴチーマからの挨拶を……あぁ、それはなんと昔だったことか！　とはいえ、私は不平を言うまい……とはいえ、私は不平を言うまい……（私は思い出そうと、あと一言《ひとこと》、その先の一言と、しどろもどろになりながらつぶやいたが、忘れて思い出せなかった）……私は不平を言うまい、私たちは会える、すべてがうまくいくんだ。でも、一つの思い、一つの思いが私を苦しめる！》

私は急に立ち上がり、ランプをつけて鉛筆と地図のあるテーブルに突進した。

《そう考えることは辛い――今や私は地図の余白に書いていた――すべてがこんなでなくうまくいっていたらと。私たちにつきまとう失敗、日々刻一刻、そのことで報いを受けることになった一番の原因は、私が探検の装備をニコライに託したことだった》

「ニコライ？　本当に？　そうだ、ニコライだ！」

私はその先の記憶がなくて、立ち止ったが、そのあと――再度はっきり頭に浮かんだ――氷の割れ目に落ち、大怪我で死んだ甲板員スカチコフのことを思い出した。でもそれは全く別の手紙だった。それは手紙の概要であって本文ではなく、いくつかの断片的なことば以外どうしても思い出せなかった。こうして私は、まんじりともしなかった。判事は七時過ぎに起きてきて、私が下着だけで北方の地図の上に屈《かが》んでいて、その地図で帆船

《聖マリヤ号》の遭難の全ての経緯をたどっているのを見つけびっくりした。その遭難の詳細たるや、恐らくターリノフ船長自身さえ、もし戻ってきていたら、驚くに違いないものだった……

前日に私たちは、町の博物館に行くことにしていた。妹はN市が誇るこの博物館を私たちに見せたかったのだ。それは昔の商人の建物であるパガンキン屋敷の中にあって、ペーチカ・スコヴォロードニコフのかつての話によると、そこは黄金がびっしりで、地下室には商人パガンキン自身が隠れていて、地下室に入ろうものなら、彼が絞め殺すということだった。実際、地下室のドアは閉まっていて、おそらく十二世紀のものらしい巨大な錠前がぶら下がっていて、でもその代り窓は開け放たれ、荷馬車の御者たちが、そこから地下室に薪を放り投げていた。

三階には妹の先生である画家トゥーバの絵が展示されていた。妹は何よりも私たちにこの絵を見せたかったのだ。画家はちょうど展示している絵の前にいた——小柄で、ビロードのゆったりした上衣を着た、豊かな黒髪に幾筋かの白髪が光る愛想のよい人だった。彼の絵は悪くはなかったが、やや退屈気味だった——昼も夜も、月明かりでも太陽の下でも、今も昔も、ひたすらN市を描いていた。それでも、私たちは心にもない最上の賛辞を彼に贈った。なんと優しいトゥーバ先生——妹は彼をそれほど崇拝していたのだ！

多分妹は、私とカーチャが話があると思ったのだろう、何かちょっとした口実で急に絵の展示に残るからと言った。それで私たちは下の大ホールに降りた。そこは騎士が展示されていて、網目になった鉄の鎖帷子《かたびら》が、胸当ての下からはみ出ている様子は、ちょうどチョッキの下のシャツのようだった。

「サーニャ」

どこかコラブリョフに似た、ステファン・バトーリー(十六世紀のポーランド王)の時代の戦士の前に立ち止った時、カーチャが言った。

「私ね、《あの男を信じるな》って、誰のことか考えていたの」

「それで？」

「それは……彼のことじゃないわ」

私たちは黙った。彼女は戦士から目を離さなかった。

「ちがうよ、彼のことだよ」

私はかなり不機嫌に反対した。

「それはそうと、君のお父さんはセヴェルナヤ・ゼムリャ島を発見した。ヴィリキツキーなんかじゃなく、彼がね、僕はそれを突き止めたんだ」

　しかし、数年後には世界中の地理学者たちを驚かせるであろうその知らせも、カーチャには特別な印象を与えなかった。

「じゃあ、なぜそう思うの？」

　彼女は、なんとなく大儀そうに続けた。

「それが本当に彼……ニコライ・アントニッチですって？　だって、あの手紙にはそんな指摘は何もないわよ？」

「いくらでも指摘できるさ」

　私は腹が立ってきた。

「第一は犬のこと、探検のためにすばらしい犬たちを仕入れたことを口酸っぱく自慢していたのは誰だい？　第二は……」

　妹がやって来たので私たちは黙った。何も分からないままに私たちは《古ルーシ時代の諸侯の生活》とか《資本主義体制でのＮ県の暖炉に煙突のない百姓家》とかを眺めた。妹は何か説明していたけれど、私たちは心そこにあらずで、少なくとも混乱した様子で絶えず私をちらちら見ているカーチャは聞いてはいなかった。彼女は私にこう尋ねているようだった。《あんた、そのことに自信あるの？》そして私も言葉に出さずに答えた。《全く確信してるよ》

　それから妹は別れを告げて去り、私たちはまだしばらく、Ｎ市博物館の暗いホールをぶらついた。

「じゃあ、二番目は？」

「二番目はね、昨晩、僕はこの手紙のもう一つの箇所を思い出したんだ。こうさ」

　私は《鷹の爪モンゴチーマ》で始まるその箇所を読み上げた。私は、それを大きな声で、はっきりと詩のように読んだので、カーチャは目を丸くして、じっと動かず真剣に聞き入っていた。急に彼女の目にある種のよそよそしさが見え隠れしたので、私は彼女が信用していないと思った。

「君、僕のこと信じてる？」

　彼女は青ざめて小声で言った。

「ええ」

　それ以上私たちはこの問題の話をしなかった。ただ私は彼女にこの《鷹の爪モンゴチーマ》がどこから来た言葉なのか聞いた。彼女は覚えていないけれど、多分グスタフ・エマール（フランスの作家）の本からだろうと話し、ママにとってニコライ・アントニッチをそんな風に言うことが、どれほどひどいことか私が分かっていないと言った。

「あんたが考えるより、これはすべて、はるかに複雑なことよ」

彼女は悲しげに、まるで大人のように言った。

「ママはとても辛い人生を送ってきたし、過去に経験したことといったら、もっとひどいものよ、そんな話できると思うの！　だって、ニコライ・アントニッチはこれまでママを……」

そうしてカーチャは黙った。でもそれから彼女は、私に一体何があったのか説明した。それはまた発見であり、タターリノフ船長のセヴェルナヤ・ゼムリャ発見よりもはるかに思いがけないことだった。

実は、ニコライ・アントニッチはもう何年もの間マリヤ・ワシーリエヴナに惚《ほ》れ込んでいたのだ！　去年彼女が病気したとき、彼は数日間全く衣服を着替えず看病し、全く必要なかったのに看護婦まで雇ったのだ。病後、彼は自ら彼女をソチに連れていき、保養所《サナトリウム》の方がずっと安上りなのに、ホテル《リヴィエラ》に入れたのだった。《まったく気でも違ったのかね》——ニーナ・カピトーノヴナはこう言った。春に彼はレニングラードに行って、マリヤ・ワシーリエヴナに高価な翼袖《つばさそで》の毛皮のジャケットを買ってきた。彼はマリヤ・ワシーリエヴナがもし家にいないと、決して寝ようとはしなかった。彼は、働いて同時に勉強するのは大変だからと、彼女に大学をやめるように説得した。しかし、一番驚くべき事件は、この冬に起った。つまり、マリヤ・ワシーリエヴナが突然、もうこれ以上彼に会いたくないと言ったのだ。彼は姿を消した。彼はそのままの姿で出ていき、十日くらい家に戻らなかった。どこにいたか分からないが、多分ホテルだったろう。ここに至るやニーナ・カピトーノヴナは彼を庇《かば》い始めた。

彼女は、これは《拷問みたい》だと言い、自ら彼を家に連れてきた。でも、マリヤ・ワシーリエヴナは、まる一か月以上、彼とは口をきかなかった……

ニコライ・アントニッチが恋に狂うなんて、とても想像できない！　あのふっくらした指をして、金歯でもう歳のニコライ・アントニッチが！　でも、カーチャの話を聞きながら私は、この二人の複雑で辛い関係が思いやられた。マリヤ・ワシーリエヴナは、この長い年月をどんな思いで過ごしてきたのだろう。美人の彼女が、二十年間、一人取り残されたのだから。《未亡人でもなく、人妻でもなく！》夫への追憶に敬意を払い、彼女は思い出に生きることを強いられたのだ！　ニコライ・アントニッチが何年にもわたり彼女を大切にして面倒を見ながら、辛抱強い、媚びるような態度をとってきたことを私は想像した。彼は、自分だけが彼女の夫を理解し愛していると、マリヤを（それに彼女以外の人間も）うまく説得できた。カーチャは正しかった。マリヤ・ワシーリエヴナにとってあの手紙は、恐ろしい精神的打撃を与えることだろう。あの手紙は、まだ妹の部屋の本棚の《鐘の王様の写真》とか《コーカサス連山のドン・コサックのすばらしい不思議な冒険》の本の間に置いたままの方がよかったのだろうか？

第15章　散歩。母を訪ねる。ブベーンチコフ家のこと。出発の日。

N市での一週間はあまり愉快でなく、むしろ悲しげなものだった。でも生涯でなんてすばらしい思い出を彼女は残してくれたことだろう！

私はカーチャと毎日、散歩に出掛けた。私は彼女に昔のお気に入りの場所を見せて、自分の子供時代の話をした。考古学者は、唯一残された碑文から、民族全体の歴史や習慣を復元するとどこかで読んだことがある。私もそんなふうに古いN市にところどころに残された地区から、自分たちの以前の生活を復元し、カーチャに話して聞かせた。しかし、私自身がこの美しい町を新たに見直した思いだった。少年時代、私は丘陵の上に広がる庭園や、リショートク——ペシャンカ川とチハヤ川の二つの川の合流点が今でもそう呼ばれている——から放射状に広がる高い岸壁になった傾斜した街路といった、これらの魅力に気付かなかった。

カーチャなしで過ごしたのは一日だけだった。私は墓地に行ったのだ。なぜか私は、この数年間で母の墓の跡は残っていないと思っていた。しかし私はそれを見つけた。墓は老朽化した木の柵で囲まれ、傾いた十字架は、まだ碑文が読みとれた。《神よ、汝の僕《しもべ》の魂を追悼せん》もちろん、冬で墓はどこもすべて雪に埋まり、それでもそこが打ち捨てられた墓だということは分かった。私は悲しくなり、母を思い出しながら長いこと小道を歩いた。

生きていたら母は今何歳だろう？　四十歳、まだまだ若い。母がせめてダーシャおばさんと同じくらい今も元気で生きていたらと思うと辛かった。母の疲れて苦しそうな眼差し、洗濯で荒れた手、そして晩にはもうほとんど死に近い疲労の極で、食べることもままならなかったことを思い出した。でもほんとうに賢い人だったことか！　悪党のガエール・クリー、母を魅了させ、そして破滅させたのはこの男だ！

　私は墓に戻り、お別れをしようとした。すると、半分破壊された礼拝堂で薪割りの音を立てている管理人を見つけた。

「おじさん」

　私は彼に言った。

「あそこに、アクシーニャ・グリゴーリエヴァの墓があるんだけど、ほら、この道を行って曲がった角の二つ目に」

　彼は、どの墓を私が言っているのか知っている振りをしたようだった。

「あの墓の管理をしてもらえませんか？　お金は払います」

　管理人は道に出て、見て戻ってきた。

「あの墓は、手入れがしてあるよ」

　彼は言った。

「今は冬だから分からないけどね。他の墓はきっと手入れがなく、十字架は突き出るし、放ったらかしさ。でも、あの墓は違うね」

　私は彼に三ルーブル渡してそこを去った。家への帰り道、私はガエール・クリーと母のことを考えた。どうしてあんな男に母は夢中になったのだろう？　つい、マリヤ・ワシーリエヴナまでが思い出され、私は女の人の考えは決して分からないもの……ときっぱり心を決めた。

　私たちは毎日会った。でも出発の前日になって、私はカーチャにブベーンチコフ家の老婆たちについて聞く機会があった。つまり彼女たちが教会から追放された人であるのは本当かと。カーチャは驚いた。

「ほんと？　知らなかったわ」

　彼女は言った。

「でも、それは十分有り得るわ、だって彼女たちは無神論者でニヒリストだから。《父と子》（〔訳注〕ツルゲーネフの小説）読んだ？」

「読んだよ」

「あそこの、ニヒリストのバザーロフ覚えてる？」

「覚えてる」

「それよ、彼女たちも彼と同じニヒリストなの」

「ちょっと待って、待って！　だって、ニヒリズムなんて昔のことじゃないの？」

「だからそうなのよ！　彼女たちも歳とっているでしょ、それに山羊はひどく神経質だし。彼女たち、山羊の乳を飲んでいて、私に飲めって言うけど断ったわ。ただ、山羊がいらいらすると、乳が駄目になるの」

「僕をただ、バカにしてるのかい」

しばらく考えて、私は言った。

「いいえ、本当のことよ」

急いでカーチャは反論した。神経質な山羊と、その世話をしている三人のニヒリスト。クソくらえだ！　やっぱりそれはとんでもない戯言《たわごと》だ！


さて、最後のお別れの日だ！　朝六時にダーシャおばさんはピローグを焼き、わずかに目覚めた私は、サフランの匂いとパン生地のおいしそうな何かよい香りを感じた。それから、おばさんは粉まみれの眼鏡で気がかりそうに私の寝ている居間に入ってきて、ペーチカからの手紙を、端をつまんで持ってきた。

「妹のサーニャを起さないと」

彼女は厳しい表情で言った。

「ペーチカからの手紙だよ」

手紙は本当にペーチカからで、短いけれども、判事の言うところの《適切な》内容だった。第一に彼はどうして休暇にやって来れないかを説明した。つまりレニングラードへの学校見学のため。第二に彼は私がN市に現れたことを驚き、それについて心のこもった気持ちを表していた。第三に彼は、私が手紙を書かず、彼を捜しもせず、全体に《無関心な馬のように振舞った》ことで、私をひどく非難した。第四に、封筒の中には妹宛のもう一通の手紙があり、彼女は笑い出して言った。《ただ書き加えればいいのに、まぁなんてバカなの》しかし恐らく彼は単に書き足すことはできなかったのだろう。なぜなら妹はその手紙を持って自分の部屋で三時間ほど読んでいたし、その間私は、私の旅行のために一m四方のピローグを持たせようとするダーシャおばさんを、妹に止《や》めさせようと、彼女の部屋に押し入るのを待たされていたのだから。

多分、同じ光景がラプーチン横丁八番地の家でも見られたことだろう。なぜならカーチャはその日家から出ることもできなかったから。彼女は、まるで北極にでも行くみたいに食料品を補給されただけでなく、さらに服を着飾らされた。使われることのなかった三人のニヒリストの昔の嫁入り用持参品――トルコのレース編み、肩先に膨らみのあるビロードの縞柄のジャケット、裏地のある重いドレスなどが使用された。ブベーンチコフ家にちょっと寄った妹が、すっかり昼食に遅れてしまったのは、注目すべきことだった。彼女は少し恥ずかしそうに戻ってきて、とても興味深かったと言った。

三人の老婆たちが縫物をして、とてもかわいらしいドレスが出来上がった。カーチャに似合うけれど、妹にはちょっと、その代り帽子が似合い、それで妹は自分のために必ず同じものを作ることだろう。

「つまり、私たちドレスを全部、何度も試着したの」

妹は言って笑い出した。

「もう、目が回ったわ」

判事は私と最後の食事をするために仕事から帰ってきた。彼はワインを一瓶持ってきて、私たちは飲み、そして彼は演説をした。それはずっと以前、昼食の席で死の大隊に加入するガエールに捧げられた演説よりもはるかにずっと立派なものだった。ペーチカと私を彼は鷲(勇者)にたとえて、私たちが生まれた巣(ねぐら)にたびたび戻ることを願うと言った。判事は、こんな若者に育ったことを喜んで自慢したいが、私たちを育て、破滅から守ったのは国家自体であるため、そうできない、そう彼は言った。ダーシャおばさんは、この話の時に少し泣いて、それは彼女が自身で外部の援助に頼ることなく喜んで私たちの教育を引き受けていたのにと思い出させようとしている様だった……

私は立ち上がり、判事に返答の挨拶をした。何を話したかは覚えていないが、またとてもうまく話せた。全体として言ったことは、まだ私たちには自慢できるものは何もないということだった。

私たちは出発のぎりぎりまで食事をした。駅までは辻馬車で出掛けた。つまり辻馬車に乗ったのは人生で初めてだった。こんな贅沢をして行ったのは人生で初めてだった。つまり辻馬車に乗り、足元には籠《かご》がある。ダーシャおばさんが一日かけて私の見ている前でピローグを籠に詰めるのを見ていなかったら、私はこの籠がどこから来たのか説明できなかっただろう。(私はN市に手ぶらでやって来ていたのだから)

私たちが着いた時、カーチャはもう車輌のステップに立っていて、ブベーンチコフ家の老婆たちは我れ勝ちに彼女にあれこれ教え諭していた。つまり、道中で風邪をひかないように、荷物を盗まれないように、列車のデッキに出ないように、着いたら電報を打つように、よろしくと伝え、そして手紙を書くように。彼女たちがニヒリストだったかどうかは分からない、私の目には、へんちくりんな大きなマフ(訳注)婦人が手を入れて暖める筒状の毛皮製品)を、編み紐で吊って、狐皮の外套でしっかりと体を包《くる》んだ、ただの歳とったおばあさんたちだった。

私の席はちがう車輌だったので、私たちは遠くからカーチャとブベーンチコフ家の老婆たちにお辞儀をした。カーチャは私たちに手を振ったが、老婆たちは堅苦しく頷いた。

第二鈴だ！　私は妹、ダーシャおばさんと抱擁する。判事はペーチカを訪ねるよう頼み、私は着いた最初の日にペーチカのところに寄ることを約束する。私は妹をモスクワに呼ぶ、そして彼女は春休みに来ると約束する――実は、そのことはペーチカともう打合せしていたのだ。

第三鈴だ！　私は車輌の中に。妹は何か空中に書いていて、私は当てずっぽうに返事に《オーケー！》と書く。ダーシャおばさんはこっそり泣き始め、最後に私が見るのは――妹がおばさんの手からハンカチをつかみ、そして笑いながらおばさんの涙を拭いている。列車が動き出し、なつかしいN市の駅が私から去っていく。よりスピードを増す！　ほら、ニヒリストの老婆たちが私のそばを次々と過ぎていく！　またたく間にプラットホームが途切れる。さようならN市！

次の駅で私は、私の下段ベッドのほうがよいという、ある立派なおじさんと席を替わり、カーチャの車輌に移った。第一は、車輌がずっと明るかったこと、そして第二はカーチャがいることだった。彼女の席はすべてがきちんと整っていた。つまり、テーブルには清潔な小振りのテーブルクロスが掛かり、窓はカーテンが引かれ、まるで彼女がその車輌に百年も住んでいるみたいだった。

私たちは二人とも昼食を終えたばかりだったが、老人たちが籠の中に何を入れておいたか見るまでもなかった。概してカーチャの籠の方がやはり私を凌《しの》いでいた。そこにはリンゴがあったのだ――個人所有の庭園で採れたすばらしい冬リンゴだ！　私たちは一個ずつリンゴを食べ、隣席の眼鏡をかけた小柄な髭をそっていない青黒い顔の男にも御馳走《ごちそう》した。その男は、私たちのことを、兄妹にしては似てないし、夫婦にしては若過ぎると絶えず推測していたのだ！　もう二時過ぎで、髭をそっていない隣席の男は、小さな固い拳《こぶし》を鼻の上において力いっぱい鼾《いびき》をかいていたので、私とカーチャは通路に立ってまだ話をしていた。私たちは氷結した窓ガラスに指でまず互いの名と姓のイニシャルを書き、それからことばの頭文字を書いて遊んだ。

「《アンナ・カレーニナ》みたいね」

カーチャは言った。でも、私の考えではそれはちっとも《アンナ・カレーニナ》なんかに似てないし、だいたい私たちは、自分だけの何者でもない、かけがえのないものだった。

私の隣りに立っているカーチャは何か新しい印象を与えた。彼女は大人のように髪を中央で分けていて、感じのいい黒髪の下から、全く馴染《なじみ》のない耳が覗《のぞ》いていた。彼女が笑うと歯も新鮮な感じがした。私が話しかけるとき、のびのびとそして誇らしげに顔を向ける様子は、以前は決してなかった本当の美しい女の人を思わせた！彼女はこれまでにない、また全く違った別人のようで、私は彼女に、もうこの世で何よりもいちばん熱烈な愛情を感じたのだった！

窓の外の電線が上下に飛び去っていたのが急に止み、暗い雲に覆われた黒ずんだ平野が目の前に開けた。列車がどのくらいの速度で走っていたか分からないが、たぶん時速四十km以上ではないだろう。しかし私には何か途方もない速度で疾走しているように思われた。すべては前途洋々だ。私を待ち受けているものは、私には分からなかった。しかし確信しているのは、生涯カーチャは私のカーチャ、そして私は彼女のものであること――永久にそうであることだった。

第16章　モスクワで私を待っていたこと

あなたが、人生の半分を過ごした生家に戻ったのに、違うところに来たかのように皆がびっくりしてあなたを見つめる――そんな風に想像して欲しい。N市から学校に戻った私が味わったのはそんな気持ちだった。更衣室でまず最初に会ったのはロマーシカだった。彼は私に気付いて顔を歪め、それから微笑んだ。

「ようこそ！」

意地悪く彼は言った。

「はくしょん！　お気をつけて！」

この悪党はどこか満足げだった。生徒たちは誰一人いなかった――授業の始まる前の最後の日だった――それで私は調理室のペーチャおじさんに挨拶に行った。でも、ペーチャおじさんの迎え方はとても変だった。

「たいしたことじゃない、君、誰にでもあることさ」

声をひそめて彼は言った。

「ペーチャおじさん、いったい何があったの？」

聞こえない振りをして、ペーチャおじさんは大鍋に、手にひとつかみの塩を入れて体を止めた。湯気を嗅いでいたのだ。コラブリョフ先生が廊下に見え隠れしていたので、私は彼のところに走っていった。

「こんにちは、イワン・パーブルィチ！」

「あぁ、君か！」

彼は真剣な顔つきで答えた。

「私のところに来てくれないか、君と話があるんだ」

若い女の人の写真がコラブリョフの机にあって、私はしばらくしてマリヤ・ワシーリエヴナ――どことなく美しすぎる！――だと気付いた。でも私はよく観察してみると、彼女は、カーチャがダンスパーティで着けていたのと同じ珊瑚《さんご》の首飾りをしていた。この首飾りを見つけて、私はずっと陽気な気分になった。それは、まるでカーチャからの挨拶のようで……

コラブリョフがやって来て、私たちは話を始めた。

「イワン・パーブルィチ、どういうことですか？」

「実はね」

あわてることなくコラブリョフは答えた。

「君は退学にされそうなんだ」

「何のためです？」

「君は知らないのかね」

「知りません」

コラブリョフは不機嫌そうに私を見つめた。

「知らないなんて、それは私は気に入らないね」

「イワン・パーブルィチ！　本当に知らないんです！」

「九日間の無断外出」

指を折りながらコラブリョフは言った。

「リーハ先生への侮辱、殴り合い」

「あぁ、そういうこと！　結構です」

ひどく落ち着いて私は反論した。

「でも退学になる前に、どうか私の釈明を終りまで聞いて下さい」

「いいとも」

「イワン・パーブルィチ」

厳《おごそ》かに私は始めた。

「私がロマーシカの面《つら》を何故殴ったか知りたいですか？」

「面《つら》というのはやめよう」コラブリョフは言った。

「分かりました、《面《つら》》はやめます。私が彼の《面《つら》を》殴ったのは、彼が悪党だからです。第一に、彼は私とカーチャのことをタターリノフ家に話しました。第二に彼は、ニコライ・アントニッチについて生徒が話したことを盗み聞きして、それを彼に伝えました。第三に、彼は無断で私の物入れ鞄をかき回しました。それは正真正銘の捜索です。生徒たちは私が彼を見つけたのを見ていました。私が彼を殴ったのはその通りです。私は、とくに足で蹴ったのは正しくないことを認めますが、私だって人間です。石ではありません。私の心は耐えられなかったのです。こんな場合誰だってそうするでしょう」

「そう、続けて」

「リーハ先生についてはすでにご存知でしょう。まず彼に証明させればいいんです、私が現実を美化する理想主義者だと。作文は読みましたか?」

「読んだよ、出来はよくないね」

「出来が悪くても、そこに現実の理想化など全くありません。そのことは、私が保証します」

「そうだとしよう、続けて」

「続けてって、何を? これで終りです」

「いや、終りじゃないんだ、警察が君を捜していたのは知っているかね?」

「イワン・パーブルィチ……心配おかけしたことは認めます。本当を言うと、僕はヴァーリカに出掛けることを話したんです。でもそれは考慮してもらえないのは当然でしょう。僕が冬休みに出掛ける、どこに? って……八年振りの生まれ故郷に――そのために本当に僕は退学になってしまうんですか?」

コラブリョフが警察の話をしたとき、すでに私は《雷》なしには済まないと分かった。そして、間違ってはいなかった。

これまでに彼は、こんなことで私を怒鳴ったことがあった――四年生の時、イーシカ・グルマントが泳いでいて足を石で引っかき、私が日光浴させて彼を治療したところ、指を二本切除する羽目になったのだ。それは恐ろしい《雷》だった。今、それが繰り返されたのだ。目を見張って、コラブリョフは私を大声で罵《ののし》り、私はただ時々、こわごわ言葉を挟むだけだった。

「イワン・パーブルィチ!」

「文句を言うな!」

そして彼は一瞬沈黙する――ただ一息《ひといき》つくために……

こうして、私は実際、多くのことで罪に問われていることが次第に分かってきた。でも本当に私は、退学なんだろうか? もしそうなら、この世のすべてとさよならだ! さらば、航空学校! さらば、人生!

コラブリョフの怒りは、ようやく収まった。

「まったく全然だめだね!」彼は言った。

「イワン・パーブルィチ!」

私は少し震えた、というより途切れがちな声で話し始めた。

「先生の話の多くは正しくないのですが、僕はそれに異議は唱えません。でも、みんな同じことです。だって、先生は僕を退学にさせたくはないんでしょう?」

コラブリョフはしばらく沈黙した。

「そうだと認めよう」

「それなら、僕はいったい何をしたらいいか、ご自身で言って下さい」

「君は、リーハ先生の前で謝らねばならない」

「いいでしょう。ただし、まずこうして欲しい……」

「だから私が彼と話をしたんだよ！」

忌々しげにコラブリョフは言った。

「彼は《理想主義》という言葉を線を引いて消したよ。でも、評点は以前のままだ」

「評点はそれでかまいません。私が《きわめて薄弱な論拠》で書いたというのは正しくありません。そんな評点の仕方はないでしょう、不可の下、とでもいうんですか？」

「二番目に」

コラブリョフは続けた。

「君はロマーシカに謝らねばならない」

「絶対にそれはできません！」

「でも、君自身言ったじゃないか、《それが正しくないことは認める》と」

「ええ、言いました。僕を退学にしてもいいです。僕は彼に謝る気はありませんから」

「聞くんだ、サーニャ」

コラブリョフは真面目な顔で言った。

「君を職員会議に呼び出すために、私はたいへんな努力をしたんだ。でも、今や私は、そのために奔走したことを後悔し始めているよ。もし君が会議に現れて、こう言い出すとする。《絶対にできません！　退学にしてもいいです！》――君は必ず退学になる、それはもう全く確実だよ」

彼はこれらの言葉を、独特な表情を込めて言った。そして私はすぐ誰のことを彼がほのめかしているかが分かった。ニコライ・アントニッチの、慇懃《いんぎん》で真剣な、話によどみのない様子が、瞬《また》く間に私の頭に浮かんだ。私を退学にしようとすべてを仕組んだのはこの男だ！

「つまらぬ自尊心のために、自分の将来を危険に晒《さら》す権利は君にはないと思うんだが」

「それは、つまらない自尊心ではなく、名誉の問題です。イワン・パーブルィチ！」

私は熱っぽく続けた。

「先生は一体どうして欲しいのです？　僕を退学にするかしないかは彼次第という、ニコライ・アントニッチにその事件が関《かかわ》っているために、ロマーシカとの件を僕が曖昧《あいまい》にして欲しいのですか？　僕がそんなひどい卑劣な行為に踏み切って欲しいなんて！　絶対できません！彼が、僕の退学に固執する理由を、僕は今なら分かります！　彼は、僕がどこかへ去って、これ以上カーチャと会わないよう、僕から逃れたいんです。冗談じゃない！　僕は職員会議ですべて話します。ロマーシカは悪党で、彼の前で謝罪するのは悪党だけだと話すつもりです」

コラブリョフは考え込んだ。

「ちょっと待て」

彼は言った。

「ロマショフは、生徒たちがニコライ・アントニッチについて、一体どんな話をしているかを盗み聞きして、そして彼に報告していると君は言った。でも、どうやって君はそれを証明できるのかい？」

「僕には証人がいます。ヴァーリカです」

「どのヴァーリカかな？」

「ジューコフです。彼は私に全くこの通りに言ったんです。《ロマーシカが手帳に書きとめ、それからニコライ・アントニッチに、彼について話されたこと一切を届けるんだ。届けておいて、それから、僕に話すんだ。僕は耳を塞ぐのに、彼は話すんだ》これが、私が文字通りに話す彼の言葉です」

「ふむ……おもしろい」

生き生きと、コラブリョフは言った。

「じゃあ、どうしてヴァーリカは黙っていたのかい？　だって、彼は君の友達なんだろう？」

「イワン・パーブルィチ、ロマーシカは、彼に影響力を持っています。彼が夜中にヴァーリカを見つめるのが、ヴァーリカは耐えられないんです。そうしておいて、彼はヴァーリカに意図的に話をする一方で、彼に固い約束をさせる……もちろん、ヴァーリカが彼に誓ったことはバカなことです。でも、誓った以上ヴァーリカは黙っていなければならなかったんです。そうでしょう？」

コラブリョフは立ち上がった。彼は少し歩いて、櫛《くし》を取り出し髭をとかし、それから眉毛、そして再び髭をとかした。彼は考えていた。私は胸がドキドキしたけれど、もうこれ以上何も言葉が出なかった。考えるがいい！　私は彼を妨げないようにゆっくり呼吸をしていた。

「まあいいや、サーニャ、いずれにせよ君はずるく振舞うことはできないのだから」

とうとうコラブリョフは言った。

「君が、私に今、これらをすべて話したと同じように、職員会議で話すのだろう。でも、条件がある……」

「どんな条件です、イワン・パーブルィチ？」

「興奮しないことだ。例えば君は今、ニコライ・アントニッチがカーチャのために君を退学させたいんだと言った。そんなことは、会議で話すべきではない」

「イワン・パーブルィチ！　僕が本当に分かっていない

というんですか?」

「君は分かっている、しかしあまりに興奮しすぎる……ほら、サーニャ、こういうことにしようじゃないか。私がテーブルに手を置く――こんな風に掌《てのひら》を下に、そして君は話し、ときどき掌を見るんだ。もし私がテーブルの上で掌をぱたぱたさせていたら――つまり、興奮しているということ。そうでなければ――興奮していない」

「分かりました、イワン・パーブルィチ、ありがとうございます。で、職員会議はいつですか?」

「今日の三時だ。でも、君を呼び出すのはもっと後だね」

彼は私に、ヴァーリカを寄こすように言って、私たちは別れた。

第17章　ヴァーリカ

あまり興奮しないように努めながらも、私は念のためもし退学になったらすぐに去るために、自分の荷造りをした。それから壁新聞を読んだ――私のことは書かれていない、つまりこの問題は指導部に上げられていなかった。あるいは冬休みで、会議が一度も開かれなかったのだろうか?

一番辛い思いがするのは、私が学校だけでなく、コムソモールからも追放されることだった。まったくひどい話だ! みんなは、この事件について何を知っているだろうか? 私が寝室に押し入り、ロマーシカを打ちのめして、誰にも断らずにN市へ去ったこと……それはもちろん、コムソモール員として私は自分を汚すことだった。私は自分の振舞いを説明する義務があった。もう遅い! 一日中、私は憂鬱に、このことを考えていた。コムソモール支部の部屋は閉っていて、指導部にいたのはニンカ・シエネマンだけだった。私は、彼女が好きでなかった。それで私は、こうした問題を彼女と話したくなかった。私が思うに、彼女はバカだった。

私はヴァーリカを待ったが、時間が経っても彼はやって来なかった。きっと動物園に行っているんだ! 私は行き違いになる場合に備えて、彼に暗い気分のメモを残して、プレスニャ通りに出掛けた。今回はすぐに彼は見つからなかった。

「ジューコフは教授のところです」

私に言ったのは、十五歳くらいの、どことなくヴァーリカに似て、優しそうでやや狂気がかった顔をした男の子だった。

「じゃあ、教授はどこ?」

「回診中です」

私は聞き返した。

「公園で、回診中だって?」

いままで私は、教授が回診するのは病院の中だけと思っていた。しかし、男の子は辛抱強く私に説明して、病院だけでなく、動物園でもやることで、この場合教授は、患者でなく獣たちを回診するのだと言った。

「獣たちだって病気をすることがあるんです」

少し考えてから彼は言った。

「もちろん、人間に比べればまれですけれど」

それは有名なR教授で、ヴァーリカは私に、その教授について長話をしてうんざりさせたことがあった。私はすぐにその教授が分かった。それというのも彼もヴァーリカに似ていて、それも歳をとったヴァーリカといったところだった。つまり大鼻で、大きな眼鏡をかけ、長い毛皮外套に高いアストラカン帽を被っていたのだ。

彼は猿舎のところにいて、彼のまわりには外套の上に白衣を着た、かなり多くの人々が群がっていた。これらの人々は皆、各自が彼に何かを話したくて、まるで彼に突進するかのようだった。でも、彼はヴァーリカ一人に聞き入っていて、まさにヴァーリカのために、大きな皺だらけの耳を帽子から出していた。私は少し離れて立ち止まった。

ヴァーリカは興奮しているようで、瞬きをしていた。《えらい奴だ！》――私は、何故か分からないけれどそう思った。彼は十分長い間しゃべり、一方教授はすっかり聞いて、同じく瞬《まばた》きして、慎重に息を吸って鼻音をたてた。一度彼は口を開き、何か反論しかけたが、ヴァーリカは断固として激しく彼に口出ししたので教授はおとなしく口を閉じた。やっとヴァーリカは話し終り、教授は耳を隠すと考え込んだ。すると突然、陽気でいて何か驚いたような表情で、彼はヴァーリカの肩をポンとたたき、全く馬がいななくようなばか笑いを始めた。皆は、大声で話しながら先に進んだので、ヴァーリカは白痴めいた熱狂の中に取り残された。この時とばかり私は彼を呼び止めた。

「ヴァーリカ!」

「ああ、君か!」

こんなに興奮した彼を見るのはこれまでなかった。彼は目に涙さえ浮かべていた。彼は呆然《ぼうぜん》として微笑んだ。

「君は一体どうしたんだ?」

「えっ、何だって?」

「泣いているのかい?」

「嘘だろう！」

ヴァーリカは答えた。彼は拳《こぶし》で目を拭いてうれしそうに深く溜息をついた。

「ヴァーリカ、何があったんだい？」

「特に何も。僕は最近蛇を研究していて、一つのおもしろい習性を証明できたんだ」

「どんな習性かい？」

「毒蛇の血液は、年齢によって変化するということさ」

私はびっくりして彼の顔を見つめた。毒蛇の血が年齢で変化することが、泣くほどうれしいことだろうか？

「そりゃおめでとう……」

私は言った。

「君に相談したいことがあるんだ。どうかな？　いいかい？」

「いいよ」

私たちは、はつかねずみの方へ歩いていった。

「僕が退学になりそうなのは知ってるね？」

多分、ヴァーリカはそれを知っていたのだろう、しかし完全に忘れていた。なぜなら初め目を大きく開けて、それから自分の額をポンと叩いて言ったのだ。

「ああ、そう……知ってる！」

「それはコムソモール指導部で審議されたのかな？」

私の声は少ししゃがれていた。ヴァーリカは頷いた。

「君が戻るまでしばらく待つということだよ」

私はホッとした。

「君は、ロマーシカのことはコムソモール支部に手紙を書いたんだろう？」

ヴァーリカは目を逸《そ》らした。

「あのねえ」

彼はつぶやいた。

「僕は書いてないんだ。ただロマーシカに、もしまだうるさく付きまとうなら、手紙を書くと彼には言ったよ。彼は、もうしないと言ってた」

「なるほど！　つまり君は、僕が退学にされても屁とも思わないんだね」

「どうして？」

恐怖にとらわれてヴァーリカは尋ねた。

「というのは、僕がロマーシカを殴ったのは、個人的な理由だけではないと証明できるのは、君一人なんだ。だのに君は腰抜けで、そんな臆病さが卑しい行為に現れるんだ！　君はただ僕に味方するのが恐いんだ！」

ヴァーリカにそんな言葉をいうのは残酷なことだった。でも、私はロマーシカには激しい怒りを感じていた。ロマーシカは社会的に有害な奴で、それと闘わねばならない――私はそう考えたのだ。

「今日、手紙を出すよ」

力のない声でヴァーリカは言った。

「オーケー」

冷淡に私は答えた。

「ただ、このことを僕は君に頼む訳じゃないからね。これはコムソモール員としての君の義務だと思っているよ。それから、今このことを言うんだった――コラブリョフが君に来るように言っているよ」

「いつ？」

「今だよ」

彼は、斑点のあるひきがえるに餌をやるため、せめて十五分としつこく言ったけれど、私は耳を貸さず彼に外套を着せ、コラブリョフのところに連れていった……

半時間後、彼はとても怒って戻ってきて、鼻を指で撫でながら長いこと荒い鼻息を立てていた。実は、コラブリョフは彼に、夜中に見られるのが嫌だというのは本当かと尋ねたのだった。彼はそれにひどく驚いた。

「コラブリョフがどこからそれを知ったのか全く分からないよ！　畜生、彼に言ったのは君かい？」

「いや、僕じゃない」

私は嘘をついた。


「とにかくコラブリョフは僕に、こんなことを聞くのさ、《もしも、それが愛情をもって見つめているなら、どうかね？》」

「それで？」

「僕は言ったさ、《その場合は、分かりません……》」

六時半に、警備員が私のところにやって来た。

「グリゴーリエフ君、職員会議に呼ばれていますよ」

丁重に彼は言った。

第18章　背水の陣

それは、ぼろぼろになった房のついた青いラシャのテーブルクロスの掛かった机に皆が向かって座り、学校の狭い職員室で開かれた、ごく平凡な会議だった。しかし私には皆がある種の謎めいた意味ありげな様子で私を見つめているように思った。セラフィーマ先生は防寒靴をはき、私にはそれさえもなんだかおぼろげな謎のように思われた。コラブリョフは、私が入ってくると笑った。私は思った。《わざとらしい！》

「さて、グリゴーリエフ君」

ニコライ・アントニッチは静かに話し始めた。

「君はもちろん、この会議に呼ばれた理由を知っているね。私たちは君のことで悩んでいる——それは私たちだけでなく、学校中がと言っていいだろう。私たちがそこに生活し、自分たちの力と能力に応じてその発展に協力すべき社会の人間に値しない、突飛《とっぴ》な行動で悩んでいるのだよ」

私は言った。

「僕に質問をして下さい」

「ニコライ・アントニッチ、失礼ながら……」

すばやくコラブリョフが言った。

「グリゴーリエフ君、話したまえ。君は家出してからの九日間、どこにいたのかね」

「僕は逃げたんじゃなくて、N市に行ってきたんです」

私は冷静に答えた。

「あそこには、もう八年も会っていない妹がいるんです。そのことは、僕が泊まった判事のスコヴォロードニコフが証明できます。ゴーゴリ通り十三番地、旧マルクーゼの家です」

もし私が、はっきりとこう言っていたら——N市に行かせることで冬休みに私たちが会わないようにしていたカーチャ・タターリノフと、この九日間を過ごしていたと——私の言葉はニコライ・アントニッチにどれほど強い印象を与えていたことだろう！　彼は青ざめて瞬《まばた》きを始め、おとなしく首を傾《かし》げた。

「一体どうして君は、自分の出発を誰にも前もって知らせなかったんだ？」

コラブリョフは尋ねた。私は、規律違反は自分が悪く、もうしないと約束しますと答えた。

「よろしい、グリゴーリエフ君」

ニコライ・アントニッチは言った。

「たいへんよい答えです。その他の君の振舞いについても、同様に申し分のない釈明をしてくれることを望みます」

彼はやさしく私を見つめた。彼は、驚くほど冷静、沈着だった。

「次に、君とイワン・ヴィターリエヴィチ・リーハとの間に起ったことを話しなさい」

今でも何故そうしたのか分からないのは、自分とリーハとの関係を話しながら、私が《理想主義》の件に一言も言及しなかったことだ。リーハがこの非難を撤回した以上、そのことを話すには及ばないと私は考えたのだろう。それはひどい誤りだった。さらに私が作文を《批評家たち》抜きで書くなんて言わない方がよかったのだ。

そんなことは誰も気に入らなかった。コラブリョフは顔をしかめて、テーブルに手を置いた。

「つまり君は批評家が嫌いなのかね？」

やさしくニコライ・アントニッチは言った。

「イワン・ヴィターリエヴィチに君は何と言ったのかな？　その通りに繰り返したまえ」

全員のいる職員会議で、私がリーハに言ったことを繰り返すなんて！　それはできない！　リーハがそんな間抜けでないなら、彼だってこの質問は拒否するだろう。ところがリーハは勝ち誇った顔つきでただ私を見つめていた。

「さあ！」

ニコライ・アントニッチは宣告した。

「ニコライ・アントニッチ、失礼ながら」

コラブリョフは反論した。

「彼がイワン・ヴィターリエヴィチに何と言ったかは、私たちは知っています。知りたいのは、グリゴーリエフ君がどんなことで自分の振舞いを釈明するかです」

「すみません、すみません」

リーハは言った。

「それでも私は彼が繰り返すことを要求します！　私はドストエフスキー記念学校の障害児たちからだって、こんな言い方を聞いたことはありません」

私は黙った。もし私が離れたところから考えを読む能力があったなら、おそらくコラブリョフの目はこう読めただろう。《サーニャ、〝理想主義〟ということばに君は腹を立てたのだと言うんだ》しかし、私にはできなかった。

「さあ！」

丁寧にニコライ・アントニッチは繰り返した。

「覚えてません」

口籠りながら私は言った。それは皆がすぐに嘘だとはっきり分かる、バカなことだった。リーハはふふんと笑い、ぶつぶつ言い始めた。

「彼は、今日悪い点数に対して私を罵り、明日には切り殺すんです」

彼は言った。

「なんという乱暴な振舞いでしょう！」

私は、階段でのあの時のように、また彼を足で蹴りたくなったが、もちろん我慢した。歯を食いしばり、私は黙ってコラブリョフの掌《てのひら》を見ていた。掌は上がり、軽くテーブルを叩き、静かに元の所に置かれた。

「もちろん、作文は不出来なのでしょう」

私は興奮を押えて、このバカげた状況からどうにかして抜け出したい憎悪にかられながら言った。

「思うに、《きわめて薄弱な論拠》ということはないと思います。なぜなら、そんな評点の仕方はないからで、でもそれは私は重要なことではないと認めます。全体として会議で私が謝罪するように決議されれば、私は謝罪するのも仕方がないでしょう」

こんな言い方が愚かなことは明らかだった。皆は、私が何かとんでもないことを言ったみたいに騒ぎ出し、コラブリョフは悔しさを顕《あらわ》にして私に目を向けた。

「そうですか、グリゴーリエフ君」

わざとらしく微笑みながらニコライ・アントニッチは言った。

「つまり君は、それについて会議の決議が行われた時だけ、イワン・ヴィターリエヴィチに謝罪するつもりですね。言い換えれば、君は自分が悪いとは考えていない、まあ、仕方がないでしょう！　それを考慮してもう一つの問題に移りましょう！」

《つまらぬ自尊心のために、自分の将来を危険に晒す……》――私は思い出した。

「お詫びします」

リーハの方に向きを変えて、私は気まずく言った。しかし、ニコライ・アントニッチはもう再び話し始めて、リーハは聞こえない振りをした。

「グリゴーリエフ君、言いなさい！　君はロマーシカをひどく打ちのめした、君は足で彼の顔を蹴り、そうして、重い障害の原因となり、君の同志ロマーシカの健康に影響を及ぼしたのは明らかです。学校の中で前代未聞のこの行為を、君はどうやって釈明しますか？」

こんなに長々とよどみなく話す彼を、この瞬間何よりもいちばん私は嫌悪していたようだ。でもコラブリョフの掌《てのひら》は意味ありげにテーブルの上に上げられ、それで私は興奮するのをやめた。

「第一に、私はロマーシカを同志だとは思いません。こんな同志なんて、私には恥です！　第二に、私は一度しか彼を殴っていません。第三に、彼が健康を害したという徴候は見られません」

皆が憤激して騒ぎ出したけれど、コラブリョフはかろうじて目につく程度に頷いた。

「私の行為の釈明はこうです」

私はよりいっそう落ち着いて続けた。

「私は、ロマーシカは悪党で、それはいつでも証明できます。彼を殴ってはいけないというなら、公共の裁判を学校中に呼びかけるべきです」

ニコライ・アントニッチは私を止めようとしたが、私はそうはさせなかった。

「ロマーシカは、お金のことばかり話し、考えている典型的なネップマン（〔訳注〕ネップ時代の企業家）なんです。つまり、なんとかして金持ちになりたいのです！　担保でいつも金を借りるのは誰から？　ロマーシカからです！　女の子たちが白粉《おしろい》や口紅を手に入れるのは誰から？　ロマーシカからです！　彼は白粉を箱で買って、ひとつまみずつ売るんです。学校中を駄目にする、社会的に有害な奴なんです」

さらに私はずっと、まるで裁判の公共告発人が発言するのと同じような言い方で話し続けた。ときどき私の話し方は、何だかガエール・クリーのしゃべり方に似てきたが、私にはその類似に気付く暇《ひま》はなかった。

「でも、これはまだ全部ではないんです！　ロマーシカは、より意志薄弱な生徒を自分の手中におさめるために、彼らに心理的な影響を与えていると私は断言できます。実例は誰かとおっしゃるなら、どうぞ！　ヴァーリャ・ジューコフです。ロマーシカはヴァーリカが神経質なのを利用して、あらゆるバカげたことで彼を怯《おび》えさせたのです。ロマーシカが彼をどうしたかですか？　ロマーシカはまず彼に固い約束をさせ、それから彼に自分の卑劣な秘密を話すのです。私は、このことを知って本当に驚きました。誰にも話さないという固い約束のコムソモール員のヴァーリカが、何を話さないというのでしょう？　だって、ヴァーリカはまだそれを聞いていないんですから！　これは何と呼べばいいんでしょう？　しかもまだこれが全てではないんです！」

コラブリョフは、もう以前から掌《てのひら》をテーブルにパタパタさせていた。しかし私は、もう興奮しているかどうかなんて考えなかった。自分は、少しも興奮しているとは思っていなかったのだ。

「これで全部ではありません！　私はあなたにお聞きします」

私は大声で、ニコライ・アントニッチの方を向いて言った。

「ロマーシカのような人間は、保護者《パトロン》がいなかったら学校にいることができるでしょうか？　いいえ、できません！　保護者が彼にはいるんです！　少なくともその一人を私は知っています――ニコライ・アントニッチ！」

見事に言ってしまった！　私自身、こんな大胆にうまく言えるとは予期していなかった！　職員会議の皆が黙って、何かが起るのを待っていた。ニコライ・アントニッチは笑い始め、顔が青ざめた。とはいっても、笑うとき彼はいつも少し青白くなったのだ。

「どうやってそれを証明するか？　とても簡単です。ニコライ・アントニッチは、学校で自分について何といわれているか、いつも関心を持っています。何のためにそれが必要なのか分かりません！　事実は、つまり、その目的で彼がロマーシカを雇ったということです。私は今、雇ったと言ったのは、ロマーシカは決してただで物事をやろうとはしないからです。彼はロマーシカを雇い、ロマーシカは学校でニコライ・アントニッチについての話を盗み聞きし、彼に伝え、それからジューコフと固い約束の上で彼に自分の密告の話をしたんです。皆さんはこう私に質問されるでしょう、いったいなぜ君は黙ってたんだ？　と。私はこのことを出発の前日に知ったのです。そして、そのときジューコフはこのことをコムソモール支部に手紙を出すと約束しました。でも、それを果たしたのはやっと今日でした」

私は黙った。コラブリョフは、テーブルから掌を下ろすと、興味深そうにニコライ・アントニッチの方を振り返った。とはいっても、そんな自由な振舞いをしたのは彼だけだった。残りの教師たちは何か気まずそうにしていた。

「グリゴーリエフ君、君の釈明は終りですか？」

何事もなかったような落ち着いた声で、ニコライ・アントニッチは言った。

「はい、終りです」

「質問のある方はいますか？」

「ニコライ・アントニッチ」

愛想よくコラブリョフは言った。

「私は、グリゴーリエフ君を解放してよいと思います。今度は、恐らくジューコフかロマショフを呼ぶことになるでしょうね？」

ニコライ・アントニッチはチョッキの一番上のボタンをはずして胸に手を当てていた。彼はずっと普段より青ざめていて、うなじに撫でつけられたまばらな巻毛が、急にはがれて額に垂れ下がった。彼は、肘掛椅子の背にもたれ目を閉じた。皆が彼の方へ飛んでいった。こうして職員会議は終った。

第19章　古い友人

学校では、私の職員会議での話で持切りで、そのため私はとても忙しくなった。私が自分を英雄だと感じたといったら大げさかも知れない。しかし、それでも隣りのクラスの女の子たちは私を見にやって来て、私の容貌についてあれこれ言った。人生で初めて、私は自分がチビなことを赦免《しゃめん》された。知らぬ間に私は、何だかチャーリー・チャップリンに似ているとさえ言われた。学校でたいへん尊敬されているターニャ・ヴェーリチコは、冬休みの間、やって来てはことごとく私に反対の発言をしていたのだが、今や私がロマーシカの面を殴ったことは正しいと考えるようになった。

「でも、あんたは、彼が社会的に有害な奴だとまず証明すべきだったわ」

彼女は思慮深く言った。

こうした私の評判の絶頂のときに、コムソモール支部が私を警告付きの戒告処分（〔訳注〕もう一度やったら退学処分するという留保付き処分）にしたのは、ひとことで言えば不愉快さに唖然としたものだった。職員会議はニコライ・アントニッチの病気のために開かれなかったが、コラブリョフは、私を他の学校へ転校させようとしていると言った。

それはあまり喜ばしいことではなく、肝心なのはなんだか不公平であることだった。コムソモール支部の決議に私は同意した。でも、私を他の学校に転校させるだって！　何故？　私が、ロマーシカは悪党だと証明したから？　ニコライ・アントニッチが彼を保護していることを私が暴露したから？　こんな沈んだ気分で私が図書館に座っていると、誰かが戸口で、ひそひそ声を次第に大きくしながら尋ねていた。

「どの人なの？」

入口のところに、背の高い赤毛の髪で、不審げに私を見ている男に、私は気付いた。赤毛はたいてい頭髪に生えているものなのに、この男の頭髪は、地理の教科書に出てくる原始人みたいになんだか野蛮なものだった。初めは、よりによってこんなことを私が考えたのはおかしかったが、そのあとすぐ、それがペーチカつまりペーチカ・スコヴォロードニコフ本人が図書館の入口に立っていて、驚いた表情で私を見つめていることが分かった。私は飛び上がり、椅子を倒しながら彼に突進した。

「ペーチャ！」

私たちは互いに握手し、それから思い直して抱き合った。

「ペーチャ、どうしてたんだ？　元気だったかい？　僕たち、一度も会わずに二人ともどうしていたんだろう？」

「それは君がいけないのさ、この悪ガキ！」

ペーチャが答えた。

「僕は君を、世間中を捜したさ。そしたら、こんなところに身を寄せてたなんて！」

彼は、私が妹のサーニャのところで見た写真と瓜二つだった。けれど、ただ写真では彼は髪をとかしていた。何とうれしかったことだろう！　私は気詰りなど皆無で、まるで実の兄弟に会っている気持ちだった。

「ペーチカ！　畜生、やって来るなんて、偉い奴！　君への手紙があるんだ、ほら！」

私は彼に手紙を渡した。

「どうやって僕を見つけたの？　N市から手紙があったのかな？」

「うん、そうだ！　長いこと君を待ってたさ、あいつめ、なかなか来やしないってね。老人たちはどうだい？」

「皆、ピンピンしてるよ！」

私は答えた。彼は笑い出した。

「僕は、君がトルキスタンに住んでいると思ってた。一体どうしたんだい？　あそこにたどり着かなかったのかい？」

「じゃあ、君は？」

「僕は行ったさ」

ペーチカは言った。

「でも気に入らなかった。いいかい、暑くて、しじゅう喉は乾くし、刑務所には入れられる――退屈になり戻ったんだ。君だったらあそこでくたばってたところさ」


私は彼を寝室に連れていったけれど、生徒たちは私たちを取り囲み、まともに顔色を窺《うかが》い始めた――それで突然分かったのは、学校には、私たちが話をする場所は全く無いということだった！

「じゃあ、通りに出よう」

ペーチカが提案した。

「天気はいいし、散歩しない手はないだろう？　それとも僕のところに？」

「君は一人で住んでるの？」

彼は指で示した――二人だと。

「結婚してるの？」

彼は、拳《こぶし》で脅すまねをした。

「友達とだよ」

私たちは出掛ける時に、N市からのどでかいピローグを各々持ち、服を着て、ピローグを頬張ってしゃべりながら階段を降り始めた。ひどく不思議な出会いがあったのは、まさにその時だった。地理の教室のある一階の踊り場に、リスの襟巻の毛皮外套を着た女の人が立っていた。彼女は手摺《てすり》のそばにいて、階段の吹抜けを見下ろしていた――私は初め彼女が吹抜けに身を投げようとしているように思った――彼女は目を閉じて手摺のところで軽く体を揺らしていた。しかし、私たちに多分彼女はびっくりしたのだろう、ためらいがちにドアの方に歩み寄った。それはマリヤ・ワシーリエヴナだった——彼女は見慣れない姿をしていたけれど、私はすぐに彼女だと分かった。もし私が一人だったら、彼女はきっと私と話を始めていただろう。しかし、私はペーチカと一緒で、その上、この時ピローグを頬張り、それで彼女は、私のきまりの悪いお辞儀に対してただ黙って頷いただけで、そっぽを向いてしまった。私が最後に彼女に会った時よりも彼女は痩せて、顔は無表情で陰気になっていた……

こんなふうに思いながら私は通りに出て、ペーチカと二人散歩をした——長い別離のあと、モスクワでまた二人、また冬の季節に。

ペーチカの話が、私と似ていたのは驚くべきことだった！　私は、子供時代にすでに読んでいて、悲哀と興奮を味わった昔の本を思い出すような浮かぬ気分で彼の話を聞いた。でも変だ！　その時、私たちはより経験豊富で、より年長と思っていたのだから……。まるで私たちは幼い老人のようだったのだ。タシケントでペーチカは恐怖の鴨殺しとして悪名を馳《は》せた——その鴨はもちろん野性でなく手飼いの鴨だった。彼は鴨を川岸に追い立て、それから頭をねじり取り、子供の家の庭の焚火で焼いたのだ。そのため、とうとう彼は刑務所に入れられ、そこで生涯杏子《あんず》嫌いになってしまう。つまり、刑務所では朝食に、昼食に、夕食に杏子の搾りかすを食べさせられたのだった。その後、彼は釈放され、モスクワに戻り、カザン駅で警察の手入れをくった。学校には一年遅れで入り、学年を飛ばして去年ようやく私に追いついたのだった。

「これ覚えてる？《ペーチ、こらペーチったら、よくそんなシゴツ(仕事)でくるね》」

「うん！　じゃあ、これは？《この固い誓いの言葉に背いた者は……森にある木、空から落ちてくる雨滴の数をすべて数え終らない限り、許されることなし》」

私は、誓いを最後まで言った。

「見事だ！」

満足そうにペーチカは言った。

「すばらしい誓いだ！　闘い、探し求め、見つけたらあきらめないこと、覚えてるかい？……」

「こんなことは？」

私は話を変えた。

「僕たち、君の叔父さんを捜してたことは？　ところで彼はどこに？　君は彼を見つけたの？」

実は、叔父さんは戦地で、発疹チフスのため亡くなっていた。

「じゃあ、これは覚えてる？……」

こんなふうに、しじゅう私たちは《覚えてる？……》と言っていた。私たちは何故か大急ぎで歩き回り、並木通りは雪が舞い、子供たちがたくさんいて、一人の若い子守の女の人が私たちを見て、笑い出した。

「待ってくれ！　なんで僕らはこんなに駆けていくんだい？」

ペーチカが尋ねた。それで私たちはもっとゆっくり歩き始めた。

「ペーチャ、提案があるんだ」

心ゆくまで散歩して、トゥヴェルスカヤ通りのカフェに座ったとき、私は言った。

「何だい！」

「僕はこれから電話をかける、で君は座ってコーヒーを飲んで黙っているんだ」

彼は笑い出した。

「バカげてる！」

彼は言った。私は《バカげてる》と《悪ガキ》が彼の口癖だと気付いた。電話はテーブルから離れた入口のそばで、私はわざと大声でしゃべった。

「カーチャ、君にとても紹介したい人がいるんだ、来るかい？　何をしてるんだ？　僕は、ついでに君と話をしなきゃならないし」

「わたしもよ、行きたいんだけれど、皆病気なの」

彼女は悲しそうな声だったので、私は急にひどく彼女に会いたくなった。

「何だって、皆？　僕はマリヤ・ワシーリエヴナに会ったばかりだよ」

「どこで？」

「コラブリョフのところに来てたんだ」

「あっ、あの……」

なんだか変な声になってカーチャは言った。

「いえ、おばあちゃんが病気なの」

「どうしたんだい？」

「それが腰掛から倒れたの」

悔しそうにカーチャが言った。

「何かの用で棚に登って、どしんと落ちたのよ。今、おなかを痛めているわ。全く災厄だわね！　ちょっと横にもなれないんだから……サーニャ、私、ママに手紙渡したの」

突然、ヒソヒソ声でカーチャは言った。(だから私も思わず受話器を耳にぴったり押しつけた)

「私、あんたが私とN市にいたことを話して、それから手紙を渡したの」

「それで？」

同じく小声で私は尋ねた。

「ママはとっても具合が悪いの、あとで話すわ、とっても悪いの」

彼女は黙り込んだ。それで私は電話で彼女の呼吸を聞いていた。私たちは別れを告げ、私は何だか彼女にとても済まない気持ちでテーブルに戻った。私は悲しく、どういうわけか不安でたまらなくなり、ペーチカはそれが一目《ひとめ》で分かったらしかった。

「あのね……」

彼は言った。わざと他の事を話し始めたのだ。

「航空学校のことを、君は親爺に相談したんだろう？」

「うん」

「それで何と？」

「賛成してくれた」

ペーチカは黙った。長い足を伸ばして座り、そのうちきっと顎髭や口髭がはえてくる顔のあたりを物思いに沈んで、指で触れていた。

「僕も親爺と話をしなきゃならない」

彼は言った。

「実はね、去年僕は芸術アカデミーに入りたかったんだ」

「それで？」

「でも今年……考え直した」

「どうして？」

「だってもし才能がなかったら？」

私は笑い出した。でも彼は真面目な、心配そうな様子だった。

「だいたい、そうであるなら君が芸術アカデミーに行くのはおかしなことだよ。僕は、君は旅行家か船長になるんだと、いつも思っていたんだ！」

「もちろん、それは興味があるさ」

歯切れが悪く、ペーチャは言った。

「でも、もし僕に才能があれば、どうしたらいい？」

「じゃあ、君は自分の作品を誰かに見せたかい？」

「――オフに見せたさ……」

彼は有名な画家の名前を挙げた。

「それで？」

「まあまあだとさ」

「よし、それなら決りだ！　芸術アカデミーに行かなきゃ！　そんな才能あるのに航空学校かどこかに行くなんて、そりゃ君、卑劣な振舞いだよ。将来のレーピン(訳注）十九～二十世紀初めのロシアの画家）になる才能をつぶすことになるよ」

「いや、ちがう、そんなことはないさ」

「でも、もしかして？」

「この悪ガキ、ふざけて言ってるんだろう！」

悔しそうにペーチカは言った。

「真面目な問題なのに！」

私たちは勘定を済ませ、店を出て、こんな話を一気にしながらトヴェルスカヤ通りを半時間ぶらついた。つまり話題は、N市から当時人民軍に占領されたばかりの上海に飛び、上海からモスクワに、私の学校に、そしてそこからペーチカの学校へと移った――それは、私たちがこの世の中にただ生きているのでなく、分別と目的を持って生きていることを、お互いに証明しようとするものだった。

映画館《アルス》では《ロマノフ家の崩壊》を上映していた。私たちは立ち止まって写真を見た。侍従団を連れた将校たちは皆、皇帝のようだった。皇帝は折りたたみ式の幌付きの大きなヘンちくりんな自動車に乗って、愛想よく微笑んでいた。

「ああ、畜生！」

溜息をついてペーチカは言った。

「絶望的な状況だ！」

「じゃあ、君に才能があるかどうか僕がはっきり言ってあげよう」

「君に分かるもんか！」

「いや、分かるさ！」

それで私たちは彼の家へ行った。去年までペーチカは私と同じように子供の家に住んでいた。その後、彼は運が良かった。つまり彼はある労働者予備校生《ラブファーク》と親しくなり、ソバーチィ広場の彼の部屋で一緒に住むようになったのだ。労働者予備校生の名前は、ヘイフェツといい、私たちが行ったとき彼は寝ていた。

「ほら、これさ」

ペーチカは言って、ベッドの背もたれに掛かっているランプを取り外し、かなり汚れた壁いっぱいに掛けられた絵の一つを照らした。私は初め肉眼で、そして目を細め、拳《こぶし》を通して眺めた。それは肖像画で、私はすぐ誰だか分かった。それはペーチャの友人ヘイフェツで、ちょうどこの瞬間、ランプの光の移動で眠りを乱され、目を開いたが、溜息をついて顔を手で覆うと、すぐにまた寝入ってしまった。それは物思いに沈んだ子供のような目と、まっすぐ一本につながった眉毛の毅然とした額の、すばらしい肖像画だった。

「墨なの？」

「いや、ほとんど水さ！」

憂鬱そうにペーチカは答えた。肖像画は薄墨で描かれていたが、その白と黒の対比の感覚といったら、何と自由奔放なことだろう！

「うーん……」

思わず尊敬の念で私は唸《うな》った。

「ねえ、もっと何か見せてよ！」

残りの絵はすべて、私の妹サーニャだった。ボートの中のサーニャ、竈《かまど》のそばのサーニャ、ウクライナ衣装のサーニャ、それにおばあさんみたいに、黄色の毛皮外套を着たサーニャ。私は、サーニャにペーチカの写真を持っているかと尋ねた時、彼女がはにかんで、それをあっという間に――まるでドアから出てくるとき、ポケットから写真を取り出したかのように――持ってきたのを思わず思い出していた。まあ、いいか！　判事のスコヴォロードニコフじゃないけど、ふさわしいカップルだ。サーニャも芸術アカデミーに行きたがるのは無理もないこと！

ペーチカのいいところは評価してやる必要があった。つまり彼は、サーニャのありのままに向き合い、彼女をよりよく描こうとはしなかった。でも彼は、彼女のモンゴル系の顔立ちを強調するきらいがあった。つまり細目で幅広の頬骨、それに何か東洋的、タタール人的な眼差《まなざ》しである。たぶんそのためだろう、いくつかの油絵の彼女は何か異常なまでに母に似ていた。サーニャを描いたいくつかの絵はヘイフェッツほどうまくなかったけれど、竈のそばのサーニャ――これがまたすばらしかった。特に竈、全く土鍋が煮たっている様子――白い小さな塊が流れ出し、泡立っている――なのだ。

「いやぁ、君、どうにもしようがないよ！」

「で、どうなの？」

「才能あるよ！」

ペーチカは溜息をついた。

「画家はつまらない！　率直に言って、僕は描くことさえ好きじゃないんだ。前は好きだったけど、今は全くダメさ」

「間抜けめ、だってこれは、本当にまれに見る才能なのに！」

「いや、どうしてさ、まれに見るだって？」

忌々しそうにペーチカは反論した。

「君は、ほら、飛行士になりたい、君はそれに興味がある。でも、僕は描くことに興味がないんだ」

「しっ、静かに、起しちゃうよ」

「いや、起してみたらいいさ」

怒って、労働者予備校生を見ながら、ペーチカは言った。

「君は彼に相談したのかい？」

「彼は言ったよ、僕は病気だって」

私は笑い出した。

「でも、こんなケースもあったじゃないか」

ペーチカは言った。

「たとえばチェーホフ、医者で、作家だった」

「そうだった。君の立場なら僕はどうすると思うかい？」

「どうするんだい？」

「飛行士になったとして、二十年飛び続ける、それから描き始めるんだ」

「習ったことをみんな忘れてしまうさ！」

私はペーチャのところに夜遅くまでいたが、ヘイフェツは結局目を覚まさなかった。私たちは彼を起そうとしたが、彼は赤ん坊のように夢の中で笑い出し、そして寝返りを打った。

第20章　すべてはそうならなかったかも知れない

こんな、遠い昔の時期は過ぎ去っていた——つまり夜の十時に家に戻りながら、私たちは胸をドキドキさせて恐ろしいヤペテ（〔訳注〕ノアの三人の息子の一人　子供の家の当直ヤフェットのこと）を避けねばならなかった。彼は巨大な毛皮外套を着て入口のドアの前の腰掛に座っていた。もし眠っていたなら、オーケーだ——今や私は卒業で、私たちは好きな時間に戻れた。とはいってもまだそんなに遅くはない——十二時頃だった。皆はまだおしゃべりしていた。ヴァーリャはベッドの上に足を組んで座り何か書いていた。

「サーニャ、イワン・パーブルィチが来るように言ってたよ」

彼は言った。

「もし君が十二時までに来れるならって、今何時だい？」

「十一時半」

「さあ、行けよ」

私は外套を羽織ってコラブリョフのところへ走った。

それはめったにない、永久に私の記憶に残る会話で、私は全く落ち着いてそれを伝えねばならない。こんなに長い年月が経った今なら特に、興奮することもないだろう。もちろん、すべてはそうならなかったかも知れない。もし、彼女にとって私の一言一言がどんな意味を持つかを私が分かっていたなら、そしてもし私がその会話の後に起ることを予測できたなら……すべてはそうはならなかったかも知れない。しかし、この《もしも》は果てしなく続き、一方私は、決して自分の身の証しを立てることも、自分の非を認めることもないのだ。かくして、その会話はこうだった。

コラブリョフのところへ行くと、マリヤ・ワシーリエヴナがいた。彼女は一晩中彼のところにいた。でも、彼女がやってきたのは彼のところではなく、私、まさに私に会いに来たのであり、最初にそのことを彼女は私に話した。彼女は無表情の顔で、ときどき細い手で髪を直しながら、姿勢を正して座っていた。テーブルにはワインとクッキーがあり、コラブリョフはワインを注ぎ自分にも注いだけれど、彼女はただ一度口をつけただけで、自分のグラスを飲み干すことはなかった。絶えず彼女は煙草を吸い、どこも灰——彼女の膝まで——だらけだった。見覚えのある珊瑚《さんご》のネックレスを着けて、彼女はそれが息苦しいかのように数回、ゆるく引っ張った——そんな様子であった。

「航海士は、その手紙を郵便で出すという危険を避けたいと書いていたわね」

彼女は言った。

「でも航海士の手紙と、彼に託されたタターリノフ船長の手紙のどちらも、同じ郵便鞄の中から見つかっているのよ。これはどう説明できるのかしら?」

私は分からないし、もし航海士がまだ生きていれば、それを尋ねる必要があると答えた。マリヤ・ワシーリエヴナは頭を振った。

「もう生きてなんかいるもんですか!」

「彼の親戚なら知っているかも。それに、こんなことも、マリヤ・ワシーリエヴナ」

私は突然のインスピレーションで言った。

「航海士はセドフ中尉の探検隊に拾われたんです。隊員たちは知っているでしょう。彼はすべてを話している筈です、僕は請け合いますよ」

「そう、多分ね」マリヤ・ワシーリエヴナは答えた。

「それに、海図局長あての封書だけれど、もし、航海士が手紙を郵便で出していたら、多分、彼はその封書も同じ郵便で出していると思うんです。調べる必要があります」

マリヤ・ワシーリエヴナは再び言った。

「そうね」

私は黙った。私だけがしゃべっていた。コラブリョフはまだ一言も話さない。彼がマリヤ・ワシーリエヴナを見つめている表情といったら、とても説明できるものではない。突然、テーブルから立ち上がると、彼は胸に腕を組み、少し爪先立ちで部屋を歩き始めた。彼は、その夜、まるで羽が生えて飛んでいるみたいに、ほんとうに変だった。彼の口髭は、まるで風で逆立てられたみたいだった。私はそれが気に入らなかった。とはいえ私は彼を理解できた。つまり彼はニコライ・アントニッチがそれほどの悪党と分かって喜び、マリヤ・ワシーリエヴナが苦しんでいるために、以前から彼女のことを心配し、心を痛めていると、あらかじめ言っていたことを自慢しているのだった。でも、何よりも彼は喜んでいて、私はそれがなぜか不愉快だった。

「あんたはN市でいったい何をしていたの?」

突然、私にマリヤ・ワシーリエヴナは尋ねた。

「あそこに親類はいるの?」

私は、親類はいる、妹だと答えた。

「私、N市は大好きよ」

マリヤ・ワシーリエヴナは、コラブリョフのほうを向いて言った。

「あそこはすばらしいの、庭園が! N市を去るまでに、あそこくらいよく庭園に行ったことはなかったわ」

そして突然、彼女はN市の話を始めた。彼女は何か意図的に話をした——つまりあそこに三人のおばが住んでいて、無神論者でそれを自慢していて、そのうちの一人はハイデルベルク大学の哲学科を出ていると言った。以前、彼女はそんなおしゃべりではなかった。彼女は目を輝かせ、青白い美しい表情で座り、煙草を吸いまくった……。

「カーチャが言ってたわ、あんたがこの手紙の中のある文句をまだ他に思い出したんだって」

突然、N市のこともおばたちのことも忘れて、彼女は言った。

「でも、どうしてもその文句がいったい何か、カーチャから聞き出せないの」

「ええ、思い出しました」

私は彼女がすぐにもその文句を私に教えて欲しいと言うだろうと待った。しかし彼女は黙って、まるで私からそれを聞くのが辛いようだった。

「さ、サーニャ」

うわべだけの元気いっぱいの声でコラブリョフは言った。

私は答えた。

「あの手紙は《君の……から挨拶をおくります》で終っている、そうですね?」

マリヤ・ワシーリエヴナは頷いた。

「その先はこうだったんです。《君の鷹の爪モンゴチーマからの……》」

「モンゴチーマだって？」

驚いてコラブリョフは聞き返した。

「そう、モンゴチーマです」

私は自信をもって繰り返した。

「《鷹の爪モンチーゴモよ》」

マリヤ・ワシーリエヴナは言い、その時初めて彼女は少し震え声になった。

「私、彼を昔そう呼んでいたの」

彼女がタターリノフ船長を《鷹の爪モンチーゴモ》と呼んでいたことは、今となっては恐らくややおかしなことだっただろう。特に、この地球上の他の誰よりも今やよく彼を知る私にとっては、笑うべきことだった。

でも、当時それはちっともおかしくない——いつも平静でいたのが急に震え声になる——そういう種類のことだった。そのうち分かったことは、その名前は、私とカーチャが考えていたグスタフ・エマールとは無関係で、チェーホフから来ているということだった。チェーホフの作品に、ある赤毛の男の子がいつも自分を鷹の爪モンチーゴモと呼んでいる話があるのだ。

「モンチーゴモでもいいでしょう」

私は言った。

「でも、僕はモンゴチーマと記憶しているんです……《君がいつだったか私をそう呼んだ。あぁ、それはなんと昔だったことか！　とはいえ、私は不平を言うまい。私たちは会える、すべてがうまくいくんだ。でも、一つの思い、一つの思いが私を苦しめる……》《一つの思い》——二回あるのは、私が繰り返したのではなく、手紙に二回、そう書かれてあるのです」

マリヤ・ワシーリエヴナは、また頷《うなず》いた。

「《そう考えることは辛い——私は感情を込めて続けた——すべてがこんなでなくうまくいっていたらと。私たちにつきまとう失敗、日々刻一刻、そのことで報いを受けることになった一番の失敗は、私が探検の装備をニコライに託したことだった》」

私が最後のことばにアクセントをつけたことは、余計なことだったようだ。なぜならマリヤ・ワシーリエヴナはひどく青白い顔をしていたのだが、なおいっそう青ざめてしまったのだ。もはや青白いというよりも、ある種真っ白になって、彼女は私たちの前に座り、絶えず煙草を吸い続けた……。それから、彼女は全く奇妙なことばを口走り、ここに及んで私は初めて、彼女が少し気が変になっていると思った。しかし、私はそれに気を留めなかった。というのもコラブリョフも、この夜何だか気が違っているように私には思えたのだ！　まったくのところ、彼が、彼こそが彼女に何が起っているのか理解すべきだったのに！　しかし、彼は完全に落ち着きを失っていた。多分、彼の頭の中はもう、明日にでもマリヤ・ワシーリエヴナが彼と結婚するような気がしていたのだろう。

「あの会議のあと、ニコライ・アントニッチは病気になったわ」

コラブリョフを振り返りながら彼女は言った。

「私は医者を呼ぶように勧めたけれど、そうしないの。この手紙のこと、私は彼には話さなかったわ、そうでなくても彼はこんなに具合《ぐあい》が悪いの、そんな状態で手紙の話をするのはよくないわね？」

彼女は落胆して、呆然としていたのに、私はそれでもまだ少しも気付かなかった。

「まだ話さない方がいいですって！」

私は異議を唱えた。

「それで結構、じゃあ、僕がそれをやりましょう。僕は彼に手紙の写しを送ります。ちょっと読ませればいいんです」

「サーニャ！」

我に返ったみたいにコラブリョフが叫んだ。

「いいえ、イワン・パーブルイチ、僕は言います」

私は続けた。

「だって、このすべてに僕は憤慨しているんです。探検隊が彼のせいで破滅したのは事実です。それは歴史的事実です。彼は恐ろしい犯罪の廉《かど》で告発されます。こうなった以上は、タタ一リノフ船長の妻としてマリヤ・ワシーリエヴナは、ご自身で彼を告訴すべきだと思います」

彼女はタタ一リノフ船長の妻ではなく、未亡人だった。彼女はニコライ・アントニッチの妻だったから、つまり自分の夫を告訴せねばならなかった。しかし、そのことが私には分からなかった。

「サーニャ！」

再びコラブリョフは怒鳴り始めた。でも私はもう沈黙していた。それ以上私は何も言うことはなかった。私たちの会話はまだ続いたけれど、話はもう何でもなかった。

私は手紙で話されている陸地が、セヴェルナヤ・ゼムリャ島であり、つまりセヴェルナヤ・ゼムリャ島をタタ一リノフ船長は発見したのだとだけ言った。しかし《経度、緯度》といったそれらの地理用語が、この場、この部屋で、この時間に奇妙に響くのだった。コラブリョフはしじゅう部屋の中をうろうろしていた。マリヤ・ワシーリエヴナは絶えず煙草を吸い、彼女の口紅でピンク色になった吸い殻がもはやまるまる一山、彼女の前の灰皿にできていた。彼女は無表情で、冷静に、ただ時々ゆったりした珊瑚《さんご》のネックレスがまるで息苦しいかのように、首のネックレスを、ほんの少し引っ張った。

あの子午線の間に位置するセヴェルナヤ・ゼムリャ島は、彼女から何とかけ離れていたことだろう！

これがすべてだった。別れを告げながら私はまだ何かつぶやいていた。でもコラブリョフは顔をしかめながら、私をこっそり追い出そうと、私の真ん前に立つのだった。

第21章　マリヤ・ワシーリエヴナ

なにより私が驚いたのは、マリヤ・ワシーリエヴナがカーチャのことをおくびにも出さないことだった。私とカーチャはN市で九日間過ごしたのに、マリヤ・ワシーリエヴナはそのことについて一言も言わなかった。それは怪しげな沈黙であり、私はそれについて寝入るまでの夜中、そして朝の物理学、社会科それに特に文学の授業中、思い巡らしていた。たぶん文学の授業では私は他のことを考えねばならなかった。つまり、そのとき学んでいたゴーゴリと彼の不朽の詩的長編《死せる魂》に関することだった。私は用心せねばならなかった。なぜなら職員会議の後、リーハは、特に私が理想主義者でなくても、いずれにしても私が依然として、せいぜい《きわめて薄弱な根拠》しかないと学校中にただ証明したいために、必死に努力していたからだった。でも私はなぜかリーハが私を黒板の前に呼んで答えさせるとは予期しておらず、彼が私の名前を大声で呼んだときは身震いさえした。

「私たちは、若干の発言者が、功績のある人々をあえて侮辱していると聞いています」

彼は言った。

「彼らにそんな権利があるかどうか、よく考えてみましょう」

そうして彼は私がゴーゴリの《外套》を読んだかと聞き、そうやってあたかもこの問題が解決できるかのようだった。《外套》を、私たちは初級で学んでおり、《死せる魂》が宿題に出されていたのに、《外套》の質問をする――それは厚顔無恥な行為だった――それでもまだこのときは別に変わったことはなかった。けれど私は落ち着いて彼に答えた。

「読みました」

「そうですか、では《私たちはみんなゴーゴリの〝外套〟から生まれた》というドストエフスキーの言葉の意味は、どう理解すべきですか？」

私は、ドストエフスキーはそう言ったけれど、本当のところ《外套》からは誰も生まれていないし、文学や社会においてはその後まったく異なったトーンが現れている。《外套》――それは現実の甘受であり、一方、文学、例えばレフ・トルストイは、現実との闘争だったと説明した。

「君はドストエフスキーと議論するのかね？」

ばかにしたように薄笑いをしながら、リーハは尋ねた。私は答えた――はい、議論します、そしてドストエフスキーと議論することは、理想主義なんかではありませんと。教室は皆笑い出し、リーハは真っ赤になった。多分、彼はすぐにも私に《不可》をつけたかったのだろう。両手までが震えていたけれど、それでは極《きま》りが悪いのか、体面を保って彼は、私にもう一つの質問をした。

「ゴーゴリの小説の主人公で、怠け者の典型と見なすべき人物は誰かといったら？」

私は、ゴーゴリの主人公については、自分の思想に従って、なおあれこれ行動したタラス・ブーリバ以外は皆、怠け者だと答えた。でも、ゴーゴリは、そのことで非難されるべきではない、なぜなら当時はそういう社会だったからとも答えた。リーハは汗を拭いて、私に《不可》をつけた。

「イワン・ヴィターリエヴィチ、私は科学アカデミーで質問を受けることを要求します」

席に座りながら私は言った。

「私と先生とは文学の見解が食い違います」

彼は何か蛙《かえる》のような声を出したが、その時授業終了のベルが鳴り響いた。生徒たちはこう考えた。つまり、この場合私が全く正しく、私がドストエフスキーと同意見でなく、あるいは私がゴーゴリの登場人物はすべて怠け者と思うからといって、リーハは私に《不可》をつける権利はないと。ヴァーリャはゴーゴリにはそれでもある種の肯定的な人物――ゴーゴリが燃やした《死せる魂》第二部の中の地主コスタンジョグロ――もいると言ったが、私はゴーゴリ自身がそれを燃やした以上、何も言及することはないと反論した。その上、地主なんて、肯定的な人物である筈がない。その時、私はペーチカに気付いた。ペーチカが私たちの学校に、それも昼休みに！

――それは思いがけないことだった。

「ペーチャ、どうしたんだ？」

「ここに用があってね」

反論してペーチカは笑い出した。

「どんな用事?」

「いろいろさ、そう、君にちょっと話があるんだ」

「なんの話?」

「レーピンのことさ、君がきのう言ったことはナンセンスだよ。レーピンは描かずにいられない人なのに、もし君が彼に航空学校を勧めたりしたら、彼は、なんてところに君は入れるんだと思うだろう!」

私は目を丸くして彼を見つめた。

「だからさ、君、やっぱりそうなんだ!」

「え、何が?」

「ほんとうに病気だよ」

ペーチカは顔をしかめた。

「いや」

悔しそうに彼は言った。

「僕は君に真面目に尋ねているんだ」

「僕だって真面目に尋ねてるよ、なぜ君は学校に行かないんだい?」

「今日はさぼりさ」

急いでペーチカは言った。

「僕はこのことをよく考えないといけない、でも学校では考えができない。邪魔されてね」

昼休みが終ったけれど、彼は談話室で私をしばらく待つからと言った。その日は四時限だったのだ。彼は本当に帰らなかった。彼は椅子の背に頭を反り返らせ、両手をポケットに入れ、目を閉じた。

「ねえ、君は飛行士って言うだろう」

一時間たって私が戻ると、彼は同じ所で、同じポーズで言った。

「でも、もしかして君に飛行士の素質が全くないとしたら? 君は、自分が飛行士になると判断できるような確固とした人生での振舞いを、何か一つでも覚えているかい?」

私は、カーチャを追ってN市に行った時の、自分のあの即座の強い決心を思い出した。

「あるさ」

「どんな?」

「そんなこと君に話すつもりはないよ!」

「まあいいや、でもやっぱり君はそれを論理的に選んだのであって、本能的ではないんだろう?」

「もちろん、論理的さ」

「知性で選んだのであって、心じゃないだろう?」

ペーチカは言って少し赤くなった。

「心じゃないね」

「嘘だ！　ほら、例えば飛行士になる他の生徒たちだけど、彼らは飛行機の模型やグライダーを作っているじゃないか」

「まあ、いいじゃないか！　そのかわり僕は飛行の理論を知っているさ」

私は学校でグライダー操縦士のサークルを毎年つくろうとしていると、彼に反論することもできた。でも、そのサークルは、生徒たちがやたらと演劇に興味を示したため、バラバラになってしまった。私とヴァーリカ以外、皆俳優になりたがっていた。ついでに言えば、多くの生徒が、グリシカ・ファーベルのような俳優になったのだ。

「でも、思うんだけど」

しばらく黙ってから、ペーチカは言った。

「どんな職業を選ぶ必要があるか、君は分かっているんだろう？　その職業に全精魂を傾けることができると君は感じている。僕はそれを本で読んだけれど、全くそうだと思う。僕は、実は画家として全精魂を傾ける自信はないんだ。でも、君は、つまり自信があるかい？」

「自信あるよ」

「まあ、いいや、そりゃよかった」

お昼の時間だったけれど、それはとても興味深い話だったので、私はペーチカの家で過ごす決心をした。

「いいかい、僕の考えでは君もまた描かずにいられない人さ」

学校を出て、私たちがヴォロトニコフスキー横丁の角で立ち止まったとき、私は言った。

「だから、一〜二年、絵でない仕事をやってみる――そしたら絵が恋しくなり、引き寄せられるよ。一般に言って、僕の意見だけど、君がろくなものにならないと自分が思うのは、いいことでさえあるんだ」

「なぜ？」

「なぜって、それは《半信半疑》であるからさ」

「《半信半疑》って、どういうことだい？」

「とても簡単なことだよ、真の画家たちは、必ずこの疑いの気持ちになる筈なんだ。彼らは、あれが不満だったり、これが不満だったりする。だから、君が疑いの気持ちを持つことは、とてもいいことなんだ！」

私は熱っぽく話した。

「いや、ペーチカ、ことはハッキリしている。つまり君は芸術アカデミーに行かねばならないよ」

彼は溜息をついて頭を振った。でも、《半信半疑》に関する私の考えは、彼の気に入ったようだ。

そんなふうに私たちはヴォロトニコフスキー横丁を歩

いて話をし、確かポスター店で立ち止まり、私はペーチカの話を聞きながら、無意識に演劇のタイトルを読んでいた時だった。どこかの女の人が、急に角から出てくると、急いで道を走って渡った。彼女はこの厳寒の中で、帽子も被らず、半袖のワンピース姿だった！　だから私はすぐには彼女だと分からなかったのかも知れない。

「カーチャ！」

彼女は振り返り、立ち止まらず、ただ手を振っただけだった。私は彼女に追いついた。

「カーチャ、どうして外套を着ないんだい？　何があったの？」

彼女は話をしたかったけれど、歯をガチガチさせて、それを抑えるのに、固く歯を食いしばらねばならなかった。それからようやく彼女は話し始めた。

「サーニャ、あたしお医者さんのところに行くの、ママがとても悪いの」

「何があったの？」

「分からないわ、毒を飲んだらしいの」

人生が突然違った速さに転じる――すべてが飛び去っていき、あっという間に急変する――そんな瞬間がよくある。《毒を飲んだらしいの》と聞いた瞬間から、すべては瞬《また》く間に変化を始め、この言葉が時折、心の奥底のどこかで恐ろしく繰り返されるのだ。

何だかさっぱり分からず、でもそれを尋ねることもしないペーチカとともに、私たちはピメノフスキー横丁の医者へと走り出し、それから以前のハンジョンコフ映画館の上に住んでいた別の医者へ行き、私たち三人が押し入ったところは、カバーをかけた家具のある落ち着いた片付いた部屋で、これまた何か青い上っ張りを着た不愉快そうな老婆がいた。非難するかのように頭を振りながら、私たちの話を終りまで聞くと、彼女は出ていった。途中で彼女は何かをテーブルから持っていった――念のため、私たちが持っていかないように。

数分後、医者が出てきた――短く刈って立った白い毛髪の、葉巻煙草をくわえた、背の低い赤ら顔だった。

「さて、お若い皆さん？」

彼が服を着ている間、私たちは玄関に立って、身動きしないように気をつけているのに、上っ張りを着た老婆は、まだそこに立っていて、玄関から持ち去るものは何もないのに、じっと私たちを見つめるのだった。それから彼女は雑巾《ぞうきん》を引っ張り出すと、ペーチャのオーバーシューズで少し水漏りができて、その他には何の跡もないのに、私たちの足跡を拭きはじめた。その後、ペーチカは依然として服を着ている医者を催促するために残った。

その医者が服を着る様子といったら、私が何度かカーチャに声をかけようとして、それができないほど彼女がすごい表情をして待っているというのに、相変らずグズグズしているのだった。

ペーチカは残り、私たちは先に走り出した。通りで私は黙って自分の外套を彼女に掛けた。彼女の髪は解《ほど》け、それで彼女は歩きながらピンで髪を止めた。

救急車が門のところに停まっていて、私たちは思わずぞっとして立ち止まった。マリヤ・ワシーリエヴナを乗せた担架が看護員たちによって階段から運ばれてきた。彼女は剥《む》き出しの顔――それは前日コラブリョフのところにいた時と同じような白い顔――で横たわっていたけれど、今やその顔はまるで骨細工のような白さだった。

私は手摺《てすり》にしがみついて担架を通し、一方、カーチャは悲しそうに《母さん》と言って、担架と並んで歩いた。しかし、マリヤ・ワシーリエヴナは目を開かず、身動き一つしなかった。彼女は全く死んでいる様で、私は、彼女はきっと死ぬと分かった。

絶望した気持ちで私は中庭に立ってその様子を見ていた。つまり、担架が救急車の中に入れられ、ニーナおばあさんが震える手でマリヤ・ワシーリエヴナの足をしっかり包《くる》み、皆が口から白い息を出して――どこからか帳簿を取り出した看護員が署名を頼み、そして、辛そうに眼鏡越しにのぞき込みながらニコライ・アントニッチが帳簿に署名する。

「ここじゃないったら」

乱暴な口調で看護員は言って、悔しそうに手を振り、帳簿を白衣の大きなポケットに入れた。カーチャは家の中に走って、自分の外套を着て戻ったけれど、私の外套は台所に残してしまった。彼女も救急車に乗った。

あの両開きの小さな扉、あの向こうに、恐ろしく変り果てた白いマリヤ・ワシーリエヴナが包《くる》まれて横たわっている。そして救急車は、まるで普通のトラックのように、急に動いたかと思うと、病院の救急外来目指して走り出した。

ニコライ・アントニッチとニーナおばあさんだけが、中庭に取り残された。しばらく彼らは黙って立っていた。それからニコライ・アントニッチは向きを変え、最初に家に戻る――無意識に足を引きずる様は、まるで自分が転ぶのを恐れているようだ。そんな彼を私はこれまで見たことはなかった。ニーナおばあさんは私に、医者に会って、もう必要ないと言って欲しいと頼んだ。私は走り出し、トリウムファーリナヤ広場の、煙草屋のところで、医者とペーチカに会った。医者はマッチを買っていたのだ。

「死んだのかね？」

彼は尋ねた。私は、死んでいないけれど、救急車が病院に運んだと、そしてもし必要なら支払いをしますと答えた。

「いらない、いらない」

汚《けが》らわしそうに医者は言った。ペーチカと、明日詳しく話す約束をして別れ、私が第二トヴェルスカヤ・ヤムスカヤ通りに戻った時、ニーナおばあさんは台所に座って泣いていた。ニコライ・アントニッチはもういなかった――彼は病院へ行っていた。

「ニーナ・カピトーノヴナ」

私は尋ねた。

「何か手伝うことある？」

長いこと彼女は鼻をかみ、泣き、また鼻をかんでいた。私はずっと立って待っていた。とうとう彼女は服を着るのを手伝って欲しいと言い、それから私たちは電車で病院の救急外来へ向かった。

第22章　夜中に

夜中、暗闇の中で、自分の寝床に着いているのに、耳にひゅうひゅう鳴り響き、やはりどこかへ飛び去っていくような、あの急変した速さを相変らず感じながら、私は、マリヤ・ワシーリエヴナが、あの前日、コラブリョフのところですでに自殺する決心をしていたことが分かった。それは、もう決められていた――だからあんなに彼女は落ち着いて、あんなに煙草を吸いまくり、あんなおかしなことをしゃべったのだ。彼女には私たちの決して分からない、彼女自身の謎の思考過程があったのだ。彼女が何かについて話す、そのすべてに、彼女の決心が込められていた。彼女は私に尋ねることはしなかったが、自分自身が、自分に答えていたのだ。

彼女は、私が間違っていて、手紙も誰か他の人の話であると思っていたのかも知れない。彼女は、私が覚えていて、カーチャがわざと自分に伝えなかったあの文句が、それほど自分に恐ろしいものではないと多分期待していたのだろう。彼女は、今は亡き夫のためにあれだけ多くのこと――彼女が彼と結婚できるぐらい――をしてくれたニコライ・アントニッチが、実は何も罪もなく、あるいは卑劣でもないことを頼みにしていたのかも知れない。じゃあ、私は？　私はいったい何をやってしまったのだろう？

私は暑くなり、そして寒気がして、また再び暑くなり、毛布を投げ捨て、落ち着いて、すべてを冷静に熟慮するため深呼吸をした。私は再びその会話を次々に思い出した。この今になって何とよくそれが理解できることだろう！　まるで個々の言葉が私の前でゆっくり方向を転じるみたいに、私は、その言葉の違った、秘密の側面に気付いたのだ。

《私、N市は大好きよ、あそこはすばらしいの、庭園が！》この瞬間、彼女は気持ちよく青春時代を思い出していた。彼女は、全てをもう決心した今、なんとかN市との別れをしたかったのだ。

《鷹の爪モンチーゴモ、私、彼を昔そう呼んでたの》

彼女が彼をそう呼んでいたのを誰も知らないために、彼女の声は震えていた。そしてそのことこそ、私が正しくこれらの言葉を記憶していたことの何よりの証明だった。

《この手紙のこと、私は彼に話さなかったわ。そうでなくても彼はあんなに具合が悪いの、そんな状態で手紙の話をするのはよくないわね？》

昨日あんなに変だと思われたこの言葉――今や、何と私にはハッキリしたことだろう！　それは彼女の夫――おそらくこの世で一番身近な人間――だったのだ。だから彼女は、彼の健康をさらに損《そこ》ねるようなことはしたくなかった。つまり彼女は、彼に更なる落胆が待ち受けていることを知っていたのだ。

深呼吸が必要なことをとっくに忘れて、私は素足のままベッドに座り、考えに考えた……。彼女はコラブリョフとも別れがしたかった――なるほど！　だって彼も彼女を愛していたし、もしかしたら他の誰よりも。彼女は彼と結婚しなかったけれど、多分、それに憧《あこが》れていた。そんな人生と別れをしたかった。私はいつも、彼女がコラブリョフに憧れていると思っていた。

とっくに寝る時間で、まして明日はとても大切な学校のテストがあるし、その上、この不幸な一日に起ったことを考えるのは全く楽しいことではなかった。多分、私は寝入ったのだろう、それも一分間。突然、誰かが小声で私のそばで言った。《死んだよ》私は目を開いたが、もちろん誰もいなかった。おそらく、私自身がそう言ったのだろう、それも声に出さず頭の中で。

そら、また自分の意志に反して、私はニーナ・カピトーノヴナと救急外来に着いたのを思い出していた。私は、眠ろうと努めたけれど、どうしようもない、そして思い出していた。

……私たちは、あるドアの前にある白い大きなベンチに座っていた。私は、マリヤ・ワシーリエヴナの担架が隣りの部屋の私たちのすぐそばにあるのに、すぐには気付かなかった。ほら、年配の看護婦が出てきて言った。

「タターリノフさんのところですね？　通行証はいりませんよ」

そして彼女は急いでニーナおばあさんに白衣を着せ、前を結んだ。私は心に冷たいものが走った。通行証がいらないということは、つまり彼女はとても悪いのだと私にはすぐ分かった――そしてまたすぐにもう一度、私は肝を冷やした。つまり、年配の看護婦が、患者の記録をしている少し若い別の看護婦に歩み寄り、その人が彼女に何か尋ねると、年配の方が答えたのだ。

「全く、とてもダメだわ！　救急車に乗せてきただけね」

それから待機が始まった。私は白いドアを見つめ、その向こうにマリヤ・ワシーリエヴナの横たわる担架のまわりに立つ彼ら――ニコライ・アントニッチ、ニーナおばあさん、そしてカーチャ――を見る思いがした。やがて誰かが出てきて、その瞬間ドアが開いたままになり、私はその様子がまるで違うことが分かった。つまり、担架はもうどこにもなく、黒い頭をした何か白いものが低い長椅子に横たわっており、その黒い頭の白いものの前には誰か、これまた白いものを着た人が跪《ひざまず》いていた。私は、さらに剥き出しの手が長椅子から垂れ下がっているのに気付いた――そしてドアはバタンと閉まった。それから甲高いしわがれた叫び声がして、病人の記録していた看護婦は手を止めて黙り込み、再び記録し、説明を始めた。どうしてそれが分かったかは知らないけれど、その叫び声はニコライ・アントニッチだった。あんな甲高い声で！　子供みたいに！

年配の看護婦がドアから出てきて、帽子を手に丸めたどこかの若い青年と、生真面目に事務的な態度で話を始めた。彼女は私を見つめ――私はニーナ・カピトーノヴナと一緒に来ていたのだ――しかし、すぐに、目を逸《そ》らせた。それで私はマリヤ・ワシーリエヴナが死んだのだと分かった。

それから、私は看護婦が誰かにこう言っているのを聞いた。《かわいそうに、きれいな人だったのに》でも、私にとってその言葉は、カーチャとおばあさんが彼女の死んだ部屋から出てきた時、全く夢見心地のように響き、まるで彼女でなく誰か他の人のことのようだった。

第23章　再び戒律。あれは彼じゃない

それはとても悲しい日々で、私はそれらをここで詳しく書こうとも思わない——あらゆる会話、あらゆる出会い、それにもしかするとあらゆる思いまで覚えてはいるけれど。それは、巨大な影が私の人生に覆いかぶさってくるような日々だった。

マリヤ・ワシーリエヴナの葬式のすぐ後、私は自分の勉強に取り掛かった。私には、あえて他のことを考えず勉強に専念しようとする、やけっぱちな意地を通す自衛本能があったようだ。もしペーチカが再び、私が飛行士になると判断できる何かの振舞いが私の人生の中にあるかと尋ねたなら、私は、彼にまた《ある》と答えただろう——しかも今回はより強い根拠をもって。

何が辛いかといって、マリヤ・ワシーリエヴナの葬式で私がカーチャに近付いても、彼女が顔を背《そむ》けるのではと想像するほど辛いことはなかった。いまでもこのことを興奮せずに思い出すことはできない——当時私が、どんなに呆然として、心が動揺していたか、どうか判断して欲しいものだ！

それはこうだった。マリヤ・ワシーリエヴナの葬式には、思いがけずとても多くの参列者があった——同僚それに、彼女が、かつて学んでいた医学部の学生たちだった。彼女はいつも独り者のように見られ、そして実は、多くの皆が彼女のことを知り、好意を持っていたのだった。なかなか出棺されない門のところでひそひそ話した り、長いこと門を見つめているよその人たちに混ってコラブリョフが立っていた——疲れ果てた目と、痩せて老いた顔には全く巨大に見える大きな口髭をして。私は以前から親戚の人たちが棺と一緒に出てきて、門のところに立って、そのあと葬儀を切り盛りするのは、外部の人たちだと思っていた。しかし、そうではなかった——なぜなら、親戚の人たちは、誰も棺を運び出すことはしなかったのだ。ニコライ・アントニッチは頭を垂れて隅の方に立っていて、ニーナ・カピトーノヴナが彼の手を握っていた。彼は全くまっすぐに立っていたけれど、おばあさんが彼を支えているように見えた。ブベーンチコフ家の老婆たちもそこにいて、修道女のような、黒い古風な長い引裾のオーバーを着ていた。カーチャは彼女たちのすぐ脇に立っていて、頑《かたくな》に門を見つめていた。彼女

は、ときどき額からずり落ちそうになる帽子を直す、もどかしげな動作にさえ見られる深い悲しみにもかかわらず——多分、お下げをピンでうまく止めていなかったのだろう——赤い血色のいい顔をしていた。

もう半時間も待つのに、棺はいっこうに運び出されなかった。私はとうとう決心して彼女のところに行った。こんな時に彼女のところに行くのは気まずいことだったかも知れない。でも私は一言でも彼女に声を掛けてやりたかった。

「カーチャ！」

彼女は私を振り返り、そしてそっぽを向いた………

一日中私は本を読み耽っていた。私は、自分の昔の習慣——六時に起床して冷水浴をやり、開け放った窓の前で体操をして、スケジュールに従って勉強する——を再開した。私がこれまでの日々で作り上げた《意志強化のための戒律》が再び役に立ち、特にそのうちの一つがそうだった《自分の気持ちを隠す、あるいは、少なくともそれを外に表さないこと》。私は日増しにどんどん辛くなるにもかかわらず、それを外に表すことはしなかった。まるで、先程述べたあの大きな影がだんだん私に近付いてくるようで、それを初めは遠くに見ていたのが、もはや間近に迫ってきていた。

それは私の学校の最後の学期のこと、私はすべての科目で《たいへんよろしい（訳注）五段階の三の上）》を必ず取りたかった。それは全く容易なことではなく、特に文学はそうだった。それなのにリーハは、唸《うな》り、ためらいながら、あるとき私に《たいへんよろしい》の評点をつけたのだ。卒業制作に関しては、私は心配していなかった。つまり、もうあきらめてこの間抜け教師の要求にすべて従って書いたのだった。そして分かったのは、彼はただ自尊心を満足させるだけのために、私にそんな高い評点をつけたことだった。私はクラスの一番グループの一人になったが、ヴァーリカだけは、さらに私より上だった。やはり彼は驚くべき才能があり、何よりも私よりはるかに賢かった。

一方、影は相変らずゆっくり近付いていた。コラブリョフはまるで私に会うのが辛いかのように面会の時、かろうじて私を見ている有様だった。ニコライ・アントニッチは学校に来なかった。そして職員会議での私たちの衝突に誰も言及しないけれど、皆、私を非難っぽくちらちら見るのだった——職員会議で彼がおかしくなったあの卒倒、その後のマリヤ・ワシーリエヴナの死に関して彼には全く罪はないかのように。

皆、私に会うのが辛そうだった。私はかつてないほど一人ぼっちだった。しかし、こんな打撃が私を待ち受けているとは思いもしなかった。

ある時——マリヤ・ワシーリエヴナの死後、もう二週間経っていた——私はコラブリョフのところへ寄った。私は彼に、地質博物館に私たちと行くように頼みたかった（私は当時ピオネール隊のリーダーをしていて、彼らにこの博物館が見たいと頼まれていたのだ）。私たちが初級クラスにいたとき、コラブリョフとそこに行き、とても興味深かったことを私は思い出したのだ。しかし、彼はとても興奮した様子で私の方にやって来て、あとで来るように言った。

「いつですか、イワン・パーブルィチ？」

「分からない、あとでだ」

玄関には毛皮外套と帽子が掛かっていて、小机の上に、いつだったかニーナおばあさんが、私の見ている前で編んでいた焦茶《こげ》色の毛糸のマフラー置いてあった。コラブリョフのところに、ニコライ・アントニッチが来ていたのだ。私は帰って、憂鬱な気分で《空軍の過去と未来》という本に取り掛かった——当時、この本を読んでいたのを覚えている。しかし、読書ははかどらず、思いはどことも知れずあれこれ浮かび、ページ毎に私は《意志強化のための戒律》からどんな言葉でも思い出して、自分に課さねばならなかった。ニコライ・アントニッチは何のために彼のところに来たのだろう？　だって、もう四年ぐらい彼はコラブリョフのところへは来ていないのに。コラブリョフは何をあんなに興奮していたのだろう？

彼のところに戻った時、ニコライ・アントニッチはもういなかった。まだ、たった今のことのように思い出す——暖炉が燃え、いつも着る厚いけば立った軍服の上着姿で暖炉のそばに座り、火を見つめていた。彼は私が入ると頭を上げ言った。

「何てことを君はしてくれたんだ、サーニャ！　ああ、何てことを！」

「イワン・パーブルィチ！」

「ああ、何てことを君はしてくれたんだ！」

絶望してコラブリョフは繰り返した。

「あれは彼じゃない、彼じゃないんだよ！　そのことを彼が明白に、反駁の余地のないほど証明したんだ」

「僕には分かりません。イワン・パーブルィチ、誰のことを話しているのですか？」

コラブリョフは立ち上がり、そして座り、また立ち上がった。

「ニコライ・アントニッチが、私のところに来ていたんだ。彼は船長の手紙の話は、彼のことではないと証明したんだよ。あれは、誰か別のニコライなんだ、フォン・ヴィシミルスキーというある企業家なんだ」

私は驚いた。

「イワン・パーブルィチ、それは嘘です。彼はいつも嘘をつくんです！」

「いや、それは本当だ」

コラブリョフは言った。

「あれは、私たちが決して分からない大きな仕事なんだ。あそこにはいろいろな買付け人や納入業者といった多くの人たちがいて、船長には、その始めから全てが分かっていたんだ。彼は探検隊の装備がとても不十分だと分かり、そのことをニコライ・アントニッチに手紙に書いた——私はこの目でそれらの手紙を見たんだ」

私は自分の耳を疑いながら彼の言葉を聞いていた。何故か私は、N市で見つけた手紙が唯一のものだといつも思っていた。そして船長にはまだいくつかの手紙が残っていたという知らせは私を唖然とさせた。

「あそこでは多くの失敗があったんだ」

コラブリョフは続けた。

「ある船主が、とても苦労して無線電信機を入手しておいて、出航のときに無線技師を船から降ろしてしまった。そして代りの乗組員を手配できなくて、その機器は陸に残されたんだ。それに他にもこんな……だから一体どうしてニコライ・アントニッチだけがあらゆることで悪いといえるのか？　だって、それは明白じゃないか、ああ！　私が、この私がそのことに気付いてさえいたら……。なのに私は……」

彼は話さなくなった、そして突然私は彼が泣いているのに気がついた。

「イワン・パーブルィチ」

私は、この信じがたい光景——泣いているコラブリョフを見まいと努めながら言った。

「つまり、彼は悪くなく、そこにフォン氏とかいう人がいたということですね。ニコライ・アントニッチはいつも、彼がこの仕事の指揮を執《と》っていたと主張していたんじゃないですか？　探検隊が持っていった乾燥ブイヨンがどのくらい、マカロニ、乾パン、そしてコーヒーがどのくらいか彼に尋ねてみて下さい。そのフォン氏について、彼がこれまで一言も言及していないのは何故なんです？」

コラブリョフはハンカチで目と髭を拭《ぬぐ》った。彼は壁に作り付けの戸棚からウォッカを取り出し、コップ半分注いで、そしてすぐ震える手で少し瓶に戻した。彼はウォッカを飲み、そして座った。

「オーケー、今となっては同じことだ」

そして彼はあきらめたように手を振った。

「でも、私はなんて鈍感で、なんて分別が無かったんだろう！」

突然、再び絶望的に彼は言った。

「私は彼女に、そのことを納得させなければならなかった。つまり、手紙の件は、有り得ないし、信じ難いものであり、仮にそれがニコライ・アントニッチだとしても、いずれにせよあんな大きな仕事の失敗を一人の男に責めを負わせることはできないと。私は、君がそれを彼だと固執するのは、君が彼をひどく嫌っているためだと言うこともできたんだ」

私は黙ってコラブリョフの言葉を聞いていた。私はいつも彼が好きだったし、尊敬する癖がついていた。けれど、こんな痛ましい様子の彼を見るのは不快だった。彼は、女の人みたいに鼻をかみ、髪と髭はくしゃくしゃになっていた。

「僕が彼を憎んでいるかどうか」

私は落ち着いて言った。

「それはこの件にはなんら関係ありません。だいたい、僕はあなたがこんなことを言う気持ちが分かりません。僕がわざと固執するのが、卑しい個人的な動機から来るとでもいうんですか？」

コラブリョフは黙った。

「イワン・パーブルィチ！」

彼はやはり黙っていた。

私は怒鳴り始めた。

「イワン・パーブルィチ！」

「あなたは、僕がニコライ・アントニッチに復讐するために、この件にわざと口出ししているというんですね。それならどうして、それが彼であって、あのフォン某氏でないとしても、いずれにせよ、あんな大きな仕事の失敗を、一人の人間のせいにしてはならないなんて言うんですか？……言って下さい！　そうなんですか？　そう思っているんですか？」

コラブリョフは黙った。私は目の前が真っ暗になり、自分の心臓が強く、ゆっくり打つのを感じた。

「イワン・パーブルィチ」

震えた、それでも毅然とした声で私は言った。

「こうなったら、僕はたとえ死んでも自分が正しいことを証明するほかはありません。だから僕はそれを証明します。今日、ニコライ・アントニッチのところに行って、彼にその文書と手紙を見せてもらいます。彼は、手紙の話は彼でなくてフォン氏だとあなたを納得させたんですね。じゃあ、僕も納得させてもらいましょう」

「好きにするがいいよ」

憂鬱そうにコラブリョフは言った。私は去った。彼は一人、疲れ、失意のどん底の気持ちで残った。私たちは二人とも絶望していたけれど、私にはこの気持ちにある種の冷静な激しい怒りが加わっていて、一方彼には、歳をとり、人気のない寒い部屋にただ一人、回復する見込みのない疲労感があった。

第24章　中傷

こう言うのは簡単だ——僕は彼のところへ行き、それらの手紙を見せてもらいます。この事を考えると私は胸がむかついた。現実には彼が私と話をするなんてとんでもないことだ！　彼は私を追い出した——ただそれだけのこと。彼と喧嘩するつもりはない。彼は全くのところ病気の老人なのだから。

私は行きたくなかった。しかし、ある思いがそうさせなかった。カーチャだ。葬式のとき彼女があれほど手厳しく私に対してそっぽを向いたのを思い出し、気掛りになってきたのだ。今や私にはなぜ彼女がそうしたのか明らかだった。ニコライ・アントニッチが、悪いのはすべて私だと彼女に信じさせたのだ。私はニコライが彼女に話す様を想像し、心がひどく震えた。《おまえの友人が、そんなに記憶力がすばらしいのなら、いったい何故、彼はN市への旅行の前に、それらの手紙のことを一度も思い出さなかったのかい？》

本当のところ、どうして私はそれらの手紙を忘れていたのだろう？　子供のころ、それにあんなにも驚かされた私が？　N市とモスクワ間の列車でそれを暗記して読み上げた私が？　まるで遠い星から小さな町に落ちてきたようなこれらの手紙のことを忘れるなんて？

私には、一つの説明しかできない——正しいか否かは皆さんで判断して欲しい。

カーチャが私に自分の父の話をしたこと、私が古い写真の中に肩章のついた制服に、白いカバーが後ろにずれた制帽の彼を見たこと、私が彼の本を読んだこと——それはやはり、とても長い時間が経っていた、つまり私がN市を去ってから、何年も後のことのように私はいつも思っていた。一方、手紙——それは私の子供時代、つまり全く違う時代のものだった。この二つの全く異なった時間が、連続してつながっているとは私はどうしても納得できなかった。この場合は、記憶忘れではなく、ある全く違った誤解によるものだった。

私は何度となく《フォン氏》のことを考えた。彼について、タターリノフ船長はこう書いていた。《探検隊員のすべてが、あいつに呪《のろ》いを送っている》こうも書いていた。《すべて私たちの失敗は、ひとえにあいつのせいだ》でも、コラブリョフは、こんな大きな失敗を一人の人間に責めを負わせるべきではないと言った。船長はそうは思っていない。手紙に、こうも書かれてあった。《その好意が私たちに何と高いものについたことか》でも実のところフォン某氏が、いったい何故その好意をタターリノフ船長に与えることがあるのだろう？　好意を彼に与えていたのは金持ちの従兄弟《いとこ》であり、だからこそ私はその好意について、彼からそのように聞いていたんだ。

青い礼服のジャケットを着て、私がタターリノフ家に行き、ドアを開けた知らない女の人に、ニコライ・アントニッチに会いたいと言った時、私にはひとことで言って、行動プランは一切なかった。開いたドアを通して、居間で紅茶を飲んでいるのが見えた。ニーナ・カピトーノヴナは、小声で何か話していて、私はサモワールのそばに座っている、縞《しま》のあるショールを着けた彼女を見ていた……

私を見てニコライ・アントニッチは何を思ったかは知らないけれど、敷居に現れてびくりとして、少し後退りした。

「何の用かな？」

「あなたにお話があるんです」

彼は少し考えていた。

「入りなさい」

私は彼の書斎の方へ行きたかったのに、彼は言った。

「いや、こっちだ」

そして私は、それはわざとだと気付いた。つまり、彼は皆の前で私を懲《こ》らしめるために、私を居間に誘い込んだのだ。彼のあとから私が居間に現れると、皆はややぎよっとした。私と、まさかそこで会うとは思わなかったブベーンチコフ家の老婆たちは、一斉に立ち上がり、N市で私を追いかけたその一人は、テーブルに紅茶のスプーンをうっかり落としてしまった。カーチャは別の方から居間に入ってきて、敷居のところで結局身動きできなくなった。私は口の中でつぶやいた。

「ここでは具合が悪いかね？」

「いいえ、ここでかまいません」

　私は居間に入るとすぐ挨拶すべきだったが、もはや必要ないみたいだったけれど、それでも私はお辞儀をした。誰もそれに答えず、ただニーナ・カピトーノヴナが頷くのがかすかに分かった。

「さて？」

「あなたはイワン・パーブルィチに、タターリノフ船長がフォン・ヴィシミルスキーとかいう人について手紙を書いていたと言いました。私はそのことを知る必要があります。なぜなら、まるで私がわざとマリヤ・ワシーリエヴナに、何かあなたに不快な思いをさせるだけのために彼女を説得したようになっているからです。そう思っているんです、例えばコラブリョフ。そして他の人たちも……要するに、私はあなたにその手紙を見せて欲しいんです。その手紙であなたは探検隊の破滅は、そのフォン・ヴィシミルスキーのせいであり、そして、その死は……（私はあとの言葉を飲み込んだ）……残りのすべては、私のせいだと証明したいのでしょう」

　それはかなり長い話だったが、私はあらかじめ準備していて、だからすらすらとしゃべった。ただ、口籠ったのは、マリヤ・ワシーリエヴナの死について話した時で、カーチャのことを考えながら言った《他の人たちも》という言葉のあとだったので、なおのことだった。彼女はまだじっと敷居のところにいて、息を殺して立ったままだった。

　この話をしている間、今さらながら私は、ニコライ・アントニッチが歳をとったことに気付いた。彼は曲った鼻の年老いた鳥みたいで、頬は垂れ下がり、以前はあんなにも顔中に輝いていた金歯さえ、生彩がなくなっていた。彼は私の話を聞き、大きく息をしていた。彼は何を私に答えたらいいか分からないようだった。しかし、この時二人目のブベーンチコフ家の老婆がけげんな顔で彼に尋ねた。

「これは誰なのかい？」

　すると彼は一息《ひといき》ついて話し出した。

「誰かだって？」

　怒りでひゅうひゅうした声をひそめて彼は聞き返した。

「これが、あの、私がいつもいつも話している卑劣な中傷者だよ」

「ニコライ・アントニッチ、罵《ののし》り合いをしたいのなら……」

「彼女を殺したのはこの男だ」

ニコライ・アントニッチは繰り返した。彼は顔が震え興奮で手を揉みしぼり始めた。

「単に想像で作り上げただけの、最も恐ろしい中傷を私にしたのが、この男だ。でも、私はまだ生きているからな！」

誰も彼が死んだなんて思っていなかった。そこで私はそれを彼に言おうとしたが、また彼は叫び始めた。

「私はまだ生きているからな！」

ニーナ・カピトーノヴナは、彼の手を取った。彼は手を振りほどいた。

「私は法律に訴え、全て……私の人生を台無しにしようと彼がやった全てに対し、彼を有罪にすることもできる。だが、もう一つの法律、もう一つの裁きがある。この良心の法律によって、彼は自分のやったことに、いつかきっと気付くだろう。彼は彼女を殺したのだ」

ニコライ・アントニッチは言い、彼の目からは涙がとめどなくほとばしり出た。

「彼女は彼のせいで死んだ。でも、彼が生きるなら、そうすればよい、もし罪を感じないのなら……」

ニーナ・カピトーノヴナは椅子を引き寄せ、彼が今にも倒れるのを危ぶむかのように彼に手を添えた。彼は、ぼんやり彼女を見つめていた。私は一瞬自分の正しさを疑った。しかしそれはほんの一分だけだった。

「いったい誰のせいだ？ああ、誰のせいだ？」

ニコライ・アントニッチは続けた。

「彼女が死んだ家に、あえてまたやってくるほど卑劣なこの小僧のせいなんだ。不潔な血をしたこの小僧のせいなんだ……」

彼がこう言うことでどうしたかったのか、そしてなぜ彼の血が私より清潔なのかは知らない。そんなことはどうでもよい！私は黙って彼の言うことを聞いていた。カーチャは壁際に直立の姿勢のまま、体をまっすぐにして立っていた。

「私が蛇のように彼を追い払ったこの家に、あえてまたやって来るなんて……ああ、ほんとうにこれが運命なのだろうか！私は自分の人生を彼女に捧げ、彼女のために人が恋する人にできる全てのことをやってきた。それなのに、私はいい人間でなく、いつも彼女を欺《あざむ》き、従兄《いとこ》弟《こ》である彼女の夫を私が殺したと彼女に言い続ける、この卑劣で忌わしい蛇小僧のせいで、彼女は死ぬんだ」

私は彼が全く我を忘れるほどの情熱で話すのにひどく驚かされた。私はとても青ざめているのを感じた。でもかまうもんか！私は、彼に何を答えるかは分かっていた。

「ニコライ・アントニッチ」

興奮しないように我慢して、しかし舌はあまり言うとおりにならないのに気付きながら私は言った。

「あなたがこんな状態なので、私はあなたの形容語について答えるつもりはありません。あなたは実際、私を追い出しましたが、私はまた来ました。そして私は、マリヤ・ワシーリエヴナの死に関して、私が全く無実であると証明するまでは、またやって来るつもりです。だから、誰かが罪があるとしても、それはいずれにしても私ではなく、誰か他の人です。事実はこうです。つまりあなたが亡きタターリノフ船長の手紙を持っていて、その手紙によって、あなたは私があなたを中傷したとコラブリョフやおそらく皆さんに納得させたのです。私が本当にあなたがたった今言った、卑劣な蛇だと皆さんが納得するためにも、私はあなたにその手紙を見せて欲しいのです」

ひどい騒ぎが、この言葉のすぐあとに起った。相変らず理解できないブベーンチコフ家の人たちは先を争って叫んだ。

「これは誰なの⁉」

しかし、彼女たちに私が誰かを説明する者は誰もいなかったので、彼女たちはますます大声で叫んだ。ニーナ・カピトーノヴナも、私が出ていくように叫んだ。カーチャだけは一言もしゃべらなかった。彼女は壁際に立ってニコライ・アントニッチを見たり、私を見たりしていた。

突然、皆が黙った。ニコライ・アントニッチはおばあさんを脇にどけると、自分の部屋に入った。一分後、手紙の山を手にして彼は戻った。二通でも三通でもない、実に四十通ほどの手紙の山だった。これらすべてタターリノフ船長の手紙とは考えられず、いろいろな人物からの種々の手紙、つまり、探検隊に関係のある文書とか、そんな風なものと考えるのが妥当だろう。彼は私の顔の前に、これらの手紙を放り投げ、それから私の顔に唾《つば》を吐きかけ、肘掛椅子に倒れた。老婆たちが彼に駆け寄った。もし、彼が唾を吐いたのが私の顔にかかっていたら、私はきっと彼を殴るか、あるいは殺しかねなかっただろう——私の顔には、まだ唾はかからなかった——そして私は、どんな戒律が自分にあったにしても、もし、そうなったら人を殺すこともできただろう。しかし、彼の唾はかからなかった。手紙にも達することはなかった。

もちろん、私はこれらの手紙を拾い集めようとはしなかった——《聖マリヤ号》と上書きされた大きな封蝋《ふうろう》のある、それらの中の一通を、瞬間的に危うく拾い上げそうになったけれど、私はそうはしなかった。私がこの家にいたのはこれが最後だった。カーチャは私たちの間――彼が歯を食いしばり、胸を押えながら横になっている肘掛椅子のそば――に立っていた。私は彼女を見つめた――これが最後になる彼女の目をまともに。

「いいです」

私は言った。

「あなたが私の顔に放り投げたこれらの手紙を読もうとは思いません。私は別のことをやります。私は探検隊を探し出します。つまり探検隊が跡形もなく消えたなんて信じられないんです。そして、その時、私たちの誰が正しいかよく考えてみましょう」

私はまだカーチャに別れを告げたかったし、葬式のとき彼女が私に顔を背《そむ》けたことを決して忘れないと言いたかった。しかし、ニコライ・アントニッチは肘掛椅子から立ち上がり、またひどい騒ぎが起った。ブベーンチコフ家の老婆たちは私に飛びかかり、私は何かでひどく背中を叩かれた。私は見切りをつけて去った。

第25章　最後のデート

私はいつになく一人ぼっちだった。私はなおのこと一層猛烈な勢いで、試験勉強の本に飛びついた。きっと私は全くものを考えることができなくなっていたのだろう。それはとてもよいことだ。何も考えない方がずっとよかったから。

突然、私は健康状態のために航空学校に入学できないのではないかと考え、あらゆるジャンプ、片足バランス、ブリッジ、逆立ちといった体操に取り掛かった。

毎朝私は筋肉に触り歯を点検した。とりわけ私を心配させたのは、忌々しい身長だった――悔しいことに私はチビだった。三月の終りには、どうにか書類を揃《そろ》え、私はそれをソビエト国防および航空・化学建設協賛会に送った。書類に添えて、私はレニングラードの航空理論専門学校に行きたいと願い出た。何故、私がモスクワを出たかったかは説明するまでもないだろう。ペーチカもレニングラード行きを決めた。彼は最終的に芸術アカデミーに入る決心をした。サーニャも又、同じ目標を目指した。

かつて私は粘土でクロット男爵（〔訳注〕彫刻家）の馬をつくっていた。そしてレニングラードについての私の知識は、橋の欄干のこれらのすばらしい馬の彫刻と結びついていた。レニングラードは私にはいたるところに記念像や大理石の建物があるように思われた。ペーチカは私に《青銅の騎士（〔訳注〕プーシキンの、レニングラードを舞台にした作品）》を読むように勧めてくれ、私はますます、この驚くべき町に行きたくなった。しかし、もちろん試験官は私をモスクワに残すことも、そしてセヴァストーポリ（〔訳注〕黒海沿岸にある軍港）に行かせることもできたのだ。


春休み、私とペーチカはN市に行ってきた——ついでに言えば、《卒業後》のお金を無駄使いしないため、私たちはまた、ただ乗りで行ったのだ。しかし今回は、全く違った旅であり、私自身、半年たって変わってしまった。

ダーシャおばさんは私を見て溜息をつくし、判事は、そんなに元気がないと裁判で処罰されるぞとか《精神のバランスを失った被告の原因を解明するため、あらゆる手段をとる》と言った。しかし《被告》の私は、その原因を彼には決して話さなかった。とても悲しげに、《被告》は、お下げでグレイの防寒帽を耳で結ばないで被った《原告》カーチャに、ついこの間あんなにも見せて案内した大聖堂の庭や、リショートカ沿いの川岸通りをぶらついた。ペーチカだけには、コラブリョフと自分との会話や、ニコライ・アントニッチがどんな風に私に応対したかを、それも手短かに話した。しかしペーチカはこの話に思いがけない観点で対処した。彼は私の話を終りまで聞いて、インスピレーションで答えた。

「あのね、もし見つけたとしたら！」

「何をだい？」

「探検隊をさ」

《もしかして、見つけるかも！》——ふと私はそんな気がした。小さな虫が私の顔中を這い回り、私は陽気になったり恐ろしくなったりした。《もし、見つけたとしたら！》すると、霧のかかったような遠い昔の子供時代の光景が思い出された。つまり雪の上の白いテント、苦しそうな息で橇を引く犬たち。毛皮の長靴をはいた大きな巨人が橇に向かって歩き、一方私も毛皮の長靴に巨大な帽子をかぶり、テントの入口でパイプを口にして立っている……

ペーチカのN市での振舞いは、とても変だったと言わざるを得ない。彼は絶えずインスピレーションを感じていた。判事が昼食の毎に私に目配せして、早婚の利点を話し始めるのは無理もなかった。妹のサーニャは赤くなり、一方ペーチカは、ぼんやりした表情で彼の話を聞いて、そして食べに食べた……。彼を見つめながら、私は冬休みに来たときの私が同じこんなだったのだろうと気がついた。つまり、すごい量を食べ、私に話されるすべてのことを、ワンテンポ遅れて理解するのだった。でも私にはこのことはペーチカとサーニャにはそれほど奇妙なことではないように思えた。

N市で私は絶えずカーチャのことを思っていた。サーニャの本の中に《虻《オーボド》》を見つけ、そのすばらしい小説を読んで私はオーボドのストーリーが私にとても似ていると思った。オーボドと同様に私も中傷され、いとしい女の人は私と同じように彼にそっぽを向いた。私たちが十四年後に会っても、彼女は私を覚えていないように思えた。オーボドのように私は、自分の写真を指し示しながら彼女に尋ねる、

《失礼ながらお尋ねします、これはどなたでしょう？》

《それは、あたしが話していたそのお友達の子供のときの写真ですわ》

《あなたが破滅させた、そのお友達の？》

彼女はびくりとして私に気付く。その時私は、彼女の前に私の正しさをすっかり証明して見せ、そして彼女と絶交する。でも、こんな出会いだって、きっとあるに違いない！　内心で私は自分の正しさを信じていた。でも冷たいものが時々心に入って来た――とくに私があの、忌々しい《フォン氏》を思い出す時に。N市への旅行の少し前に、コラブリョフは私に言った。ニコライ・アントニッチが、タターリノフ船長から、ニコライ・イワノヴィチ・フォン・ヴィシミルスキーに引き渡された、探検隊のすべての業務処理に関する委任状の原本を、彼に見せたとのことだった。

「君は誤解していたんだ」彼は短く、容赦なく言った。

……私は一人モスクワに戻った。ペーチカは風邪をひき、数日N市に残った。私は彼がわざと風邪をひいた印象を持った。いずれにしても、彼は十分満足だった。N市で私は退屈だったので、私は思っていた――よし、モスクワに戻ったら本を読み始め、退屈な時間なんてないだろうと。しかし、そうはならず時間はあった。口数少なく悪意に満ちて、私は学校をぶらついていた……

私が、クラスのマルチーノバを殴ったのは、まさにこんな日々のことだった。私は、卑劣な行為に対し、彼女の頬に平手打ちをくらわせたのだ。つまり彼女は、ターニャ・ヴェーリチコから万年筆を盗み、それをヴァーリ

カのせいにしようとしたから——ただ、いくらかは彼女が軽薄娘であるせいでもあったが。

翌日、私はコムソモール支部に呼び出され、どういうことかと尋ねられた。私たちはこの手の女の子たちとも友人付合いをしていたが、彼女たちを殴ること——それはやはり不愉快なことだし、特に最終学年ではそうだった。私は、マルチーノバは悪党であって、彼女が女の子であることは関係ないと言った。もし、私が男の子の耳にびんたをくらわしても、コムソモール支部に私は呼び出されるだろうか？　皆は少し考えて私の放免に同意した。

ところである日、どこからか戻ってきて私は玄関の机の上に——郵便配達夫が私たちのすべての郵便物を置くようになっていた——封をした手紙を見つけた。《Ａ・グリゴリーエフ様、九年生》

私は手紙を開いた。

《サーニャ、あたし、あんたと少しお話したいの。暇だったら今日の七時半に、トリウムファーリナヤ通りの辻公園に来て》

この手紙を読んだとたん、すべてがまるで変わってしまったのは、思い出すだけでもおかしいくらいだ。私は階段でリーハに会うと、彼にお辞儀をしたり、お昼にはヴァーリカに自分のミルクプディングのお粥をあげたり、マルチーノバまでがそんな私に悪党振るのをやめたほどだった——多分、彼女の耳をひっぱたいても仕方がないし、まして彼女はとにもかくにも軽薄娘であったのだから。

さあ六時、六時半、七時だ。七時にはもう私は辻公園へ行った。七時十五分。七時半だ。暗くなったが外灯はまだつかない、そしていろいろなバカげた考えが私の頭に浮かぶ。《外灯がつかないと、私は彼女が分からない……外灯がついても彼女が来なかったら……外灯がつかないと、彼女は私が分からないだろう……》

外灯がついて、馴染《なじ》みの辻公園——そこで私とペーチカが昔、紙巻煙草を一生懸命売ったり、春の日々、私はそこで何度も何度も宿題を暗記したり、十七歳の時だから感傷的にその暗記ができた騒がしい辻公園——学校中の皆と、もう二つ——第一四三学校と第二八学校——の皆が、デートの場所にしていたこの古い辻公園、そこは姿を変え、劇場のようになっていた。今、僕たちは会うんだ。ほら、彼女だ！

私たちは挨拶して黙った。二月二日、すっかり暖かいのに急に雪が降り始めた——まるで、わざと私の人生でこの雪を記憶させるかのように。

「カーチャ、君が来てくれて本当にうれしいよ。僕も前から君と話したかったんだ。君のところにいたあの時、僕は何にも説明できなかった。だってニコライ・アントニッチは叫び始めるし、そんな状態で説明どころじゃなかったんだ。もちろん、君が彼を信用するなら……」

私は、この言葉を言い終えるのが怖かった。なぜなら、もし彼女が彼を信用しているなら、私たちがお互いの顔を見ずに青ざめた真剣な表情で座り、話しているこの辻公園から、私は去らなければならないから。この辻公園——どのベンチにも誰かが座っていて、小柄な怒りっぽい夜警が少し跛《びっこ》を引きながら小道を歩き回っていても、まるで私たちの他には誰もいないかのような、この辻公園から去らねばならないのだ。

「もう、この話はよしましょう」

「カーチャ、この話をしない訳にはいかないんだ。ただもし君が彼を信用しているなら、もう僕たち話すことはないだろうけど」

彼女は悲しげに、そして全く大人のように私を見つめた——私よりもはるかに年上で、賢い人のように。

「彼は、私がみんな悪いんだって言うの」

「君がかい?!」

「彼が言うには、パパの手紙の話が彼のことだという不自然な考えを私が最初に信じたのだから、私がみんな悪いんだというの」

私は、かつてコラブリョフがマリヤ・ワシーリエヴナに彼について言ったのを思い出す。《信じて下さい、この男は恐ろしい人間です》私は船長が彼について書いていたのを思い出す。《君にぜひ頼む、あの男を信用しないように》——この男が、今またカーチャに対し、すべては彼女のせいで、彼女が母を殺し、彼女が地上の唯一の幸せを彼から奪った——つまり、彼に対し罪があると信じさせようとしていて、カーチャは、今となってはこの罪のため自分の人生を彼の言う通りにしなければならないと彼一人がそのつもりでいる……そう思うと私の心は冷たいものに変わっていった。きっと日ごとにすべてがゆっくりと変化し、彼のなめらかで饒舌《じょうぜつ》な言葉に次第に目が回っていく。私は絶望と憤激に飛び上がる。

「彼はこれから五十年間、君が悪いんだと言い続けるだろう。そして結局、君も、マリヤ・ワシーリエヴナのように彼を信じてしまうんだ。これはもう権力だと思わないかい？　君が悪い限り、彼は君に対して絶対の権力を得て、君はすべて彼の望むように行動するんだよ」

「あたしはいなくなるわ」

「どこへ？」

「まだ分からない。私はモスクワ大学の地質調査科に願書を出すことにしたの、卒業したら家を出るわ」

「君はどこにも行けないよ、多分、まだ今なら君はいなくなれるかもしれない。でも四年後では……。どこにも行けないと僕は請け合うよ……、彼は君を長話でへとへとにさせるさ。あのマリヤ・ワシーリエヴナだって、彼は親切で高潔な人間で、なんといっても彼女は、彼が世話してくれるすべてに恩義があると信じてたじゃないか……、君に取り付くなんて、何て奴なんだ！　僕がみんな悪いと言っていたくせに」

「あんたは、ただの人殺しだって言ってるわ」

「そう」

「彼は、あんたを射殺しても何とも思わないって」

「オーケー、彼以外はみんな悪いんだ。でも君に言っとくけど、彼はあんな人間が地上にいると考えるだけでも恐ろしい悪党だよ」

「もう、その話はよしましょう……」

「分かったよ、ただ言って欲しいんだ、こんな戯言《たわごと》の何を君は信じているのかい？」

カーチャは長いこと黙っていた。私はまた彼女のそばに座った。とても怖かったけれど、私は彼女の手をとった。彼女は脇に動かず、手も外さなかった。

「あたしは、あんたが、あれは彼だとわざと言っているのではないと信じてるわ。あれは彼だと本当に思っているのね」

「今だってそうだよ」

「でもあんたは私にそれを納得させるべきではなかったのよ、ましてママにはね」

「でも、あれは彼のことなんだ……」

カーチャは脇に動き、私から手を離した。

「もう、この話はよしましょう」

「オーケー、もうしない。僕は自分の人生を全て使い果しても、いつの日かあれは彼だと証明するよ」

「あれは彼じゃないわ。あたしが行ってしまうのが嫌なら、もう、この話はよしましょう」

「分かった、やめよう……」

私たちは、それ以上この話はしなかった。彼女は私に、春休みのこと、N市でどうやって過ごしたか、妹のサーニャや老人たちがどうしているかを尋ねた。

それで、私は彼女に老人たちやサーニャからの挨拶を伝えた。でもN市で彼女がいなくてどんなに寂しかったか——特に二人で行った場所を私一人でぶらついたとき

――ペーチカが大食いをして、絶えずインスピレーションを感じていたこと――そして、それは彼らにしてみればそんなに異常なことではない――そんな話を私は決してしなかった。私は、彼女が私を愛しているかどうか今では分からなかった。そして、いつもそれが知りたいのに、そのことを聞くことができなかった。でも、私たちがこんなにも真剣に青ざめた表情で座って話している時に、こんなにも母親そっくりのカーチャの前で、今、その言葉を言うことなんてできなかった。私は、私たちがN市から戻るとき、列車の氷結した窓ガラスに指で文字を書いたこと、そして雪に覆われた暗い平原が窓の向こう側に急に広がったことを思い出すだけだった。あれからすべてが変わった。私たちも今や以前のようにお互いに付き合うことはできなかった。でも、彼女が私を愛しているか、もう愛していないのか、私はそれがとても知りたかった。

「カーチャ」

私は突然言った。

「君は僕が好きかい?」

彼女は身震いして、驚きの目で私を見つめた。そして彼女は赤くなって私を抱いた。彼女は私を抱き、そして私たちは目を閉じてキスをした――少なくとも私は、でもたぶん彼女も――なぜなら私たちは同時に目を開けたから。私たちはモスクワ中央の、トリウムファーリナヤ通りの辻公園――ここから、私たちの学校、第一四三学校、そして第二八学校の三校が見渡せる――その辻公園でキスをした。でも、それは辛いキスだった。それは別れのキスだった。別れを告げながら、私たちは新たな再会を約束したけれど、私は、このキスが最後の別れになると感じていた。

カーチャが去っても私はなぜか辻公園に残り、憂いに沈んで小道をまだ長いことぶらついたり、このベンチに座り、去ったと思うとまた戻ってきた。私はハンチングを脱いだ――顔がほてり、胸が疼《うず》いたのだ。私は立ち去ることができなかった……

学校に戻ると、私のベッドのテーブルに大きな封筒が置いてあり、封筒には国防および航空・化学建設協賛会と印刷され、大きな字で私の姓、名、それに父称が書かれてあった。人生で初めて私は名前と父称で呼ばれた。震える手で私は封筒を破いた。国防および航空・化学建設協賛会の私への通知は、私の書類が受理され、五月の二日に、航空学校への入学のための医療委員会に出頭すべしとのことだった。

第四部　北極

第1章　航空学校

一九二八年の夏、私は包みを手にレニングラードの街にいた。包みの中身は《卒業援助品》。子供の家の収容児たちは、卒業後《卒業援助品》をもらったのだ。つまりスプーン、コップ、下着二組、それに《初めての宿泊に必要な一切》だった。

私とペーチカは、《エレクトロシーラ》工場の組立工で、私たちの学校の卒業生のショーマ・ギンズブルグのところに宿泊した。ショーマの母親はアパート管理人を恐れていた。だから私は、毎朝《初めての宿泊に必要な一切》を持ち去り、夜になると又持ち込んだ。つまり、たった今到着した振りをしたのだ。食堂で私たちは偶数日は十五コペイカでスープ皿をとり、奇数日には二十五コペイカ払って肉や魚の皿をとった。

私たちは広々とした町、それに広大なネヴァ川沿いの河岸通りを散策し、レニングラードを自分の家のように感じているペーチャは、青銅の騎士像について話をするけれど、私は思っている。《試験に受かるだろうか、それともダメかしら？》

医療、資格審査、そして普通教育の三つの委員会があった。ハイ、見せて、心臓、肺、耳また心臓！　君、名前は、どこの生まれ、どこで学んで、なぜ航空機の飛行士になりたいのかね？　十九歳というのは本当かい？　年齢をごまかしてはいないかね——見たところやや小柄だが！　地区委員会の推薦状の署名がグリゴーリエフなのは何故——君の兄弟あるいは同姓の人なのかい？

さあ、ついに運命の日だ！　私は航空博物館の前に立っている。ここで私たちは試験を受けたのだ。それはラシャーリ大通りに面したライオン像のある巨大な建物だった。ペーチャはこのライオン像が《青銅の騎士（ピョートル一世記念像にまつわるプーシキンの物語詩）》の中に出てきて、エヴゲーニーはその上に登って洪水から助かったらしいと言った——本当かどうか未だに分からない。私はプーシキンどころではなかった。ライオン像は今にもこう尋ねるかのように、私を見つめるのだった——君、名前は、どこの生まれ、十九歳というのは本当かね？

しかし、一番真面目になる瞬間がやって来た。建物の二階に上がり、裏手の陳列ケースにある航空学校の合格者の名簿を探すのだ。私は読む。《ウラーソフ、ヴォーロノフ、ゴロンブ、グリプコーフ、デニシャーク……》目の前が真っ暗になる、私はない。私は再び読む。《ウラーソフ、ヴォーロノフ、ゴロンブ、グリプコーフ、デニシャーク》

ああ、ない！　落ち着いて読もうと深呼吸をする。《ウラーソフ、ヴォーロノフ、ゴロンブ、グリプコーフ、デニシャーク》

私はなんだかこの世で私以外のすべての名前があるみたいに、この名簿をじっと見つめ、よくあるようにもう死にたいくらい惨《みじ》めな気持ちになる。どしゃ降りの中、私は家に帰る。《ウラーソフ、ヴォーロノフ、ゴロンブ……》幸運なゴロンブ！　この姓を発音する私には、ヴァスコ・ヌーニェス・バルボアみたいな、肩幅の広い荒々しい顔の巨大な男が目に浮かぶ。

当り前だ！　僕なんか入れるものか！　忌々しい身長め！

ペーチャは私を見つけ驚いた。私はびしょ濡れで血の気がなかった。

「どうしたんだい？」

「ペーチャ、名前が無かったよ」

「嘘！」

ショーマの母親が台所に飛び出してきて、管理人に会わなかったかと尋ねた。私は黙った。私は台所の椅子に座り、ペーチャは頭を垂れて、悲しげに私の前に立っていた。

翌朝、私たちは二人で航空博物館へ行き、名簿に私の名前を探してみた。名簿には、別の欄があって、そこにも《G》で始まる数名がいて、グリゴーリエフは二人いた――イワンとアレクサンドル（〔訳注〕サーニャの名前は、アレクサンドル・イワノヴィチ・グリゴーリエフ）。ペーチャは、私が興奮していたから見つけられなかったんだと断言した。

時は過ぎ、私は、私たちが試験を受けた航空博物館の同じ読書室にいる。資格審査と医療委員会に選抜された十三人が整列して、校長――背の高い、赤毛で陽気な男――が現れ訓示する。

「飛行学校生同志に申し上げる！」

飛行学校生同志だって！　僕は飛行学校生なんだ！　体中がゾクゾクして、熱い湯につかった後、冷たい水に入ったみたいだ。僕は飛行学校生！　僕は飛べるんだ！

私は、校長の話を聞いていない……

時は過ぎていく。ショーマ・ギンズブルグが私を見習い組立工に就かせていた《エレクトロシーラ》工場からまっすぐ私たちは講義に出る。私たちは器材、航空理論そしてエンジンの講義を聴く。工場での八時間の後でとても眠いけれども、私たちは器材、航空理論、そのあとエンジンの講義――ただ時折、私と同じチビだと分かったミーシャ・ゴロンブは、私の肩にもたれてこっそり寝息をたて始める。それから彼の寝息はより大きくなるものだから、私は用心深く彼の頭を机にぶつける……

　私たちは航空学校で学んだものの、現在航空学校と呼ばれているものとは、なんと似ても似つかないものだったことか！　私たちには、エンジンも、飛行機も、建物も、お金も全くない。航空博物館には古い、穴だらけの飛行機がいくつかあるにはある――お望みなら、国内戦の戦線で最後に飛んでいた《ハベランド機》の偵察員あるいは《ニューポール機》の戦闘機乗りを気取ることもできる。でもこれらの功労《棺桶《かんおけ》機》では学ぶことは出来ない。

　私たちはエンジンを集めることにする。国防および航空・化学建設協賛会の委任状は、すばらしい効力を発揮し、それによって私たちはレニングラードのあらゆるクラブ室（〔訳注〕公共施設にある文化啓蒙・社会政治活動のための部屋）に通い、飛行機のどんな部品も壁から取り外すことができる。これらの部品は、時にはクラブ室ではなく、どこかの住宅委員会の飛行機好きの会計係の机の上にあったりする。私たちはそれらを集め、飛行場に運ぶ。それは穏やかに行われることもあれば、喧嘩沙汰になることもある。縫製工のクラブ室には、私と技師で三度通い、ロビーにある古いエンジンには政治的宣伝の意味はないことを、クラブ管理人に証明するのだった。

　ようやく手に入れたこれらの錆《さび》付いた廃品に私たちは何と精根を傾けたことか！　私たちはその汚れを落として磨き、さらにまた磨きに磨いたのだ。初めの半年、私たちのやることといえば、エンジンを磨いては集めることだった。私の学校仲間はほとんどが組立工や車の運転手出身で、彼らに比べて私にはそれは辛いことだった。でも私はわざわざその一番困難な仕事を引き受けた。

　私たちが学んでいた飛行機《ウー一号》の左翼のことは、私は永久に忘れられない。そこはエンジンからの油が左翼下面に吹き付けられる、飛行機の最も汚れる箇所で、私は卒業まで毎日、洗い続けると賭けをしたのだ。仰向けになって私は、木片で汚れを落とし、そしてブラシ、更に布切れを使う――汚水が体中に流れ、ひまし油の臭いに苦しむ……深夜、飛行場から私たちが家に帰るとき、路面電車中がひまし油の臭いだらけで、憤慨の的になるという、まるで私たちは将来の飛行士らしからぬ有様。でも私たちは怯《ひる》まず、ミーシカはこう言う。

「このひどいひまし油の臭いは一体何だい？　くそっ！」

そして、これ見よがしに鼻を塞ぐのだ。

私たちの一日はヴァーニャ・グリプコーフに地平線とはどういうものか順番に説明することから始まる。学校中が彼にその説明を続ける――ヴァーニャ・グリプコーフはそんな生徒だった。やがて教官たちがやって来て、飛行訓練が開始されたのだ。

私の教官は校長で、しかも器材課と経営課の主任を兼ねた、国内戦時代の古い飛行士だった。この大柄で陽気な男は、珍しい話が大好きで、それを何時間でも話した。つまり、短気でいてすぐに冷静になる、勇敢だけれど迷信深いそんな性格なのだ。自分の教官としての任務を、彼はとても簡単明瞭にわきまえていた。つまり彼は、私を叱《しか》るとき、地上から高くなればなる程、より激しく罵《ののし》るのだ。

半年たってその悪口もついに初めて止むときが来た！……それは見事なものだった！　約十分、私はすばらしい気分で飛行した。悪口を言われない――なんとまあ、私はきっと上手に操縦しているんだろうな！　エンジンの騒音はしても、私には全くの静寂の中を飛んでいるみたい――こそばゆい気持ちだった！　しかし、すぐに私はどういうことか分かった。つまり機内の電話が切れていて、受話器が機外にぶらぶらしていたのだ。私が受話器をつかむと同時に、罵倒する文句が飛び込んできた。

「スコップ頭の脳無し！　あなたは飛ぶより汲取《くみと》り隊行きだ！」

私の教官は、一番ひどい罵倒には、敬語の《あなた》を連結させて使用していた……

レニングラードの一年目の私の思い出には、こんなことも目に浮かぶ。航空軍団飛行場には毎日、Ч（チエ）氏（（訳注）チカロフ、一九三五年アメリカまで無着陸飛行を行う）がやって来た。彼は、使い古しの、幾度となく壊れた飛行機に、政府の要人などを乗せて案内するという控え目な仕事をしていた。しかし、私たちは彼がいったい何者かを知っていた。つまり我が国が彼を認め、称讃するずっと以前から、私たちは彼のことが大好きだったのだ。私たちは、その当時、私たちのクラブ室のようになっていた航空博物館に集まったとき、飛行士たちが誰のことを話しているか知っていた。私たちはまた校長が話をするとき、落ち着いた低い声に少し《O《オー》》のアクセントを訛《なま》るのが、誰を真似しているのか分かった。

「やあ、どうだい？　旋回は大きく出来るようになったかな？　でも、いいかね、嘘はだめだよ！　さあ！」

立派なお歴々のあとから飛行場に戻ってきた彼のもとへ、私たちは懸命に走り寄る。すると、最高の飛行術の愛好家たちは草のように青い顔をして、ほとんど四つん這い状態なのに、彼は操縦席からゴーグル無しで私たちを見つめる――偉大な直観の飛行家、鷲《わし》（勇者）を体現した男。

イワン・イワニッチ医師が私に記念に残した聴診器と一緒に、私はどこへも、この飛行士の写真を持っていった。彼がその写真を私にくれたのは、私がレニングラードの飛行学校生の時ではなく、ずっと後の、モスクワで数年経ってからだった。この写真には、彼の筆跡でこう書かれてある。《なりたいものがあるなら、最高のものになれ》それは彼のことば……

こうして、この年――苦しいが、すばらしいレニングラードでの一年――が過ぎた。苦難の年だったのは、こういう理由だ。つまり私たちは無理して働き、月四十六ルーブルの奨学金をもらい、昼食は有り合せか全く食べず、そして飛行訓練を受ける代りに、その四分の三の時間を廃品磨きと古いエンジン集めと組立てに費やしていたのだ。それでもそれはすばらしい一年で、私の将来の人生にあたかもまだ見えない進路の輪郭が形成されるのを夢見た年――私がなりたいと思う人生を手に入れることができると感じるようになった年だった。

自分の自由になる時間は一切なかったけれど、私は何か日記のようなもの――いくつかの私の考えや印象のメモ――をつけていた。残念ながらそれは残っていない。でも私はその第一ページに、クラウゼヴィッツ（〔訳注〕カール・フォン・クラウゼヴィッツ。プロシアの戦争理論家）からの引用句があったのを覚えている。つまり《小ジャンプは大ジャンプよりも簡単だ。しかし、幅広い溝を跳び越えようとするなら、溝の底に落ちてしまう中ジャンプから始めても仕方がない》中ジャンプに甘んじることなく前進あるのみ――これがレニングラードでの私の主要な考え方だった。

時はどんどん過ぎ、一九三〇年、八月の終りのある一日をここに詳しく述べてみよう。その日、私は贅沢《ぜいたく》な食卓に着いている――さまざまな地位と容姿の人たちの十組のテーブルが並んだ巨大な席。窓は高く、屋根はガラス張り。それは、写真芸術家ベルンシュタインのアトリエで、妹のサーニャは、そこに部屋を借りていたのだ。

第2章　サーニャの結婚式

休日ごとに私は妹のサーニャの所に行った――自分の妹にこう言うのはおかしいけれど――私はますます彼女

が気に入ったと白状しなければならない。彼女は快活で気さくであると同時に実務的なところもあった。芸術アカデミーに入学するや、彼女は児童出版社に仕事を得た。彼女はすばらしい部屋を借りていて、自身もその仕事の手伝いをしている写真芸術家と家族たちは、彼女のことを溺愛していた。彼女は、ペーチカたちや私たちの状況をすべて、常によく知っていて、N市の老人たちに私たちのことを筆まめに手紙を書いていた。こうして彼女は芸術アカデミーでもよく勉強し、ペーチカほど斬新《ざんしん》で秀れた才能はなかったけれど、すばらしい絵を描いた。

　彼女は細密肖像画――今では我が国の画家たちはほとんどやっていない芸術――に愛着を持っていて、彼女が顔や衣服の細部を念入りに描くその繊細さには、本当に並外れたものがあった。子供の時から彼女はおしゃべりが好きで、一旦何かに好奇心をかき立てられたり夢中になったりすると、早口でまくし立て始め、結局私はどういうことだかさっぱり分からなくなってしまう。要するにすばらしい妹で、その彼女が今、結婚するのだ。

　もちろん、皆さんは彼女が誰と結婚するのかお分かりだろう――今晩、写真芸術家のアトリエに集まった若者たちの中で、ペーチカが一番花婿にふさわしくないのだけれど。彼は、ある鼻のとがった男の子と並んで静かに座り、黙っているのに、その男の子は自分の鼻で彼に穴を開けんばかりに、ずっと彼にくってかかっていた。私が小声でサーニャにこのとんがり鼻が誰か尋ねると、彼女は敬意を込めて答えた。

「イザヤよ」

　でも私はこのイザヤが何故か気に入らなかった。全体としてそれは変わった結婚式だった。一晩中、客たちはある雌牛のことで言い争っていた――画家フィリッポフがもう二年半もの間一匹の雌牛を描いていることが、いいか悪いかというのだ。

　その画家は、その雌牛の上に細かい正方形の線を引き、その正方形を一個ずつ別々に描いていくらしい。私はそれは全く病気だと言いたかったが、イザヤはすでにこの雌牛の描き方に一貫した理論を立て、それを語尾に《イズム》までつけて呼んでいるのだ。新郎・新婦のことなど、誰も注意を向ける者はいなかった。

　私は、サーニャの結婚式に厳粛な気分で参加していた。実の妹が結婚する――やっぱりそれはめったにあることではない！　朝、私たちはスコヴォロードニコフ判事とダーシャおばさんからの長い電報を、それも二つの宛先で受け取っていた。つまり新郎新婦宛と、その写し――私宛――である。まる一か月かかって私は彼らのために小さなラジオ受信機を組立てた。しかし、この画家たちにはそんな結婚式らしいことなんかどうでもよかった。一晩中彼らは雌牛のことで論争していたのだ。

とはいえ、新婚夫婦にとって、とりわけ口癖の《バカげてる！》を時折口にするペーチャにとっては陽気な気分だったのだろう、満足した表情でまわりを見回していた。サーニャはとても忙しかった。皿が足りなくて、客たちは二回に分けて食事することになった。ただ一瞬、彼女は世話に疲れて顔を紅潮させ、ちょっと腰を掛けた——何故か私にN市とダーシャおばさんを思い出させる編込みレースのある新しいドレスを着て。私はこの時を利用して立ち上がった。

「静かに、これから乾杯だよ！」

物珍しそうに私をちらりと見ながら、イザヤが言った。皆は黙った。

「皆さん。まず第一に、新婦のために乾杯をしてはどうでしょう」

私は言った。

「彼女は私の妹ですが、お客の皆さんのうち、どなたも彼女のために乾杯しようと思う方がいないようですので、私がお勧めするという次第です」

皆は《万歳》と叫び始め、サーニャと杯を触れ合わせた。

「第二に、新郎のための乾杯をしませんか」

私は続けた。

「ただ、実際のところ彼はまず私に乾杯せねばならないのですが、何故かって？　それは、彼が飛行士でなく画家になることを説得したのは、この私だからです。私は秘密を明かすみたいですが、彼が飛行士になりたかったこと、それは本当です。かつて私たちはこの事について一日中議論をして、彼は私に、描くのは大嫌いだと断言したんです。彼は画家として自分が誠心誠意の才能を発揮できないのではと不安でした」

皆が大笑いを始めたので、私はスプーンでコップを叩いた。

「彼が画家になるべきだと私が判断したのは何故だと思いますか？　とても簡単なことです。つまり、彼が自分の絵を見せてくれたからです。当時彼が唯一のテーマに関心を示していたことを証明します」

そして私はサーニャを指し示した。

「嘘だ、全くの」ペーチャはつぶやいた。

「このテーマは、実にさまざまな姿で描かれています。つまり、ボートの中、竈《かまど》のそば、門のそばのベンチ、庭園のベンチ、外套を着たり着ていなかったり、ウクライナ風ジャケット、それに青い上っ張り姿など。このことから容易にこう予言できたのです。つまり第一に、いつかペーチャは画家になる、第二にいつか私たちがこの席に集まり、私の勧めるこの新郎新婦のために乾杯するだろうということです」

そして私はサーニャとペーチャに杯を触れ合わせ、自分のグラスをすっかり飲み干した。そのあと私のため、さらにイザヤのために乾杯したけれど、それは失敗だった。なぜならイザヤは返答の大演説で画家フィリッポフに対して巧みな攻撃的発言をして、彼一人で嘲《あざ》笑ってみせたのだ。

ペーチカは満足げに聴きながら、絶えず、《バカげてる！》と言っていたが、そのあと突然、真っ赤になると《イザヤは革命ロシア画家協会の典型的な俗物だ》と断言した。《おまけにへぼで俗悪な男だ》――少し考えて彼は付け加えた。しかし、イザヤは自分が無能な俗物だと認めず、この瞬間、すばらしい顎髭《あごひげ》の極めて尊敬すべき妹サーニャの教授が現れなかったら、どうやって口論が収まったか私は分からない。皆、彼の方へ駆け寄り、口論は止んだ。

以前私はこの教授本人に、動物園で会っていた。しかし彼は私がとても気に入ったようだった。瞬《また》く間に彼は酔いが回り、私に、一九一四年の戦争中、いつも自分は飛行士になりたかったと言った。それから彼はサーニャを抱擁し、そのすばらしく立派な顎髭の教授にはあまりふさわしくないほど、やや長い間彼女にキスをした。そしてソファーに横になると寝入ってしまった。要するに、サーニャの結婚式はとても楽しいものだったけれど、内心私は自身で認めたくない所在なさを感じていた。画家たちは私には何か奇妙な人たちに思えた――私には違う人生があり、関心の領域も異なっているのだから、それは明らかなことだ。とはいっても、彼らだって――私が自分の演説の間中感じていたように――同じことを私にも思っていたのだろう。

しかし、私の気が塞いでいる他の理由もあった。サーニャだけはそれに気付いていた。なぜなら目を覚ました教授がサーニャに、卒業論文の公開審査までは結婚することを禁ずると宣言して、皆が大笑いして彼を取り囲んだとき、彼女は私にこっそり手招きして、私たちは台所に入ったのだ。

「あんたによろしくって……誰からか分かる？」

私は誰からかすぐ分かったけれど、落ち着きはらって言った。

「分からない」

「カーチャよ」

「本当？　ありがとう」

サーニャは悔しそうに私を見つめた。彼女は悔しさでなんでもない振りをしていた――もちろん、私が少し青ざめて、私に腹を立てていたことを彼女はハッキリ分かっていたのだ。

「あんたは、いつも嘘つきよ！」

彼女は早口で言った。

「なんとまあ、ご立派なチャーリー・ガローリド（〔訳注〕英国の詩人バイロン（一七八八～一八二四年）の作品、″チャイルド・ハロルドの巡礼″から）だこと！　お願い、私に嘘をつくのは止《や》めて、あたしの結婚式の今日は特にね。カーチャにあたしこう書くわ、あんたがあたしにこの手紙を見せてと一日中せがんだけど、見せなかったって」

「お前に見せてなんて何も言わないよ」

「あんたは心の中では見せて欲しいのよ」

確信を込めてサーニャは反論した。

「でも、外見は無関心な振りをしてるの。だいたいのところ、あたしはあんたにこの手紙を見せてもいいけど、最後のページは読んじゃだめよ。いい？」

彼女は私の手に手紙を押し込み行ってしまった。もちろん私は手紙を読み通した。しかも最後のページは三度――何故ならそこは、私についての話だったから。カーチャは決して私によろしくなどとは書いていなかった。ただ、私がどうしているか、いつ私が卒業するのかを聞いていた。一見、それは普通の手紙だったけれど、本当のところ、とても悲しげなものだった。それは例えばこんな箇所だ。

《今、四時で、もう暗くなりました。私は急に眠り込んでしまい、でも目覚めた時、何かよいことが起っていたのにそれが分かりませんでした。実は私はN市の夢を見ていて、おばさんたちが道中の私の洋服の心配をしてくれていたのです……》

私はこの箇所を数回読み、私たちのN市の出発が、全人生で忘れられないものに思えた。私はおばさんたちが出ていく列車のあとを追って叫んで説教したり、それからカーチャの車輛に移り、私たちが、籠に老婆たちが何を入れてくれたかを調べたことを思い出した。小柄な髭の伸びた同席の隣人は、私たちが、はて、どういう間柄かしらと思い、そしてカーチャは通路に私と並んで立っていた。彼女は私のそばに立ち、私は彼女を見つめ、話をした――彼女がこんなにも遠い存在になった今、それを想像するのは何と辛いことだろう……

私はサーニャが戻ったのに気付かなかった。

「読んだ?」

「サーニャ、どうか彼女に、僕は万事うまくいっていて十月には航空学校を卒業すると書いてくれないか。ただ、それから……どこへ行くかは、まだ分からないんだ、北極行きを願い出るつもりだ」

「だったら今、ここに座って自分ですべて書いたら!」

「いや、僕は書かない」

「書くまで、あたし、あんたを行かせないわ!」

「サーニャ!」

「いいわ、ほら、ペーチカを呼ぶから」

真面目な声でサーニャは言った。

「それにみんなも呼ぶの、あんたが手紙を書くように、私たち跪《ひざまず》いて説得するわ、だってあんたのやり方はまるで残酷なんだもの」

「サーニャ、どこかへ消えちまえ! お前はまったく酔ってるんだ、じゃあ、僕は行くから」

「どこへ? あんた気でも違ったの?」

「いや、行くよ。もう遅いし、明日早く起きるんだ。要するに……」

私は《要するに》何なのか言わなかったが、彼女は理解し、別れに同情を込めて私の頬にキスをした。

第3章　イワン・イワニッチ医師に手紙を書く

私はカーチャに腹を立てていた。それはモスクワを出発する時、彼女と別れをしようと手紙も出していたのだ。それなのに彼女は、私が長い間いなくなり、私たちはもう決して会うことはないと分かっていながら、返事をくれず、別れにも来なかった。もちろん、私はもうそれ以上彼女に書くつもりはなかった。多分、ニコライ・アントニッチが彼女にこう言って納得させたのだろう。つまり、私が《およそ人が想像できる最も恐ろしい中傷》を彼に行い、そして私は、《不潔な血の若僧》であり、私のせいで彼女の母が死んだのだと。もうたくさん、何と八方塞がりなことだとか! 私はこの事件を思い出すと目が回るようだった。レニングラードで、八時から五時まで工場で働き、五時から夜中まで航空学校の生活で、一体私に何ができただろう?

冬、飛行訓練までの時間、私たちは航空博物館の読書室で勉強した。そこである時、私は博物館長に、タタリノフ船長について何か知っていないかと尋ねた。図書館に何かそういう本あるいは彼の著作本《グリーリ探検隊の遭難の原因》はないか？ と。何故か分からないけれど、博物館長はこの質問にたいへん興味を示した。ついでながら、彼は私たちの航空学校の創立者の一人で、飛行学校生たちは絶えず自分たちのどんな問題でも彼を頼っていくのだった。

「タターリノフ船長だって？」

彼はびっくりして尋ね直した。

「ほほう！ それはすごい！ でもどうして君は興味があるのかな？」

この質問に答えるには、私は、読者の皆さんがこれまで読んできた全部を彼に話すしかないだろう。だから私は短く答えた。

「僕は、旅行家の本を読むのが好きなんです」

「でもね、この旅行についてては、ほとんど何も分かっていないんだよ」

博物館長は言った。

「でも、まあ図書館に行ってみよう」

もちろん、彼がいなければ私は何も見つけることはできなかっただろう。というのも、それらの記事はすべて新聞の別々の日付に分散していたから。それでも本が一冊——《海で働く女性》というタイトルの二十五頁の小冊子が見つかった。船長の書いた本はグリーリ探検隊についての本だけではなかったのだ。

この本はいったい何だったのだろう？ 私は二度それを読んで、特に海軍士官が書いたという点で興味深い本だと思った。それに一九一〇年、帝政ロシア時代の本なのだ！ この本では、女性も船員になれることを証明し、アゾフ海沿岸の漁師の生活をケースとして例に出して、女性たちが危険に際して男性たちより劣らないどころか、より勇敢でさえあると述べていた。船長は、《船員という職業への女性の禁止》は、その広く行きわたっている迷信に反して、長期間、沿岸に残された家族から遠ざけられた船員たちに多くの災厄をもたらしていると断言し、将来、彼としては《女性機関士、女性航海士、女性船長》が大型外洋船に乗ることを考えていた。

この小冊子を読みながら、私はナンセンの旅行に対しての船長の注意書きや、一九一一年の北極探検に関する彼の報告書を思い出し、初めて分かったことは、彼がただ勇敢な船乗りであるだけでなく、たぐいまれな明晰な頭脳と、人生への広い見解を持った人間であることだった。しかし、一部の論文の筆者たちは、おそらくそうは思っていなかったのだろう。例えば《ペテルブルグ新聞》では、ある記者がこういう理由で探検に反対をしていた。つまり《海軍大臣がタターリノフ船長の必要な資金に関する請願を却下したのは、当該の所轄官庁の証明に鑑《かんが》みて、タターリノフ船長の意図する探検が、綿密な考慮に欠けた性質のものであるためである。海軍大臣は、政府が海洋長官を通じて、この申し出の却下を宣言すべきであることを認めた》というのであった。

他の新聞で私は興味深い写真を見つけた。《発見の世紀》の本の三本マストの帆船を思わせる、美しい白い大型帆船。それは帆船《聖マリヤ号》だった。それは洗練された、スタイルのいい船だったが、シベリア沿岸をペテルブルグからウラジオストックまで運航するには、あまりにも繊細でスマートすぎるように見えた。

同じ新聞の次の号には更にもっと興味を引く写真が掲載されていた。帆船の乗組員だ。その写真で誰かを識別するのはとても困難だったけれど、その人物の配置、それも船長が胸で腕組みして中央に座っている――それは私にはたいへん見覚えのあるものだった。この写真を私はどこで見たのだろう？　もちろん、タターリノフ家で、いつかカーチャが見せてくれた他の古い写真の中だろう。でも、私は思い出そうと努めた。いや違う、タターリノフ家じゃない！　イワン・イワニッチ医師のところだ――そう、そこで私は見たんだ。

一九二三年、私が退院した時、彼のところに別れの挨拶に行った。彼は極北地方へ出発するところで、彼は旅行鞄に荷物を詰めていて、ちょうどあの時、この写真を落としたのだ。私はそれを拾い上げてながめ、ドクトルが乗組員の中に何故いないか尋ねると、彼は答えた。

《それはね、私が聖マリヤ号に乗ってはいなかったからさ――そして私から写真を取り上げると付け加えた――これは、ある男が私に思い出に残してくれたんだ……》

いったいその男とは誰だろう？　突然、私の頭に、ある単純な考えが閃《ひらめ》いた。でも、それと同時に、イワン・イワニッチ医師にしか説明できない、思いがけない人かも知れないとも考えた。私はすぐに彼に手紙を書く決心をした。

彼がモスクワを去って、かれこれ七年が経っていたけれど何故か私は彼が元気で生きていて、同様にコジマ・プルトコフ（〔訳注〕五人で構成された詩人グループ）の詩を読んだり、昔のように話をしながら曲芸師みたいに、テーブルから何かを取り出し、それを下から投げ上げて、またつかまえて見せていることを全く疑わなかった。私が彼に書いた手紙は、こうだった。

《拝啓　イワン・イワニッチ様！

私は、あなたが以前《聴覚のある唖》と診断して全快させた、あの《興味深い患者》です。私をまだ覚えていますか、それとももう忘れたでしょうか？　極北地方へ出発する際、あなたは私に、どうしているか、そして体の具合を手紙に書くように言われました。そして、七年経ってやっと今、その約束を果たそうとしています。私の気分は上々です。私は今、国防および航空・化学建設協賛会の航空学校で学ぶ飛行学校生で、いつか飛行機でそちらに行けたらと思っています。

ところで用件なのですが、モスクワのあなたのところへ行った時、あなたは帆船《聖マリヤ号》──一九一二年五月、ペテルブルグを出航したタタ－リノフ船長が、カラ海で消息を絶った──の乗組員の肖像写真をお持ちでした。覚えていますか、あなたはその写真を、ある男が思い出に残した──それが誰かは、おっしゃらず──と話されました。私はそれが誰か、とても知りたいのです。もちろん、何故私がそれに関心があるかとお尋ねになるのはもっともなことです。手短かにお答えします。私はタタ－リノフ船長に関することなら、なんでも知りたいのです。なぜなら、私は彼の家族と知合いで、その家族にその生と死の真実の状況を示すことが、私にとって、たいへん重要なのです。

もし返事が頂けるならとても感謝いたします。ラシャ－リ大通り、十二番地、航空博物館、国防および航空・化学建設協賛会・航空学校。

敬具

アレクサンドル・グリゴ－リエフ》

私は返事を期待できるだろうか？　もしかしてドクトルはもう、とっくにモスクワに戻っているかも？　あるいは、もっと遠い極北地方に引っ越しているかも？　それとも、私のことはすっかり忘れて、手紙を読みながらどうしても分からない──写真って、何のことだろう、グリゴ－リエフって誰？

第4章　返事を受け取る

一か月、もう一か月、そして三か月が過ぎた。私たちは航空理論の学習を終え、最終的に軍団の飛行場へ移動した。

一九三〇年九月二十五日──それは飛行場での《大きな一日》だった。これまで私たちは、そういう呼び方でこの日を思い出すのだった。それは普通に始まった。つまり朝七時にはもう、私たちは《廃物の部品磨き》に取り掛かった。決して驚くことのないミーシャ・ゴロンブを、誰かがびっくりさせようとしていた。ヴァーニャ・グリプコーフは、相変らず地平線のことを誰かに尋ねていた。

「それはホラ、空が地面と一体になるところさ、分かるかい?」

「じゃあ、何故、僕が飛んでるとき一体にならないのかなあ?」

結局、ヴァーニャは地平線がどういうことか理解した。しかし、彼はそれをいつも一つの同じ場所——入江に面したプチロフ工場の居住区の向こう側——だと思っていた。そこに向けて彼は飛行した。離陸するとすぐ彼は《地平線を目指し、スロットルを全開》にした。それほど《飛行機を急がせた》彼の行き先は、飛行士からエンジン整備士への配属替えだった。

九時に教官がやって来たとき、事件は起った。第一に彼は、立襟のルバシカに金縁眼鏡のある、堂々とした男——地区委員会の共産党書記だと、すぐ判明した——を一緒に連れてきた。書記は飛行機をながめ、そして、私たちが修理工場でつくった飛行機の部品の入った箱を見て言った。

「なるほど、これは君、まず第一に警備をしっかりやらねばならんよ。飛行場に、疑わしい人間がしょっちゅう歩き回っているようじゃダメだ」

「どこにですか?」

教官は尋ねた。

「あぁ、これですか?……これはウチの飛行学校生たちです」

第二に、この客を私たちが見送るや否や、教官は、私たちがガソリンをあちこちにこぼしていると怒鳴った。彼は真っ赤になって、顔は、彼の頭髪とほぼ同じ色に変わった。それは初めてのことではなかったので、私たちは、彼がひとしきり喚《わめ》き、そして止むと思っていた。ところが彼はしゃがんで、ガソリンの入った樽のそばにある穴に指を突っ込んだ。穴の中は水だったけれど、彼は、これはガソリンだと宣言した。

「いえ、水です!」

ゴロンブが反論した。

「いいや、私はガソリンだと言ってるんだ!」

「水です!」

「ガソリンだ」

「じゃあ、いいです、ガソリンです」

ゴロンブは同意した。

教官は他の穴に指を入れ、臭いをちょっと嗅いで立ち上がった。彼は、睨《にら》みつけるように顔をしかめ、もう一度嗅いだ。

「水だ」

力のない声で彼はつぶやいた。私たちはあまりにおかしくて、地面に笑い崩れた。

第三は……でも、この三番目に起ったことは、詳しく述べる必要があるだろう。私たちはこの日教官と数回飛行していて、彼はずっと私を観察して、いつになく叱ることがなかった。

「さあ」

彼はついに言った。

「じゃあ今度は、一人で飛んでみたまえ」

多分、私が不安そうな顔つきをしていたのだろう、彼は一瞬私を思いやりのある優しい表情で見つめた。それから彼は計器が正常かを点検し、今や空になった前の操縦席のベルトをしっかり結んだ。

「旋回する正常飛行をやろう。離陸して高度をとる、千五百mまでは方向転換しないこと。矩形に方向転換、そして着陸だ」

自分でなく、誰か他人がやっているような気分で、私は離陸地点まで滑走させ、離陸許可を求めて手を挙げた。スタート係が白旗を振り上げた――スタートOKだ。私は速度を上げ、飛行機は飛行場を疾走する……

初めて空に上がった時、飛行ってこんなものかと思った、あの子供っぽい悔しい気持ちはとっくに忘れている。その時も、私は心の底ではそれでも鳥のように飛ぶんだと思っていたけれど、私は地上にいるのと全く同様にただ操縦席に座っていた。私は操縦席で、地上や空中を堪《たん》能《のう》する余裕はまるでなかった。

十回か十一回目の単独飛行になってようやく、私は大地が地図通りに線引きされ、つまり私たちが全く完全な幾何学的世界に暮らしていることが分かった。私は大地にばらまかれた雲の影が気に入ったし、とにかく世界には何か並外れた美しさがあると感じた……

こうして、初めて私は一人で空を飛んでいる。教官の操縦席は空だ。一回目の方向転換。席は空だけれど飛行機は飛んでいる。二回目の方向転換。完全に自由な、すばらしい気分で私は全く一人で飛んでいる。三回目の方向転換。着陸に向かわなければならない。四回目の方向転換、注意するんだ！　私はエンジンを絞る。大地がどんどん近付く。ホラ、もう飛行機の真下だ。操縦桿を戻す。滑走、停止。

きっと、この飛行はかなり良かったのだろう。なぜなら怒りん坊の教官は称賛して頷《うなず》くし、ミーシャ・ゴロンブは彼の背中越しに親指を立てて見せたから。

「サーニカ、君はえらいよ」

私たちが丘に座って一服したとき、彼は言った。

「本当に！……ところで君に手紙が来てるよ。今日、航空博物館に行ったら、守衛が《グリゴーリエフに渡してくれないか？》って言うんだ」

そして彼は私に手紙を差しだした。それはイワン・イワニッチ医師からだった。

《親愛なるサーニャ！　君が元気でとてもうれしい。でも、私が《聴覚のある唖》の君を治したと君が書いているのは違うよ。この病気はね、そうは言わないんだ。《失聴でない唖》――これが正しい。飛行機で飛んで来る君を待っているよ、もちろん犬橇で来ることになっても、いつでもね。ところで、そう、写真の件だったね。あの写真は、《聖マリヤ号》の航海士イワン・ドミートリエヴィチ・クリモフが私にくれたんだ。一九一四年、彼は足が凍傷にかかってアルハンゲリスクに運ばれてきた。そして彼は敗血症で市の病院で亡くなった。彼のあとには二冊のノートと手紙――何故かたくさん、そう二十通くらい――が残された。

もちろん、その手紙のうちの何通かは彼が途中で書いたものもあっただろうが、帆船《聖マリヤ号》から彼が運んできた郵便だった――セドフ中尉の探検隊に、どこかで彼は拾われたんだ。彼が死ぬと、病院は、これらの手紙を、その各々の宛先に発送し、私の手元にはノートと写真が残った。もし、君がタターリノフ船長の家族と懇意で《その生と死の真実の状況を示す》（つまり、そのとは家族でなく、おそらく船長のことだろう）つもりなら、君はもちろん、このノートとは一体何かと興味を持つだろう。それは、鉛筆で書かれた二冊の普通の生徒が使う下書き用のノートで、残念ながら、全く判読できず、私は何回か読み通そうと試みたけれど、とうとう断念してしまった。私が知っていることは、これで全部だと思う。一九一四年の終りとは、戦争が始まったばかりで、タターリノフ船長の探検隊なんて、誰も関心を持たなかったんだ。ノートと写真は今、まだ私のところに保管してある――やって来て、いや飛来して心ゆくまで読んだらいい。私の住所は《ザポリヤーリエ、キーロフ通り、二十四番地》どうか手紙をくれ、私の興味深い患者さん。

君の医師　イー・パブロフ

……妹さんはどうしてる？　君たち、まだじゃがいもを箸でさして焼いているのかな？》

なんということだろう！　航海士クリモフからの写真が残っていた。ドクトルは彼自身、クリモフに会っていたんだ！《敬具、遠洋航海士　イー・クリモフ》と署名したその本人に！《緯度》《帆船》《フラム号》といった聞き慣れない言葉と、《あなたにはっきり申し上げます……》《まもなくあなたに会えると期待しているので……》といった不思議な丁重さで、一生涯私をひどく驚かせた、その手紙の本人に。私がエクスペディツィヤー（〔訳注〕郵便・新聞などの発送所の他に、探検隊の意味もある）という言葉が、郵便局の地下の汚い郵便物置き場という意味だけでなく、遠洋航海、船長、流氷を連想させるものであると、その手紙から知った航海士本人に。

私は航空学校を卒業したらすぐにザポリャーリエへ行き、彼のノートをすべて読もうと決心した。ドクトルは《読み通すのを、断念した》。彼だって、唾を吐かれ、カーチャには自分の母親を殺したと思われ、自分の正しさを証明するせめて一言でもそのノートに見つけようとする私の立場だったら、断念することはないだろうに……。多分、私は声に出して話し始めていたのだろう、何故なら丘に座ったミーシャ・ゴロンブは、どうやら驚いたような素振りを見せていたから。

「ミーシカ」

私は彼に言った。

「卒業したら北極に出掛けるんだ！」

「よし、行こう！　でも何のため？」

「行く必要があるんだ」

「だったら、出掛けよう！」

「いいかい、決定だよ？」

「決まりだ」

とはいえ、それはずいぶん以前のことだった。しかし、私の北極行きは、それからほんの三年後だったのだ。

第5章　三年

青春は一日にして終るものではない。《今日、私の青春は終った》とカレンダーに印を付けることはできない。それと暇乞《いとまご》いをする暇もないくらい、気付かぬうちに去っていく。君が若くてハンサムだと思っていても、気がついたら路面電車の中でピオネール(共産少年団員)の子が君のことを《おじさん》と呼んでいる――そういうことだ。電車の暗い窓ガラスの自分の姿を、まじまじと眺め、びっくりして君は思うのだ。

《そうだ、おじさんだ》青春は終った、でもそれは、いつ、何日、何時に? それは分からない。

そのように私の青春も終った。しかし、これまで自分が志《こころざ》し、つくり上げてきたものの意味を、全く違った見方で理解するようになった日――その日を私ははっきり覚えている。

レニングラードからバラショフに私は派遣された。航空学校を卒業したばかりの私は、もう一つの学校――今度は本格的な教官の下で、本物の飛行機らしい飛行機に乗って訓練を受けた。私の人生でこれほど一生懸命学んだ時期は、他に覚えがない。

「君はどういう飛び方をしているか分かっているか?」まだ、レニングラードにいた時、校長は私に言った。

「重い長持みたいだ。でも、北極で飛行士になるなら、一流にならなければダメだ」

私は夜間飛行を学んだ――離陸からすぐ暗闇で、必要な高度をとるまで、暗い廊下を手探りで行くみたいに、ずっとその暗闇が続くのだ。眼下の飛行場は、明るくTの字に灯がともり、その暗い敷地のまわりは赤っぽい灯の等間隔の点線で縁取られている。鉄道の線路は、分岐点にある信号が点滅していて、それが並んでいる様子は、昼間とは打って変わり、夜間ならではの思いがけない正確さを見せている。地上の見えない、暗い空間。

ホラ、遠くに朝焼けの輝きが現れる……さらに数分すると、それは朝焼けでなく、街の灯と分かる――色とりどり、さまざまな種類のたくさんの灯……。なんと幻想的な光景だろう!

私は、まわりの全てが白い靄《もや》で覆われていても、計器盤を見ないで飛行機を操縦することを学んだ。それはまるで百万年後の全く別の地質時代を飛行しているみたいだった。飛行機でなく、タイム・マシンに乗ってひたすら前方に疾走していくのだ。私は、飛行士は空間の特質、つまりその空間の持つ傾向と不測の変化を知らねばならない――熟練した海の男が、海水の特性を知っているのと同様に――と分かった……

一九三〇年代は、それまで誰にも必要のないはるか遠い氷の世界と思われていた北極が、私たちに身近なところになり、初の偉大な北極横断飛行が、すべての国民の注目を引き付ける――そんな時代だった。私たちには、各々自分の理想とする飛行士がいて、飛行士Aは飛行士Lより飛行がうまいとか、飛行士Ч（チェ）は、その二人より優れているとか果てしなく言い争うのだ。アメリカの陸軍大佐ベン・エイエリソンが自分の左手で心臓を圧し潰《つぶ》され、国旗に包《くる》まれて飛行士Sによってアメリカに運ばれたばかりの頃で、この横断飛行（〔訳注〕バンクーバーからレニングラードまでの飛行中、墜落・事故死）は、何故か私たちの想像力をかき立てたものだった。いや、このときはまだ青春時代だった！

新聞には毎日、北極探検——海路も空路も——の記事が掲載され、私は興奮してそれらを読んだ。心底から私は北極に憧《あこが》れていたのだ。こうしたある時——その日、私は難しい飛行の実技試験を控えていた——機内に座って私は、教官の手にしている新聞に気付いた。その新聞のために、私はなんとヘルメットとゴーグルをはずし、飛行機を降りる羽目になってしまったのだ。《北極海の直通航海達成の探検隊員へ、熱烈な祝いの挨拶を送る》——それは新聞の第一ページの中央に、大きな字で書かれていた。あっけにとられた教官の言うことも聞かず、私はもう一度このページに目を向けた——一目《ひとめ》読みたくてたまらずに。

《偉大な北極航路が開通！》——ある記事のタイトルだ。《〝シビリャーコフ号〟、ベーリング海峡に到達！》——もう一つの記事のタイトルだ。《ごきげんよう、勝利者！》——三番目のタイトルだ。それは、北極航路の一夏の航行シーズンの中で、最近の航海史上初の《シビリャーコフ号》による歴史的遠征を報じるもので、その航路こそ、帆船《聖マリヤ号》でタターリノフ船長が走破しようとしていた海路だった。

「君はどうしたのかね？　病気なのかい？」

「いいえ教官」

「高度千二百m、一方向への大きな急旋回を二回と、反対方向へ二回。宙返りを四回」

「かしこまりました、教官！」

私はとても興奮していて、危うく飛行延期を願い出るところだった……

その日は一日中、私はカーチャと今は亡きマリヤ・ワシーリエヴナのこと、それに、その人生が私とこうして驚くほど絡《から》み合ってしまったタターリノフ船長のことを考えていた。しかし、今や私は以前とは違ったように彼のことを考えていたし、私の恨みさえも、ずっと冷静な、別の姿をとっていた。もちろん私は決して忘れてはいなかった。マリヤ・ワシーリエヴナとの最後の会話——その一言一言に彼女の青春と、自身の人生への別れの秘められた意味がある——を忘れてはいなかった。あの翌日、私がおばあさんと予診室の前に座っていた時、ドアが開き、黒い頭の何か白いものと、長椅子から垂れ下がった剥《む》き出しの手を私が見たことも。さらに、カーチャが葬儀のとき私にそっぽを向いたこと、そして何年か後に私たちが会ったとき、私は自分の正しさを証明するものを、彼女の前に放り投げてやるんだと強く夢見たことも忘れはしなかった。ニコライ・アントニッチが私の顔に唾を吐いたことも。しかし、これらすべてが私には突然、何かの脚本――それまでただ話されるだけであった主役の登場人物が終幕で現れる――のように思えてきた。皆がその男について話をする、彼の肖像画が壁に掛かっている――広い額で、固く顎を引き締めた深い奥目の船乗りの肖像画だ……

そうだ、彼はこの物語に登場する人物の主役であり、私の青春がそんなに彼に引き寄せられたのは、ただ十八歳の私にとって一番興味深い思いを起させたからに他ならない。彼は探検の申し出を却下されて破滅した偉大なる旅行家だった。それでも彼の物語は、個人の問題や家族関係の範囲をはるかに越えている。偉大な北極航路の開通――これこそ彼の物語だ。北極海で一夏の航行シーズン中に直通航海をすること――それが、彼の思いだった。人類の前に四百年間立ちはだかっていた問題を解決した人々――それが彼の仲間たち。彼こそ、そういう人々と同列にあると言えるだろう。

それに比べて、私の憧れ、願い、希望のなんとちっぽけなことか！　私は何をしたいのか？　何のために飛行士になるのか？　何故北極に行こうとするのか？

さあ、これで私の想像する脚本と寸分違わずに、すべてがちゃんと自分で分かるようになったのに、私の頭に思い浮かぶのは自分の将来、それに自分の仕事といった、全くありふれた考えだった。私が極北地方の飛行士の生活について知ったことは皆、できれば違う方面に行きたいということばかりだし、私は北極圏の半年間の果てしない夜を想像するのだった。つまり、何週間もの天候待ちによる疲労困憊。目は思わず強制着陸できる場所を見つけようとしてしまう積雪の山脈越え飛行。自分の機の翼も見えないくらいの大吹雪の中の飛行。零下五〇度でエンジンを始動させるという辛い仕事。私は極北地方の飛行士の一人が言った決り文句を思い出す。

《北極の飛行とはどういうことかって？――それは天候待ちして、氷を溶かし水をつくることさ》

私は恐ろしい北極の吹雪の話を思い出した――その吹雪は、家から二m離れた人間でも葬り去るというのだ。でも、シビリャーコフ号の乗組員たちは、砕氷船のスクリューを失ってベーリング海へ帆走して引揚げたとき、こういう苦労や危険に果して脅えたりしただろうか？答えは否だ。ペーチャは正しかった。心底から力を発揮できると思える職業を選ぶことだ。

私が北極で飛行士の職業に就こうとするのは、その職業が私に、自分の国そして自分の仕事への忍耐力と勇気と愛を求めるからなのだ。私だって、いつか、タターリノフ船長と肩を並べるような人たちの間で言い伝えられるかも知れない。私は、この考えに至った日を記憶するために印をつけた――一九三二年十月三日。

バラショフ航空学校の卒業まで、あと一か月になった時、私は北極に配属になるように申請を出した。しかし学校は私を行かせてはくれなかった。私は教官のまま、もう一年バラショフで過ごした。私は、優秀な教官だったとは言えないだろう。もちろん、私は生徒に飛行術を教えたし、そうしながらも生徒を叱りつけようとは、これっぽちも考えなかった。私は自分の生徒たちを理解していた。つまり、例えば何故、飛行機から降りてせっかちに煙草を吸い始める者がいるかと思えば、着陸に際してわざとらしく陽気になってみせる者がいるか、それは私には全く明白なことだった。でも、私は教師には向いていなかったし、自分が以前に知ったことを、他の生徒たちに何度も繰り返し説明するのは、私には退屈なことだった。

一九三三年の八月、私は休暇をとりモスクワへ行った。レニングラードを経由してN市までの無料乗車証を私は持っていて、レニングラードとN市には私を待っている人がいた。しかしやっぱり私は、誰も私を待つ人のいないモスクワへ行く決心をした。モスクワで私は用事があった。第一は北洋航路長官を訪ね、私の北極への異動を相談せねばならなかった。第二は、ヴァーリャ・ジューコフとコラブリョフに会いたかった。概して私には仕事がたくさんあって、私は大急ぎでモスクワを訪れる必要があると思っていた……

もちろん、私は全くカーチャに電話をするつもりは無かった。まして、この数年、彼女からの挨拶――妹のサーニャを通して――をもらったのはただ一度だけだったから。すべてはもう以前に終り、忘れられていたのだ。すべてはとっくに終り、忘れられていたのに、それでも私は彼女に電話しようと決め、念のため初対面のような、丁重なよそよそしい文句まで用意しておいた。しかし、受話器を取ると何故か手が震え、私は思わず別の番号――コラブリョフの番号――を言ってしまった。彼はつかまらなかった。彼は休暇中で、知らない女の人の声が言うには、彼は新学期までは戻らないとのことだった。

「彼の生徒から、心からの挨拶をおくります」

私は言った。

「飛行士グリゴーリエフからとお伝え下さい」

私は受話器を置いた。そこはホテルなので、まず町を呼び出して、それから番号を言うのだった。でも私は寂しさを感じ電話を見つめたが、電話しなかった——ずっと考えていた。彼女に何を話そうか？　私は、他人と話すように彼女と話はできなかった。

それから私はまず動物園のヴァーリャに電話した。ところがヴァーリャもモスクワにはいなかった。私は、ジューコフ助手は極北地方にいて、あと半年はモスクワには多分戻りませんと丁重に知らされた。

「どちら様ですか？」

「どうかよろしくお伝え下さい」

私は言った。

「飛行士のグリゴーリエフです」

誰か、民間航空局の局長でもない限り、もう私には、モスクワで電話する相手は誰もいなかった。でも、私は局長どころではなかった。

私は受話器を取り、言った。

「町をお願いします」

町が出たので私は番号を言った。ニーナ・カピトーノヴナが電話に出て、私はすぐに彼女の優しい、どこか毅然とした声に気がついた。

「カーチャさんをお願いできますか？」

「カーチャだって？」

びっくりして、ニーナ・カピトーノヴナは聞き返した。

「彼女はいないけど」

「お宅にいらっしゃらない？」

「家でなく、町に行ってるんだよ、ところで、どなた様かしら？」

「グリゴーリエフです」

私は言った。

「住所を知らせてもらえませんか？」

ニーナ・カピトーノヴナはちょっと沈黙した。間違いなく彼女は私に気付いていない。グリゴーリエフって名前がそんなにたくさんあるとでもいうのか！

「あの子は生産実習に行ってるんでね。住所は、トロイツク市、モスクワ大学地質学グループさ」

私はお礼を言って受話器を掛けた。私はこの寂しいホテルの部屋にたった一人でいることができなかったけれども、北洋航路長官と面会する二時にはまだ時間があった。私は出掛け、当てもなくモスクワをぶらついた。二人でいたその場所を一人でさまようなんて、決してすべきではない。モスクワ中央にある、ありふれた普通の辻公園が私には世界で一番悲しげな場所のように思われた。モスクワのどこにでもある、それほど騒がしくない、かなり汚れた通りが与える憂鬱さには、思わず自分がずっと年配で分別あるかのように感じさせるものがあった。

まるで何年か経った私自身が、静かに自分の心の中を覗《のぞ》き込んで、すべてを評価しているみたいだった。つまり、人間的な心情という、この世で一番大切なものにかかわる事に対して、不必要に熱中しやすい性質。そして、唖の子供だった私には、世間がとても不可解で複雑なものに思われ、その時以来、多分私につきまとっている自分への自信のなさ。今でも、まだこの唖という究極の悪魔が私に取り付いているように思えた。例えば自分の愛情でも私は、自分をすっかり表に出すことができないし、一番大切なことも黙り通してしまう。私の愛は、とても複雑な事情――それは唖の子供だった私が茫然自失して立ちすくんだあの複雑な世界と同じもの――に四方を取り囲まれ、成就することはないように思われた。

いや、私の心のすべてが変わったんだ、私はそれが分かる！　私はもう瞬時も惜しんで自分の正しさを証明しようとするような血気盛んな子供ではない！　私は今なら分かる、何が自分に必要なのか――つまり、心の平静と安定なのだ。自分自身への悲哀と憐憫《れんびん》の情で、私はこの数年間の私の青春と学校時代の愛情について考えた。もちろん今は、もうその青春も愛も昔とは変わった。でも、以前のようにすべて前途は洋々であり、私は昔よりもずっと大きな希望を抱いて将来を見ていた。

私はしばらくモスクワに滞在した。北洋航路長官のところ、さらに民間航空局でも、私はたいへん丁重に迎えられた。しかし、私がバラショフ航空学校にいる間は、北極の話など考えることすら全く問題外だと言い渡された。

一年半経ってようやく、私は北極への任務を得ることができた――それも全くの偶然で。私はレニングラードで、ある年老いた極地の飛行士と知合いになった。彼は都会に戻りたがっていた。つまり、その年齢では厳しい北極の飛行はたいへんだったのだ。私たちは交換した。彼は私の職に就き、私は、長距離北極空路の一つに、副操縦士として任務を得たのだ。

第6章　ドクトルの家で

　その家を見つけるのは簡単だった。というのも通りには一軒の家しかなく、残りの家はすべて、ザポリャーリエの建築家の想像の中にあるだけだったから。私がドクトルの家をノックしたときは、もう暗くなって、ちょうど窓に明かりが灯り、誰かの人影がカーテン越しに物思わしげに歩き回っていた。長い間ドアは開かず、私は自分で重いドアを静かに開け、気がつくとそこは掃除の行き届いた広い住まいだった。

「ごめんください?」

　誰も答えない。隅に枝ほうきがあったので、私はそれで防寒長靴の雪を払った。雪は膝までの高さだった。

「どなたかいらっしゃいますか?」

　誰もいない。小さな赤毛の子猫が、外套掛けの下から飛び出して、驚いて私を見つめ、逃げ出しただけだった。やがて、戸口にドクトルが現れた。それは、医学的見地からは信じがたいことだが、彼はこの歳月で歳をとっていないばかりか、若返ってさえいて、田舎で私と妹に、じゃがいもを箸に刺して焼くことを教えてくれた、あの背の高い、陽気な、顎髭のドクトルが再び戻ってきたようだった。

「何のご用かな?」

「ドクトル、私はあなたに患者を連れてきたんです」

　私は急いで言った。

「興味深い症例です。つまり失聴でない唖。聞こえるのに《ママ》と言えない人間なんです」

　ドクトルはゆっくりと額に眼鏡を上げた。

「すまないけど……」

「興味深い症例だと言ってるんです」

　私は真面目に続けた。

「ただ六つの言葉だけがしゃべれる人間なんです。クラー(雌鳥《めんどり》)、スェドロー(鞍)、ヤーシック(箱)、ビューガ(吹雪)、ピュット、アブラム。患者Gです。雑誌に載ってます」

　ドクトルは、まるで私を診察するか、耳を覗《のぞ》き込むかのような素振りで、私に歩み寄った。でも、彼はついに言った。

「サーニャ!」

　私たちは抱擁した。

「やっぱり飛んできたんだね!」

「飛んできました」

「えらいぞ！　飛行士だって？　たいしたもんだ！　いやぁ、えらい！」

彼は私の肩を抱きながら、居間に連れていった。そこには、ドクトルそっくりの、十二歳くらいの男の子がいた。彼は私に手を差し出し、オー訛《なまり》（〔訳注〕アクセントのない「O」を「O」と発音する癖）で《ヴォロージャ》と言った。

ここは、他の部屋よりも明るく、ドクトルは再び四方から私を眺め回し、どうやら今回は、実際に耳を覗き込むのをかろうじて踏みとどまったようだった。

「えらいぞ！……」

また十回くらい彼は繰り返した。

「で、妹さんは？　どこに？　やっぱり飛行士なの？」

「妹は、心からよろしくとのことです」

私は言った。

「彼女は画家で、結婚してレニングラードに住んでいます」

「もう結婚？　お下げ髪して？」

私は笑い出した。サーニャは、子供のときお下げ髪だったのだ。

「あぁ、私は老人だ！」

溜息まじりにドクトルは言った。

「大きな穴のあいたズボンで歩き回っていた、痩せた小さな男の子がやって来ると、知らぬ間に飛行士になっている。お下げの女の子は画家で、結婚してレニングラードに住んでいるんだから」

「イワン・イワニッチ、誓って言いますが、あなたは変わっていません。全く驚くばかりです！　若返ってさえいるんです！」

彼は笑いだした。私がそう言うのが彼には愉快だった。だから私も、そのあと夜通し、時々、彼が若返ったとか、あるいはとにかく少しも変わっていないと繰り返した。

ドクトルの奥さんが入ってきた時、私たちはお茶の席に着いていた。アンナ・ステパーノヴナは、大柄のふくよかな婦人で、トナカイの毛皮服と長靴の様子は、どこかの北国の神に似ているように思えた。彼女は、毛皮服を脱ぎ、長靴を履き替えたが、それでも大柄で、背の高いドクトルさえ、彼女に比べるとなんだかあまり大きくないように見え、私などは全く言わずもがなだった。彼女はとても若い顔をしていて、この清潔な木造の家や、黄色い床や田舎風の床敷きに雰囲気がたいへん合っていた。彼女にはどこか中世ロシア風のところがあり、しかしながらザポリヤーリエ自体は、ほんの五～六百年前に建設されたばかりの全く新しい町なのだった。あとで知ったのだが、彼女はパモールカ（〔訳注〕北ロシア沿岸地方の古儀式派のロシア系住民）だった。

私たちはザポリャーリエについて話し始め、歩道も車道も木で造られているという、この驚くべき木造都市の歴史を知った――その土壌自身が、おがくずを固めてつくられているのだ。

「時々、部屋の中を歩いているみたいよ」

アンナ・ステパーノヴナが言った。

「どこもすべて木の床なの、街道まで木でできてるんだから」

実はドクトルは最初の汽船でザポリャーリエに到着し、彼の見ている前で、町のすべてが建設されたのだった。

「ここは一九二八年には、タイガ（針葉樹の密林）だったんだ」

彼は言った。

「そして今こうして座ってチャイを飲んでいるこの場所にはウサギが住んでいたのさ」

「でも今は一軒の家が建っていて」

アンナ・ステパーノヴナが言った。

「通りがつくられてるの、まだそれほどじゃないけど」

「でも、劇場は悪くはないよね？」

「劇場はりっぱだわ」

「去年、僕たちのところにモスクワ芸術座が来たんだよ」

ヴァロージャは言って顔を赤らめた。

「僕たち、花束で彼らを歓迎したんだ。どこからそんな花を、って彼らは驚いていたけど、花なんていくらでもあるんだ」

皆、彼を見つめ、彼はなお一層赤くなった。

「ヴァロージャは劇場が好きなの」

アンナ・ステパーノヴナは言った。

「でも、もっと好きなのは……」

「ママ！」

ドクトルは笑い出した。

「ママ、ちょっといい？」

厳しくヴァロージャは言って出ていった。アンナ・ステパーノヴナも笑い出しながら、彼のあとについていった。

「彼は詩を書いているんだ……」

小声でドクトルが言った。

「いや、今、こうして思い出すと、とてもおもしろいよ」

彼は続けた。

「あれはすばらしかった！　最初の製材工場がつくられ

た時のこと、新聞には日付の代りに、製材工場の操業開始まで何日と掲載されたんだ。あと二十日、十九日、そしてついに——あと一日！　一番機が到着する！　どんなに歓迎されたことか！……ところで君？」

突然ドクトルは気がついた。

「君はどうするんだい？　何をするつもりなのかね？」

「飛行するんです」

「どこへ？」

「まだ分かりません。大きな計画はあるのですが、今のところ、クラスノヤルスクに毛皮製品を運ぶんです」

「計画とは、新しい空路のことかね？」

「そうです……イワン・イワニッチ」

テーブルの御馳走《ごちそう》をすべて平らげ、木苺でつくった、とてもおいしい自家製のワインに取り掛かった時、私は言った。

「私がまだレニングラードにいた時、私たちが交した手紙のことを覚えていますか？」

「覚えているよ」

「あの航海士について、とても興味深い手紙を書かれてましたよね」

私は続けた。

「だから、何よりも先に知りたいんです、彼の下書き用のノートを保存されているかどうか？」

「保存している」

「すばらしい。でも、今度は私の話をよく聞いて下さい。とても長い話ですが、やっぱりあなたに話します。ご存知のように、あの時私に話すことを教えてくれたのは誰あろう、あなたなのですから。だから、その報いを受けるつもりで聞いて下さい……」

そして私は、彼にすべてを話した——いつだったか、ダーシャおばさんが私に声に出して読んでくれた他人の手紙から始めて……。カーチャに関しては、私は少しの言葉——情報として——しか言わなかった。でも、ドクトルはこの箇所で何故か微笑み、すぐに無関心な態度をとった。

「……それは、とても疲れた人だったよ」

航海士について彼は言った。

「本質的には彼が死んだのは、壊疽《えそ》のためでなく疲労のためなんだ。彼は死を逸《まぬが》れるために、あまりに多くの力を使い果たし、命がもはや残っていなかった。そういう印象を彼は与えていたよ」

「彼と話をしたんですか？」

「話した」

「どんなことを？」

「どこか南の町についてだったと思う」

ドクトルは言った。

「スフミともバクーとも、はっきりしないけど、彼にはそれが全く頭から離れない観念になっていたんだ。当時話されていたのは戦争のことばかり、だって戦争が始まったばかりだったからね。でも彼はスフミについて、あそこは暖かくて快適だと言うんだ。きっと彼はそこの出身だったのだろう」

「イワン・イワニッチ、その日記ですが、ここにありますか？　この家の中に？」

「ここにあるよ」

「見せて下さい」

私は何度となく、これらの日記のことを考えていたものだから、ついにはそれは私にとってなんだか分厚い、黒い油布の表紙の立派なものになってしまっていた。しかしドクトルが出ていき、数分して持って戻ってきたのは、学校の外来語辞書に似た、細長い二冊のノートだった。ノートの一冊をあてずっぽうに開いたとき、私は思わず興奮した気持ちに襲われた。

《航海士イワン・ドミートリエヴィチ・クリモフ殿

貴殿および以下に挙げる者すべてに対し、各自の希望するところに従い、人の住む陸地への到達を目的とし、船を降りることを命じる……》

「ドクトル、いや、彼の筆跡はすばらしいじゃないですか！　僕は全く楽に読めますよ！」

「いや違うんだ、すばらしいのは私の筆跡なんだ」

ドクトルは反論した。

「君は、私が判読できた箇所を読んでいるんだよ。私は、読み終えた部分の説明書きをつけた用紙を、数か所に挟んでおいたんだ。でも、そうでない残りすべては――まあ、見てごらん！」

そして彼は、ノートの最初のページを開いた。私の目に、読みにくい筆跡が飛び込んできた。それは例えばヴァーリリヤ・ジューコフのひどい筆跡みたいで、教師たちは長い間、彼がその筆跡でわざと自分たちを嘲笑していると考えたほどだった。しかし、これほどの筆跡を見たのは私は初めてだった。それはピンの頭ほどの非常に小さい、本物の釣針みたいで、その文字が各ページに全く乱雑にばらまかれていた。はじめの数ページは何かの油に浸されて、黄色く透明になった紙に鉛筆の文字がかろうじて現れていた。その先は、書き始めてやめてしまった言葉による、ある種の混乱状態になり、それから地図の略図に続いて、また混乱状態で、それはどんな筆跡学者をもってしても判読不可能と思われた。

「分かりました」

私は言ってノートを閉じた。

「僕はこれを全部読んでみます」

ドクトルは満足げに私を見つめた。

「成功を祈るよ」

心を込めて彼は言った。

私は彼のところに泊まることになった。お客でいる間に暗くなり吹雪になったのだ。ザポリャーリエでは吹雪になると外出禁止になる。アンナ・ステパーノヴナは、ヴァロージャの部屋に、私のために折りたたみ式のベッドの寝床を用意してくれた。私は寝る前に長いことヴァロージャを見ていた——頬の下にきちんと組んだ掌《てのひら》を置いて横向きに眠っている。寝ている姿は顎髭《あごひげ》こそないけれど、まるで小さなドクトルだった。折りたたみ式ベッドは、私が長靴を脱ごうとして座った時、大きな軋み音をたてた。彼は一瞬大きな青い目を開けたが、目覚めることなく、何かを少しつぶやいた。

第7章　日記を読む

自分をせっかちな人間とは思わないが、これらの日記をすべて読めるのは、忍耐の天才しかいないだろう！　きっと休憩の時、アザラシの油による小さな石油ランプの光の下、零下四五度の極寒の中、疲れてかじかんだ手で、これらが書かれたのだろう。文字を書いていた手が下にすべり落ち、力のない長い無意味な線を引いている箇所が、いくつか見られた。しかし、私はこれらを全部読まねばならなかった！

そして再び私はこの辛い作業に取り掛かった。夜ごと——飛行のない日は朝から——私は虫眼鏡を手に机に向かった。そして、これらの釣針の文字が、人間のことば——絶望のことばだったり、希望のことばだったり——へと張り詰めた中でゆっくりと変化し始めたのだ。まず私は強引に——ひたすら座って読む——進めていった。しかしそれから、うまいことを考えつき、私はすぐに、今までのように個々の言葉を追っていくのではなく、そのページをそっくり読んでいくようにした。日記をめくりながら気付いたのは、他のページよりはるかにはっきりと書かれているページがいくつかある――例えばドクトルが書き写した船長の命令のように――ことだった。私はこれらの箇所から、すべてのアルファベット――《a》から《я》まで――を書き抜き、《航海士のアルファベット》をつくり、さらに彼の筆跡のバリエーションをすべて正確に再現した。このアルファベットで仕事はぐんと早くなった。アルファベットに従って一つか二つの文字を正しく見分けると、すぐに残りの文字もすべてひとりでにうまく納まるということがしばしばあった。こうして、来る日も来る日も私はこれらの日記を判読していった。

日記

遠洋航海士
イワン・ドミートリエヴィチ・クリモフ

五月二十七日　水曜日。遅い出発、六時間で四露里を踏破。今日は記念日だ。ようやく船から離れること百露里になったと思う。もちろん、一か月間の歩行としては、それほどではないが、その代り道は思ったより大変だった。私たちは記念日を厳かに祝った。つまり干したブルーベリーからスープをつくり、甘味のために缶入り濃縮ミルクを二罐加えた。

五月二十九日　金曜日。私たちがもし、人の住む陸地の岸にたどり着くなら、これらの連中――名前を挙げる気もしないのだが――が、五月二十九日を死から救われた日として記憶し、毎年崇拝するがいいだろう。しかし連中は死を免れはしても、それでもやっぱり双身銃と携帯コンロを海に沈めてしまった。おかげで、私たちは昨日、生肉を食べ、牛乳を溶かした冷たい水を飲む羽目になった。ああ、神よ、とにかく私を、この間抜けどもと一緒に無事に人の住む岸に導いてくれ給え！

五月三十一日　日曜日。以下に挙げるこれが公式文書、つまりこれによって私が乗組員たちの先頭に立ち、行動することになったのだ。

《航海士イワン・ドミートリエヴィチ・クリモフ殿
貴殿および以下に挙げる者すべてに対し、各自の希望するところに従い、人の住む陸地への到達を目的とし、船を降りること、それをこの四月十日に開始し、そうして二か月の予定で犬橇にカヤックと食料品を引かせて氷上を徒歩にて行くことを命じる。船を降りたなら陸地が見えるまで南に向かうこと。陸地が見えたなら、状況に応じて行動する、しかし、できればフランツァ・ヨシファ島の間にあるブリタンスキー水路に到達するよう努力すること。その水路に従い、最もよく知られたフロール岬に達すれば、食料と建物を見つけることができるだろう。さらに時間と状況が許すなら、シュピッツベルゲン（〔訳注〕北氷洋にあるノルウェー領の島）へ向かうこと。シュピッツベルゲンに到達すれば、貴殿は見知らぬ土地で人間を見つけるという極めて困難な問題に直面するだろうが、恐らくその南部でなら、岸辺に住んではいないが、なんらかの漁をしている船を見つけることができるだろう。十三名の乗組員とは、彼らの希望に従って貴殿は一緒に行くこと。

聖マリヤ号　船長　イワン・タターリノフ

一九一四年　四月十日

北氷洋にて》

船長を厳しい、ほとんど絶望的な状況に残して去ることが私にとってどんなに辛いことか、神は見ていることだろう。

六月二日　火曜日。船にいた時、機関士のコールネフが四組のサングラスを作っていた――それらが用途を果たしていたとは言えないけれど。ガラスはジンの瓶でできていた。前方の犬橇にサングラスをかけた《目の見える》果報者たち、そして《目の見えない者たち》が、道中で時折、睫毛《まつげ》越しに自分たちをちらちら見ながら、目をしっかり閉じて彼らの後に続くのだ。目は堪えがたく辛い光線のため痛む。私が決して忘れられない、私たちの行進の光景はこんなだった。

引き綱を胸で引っぱり、片手はカヤックの舷《ふなべり》に置いて、私たちは規則正しく歩調を合わせ同時に揺れながら前進する。私たちはきつく目を閉じて歩いていく。右手に持ったスキーのストックは、機械的な正確さで前に繰り出され、右にそれてゆっくり後方に残っていく。このストックの先端の下できしむ雪が、何と単調ではっきりした音をたてることか！　思わず、このきしむ音に耳を傾けていると、明確にこう聞こえてくる――《ダレコー、ダレ・コー》（遠い、遠ーい）。夢現《ゆめうつつ》の中、私たちは機械的に足を引きずり、引き綱を胸で引いて歩く……

今は、なんだか暑い夏で、高い家々の日陰を、岸沿いに歩いているようだ。これらの家の中にはアジアからの果物倉庫があって、扉は広々と開け放され、乾燥した新鮮な果物のつんと香ばしい、芳しい匂いがする。オレンジ、桃、乾燥リンゴ、丁香《クローブ》の匂いに頭が変になりそうだ。ペルシャ商人が暑さで柔らかくなったアスファルトの歩道に水を撒いていて、私には彼らの落ち着いた喉音《こうおん》の多い話し声が聞こえる。ああ、なんていい匂い、なんて気持ちのいい涼しさだろう！……

私は自分のストックにつまずき我に返り、カヤックにつかまり驚いて立ち止まる——あたりは見る限り一面の雪、雪、雪。相変らず太陽は輝いて目もくらむばかり、相変らず堪えがたい目の痛み。

六月四日　木曜日。今日、ドゥナエフの後をついていきながら私は、彼が血を吐いているのに気が付いた。歯《は》茎《くき》を診察する——壊血病だ。この間彼は足の痛みを訴えていた。

六月五日　金曜日。イワン・リボーヴィチ船長のことが頭から離れない——彼はあの時、私たちを送りながら、別れの演説をして、急に黙り込み、歯を食いしばり、何かあきらめたように微笑んで周囲を見回した。病気で、寝床から起きたばかりの彼を、私は残してきた。あぁ神よ、なんという恐ろしい過ちだろう！　でも、もう、元には引き返せない。

六月六日　土曜日。三日前からずっとモーレフは私に、氷山の上から彼が《ラブヌーシカ》つまり、はるか南まで続く、真っ平らな氷のようなものを見たとうるさく訴えていた。

《この目で見たのであります、動物は歩けない（（訳注）農民の使う表現で、モーレフは農民出身なのだろう）くらい、つるつるのラブヌーシカを》

今朝、テントの中に彼はいなかった。スキーをはかずに彼は出掛け、固いうっすらした雪の上に、彼の長靴の跡がかすかに見られた。一日中、私たちは彼を捜して叫び、笛を吹き、銃を撃った。彼は弾倉式ライフル銃と二十発の弾帯を持って出ていたので、私たちに返事しようと思えばできたはずだ。でも、何の音も聞こえなかった。

六月七日　日曜日。カヤックの中のマストに、スキー板とストックをしばりつけ、五サジェン（（訳注）一サジェン＝二・一三m）の高さにして、そこに旗を二枚取りつけて、丘の頂上に置いた。もし彼が生きていれば、彼は私たちの合図に気付くだろう。

六月九日　火曜日。また旅に出る。十三名が残った

――不運の数字だ。陸地、それが私たちを刻一刻と北に運び去る心配しなくてもいい場所にあり、荒涼とした殺風景なものであっても、そんな陸地にたどり着くのは一体いつのことだろう！

六月十日　水曜日。今日の夕方近く、また南の海岸の町と、白いパナマ帽の人々で込み合う夜のカフェの幻を見る。スフミだろうか？　また果物のつんと香ばしいよい匂いと、辛い思いが起る。《南方で航海していれば、こんなに快適なのに、何のために私は寒い氷の海への航海に出たのだろう？　あそこは暖かだ。シャツ一枚で歩き回れるし、素足だって大丈夫！　オレンジ、ぶどう、リンゴがたくさん食べられる》　私は決して果物は特に好きな方ではないのに、何故なのだろう？　とはいっても、昼の休憩でライ麦の乾パンと一緒に食べるチョコレートは好物だ。ただ各自がもらえるのはほんのわずか――割った板チョコのひと欠片《かけら》なのだ。十分に乾燥したライ麦の乾パンの皿を前にして、板チョコのまるまる一枚を一度に手に取って好きなだけ食べられたら、どんなにいいことか！　それができるようになるまで、あと何露里、あと何時間、何日、何週間かかるというのか！

六月十一日　木曜日。道は深い雪と、その下が水だらけのひどいものだ。ポリニャ（氷に囲まれた水域）が、しじゅう私たちの進路を妨げる。今日歩いたのは、三露里どまり。一日中、靄《もや》と、この鈍い光線――そのせいでひどく目が痛い。このノートが今、モスリンを通したようにぼんやり見え、熱い涙が頬を伝って流れる。明日は聖神降臨《トロイツァ》祭。南のどこか《彼の地》はこの日、どんなにかいいことだろう、そして浮氷に面した、見渡す限りの入り組んだポリニャと氷塊の、北緯八二度のこの地のなんとひどいことか！　氷は見ている前でひっきりなしに移動している。ポリニャが一つ消えると、別のポリニャが現れる――まるでどこかの巨人たちが巨大な盤の上でチェスをやっているようだ。

六月十四日　日曜日。私の旅の道連れたちには決して話さない発見がある。つまり私たちが陸地のそばを通り過ぎているということ。今日、私たちはフランツァ・ヨシファ島の緯度に達し、なお南に流されていく――しかし島影は見えない。私たちは陸地のそばを通過している。このことは私の役立たずのクロノメーターからも、優勢な風からも、そして水の中に繰り出したロープの流れる方向からも認められる。

六月十五日　月曜日。私は船長を病気のまま絶望の中に残してきた――その絶望を彼はやっとのことで隠していたのに。このことは、私たちが救助される確信を、私から奪うものだった。

六月十六日、火曜日。壊血病の患者は今や二名になった。ソートキンも発病し、彼の歯茎は出血し、腫《は》れている。私の治療は、そういう彼らに、スキーで道捜しに行かせることだが、夜はオブラートに包んだキニーネを与える。多分、それは過酷な治療法かも知れないが、私の考えでは、人間が精神力を失わないうちは唯一の方法なのだ。最も辛い壊血病の症例を、私は、イワン・リボーヴィチ船長に見ていたが、彼はほぼ半年それで苦しみ、つまり、非人間的な努力の意志のみが、自らを回復させた、つまり、自分の死を免《まぬが》れることができたのだ。だから、こういう意志、おおらかで自由な知性、尽きることのない勇敢な心があれば、破滅の運命を避けられないなんてどうして考えられるだろうか！

六月十八日　木曜日。北緯八一度。南へ漂流する速さにまた驚かされる。

六月十九日　金曜日。四時頃、露営地から東南東に《何か》を発見した。それは、水平線の真上のピンク色をした二つの雲で、靄《もや》でそれが覆われるまで形を変えることはなかった。おそらく今くらい、これほどの量の氷地（氷の間からのぞいている水面）に私たちが囲まれたことはなかった。ハジロやきいきい鳴くゾウゲカモメがたくさん飛び回っている。ああ、カモメたちめ！　氷の上にころがった殺されたアザラシの内臓をめぐって言い争い、口喧嘩して大騒ぎするこいつらのために、夜ごと、何度寝つかれなかったことか。悪魔のように、こいつらは私たちを愚弄し、ヒステリー笑いをし、きいきい声を出し、ぴいぴい鳴いて、まるで罵り合っているかのようだ。《真白いカモメどもの叫び》、テントの中での眠られぬ夜々、テントの麻布を透かして見える沈まない太陽――これらのものを、私はきっといつまでも覚えていることだろう！

六月二十日　土曜日。露営地にいた一週間で、私たちは氷とともに南へまる一度流された。

六月二十二日　月曜日。夕方私はいつものように水平線を調べるために、氷原上に高く突き立った氷盤に登った。今回私は東の方角に何かが見えたので興奮して氷盤に腰を下ろし、急いで目と双眼鏡を拭いた。それは、青い平原の上に入念に刷毛《はけ》で一塗りしたような、明るい帯状のものだった。最初は月かと思ったが、何故かその月の弧の左半分は次第にかすみ、右半分がよりくっきりしてきた。夜中に五回ほど外に出て双眼鏡で見たが、その都度、この月のような物体は同じ場所にあった。私が驚いたことに、私の旅の道連れたちは誰一人気付いていなかった。テントに駆け込んで、大声でこう叫びたいのを抑えるのにどれほど苦労したことだろう。《お前たち、どうして案山子《かかし》みたいにボーッとして、俺たちが陸地に近付いているのも見ずに眠っているのか?》しかし、何故か私は黙っていた。これが蜃気楼《しんきろう》だなんて、誰に分かるというのだ!　私は、また南の町の海岸にいて、暑い夏に高い家々の日陰の幻を見ていたというのか!

（一冊目のノートはここで終っていた。二冊目は七月十一日から始まる）

七月十一日　土曜日。アザラシを殺し、深皿に二杯分の血を集め、その血とハジロで、とてもうまい雑炊をつくった。紅茶や雑炊をつくるときは、私たちはふつう、あまり冗談を言わなかった。今朝私たちは、バケツ一杯の量の雑炊を食べ、バケツ一杯の紅茶を飲んだ。昼にもバケツ一杯の雑炊と紅茶、そして今、夕食で私たちは、各自一フント（一フント＝四〇九・五g）以上の肉を食べ、紅茶のバケツが沸騰するのをじりじりして待っている。私たちのバケツは円錐台形の大きなものだ。私たちは今、多分バケツの雑炊を煮て食べるのも反対しないだろうけれど、遠慮している。つまり《節約》せねばならないのだ。私たちの食欲は狼どころか、もっと激しかった。それは何か異常で病的なものだった。

こうして私たちは島に滞在した。私たちの足元には、この二年間離れることのなかった氷はなくて、大地と苔があった。すべて快適だったが、一つの思いだけが相変らず私にうるさくつきまとった。何故船長は私たちと出発しなかったのだろう?　彼は船を残したくなかった。彼は《手ぶらで》戻ることはできなかった。《手ぶらで戻るなら、私は苦しむことになる》そして、あの子供じみた、無謀な考えが出てくる。《絶望的な状況で船を降りるくらいなら、私は、私たちが発見した陸地に行くよ》

私にはこの頃、彼があの陸地にやや夢中になっていたように思えてきた。私たちは一九一三年の四月にその陸地を見つけていた。

七月十三日　月曜日。東南東の海は、水平線まですっかり氷がなくなっている。あぁ《聖マリヤ号》の別嬪《べつぴん》さん、ここに来ればいいのに、あんたが見つかればなぁ！ここなら、機関は不要、帆でどんどん走れるのに！

七月十四日　火曜日。今日、ソートキンとカラリコフが、島の先端まで行ってすばらしい発見をした。海の近くで彼らは小高い石造りの丘に出会った。その丘の規則正しい形に彼らは驚いた。近付いていくと、そのそばに特許のある栓で蓋《ふた》をされたイギリス製のビールの空瓶があった。彼らはすぐ丘に分散して、まもなく石の下に鉄製の罐を見つけた。罐の中から、とても良く保存されたイギリス国旗が現れ、その下に同じ瓶があった。瓶には数人の名前を書いた紙が貼り付けられ、その中に英語のメモが入っていた。ニルスと協力してなんとか私たちが判読したのは、ジェクソンを隊長とするイギリス極地探検隊が、一八九七年八月、フロール岬を離れ、メリ・ハルムスヴォルト岬に到達し、そこにこの旗とメモを置いたということだった。結局、《ヴィンドヴォルト号》ではすべてが順調だったと述べられていた。

これで、私の疑問は思いがけなくすっかり解明された。つまり私たちがいるのはメリ・ハルムスヴォルト岬であること。そこは、アレクサンドル島の南西端なのだ。明日、私たちは島の南岸に移動し、この著名なイギリスのジェクソン隊長の所領であるフロール岬へ出掛けるつもりだ。

七月十五日　水曜日。宿営地を去る。私たちは選択を迫られていた。つまり荷物を引いて氷原を皆で行くか、あるいは二隊に分かれ、氷原をスキーで行く隊と、氷原沿いにカヤックで行く五人の隊で進むかだ。私たちはこの後者の移動方法を選んだ。

七月十六日　木曜日。朝、マクシムとニルスたちは、カヤックを私たちの露営地の近くに移動させた。ニルスが海流で遠くまで流されたので、二人が彼をつかまえに出掛けることになった。私は双眼鏡でニルスがオールを上げて、全く無力な様子で、彼を助けに向かっているカヤックを見つめているのを見た。ニルスの病気は重い、そうでなければ私は彼の振舞いを説明できないだろう。要するに彼は何か変だった。足取りはふらふらして、いつも少し離れて座っていた。今日は夕食に私たちは二羽のハジロと一羽のホンケワタガモを煮て料理した。

七月十七日　金曜日。天候はひどい。グラント岬に滞在して陸路のスキー隊を待つ。夜中に空が晴れる。前方、東北東の、一面の氷の向こうに岩だらけの島がすぐ近くのように見える。あれは、フロール岬のあるノルドブルク島ではないだろうか？　この岬を目指してきた私が正しかったかどうかが明らかになる瞬間が近付く。ほぼ二十年――ずいぶん長い期間だ。おそらくそれだけ経った後ではジェクソン隊長の建造物の跡は残ってはいないだろうか？　でも、行くしかない。スキー隊は大きく迂回しているのだろうか？　あの、不運な、病気の連中は魚油のしみ込んだボロ服で、異常な食欲のまま、その迂回に果たして耐えられるだろうか？

七月十八日　土曜日。明日、もし天候が許せば私たちは先に出発する。これ以上私はスキー隊を待つことはできなかった。ニルスはどうにか歩け、カラリコフは彼より少しはマシ、ドゥナエフは足が痛むとは言いながら、ニルスやカラリコフのような無気力――私にとって恐いものなのだが――や衰弱は認められなかった。スキー隊を引き留めているのは何だろう？　分からないが、これ以上ここに留まること、それは確実に死を意味する。

七月二十日　月曜日。ベリー島に到着。カヤックを降りながら私たちは、ニルスがもう歩けないことが分かった。彼は倒れ、四つん這いで這っていこうとした。テント風のものを急ごしらえして、私たちはニルスを島まで引いてきて、唯一の毛布でしっかり包《くる》んだ。彼はまだどこかへ這っていこうとしていたが、やがて静かになった。ニルスはデンマーク人だった。《聖マリヤ号》での二年間の勤務で、彼はロシア語をうまく話せるようになっていた。しかし昨日来、彼はロシア語を忘れてしまった。何より私を驚かせたのは、彼の意味不明の恐怖におののく目つき――分別を失った人間の目――だった。私たちはブイヨンを煮て、半時間ほど彼に与えた。彼は飲み干《ふ》して横になった。とても利口でよく働く乗組員の彼が不憫《びん》だった。皆眠っていたが、私はライフル銃を持って、断崖からフロール岬を観察するために出掛けた。

七月二十一日　火曜日。夜中に、ニルスが死んだ。彼は、私たちが包《くる》んでいた毛布を脱ぎ捨てようとさえしなかった。彼の顔は穏やかで、臨終の苦しみで歪んではいなかった。二時間ほどして私たちは永遠の安らぎを得た（訳注）ウパコイという宗教的な言葉が、検閲でウスパコイ（静かになった）にされたと思われる。）同志を引き出し、犬橇の上に乗せた。大地がすっかり凍っていたため、墓は浅かった。この一人ぼっちの、人里離れた墓の前で、誰も泣く者はいなかった。私たちは、この男の死にそれほどひどく驚くわけでもなく、全く普通のことのようにしていた。もちろんそれは、冷淡な非情さから来るのではなかった。それは、私たち皆に身近に迫っている死の形相を前にした、異常とも思われる判断力の喪失なのだった。私たちは次の《候補者》であるドゥナエフを、《たどり着くか、早々に死んでしまうか》心の中で憶測しながら、チラチラと敵意を持って見た。仲間の一人は憎しみで彼を怒鳴りつけさえした。《こら、何をぼんやりしてるんだ、この意気地《いくじ》なし！　ニルスのようになりたいのか？　ぐずぐずしないで、流木捜しに行けよ！》

　ドゥナエフがおとなしく出掛けると、後ろからさらに叫び声がする。《フラフラとつまずいたら、ただじゃおかないぞ！》それは、ドゥナエフへの鬱憤《うっぷん》ではなかった。今は流木など大事ではなかった。それは、同志を連れ去る病気への憎しみであり、とことん死と闘うという呼びかけだった。麻痺したように足ががくがくになり跛《びっこ》をひくのは、この病気の典型的な徴候だった。それから舌がいうことをきかなくなる。病人は、いくつかの言葉を一生懸命発音しようとするが、何も出てこないと分かると当惑して沈黙してしまう。

　七月二十二日　水曜日。三時にフロール岬へ出発する。また、イワン・リボーヴィチ船長のことを考える。彼が、私たちが発見したあの陸地にやや夢中だったことは、もう疑う余地はない。あの時彼は、その陸地へ調査隊を行かせなかったことで、絶えず自分を責めていた。彼は別れの演説の中でも陸地のことに言及していた。

　誰も、あの別れを忘れることはできない——あの、はるかな目つきの、青ざめ霊感に満ちた顔を！　ひと口話やおもしろい話をよく思いつき、どんな困難な仕事に取り掛かるのにも冗談を忘れない、乗組員の憧れの、あれほど血色のいい、元気いっぱいの男だったのに、その面影が一体どこにあるのだろうか？　彼の演説の後、立ち去る者は誰もいなかった。彼は、別れのことばを言うために力を集中させるかのように目を閉じて立っていた。でも、ことばの代りにかすかな呻《うめ》き声が思わず出て、目尻に涙が光った。彼は初めは途切れがちに話し始め、やがてずっと落ち着いてきた。

《この二年間、闘いと労働を共にしてきた友人たちを見送る我々は皆、辛いものがある。しかし我々が覚えておかなければならないのは、この探検の基本的課題は達成されなかったが、それでも我々の残した事は少なくないということだ。ロシア人たちの労苦によって、北極の歴史に最も重要なページが記録されたこと――ロシアは彼らを誇りにできる。我々には責任がある、つまりロシアの北極探検家たちの立派な後継者であるということだ。万一、我々が非業の死を遂げたとしても、一緒に我々の発見まで葬らせてはならない。我々が〝マリヤ島〟と命名した広大な陸地が、探検隊の労苦によってロシアに帰属することになることを、友人たちよ、どうか伝えて欲しい》彼は少し黙り、私たち各人を抱擁してから言った。《私は君たちにプラシャイチエ（長く別れるときのさようなら）ではなくダ・スビダーニヤ（さようなら）と言おう》

七月三十日　木曜日。今や私たちはわずか八人――カヤック組の四人とアレクサンドル島のどこかにいる四人――になってしまった。

八月一日　土曜日。今日はこんなことがあった。北東の風が急に激しくなり、半時間後には強いさざ波を引き起しながら煙突を通したように強く吹き始めたとき、私たちはフロール岬からすでに二～三海里のところまで来ていた。靄《もや》でよく見えず、私たちはドゥナエフとカラリコフの乗った二番目のカヤックを見失った。この風とさざ波の流れに対抗することは不可能で、私たちはやや大きな氷山の一つに接岸して、風下の方から氷山によじ登り、カヤックを引きずり上げた。氷山に登ると、私たちは頂上に柱を打ち込み旗を掲げた。それは、ドゥナエフがそれを見たら、彼も又、どこかの氷塊によじ登ることに気付くだろうと期待してのことだった。とても寒くなり私たちはほとほとくたびれて、横になって眠ることにした。トナカイ毛皮服を着て私たちは、氷山の頂上で足を交互にして横たわった。つまり私の背中越しに、マクシムの足は私の毛皮服の中、そして同じく彼の背中越しに、私の足はマクシムの毛皮服の中。こうやって私たちは眠り込み、七～八時間安らかに眠った。

目覚めはひどいことになった。氷の割れる恐ろしい音に目が覚め、落下していくのを感じ、次の瞬間には私たちの二人用寝袋は水浸しになり、私たちは水中に沈み、必死にもがいてお互いに足をばたつかせて身を振りほどき、そのあてにならない寝袋からやっと抜け出したのだ。私たちは水に沈めようと放り投げられた猫状態だった。水中でどのくらいもがいていたか分からないが、私にはひどく長い時間だったように思われた。助かるかダメかの思いと一緒に、この旅行の様々な光景が私の脳裏をかすめた。モレフの死、ニルスの死、氷原をスキーで行った四人の死。今度は我々の番、そしてそれを看取る者はもう誰もいない。その瞬間、私の足がマクシムの足に当たり、私たちはお互いを寝袋から押し出したのだった。そして次の瞬間にはもう、氷山の水中にある《平らな麓《ふもと》》の上にずぶ濡れで立ち、氷塊に向かって長靴、毛皮帽、毛布、ミトン（ふたまた手袋）、それに周囲の水に浮かんだものを力まかせに投げ上げていた。

　トナカイ毛皮服は重くて、私たちは各々、二人がかりで氷塊に上げなければならなかった。でも、毛布はどうしてもつかまえられなくて、沈んでしまった。今、いったい何をしたらいいかと頭を悩ますには及ばなかった。だって、我々は凍り始めていたのだ！　この問いに答えるかのように氷山の頂上から、カヤックが水中に落ちた。風に吹き上げられたか、あるいは我々の下で割れたのと同じように、氷がその重みで割れたのだろう。今や、私たちは何をすべきか分かった！　私たちは、自分の靴下やジャンパーをしぼり、それらをまた身につけ、残っているものすべてを手当り次第カヤックに投げ入れて、それに乗り込み、さあ、漕ぎ出すんだ！　ああ、それは何と必死に私たちはカヤックを漕いだことか！　そのことだけが、私たちが助かる道だと思った。六時間ほどして、私たちはフロール岬にたどり着いた。

　クリモフ航海士が船を降りてまもなくの頃の日記に、私は興味深い地図を見つけた。それは昔風のもので、《フラム号》でのナンセンの旅行記に添えられていた地図に似ていると私は思った。でも、驚いたことがあった。つまり、それは《聖マリヤ号》の一九一二年十月から一九一四年四月までの漂流の地図で、そこはいわゆるペテルマン島のあったまさにその場所に該当していた。今日、この島は存在しないということを知らない者がいるだろうか？　しかし、帆船《聖マリヤ号》のターリノフ船長が初めてその事実を突きとめたことを誰が知っているだろう？　地理の本にその名前さえ載らないこの船長がやったことは、一体何だったのか？

　彼はセヴェルナヤ・ゼムリヤ島を発見し、ペテルマン島が存在しないことを明らかにした。彼は北極の地図を一新した――それなのに自分の探検は失敗だったと思っている……。しかし、最も肝心なことは、このことだった。つまり、（読む作業自体で妨げられることのないように）私が写し書きした日記を、五回、六回、七回と読み返すうちに、船長がこの発見をどう思っていたかについて言及している日記の箇所に、私は注目したのだ。

《あの時、彼は、そこ（つまりセヴェルナヤ・ゼムリヤ）

に調査隊を送らなかったことで絶えず自分を責めていた》

《……我々が非業の死を遂げても、我々の発見まで一緒に失くしてはいけない。我々が〝マリヤ島〟と名付けた広大な陸地が、探検隊の労苦によってロシアに帰属することになることを、友人たちよ、どうか伝えて欲しい》

《絶望的状況になって船を降りざるを得なくなったら、私は、我々の発見したこの陸地へ行くつもりだ》

航海士クリモフも、この考えを、子供じみた無謀なものと呼んでいた。子供じみた、無謀な考えだって！　いつだったか、ダーシャおばさんが私に読んでくれた船長の最後の手紙にも、この二つの言葉があった。

《否応なしに私たちは当初の計画――シベリア沿岸をウラジオストックまで航行する――を断念しなければならなくなった。でも、悪いことばかりは続かない。全く違った思いが、今私を夢中にしている。この思いを、何人かの私の仲間が言うように、子供っぽいとか、無謀だと君にとられなければいいのだが……》

ページはこの言葉で終っていたが、日記の続きはなかった。今や私にはこの考えが一体どういうものかが分かった。つまり彼は船を降りて、この場所に行きたかったのだ。彼の人生の主要な目的だった探検は失敗した。彼は《手ぶらで》家に戻ることはできなかった。彼は自分の発見した陸地へ行きたいと切望していた。だから当然のことだが、もし、まだどこかに探検隊の痕跡が残っているなら、それはこの陸地を探せばよい筈ではないか！　でも、明白にそう言えるのは私だけなのだろうか？　私には、はっきりそう考えるだけの理由があったと思う。つまり私は、その名前にちなんでこの陸地が命名された船長の妻を知っていて、彼女の死を見てきたし、この探検隊の痕跡を誰よりも見つけたいと願い、そうすることでカーチャに私が彼女を愛し、ずっと愛し続けることを証明したいとより強く思っているからなのだ。

一九三五年、三月の深夜、私は、この日記の最後のページを書き写し終えた。そして、そこまでの判読に成功したのだった。

私が当時住んでいた地区委員会の二階建ての大きな家では、皆がすでに寝ていて、私の部屋の窓からだけ、雪に覆われた道路の細い木々に光が差していた。私は少し頭痛がして目が痛かった。私は外套を着て出掛けた。静かで、ひどく寒いが、それほど暗くはなかった——星がたくさん出ていて、西方にほんのりオーロラが光っていた。

バラショフの飛行場で私が体験した、昔の忘れられない感覚が蘇《よみがえ》ってきた。まるで劇場が急に明るくなり、私はたった今まで舞台で見ていた人々を、自分のそばで見ているような気持ちだった。これは本当に現実だったのだろうか？　ほんの一分前までは、これらの人々が実在しているか、あるいは現実の思考の明白な光を前にして、色褪《あ》せたり消えてしまう演技にすぎないかを区別することはできなかっただろう。ところが今は、すべてが本当に生きている人間として、完璧な明白さで、私は自分のまわりのこれらの人々を、彼らの恐怖や病気とともに、それに彼らの絶望、幻、希望とともに見ていたのだった。

彼らが船を降りた時、船は海岸から百七十kmに位置していたのに、彼らが陸地をそれて進んでいったため一面の氷原をおおよそ二千km踏破したのだった。彼らには船長はいなかったが、この恐ろしい日記には、船長のことが随所に触れられている——彼のことば、彼への愛、そして彼の命への危惧の思いが！　別れの演説は鉛筆で書かれ、紙に強い筆圧でしっかり書かれてあった——それは、全日記の中で一番筆跡の分かりやすい箇所だった。

《しかし、言葉の代りにかすかな呻《うめ》き声が思わず出た。そして目尻には涙が光った……》

まるで彼の生と死について、私に話すように託したかのようなこの船長の身に起ったことを、いつの日か私は知るようになるのだろうか？　自分が発見した陸地を調査するために彼は船に残ったのだろうか、それとも乗組員とともに餓死し、ヤマル半島沿岸の氷で凍結した船は、死んだ乗組員とともに長年かけて、グリーンランドに達したナンセンの跡をたどったのだろうか？　あるいは、星も月もオーロラも何も見えない寒い嵐の夜、船は氷に押し潰され、轟音とともにマスト、トップマスト、それに帆桁《げた》が倒れ、デッキのすべてが破壊され乗組員はそれに絶え、船体は断末魔の痙攣《けいれん》の中で、バリバリと割れ始め、二時間後には大吹雪が、惨事のあった場所をすっかり雪で埋めてしまったのだろうか？　それとも、北極の無人島のどこかに、《聖マリヤ号》の乗組員はまだ生きていて、船の運命、船長の運命について話をしてくれるかも知れない？　だって、人の住まないシュピッツベルゲン島の一隅に六人のロシア船員が数年間生き長らえていたではないか――白熊やアザラシを撃ってその肉を常食とし、その毛皮を身につけ、氷と雪でできた小屋の床に毛皮を敷いて！

いや、ちがう、それはありえない！　船を降りてマリヤ島へ行くという《子供じみた》《無謀な》考えを述べてから、二十年経っている。彼らはこの陸地に行ったのか？　到達したのだろうか？

第8章　ドクトルの家族

冬の間中、私はこの日記を詳細に読んでいたが、それでもザポリャーリエでの私の生活では、順調に仕事をこなしていた。私はクラスノヤルスクへ製材工場のための工具を運び、ついには飛行八時間半までこのルートを伸ばした。私はノリリスクへ探鉱調査隊を移動させ、遠く離れたネネツ人住区へは教師、医師、党機関員を乗せて運んだ。有名な飛行士M（マレーシエフのこと）と私はディクソン島へ行った。私はエニセイ川の支流、クレイカ川、ニージニャヤ・ツングースカ川を飛行した。でも、ザポリャーリエに戻ると、私は何よりも先にドクトルのところへ出掛けた――もちろん、床屋と蒸風呂《バーニャ》に入ってから。私はドクトルと彼の家族がとても好きになり、彼らもおそらく私を愛してくれた。ドクトルは自分の作品のように私に接するのがとてもおかしかった――彼は私が、かつて《クラー（雌鳥《めんどり》）、スェドロー（鞍）、ヤーシック（箱）》と繰り返ししゃべっていたあの、痩せた、ダブダブズボンの黒髪の男の子自身であるのが、まだよく信じられないかのように、ときどき片目を軽く閉じたりした。

もちろん今は、私にとって彼は、子供時代の田舎でのように謎めいてはいなかった。でも、今でも決してできないこと、それは彼が次の瞬間何をしようとするかを言い当てることだった。例えば彼は話の最中、突然あなたに、座っていた椅子を放り投げるとあなたは必ずそれを受け止め、彼の方に放り返さねばならない。こんな体操の数分後、ドクトルはまるで何事もなかったかのようにその椅子に座り、話が続くのだ。

ネネツ人たちの中に、彼は真の友人が何人かいて、彼らにコジマ・プルトコフの詩を読むのが好きだった。黒髪の、浅黒い顔の大きな彼らは、ビーズで刺繍したトナカイの毛皮外套を着て、ドクトルのところへやって来た。彼らは座って話をし、一方灰色のトナカイたちは、悲しげな目をして、高い橇《そり》につながれて、長い間表玄関のところに立っていた。

ドクトルはネネツ語で話し、ネネツ人たちは彼のところに相談にやって来た――時にはとても重要な問題を。新しい社会主義体制は、彼らにはすべてが明らかではなく、ツンドラ・ソビエトでコルホーズ問題の専門家のトップであるワシーリー議長をあまり信用していなかった。だから、ある時、彼らがやって来て尋ねたことは、ドクトルの考えでは、強盗をどう扱うべきかということだった。つまり、自分たちで殺すか、それとも権力に引き渡すべきか？　というのだ。別の時には、彼らはドクトルがプリムス型石油コンロをどう見ているか明らかにするため現れた――この器具が家庭に役に立つものかどうか？　というのだ。それでドクトルは長々と説得をして、強盗は権力に引き渡すべきで、プリムス型コンロは家庭に役立つと話し、ネネツ人たちは子供のように真面目な表情で黙って彼の言うことを聞いていた。しかし、まもなく私がネネツ人たちを前にして、大演説をする羽目になったのだ……それについてはあとで述べよう。

それでも、そこには固い友情があり、ドクトルが言うには、その友情は、彼らがハバロフ部落に寄生虫駆除所を設置した時から始まったとのことだった。それは本当に医療の勝利だった。ドクトルは《虫退治人》とあだ名をつけられ、彼の評判はツンドラ一帯に広まった……

ドクトルの家にはたくさんの動物がいた。猫のフィーリカ、亀、ハリネズミ、それにテーブルの下に住んでいて昼食の席につくと《クッ、クッ、クッ》と叫び声をあげるワシミミズク。これらはすべて息子のヴァロージャが世話をしており、さらに二匹の犬のブーシカとトーガを彼は犬橇の犬に仕込んでいた。その橇につなぐ輓具《ばんぐ》はネネツ人から贈られたすばらしいもので、飾りの小片はマンモスの皮だった。私はヴァロージャが自分の詩を自慢しないのがとても気に入った。それは彼の秘密で、冬の間彼が詩を読むのを私が聞いたのは、たった一度だった。はじめ彼は長いことブツブツ言って、隣の部屋で私が全部聞いているのに気付かなかった。そして、声に出して表情豊かに詩を読んだ。

エヴェン人のチョルカールが学校から家へ戻ってくる
月のような微笑みが、彼の細い目元に輝く
橇から急いで飛び降り、うれしそうに手を振る――
テントの中に子供たちの溌剌《はつらつ》さと喜びの声が

流れ込む

そして再びブツブツ始めるのだった。私はタターリノフ船長の物語を彼に話し、亡くなった航海士クリモフの日記が、その物語にとってどれだけ重要なものかを説明した。私が新たに判読したページを持ってドクトルを訪れる毎に、ヴァロージャもとても興奮した顔で私たちの話に聞き入るので、ドクトルは私にちらりと視線を交しながら、彼の肩をやさしく抱くのだった。この物語に献げられた詩は一編だけではなかったのは間違いない。こうして、タターリノフ船長の人生は、散文以外にも記述されることになった。

　ドクトルは、航海士の書いていた病気に興味を示した――その症状（〔訳注〕七月二十一日のクリモフの日記参照）は、はじめは足にきて、その後、急に原因不明の死に至ると言われていた。ヴァロージャも、スコット船長の乗組員のエヴァンスが同じ病気で死んだのを思い出した。

「この病気で死ぬのは、一番強健な人たちなんです」

　赤面しながら彼は言った。

「それは、何か精神的なものらしい」

　でも、帆船はまだ無人島のどこかの氷の中に、死んだ乗組員とともにあるだろうという私の推測に、彼は特に驚くふうでもなかった。彼は何か尋ねたそうだったが、黙ってただ子供っぽく口を開け、顔中、頬から首までが興奮で鳥肌を立てていた。

　家の中での中心人物はもちろんアンナ・ステパーノヴナだった。皆が彼女の言いつけに従い、ドクトルに対して、決して言うことを聞かず、とがめるような表情で《クッ、クッ、クッ》と鳴いていたワシミミズクまでが彼女には服従していた。ネネツ人たちがドクトルにこう言うのも無理もないことだった。《ああ、あんな大きな奥さんいて、いいなあ！》彼女は尊敬の念を起させた。家だけでなく、町中いたる所で彼女の言葉に耳を傾けるのだった。

　彼女は有名な海軍の家族の出で、彼女の父、叔父さん、そして兄弟すべてが、海洋や河川の大型船の船長として航海していた。カルスカヤの時期――ザポリャーリエでは八月、九月がこう呼ばれ、砕氷船がカラ海で、ソビエトや外国の汽船を通過させる――には、時々、これらの兄弟や叔父さんが、アンナ・ステパーノヴナと同じく背の高い、がっしりした体格の大きな鼻に、巨大な口髭をした顔で、家に現れたものだった。

　タターリノフ船長の話に、アンナ・ステパーノヴナは思いがけない方向からアプローチしてきた。

「奥さんたちはかわいそうに！」

妻たちについては一言も触れられていないのに、彼女はそう言った。

「一年待ち、二年……彼は以前に死んで、跡さえ残っていないかも知れない。それでも彼女たちはじっと待ち、ずっと期待し続けるの。戻ってくるかも知れない！　眠られぬ夜々！　そして子供たち！　子供たちに何と話せばいいのかしら？　その絶望した気持ちといったら、自身が死んだほうがマシなくらい！　いいえ、あなた、おっしゃらないで」

力を込めてアンナ・ステパーノヴナは言った。

「私はそれを自分の目で見てきたから分かるの！　だって、もしそんな男が戻ってくれれば、もちろん、言うまでもなく英雄でしょう、でも、彼女だって英雄だわ！」

第9章《僕たち、多分巡り会ったんだね……》

ヴァロージャは朝七時に私を連れにきた。私は夢見心地で、彼が橇の二匹の先導犬であるブーシカとトーガを下で叱っているのを聞いていた。前日、私と彼は毛皮動物ソフホーズへ行く打合せをして、彼は急に犬橇で行くことを勧めたのだ。

「ただ、この犬たちは方向転換ができないんです」

彼は真面目に言った。

「でも、とってもよく走るんです。だから、曲り角に来たら僕は降りて、自分で橇の向きを変えます」

私は、それではやはりスキーで行く方がよくはないかと反論しようとしたが、ヴァロージャは犬たちを庇《かば》って腹を立て、同意せざるを得なかった。

「ママだって請け合ってくれるんだ」

厳しく彼は言った。

「まっすぐなら、申し分なく走るって」

本物のネネツ人のように、彼は、私たちが橇に乗ると《ヘーシ！》と威勢よく叫び、犬たちは走り出した。

うわぁ、なんと細かな雪が顔を打ち、目を刺し、呼吸の苦しいことか！　橇は雪溜りに入り、私はヴァロージャに何とかつかまっていたが、彼が驚いて振り向いたものだから、私は彼を離し、とても緩《ゆる》く張られていたらしい帯紐の上を飛び跳ねてしまった。もう少しゆっくり走ればいいのにという思いが頭をよぎったが、とんでもない！　考えるまでもなかった。厳しく鞭《むち》を振り上げてヴァロージャは犬たちを怒鳴りつけ、今までよりずっと速く犬たちは疾走し始めた。

もちろん、私は犬たちを制するようにヴァロージャに叫ぶこともできた。しかし、それは間違いなく彼の尊敬を永久に失うことだった。それでも私は恐らく叫ぼうとしていたのだろう――忌々しい橇は雪溜りの上をひどく高く飛び跳ねていたのだ！　でもこの時ヴァロージャはもう一度私を振り返り、彼があまりに幸福そうな赤ら顔で防寒帽を威勢よく斜めに被っているのを見て、私は腹這いに伏せて逆らわないことにした。

ピタッ！　突然犬たちが立ちすくみ、私はどうやって橇の上で体を支えていいのか分からなかった。何、たいしたことではない！　実は、プラトーカ(水路)の方へ方向転換するところだった。それでヴァロージャは方向を変えるために犬たちを止めたのだ。

毛皮動物ソフホーズのある島までの、たくさんの曲り角にくる毎に、もう決して犬橇で行くまいと私は何度自分に約束したか知れない。しかし、ヴァロージャは有頂天だった。

「ほんとうに、すばらしいでしょ？」

そして私も《すばらしいよ》と同意するのだった。

やっとプラトーカに到着だ！　私たちは岸から斜面を滑り降り低木の茂みに入り、それから飛び跳ねながら氷上を疾走しはじめた。今回はヴァロージャの犬たちは見事にまっすぐ走っていくだろうと私は確信した。犬たちは今にも凍結したでこぼこの氷塊にぶつけて、橇を壊しそうな勢いだった。ヴァロージャも、犬たちに叫び、怒鳴り声で喉もつぶれんばかりだ。幸運にも対岸はとても険しい坂になっていて、犬たちの疾走のスピードも自然と遅くなった。ところが、プラトーカを通過したとたん、犬たちは速度を増し、急に吠えはじめた――どうしたのだろう？　返事でもするかのように、さまざまな吠え声がエゾマツの間から聞こえてきた――はじめ遠くから、やがてどんどん近くなって。それは、思わず胸が締めつけられるような、ゆったりとした、野生の雑然とした吠え声だった。

「ヴァロージャ、一体どうしてここには、こんなたくさんの犬がいるのかい？」

「犬ではありません、狐《きつね》です！」

「彼らは何故吠えるんだろう？」

「彼らは犬と同族なんです！」

振り返りながらヴァロージャは叫んだ。

「だから吠えるんです」

私はもちろん黒褐色の狐を見たことはあったが、ヴァロージャはこのソフホーズではいぶし銀色の、全く違った狐を飼育していると説明した。そんな狐は世界中どこにもいない。尻尾の先の白い狐が立派だと考えられているのに、このソフホーズでは、白い毛が一本もない狐の繁殖に励んでいた。要するに彼は私に本当に興味を起させたのに、十五分後、私たちがソフホーズの門に乗りつけ、ライフル銃を肩にした守衛が養殖場の見学は禁止されていると言ったとき、私はとても悔しい思いがした。

「じゃあ、どんな人ならいいんですか？」

「学術的研究だね」

偉そうに守衛は答えた。私は、もう少しで自分たちは学術的研究のために来たんだと言うところだったが、ヴァロージャの顔を見て黙った。

「ソフホーズ長にお会いできますか？」

「ソフホーズ長は不在だよ」

「じゃあ、代りの人は誰ですか？」

「上級学術専門家さ」

守衛は、まるで自分がその上級学術専門家であるかのような表情で言った。

「なるほど！　その彼に会えばいいんですね！」

私は門のところにヴァロージャを残し、自分で学術専門家を捜しに行った。ソフホーズにはあまり人が来ていないのは明らかだった。なぜなら守衛が教えてくれた家へは、狭い小道が一本あるだけで、雪に覆われた広い中庭の中を家へと通じていたから。その家は、以前ヴァーリャ・ジューコフが自分の齧歯《げっし》類の動物を見せてくれたあのモスクワの動物園の汚れた緑色の研究所の建物を、遠くからでもありありと思い出させるものだった——ただ、それはもう少し大きな建物だったけれども。それはあまりに似ていて印象が強かったものだから、私がフェルトの長靴の雪を払い、ドアを開けて、テーブル越しにある男の座っているもう一つの、さらに広い部屋に続いている、粗末な大きな部屋に入ったとき、私には、あの全く同じ、とても不快なネズミの臭いまでしてくるように思われた。

私は、まばゆい雪の照り返しで、最初彼をはっきり見ることができず、その上、彼は私に気付いて席を立ち、窓辺に背を向けてしまったのに、それでも私は、この男がヴァーリカだと思った。私はこの男が、ヴァーリカと全くそっくりの親切で、やや気もそぞろな表情で私を見つめ、頬のうぶ毛は濃くて黒ずんでいるけれど、黒いヴァーリカのものと同じだし、今やヴァーリカと同じ声で私に尋ねているように思えた。

《何のご用でしょうか？》

「ヴァーリヤ！」

私は言った。

「君、そうだろう？　ヴァーリカだろ？」

「えっ？」

呆然として彼は尋ね、まさにヴァーリカみたいに首を傾けた。

「畜生、ヴァーリカだろ！」

心臓が震え始めるのを感じながら私は言った。

「君、一体どうしたんだい？　まったく、僕が分からないのかい？」

彼はあいまいに微笑み、手を差し出した。

「分かるよ、もちろん」

不自然な声で彼は言った。

「僕たち、多分巡り会ったんだね」

「多分？《僕たち、多分巡り会った》だって！」

私は彼の手を引いて、窓辺に連れていった。

「さぁ、見ろよ！　こののろま野郎！」

彼は見つめ、ためらいがちに笑い始めた。

「クソ、本当に分からないのか？」

私はあっけにとられて言った。

「一体どういうことだい？　僕の勘違いとでもいうのかい？」

彼は目をぱちくりさせてぽかんと私を眺めていた。やがて彼の顔からは、ぼんやりとした表情が消えて、あのヴァーリカ、まさにこの世で決して取り違えることのない、本物のヴァーリカの表情になった。でも、彼がついに私が分かったので、私もなお一層、我に返っていた。

「サーニャ！……」

彼は怒鳴り、息を切らした。

「本当に君なんだね？」

私たちはキスを交し、そこらに歩き出すと同時に抱擁し、入口のところで彼はもう一度私にキスをした。

「君だなんて？　畜生！　なんて奴なんだ！　いつ来たんだい？」

「来たんじゃない、僕はここに住んでるんだ」

「何、住んでるだって？」

「簡単なことさ、僕はここでもう半年だよ」

「でも一体、どうしてなんだい？」

ヴァーリヤはつぶやいた。

「そうだ、僕はめったに町に出ないし、もし行っていれば君に会っていただろう。ふむ……半年か！　ほんとうに半年かい？」

彼は私をもう一つの部屋に案内したが、そこは私たちがたった今いた部屋と何ら変わりのない――ベッドと壁に小銃が掛けてある以外は——何もない部屋だった。しかし、そこは書斎で、また寝室でもあった。近くのどこかに研究室があるのだろう、家の中がひどい臭いがするので、そのことは簡単に見当がついた。この動物の臭いが、ヴァーリャに、彼のぼんやりした眼差しに、彼の頭髪に、そして頬のうぶ毛になんとお似合いなことかと、私はおかしくなった。ヴァーリャには、いつもある種のがらくたのような雰囲気が感じられたのだ。

彼は、この三部屋と台所の大きな家に一人で住んでいた。実は彼こそが上級学術専門家であり、どう使っていいか分からないこのがらんとした大きな家は、彼の職務にふさわしいものだったのだ。私はヴァロージャを門のところに残してきたことにふと気付き、ヴァーリャは、下級学術専門家——といっても、ヴァーリャより三十歳くらい年上の、顎髭の、途方もない団子《だんご》鼻の全く堂々とした男なのだが——をヴァロージャのところへ行かせた。でも、ヴァロージャには、彼はよい印象を与えたらしく、彼らは三十分後には親しげに話す間柄になり、ヴァロージャはパーヴェル・ペトローヴィチ——男はそう呼ばれていた——が、自分に狐のための台所を見せると約束したんだと明言した。

「それに、狐にお昼を食べさせるところもな」

パーヴェル・ペトローヴィチは言った。

「それで、今日の狐たちのお昼は?」

「トマトと碾《ひき》割《わ》り小麦の粥じゃよ」

「《ジャングル》を彼に見せるといい」

ヴァーリャは言った。

ヴァロージャは顔を赤らめ、この言葉を聞くと息をのんだようだった。

「もちろん! ジャングルもね!」

「パーヴェル・ペトローヴィチさん、僕はまず《ジャングル》に行きたいんですが?」

ひそひそ声でヴァロージャが尋ねた。

「いや、まず台所さ、でないとお昼を見逃しちまう!」

彼らが去ると、私とヴァーリャの二人になった。彼は私に御馳走しようと紅茶を沸かして、台所からカテージチーズのタルトを持ってきた。

「これはうちの食堂でつくったんだ! 本当に、悪くないだろう?」

タルトからも、なんだか動物の臭いがした。私は味見をして、子供の家のコックだったペーチャおじさんみたいに言った。

「わっ! 毒だ!」

ヴァーリャは、幸せそうに笑いだした。

「彼ら皆どこにいるんだろう？　ターニカ・ヴェーリチコは？　グリシカ・ファーベルは？　イワン・パーブルィチは？　彼はどうしてる？」

「イワン・パーブルィチはまずまずさ」

ヴァーリャは言った。

「僕は、いつか彼のところに行ったよ。彼、君のことを聞いてたよ」

「それで？」

「僕は知らないって言ったさ」

「まさか、君は知ってるじゃないか！　ひどい！　じゃあ、モスクワで君に電話したのは誰だよ！　伝言があっただろう？」

「聞いたよ、でも、飛行士からだって聞いたよ。だってその時、君が飛行士だなんて知らなかったんだ」

「嘘ばっかり！　じゃあ、君はなぜここに来たんだい？」

「僕は、あのね、ある興味深いことを思いついたんだ」

ヴァーリカは言った。

「それによって、彼らは成育が早くなるんだ」

「彼らって誰さ？」

「狐たちだよ」

私は笑いだした。

「また、年齢による血液変化かい？」

「何だって？」

「年齢による毒蛇の血液変化だよ！」

私は、真面目に繰り返した。

「それも、また君の思いつきだっただろう……、クソッ、でも君に会えてほんとにうれしいよ！」

私は、本当に、心からとてもうれしかったのだ！　私とヴァーリャはいつもお互いに好きだったが、私たちはそれがどんなにすばらしいことか分からなかった。以前の生活がすべて半ば忘れられた数年後、突然、こうして思いがけなくひょっこり会うとは！

私たちは、コラブリョフのことを話し始めたが、そのときヴァーリャは子狐にある薬を与えることを思い出した。

「そう指示すればいいだろ！」

「いや、あのね、これは僕が自分自身で与えないといけないんだ」

気掛りな表情でヴァーリャは言った。

「それは、ヴィガントーリという、くる病の薬なんだ。待っててくれるかい？　すぐ戻るから」

私は彼と別れたくなかったので、私たちは一緒に出掛けた。

第10章　《おやすみなさい！》

ヴァロージャが《ジャングル》――ソフホーズの中で動物たちが自由に生息している、柵で仕切られた森林地区をそう呼んでいた――から戻ったときは、もう暗くなり始めていた。狐たちの住む小屋――それはとりわけ彼を驚かせた。

「それは、すごいんです！」

ひどく感激している様子をあまり見せないようにしながら、ヴァロージャが言った。

「とにかく狐たちは、全く人間みたいに生活してるんです。朝ごはんの後は、食後の休息時間、それから子狐は遊び、大人の狐の何匹かは他の小屋にお客に行くんです」

ヴァーリャは、私に泊まっていくように説得したので、私たちはドクトルに、ヴァロージャが一人で帰ると電話した。

ザポリャーリエは騒がしい町だ。もちろん通りは自動車、トナカイ、馬、そして犬橇がお互いを追い越しながら、同時に走ってはいるけれど、それほど交通量は多くなかった。製材工場の鋸《のこぎり》が騒音をたて、そのだんだん大きくなる唸《うな》り声が、日夜耳に響き渡るのだ。結局、その音に気付かなくなるのだが、やはりどこか頭の遠くで、鋸が鳴り響いているのだった。

でも、ここソフホーズはとても静かだった。私たちは森を散歩し、雷鳥の罠《わな》を置いて回っていたパーヴェル・ペトローヴィチに出会い、長い間、彼と森のこと、カルスカヤ(三二三頁参照)のこと、天候のことを話し合った。

「ヴァレンチン・ニコラエヴィチ(ヴァーリャの敬称)、どうやってドン・カルロスを今夜引き取りますか？」

彼は尋ねた。

こんな年配の、団子鼻をした立派な男が、ヴァーリャのことをヴァレンチン・ニコラエヴィチと呼び、ヴァーリャのことを上級学術専門家に対するように丁重に話をするのが、本当にてもおかしく、うれしかった。厳寒に耐えられない子狐のことを、ドン・カルロスと呼んでいたのだ。それから私たちはヴァーリャの家に戻り、グラス一杯ずつウォッカを飲むと、彼はここ数年、全くほとんどソフホーズから外に出ていないと説明した。彼には興味ある研究があった。つまり、黒貂《くろてん》の胃袋を調べ、そこから彼らの食べ物を明らかにしたのだ。胃袋のいくつかは彼自身のところにあり、さらに二百頭分についても、ある禁漁区で好意的に彼が調査できるように許可されていた。とても興味深いことを彼は解明していた。つまり毛皮のある小動物種を育てるときは、黒貂が主に常食している縞リスを大切にする必要があるというのだ。

私は黙って彼の言うことを聞いていた。私たちは、がらんとした家に全く二人きりで、部屋はまるで人気《ひとけ》がなかった——広く居心地の悪い、孤独な男の部屋だった。

「うん、おもしろいよ」

ヴァーリャが話し終えたとき、私は言った。

「つまり、黒貂は縞リスを常食としてるんだね、結構！でも君……あのねえ、君にとりわけ必要なこと、分かるかな？ 本当に何をおいても必要なことが分かるかい？結婚することさ！」

ヴァーリャは瞬《まばた》きを始め、そして笑い出した。

「何故そう思うんだい？」

ためらいながら彼は言った。

「だって、君は犬みたいな生活しているからさ。だから君にはどんな奥さんがいいか分かるかい？ いつも君にオープンサンドを運んでくれて、君が注意を払わなくてもあまり気にしないような人だよ」

「君の言うのはもっともだけれど……」

ヴァーリャはつぶやいた。

「でも、まあいいさ！ 時が来れば僕も結婚するさ。僕は、ほら丁度、学位論文の審査をパスしなくちゃならない、でもその後は全くの自由。僕は今度はすぐにモスクワに戻るつもり……で君は？」

「僕が、何だって？」

「君は何故結婚しないんだい？」

私は黙った。

「それはまた別問題だよ、僕には違う人生がある。ごらんの通り、僕は今日はここ、でも明日は遠いところさ。結婚できないよ」

「いや、君も結婚しなくちゃ……」

ヴァーリャは反論した。

「あのね」

意外にも意気込んで彼は言った。

「動物園の僕のところに来たとき、カーチャが女友達を連れていたのを覚えてるかい？ 彼女、何て名前かな？あの大柄で、お下げ髪の」

彼は、あまりに優しい子供っぽい表情になったので、私は見つめ、思わず笑い出した。

「ああ、もちろん！ キーレンだよ！ 美人だろ、本当に？」

「美人だ！」

ヴァーリャは言った。

「とても……」

彼は私に自分の寝床を広げようとしたが、私はそうせず床に寝た。広い家に寝場所はいくらでもあったけれど、私はいつも床に寝るのが好きだった。分厚い藁《わら》布団が体の重みでふわっと沈んだので、私は《うわぁ》と言うと、ヴァーリャは居心地が悪いのかと心配し始めた。でも私はとても快適だった――床から見上げる空は、そこら一帯が雪で覆われた森になっているらしく、とても静かで、その空を見つめながら話をするのは何ともいい気分だった。眠りたくなかった。私たちは何といろいろな話をしたことだろう！　ヴァーリャが大学に二十コペイカで売ったハリネズミのことまで、私たちは思い出した。それからまた話題はコラブリョフに戻った。

「あのことだけどね」

突然ヴァーリャは言った。

「もちろん、間違ってるかも知れないけど、彼は、マリヤ・ワシーリエヴナにどうやら惚れ込んでいたみたいなんだ。君はどう思う？」

「多分ね」

「だって、とても変なことがあったのさ。あの時、僕は彼のところに行って、彼女の写真が机の上にあるのに気付いたんだ。ちょうど翌日、タターリノフ家に集まることになっていて、僕は何となく彼に尋ねたんだ。すると、彼は突然、彼女のことをしゃべり出した。それから黙ると、それっぽい表情をしたんだ……。僕はこれはどうも普通ではないと思ったよ」

「ヴァーリカ、どこかに行っちまえ！」

私は悔しまぎれに言った。

「全く、君はどうしようもない奴だ！《どうやら惚れ込んでる》だって！　彼は、彼女なしでは生きられないんだ！　あの事件は、すべて君の目の前で起ったんだよ、それなのにあの時、君は毒蛇に夢中――そうだろう！」

「本当なの！　何て不幸な人なんだろう！」

「そう、彼は不幸な人さ！」

私たちは黙った。それから私は尋ねた。

「タターリノフ家にはよく行ったのかい？」

「それほどじゃない、三回くらいかな」

「で、彼らはどうしてた？」

ヴァーリャは片肘《ひじ》をついて少し起き上がった。私が全く落ちついてそう尋ねたのに、多分彼は暗闇で私の様子を見ようとしたのだろう。

「まあまあさ。ニコライ・アントニッチは今や教授だよ」

「何だって！　いったい何を教えるんだい？」

「教育学さ」

ヴァーリャは言った。

「とても立派な教授なのは請け合うよ……ただ、つまり……」

「つまり、何だい？」

「僕は思うんだけど、君は彼のことを誤解してるよ」

「本当にそう思うのかい？」

「うん、うん」

強く確信してヴァーリャは言った。

「君は彼を誤解している！　いいかい、例えば彼が、自分の生徒たちにどんな風に接しているか。彼らのためなら、全く彼は、危険も顧《かえり》みない覚悟さ。ロマショフが去年僕に言ったんだ……」

「ロマショフだって？　あいつが何で出てくるんだ？」

「何でだって？　彼のところに僕を連れて行ったのは彼なんだよ」

「そんなにあいつはタターリノフ家に出入りしてるのかい？」

「彼？　彼はニコライ・アントニッチの助手だよ。彼は毎日あそこに行ってるさ。タターリノフ家で、彼はそもそも一番身近な人間だよ」

「ちょっと待てよ！　本当かい？　僕は分からない、ロマーシカの奴が？」

「そうだよ」

ヴァーリャは言った。

「でも、もちろん今は彼のこと、誰もそんな呼び方はしないよ。それはそうと、僕の考えだけど彼、カーチャと結婚しようとしているんだ」

何かが私の心臓を強く突いた。そして私はあぐらをかいて座った。ヴァーリャも又、ベッドに座り、驚いて私を見つめた。

「どうしたんだ？」

彼は尋ねた。

「あっ、そうか！　クソッ！　すっかり忘れてたよ！……」

彼はつぶやき、それから茫然として振り返り、ベッドから降りた。

「そんなに結婚しようって風でもない……」

「いや、違う。すっかり話すんだ」

私は全く落ち着いて言った。

「すっかり話せって……それはどういうことだい？」

ヴァーリャはつぶやいた。

「君に話すことは何もないよ。僕はただそう思うだけ、僕だっていろんなことを考えるさ！　時々、自分が呆《あき》れるようなことを思いついたりするんだ」

「ヴァーリヤ！」

「だから、僕は知らないんだって！」

捨鉢になってヴァーリヤは言った。

「どうして僕につきまとうんだ、畜生？　あれは、ただそう思えるだけ。だってその都度、どう思うかなんて誰が分かるんだい。君は僕の言うことを信じなければいい——もうたくさんだよ！」

「君は、ロマショフがカーチャと結婚したがってるって思うんだろう？」

「違うよ！　クソッ！　そうじゃないんだ！　全く違うよ！　彼は派手にめかし込むようになった、ただそれだけだよ」

「ヴァーリヤ！」

「誓うよ、これ以上は何も知らないんだ」

「彼は君と話したのかい？」

「あぁ、話したさ。たとえば彼はこう話したよ。十三歳から金を貯え、今は全部それを下ろし、半年で使ったたってね。それも、君の考えだとカーチャに関係があるっていうんだろ？」

私は、もう彼の言葉を聞いていなかった。床に寝て、空を見上げていると、私は自分がどこかとてつもない深みに横たわり、頭の上ですべての人たちのざわめく話し声がするのに、自分は誰にも一言もしゃべらずに一人横になっているような気がした。空はまだ暗くて、星が見えていたけれど、遠い、弱々しい光が果してどこから来ているのか分からなかった。そして私は、私たちが夜通し話していたことに気付いた——やれやれ、しゃべり過ぎてとんだことになってしまった！……

「おやすみ！」

「おやすみ」

私は無意識に答えた。

こんなことなら、ヴァロージャと一緒に帰ればよかった！　何だか喉が締めつけられるようで、起き上がって戸外へ出たくなったが、私は向きを変え、頬杖をついて腹這いになって横たわっていた。つまりそうか、なるほど！　それは、まだ信じがたいけれど、一瞬たりとも忘れてはならないことだった。カーチャと一緒の彼を想像できないため、よりにもよってロマーシカだなんて嘘みたいに思えた。でも、いったい何故、私は彼女が今でも私のことを覚えているなんて思ったのだろう？　私たちはもう何年も会っていないではないか！

私は横になって考えに考えた——決してそのことだけではなく、行き当りばったりのことを。私はヴァーリヤが夜中自分を見つめられるのを嫌がっていたこと、そして、コラブリョフがある時彼をからかって《じゃあ、愛情を込めて見つめられても？》と尋ねたのを思い出した。それから、気がつくとまたカーチャのことを考えていた。

突然、なんと生き生きと私は思い出したことか——それは彼女ではなく、彼女に会う毎にいつも感じたあのすばらしい気持ちだった。この瞬間、私はこの世の何よりも、このまま寝入ってしまえたらと思ったけれど、私は目を閉じることも、そしてとてもゆっくり、それでも明るくなり始めている空から目を逸らすことさえもできなかった。

ヴァーリャは眠っていて、もし私が出ていけばたぶん目を覚ますだろう。しかし、私はこれ以上彼と話したくなかったので、横になり、腹這い、そして仰向けになり、さらにまた頬杖をついて腹這いになった。やがて——おそらく朝の七時頃だったろう——電話が鳴って、ヴァーリャは眠そうに飛び起き、毛布を引きずりながら隣りの部屋へ走り出した。

「もしもし！……君にだよ」

ちょっとたって戻り、彼は言った。

「僕に？」

私は外套を羽織り電話のところへ行った。

「サーニャ！」

それはドクトルからだった。

「どこに消えてたんだ？　管区執行委員会からかけてるんだ。電話を代るから」

「はい、もしもし」

私は言った。

「同志グリゴーリエフ君」

違う声がした。それは、ザポリャーリエ内務人民委員部代表だった。

「至急の用件だ。君に、ドクトル・パーブロヴィチと一緒に、ヴァノカン部落へ飛んで欲しい……。レトコフをご存知かな？」

「はい、知っております！……」

彼は管区執行委員会のメンバーで、極北地方で最も尊敬すべき人間の一人だった。彼を皆知っていた。

「彼が怪我をして、応急手当てが必要なんだ。いつ飛び立てるかな？」

「一時間後です」

私は答えた。

「ドクトル、あなたは？……」

私はドクトルが何と返事したか聞こえなかった。

「手術の器具はすっかり整っているね？……よろしい、一時間後、飛行場で君たちを待っているから」

第11章　飛行

三月五日の朝、私たちがザポリヤーリエを離陸し、北東にコースをとった飛行機に乗っていたのは、次のメンバーだった。つまり、とても心配そうで、かけたゴーグルが驚くほど印象を変えていたドクトル、ザポリヤーリエ、あるいは三～四日でも彼が姿を見せたどんな場所でも、最も人気のある人間の一人になってしまう航空機関士のルーリ、それに私だ。

それは、極北地方で私の十五回目の飛行で、しかも、まだ飛行機を見たことのない地域への初めての飛行だった。ヴァノカン部落――そこは、ピヤシナ川支流の一つ近くの、とても辺鄙《へんぴ》な所だった。とはいっても、ドクトルはピヤシナ川にはよく行っていて、ヴァノカンを見つけるのは簡単だと話していた。

管区執行委員会のメンバーが怪我をした。それは狩猟で起ったと言うが、たぶんそうではないのだろう。いずれにしても内務人民委員部代表は、私たち、つまり私とドクトルにどのような事情でそれが起ったか解明するように求めていた。ヴァノカンに私たちはまだ明るい、二時頃には到着するはずだった。でも万一の用意に私たちは携行していたものがある。つまり三人のための十三日分の食糧、プリムス型石油コンロ、発煙弾発射筒、弾薬と小銃、スコップ、テント、斧だ。

天候については私は一つのことしか知らなかった。つまり、ザポリヤーリエは快晴。しかし、飛行コース沿いがどんな天気かは分からなかった。《天候情報を集める》ための時間もないし、そうすべき人もいなかった。

そういうわけで、私たちが離陸して、北東にコースをとったときはすべて順調だった。すべてが順調――だから私は、前日の夜、ヴァーリヤから聞いたことは、それ以上考えなかった。眼下にエニセイ川が見えた――白い岸辺の中央は広大な雪のまっ白なリボンのようで、その岸沿いに森が近付いたり離れたりして広がっている。眠れぬ夜のあとで、私は少し頭痛がして、時々耳鳴りが始まったが、耳に響いていたのは実際それであって、飛行機のエンジンはすばらしく動いていた。

やがて、川から遠ざかるとツンドラ（凍土帯）が始まった――平坦な、果てのない雪原には、黒い地点は全くなく、視覚をとらえるものは何もない……

何故私は、そんなことは起らないと確信していたのだろう？　彼女が妹のサーニャを通して挨拶をよこしたとき、私は彼女に手紙を書くべきだった。でも私は、自分が彼女に対してちっとも悪くないことを証明するまでは、彼女に少しも譲るつもりはなかった。しかし、自分は愛されているとか、どんなに悪くても愛されるとか、五年、十年経ってもまだ自分に愛想をつかすことはないと、決してあまり自信過剰になってはならない。

雪、雪、雪——どちらに目を向けても。前方に雲があり、私は高度をとってその中に入った。この果てしない憂鬱な、白い、涙で遠景のゆがむ背景を見下ろしているよりも、手さぐりの盲目飛行をする方がよかった……

私は、決してロマーシカに特別な恨みがある訳ではなかったけれど、もし彼が今ここにいたら、彼を殴っていたことだろう。私が彼に恨みを感じなかったのは、そんな彼を想像するのは不可能だったからだ。つまり頭が猫毛の、赤くほてった耳のこの男が、十三歳で金持ちになる決心をして、それ以来、金を数え貯えてきたこの男が、カーチャのそばにいるのを想像するなんて！　彼がもしも、そうなりたいと願い、あんな彼ではなくカーチャのように正直で美しくありたいと望むなどとは、全く同様に意味のないことだった。

私たちはこの曇りの中を通り抜け、もう一つの雲に入ると、その先は雪で、私たちからは雲に覆われて見えない太陽のせいで、どこか下の方がきらきら光り始めていた。私の足は凍え始め、私は窮屈なこの毛皮長靴をはいてきたことを後悔していた。もっとゆったりした長靴だとよかったのに。

つまり、決心した——私はモスクワへ行こう。ただ彼女に私の到着を前もって知らせる必要がある。私は彼女に手紙を書かなければならない——彼女が読み終えて忘れることのないような手紙を……

私たちは黒ずんだ雲の層から出た。すると太陽は、いつものように、一旦出てくると、特別にまばゆく思われた——でも、私はまだ自分の手紙の書き出しを、単に《カーチャ》にするか、《親愛なるカーチャ》にするか、どうしても決められないでいた。

《手紙のやり取りをやめてずいぶん経つけれど、カーチャ、君は僕の署名を見てきっと驚いたことだろう。どうしているかい？　僕が君にずっと手紙を書かなかったのは、君が僕のことを怒っていると思ったからなんだ。もちろん、君は正しく、僕たちが長い間会わなかったのは僕のせいだ。N市からの帰りに僕はモスクワに立ち寄って君に会うべきだった。十八歳の男の子じゃあるまいし、君の家の周りをぶらついたりせずに……》

私はもう手紙のことを忘れていた。私は本当に彼女を連れ出すべきだった――だって彼女は、自分が信じているあの恐ろしく偽善的なニコライ・アントニッチと、あの偽りの不幸な家に留まる筈はないことを、私ははっきり分かっていたから。

たくさんの山々が現れた！　太陽に照らされ雲から突き出て、荒涼とした禿山《はげやま》もあれば、目もくらむばかりの雪に覆われたものもある。室内ミラーを見ると、この山々に挨拶するみたいにルーリは手を挙げ、そして何かドクトルに叫んでいる。そしてドクトルは、こっけいで全くおかしな獣みたいに、無関心に頷いている。

まばらになった雲間から峡谷が見えた――とても美しい、長い峡谷――不時着した場合、確実な死が待っている。私は思わずそれを考えたが、一方でまた手紙の文面をつくり始めた――飛行機の操縦がより緊急を要するようになるまではそうやっていた。風はほとんどなかったのに、最初の巨大な雪雲が山々の頂上から急に飛び去ると、くるくる回ってどんどん高く昇っていった。たった今まで私がドクトルとルーリを見ていた室内ミラーは、突然黒ずみ氷結し、やがて十分もすると私たちの頭上にあった太陽と空さえ想像できなくなった。今や陸地も太陽も、空も何もなかった。すべてがごっちゃになった。風は私たちに追いつき、はじめは左から、そして前方から、それからまた左から吹きつけ、すぐに私たちをまた霧と細かく固い雪の降っている方へ運び去った。その雪は、顔中にとてもひどく打ち当たり、瞬《また》く間に衣服のありとあらゆるボタン穴や裂け目にまとわり付くのだった。

やがて闇になり、私は室内ミラーを再び覗いても、もう何にも見えなかった。周囲には何も見えず、しばらくの間私は、真っ暗闇の中、壁に突き当たるように飛行機を操縦した。というのも、四方から風でのしかかってくる雪による本物の壁がいたる所にあったのだ。それを突き抜けたり、後退したり、また突き抜けたりして、気がつくと雪壁からはるか下に来ていた。飛行機が百五十〜二百m急降下すること――それは最も恐ろしいことだった。しかも、なぜか私の地図に載っていないため、この山々がどのくらいの高さか私には分からなかった。唯一私のできること――それは百八十度方向を転換してもとのエニセイ川に向かうことだった。私は岸辺を見つけたら、高い岸の上空を通過する、そうやって私たちは雪嵐を迂回するか、万一の場合には、ザポリャーリエに戻ろう。方向転換――それは何と大変なことか！　私が左足を踏み込むと、なぜか飛行機は揺れ始め、私たちはまた脇へ放り出されたが、私は方向を変え続けた。私は飛行機に何か言っていたようだ。ちょうどこの瞬間、私はエンジンに何かまずいことが起ったと感じるようになった――眼下に同じ峡谷があるのが残念だ――その峡谷がはるか後方に消えてしまうことを、私は心から期待した。峡谷は見え隠れしては消え、そして再びチラチラ見えた――長くて全く絶望的――ここに落ちたら誰も発見できないだろうし、飛行機に何が起ったかなんて、決して誰にも分からないだろう。峡谷から離れないといけなかった。そして飛行機は、その忌々しい吹雪が私たちを次はどうしてやろうかと一瞬考え込んだみたいに、空中に浮かんでいるかと思うと、その吹雪でまた思う存分揺り動かされながらも、なんとか峡谷を離れた。離れはしたが、エンジンは相変らずどこかがおかしくなっていて、着陸せねばならなかった。

ゆっくりと、方向指示器を注視して、傾かないように、そして絶えず眼下のどこがどういう形状か分からない大地のことを考えて着陸する必要があった。時計みたいに私の頭がなんだかどきどきして、私は自身で飛行機に向かって大声で怒鳴っていた。しかし、私は怖くはなかった。ただ覚えているのは、飛行機が大きな何かの塊《かたまり》の脇を走り抜けたとき、一瞬暑さを覚えたことだ。私はその塊の脇に突入し、あやうく地面に翼をひっかけるところだったのだ。

第12章　吹雪

ピャシナ川岸近くのツンドラ地帯で私たちが過ごした三日間のことを話すつもりはない。それは私の人生で最も辛い思い出の一つ、要するに単調で変化のない思い出だった。一時間は、次の一時間と同じ、その一時間も更なる一時間と同じなのだ。そして、吹雪にさらわれないように飛行機をなんとか固定する必要があった最初の数分間以外は、もう何も単調さを破るものはなかった。全く植物の生えていないツンドラで、風力10にも及ぶ強風の下、この作業をすることがどんなに大変なことか！　エンジンを止めずに、私たちは飛行機の尻を風上側にした。おそらく私たちは飛行機を雪に埋めてしまうこともできただろう。それでもスコップで雪を持ち上げるや否や、風はその雪を吹き飛ばすのだった。飛行機は雪を吹きつけられ続け、何か間違いのない方法を考えつく必要があった。というのも風はますます強くなり、半時間後にはもう手遅れになりそうだったから。そのとき私たちがやったのは、あるとても簡単なことだった（極地のすべての飛行士にお勧めしたい）。つまり翼にロープを結びつけ、もう一方を今度はスキー、道具鞄、重量のある小箱、ガソリンを入れる漏斗《じょうご》まで——要するに急激な雪の渦巻きに効果のあるすべてのものに結びつけた。五十分後、こういった物の周囲は雪溜りができ、一方飛行機の下の他の場所は、以前の通り雪は風で吹き払われていたのだ。

　今や、私たちは吹雪が止むのを待つ以外に何もなかった。私たちに残されたことはあまり愉快ではないが、それが唯一のことだった。待ちに待つ、それがいつまでかは誰が知ろう！

　私は、不時着した場合に備えて、私たちがいろいろなものを携行していたことについてすでに述べていたけれど、例えばもし、操縦席から降りる時——それは一日に一回は決意を要する困難で辛い行為で、それでも一日に一回は操縦席から降りることは排泄のために不可欠なのだが——持ってきたテントをどう使えというのだろう。風防の編み紐をほどこうとすると指が痛くなり、三回の動作で紐をほどかざるを得ない。雪は一歩目から体を突き倒してくるので、私たちは特別な歩き方を考え出した——風に向かって四五度に体を傾けるのだ。

　こうして一日目が過ぎた。温度が少し下がってくる。その分余計に眠くなり、寝入らないために私はとても長時間かかるようないろいろな仕事を案出するけれど、その効果はほとんどない。例えば私は、プリムス型コンロを燃え立たせようとする一方で、ルーリには蝋付けランプに火をつけるよう命令する。

　なんとたいへんな仕事か！　頭から足まですべての自分の皮膚が、寒さにそっくり晒《さら》されているように感じる中、鼓膜がかじかんだみたいに急に耳の奥深くが冷たくなる中、そして雪があっという間に顔をふさぎ、氷のマスクに変わる中で、プリムスを燃え立たせるのは容易ではない。ルーリは冗談を言おうとするが、その冗談も零下五〇度では凍りつき、どんな状況、どんな時でも冗談を言える自分の才能を嘲笑《あざわら》うほか何もできはしない。

こうして、最初の夜が過ぎた。さらに温度が少し下がってくる。その分さらに眠くなる。でも雪は相変らず私たちのそばを激しく吹いていて、ついには地上にあるすべての雪が私たちのそばを飛び回り始めたみたいだ。

私はピャシナ川岸での《雪籠《こも》り》――そう呼んでいた――の日々、イワン・イワニッチ医師を再評価していた。この絶望的な状況からの脱出が、全くなすすべがなく不可能であるという意識――それこそが、何よりも辛かった！　もし私がそれほど健康で丈夫でなければ、もう少し気は楽だったろう。その気分は、もう一つの憂鬱な気分とごっちゃになっていた。つまり私が責任の重い依頼を果せなかったことだ。でも、さらにその気分は、誰ともかかわりのない三番目の気持ち――傷つけられた誇りと侮辱された気分――ともごっちゃになっていた……

この気持ちは食欲をなくし、実のところ凍え死ぬことさえ、それほど恐ろしくないほどのものだった。でもドクトルは、何とよく理解し、私のことを見ていたことだろう！　私は人生でこれほど入念に観察されたことは一度もなかった。こういう気分に対し、個別に、彼には処方箋があったし、それは誰ともかかわりのないあの気持ちに対してさえ、用意されていたのだ。

三日目。とても眠い、ますます温度が下がってくる。トナカイ毛皮服はどんどん湿ってきて、この湿気が凍ることを考えると、このいらいらする寒気は、もう今から骨身に沁《し》みてくる。でも、ただ座って果てしなく考え続けて気分が滅入ってしまうくらいなら、毛皮服の下から時おり氷を取り出している方が、まだましだろう。やがてさらに温度が下がってくる――風が暖かさを吹き払うのをどうにも防ぎようがない――それで私はフェルトの長靴をはいていた足にミトンの飛行手袋を着ける。大事なことは眠らないこと。とにかく、航空機関士――一見、とても強そうに見えるのに、私たちの中で一番ひ弱だと分かった――を眠らさないこと。ドクトルは時々彼を叩き、揺り動かした。そして、ドクトル自身が居眠りを始め、今や私が彼を時おり揺り動かす羽目になる――丁重に、しかも根気よく。

「サーニャ、違うんだよ、私は眠ろうなんて思ってないよ」

彼はつぶやき、かろうじて目を開けている。一方私は、もはや眠くはない。耳にはびゅうびゅうと雪が鳴り響き、時々静かになると、その震えるような静けさは、その陰鬱で辛くてボーッとなるような吹雪の音よりも、はるかに大きく耳の中に響くように思える。どこか遠くディクソン島に向かって、ザポリャーリエの無線技士たちが、私たちのことをこう話していることだろう。

「彼らはどこに？　あそこまで飛行しなかったのかな？」

「飛行しなかったんだ」

この吹雪が止むのを座って待つのは本当に退屈——とうとう、私は本を持ってきたことを思い出した。私は毛皮服を膝より少し高いところでしばり、体ごとその中にもぐり込んだ。狭い空間だけれど、左手で耳の上に懐中電灯を持ち、右手に本を持てば、本が読めるではないか！　私には手動の懐中電灯があって、それを灯すにはしじゅう指を動かさねばならなかった。でも、指をずっと動かし続けるのは不可能で、私は指を休める——するとすぐ寒くなり、すべてがもとの状態に戻り、私は操縦席の破れ目を通った雪で、自分が埋められていくのを感じる。

何年か後に私はスティファンソンの《客あしらいのいい北極圏》という本を読んで、そんなに長時間眠らないのは誤りであると分かった。でも、その時は私は経験不足の極地探検隊員で、そんな状況で寝入ることは、死に等しいと思っていた。

やっぱり私は多分寝入っていたか、あるいは夢でなく実際に想像していたのかもしれない——とても小さく狭い箱の中に私はいて、そこは地下深く、上の方から通りの騒音や路面電車のチリンチリンという音やゴトンゴトンという轟音がはっきり聞こえてくるのだ。それは、それほど怖くはなかったが、それでも私は、ここに一人横たわり、手も足も動かすことができずに苦しみ、しかし一方ではどこかへ飛行しなければならず、暇な時間は一分たりともないと思っている。やがて気付いたら何故か私は、通りに面した店の照明されたショーウィンドウの前にいて、店の中にはなんとカーチャが私に気付かず、落ち着いた静かな足取りで歩き回っているではないか。私は、あとできっと彼女ではないと分かるだろう、あるいは私が彼女と話すのを、誰か他の人が妨げるかも知れないと少し心配になる。しかし、それは間違いなく彼女だった。だから私は店のドアへ突進した。けれどそこはもうすっかりガランとして暗く、ガラスのドアに札が下がっている——《閉店》

私は目を開いた——思わず又目を閉じる。私の眼前には何という幸運が現れていたことか。吹雪はおさまっていた。雪はもう私たちの目を眩《くら》ますことはない――地面に積っているから。上空に太陽と空が一面に広がり、その果ては海だけ、あるいはツンドラだけしか見えないほどだ。この雪と空を背景に、飛行機から二百歩離れて男が立っていた。彼は手にホレイ――トナカイを御する棒――を持ち、彼の背後には橇につながれたトナカイがいた。遠方に、それほどくっきりではないが、まるで絵に描いたように二つのとがった雪の丘――間違いなくネネツ人のパオ（移動住居）――が見えていた。それはまさに私が不時着のとき、どすんとぶつかったあの黒い塊だったのだ。今や、それらは雪に覆われ、上に突き出た円錐形だけが黒々と見えた。パオの周囲にはまだ何人かの人々――大人も子供も――が立っていて、皆全く不動の姿で、私たちの飛行機を見つめていた。

第13章　プリムスっていったい何？

　両足を火にあてて暖まることが、こんなに幸せなこととは思いもしなかった。今、これほどの幸福があるだろうか！　暖かさが体中に漲《みなぎ》り、それがどんどん行き渡り、ついにはホラ、ゆっくりと心臓が暖かくなるのが感じられる。もう私は何も感じられず、何も考えられなかった。ドクトルは私の背後で何かつぶやいていたが、私は聞いていなかった。彼が凍傷よけに塗るように言ったアルコールなんてかまうもんか。ツンドラの灌木《かんぼく》のヤーラの煙は、湿った松の燃える煙のように、竈《かまど》の上に漂うけれど、その煙さえ私は何でもなかった――暖かくさえあれば。暖かい――そのことが、もうほとんど信じられない！

　ネネツ人たちは、火の周りにあぐらをかいて座り、私たちを眺めていた。彼らは真面目な表情をしていた。ドクトルはネネツ語で何か説明している。彼らは注意深く聞きながら、理解したような様子で頷《うなず》いていた。やがて彼らは何にも分かっていないことが明らかになり、ドクトルは残念そうに手を振り、負傷した人間と、彼を救うために飛んできた飛行機を描き始めた。もし私があと一分眠らずにいれたら、とてもおかしな光景だったろう。

　つまりドクトルは腹を抱えて横たわったり、跳び上がり両手を上げて前に突進したりしたのだ。急に彼は私の方を向いた。

「どうだい！　彼らはすべて知ってるよ」

　彼は驚いて言った。

「彼らはレトコフがどこを負傷したかも知ってる。それは暗殺だった。彼は銃撃されたんだ」

ドクトルは再びネネツ語で話し始め、私は夢現《ゆめうつつ》に、誰がレトコフを撃ったか知らないかと、ネネツ人たちに彼が尋ねているのが分かった。

「彼らはこう言ってる。撃った人間は家に戻った。考えるため行った。一日考え、そして二日、でも、元の場所に戻ったんだと」

今や、もう眠らずにはいられなかった。突然、目の前のすべてが回りだし、私はやっと眠れるとうれしくなった……

目覚めた時はすっかり明るくなっていて、パオの毛皮の一枚がめくれ上がり、まばゆい三角形の中にドクトルが立ち、ネネツ人たちは、彼の周りにしゃがんでいた。遠くに飛行機が見え、それらは同時にある見覚えのある映画フィルムのコマを思い出させたので、私はそれが今やチラリと浮かんで消えてしまうのではないかと不安になったくらいだった。でもそれは映画フィルムではなかった。それは、ネネツ人たちに、ヴァノカンはどこかと尋ねているドクトルだった。

「こっちか?」

彼は怒って叫び、手で南を指した。

「そっち、そっちだ」

ネネツ人たちは同意した。

「こっちか?」

彼は東を指した。

「そっちだ」

それからネネツ人たちは皆一人残らず南東を指し示し、ドクトルは雪の上に北氷洋沿岸の巨大な地図を描いた。しかし、それは少しも役に立たなかった。なぜなら、ネネツ人たちはその地図を芸術作品のように受け取り、まだとても若い、彼らの一人などは、自分も描けることを示そうと、地図のそばにトナカイを描く有様だった。

なによりも先にせねばならないこと、それは飛行機を雪の中から解放することだった。もしネネツ人たちの手助けがなかったら、私たちは決してこの仕事をやり遂げられなかっただろう。私の人生で、これほど雪とは似ても似つかない雪を見たことはなかった! 私たちは斧とスコップで雪を叩き割り、ナイフで切断したのだ。でも、ついに最後の雪の塊が切り取られ、脇に投げられた。私が極地の飛行士たちにお勧めしていた飛行機の固定は解かれた。エンジンの始動のために、あらゆる大鍋や湯沸しの中で、お湯がもう熱くなっていた。

雪にトナカイを描いていたあの若いネネツ人は、ヴァノカンまでの道案内のために、泣く妻と別れまでして、航空士の役を進んで引き受けてくれた。そしてとてもおかしかったのは、その妻がトナカイの毛皮のズボンをはいていて、お下げ髪につけた彩色したラシャの端切《はぎ》れだけが、彼女と夫とを区別していたことだった。太陽が羽毛状の高い雲の向こうから現れ——好天の徴候だ——私は、誰かの目に鉛色の目薬をさしていたドクトルに、もう《治療は終りにしましょう》と話した。この時、ルーリが私に歩み寄り、私たちは飛べないと言った。飛行機の脚部の横木が折れていた——私が着陸のとき、パオの脇にどすんとぶつかったために違いなかった。ネネツ人たちは脚部の雪を取り除いていなかった——だから私とルーリは、それにすぐ気付かなかったのだ。

私たちがザポリャーリエを飛び立ってから、もうまる四昼夜が過ぎていた。きっと私たちは捜索されている——吹雪で予定していた進路を逸《そ》れてしまったけれど、結局は発見されるだろう。私たちは発見される……しかし、その時はもうヴァノカンへ行くのは手遅れになるのだろうか？

それは北極での私の最初の《試練》だったし、私は何もしないで、手ぶらで家に戻ることに急にたじろいでしまった。あるいは——こうなる場合をよりいっそう恐れるのだが——私が頼りのない飛行機とともに、無力な子犬のようにツンドラで発見されるとしたら、どうしようか？

私はドクトルを呼び寄せ、ネネツ人たちを集めるように頼んだ……それはパオの中で火を囲んで、というよりむしろ私たちの頭上の丸い穴に入っていく煙を囲んでの忘れられない会議だった。どうやってパオの中にこんな多くの人々が入れたのか全く分からなかった。私たちに敬意を表して、トナカイが殺されネネツ人たちは、手でぴんと張った肉の筋を、自分たちの唇のところで驚くほど器用に切り取りながら、それを生で食べていた。ナイフで鼻の頭をよくも切り取らないものだ！　私は潔癖ではないが、それでもやはり彼らがこの肉の筋を血の入った茶碗にひたし、唇を鳴らしながら口に運ぶのを、できるだけ見ないようにしていた……

「とても困っている」

私は、自分の演説をこう切り出した。

「私たちは負傷した、尊敬すべき人の救助を引き受けた。それなのに、あなた方のいるここに四昼夜いて、ちっともその人の救助に当たれない。イワン・イワニッチ、通訳して下さい！」
ドクトルは通訳した。

「でも、もっと困っているのは、こんなに時間が経ったのに私たちはまだヴァノカンからはるか遠くにいて、どの方向に飛ぶか――北か南か、東か西か――そんなことさえ分かっていないことだ」

ドクトルは通訳した。

「しかし、さらに悪いことに、私たちの飛行機は壊れてしまった。飛行機は壊れ、あなた方の手助けがないと飛行機の修理ができない」

ネネツ人たちは皆すぐに話し始めた。しかし、ドクトルは手を上げ、彼らは黙った。日中でも私は気付いていたのだが、彼らはドクトルをとても尊敬していたのだ。

「あなた方がいないと、私たちはとても困ったことになる」

私は続けた。

「あなた方がいないと、私たちは凍え死んでいただろう。あなた方がいないと、飛行機を埋めつくす雪に打ち勝つことはできなかっただろう、通訳して下さい、イワン・イワニッチ！」

ドクトルは通訳した。

「ここで、一つお願いがあります。私たちは木材が必要なんです。あまり大きくなく、でもとても固い長さ一mの木材が必要です。それで私たちは飛行機を修理し、尊敬すべき人の救助に遠くまで飛んで行けるのです」

私は頭の中で、ネネツ語からロシア語に翻訳しているかのように話そうと努めた。

「もちろん私は、木材がここではとてもまれで、貴重なものだと知っています。だから、私はその長さ一mの固い木材のために、あなた方にはたっぷりお金を払いたい。しかし、私にはお金がない、その代り、私はあなた方に、プリムス型石油コンロを提供したい」

ルーリは――それはあらかじめ取り決めていた――毛皮服の下からプリムスを取り出し、頭の上高くそれをかざした。

「もちろん、あなた方はプリムスがどんなものかご存知でしょう。これは湯を沸かし、肉や紅茶を煮る器械です。焚火《たきび》を燃え立たせるのに何時間かかりますか？　半時間ですね。でもプリムスなら一分で燃え立ちます。プリムスでピローグも焼けるし、要するにとても家事の助けになるすばらしい器具なんです」

ルーリは灯油を満たし、マッチの火を近づけると、炎がすぐに上がりほとんど天井まで達した。しかし、運悪いことに、忌々しいプリムスは決して燃え上がろうとせず、私たちは、すぐに燃え立たないのは異常なことではない振りをする羽目になった。それは、それほど簡単ではなかった。なぜなら私はプリムスを燃え立たせるのは訳ないことだと言ったばかりだったから。

「私たちに長さ一mの固い木材をくれれば、その代りにあなた方にこのプリムス型コンロをさし上げます」

私は、ネネツ人たちがこんなささやかな贈物に腹を立てるのではと少し心配したけれど、彼らは怒らなかった。彼らは黙って、真剣にプリムスを見つめていた。ルーリは相変らずプリムスに空気を送り、バーナーは真っ赤になり赤い火花がバーナーの上を素早く走り始めた。

本当のところ、この時、荒涼としたツンドラのネネツ人のパオの中で、私でさえもこのプリムスが、なんだかシューシューと音をたてながら生き生きと燃えさかる不可思議なものに一瞬思われた！　皆黙って心から尊敬の念を込めてプリムスを眺めていた。

やがて、長いパイプをくわえ、女物のショールを巻いた老人——といっても、それが彼の並外れた尊敬をいささかも落すことはないのだが——が立ち上がり、ネネツ語で何か言った——私には一つのとても長いフレーズのように思えた。彼はドクトルの方を向き、それでも私には返事をした。イワン・イワニッチが通訳した彼の話はこうだった。

「煙と闘う方法は三つある。煙の出て行く穴を風上から遮《さえぎ》ると、通風はより強くなる。ニュク、つまりドアの役目をしている毛皮を上げてもよい。そして、煙の出口のためにドアの上に二番目の穴をつくることもできる。しかし、客人を迎え入れるために我々がとる方法は一つだけだ。つまり、客が望むものをすべて提供すること。今、我々はトナカイを食べて眠る。でも、その後、我々のパオで見つかる限りのすべての木材をあなたに持ってこよう。このすばらしいプリムスに関しては、それはあなたの好きなようにすればよい、我々は要らない」

第14章　古い真鍮《しんちゅう》の銛《もり》

さっきまで、頭や耳や目のあるまるごと生のトナカイを食べていたと思うと、なんとネネツ人たちは自分たちの木材をすべて私たちのところに運んできた。中をくり抜いた木の皿、大鍋を掛ける木鉤《かぎ》、機織り道具のようなもの——両側に丸い穴のついた板、橇の滑り木、スキーなどだ。

「使えないだって?」

彼らはあきれた声をあげた。

「だって、固い木で百年は持つのに」

彼らはタイムイル半島の大ツンドラで、どうやって見つけたかは誰にも分からないが、椅子の背もたれまで運んできた。航空士として、私たちの道案内を引き受けてくれたネネツ人は、神様――本物の偶像――を持ってきた。つまり、色とりどりのラシャの小切れで飾られ、先の尖った頭をしていて、その人間のヘソの位置に釘が打ち込まれていた。

「使えないかなあ? でも、木は固く、百年は持つよ」

告白すれば、私はプリムスの件では恥ずかしい思いがした。というのも、このネネツ人が、ブリキのついた長持――間違いなくパオで唯一の飾りものである――を、泣き出した哀れな妻に何か厳しく言いながら運び出すのを見たのだ。彼は私に歩み寄り、とても満足げに雪の上に長持を置いた。

「長持をあげるよ」

ドクトルが通訳した。

「頑丈な板が四枚とれる。僕はコムソモール(共産青年同盟)員だから、何も要らない。君のプリムスなんて僕はどうでもいいんだ」

ドクトルは多分、最後のフレーズを本当に正確に通訳したのではないようだ。それでもやっぱり、それはすばらしいことで、私は心からこのコムソモール員と握手をした。

あなたはこんな感じを持ったことはないだろうか――ある一つの考えで頭の中が一杯になり、この世に何らかの他の願いや考えがあるとは信じられないほどなのに、突然嵐のようにあなたの人生に押し入ってきたかと思うと、一瞬にしてたった今まで心の底からとらわれていたその考えを、あなたは忘れ去ってしまうような感じを!

パオを建てるための丸太に混り、雪の上に控え目にころがっていた古い真鍮の銛《もり》を見つけた時、私にはまさにその感じがしたのだ。もちろんすべてのことが、この瞬間なぜか異様な雰囲気だった。つまり私がプリムスの説明を始め、ネネツ人たちは、とても真剣に聞いていて、私たちの間には煙がまるで夢を見ているように長い灰色のリボンの柱のようにまっすぐ立っていた。飛行機の周りの雪の上に置かれた、家から持ってきたこれらの木材は奇妙なものだった。パイプをくわえた六十歳のネネツ人が、命令口調で老婦人に言って、セイウチの骨を私たちのところに持ってこさせたのも変だった。でも一番奇妙だったのは、この銛《もり》だった。きっと、世界中でこれ以上奇妙なものはなかっただろう。

このときルーリが操縦席から顔を出して私を呼んだので、私は、この銛が私を突然連れていった遠い世界――とても遠いところ――から我に戻り、何か返事をした。

この銛はいったい何だったのだろう? 別に変わったものでもない! 古びた真鍮《しんちゅう》の銛じゃないか。しかし、この古い緑青《ろくしょう》の吹いた真鍮には、疑いもなくハッキリとこう刻まれていたのだ。

《帆船〝聖マリヤ号〟》

私は振り返った。ルーリはまだ操縦席から見ていた――それは確かに顎髭《あごひげ》のルーリだった。その顎髭に対して、有名な極地飛行家Fを真似して生やしていると言って、私は毎日ばかにして笑い、そしてそれは若い活動的な彼の顔には全く不似合いなものだった。遠く、パオの一番はずれのところ近くに、ネネツ人たちに囲まれてイワン・イワニッチ医師が立っていた。皆、元のまま――一分前と全く同じだった。でも私の前には、《帆船〝聖マリヤ号〟》と印された銛があった。

「ルーリ」

私は全く落ち着いて言った。

「ここに来いよ」

「使えそうですか?」

操縦席からルーリは叫んだ。彼は飛び降りると私に近付き、困ったように銛を見つめた。

「読むんだ!」

ルーリは読んだ。

「どこかの船のものですね」

彼は言った。

「帆船《聖マリヤ号》のです」

「まさか! ありえないよ! ルーリ!」

私は銛を拾い上げると、赤ん坊のように両手に抱えた。ルーリは多分、私が気でも違ったと思ったのだろう、何かつぶやいてドクトルの所へ一目散に駆け出した。ドクトルはやって来て、心配そうに私の頭を震える手でつかみ、長い間目を見つめていた。

「同志の皆さん、とっとと消えて下さい!」

私は悔しまぎれに言った。

「私が気が狂ったと思ってるんですか? とんでもありません! ドクトル、この銛は《聖マリヤ号》のものなんです!」

ドクトルは眼鏡をはずし、銛を調べ始めた。

「おそらくネネツ人たちは、これをセヴェルナヤ・ゼムリヤで見つけたんでしょう」

私は興奮しながら続けた。

「あるいはそうでないとすれば、セヴェルナヤ・ゼムリャでなく、こちらの本土の沿岸のどこかでしょう。ドクトル、これは何を意味するかお分かりですか？」

ネネツ人たちはもう以前から私たちの周りに立って、私がこの銛をドクトルに見せ、叫び興奮しているのを全く落ち着いた様子で見ていた。ドクトルは誰の銛か尋ね、古老のネネツ人が、木彫りのように深く刻まれた皺《しわ》だらけの無表情な様子で進み出て、ネネツ語で何か言った。

「ドクトル、彼は何て言ってるんですか？　この銛はどこから持ってきたんです？」

「この銛をどこから持ってきたのかな？」

ネネツ語でドクトルは尋ねた。ネネツ人は答えた。

「彼は、見つけたんだと言ってる」

「どこで見つけたんです？」

「小舟の中だ」

ドクトルが通訳した。

「なんだって、舟の中？　じゃあ、舟はどこで見つけたんだ？」

「海岸だ」

ドクトルは通訳した。

「どこの海岸？」

「タイムイル半島だ」

「ドクトル、タイムイル半島ですって！」

私がそんな声で叫んだので、彼は思わず又、心配そうに私を見つめた。

「タイムイル半島！　それはセベルナヤ・ゼムリャに一番近い海岸じゃないですか！　それで、舟はどこに？」

「舟はない」

ドクトルは通訳した。

「一部分はある」

「どんな部分です？」

「舟の一部だ」

「見せて！」

ルーリはドクトルを脇に連れて行き、彼らは何かヒソヒソと話していた。その間にネネツの老人は舟の一部を取りに行った。多分、ルーリはやっぱり私が気が違ったという考えを決して捨てられないのだろう。

数分してネネツ人が戻り、防水帆布——たぶん、タイムイル半島で彼が見つけた舟は、その防水帆布でできていたのだろう——を持ってきた。

「売り物にはできない」

ドクトルが通訳した。

「イワン・イワニッチ、舟の中にまだ何か物がなかったか彼に聞いてくれませんか？　もしあったとしたらそれはどんなふうで、どこへ行ってしまったのか？」

「物はあった」

　ドクトルは通訳した。

「どこへ行ったかは分からない、昔のことだ。多分、十年は経っている。猟りに行く——橇のあるのを見つける（（訳注）生活が同じ日々の連続であるネネツ人の言葉に、過去形はない）。橇の上に舟があり、舟の中には物がある。小銃は壊れていて、撃つことはできない。なぜなら薬包がないから。スキーも壊れている。男が一人いる」

「男が?!」

「ちょっと待って、私の間違いだろう」

　ドクトルは大急ぎで言って、ネネツ語で何か尋ね直した。

「そうだ、一人の男だ」

　彼は繰り返した。

「もちろん、死んでいて、白熊に顔は食べられている。舟の中に横たわっている。以上だ」

「えっ、おしまい？」

「それ以上は何もない」

「イワン・イワニッチ、その男のポケットに何かないか調べなかったのか聞いて下さい。おそらく紙切れか書類がなかったのか？」

「あった」

「それはどこに？」

「それはどこ？」

　ドクトルが尋ねた。ネネツ人は黙って肩をすくめた。多分、彼はそんな質問はかなりばかげていると思ったのだろう。

「でも、いろいろな物のうちで残ったのは銛だけなのかい？　だって彼は服ぐらいは着ていただろう？　服はどうなったんだい？」

「服はない」

「何、ないですって？」

「簡単なことだよ」

　むっとしてドクトルは言った。

「だって君、十年後、君が飛行機で突然現れることをあてにして、わざわざ服を保存すると思うかい？　十年だよ！　ほんとに、彼が死んで十年なんだから！」

「イワン・イワニッチさん、どうか怒らないで下さい。これではっきりしました！　あと必要なのは、この話を記録することです——記録して、ご自身の耳で聞き取ったことを確認するんです。彼の名前を聞いて下さい」

「君の名前は？」

ドクトルはネネツ語で尋ねた。

「ヴィルカ・イワン」

「何歳?」

「百歳」

ネネツ人は答えた。

私たちは沈黙し、一方ルーリはしきりに笑いころげていた。

「何歳かな?」

ドクトルは聞き直した。

「百歳」

ネネツ人は繰り返した。ドクトルは途方に暮れて振り向いた。

「ネネツ語の百歳なんて誰が知るものか」

彼はぶつぶつ言った。

「ひょっとして、私の間違いかな?」

「百歳」

正確なロシア語で、イワン・ヴィルカは頑固に繰り返した。パオの中で彼の話を記録している間中、彼は自分が百歳だと繰り返した。多分、彼はもう少し若いのだろう——少なくとも見たところは。しかし、何の表情もない眼差しの、その生気のない顔を長く見入るにつれて、ますます私は彼がとても歳をとっていると確信するようになった。百歳——それは彼の誇りであり、だから彼は執拗にそれを繰り返し、ついには私たちもこう記録してしまったのだ。

《猟師イワン・ヴィルカ、百歳》

第15章　ヴァノカン

本当のところ、私たちがそれを飛行機の横木にした丸太を、ネネツ人たちがどこから手に入れたのか、今もって分からない。彼らは夜中スキーでどこかに出掛け——多分、隣りの遊牧地に——そして、私の人生であまり居心地の良くない夜を過ごしたパオから、朝になって私たちが這い出ると、入口のところにシベリアアマツの木材が置いてあったのだ。そう、それはあまり愉快な夜ではなかったが、ただイワン・イワニッチが火のそばに寝て、長い帽子の先を頭の上でしばり、うさぎの耳のようにトナカイ毛皮服から突き出ているのがおかしかった。ルーリは何度も寝返りを打ち、咳をしていた。

私は眠らなかった。ネネツ人の女性が揺籠《ゆりかご》のそばに座り、彼女が無関心そうで同時に、ある忘我の境で歌う単調なメロディーを、私は長い間聞いていた。同じような言葉がしきりに繰り返され、ついに私は、これらの二～三の言葉だけで、すべての歌がつくられているような気がしてきた。赤ん坊はとっくに眠っていたが、彼女はまだ歌っていた。湿った柳の枝が燃えさかると、彼女の丸い顔が時々明るく照らされ、その時私は、彼女が目を閉じて歌っているのが分かった。彼女はこんな風に歌っていた。（朝、ドクトルがこの歌を訳してくれた）

冬の時期は
どこを見ても
私の坊や
一面の白い平原
私の坊や
湖を見ると
氷だけが青く見え
私の坊や
山を見ると
岩だけが黒く見える
私の坊や
いとしいツンドラ
白い平原

私の坊や
あんよ上手さん
なんてお耳のかわいいこと
私の坊や
なんてお目々の愛らしいこと
私の坊や
なんてお鼻の美しいこと
私の坊や
空を見上げると
雲が白く見える
愛するツンドラ

ヴァーリャと話をしたとき味わったあの気分が、私に戻ってきた。そして、それがあまりに強いものだから、ネネツの婦人が目を閉じて歌っているこのもの悲しい歌を聞くまいと、起きてパオから飛び出したい気分だった。でも私は起きなかった。彼女はだんだんゆっくり、小声で歌い、とうとう口をつぐみ寝入ってしまった。

私以外の世界中が眠っている。暗闇の中で私はたった一人横になり、心が孤独と恨みで痛むのを感じている。カーチャとはすべておしまい、僕たちの間はもうダメで、これから先も何もありゃしない、そして他人みたいに会うのだろう——なのに、あの銛《もり》の拾い物がどうしたというんだ？　私は憂鬱な気分を克服しようと努めたが、そうできず、ずっと努力し続けているうちに、とうとう眠り込んでしまった。

正午近く私たちは飛行機の脚部の修理を終えた。丸太を磨き上げ、それを横木の代りにはめ込んだのだ。大きくて頑丈なので、私たちは接合部にロープをぐるぐる巻きつけた。私とルーリは少し離れたところから、冷静な目でその仕事を評価し合った。

「さあ、どうかな？」

ルーリは嫌々《いや》そうに手を振った。まあ、いいや、すべてすばらしい状態になったということにしよう。湯を沸かそう、エンジンを始動させるんだ。私たちは金属罐に雪を詰め、その罐をプリムスの上に置いた。なんとうんざりする仕事か！　プリムスはちっとも燃え上がらない——《それ無しにはどんな家事もさばけないご立派な器械よ》

でも、さて万事準備ができて、エンジンは暖まり始動を開始する。ネネツ人たちはダンパーの後ろの端を引っぱる。

「位置について！」

「はい、ＯＫです！」

「一、二、三——始め！」

ダンパーが外れ、ネネツ人たちは雪の上に転ぶ。もう一度。

「位置について！」

「はい、ＯＫ！」

「一、二、三——始め！」

これが四回繰り返された。エンジンはびくっと震え、不調音を出し、十回転して止まり、そしてついに動き始める。別れの時だ！　ネネツ人たちは飛行機のそばに集まり、私は彼らに握手して、援助に感謝し、狩りの幸運を祈る。彼らは笑う——満足なのだ。私たちの航空士のネネツ人は、はにかんで微笑みながら飛行機に乗り込む。彼が別れ際に妻に何と言ったのか分からないが、彼女は裾を色とりどりのラシャで刺繍した毛皮外套に、広い帯を締め、巨大な毛皮の縁のついたフードを被り、そのため顔の周囲が輝いているようで、朗《ほが》らかな様子で飛行機のそばに立っている。しかも、このフードは五十㎝もの高さで、かちゃかちゃ音のするアクセサリーをぎっしりと吊してあり、そのフードの下に小さな顔——それが私が別れに見たすべてだった。習慣から私は、ネネツ人たちにスタートの許可を求めるかのように手を上げる。「さよなら、同志たち！」飛ぼう！……

私たちがヴァノカンまでどうやって飛行したか、単調な雪原を地図のように読み取る、私たちのネネツ人の航空士に、どんなに驚かされたかは話さないでおこう。ある放牧地の上空で彼は私にしばらく止まるように頼んだけれど、残念ながらそうできないと知って、とてもがっかりしたものだった。どうやってヴァノカンに着陸したかも話さないでおこう。試験飛行士なら、この危険と責任と熱狂から成る、ある種の可燃性の混合物のような特別な職業意識をよく分かっているだろう。結局、私たちも木製の横木をつけた新設計の飛行機――飛行機製造の新発明！――で飛行したのだ。私は多分、壊れなかった方の脚部にちょうどうまく飛行機の全重量を乗せることができたのだろう。だから飛行機がまだ停止していないのに、ルーリは私に親指を示しながら、早くも操縦席から飛び降りたのだった。

私たちがヴァノカンでどんなに歓迎されたか、三軒の家で飛行機に見とれてサモワール（湯沸し）のはんだ付けが融けてしまったこと、それに四軒目の家では赤ん坊が揺籠から転げ落ち、ドクトルがすぐに手当する羽目になったことも話さないでおこう。さらに私たちが鮭とピローグ責めに会ったこと、私が飛行機の模型クラブをつくって、ピオネール（共産少年団員）たちを飛行機に乗せたこと、ヴァノカンの住民が、私たちが飛来した同じ日、同じ時刻に居住地上空をもう二機の飛行機が旋回したと私に言い張り、結局分かったことは、それは着陸に際し三周した私たちの飛行機だったということ――これらの話もしないでおこう。でも、話さないではいられないこと――それはヴァノカンでのイワン・イワニッチ医師のことだ。

私たちがレトコフを見つけた時、彼はとても悪い状態にあった。私はたびたび会議で彼に会っていたし、ある時などはクラスノヤルスクからイガルクまで乗せたこともあった。とりわけ私を驚かせたのは彼の文学作品への造詣《ぞうけい》だった。彼はレニングラードの教育大学を卒業していて、要するに教養のある人間だったのだ。二十三歳までツンドラでトナカイを飼っていたので、ネネツ人たちがいつも彼のことを誇りと愛情をもって話すのも無理はなかった。部屋に入りながら私は彼が分からなかった。それほど彼は変わってしまっていた。彼は痛みに歯を食いしばりながらベッドに座っていた。その痛みは突然彼を襲うのだった。つまり、彼はベッドの頭板につかまりながら起き上がったかと思うと、たちまち椅子に飛び移るのだ。痛みがこの大きな、力強い体を放り投げるのを見るのは、なんと恐ろしいことだろう！

時々、数分間痛みが和らぎ、すると、彼の顔は人間らしい表情を帯びるのだった。そしてまた！　彼は上唇をきつく咬《か》み、目はやぶ睨《にら》みになる。そして——どすん！——健康な方の足で起き上がり、力まかせに自分をベッドに叩きつけた。しかし、ベッドの上でも彼はひっきりなしにあちらこちらと位置を変えていた。弾丸が神経叢《そう》のどこかに触るのか、あるいは傷がひどく化膿しているのか——それは分からない。でも私の人生で、これほどひどい光景は見たことはなかった！　彼を見ているのは気の毒で、ベッドの中にいようとして苦しそうにもがき始めると、顔中が思わず歪んでくる、そして突然——どすん！——さらに激しい勢いで、椅子に飛び移るのだった。こんな病人を見てどうして平静でいられようか！

でも、イワン・イワニッチは逆に落ち着きを失うことはなかった。彼は急に少し若返ったように唇を膨《ふく》らませ、皆が恐れる毅然とした若い軍医みたいになっていた。瞬《また》く間に彼は全員を病室から追い出し、その中には、レトコフの診察になぜか必ず立ち会いたがる人民代表ソビエト議長もいた。

現地の准医師は、痩せて眼鏡をかけた老婦人で、おどおどしながら彼の前に姿を現すと、彼はとても愛想よく尋ねた。

「さて、下腿《もも》の切断に立ち会ったことはあるかね？」

熟練したスムーズな動きで、一瞬にして彼は部屋のすべての家具を置き換えた。余分なテーブルを運び出し、一方で手術を行うテーブルは部屋の中央に吊り下げたランプの下に引き出した。

彼は全居住地から《燻《くすぶ》ることのない》ランプを持ってくるよう命じ、それらを壁に吊り下げると、部屋はすぐにヴァノカンの明かりとしては空前の明るさになった。彼がちょっと眉を上げただけで、痩せた准医師は、あまり清潔でないと彼に思われたタオルを持って飛び出し、私は、彼女が台所でドクトルと同じような憎らしげな丁寧声でこう言うのを聞いた。

「ねえ、おまえさん、あたしの寿命を縮める気かい？」

でも、誰も彼女を墓場へ送り込もうとは思わなかった。皆、彼の顔色を窺《うかが》って爪先立ちで走り回り、ドクトルのことを《あの人》と呼んでいたのだ。丁寧だがぶっきらぼうに指図しながら、ドクトルはまる三十分も石鹸《せっけん》とブラシで手を洗った。それから、手を拭かずに彼は病室に入り、両足を広げ、両手はぎこちなく広げて、不審そうにまわりを見回しながら立ち止まった。そして、ドアがバタンと閉まると、まばゆいシーツの白さのテーブルに横たわる病人と、目もくらむほどの白衣の人たちのいる、ヴァノカンでは驚くばかりの、まぶしい部屋の光景が消えた。

ヴァノカンで、私たちのイワン・イワニッチはこんなふうに振舞っていた。四十分して彼は手術室から出てきた。手術は上々だったと思うべきだろう。なぜなら白衣を脱ぎながら彼は私にラテン語で何か言い、それからコジマ・プルトコフの詩を読んだのだ。

《幸せになりたければ——幸せな人であれ!》

早朝、私たちはヴァノカンを飛び立ち、三時間半後にはハプニングもなくザポリヤーリエに着陸していた。

ドクトルが、あの困難な状況下で成功した大光量の手術のこと、それに私たちの飛行全般については、その後《イズベスチヤ》の新聞記事となった。記事はこう結んであった。《病人は急速に健康を回復している》実際、病人はとても速やかに回復したのだ。私とルーリは感謝状をもらい、一方ドクトルはネネツ民族区から表彰を受けた。

古い真鍮《しんちゅう》の銛《もり》は、今、私の部屋の壁の帆船《聖マリヤ号》の漂流を書き入れた大きな地図の横にぶら下がっている。

六月の初め、私はモスクワへ出発した。残念なことに私にはあまり時間がなかった。つまり私の自由にできる日数は十日間だけで、その間に私は自分の個人の用件だけでなく、タターリノフ船長に関する私的かつ社会的な仕事も果たさねばならなかった。旅の途中私は、自身のこと、そしてカーチャとの関係についてあれこれ考え、その中で再び彼女の父親の話が特別に注目と尊敬を要するものとして頭に浮かんできた。否応なく私は自分の人生である段階ごとに彼と出会い、結局私が拾い集めたこれらの彼の話の断片から、整然とした光景が生まれてきたのだった。
古い真鍮の銛は、この光景を証拠づける最後の論理的な一筆《ひとふで》となった。この発見で最も複雑な問題が解決されたのだ。実際のところ、航海士の日記を読み終えて、私は自問してみた。
《タターリノフ船長に起ったことを、何か私は分かったのだろうか? 発見した陸地を調査するため彼は船を離れたのだろうか。それとも飢えのため仲間たちとともに非業の死を遂げ、帆船は何年も流氷に運ばれて、グリーンランド沿岸へ移動していったのだろうか?》
《そうだ——今なら私はそう答えられる。彼は船を離れたのだ。乗組員の一部が死んだか、あるいは船が氷で押し潰《つぶ》されたか——それがどういう事情で起ったのか私たちには分からない。でも彼は自らの〝子供じみた、無謀な考え〟を実行に移したのだ》

私は自問した《彼は、セヴェルナヤ・ゼムリャ島に到達したのだろうか？》

《そうだ——今なら私はそう答えられる。彼はセヴェルナヤ・ゼムリャ島にたどり着いた。そうでないなら、数年前猟師イワン・ヴィルカが見つけたあの防水帆布のボートを乗せた橇が、どうして沿岸地帯で出てきたりするだろうか？》

私は自問した《探検隊の跡は、どこを捜せばよいか、そして捜索する価値があるだろうか？》

《そうだ——今なら私はそう答えられる。捜す価値はある。なぜなら論理的に考えて、その捜索地域は、地球の子午線上、一度の半分までの正確さで決定されるから。その課題の学問的意義は、疑いを起させることはない》

それは、船に関しての自問自答の会話だった。しかし、私にはよそよそしい冷淡な言葉の背後に、全く違う言葉が聞こえるような気がした。私は、その中に、あのなつかしいカーチャを見ている思いがした。

《君は、僕のことを忘れたの？　本当に？》

《いいえ——彼女は答える——でも、私たちが十七歳だったあの人生は終ったの。そしてあんたはどこかにいなくなり、あたしは、その人生とともに私たちの愛も終ったと思うの》

《愛はちっとも終ってなんかいないよ——そう私は彼女に言う——僕は今や君のお父さんのことを君よりも、そして、この世のどんな人よりもよく知っているよ。僕が君に運んできたものを見てごらん——ここには彼の全人生があるんだ。僕は彼の人生を集め、それが偉大な人間の人生だったことを証明する。いいかい、どうして僕がそうすると思う？　それは君への愛からなんだ》

すると彼女は尋ねる。

《そんなにあんたは、あたしのこと忘れないでいたの？本当に？……》

そして私は彼女に答える。

《僕は、もし君が僕を嫌いになったとしても、君のことは忘れないよ》

それは旅の途中で私の思いついたすばらしい会話だった。でも、それはやがて私とカーチャの間で交される、あの会話とは似ても似つかぬものだったと言わざるを得ない。その会話は似ているようで、そうでなかった——夢が現実の生活と似ているようで、そうでないのと同様に。

第五部　愛情のために

第1章　カーチャとの出会い

十日間――それはある結婚が駄目になり、別の結婚が整うほど長い日数ではない。とりわけモスクワで私には他の多くの仕事があった。つまり私は地理学協会で《ある忘れられた極地探検について》講演する予定だったけれど、まだそれを書き上げていなかった。私は北洋航路局に《聖マリヤ号》の捜索について問題を提起せねばならなかった。ヴァーリャはいくつかの仕事の準備をしてくれた。例えば、地理学協会と私の講演について交渉した。しかしもちろん原稿を書くことは、彼にはできなかった。

私はコラブリョフのところに滞在するつもりだったが、あとで思い直し、二年前バラショフからの途中で宿泊した同じホテルに乗りつけた。それは失敗で、とはいっても放浪する人間にとっては変なことだが、私はホテルが好きではなかった。ホテルでは、いつも私は憂鬱な気分になった。私はカーチャに電話をかけ、彼女は電話口に出てきた。

「もしもし」

「こちらサーニャです」

彼女は黙り込んだ。そしてごく普通の声で尋ねた。

「サーニャなの？」

「そう、本人だよ」

彼女は又黙ってしまった。

「モスクワには長くいるの？」

「いや、数日なんだ」

私は目の前に、耳で結ばないあの防寒帽と、トリウム・ファーリナヤ通りで最後に着ていた、雪で湿ったあの外套の彼女が今、目に浮かんでいないかのように、これまた普通の声を装って答えた。

「休暇なの？」

「休暇だけど、仕事もあるんだ」

彼女にこう尋ねないようにするのに努力を要した。

《君がよくロマショフと会っているって聞いたんだけど？》私は我慢して尋ねなかった。

「それで、サーニャはどうしてるの？」

突然、彼女は妹のことを聞いてきた。

「私と彼女は文通してたけど、それから止《や》んだわ」

私たちは妹のことを話し始め、カーチャは、最近モスクワに、あるレニングラードの劇場がやって来て、ゴーリキーの《母》を上演し、プログラムに《美術――ピョートル・スコヴォロードニコフ》と名前が挙がっていたと言った。

「ええっ？」

「とても素敵な舞台装飾よ、斬新《ざんしん》でいて素朴なの」

私は彼女がわざと何度も私の名前を呼ぼうとしないように思えたが、一回だけ、彼女が誰と話しているか家に知られたくないように声をひそめて名前を呼んだ。一度も彼女は私を《あんた》(訳注)親しい者同士の呼び方)と呼ばず、普通の調子の声で何やら話し続けるものだから私は、私たちがそんなふうに会話をして別れ、再び彼女に電話する口実さえなくなると思うと恐ろしくなった。

「カーチャ、僕たちは会うべきだよ。いつだったら、君、いい？」

私は言った《いつだったら、君、いい？》そしてすぐ、それは明らかにバカげたことだった。なぜなら私は彼女を《あなた》と呼んで話していたのだから。

「ちょうど、今晩ならいいわ」

「九時にどう？」

私は、彼女が自分の家に私を呼んでくれるのを期待していたけれど、彼女はそうしないので、私たちは外で会うことにした――皆さんは、どこだと思いますか？

「トリウム・ファーリナヤ通りの辻公園は、どうかな？」

「あの公園は今、ないの」

冷淡にカーチャは反論した。それで私たちはボリショイ劇場の円柱のところで会うことにした。私たちが電話で話したことはこれだけで、私の話した言葉を、モスクワでの一日目の間中、あれこれ振り返ってみても意味のないことだった。

私は民間航空局に出向き、それからヴァーリャの動物研究所を訪ねた。多分、私はぼんやりしていたのだろう、なぜならヴァーリャは、明日はコラブリョフの教育活動二十五周年記念で学校で祝賀の会議があるんだと、何回も私に繰り返していたから。ついに夜の九時、私はボリショイ劇場に出掛けた……

それは頭にお下げ髪を巻き、額に巻毛のかかった昔のカーチャ――私が彼女を思うとき、いつも思い出す――だった。彼女はもちろん成長して女らしい白さになり、かつてトリウム・ファーナリヤ通りの辻公園で私にキスしたあの女の子では、もはやなかった。彼女は控え目な眼差しの、落ち着いた声になっていた。でも、それでも、それはカーチャであり、私は何故か心配していたのだが、マリヤ・ワシーリエヴナには少しも似ていなかった。それどころか、なんとなく以前のカーチャの顔立ちがはっきりしてきて、今の方が以前よりなお一層カーチャらしくなっていた。彼女は半袖の絹の白いブラウスを着て、胸の襟のところに白い水玉模様の青いリボンをピンで止め、私が会話しながら彼女の顔をチラと盗み見しようとすると、厳しい表情になるのだった。

私たちはまるで別々の部屋にいて、ただ時々ドアを少し開けて、カーチャが覗き、それが私か、もしくは私でないか観察しているような気分で、私たちはそのもの悲しい一日、モスクワを歩き回った。私はしゃべりまくった――そんなにたくさんしゃべったことはこれまでなかったぐらいに。でも、そのすべては、私が本当に彼女に言いたかったこととは全く違っていた。私は、いわゆる《航海士のアルファベット》を作り、それが彼の日記を読了する仕事の役に立ったことを話した。《帆船〝聖マリヤ号〟》と書かれた古い真鍮の銛をどうやって発見したかを話した。しかし、何のために私がそれらすべてをやったかについては一言も話さなかったのだ！　一言も。まるでその話は、とうの昔に死んだも同然で、恨み、愛、マリヤ・ワシーリエヴナの死、ロマーシカへの嫉妬で一杯になって無くなってしまったように……

モスクワでは、メトロ（地下鉄）が建設されていた。一番なじみの場所も仕切りができて、ゆらゆらする板の上を塀沿いに歩いては戻る――つまりその塀は地下工事の声や騒音の聞こえてくる穴で行き止まりになる――といった有様だった。私たちの会話も同じだった――一番なじみの場所、子供や小学生の頃から見覚えのある場所にある塀を迂回したり、取って返したりだった。しじゅう、私たちはこれらの塀に突き当たり、特にあの危険な場所――《ニコライ・アントニッチ》という名前の――に近付くと、塀にぶつかるのだった。

私はカーチャに私の手紙――レニングラードからの一通と、バラショフからのもう一通――を受け取ったか尋ね、彼女がいいえと言ったので、それらの手紙は他人の手に渡ったのではないかと遠回しに言ってみた。

「家で、そんなこと絶対あるハズないわ！」

激しくカーチャは言った。私たちは、劇場広場に戻った。もう夜遅かったが、売店ではまだ花を売っていて、ザポリャーリエから来た私には、いろいろな方向にお互いゆれ動いている人々、車、家々の電灯など、その数の多さに不思議な気がした。私たちはベンチに座った。私はカーチャは頬杖をついて、私の言うことを聞いた。私は彼女がより楽に聞こうと、いつもこんな風に長いことくつろいだポーズをしていたのを思い出した。そして私は今になって彼女に変わったところを見つけた――目だ。

目が悲しげになっていたのだ。

それは彼女の心が分かる唯一のまたとない瞬間だった。それから私は彼女に、トリウム・ファーリナヤ通りの辻公園での私たちの最後の会話を覚えているか尋ね、彼女は何も言わなかった。それは私にとって最も残酷な返答だった。それは、《もう、その話はよしましょう》という昔の返事だったのだ。私は多くのことが分かっただろう。もし私が彼女の目をちゃんと見ていれば、私は多くのことが分かったのだ。でも彼女はそっぽを向き、私もそれ以上見ようとはしなかった。私は、彼女が時間がたつ毎にますます冷淡になっていくのを感じた。私がこう言った時、彼女は頷《うなず》いた。

「僕は君に連絡するから」

そして、講演に彼女を招待すると言うと、彼女は丁重にお礼を言った。

「ありがとう、あたし必ず行くわ」

「来てくれると、とてもうれしいよ」

私たちは黙った。

「あたし、あんたに言うけど、サーニャ、あんたの態度にはとても感心してるの。あたし、もうとっくにあんた、あの話は忘れていると思ってたの」

「なんてこと言うんだい！」

「あたしが私たちの話をニコライ・アントニッチに話しても、あんた、ちっともかまわないかしら？」

「とんでもない、反対なんかするものか！　ニコライ・アントニッチは僕の発見したものに興味を持つと思うよ。だってそれらは、彼にはとても身近なものだし、彼が考えるよりはるかに大事なものなんだ」

それらは、彼には決してそれほど身近にかかわるものではなかったし、私がその言葉に込めたほのめかしに、確たる証拠はなかった。でも私は悪意でいっぱいだったのだ。カーチャは注意深く私を見つめ、少し考えていた。多分、彼女はまだ何か私に尋ねたかったのだろう。でもその決心がつかなかったようだ。私たちは別れた。混乱して、悪意に満ち、疲れた気持ちで私は去り、ホテルで人生で初めて頭が痛み出した。

第2章　コラブリョフの記念祝賀会

生徒たちが帰省し、中学校自体が休みになる夏休みに先生の記念祝賀会を開くのはおかしな考えだった。私はヴァーリャに、誰も来ないと思うよとまで言ったのだ。ところがどっこい！　学校は満員だった。若者たちは、もう階段のところに白樺や楓《かえで》の枝を飾り付けていた。携帯品預り所の床はその枝の山になり、祝賀会議に当てられた講堂の入口の上には《25》という巨大な数字が揺れていた。女の子たちはどこからか花飾りを運んできて、皆、思いつめた緊張した様子で、私はこうした奔走や興奮を見ていて急にうれしくなった。それは主として、私が自分の出た学校に戻ってきたからだった。でも私は、そんなに長く思い出に耽っていることはできなかった。私は軍服を着ていたので、みんなはまたたく間に私を取り囲んだ。もちろんだ！　飛行士なんだから！　私は質問攻めに遭った。

　やがて上級生の女の子——私たちの《経済委員会》、ワーリャおばさんを思い出させる、同じように太って赤ら顔の——が近付いて、赤面しながら私に、イワン・パーブルィチが待っていると告げた。彼は職員室にいて、歳をとって、少し腰が曲り、白髪の——もう白髪だって！——頭をしていた。ほら、まるで彼は今やマーク・トゥエーンそっくりだ！　もちろん、彼は歳をとったけれど、私たちが最後に会った時よりかくしゃくとしているように見えた。口髭は、これも白髪混りではあるが、ずっとふさふさして、威勢よく前に突き出ていて、ゆったりとした柔らかな襟元には、健康そうな日焼けした赤い首が見えていた。

「親愛なるイワン・パーブルィチ、おめでとうございます！」

　私は言った。そして私たちは抱き合い、長いことお互いにキスを交した。

「おめでとうございます」

　私はキスの間にも言った。

「それに、あなたの生徒皆が私のように、あなたに感謝しますように」

「ありがとう、サーネチカ（愛称サーニャより、さらに親愛の情を込めた呼び方）！」

　彼はもう一度固く私を抱いた。彼はとても興奮していて、唇は少し震えていた。一時間後には彼は、私たちがかつてエヴゲーニー・オネーギン裁判を演じた、あの同じ講堂の舞台に座っていて、一方私たちは主賓として、記念日を祝われる人の左右の幹部席に座った。

　私たち、それは祝いの日のために鮮やかな緑色のネクタイをしめたヴァーリャ、背の高い、ふくよかな女性になっていて、これが同じあの細面《おもて》の原則主義者とはとても思えないターニャ・ヴェーリチコ、それに私たちのいたときは下級生で、私たちはとても一人前の人間とは見ていなかった数人のイワン・パーブルィチの教え子たちだった。この世代には士官学校生がたくさんいて、その中の三人が私の指揮していたピオネール部隊の仲間であるのに気付き、私は満足だった。やがて、白いスパッツをはき、太い糸で編んだチョッキ姿のモスクワ・ドラマ劇場の俳優、グリシカ・ファーベルが、ご立派で偉ぶった態度で現れた。まあ、何とちっとも変わっていないことか！　この講堂で起るすべては、自分だけに関わることだと言わんばかりに、彼は記念日を祝われる人の両頬に派手に何度も強くキスをして足を組んで席に着いた。彼はすぐに幹部会席のとても広い場所を占めたので、まるでコラブリョフでなく彼の祝典のようになってしまった。ぼんやりと彼は聴衆を見つめ、そして櫛を取り出し髪をとかした。私は彼にメモを書いた。《悪党のグリシカ、やあ、どうだい！》　彼は読んで偉そうに微笑み、私に手を振った。

それは、すばらしい夕べで、良かったのは演説する皆が、ありのままの真実を語ったことだった。嘘をつく者は誰もいなかった――コラブリョフについては、本当のことを話す方が、明らかに楽だったから。彼だって、自分の教え子たちに、本当以外の話など決して求めはしなかった。私も、二十五年後に自分の仕事について話されるなら、この夕べのイワン・パーブルィチのようであって欲しいものだ。

父母の会、一九三一年卒業生、家具製作所の労働者、地区ソビエト、それに市教育局の代表によるそれぞれの演説！　皆、花束を持っている――どれも大きく立派な花束だ。でも、議長が《私たちの学校出身の俳優を代表して、これから、グリゴーリー・イワノヴィチ・ファーベルが演説します》と宣言すると、二人の屈強な若者が、皆があっと驚くような花輪を運んでくる――ささやき声が、ひとりでに座席の中を走り回る。グリシカは立ち上がる。いつものように彼は少し怒鳴り気味だけれどすばらしい演説をし、私は、劇場でもう少し静かに話すことを教わらなかったのかと、へんな気持ちになる。彼はイワン・パーブルィチを《芸術における人生の師》と呼び、個人的に自分にとって大きな役割を果したとつけ加えた。それから、彼はもう一度コラブリョフに強く何度もキスをして、とても満足げに座った。舞台の花束はますます多くなり、イワン・パーブルィチは顔を赤らめて座り、時おり途方に暮れたように髭を直していた。恐らく彼は、こんな幸せに浴することに気が引けていたのだろう。彼は称賛されると、苦しそうな目つきになるのだった。

やがて、当時、下のクラスで五年生くらいだった中尉が演壇に立ち、ファーベル同志が俳優を代表して演説するのなら、彼としては同じくこの学校出身の士官学校生と労農赤軍指揮官を代表して祝辞を述べさせていただきたいと言った。

「親愛なるイワン・パーブルィチ」

議長が私に発言を求めた時、私は言った。

「飛行士を代表して、今度は私が祖国を飛行させてもらいます。多くの私たち飛行士が我が祖国を飛行しており、彼らは皆、必ずや私の言葉を支持することでしょう。ある時のことですが、私が早朝目覚めたとき、私の隣人が天井をじっと見つめているのに気付いたのです。それは注意深げで、私が問いかけても答えもしません。私は彼の見つめている先をたどり、天井に五十コペイカほどの黒い丸印が描かれているのが分かりました。その行為は翌日も繰り返されました。二か月間、私の隣人は毎朝、その黒い丸印を見つめていたのです。何のために彼はそうしていたと思いますか？　もちろん、彼自身、この質問に答えることはできるでしょう。というのも今、この瞬間、彼はこの幹部席のテーブルに私の隣人としているからです。（ヴァーリャは当惑して笑い始め、彼に続いて幹部席とホール全体が笑い出した）でも、まあいいでしょう――彼の代りに話します。つまり彼は凝視する力を鍛錬していたのです。一体誰の視線が、そんなに彼を驚かせたのでしょうか？　有名なイワン・パーブルィチ・コラブリョフの視線なのです。親愛なるイワン・パーブルィチ！　今、私はあなたに隠さずに告白します。私たちはあなたの視線に耐えられなかったのです。何か悪いことをさんざんやって嘘でやり過ごそうとしても、あなたに会うかあなたのことを思い出すと、思わず本当のことをしゃべってしまうのです。学校が私たちに何を教えるべきか――私は思うのですが、それは一番肝心なことです」

私は演説を終え、イワン・パーブルィチの方へキスしに歩いていった。反対の方向からヴァーリカが彼にキスをしようと割り込んだので私たちは額をぶつけた。それまで私はほんのまばらに拍手されていたのが、私たちが額をぶつけたものだから、耳をつんざくばかりの拍手が鳴り響いた。

私のあと、ターニャ・ヴェーリチコが演説したけれど、ニコライ・アンニッチが到着したので、私はもう彼女の話を聞いてはいなかった。彼はゆったりしたズボンで、太って恰幅《かっぷく》のよい、寛容な態度でホールに入ってきて、いくぶん前屈《かが》みになって人をかき分けて幹部席に向かった。私は、年老いた気の毒な私たちのセラフィーマ先生――かつて総合教育法で私たちに《鴨》を教えてくれた

――が、道を空けながら彼の前に走り出すのを見た。しかし、彼は彼女には気もとめず微笑みもせずに歩いていった。私は、彼が私に叫び声を上げ手をもみしぼって興奮した、あの乱暴な場面以来、彼には会っていなかった。そして気付いたのは、そのときから彼はずいぶん変わったということだった。彼のあとには、ある男が、これもかなり太って、やはりいくぶん前屈みで微笑みもせずに歩いていた。もし、ヴァーリャがこの時私に《ほら、ロマーシカだよ》とささやかなければ、私は間違いなくこの男が一体誰か決して分からなかっただろう。

これがロマーシカだって？　あの髪をとかした、恰幅のよい、全く上品な色白のたいそうな顔の、とびきりおしゃれなグレーの背広の男が？　黄色い猫っ毛の髪はどこへ行ったのだ？　不自然な真ん丸の眼――夜に閉じられることのないフクロウの眼――は、どこへ行ったというのだ？　髪はすっかり小ざっぱりと撫《な》でつけられ、可能な限り柔らかだったたし、いやな角張った顎までが、今やそれほどでもなく、どちらかと言えば丸ぽちゃで、これまた上品になっていた。もしロマーシカが自分の願い通りに新しい顔を粘土でつくるのなら、今の顔には及ばないだろうから、そんなことはしないほうがいいだろう。多分、初対面の人に対しては、彼は今や好印象さえ与えることができるのだから。

ニコライ・アントニッチが幹部席に進むと、彼はあとに従った。ニコライ・アントニッチのするすべてを、ロマーシカは真似していた。ニコライ・アントニッチはコラブリョフに、控え目だが全体に心を込めてお祝いを言った――キスはせずに、手を差し伸べただけだった。ニコライ・アントニッチは幹部席を見渡し、誰よりも先に市教育長に挨拶をした。彼に続いてロマーシカも挨拶した。しかし、ロマーシカの方が、より自信に満ちた、大胆な態度だったのは変に思われた。ニコライ・アントニッチは私に気付かなかった。つまり私がそこにいないような振りをしていた。でもロマーシカは私のところまで来て立ち止まり、これが私なのかと驚いたように軽く両手を広げた。それは、私が彼の面を足蹴りしたことなど、まるでなかったような態度だった。

「やあ、ロマーシカ！」

私は冷淡に言った。彼は顔を歪《ゆが》めたが、すぐに古い友人としてお互いを《サーニカ、ロマーシカ》と呼ぶ必要があるような振りをした。彼は私の脇に座ると、何か話し始めたが、私はかなり軽蔑的に彼を制して、ターニャの話を聞いている振りをして顔を背けた。ターニャなんか私は聞いてはいなかった！　私の中のあらゆるものが煮えたぎり、沸き立ち、どうにか意志の力で私は元の平静な表情を保っていたのだ。祝賀の部が終ると、客たちは食事のテーブルに招かれた。ロマーシカは廊下で私に追いついた。

「本当にイワン・パーブルィチの祝賀会はすばらしかったね」

彼は声までが柔らかく滑《なめ》らかになっていた。

「うん、とてもよかった」

「まったくのところ、僕たちめったにしか会わないのは残念だよ。でもやっぱり古い友人さ。君、どこに勤めているんだい？」

「民間航空だよ」

「それは知ってるよ」

彼は言って笑い出した。

「いや、《どこ》って、違う意味の、地域のことだよ」

「極北地方さ」

「あぁ、そうだった！　すっかり忘れてた！　カーチャが僕に言ったっけ！　ザポリャーリエだって！」　カーチャ
カーチャが！　カーチャが彼に話したんだ。私はカッとなったが、全く冷静に答えた。

「そう、ザポリャーリエさ」

彼は黙った。それから慎重に尋ねた。

「長くいるのかい……こちらには？」

「まだ分からない」

私も注意深く答えた。

「それは、いろんな状況次第なんだ」

私は、自分がこんなにも冷静で注意深く答えたことを気に入り、この時から興奮していた気持ちが、すべてきれいさっぱり消え去った。私は蛇のように冷淡で、愛想はいいが狡猾《こうかつ》になっていた。

「カーチャは、君が講演する予定だと言ってた。学校の講堂でやるのかい？」

「いや、地理学協会さ」

ロマーシカは満足げに私を見つめた——どうやら彼は私が講堂でなくて地理学協会で講演するつもりでいることが満足らしかった。そのようだったし、実際そうだった。しかしその時私にはまだ全く分からなかった。

「その講演は一体どういうものなのかい？」

「だったら来いよ」

私は無関心に言った。

「君もおもしろいと思うよ」

彼は再び顔を歪め、今回はそれが目についた。

「そう」

彼は言った。

「メモして聞き逃さないようにしないと」

そして、彼は手帳に何かきちんとメモし始めた。

「それはどんなタイトルなんだい？」

「忘れられた極地探検隊さ」

「ちょっと待て！　それはイワン・リボーヴッチの探検隊のことかい？」

「タターリノフ船長の探検隊だよ」

私はそっけなく反論した。しかし、彼は私の訂正を聞き流した。

「新しい資料によるものかい？」

彼の目には見慣れた愚かな打算がチラチラしていて、私はすぐどうしたのか分かった。

《ははぁ、悪党め――私は冷静に思った――ニコライ・アントニッチが君をひそかに送り込んだんだ。探検隊の破滅は彼が原因で、フォン・ヴィシミルスキーとかのせいだなんてとんでもないと、また私が証明しようとしているのかどうか、君に知らせるよう頼んだのだな！》

「うん、新しい資料さ」

ロマーシカは注意深く私を見つめた。この瞬間、彼は以前のロマーシカ――つまり、もし私がその資料が一体どんなものかをうっかりしゃべろうものなら、何パーセントの儲《もう》けを受け取れるか勘定するような――に変わっていた。

「ところで、探検隊のことだけど」

彼は言った。

「実は、ニコライ・アントニッチにも資料があるんだ。彼はたくさんの手紙を持っていて、ある時見せてくれたんだけど、とても興味深いものなんだ。君も彼に相談するといいよ！」

《ははぁ、分かったぞ――私はまた思った――ニコライ・アントニッチは、この件を相談するため私たちが会うように君に頼んだんだな。彼は私を警戒している。でも彼は私が一歩を踏み出すことを望んでいる。そうはいくものか！》

「いいや」

私は無関心に答えた。

「実際のところ、彼は少ししか知らないよ。変なことだけど、僕は探検隊への彼の個人的な関心でいうなら、彼自身よりずっとたくさんのことを知ってるよ」

これは、うまく計算された一撃だった。それで、やっぱり愚鈍なロマーシカは、急に口をポカンと開けて、ありありと苦境に立たされたように私を見つめた。

《カーチャ、カーチャ》――私は彼女を思い浮かべ、彼女に対する、そして自分への悔しさで胸が締めつけられる思いがした。

「そーか」

ロマーシカは声を長く伸ばした。

「たいへんなことだね！」

「あぁ、そういうことさ！」

私たちはテーブルに向かい、会話は止んだ。なんとか私はこの夕べの終りまでいた――ただ、イワン・パーブルィチを怒らせないために。私はあまりかんばしくない気分で、とても飲みたい気持ちだったけれど、ただ一杯――記念日のお祝いの人への乾杯で――飲んだだけだった。

ロマーシカは立ち上がり、テーブルが静まるまで長い間、堂々とした様子で待っていた。ある文句がとりわけうまく出てきて、彼の顔にはうぬぼれの得意顔が浮かんだ。彼は《私たちの愛すべき記念日のお祝いの人の教え子たち皆を結びつける友情》について何かしゃべった。この時、彼は私の方を向き、私にも乾杯を示しながらグラスを上げた。私も丁重にグラスを少し持ち上げた。その時多分私はあまり愛想のよくない様子をしていたのだろう。というのもイワン・パーブルィチは注意深く、初め彼を、そして私を見つめ、突然――私はそれが何を意味するか、あとで分かったのだが――テーブルに掌《てのひら》を置き、その掌に目配せしたのだ。掌は上げられ、テーブルの上でパタパタして、静かに下ろされた。それは昔、取り決めていた合図だった。興奮しないこと！　私たち二人は同時に吹き出し、私は少し愉快な気持ちになった。

第3章　題名なし

その日私は《プラウダ》のある記者と会うことになっていた。私は彼に自分の発見について話をしたかった。会見は二度延期された――ずっと忙しかったのだ。そしてついに電話があり、私は《プラウダ》に出掛けていった。

その人は痩せて背の高い、眼鏡をかけた、面倒見のいいおじさんで、やや眼が斜視のため、いつもやぶ睨《にら》みで、何か自分のことを考えているみたいだった。

《飛行士に関しては、ある程度の専門家》――と彼は言った。いずれにしても私の話にとても興味を持ったのだろう。私の話す端から手帳に何かを書き始めた。彼は私に吹雪の中で飛行機を固定したやり方を描かせ、その論文を雑誌《民間航空》に投稿することを勧めた。その場で彼は《民間航空》に電話し、私がいつ、誰に資料を渡すかを取り決めた。彼は《聖マリヤ号》の探検の重要性をとてもよく——私にはそう見えた——理解しており、人々にとって北極圏がこれほど重大な関心事になっている今、それはタイムリーかつ適切なテーマであると言った。

「でも、それについては、もう論文があったよ。確か《ソビエト北極圏》にね」

「《ソビエト北極圏》にですか?」

「そうだ、去年ね」

これは驚きだ! タターリノフ船長の探検についての論文が、去年、《ソビエト北極圏》にあるだなんて?

「その論文は読んだことはありませんが」

私は言った。

「いずれにせよ、その著者は私ほどは知らない筈です。私は航海士の日記を詳しく調べました。彼はソビエト本土までたどり着いた唯一人の探検隊員なんです」

この瞬間、私の前にいるのは本物のジャーナリストだと分かった。突然目を輝かせながら彼は急いでメモを取り、鉛筆を折ってしまったのだ。おそらくそれは、センセーショナルな事件に近いものだったのだろう。彼はこう言ったのだ。

「いやぁ、それは大ニュースだ!」

そして、自分の執務室に鍵を掛けると、私を《編集長》——廊下で彼が言ったのだ——のところに連れていった。《編集長》のところで私は手短かに話を繰り返し、私たちは次の様な取決めをした。

(a) 私は、明日編集部に日記を持参する。

(b) 《プラウダ》は、私の講演に記者を派遣する。

(c) 私は、自分の発見したものを論文に書き、それを発表するなり、出版するなりは《状況に応じて判断する》。

私は《プラウダ》で、探検隊の捜索のことも相談すべきだった。しかし私はなぜかこの問題は、新聞・雑誌には関係のないことと決め込んでいた。記者たちは、北洋航路局の誰に照会したらいいかアドバイスしてくれたかも知れないし、もしかしたら電話までかけてくれたかもと思うと私は残念だった。

私は二時間ほど応接室にいた——ひたすら、北洋航路局の責任者の一人との会見の栄誉に浴するのを待ちながら。ついに待った甲斐があった。私は執務室に通され、そこでも半時間を過ごした。責任者は忙しく、執務室へは水兵、飛行士、無線技士、技師、指物師、農業技師、画家といった人達が、ひっきりなしに立ち寄っていた——そしてその間ずっと彼は航空、農学、絵画あるいは無線にすばらしく長《た》けているふうを装う必要があった。ついに彼は私に話しかけた。

「歴史的には興味があるが」

私がどうにか話を終えた時、彼は言った。

「我々には、もっと現代的な、他の様々な任務がある」

私は、北洋航路局の任務は、決して消えた探検隊の捜索にあるのではないことは、よく承知していると反論した。しかし、今年、セヴェルナヤ・ゼムリヤへ高緯度探検隊が出発するのであれば、同時に小さな任務——タターリノフ船長の難破した地域の捜索——を彼らに与えることは十分可能なのだ。

「タターリノフ、タターリノフ……」

思い出しながら責任者は言った。

「彼は、このセヴェルナヤ・ゼムリヤについて書いているかね?」

私は、探検隊はほぼ二十年前、ペテルブルグを出航し、最後に届いた消息が一九一四年のものだから、彼はそのことを書けなかったんですと反論した。

「よろしい、それならこれを書いたのはどのタターリノフなのかな?」

「タターリノフ、それは船長です」

私は辛抱強く説明した。

「彼は北洋航路——つまり私たちのいるこの管理局内の、まさにこの北洋航路局のことですが——を走破する目的で、一九一二年の秋、帆船《聖マリヤ号》で出航しました。探検は失敗でしたが、その道すがらタターリノフ船長は、地理学上重要な発見をしたのです。例えばセヴェルナヤ・ゼムリヤは彼が発見したのであり、ヴィリキツキーではないことを確認できる十分な根拠があるんです」

「そう、全くその通りだ」

責任者は言った。

「この探検についての論文があり、私はそれを読んだ」

「誰の論文ですか?」

「これもどうやらタターリノフらしい、タターリノフの探検隊、タターリノフの論文と……、それで君の提案はいったい何かね?」

私は自分の提案を繰り返した。

「よろしい、上申書を書きたまえ」

責任者は言ったが、その口調はまるで私がその上申書を書いても、やがて机の上に置き去りにされるのを彼が同情しているかのようだった……

私は辞去した。

こんな名前の一致なんてまさか、嘘だろう！　ゴーリキー通りの書店で私は《ソビエト北極圏》の昨年号をすべて走り読みした。論文の題名は《ある忘れられた極地探検隊について》――私の講演の題名と同じだ！――そして《N・タターリノフ》と署名があった。

これを書いたのはニコライ・アントニッチなんだ！

それは回想録風に書かれた大部の論文だが、同時に学術的な調子も持っていた。その論文は、帆船《聖マリヤ号》が一九一二年の夏、ペテルブルグのニコラエフスキー橋そばに繋留されている話から始まっていた。

《壁や天井の白いペンキはまだ真新しく、磨かれた赤いマホガニー製の家具は鏡のように輝き、船室の床は絨毯で飾られていた。船艙や貯蔵庫は、ありとあらゆる備蓄食料が詰められていた。そこには何でもあった！　くるみ、砂糖菓子、チョコレート、種々の果物の砂糖煮の瓶詰め、パイナップル、ジャムの入った箱、クッキー、パスチラ（訳注）砂糖・卵白で煮た菓子）、その他の多くのもの――肉の缶詰そして山ほどの小麦粉、碾割《ひきわ》り粉に至る最も重要なものまであった》

ニコライ・アントニッチが、何よりも食料のこと――私にはそれは何の証拠にもならなかったのだが――から始めていたのは、読んでいておかしかった。でもその先で書いていることは賢明なことだった。つまり、探検隊が公共財産で装備されたことを指摘しながら、彼は《ノルデンシェリドの航跡をたどる》北洋ルートの開発は、まさに自分のアイデアであることを、暗にほのめかしていた。彼は反動的な新聞・雑誌それに海軍省が、彼の事業を妨害したことを悔しそうに指摘した。彼は《聖マリヤ号》の消息不明を伝える海軍省の出した報告書を、次のように引用していた。《タターリノフ船長が戻らなかったのは遺憾である。国有財産に対する取扱い怠慢の廉《かど》で、彼は即刻告訴されることになろう》

さらにもっと悔しそうに彼が書いていたのは、アルハンゲリスクの捕獲業者が彼の従兄弟《いとこ》を騙《だま》し、《二匹で二十コペイカ銀貨で》浮浪児たちが売るくらいのひどい、訓練していない犬を、従兄弟に押しつけたことだった。そしてニコライ・アントニッチが病気のためやむなく仕事から離れたばっかりに、あらゆる準備が全体として根本からぐらついてしまったことも悔やんでいた。彼は捕獲業者の名前を挙げなかった――とんでもないことだ！　ただ業者の一人だけが、Ｖという文字で記されていた。

ニコライ・アントニッチは、そのVを、肉の納入で大儲けしたことで告発していた。というのも、その肉はユゴールスキー海峡に着かないうちに、海に捨てる羽目になったのだった。論文のこの個所は、詳しく書かれていた。

ニコライ・アントニッチはアムンゼンの引用文《どんな探検隊も、その成功はひとえに装備次第である》まで引いてきて、自分の《今は亡き従兄弟《いとこ》》の探検に対し、この考えの正しさを見事に証明してみせた。彼は、アルハンゲリスクでの停泊を短縮し、出航を急がねばならないという口実を使う業者を苦々《にがにが》しそうに訴えている《亡き従兄弟》の手紙の一節も引用していた。

肝心の航路自体について、ニコライ・アントニッチはほとんど書いていなかった。彼が言及していたのは、ユゴールスキー海峡で《聖マリヤ号》が何隻かの商船に出会ったことだけで、それらの商船は、カラ海南方を埋めつくしている氷の溶けるのを待って停泊していたのだった。それらの船長の一人の話によると、《聖マリヤ号》は九月十七日未明、勇敢にもカラ海に入り、見渡す限り一面の氷の水平線の向こうに姿を消した。《I・L・タターリノフ——さらに、ニコライ・アントニッチは書いていた——の前に立ちはだかった任務は果されなかった。しかし、その道中で驚くべき発見がなされたのだ。話は、タターリノフ船長が《マリヤ島》と名付けたセヴェルナヤ・ゼムリヤの発見へと続く……》

私は《ソビエト北極圏》のその号を買った——その論文には、同じ著者の同じ問題に関する、別の論文からの引用もあったので、尚更だった——そしてホテルへ帰った。私は、いい気分で戻ったとは言えない。何故か私には、この偽りの論文がすでに一度、出版物に掲載されているように思われ、それがずっと以前——一年以上——のことだとしたら、つまりすべては終りということだ！反論しても手遅れ、誰も私の異議に耳を傾けてはくれないだろう。彼は読者たちに前もって知らせていた。それは偽りだった。しかしその偽りは真実とごちゃまぜにされていた。彼が最初に《聖マリヤ号》の探検の意義を指摘した。彼が最初にセヴェルナヤ・ゼムリヤは、初めてヴィリキツキーが見つける半年前に、タターリノフ船長によって発見されていたと指摘した——もちろん彼は、私がカーチャに渡した船長の手紙から、そのことを知った。彼はすべてにおいて私に先んじたのだ。

私は自分の部屋を行ったり来たりして、口笛を吹いた。正直な話、私はもう何よりもすぐにでも駅に行ってモスクワ——クラスノヤルスク間の切符を買い、そこから飛行機でザポリャーリエに戻りたい気分だった。しかし、私は駅へは行かず、それどころか自分の発見についての報告書作成に取り掛かった。私はまる一日、それを書いていたけれど、一日中そうしていると、色々な不愉快な考えが頭の中に去来するのだった。どうにも手が付けられない——頭の中は塞がったままだった。

第4章　新しい多くのこと

私が部屋に入ると、イワン・パーブルィチはしゃがんでペチカを焚きつけていた。それは馴染みの光景——着古した分厚い、ふかふかした詰襟軍服を着てペチカを焚く——だったので、私はまるで自分が以前のような学生で、カーチャを追ってN市に行った九年生の時のように、今にも恐ろしい《雷》が落ちるかのような気持ちになった。でも彼は振り返った。《なんて歳をとったんだろう》——私は思い、その瞬間すべてが現実に戻った。

「やっと来たな！」

コラブリョフはとても怒って言った。

「私のところに寄らないなんて、一体どういうことだい？」

「ご親切なお気持ち、いたみ入ります、イワン・パーブルィチ！」

「手紙に書いてたじゃないか、私のところに泊まるって？」

「やっぱり、お邪魔かと思ったんです」

彼は私を見つめ、まじまじと品定めするように片目にさえなった。それは自分の手仕事、つまり教え子を見る主人の眼差しだった。それでも多分私は彼が満足げに髭をとかし、私に座るよう命じるのを気に入っていたのだろう。

「昨日は君のことをよくよく見ていなかったんだ」

彼は言った。

「時間がなくてね……」

彼は食卓の用意をして、壁戸棚からウオッカの小瓶を取り出し、パンを切り分け、それから窓から冷たい子牛の肉を引っぱり出すと、それも切り分けた。以前のように、彼は一人で生活していたが、古めいた湿っぽい部屋は、少し居心地がよくなっていて、少なくとも湿っぽくはなかった。ただ私が好きになれなかったのは、私の話している間、彼がそのウオッカの小瓶を一杯やりながら、ほとんど口直しを食べないこと——それが私をがっかりさせた……

私は、彼にこれから一番大切なことを話すつもりだと言った――でも、こんなに何年も経って、親しい人と会ったからといって、一番大切なことが本当に思い出せるものだろうか？

イワン・パーブルィチは、私に、北極のこと、飛行士の仕事について、いろいろ質問したけれど、私が短く答えるものだから、すっかり不満な様子だった。

「イワン・パーブルィチ、そんなことについて何を話したらいいのです？　いや、一度なんかもう少しで凍え死ぬところだったんです！　私が学校から逃げ出した時、私を治療してくれたドクトルをご存知ですか？　あなたは、わざわざ病院に私を見舞いに来てくれました」

「覚えてるよ」

「彼も、ザポリヤーリエに住んでいるんです。私は彼を捜しだし、そこが私がよく行く唯一の家なんです。ところで、いいですか、イワン・パーブルィチ、私は生涯、他人の家庭に寄り掛って生きてきたんです。子供の頃は、スコヴォロードニコフ家に――話したことがあるので覚えているでしょう。それから、タターリノフ家に。そして今は、ドクトルの家なんです」

「そろそろ、自分の家庭を持つ頃だね、君」

真面目にコラブリョフは言った。

「いいえ、イワン・パーブルィチ」

「どうしてだい？」

「私はそういうことが苦手なんです」

コラブリョフは黙った。彼はウォッカを自分に注ぎ、私たちは杯を触れ合わせて飲み、彼は再び注いだ。それから軍服のボタンを外した――長い話に備えたのだ。

「いいかいサーニャ、モスクワを去るとき君は、私に何と言ったか覚えているかな？　君は言った。《こうなったら、僕はたとえ死んでも、自分が正しいことを証明する他はないんです》それでどうだ？　証明できたかい？」

それは思いも寄らない質問で、私はすぐには返事できなかった。もちろん私はその話を覚えていた。私はコラブリョフがこう叫んだのも覚えている。《なんてことをしたんだ、サーニャ！　ああ、なんてことを！》そして彼は泣き出し、船長の手紙は、本当はフォン・ヴィシミルスキー某のことを言っているのに、私がそれはニコライ・アントニッチのことを指しているんだと言い張ったために、すべて悪いのは私だと言ったのだった。コラブリョフの立場だったら、私にこの話を思い出させることはしなかっただろう。でも、彼は見るからに私がぜひ思い出して欲しそうな様子だった。彼は真面目に私を見つめ、あることでひそかに満足しているように見えた。

「私が何かを証明することが、誰に必要なのか分かりません」

不機嫌に私は反論した。

「それが誰かに必要なことだとは思いません」

「それは君、誤解だよ、サーニャ」

コラブリョフは言った。

「それはとても必要なことなんだ――君にも、私にも、そしてある人にとっては更にね。何よりも君の正しさが明らかになることがね」

私は目を皿のようにして彼を見つめた。あの時の私たちの会話から数年が経っていた。私は今やこの世の誰よりもよくタタ－リノフ船長の探検のことを知っていた。私は航海士の日記を探し出し、それをすべて読んだ――それは私の人生で実に困難極まる仕事だった。私は運が良かった。つまり、探検隊のものである橇をその目で見た最後の人間である、年老いたネネツ人と会ったし、その橇の上にあったという死体は、多分、船長本人だったのかもしれない。でも、私は自分の正しさを証明できるものは何一つ見つけられなかった。それなのに、私がモスクワに戻り、そんな話はとっくに忘れている筈の私の昔の先生のところに立ち寄った、この今――まさに今になって、こう言われたのだ。《君は自分の正しさを明らかにすべきだよ！》

「イワン・パーブルィチ」

私はひどく震える声で話し始めた。

「あなたは、もし……がないのなら、やっぱりそんなことを断言すべきではありません」

私は、こう言いたかった、《明白な証拠》と。しかし、彼は私を制した。呼び鈴が鳴ったようだった。コラブリョフは当惑したように唇をかみ、振り返ると私の肩に手を置いた。

「いいかね、サーニャ……。ある人と私は相談する必要がある」

彼は言った。

「だから君はここにしばらくいるんだ」

そして彼は私を隣りの部屋――そこはドアの所が穴のあいた緑色のカーテンになった、本でいっぱいの大きな本棚のような所――に連れていった。

「ここで聞いていなさい、君の役に立つから」

私は、イワン・パーブルィチがこの夜、すぐに何か様子が変だと思ったことを言い忘れていた。数回、彼は静かに口笛を吹き始めた。彼は、頭を両手で抱えて歩き回り、ついには歯をほじくっていた西洋ナシのがくの部分の茎を食べてしまった。

私を《本棚の間》に閉じ込めておいて、彼は急いでテーブルからウォッカをしまい、それから机から何か（〔訳注〕アルコール酔い消しのクローブ（香辛料）のようなものと思われる）を取り出し、少し口にして、しばらく呼吸し、口を大きく開けた（〔訳注〕口の中の臭い消しのための動作）。やがてドアを開けに行った。


彼が玄関から誰と一緒に戻ってきたと思うだろうか？ ニーナ・カピトーノヴナだったのだ！ それはニーナ・カピトーノヴナ——腰を曲げ、また更に痩せて、目のまわりに老人特有の隈《くま》のある、いつものビロードの袖なしブラウスを着た——だった。イワン・パーブルィチが気遣ってお客を席に着かせるのを見ながら、彼女は何か言ったが、私は聞こえなかった。彼は彼女に紅茶を注ごうとしたが、彼女は止めた。

「いらないよ、飲んだばかりだから、気分はどうなんだい？」

「うん、あまりよくないんです、ニーナ・カピトーノヴナ」

コラブリョフは言った。

「背中が痛いんです」

「まぁ？ たいそう老けた話だこと！ そう思い込んでるのさ！ 背中が痛むって。じゃあ、ボンバンギヨを塗ることだね、痛みがとれるよ」

「な、なんと言ったんです？ ボンバンギヨ？」

「ボンバンギヨさ。軟膏みたいなものだよ。でも、飲んでるんだろ、ウォッカ」

「飲んでませんよ、本当に、ニーナ・カピトーノヴナ」

コラブリョフが言った。

「すっかりやめたんです。昼飯前に時々一杯やるだけ、でも、それだって医者に勧められたんですから」

「いいえ、飲んでいますよ。あたしは若いとき、ウクライナの小さな村に住んでてた。父親がコサック兵だったからね。よく歩けなくなるまで飲んで言うんだよ《大丈夫さ、本当に——昼飯前に毎日一杯やるだけだから》」

コラブリョフは笑い出した。ニーナ・カピトーノヴナは見つめて、これまた笑い始めた。それから、彼女は《目が覚めるや、朝からウォッカをコップ一杯ぐびぐび飲む！ という》ある大酒飲みの伯爵夫人の話をした。《そして歩き回り、まるで無節操、目は腫れぼったく、頭髪はむき出しで、歩きに歩いて、また飲む。午前中はまだ正気なのに昼食までにはもうふらふら。そして夕方——家中がお客でいっぱい。きれいに着飾ってピアノの前に座り歌うのさ。その優しいこと！ 皆が彼女にまと

わりつく。何かと言えば、伯爵夫人！　なんてすばらしい人だこと！　でも酔っ払い女！なのさ》

どうやらコラブリョフは、この例があまり気に入らなかったようで、彼は会話を別の話題に変えようと努めていた。彼は、カーチャはどうしているかと尋ねた。ニーナ・カピトーノヴナはゆっくり手を振った。

「いつも、あの子とは口論だよ」

溜息まじりに彼女は言った。

「とても自尊心の強い子でね。物事一つちゃんとやらずに、もう他のことに目を向ける、だから、いつもあんなに神経質なのさ」

「神経質？」

「神経質だね、そして傲慢だよ、だからいつも黙ってる」

ニーナ・カピトーノヴナは言った。

「あたしゃ、そんな黙ってるあの子は、もう見飽きたよ。いつも黙ってるから、全く気に入らないったらありゃしない。どうして黙ってるのか、あたしには分からないよ。悩みがあるなら言ったらどうだい、でもあの子は言わないのさ」

「あなたが彼女に尋ねてみればいいのに、ニーナ・カピトーノヴナ」

「あの子は話さないよ。あたし自身、決してそんな話をするつもりはないさ」

「私は、いつだったか彼女に会ったんですが、大丈夫そうでしたよ」

コラブリョフは言った。

「彼女は劇場に来ていたんです、一人で。本当のところ、私はへんに思ったんですがね。でも、彼女はとても朗らかで、それから何げなく地質学研究所に附属の部屋を勧められたと言ったんです」

「勧められたけど、あの子は引っ越さなかったよ」

「何故？」

「彼に気の毒なんだね」

「気の毒？」

またコラブリョフは聞き返した。

「同情してるんだよ。それでなくても、母親の思い出で同情してるんだ。彼は、カーチャがいないと、今やこうだよ《ところでカーチャはどこかな？　電話あったかい？》」

私は、この彼が誰か、すぐに分かった。ニコライ・アントニッチのことだ。

「だから家を出ないのさ、そしてずっと誰かを待ってるんだ」

ニーナ・カピトーノヴナは、そばの肘掛椅子に移りコラブリョフに近付いた。

「あたしゃ、一度手紙を読んだのさ」

ずるそうに、ひそひそ声で彼女は言って、まるでカーチャが見ているかのように振り返った。

「多分、あの二人は、カーチャが休暇でN市に行ったときに親しくなったんだよ。彼の妹のことさ。彼女はこう書いてたよ。彼女はどの手紙もお願い口調なの。《兄のサーニャから来る手紙はどの手紙もお願い口調なの。カーチャはどこ、どうしてる、もし彼女に会えるなら、僕はすべてを投げ出してもいい……だって。彼は、あんたなしでは生きていけないの。だから、あたしは、あんたたちのこれといった理由のないいがみ合いが理解できないわ》」

「すみません、ニーナ・カピトーノヴナ、私には分かりませんが。誰の妹なのですか？」

「誰の？　ああ、それは、あなたの……」

コラブリョフは思わず私の方を見て、私はカーテンの穴越しに彼と目が合った。私の妹だって？　サーニャなのか？

「まあ、いいです、おそらくそうなんでしょう」

コラブリョフは言った。

「多分、生きていけないんだ。全く単純なことです」

「《お願い口調なの――感情を込めてニーナ・カピトーノヴナは繰り返した――だからぁあんたなしでは生きていけないの》そうなんだよ！　だって、あの子も、彼がいないとやっていけないのさ」

コラブリョフは再び私の方を見た。私には、彼が髭の下で微笑んでいるように見えた。

「なるほど。でも自分では誰か他の人のところへ行くつもりはないんですか？」

「あの子はそんな気はないね。それは、あの子の選択にはないのさ」

おばあさんは、そう言った――《あの子》と。

「あの子は、ロマショフのところへなんか行かないよ。わたしも彼は嫌いさ、司祭の子みたいでね」

「司祭の子だと、どうなんですか？」

「彼は司祭の子さ。だってホラを吹くし、何と言われようと、すぐ言い訳はするし、あたしゃそれが嫌いさ。全くずるい男だよ」

「十分、分かりましたよ、ニーナ・カピトーノヴナ！まあ、まあ、それくらいにして！」

「ずるいんだよ、贈物か何かで、あたしから四十ルーブル借りといて、返さないんだから。もちろん、あたしも催促しないさ。何にだってうるさく口を出すんだよ、あぁ！　あたしも、もう少し若ければ……」

そしておばあさんは悔しそうに手を振った。

さて、私がこの会話をどんな気持ちで聞いていたか想像して欲しい。私は、おばあさんをカーテンの穴越しに見つめていて、その穴はまるでレンズになったみたいに、私とカーチャの間に起ったすべてのことを、あたかもピントが合ったかのように一分毎によりはっきりとさせていった。二人の間のすべてが近付き、元の場所に納まり、それらのとてもたくさんの善意の気持ちに、私の胸はなぜか震え出して、ひどく興奮しているのが分かった。ただ一つだけ、全く分からないことがあった。つまり私は決して妹を、お願い口調で《うんざりさせ》たりしなかったし、カーチャなしには生きられないと妹に手紙を書いたりもしなかったのだ。

《これはサーニャが思いついた作り話だ。そうに違いない！——私は自問した——妹がカーチャにすっかり嘘をついたんだ。でも、それはすべて本当のことなんだ》

ニーナ・カピトーノヴナはまだ何か話していたが、私はもう聞いていなかった。私は、我慢できなくなり、自分のいる《本棚の間》の中を歩き回って、ようやく我に返ったのは、コラブリョフの厳《いかめ》しい咳ばらいを聞いた時だった。

こうして私は、ニーナ・カピトーノヴナが出ていくまで、《本棚の間》の中にいた。おばあさんが何のために来たのか分からないけれど、多分、単に悩みを打ち明けるためだったのだろう。

別れ際に、コラブリョフは彼女の手に、そして彼女は彼の額にキスをした——彼らは以前から別れの時はいつもそうしていたのだ。

私は物思いに耽っていて、彼が玄関から戻ってきたのに気付かなかった。だから、突然、カーテンを半開きにした間から彼の鼻と髭が自分の前に現れた。

「大丈夫かい？」

「大丈夫です、イワン・パーブルィチ」

「感想は？」

「私は全く救いようのないバカだということです！」

私は答え、頭を抱えた。

「彼女になんてことを言ったんだろう！　あぁ、彼女になんてことを！　どうして彼女のことが分からなかったんだろう！　なんで彼女に言わなかったんだろう、だって彼女は待っていたのに！　彼女は一体、どんな気持ちなんですか、イワン・パーブルィチ？　私のことを今、どう思っているのですか？」

「大丈夫だよ、彼女は思い直すよ」

「いいえ、とんでもない！　私が彼女に言ったことをご存知でしょう。《君に連絡するから》」

コラブリョフは笑い出した。

「イワン・パーブルィチ！」

「君は、彼女なしでは生きられないって、彼女に書いたんだろう」

「書いてなんかいません！」

私はやけになって反論した。

「あれは、サーニカの思いつきです。でもそれは本当です、イワン・パーブルィチ！　それは完全に真実です！　僕は彼女なしには生きられない。そして僕たちは実際、根拠のない、いがみ合いをしました。だって僕は、彼女がとうに愛想をつかしていると思っていたんです。でも、今、一体何をしたらいいんです？　何をしたら？……」

「いいかい、サーニャ。私は九時に用談の予定がある」

彼は言った。

「ある劇場でね、それで君……」

「分かりました。私はすぐお暇《いとま》します。でも、今、カーチャのところに私が寄るのは、どう思いますか？」

「彼女は君を追い払うよ、それは絶対間違いないね」

「追い払えばいいんです、イワン・パーブルィチ！」

私は言って突然、彼にキスをした。

「これから何をすべきかなんて、誰に分かるというんです！　どう思います、え？」

「これから私は着替えなきゃならない」

コラブリョフは言って《本棚の間》へ行った。

「で、君のことだけど、私の考えは、まず君は自分を取り戻すことだね」

私は、彼が軍服を脱ぎ、柔らかいシャツの襟を立て、ネクタイを結ぶのを見ていた。

「イワン・パーブルィチ！」

突然私は怒鳴り始めた。

「ちょっと待って下さい！　すっかり忘れてました！　船長の手紙が誰について話しているのか、あなたと議論した時、あなたは私が正しいと言いましたね？」

「ああ」

「イワン・パーブルィチ！」

コラブリョフは、髪をとかし、新しいグレーの背広を着て、まだ若い堂々とした風采で《本棚の間》から出てきた。

「これから、私たちは劇場に行くんだ」

真面目に彼は言った。

「そこで君はすべてが分かるよ。君は、そこでこうしているんだ。つまり座って、黙っていること。そして聞くこと。分かったかい?」
「さっぱり分かりません。行きましょう」

第5章　劇場にて

モスクワ・ドラマ劇場! グリーシャ・ファーベルの様子から判断すると、その俳優たちは皆、彼と同じ白い派手なスパッツをはいて、同様に大声で雄弁にしゃべるような、本物の大劇場を想像してしまう。モスクワ芸術座みたいに。でも、実はそれは、スレチンカ通りの、なんでもない横丁の小さな劇場だった。

入口の照明された飾り窓には、演劇《狼の小道》という告知があり、俳優リストには、すぐにグリーシャが見つかった。彼は医者を演じていた。《ドクトル――G・ファーベル》。その役は、何故かリストの一番最後に出ていた。

グリーシャは入口ロビーのところで、いつものような華麗な服装で私たちを迎え、すぐに自分の楽屋へ招いた。

「第二幕が始まったら、彼を呼びましょう」

意味ありげに彼はコラブリョフに言った。《彼》って誰? 私は、コラブリョフに目を向けたが、彼はその時、紙巻煙草を自分の長いシガレットホルダーに詰め込み、その視線に気付かない振りをした。グリーシャの楽屋には、他に三人の俳優がいて、彼らはなんとなく自分の楽屋にいるような様子だった。でも、グリーシャが私たちを席に着かせると、楽屋を一人占めしたことを詫びるのだった。

「私専用の楽屋が、今、修理中なんで」

彼は言った。私たちは学校劇団のことを話し始め、グリーシャが、かつてユダヤ人の養子役を演じた悲劇《時機は至れり》を思い出し、私は、彼があの役を全く見事に演じたと思うと言った。グリーシャは笑い出し、急に彼の尊大な態度がすっかり消えてしまった。

「サーニカ、俺は分からないよ、君はあの時絵を描いていたじゃないか」

彼は言った。

「その君が急に空を飛ぶようになるなんて、どうしたんだい? 俺たちの劇場に、いいから来いよ! 君を画家にするんだ。どう、ダメかい?」

私は賛成だと言った。それからグリーシャは、もう一度詫びて――もうすぐ出番で、化粧係が彼を待っていたのだ——部屋を出ていった。私たちは二人残された。

「イワン・パーブルィチ、もういいかげん、どういうことか説明して下さい！　何のために私をここに連れてきたんですか？《彼》って誰ですか？　誰に、私を紹介しようとしてるんですか？」

「でも、君は、バカげたことをたくさんしでかしてはいないかい？」

「イワン・パーブルィチ！……」

「君は、すでにあるバカなことをやってるよ」

コラブリョフは言った。

「それも二つね。まず一つは、私のところに泊りに来なかったこと。そして二つ目は、カーチャにこう言ったこと。《君に連絡するから！》」

「イワン・パーブルィチ、だって僕は何も知らなかったんですよ！　あなたは、ただ手紙にこう書いていた。私のところに寄るように、だからそれがそんなに大事なことだなんて、ちっとも思わなかったんです。ここで誰を待っているか言ってくれませんか？　その人は誰で、何故その人に会わせたいんですか？」

「じゃあ、仕方がない」

コラブリョフは言った。

「ただ、座って、一言も話さないという取り決めは覚えておくんだ。それはフォン・ヴィシミルスキーだよ」

皆さんは、私たちがモスクワ・ドラマ劇場の、グリーシャの楽屋にいることはご存知の筈だ。でも、この瞬間、すべてが楽屋でなく舞台で起っているように思えたのだ。というのも、イワン・パーブルィチがこの言葉を口にするや否や、低い格子戸にぶつからないように身を屈めながら、フォン・ヴィシミルスキーが楽屋に入ってきたのだから。

私は、これまで、この人間がこの世に存在していることすら、全く頭に思い浮かばなかったのに、すぐに彼だと分かった。私は、ニコライ・アントニッチが私の非難をすべて彼になすりつけるためにフォン・ヴィシミルスキーという人物をでっち上げたのだと、いつも思っていた。それは、単なる名前に過ぎなかったのが、突然、煙草で黄色くなった白髪の髭の、背の高い、痩せた前屈みの老人に変わったのだ。今、彼はもちろん、ドイツ貴族である《フォン》なんかではなく、単にヴィシミルスキーだった。キラキラ光るボタンのついた制服のジャケットを着て——クローク係なんだ！——頭は灰色の前髪で、顎の下には、長い皺《しわ》だらけの皮膚のひだが垂れていた。

コラブリョフは彼に挨拶し、彼は軽く、やや見下したように手を差し伸べた。

「おや、誰かと思ったら、コラブリョフ同志ですか」

彼は言った。

「それにお一人じゃない、息子さんと。息子さんですか？」

彼は尋ね、素早く私とコラブリョフを見つめ、そしてまた私を見つめた。

「いいえ、私の教え子です。今、彼は飛行士で、あなたとお近づきになりたいんです」

「飛行士で、知り合いになりたい」

いやらしく微笑みながら、ヴィシミルスキーは言った。

「飛行士が私に興味をお持ちとは、いったいなぜでしょう？」

「彼があなたに興味を持つその訳は」

コラブリョフは言った。

「実は、彼がタターリノフ船長の探検隊の話を書いているからなんです。だって、あなたはご存知のように、この探検隊に最も積極的に関わっていましたよね」

どうやら、ヴィシミルスキーはこの指摘が、あまり気に入らなかったらしかった。彼は再び素早く私をチラと見て、彼の年老いた生彩のない眼の中に、何かが光った――恐怖、疑惑？　それは分からない。


でもすぐに彼は、もったい振った態度をとり、早口でまくし立て始めた。ひっきりなしに彼はイワン・パーブルィチを《コラブリョフ同志》と呼び、探検の世話をしたことを耐え難いくらい自慢した。それは、偉大な、歴史的な探検であり、彼は自分が《すべてをすばらしいものにしようと》さんざん骨を折って働いたと言った。そう言いながら彼は一時もじっとしていなかった――立ち上がり、いろいろな手振りを交え、自分の左髭をつかむかと思うと、いらいらしてそれを下に引っ張る等々である。

「でも、もうずいぶん昔のことです」

私がそれほど興味を持つのに驚きながら、とうとう彼はそう言った。

「いや、そんな昔でもありません」

コラブリョフが反論した。

「革命の少し前ですよ」

「そう、革命の少し前です。私はその時はまだ、今の身体障害者組合に勤めていなかった。でも探検隊の仕事は一時的なもので、というのは私には大きな功績があったからです。当時は私たちはよく働きました。それはたいへんな苦労だったんです」

私は、本当のところ、彼のその苦労がどんな仕事によるものだったのか尋ねたかったけれど、コラブリョフは、落ち着いた、全く表情のない目つきで私を見つめるので、私はおとなしく口を閉じていた。

「ニコライ・イワニッチ（〔訳注〕ヴィシミルスキーの尊称）、あなたはいつか私に、この探検隊について話してくれました」

　彼は言った。

「あなたのところに確かメモか手紙のようなものが残っていましたね。あなたにお願いがあるんです。つまり、あなたの話を、ここにいる若い男——簡単にサーニャと呼んで下さい——にもう一度、伝えて欲しいんです。訪問する日時を決めて、彼に住所を教えてくれませんか」

「どうぞどうぞ！　それは喜んで！　お招きしますが、部屋が狭いことを、あらかじめお詫びしますよ。以前は十一部屋のアパートに住んでいたのですが、私はそれを隠したりせず、逆に調査書にすっかり書いたんです。人民に大きな利益をもたらすためにね。そのことで、私は特別恩給をもらおうと奔走し、そして、その大きな功績によって恩給を賜わったのです。その探検隊のことなんか、大海の一滴のほんの小さなことですよ！　私は、ヴォルガ川にかかる橋を建設したんです」

　それから彼はまた早口でしゃべりにしゃべった。頭にかかる、先の細った白髪の長い前髪の彼は、まるで疲れて年老いた鳥のようだった。

　ほどなく、グリーシャの楽屋の電球が一瞬消え——幕が閉じたのだ！——この前世紀の幻の男は、現れた時と同じく、突然消えたのだった。（〔訳注〕幕が閉じると、クローク係の出番となるから）

　会話は全部で五分ぐらいだったのに、夢によくあるようにとても長かったように私には思えた。コラブリョフは私を見つめ、笑い出した——きっと私が間抜けな顔をしていたからだろう。

「イワン・パーブルィチ！」

「何だね、君？」

「あれが、彼ですか？」

「彼だよ」

「こんなことって、本当にあるんですか？」

「あるよ」

「本当に本人ですか？」

「本人だよ」

「彼は、あなたに何と言ったんです？　彼はニコライ・アントニッチを知っているんですか？　彼のところによく行くんですか？」

「とんでもない」

　コラブリョフは言った。

「まさに文字通り、いいえだよ」

「何故？」

「それは、彼がニコライ・アントニッチをひどく嫌っているからさ」

「何のために？」

「いろいろなことでね」

「いったい彼は何をあなたに話したんですか？　どうしてフォン・ヴィシミルスキーに探検隊の装備を委託するようになったんですか――あなたは私にその委託について話したのを覚えているでしょう？」

「ああ、まさに装備のトラブルの問題はすべてその点にあるんだ！」

コラブリョフは言った。

「委託したことだよ！　私が彼に、その委託について尋ねると、彼は怒りで体を震わせたよ」

「イワン・パーブルイチ、お願いですから私にすべてをハッキリ話して下さい！　あなたは、いよいよという時になって、ヴィシミルスキーが来ると言いましたが、それでよかったと思っているんですか？　私は全く途方に暮れるし、彼には、きっと、バカみたいに思われているんですよ」

「とんでもない、彼は君のことをとても気に入ってるよ」

コラブリョフは真面目に言った。

「彼には成人した娘がいて、彼は若い人たちを皆、ある一つの見方で見ているんだ。つまり花婿にふさわしいか否か？　とね、君は無条件で合格だよ。だって若く、人物は悪くない、そして飛行士だろう」

「イワン・パーブルィチ」

私は非難を込めて言った。

「私は、全くのところあなたのことが分かりません！　あなたはとても変わってしまった、本当に全く！　これらが皆、私にとって大事だと知りながら、あなたは私を嘲笑してるんです」

「じゃあ、仕方がない。サーニャ、怒らないで、皆話すよ」

コラブリョフは言った。

「ここから、こっそり逃げださないと、グリーシャはすぐに私たちをつかまえ、モスクワ・ドラマ劇場の芝居を見るように無理強いする……」

でも、うまく逃げだすことはできなかった。電球がもう一度点滅するとグリーシャが大急ぎで楽屋に入ってきた。彼は赤毛の頰髭に、鼻は白く長々と塗りたくって、ドクトルというよりは、まるでサーカスの道化そっくりだったけれど、その赤毛は、大胆で高潔な表情を作っていた。私とイワン・パーブルィチは彼に気付かず、残念ながら最後の言葉《モスクワ・ドラマ劇場の芝居を見るように無理強いする》は、間違いなく彼に伝わっていた。でもグリーシャは、この言葉を少しも気に障ったふうでもなく、むしろ逆に、私たちがすぐにでも観客席に入って、芝居と彼のドクトル役を見たいと切望しているのだと理解したようだった。

「何が問題あるものか（訳注）チケットなしでも観劇を融通するから大丈夫という気持ち）、今すぐ君たちを入れてやるから！」

彼は言った。

観客席へ行く途中——彼は俳優専用の通路を通って私たちを案内した——私は、ドクトルのメーキャップがどうしてこんなにヘンなのか尋ねた。でも、彼はもったい振って答えた。

「ちゃんと考えて決めたのさ」

それで私も、彼にうまく反論できなかった。

イワン・パーブルィチは、グリーシャの才能をあまり評価していなかったようだ。しかし私は心から彼が気に入っていて、彼の才能を認めていた。この芝居では、とても小さな役だったが、思うに、彼はそれをすばらしく演じた。病室を出てから、彼は物思わしげに、かなり長い間、観客の方に突き出た舞台に立っていた。

《劇の緊張感を高めながら》、ここで彼が、何と言うかを観客に期待させたのだ。残念ながら役で彼がしゃべった台詞《せりふ》は、彼の人物と不敵な表情から期待されるものとは似ても似つかぬものだった。処方箋を出し、代金を受け取る不器用な手の動きは、本物の医者のようで、彼はそういうコツをよく理解していた。多分、彼はあんな大声で話すことはなかっただろう。でも全体として彼はすばらしく演じたし、彼は優秀な俳優になると思うと、私はイワン・パーブルィチに真面目に言った。彼が代金を受け取って去る時に、途中で椅子にぶつかる様子もこれ又、まるで自然な演技だったけれど、私とイワン・パーブルィチは、もはやその場面には目が行かなかった。私はずっとヴィシミルスキーについて話したかったけれど、私が口を開くや、ボックス席から静かにの声がして、私はやっと、こう尋ねただけだった。

「彼をどこで見つけたんですか？」

イワン・パーブルィチもなんとか答えた。

「簡単なことさ、彼の息子さんが、私の学校の生徒なんだ」

第6章　再び、新しい多くのこと

私は手形のことは全く分からない――私が学び始めた頃、その言葉自体、無かったのだから。《借用証書》って何？《譲渡証明書》とは何？《保険証書》って何？《極《ボーリュス》》なら皆、知っているのに、《保険証書《ボーリス》》とは？《手形割引《ディスコーント》》とは何？　ボーイ・ソプラノ《ディースカント》でなく、《手形割引《ディスコーント》》なのだ。

これらの言葉に本で出会う毎に、私は何故かいつもN市の役所を思い出す――薄暗く、天井の高い廊下の鉄製の椅子、衝立の向こうの、母が卑屈にペコペコしている目に見えない役人。それは以前とっくに忘れられた現実だったけれど、ヴィシミルスキーが私に自分の不幸の話をする時、再び私の前に、次第に蘇《よみがえ》ってくるのだった。

私たちは、地下室の窓のある小さな部屋にいて、その窓からは絶えず箒《ほうき》と人の足が見えていた。多分、庭番が立っていたのだろう。その部屋の中は、すべてが使い古したものばかり――脚をしばりつけた椅子や、端の板が今にも落ちそうなので、私が肘《ひじ》をつくと、すぐにもそれが取れてしまいそうな食卓といったものだった。どこにでも、汚れた当て布が――窓にはカーテンの代りに、ソファーには穴だらけの布張りの上に――張られ、壁に下げられたワンピースも同じ生地で覆われていた。部屋の中で新しいものといったら、針金の束、その巻枠、いくつかの小さな薄板だけで、それらを持って隅の机で掛り切りになっている（〔訳注〕鉱石ラジオキットか何かの組立てに夢中になる、革命後の新しい世代の象徴的な描写）のは、ヴィシミルスキーの息子で十二歳くらいの日焼けした丸顔の男の子だった。

その男の子自身が、私が手形だの手形割引だのとヴィシミルスキーの話を聞きながらぼんやり思い出していた革命前のあの世界から、全く新しい、この上なくかけ離れた存在だったのだ。

それは、ばかげたことがいっぱいの果てしなく話が横道にそれる、訳の分からない長い話だった。人生でこの老人がやってきたすべてを、彼は《人民のため、人民のため》にと自分の功績にするのだった。特に彼は、イシドール府主教のところで書記として働いていたことを力説した――彼は自分が聖職者たちの生活をとてもよく知っていて、《人民の役に立つこと》を期待して、専門的にその生活を調べたと言明した。この府主教の摘発を、彼はいつでもできる用意をしていた。何故か彼は、別の仕事——ヘーゲルトという、ある海軍大将のところ——についても自分の功績にしていた。その海軍大将には《気の狂った息子》がいて、ヴィシミルスキーは、息子がそうであることを誰にも気付かせないために、レストランに息子と一緒に行き、そうやって《家族は皆からそのことを隠していた》のだった……

しかし、やっと彼はニコライ・アントニッチのことを話し始め、私は耳をそばだてた。ニコライ・アントニッチは根っからの教師であると私は確信していた。典型的な教師だ！　だって、彼は家ではいつも説教し、例をあげて説明していたではないか。

「とんでもない」

憎らしそうに、しかめ面をしながらヴィシミルスキーは反論した。

「教師なんか、他に何も残っていない最悪の場合の職業ですよ。彼には仕事があったんです。彼は相場をやっていて、それが仕事だった。相場をやり、それを取り仕切る金持ちだったんです」

これは一番目のニュースだった。そのあとに二番目のニュースが続いた。私は、タタ—リノフ船長の探検と、取引所の仕事が、一体どうして結びつくのか？　と尋ねた。何故ニコライ・アントニッチは、探検に取り組んだのだろう？　それは儲《もう》かる仕事だったのかしら？

「探検隊がもしあの世に行くならば、彼は大喜びで探検の仕事にかかわるだろうさ」

ヴィシミルスキーは言った。

「彼はそれを期待した。とても期待していた。そして、そうなったんだ！」

「分かりません」

「彼は、船長の妻に惚れ込んでいたんだ。当時、そのことは評判になった。大評判さ。派手に噂されたんだ。でも、船長は少しも疑わなかった。彼はすばらしい男だったけれど、お人好しだった。真面目な仕事一途な男だった！……」

私は呆然となった。

「マリヤ・ワシーリエヴナに？　まだあの当時に？」

「そう、そう、そうなんです」

もどかしげにヴィシミルスキーは繰り返した。

「これは個人的な理由なんです。お分かりでしょう——私的だということ、個人、個人、私的。彼はあの船長をあの世に送るためなら、自分の全財産を注《つ》ぎ込む覚悟でした。そして、あの世送りにしたんです」

でも愛情と仕事は別物だったようだ。つまり、ニコライ・アントニッチは、自分の財産を注ぎ込むどころか、倍増させたのだ。例えば彼は、納入業者から賄賂《わいろ》をもらい、探検隊のために腐った毛皮服を受け取った。彼は灯油のしみ込んだ不良品のチョコレートも、賄賂をもらって受け付けた。

「人民・国家に対する敵対行為、妨害行為です」

ヴィシミルスキーは言った。

「企てなんです！　敵対的企てなんです！」

とはいっても、ヴィシミルスキー自身、以前はおそらくこの計画に違った考えを持っていて、だから、それに参加して、ニコライ・アントニッチから、装備を補充するためにアルハンゲリスクに派遣され、そこで探検隊に会ったのだった。

ニコライ・アントニッチがコラブリョフに見せた委任状は、まさにこの時発生したのだ。委任状と一緒に、ヴィシミルスキーには金が送られた——手形だったり、現金だったり……

怒って荒い息を立てながら、老人は整理箪笥《だんす》の中から数枚の手形を取り出した。一般的に手形とは、指定の期日までにお金を返す約束を伴った、署名された受領書のことだ。しかし、この受領書の用紙は、透かしの入った、とても厚手の、国家が使用する豪華で説得力のある体裁をしていた。ヴィシミルスキーは、これらの手形は、お金の代りに通用すると私に説明した。

しかし、それらは完全なお金ではなかった。なぜなら《手形振出人》が突然、お金はないと宣言するかも知れないから。ここに、あらゆるいかさまの複雑な手口の可能性があった。だからこそ、それらの件に関して、ヴィシミルスキーはニコライ・アントニッチを告発したのだ。

彼がニコライ・アントニッチを告発した理由は、ニコライ・アントニッチが委任状とともに彼宛に送った手形が《絶望的な手形》、つまり、《手形振出人》はすでに破産して、全く支払いできない手形であって、ニコライ・アントニッチがそのことを前もって知っていたことだった。でも、ヴィシミルスキーは、それを知らず、手形をお金のように受け取った——まして《手形振出人》は、さまざまな商人とか、その時代の立派な人たちだったから。船が出航するとすぐ彼はそのことに気付き、四万八千ルーブルの借金が残された。その借金の支払いのため《絶望的な》手形を引き受ける人は、もちろん誰もいなかった。そこでヴィシミルスキーは、この借金に身銭を切るしかなかった。しかもその後、彼はもう一度支払いを強制された。つまりニコライ・アントニッチが彼を裁判にかけ、アルハンゲリスクに彼宛に送られた現金をすべて、ヴィシミルスキーから取り立てる判決が出たのだ。

もちろん、私はこの話をとても短く話している。老人はこの話を二時間して、ずっと立ったり座ったりしていたのだ。

「私は元老院にも行きました」

最後に彼は言った。

「でも、断られました」

彼が断られたこと――それは終りだった、なぜなら、彼の財産は競売にかけられたから。一軒家――彼は家を持っていた――も売られ、彼はより小さな別のアパートに引っ越した。彼の妻は心痛のあまり死に、彼の手には幼い子供が残された。やがて革命が始まると、そのアパートも取り上げられ、今、彼が住む狭い一部屋だけになってしまった。もちろん、彼が言うには《これは一時的なもの》で、《政府がすぐに自分が人民のためにやった功績を評価する》から、今のところここに住んでいるだけで、それでも彼の成人した娘は、二か国語を習得しているのだが、この狭い部屋のために結婚できないでいた。つまり夫が移り住むところがないのだ。特別恩給が下りたら、その時、彼は引っ越すつもりだった。

「どこか、せめて障害者施設にでも」

彼は辛そうに手を振って言った。

おそらく、この成人した娘は、結婚したがっていて、だから彼を立ち退かせたいのだろう。

「ニコライ・イワニッチ」

私は彼に言った。

「一つ質問させて下さい。あなたは、彼が委任状をアルハンゲリスクのあなたに送り届けたと言いました。その委任状が、一体どうしてまた彼のところにあるんです?」

ヴィシミルスキーは立ち上がった。鼻の穴が膨らみ、頭にかかる白髪の前髪が、憤りで震え出した。

「私はその委任状を彼の顔に投げつけたんです」

彼は言った。

「彼は興奮した私のために水を取りに行ったけれど、私は飲まなかった。私は家を出て、通りで失神した。この話はもう思い出したくない!」

そして彼は再び悔しそうに手を振った。

私は彼の話を聞いて、いやな感じがした。その話にはまわりのすべてと同じような何か汚れたものがあり、そのため絶えず私は手を洗いたい思いになった。私には、この話が私の正しさの新しい証明になるように思えた。そしてそれは、この男が突然現れたのと同じくらい新鮮で驚くべきことだった。実際それは証明になった。しかし、この新しい証拠には、ある汚れた痕跡が横たわっていたのだ。

それから彼は再び年金の話を始め、《四十五年の勤労歴があるので、特別恩給が必ず受けられる筈》と言った。彼のところには、すでに一人の若い男が来て、年金に必要な書類を持ちだし、その上、ニコライ・アントニッチにも関心を持っていたのだが、やがて来なくなった。

「特別恩給のために、いろいろ奔走する約束をして」

ヴィシミルスキーは言った。

「でも、やがて来なくなったんだ」

「ニコライ・アントニッチにですか？」

「そう、そう、そうだ！　関心を持ってたよ、間違いなく！」

「一体それは誰なんです？」

ヴィシミルスキーは困惑げに両手を広げた。

「数回だったけれど」

彼は言った。

「成人した私の娘がいるんだけど、実はね、その男と娘がここで紅茶を飲んで話をしていたことがあったよ。交際、交際ってとこか！……」

かすかな微笑の跡が、彼の顔に一瞬現れて消えた。多分、この交際がある希望につながるのだろう。

「そう、妙なことですね」

私は言った。

「そうして、書類を持ち出した？」

「そう、年金、年金のために、動き回るためにね」

「それで、ニコライ・アントニッチのことを尋ねたんですか？」

「そう、そう。そして、こう聞くんだよ——探検の準備に関わった人を、まだ誰か他に知りませんかとね……。たぶん、ニコライ・アントニッチが悪さをした他の誰かも、分かっているんだろう……あの狡賢《ずる》い野郎め！　私は彼にある人の住所と名前を教えたよ」

「興味深いことです。その若い男って、一体何者なんです？」

「風采の立派な男でね」

ヴィシミルスキーは言った。

「奔走を約束して、彼が言うには、それはすべて年金のために必要なこと、そして特に、特別恩給のために、まさに必要なことだとね！」

私は彼の姓を尋ねたが、老人は思い出せなかった。

「何か《シャ》といったっけな」

彼は言った。

それから、現実に、至急嫁にやる必要のある、成人した彼の娘がやって来た。しかし、それはかなり困難なことで、決して《夫が移り住むところがない》という訳ではなかった。実はこの娘はでかい鼻をしていて、息を吸い込むときに飽くことなく鼻音を立てるのだった。ひっきりなしにその音をさせるのが、慢性の鼻カタルのせいか、それともイヤな性格のせいか分からないが、彼女が威嚇的に父親に対し鼻を鳴らすのを見た時、私にはすぐに、老人がなぜ、障害者施設に引っ越したいかが明らかになった。

　私はひどく愛想よく彼女に挨拶し、彼女はどこかへ走っていったかと思うと、全く別人になって戻ってきた。さっきまで、アラブの婦人外套のようなものを着ていたのが、今は、普通のワンピースだった。私たちはおしゃべりをした。最初はコラブリョフのこと——彼は唯一の共通の知人だったから。それから、相変らず隅で巻枠に掛り切りになって、私たちに何の注意も払わない、コラブリョフの生徒である彼女の弟のこと。もし、彼女が鼻音を立てなければ、私たちは楽しい会話だってできたかも知れなかった。彼女は、映画は嫌いで、それは映画の中の人物が皆《死人のように蒼白な顔色だから》と言ったが、その時、老人がまた年金の話で割り込んできた。

「ニュートチカ（〔訳注〕この鼻の大きな、老人の娘の愛称、本名アンナ）、あの若い男の姓は何だっけ？」

遠慮がちに彼は尋ねた。

「若い男って、誰よ？」

「年金のため奔走するって約束した男だよ」

ニュートチカは顔をしかめた。彼女は唇をかすかに震わせた。するとすぐ、ある感情が顔に現れた。主としてそれは憤慨だった。

「覚えてないけど……多分ロマショフよ」

無頓着に彼女は答えた。

第7章　《お客が来てるんだよ！》

ロマーシカだ！　ロマーシカが彼らのところに来ていたんだ！　老人に特別恩給のために奔走すると約束したのは彼、あの鼻のニュータに言い寄ったのも彼なんだ！　結局、彼は書類を持って姿を見せなくなり、老人はその書類が一体どんなものだったかさえ正確に思い出せなかった。

　初め私は、これは同姓の違うロマショフと思った。いや、それは彼だった。私は彼を詳しく描写し、ニュータは憎らしげに言った。

「彼よ！」

彼が彼女に言い寄っていたのは全く明らかだった。それから彼はご機嫌取りをやめたのだ。そうでないと、彼女があんなに彼を非難することはなかった。彼は老人に接近し、ニコライ・アントニッチについて知っているすべてを探り出していた。彼は情報を集めていた。何のために？　いずれにしてもニコライ・アントニッチが革命前は教育者ではなく、汚れた相場取引の仕事をしていたという結論を導き出すことになるあの書類を、彼は何のためにヴィシミルスキーのところから持ち出したのだろうか？

私は、ヴィシミルスキーのところから帰ると、目眩《めまい》がした。ここには二通りの解き方が考えられた。つまり、過去の痕跡のすべてを一掃するためか、あるいはニコライ・アントニッチを自在に操《あやつ》るためである。彼を掌握するだって？　何のために？　だってロマーシカは最も忠実で最も信頼できる彼の生徒じゃないか！　学校にいた時でさえ、彼はニコライ・アントニッチのことを皆が何と話しているかを盗み聞きして、あとで彼に伝えていたように、いつでも信頼できる生徒だった。あれは――頼まれ事なんだ！　ヴィシミルスキーがニコライについて、ニコライ・アントニッチは彼に依頼して知っているすべてを突き止めさせた。彼はロマーシカを密《ひそ》かに送り込み、ソビエトの教育者としての彼を傷つけるかも知れない書類を持ち出させたのだ。

私はカフェに寄り、アイスクリームを食べた。そして何味かのフルーツ水を飲んだ。とても暑くて、私はずっと考えに考えた。なにしろ、私とロマーシカは学校を卒業して別れて以来、もう何年も経っていた。あの頃のロマーシカは卑劣で、冷淡な気質の人間だった。しかし、ニコライ・アントニッチには、彼は心から懐《なつ》いていた――あるいは私たちにはそう見えたのだろうか？　今の彼を私は知らなかった。彼は変わったのだろうか？

ニコライ・アントニッチに無断で、彼への愛着だけのために、彼の先生であり友人の、名声に汚点をつけるかも知れないこの書類を、彼は廃棄するだろうか？

しかし、それはばかげた想像で、現実の彼のイメージに戻るには、ロマーシカ自身の青白い顔と異常な、真ん丸の眼を思い出せば十分だった。

私はもう一つ、アイスクリームを食べ、私が三皿目を注文すると、私に持ってきてくれたウェイトレスは笑い出した。多分、彼女は私がアイスクリームをそんなにたくさん食べるのが気に入ったのだろう、鏡のところに彼女は行くと、ウェイトレスの髪飾りを直し始めた。

（〔訳注〕アイスクリームを三皿も食べるこの男の人は、私に気があるのかしらという気持ち）

いや、彼はあの男への愛着だけで、そんなことを絶対にする筈はない。ここには、何か秘密の目的がある――私は、そのことを確信していた。私は、ニコライ・アントニッチとロマーシカの昔の関係から判断せざるを得ないし、新しい関係はほとんど知らないために、この目的が一体何かを簡単に推測することはできなかった。

それは昇進に関係する、何かごくありふれた目的かも知れない。だってニコライ・アントニッチは教授で、ロマーシカは彼の助手なのだから。もしかしたらそれはお金――学校で彼はお金の話をすると、耳を赤くほてらせていたくらいだから。何らかの給料に関連したことだろうか、そんなこと分かるものか！　私はヴァーリャに電話した――彼の助言が欲しかったのだ。だって彼もあの頃、やっぱりタターリノフ家に出入りしていたのだ――しかし、彼は家にはいなかった。彼は必要なときに限って、いつもどこかをほっつき歩いているんだ！

《いや、給料でも、出世のためでもない――私は考え続けた――そんなことだったら、彼は他のもっと簡単な、彼を見ていればすぐ分かるような方法で手に入れる筈だ》

家に帰る時間だったが、まだ夕方になったばかりで、モスクワの夕方は、ザポリヤーリエの夕方とはまるで違うので、私はホテルまでは遠かったけれど、少し歩きたくなった。それで私はゆっくり歩き出した――初めゴーリキー通りの方向に、それからヴォロトニコフスキー横丁へ。よく知っている場所だ！　ホテルは少し離れていたが、私はヴォロトニコフスキー横丁を通り過ぎ、そしてサドーヴァヤ・トリウムファーリナヤ通りに曲ると、私の学校の近くだった。でも、サドーヴァヤ・トリウムファーリナヤ通りから、第二トヴェルスカヤ・ヤムスカヤ通りまでは、ご存知のようにもうすぐだった。

数分後に私は見覚えのある門の前に立っていた。門をのぞくと、なじみの小さな掃除のゆき届いた中庭と、よく知っている石造りの物置――そこで昔、おばあさんを手伝って薪割りをした――が見えた。ほら、私が転げるように飛び出したあの階段。そして、ほら、これが黒い油布を張ったドアと、《N・A・タターリノフ》の凝った文字で書かれた銅の表札だ。

「カーチャ、僕だよ、追い出したりしないかい？」

後になってカーチャは、私に会うなりすぐに私が《三日前、ボリショイ劇場のときより、全く違っていた》のにすぐ気付いたと言った。でも、一つだけ彼女には分からないことがあった。つまり、不意に訪ねてきて、しかも《全く違った》態度なのに、私が何故、ニコライ・アントニッチとロマーシカから一晩中目を外らさないのかだった。もちろん、それは大げさだったが、私は本当に彼らを見張っていた。その晩、私の頭は試験に臨む時のように働いていたし、すべてを見分け、一言《ひとこと》で理解していた。

言い忘れたが、カフェにいたとき、私は花を買っていた。私は、タターリノフ家まで花を手にして来たけれど、それは何だかきまり悪いものだった。私とペーチカがN市の造園からストックをかっぱらい、演劇の後の観客に、それを一束五コペイカで売って以来、私は花を手にして通りを歩いたことはなかった。こうしてやって来たからには、この花をカーチャに渡さねばならなかった……でも私は何故かその花をテーブルの上の、脱いだ制帽の横に置いたのだった。

多分、私はやっぱり興奮していたのだろう。なぜなら何かをしゃべると、つい声が響いてしまうのだ。だからカーチャはすぐに私の顔をまじまじと見つめた。私たちはカーチャの部屋に行こうとしたが、その時、ニーナ・カピトーノヴナが居間から出てきた。私はお辞儀をした。彼女は困ったように見つめ、ぎこちなく頷いた。

「おばあちゃん、サーニャ・グリゴーリエフよ、分からないの？」

「サーニャ？　ああ！　本当にそうなのかい？」

彼女はびっくりして振り返った。居間の開いたドアから、私は新聞を手に肘掛椅子に座っているニコライ・アントニッチを見つけた。彼は家にいたんだ！

「こんにちは、ニーナ・カピトーノヴナ！」

私は言った。

「まだ、僕を覚えてますか？　きっと、とっくに忘れたでしょう？」

「まぁ、《忘れた》だなんて！　決して忘れませんよ……」

おばあさんは答えた。

そして私たちがまだキスをしていると、ニコライ・アントニッチが居間から出てきて、ドアのところに立った。それは、私たちが再びお互いを評価する瞬間だった。彼はコラブリョフの祝典で私に気付かなかったように、私に知らない振りをすることもできた。彼は、私たちが知り合いだと強調することもできた。彼は、なんなら、かなりの危険を冒すことにはなるが、再び私に出て行けと言うこともできた。彼のやったことは、この一番目でもなく、もう一つでもなく、三番目でもなかった。

「これは、若鷲の勇者！」

愛想よく彼は言った。

「やっと、私たちのところに飛んできたか？　今頃になって来るなんて」

彼はためらうことなく、私に手を差し伸べた。

「こんにちは、ニコライ・アントニッチ！」

カーチャは驚いて私たちを見つめるし、おばあさんは茫然としてぽかんと眺めていたけれど、私はとても陽気になり、今ならニコライ・アントニッチと、いくらでも話せる気分だった。

「そうか、そうか……まあいい、上出来だよ」

ニコライ・アントニッチは真面目に私を見つめた。

「ちょっと前まで小さな男の子だったのが、ホラ、なんと極地の飛行士さ。本当にその職業を選んだなんて！　えらい！」

「ありふれた職業ですよ、ニコライ・アントニッチ」

私は答えた。

「他のあらゆる職業と同じなんです」

「同じだって？　じゃあ、冷静さは？　それから、危険な出来事に際しての勇気は？　それにお役所的な仕事でない内面的な心の規律が要求される、いわゆる自己修練の職業ではないのかな！」

これらのよどみのない、偽りの言葉を聞いていると、私は昔を思い出し、胸がむかついてきたが、私はごく慎重に十分礼儀正しく彼の話を聞いていた。彼は祝典のときよりも、はるかに年老いたように見え、疲れた顔をしていた。私たちが居間に入るとき、彼はカーチャの両肩に手を添えたが、彼女はそれを避《さ》けようとしているのが、かすかに分かった。居間には、ブベーンチコフ家のおばの一人がなにげなく座っていたが、今では私は、彼女がブラシで私を叩こうとしたあの彼女か、それとも山羊をなだめていた彼女か、もはや見分けられなかった。それでも今は彼女は、私をとても愛想よく迎えた。

「さあ、聞こう、聞こうじゃないか！」

ニーナ・カピトーノヴナが、遠慮がちに私の回りであくせくしながら、私に紅茶を注いだり、テーブルの上のものを私の方に寄せていると、ニコライ・アントニッチが言った。

「極地の話を聞こうじゃないか、無視界飛行、永久凍土、流氷、雪原とやらを！」

「すべて、問題ありませんよ、ニコライ・アントニッチ」

私は陽気に反論した。

「氷は氷、雪原は雪原ですから」

ニコライ・アントニッチは笑い出した。

「私は現在わが国のローマ通商代表部に勤めている古い友人に、ある時会ったんだがね」

彼は言った。

「私は彼に尋ねたのさ。《ローマはどうかね?》すると彼は答えた。《問題ありませんよ！　ローマはローマですから》本当に、似たような話だろう?」

彼は、人を見下したような口調だった。カーチャは目を伏せて私たちの会話を聞いていた。話を続ける必要があったので、私は実際にネネツ人のこと、極地の自然のこと、そしてついでにドクトルと一緒にヴァノカンまで飛行したことを話し始めた。ニーナ・カピトーノヴナは、私が高度を飛行するのかどうかにもっぱら関心を寄せた——それは、私に、まだバラショフの学校にいたとき受け取った、ダーシャおばさんの手紙を思い出させた。

《お前が、皆のような地上勤務でないのなら、お願いだから、サーネチカ（〔訳注〕サーニャの愛称）や、低く飛んでおくれ》

私は、ミーシャ・ゴロンブがその手紙を盗み、それ以来、私がヘルメットを被って、これから飛ぼうとすると、たちまち飛行場中から《サーニャ、低く飛んでおくれ！》という叫び声が聞こえてくる話をした。学校で《低く飛べ》という名前のコミック雑誌を企画したのも、同じミーシャだった。雑誌の特集欄《挿絵《さしえ》による飛行技術》には、次のような詩が添えられていた。

高度をとって滑空するのは簡単だけど
屋根の高さくらいをまっすぐ飛ぶなんて最悪！
サーニャ、そんな危険を冒すことはない——
おばさんが低く飛んでと言ったからって

この話を私はどうやらうまく話したようだ——皆、大笑いで、ニコライ・アントニッチは皆よりさらに大声で笑った。彼はげらげらと大笑いしたのだ！　それなのに彼は顔が蒼白になった——笑うと、いつも彼は少し顔が青ざめるのだ。

カーチャは、ほとんどテーブルにいなかった——絶えず立ち上がっては台所へ行き、しばらく姿を消した。私は、彼女が一人になって少し考えるために出ていくのだろうと思った。彼女が戻ってくると、そんな表情をしていたからだ。そんなある瞬間、彼女は戻ると乾パン入れの編み籠を手に、何かの用で食器棚に近付いたのだが、見たところ、何のために行ったのか忘れてしまったようだった。私は彼女の目をまっすぐ見つめ、彼女は私に屈託ありげな、途方に暮れた視線を返した。

きっとニコライ・アントニッチは、私たちが視線を交しているのに気付いたのだろう。彼の顔に疑いの影が広がり、彼はいっそうゆったりとよどみなく話すようになった。

やがて、ロマーシカがやって来た。ニーナ・カピトーノヴナは、ドアを開け、私は彼女が玄関でうろたえながらも皮肉っぽく話すのを聞いた。

「大切なお客が来てるのさ！」

彼はしばらくの間、玄関で足踏みしていた――多分、めかし込んでいたのだろう――やがて、入ってきて、私を見ても少しも驚いた様子ではなかった。

「あぁ、そうですか、お客ね！」

苦笑いしながら彼は言った。

「よかった、よかった、本当にようこそ、大歓迎です」

彼は大喜びのように見えた。全く、こちらこそようこそだった！　彼が入ってくるや否や、私は彼の挙動に注目した。私は彼から目を離さなかった。この男は一体何なのか？　どんな男になったのか？　ニコライ・アントニッチに、カーチャにどんな態度を取っているか？　ほら、彼がカーチャのところに行った、ニコライと話している――彼の動き、彼の言葉の一つひとつが私にとってまるで小さな謎のようで、私はすぐにその謎を解いて、また再び緊張して注意深く彼に注目し、彼のことを考えていた。今や、彼ら二人――ロマーシカとカーチャ――を見ていると、私はこっけいな気持ちになった。彼女に比べて彼は、あまりに取るに足らぬ、そしてまるで醜く、つまらない人間だった。彼はとても自信ありげに彼女と話をしていた。だから私は、《自信過剰》だと頭の中にメモした。彼は何か冗談をニーナ・カピトーノヴナに言ったが、誰も笑みを浮かべない。だから私は《ニコライ・アントニッチさえも》と頭の中にメモした。

それでも、彼らはすぐに仕事の話を始めた。つまりある学位論文の審査について、ニコライ・アントニッチはよくないと考え、ロマーシカはよいというのだった。それはもちろん、私のいることに彼らはかまわないことを強調する意味合いがあった。しかし私はそれが好都合だった。なぜなら私は黙って座って、彼らを観察し、聞いて考えることができたから。

《いや――私は思った――これは、ニコライ・アントニッチが有無を言わせず自分に指図するのを自慢していた、以前のロマーシカではない。彼は、ニコライと、馬鹿にしたようにずうずうしく話しているし、ニコライ・アントニッチはしかめ面をして、疲れたように答えている。これは複雑な関係で、ニコライ・アントニッチは、その関係をあまり好んでいない。私は正しかった。あれは依頼ではなかったのだ。彼がヴィシミルスキーから書類を取り上げたのは、それを廃棄するためではなかった。彼はニコライ・アントニッチにそれを売りつけるためにそうしたのだ――それが彼にはお似合いだ！　だからきっと、大きな犠牲を払って、それを手に入れたのだ。あるいはまだ売っていない、つまり取引きしていないのだろうか？》

カーチャは私に何か尋ね、私は答えた。ロマーシカはニコライ・アントニッチの話を聞きながら、ハラハラして私たちの方を見つめた――突然、いろいろな思いの間からある考えがゆっくりと歩み出し、私がそれに近付くのを待つかのように頭の端で立ち止まった。それは、とても不可解な考えだったが、子供時代からロマーシカを知っている者にとっては、全く現実的な考えだった。

しかし、今の私は、その考えを選ぶことはできなかった。なぜなら、それは恐ろしいことで、今それについて考えない方がはるかによかったのだ。私は、ただ遠くからその考えに目を向けていた。

その後、ニコライ・アントニッチはロマーシカと何かの用で書斎に行き、私たちはおばあさんたちと部屋に残された。おばあさんのうちの一人ブベーンチコフは、何も聞いていないし、もう一人のニーナおばあさんは、何も聞いていない振りをしていた。

「カーチャ」

私は小声で言った。

「明日の七時、イワン・パーブルィチが君に来るように言ってるよ。君、行くよね？」

彼女は黙って頷《うなず》いた。

「僕も行ってもいいかな？　とっても君に会いたいんだ」

彼女はまた頷いた。

「三日前の晩のことはどうか忘れて欲しい、すべてなかったことで、僕たち、そもそも会ってなんかいなかったことにしようよ」

彼女は黙って私を見つめた――何も理解できなかったのだ。

第8章　記憶を守ること

あの考えは一体何だったんだろう？　私は一晩中、その考えに思いをめぐらせ、寝たのに気付かなかったが、朝になって目が覚めると、眠った気持ちがしなかった――ずっと考えていたのだ。一日中そんな気分だった。北洋航路局へも、地理学協会へも、ある極地の雑誌（〔訳注〕雑誌「ソビエト北極圏」のこと）の編集局へも、このことを考えながら出掛けていった。時おり、私はそれを忘れたが、それはただ玄関に残してきたみたいに、やがて外に出てきて、古い知人に会うように、その考えと出会うのだった。

六時に、疲れていらいらした気持ちで、私はコラブリョフの家に着いた。私が入っていくと、彼は仕事をしていた——生徒のノートをチェックしていたのだ。机の上に二つの大きな束が彼のそばにあり、彼は眼鏡をかけて座り、手回しよくペンを手に時おり手厳しく誤りに赤線を入れながら、ノートを読んでいた。学校のない休みの期間なのに、その仕事は一体何だったのか分からない。でも、彼は休みの期間でさえ、仕事を見つけていた。

「イワン・パーブルィチ、お仕事中ですから、私は少し座っています。いいですか？　疲れたんです」

しばらくの間、私たちは完全な静寂——それを中断するのは、コラブリョフのペンの軋む音と怒ってぶつぶつ言う声だけ——の中にいた。彼が仕事をしながらこんなに怒って不平をこぼすのを、私はこれまで気付かなかった。

「それで、サーニャ、どうだい？」

「イワン・パーブルィチ、私は一つ質問があります」

「聞こうじゃないか」

「ヴィシミルスキーのところに最近までロマーシカが来ていたのはご存知ですか？」

「知ってる」

「じゃあ、彼が何のために来ていたか知ってますか？」

「知ってるよ」

「イワン・パーブルィチ」

私は非難を込めて言った。

「それが、また私の分からないところです。本当に！　それを知っていて、私には何にも言わなかったんですね」

コラブリョフは真面目に私を見つめた。その晩、彼はとても真剣だった——多分、カーチャを待って少し興奮していたのだろう。そして、それに私が気付いて欲しくないようだった。

「サーニャ、私は余計なことは言わないんだ」

彼は反論した。

「だって、君は今は飛行士だけれど、突如として、誰かの面を足蹴《あしげ》にしたりするからな」

「そんなことが、いつあったというんです！……イワン・パーブルィチ、問題は、ある考えが私に浮かんだということです。もちろん、私は間違いもします。でも、もし間違いでも、それでかまいません」

「ほら、いいかい、君はもう興奮してるよ」

コラブリョフは言った。

「興奮なんかしてません、イワン・パーブルィチ。ロマーシカが、彼に何を求めているか、お分かりじゃないでしょう……こう言うことはできませんか、つまり、カーチャとの結婚を、ニコライ・アントニッチが手助けしてくれれば、彼は黙っていてやると？」

コラブリョフは答えなかった。

「イワン・パーブルィチ！……」

私は大声を出した。

「興奮してるね？」

「興奮なんかしてません。でも一つ分からないことがあるんです。つまり彼がそんなことを考えるのを、カーチャが、一体どうして許せるのですか？　だって、あのカーチャがですよ！」

コラブリョフは物思いに沈んで部屋を少し歩いた。彼は眼鏡をはずすと、悲しそうな顔をした。私は、彼が何度かマリヤ・ワシーリエヴナの肖像画に視線を向けるのに気付いた――珊瑚《さんご》の首飾りをした肖像画は、以前の通り彼の机の上にあったのだ。

「そう、カーチャを」

ゆっくり彼は言った。

「君は全く分かってないよ」

それは初耳だった。私が、カーチャを分かっていないだって！

「君は、彼女がこの数年、どんな生活をしていたか知らない。でも、私は知っている。なぜなら……関心があるからね――急いでコラブリョフは言った――彼女に、それ以上に特に関心を寄せる人は誰もいなかっただけに、なおさらのことさ」

それは私のことを言っているのだった。

「彼女は、お母さんの死の後、とてもふさぎ込んだ」

彼は続けた。

「そして彼女のそばには、彼女と同じように気がふさぎ、もしかしたらもっと激しい憂鬱な気分の一人の男がいた。私が誰のことを話しているか、君は分かるだろう」

彼はニコライ・アントニッチについて話し始めた。

「とても世慣れした、たいへん複雑な性格の男だ」

コラブリョフは続けた。

「恐ろしい男だ。しかし、彼は実際に生涯、彼女の母親を愛した。生涯――そんなに長い間ね、だからその死は彼らをとても近付けた――そういう訳だよ」

彼は煙草を吸い始め、マッチを擦る指が少し震え、それからゆっくりそのマッチを灰皿に置いた。

「そこにロマショフが現れたんだ」

彼は続けた。

「君は、彼のことも分かっていないと言わざるを得ない。彼もニコライ・アントニッチみたいな人間だが、ただ違うタイプなんだ。まず、彼は活動的である。次に良くも悪くも、まるで一片のモラルもない。さらには、毅然とした行動をとれる、つまり実行の輩《やから》なんだ。だから、この実行の輩は、自分が何が必要かをとてもよく分かっていて、ある日、自分の教師であり、友である家に現れると彼にこう言ったんだ。《ニコライ・アントニッチ、驚いたことに、あのグリゴーリエフが全く正しかったんです。実際にあなたがタターリノフ船長の探検隊から盗みをした。そのうえ、あなたには調査書で触れなかった過去のいろいろな事件があると見なされています……》ニーナ・カピトーノヴナは、この話を聞いていた。彼女は、それが理解できず、私のところに駆けつけたんだよ。だから、私は分かったんだ」

「とても」

私は言った。

「興味深いですね」

私たちはしばらく沈黙した。


「その先はどうなったと思うかい？」

コラブリョフは続けた。

「結果から判断して欲しい。君も知ってるように、ニコライ・アントニッチは、あまり性急に行動する男ではない。多分、その結婚話は、初めは事のついでの冗談半分だったのだろう。それから、どんどん深刻に、激しくなっていった」

「イワン・パーブルィチ、でも彼はやっぱり彼女を説得しないなんて考えられますか？」

「サーニャ、サーニャ、君は変人だよ！　もしも彼が彼女を説得したなら、君に戻ってくるように私が手紙を書くと思うかい！　でも、どうなるか誰にも分からないよ！きっと彼は、結局のところ、自分の思いを遂げるだろう、以前やったように……」

私は、彼の言いたいことが分かった。彼が《マリヤ・ワシーリエヴナを自分の妻にするという思いを遂げたように》
私は残ったものか、帰ったものか思案した――もう七時で、いつカーチャが呼び鈴を鳴らすか分からなかった。私は彼のところを去るにも、体を動かせないくらいの後悔の気持ちがしていた。私は黙って、彼が白髪頭を垂れ長い足を伸ばして、煙草を吸っているのを見て、彼がどんなに深くマリヤ・ワシーリエヴナを愛していたか、そして彼が不運で、彼女の記憶を堅く守っていることを思いやった――だからこそ彼はカーチャの生活を、この数年間ずっと注意深く見守ってきたのだ。やがて彼はふと気がつくと、私に帰った方がいいと言った。

「君のいない方が、彼女と話しやすいと思うよ」

彼は私を見送り、私たちは明日まで別れを告げた。

外に出たときは、まだすっかり明るかった。太陽が沈みかけていて、サドーヴァヤ通りの片側のビルの窓に反射していた。私は玄関に立って、通り沿いを眺めた――あそこからカーチャが来るに違いない。多分、私はとても長い間待ったのだろう。窓は左から右へと順番に暗くなった。それから私は彼女を見つけた――あそこからではなかった。彼女はオルジェイニィ横丁から出てきて、車の通り過ぎるのを待ちながら歩道に立ち止まった。私は彼女が、通りを横切るのに、物思いに沈み、ボリショイ劇場で会ったとき着ていたドレスで、とても悲しそうにしているのを見て、なぜか心配で恐ろしくなった。もう彼女はすぐ近くにいたのに、彼女は頭を垂れていて私に気付かなかった。もっとも私も、彼女に私の姿を見て欲しくなかった。私は心の中で彼女のために勇気と、すべてがうまくいくようにと祈り、それはこの瞬間、ただひたすら私が望むことだった。そして視線で玄関まで見送った。

彼女は玄関に消えたが、私は想像の中で彼女についていった――私は、イワン・パーブルィチが、興奮しながらも全く平静に見えるように努めながら彼女を迎え、話を始める前にしばらくの間、神経質に長いシガレットホルダーに煙草を詰めるのを頭に浮かべていた。今や、ビルの窓は急に暗くなり、赤っぽい夕陽の反射が、オルジェイニィ横丁に面した一番はずれにある建物の一番端の二つの窓にだけ光っていた。この建物の中には、私が学んでいた頃、モスクワ市ソビエトの芸術支部が入っていた。

まだ八時で、私は家に帰りたくなかった。私はしばらくある家の庭の中にいた。その庭からは私たちの学校の玄関が見えた。何度か私は中庭に入り込み、コラブリョフのアパートに明かりがついているかどうか調べた。でも、彼らは薄明かりの中で話をしていた――イワン・パーブルィチがしゃべり、カーチャが黙って聞いているのだろう。この暗い窓を見つめていると、私には別の会話も頭に浮かんだ。きっとあの時と同じように、コラブリョフは急に立ち上がったかと思うと、落ち着かない様子で、胸に腕組みして部屋を歩き回っているのだろう。

マリヤ・ワシーリエヴナも無表情に姿勢を正して座り時々細い手で髪を直していた。《鷹の爪モンチーゴモ、私は昔彼をそう呼んでいたのよ》青白いというより、何か白っぽい顔をして、彼女は私たちの前で絶えず煙草を吸い、どこも灰だらけ——膝の上まで——だった。彼女はじっと落ち着いていたが、ただ時々、ゆったりした珊瑚《さんご》の首飾りを少し引っ張るのは、まるでそれが息苦しいかのようだった。彼女は真実を恐れていた。それに耐える力がなかったから。でもカーチャは真実を恐れていない。だから彼女が真実を知れば、すべては解決する。

……もう、とっくに明かりがつき、カーテンにはコラブリョフの背の高いシルエットが見えていた。やがて、彼のそばにカーチャが現れ、何か長い言葉をしゃべったようで、すぐに消えた。もう外はすっかり暗くなり、私には好都合だった。なぜなら、私がこの庭に長いこといて、時々窓を見ながら歩き回っているのは、変に見えただろうから。

突然、カーチャが玄関から出てきて、一人でゆっくりとサドーヴァヤ通りを歩きだした。家に帰るに違いない。でも一見、彼女はそれほど急ぐ風でもなく、家に帰るというよりも何か考え事をしているようだった。彼女は考えながら歩いていて、私は彼女の後《あと》をつけた。それは、なんだか巨大な町の中で私たちだけ、全く二人だけ——カーチャとそれを追う私——が歩いているみたいだった。でも、彼女は私に気付かなかった。路面電車が広場の方に向かって耳をつんざくような音をたて、赤信号待ちの車が唸《うな》り声をあげ、私はこんなひどい騒音の中で考え事をするのはとても難しいように思った——まして、必要なことに思い至るなんて、どうしてできるだろう！　私にも、彼女にも、もし生きていたら船長にも、もし、生きていたらマリヤ・ワシーリエヴナにも——生きている者、死んだ者、皆に必要なことに。

第9章　すべては決まった、彼女は家を出る

ホテルの部屋はもうすっかり明るくなっていたけれど、私は明かりを消し忘れ、そのためか鏡の前の自分はやや蒼ざめた顔色をしていた。私は寒気がして、背中に《鳥肌》が出たり消えたりしていた。私は受話器を取った。しばらく応答がなかった。ようやく返事があり、私はカーチャの声だと分かった。

「カーチャ、僕だよ、こんな早くていいかな？」

彼女は、八時を打ったばかりだけれど、かまわないと言った。

「眠っているところを起さなかったかい？」

「いいえ」

私は、昨晩は眠らなかったし、彼女も一睡もしていないと確信していた。

「カーチャ、そちらに行ってもいいかな？」

彼女はちょっと黙った。

「来れば」

カーチャの家でドアを開けてくれたのは、かなり太った、金髪のお下げを頭に巻いた、全く見知らぬ女の人で、私がこう尋ねると、顔を赤らめた。

「カーチャはいますか？」

「いますよ」

私はカーチャをめざして――そもそもどこにいるのか分からないのに――突進しようとしたが、この女の人は私の鼻先でドアを閉めて、からかうように言った。

「どうしたの、司令官さん！　そんなにあわてないで」

そして彼女は大笑いした――何の理由もなく、あの耳をつんざくような笑いで。即座に、彼女が分からない筈はなかった。

「キーレン！」

私たちがお互い、いくつかの旅行鞄の間を進み、もう少しで、はずみで抱き合うところだった、ちょうどその時、居間からカーチャが出てきた。でも、キーレンは恥ずかしそうに後退りするので、私はただ彼女と握手するしかなかった。

「キーレン、そうだろう君？　一体どうして？」

「そう、私よ」

大笑いしながらキーレンは言った。

「ただ、お願い、私のことキーレンって呼ばないで。あたしは、今はもうあんなおバカさんじゃないわ」

そして私たちは再び心を込めて、握った両手を何回も振り動かした……。多分、彼女はカーチャのところに泊まったのだろう、私たちが荷物を詰めている間、彼女はいつもボタンの取れたままのカーチャの部屋着を着ていたから。

玄関には、ふたの開いた旅行鞄が二つあり、それで、私たちも居間でこの鞄の中に、下着類、本、それにいろいろな用具類――つまりこの家でカーチャの私有のものすべて――を詰めた。彼女は家を出る。どこへ？　私は尋ねなかった。彼女は家を出る。すべては決まった。彼女は家を出るんだ。彼女に尋ねなかったのは、コラブリョフと彼女の会話を一語も漏らさず知っていたからであり、彼女が家に戻り、ニコライ・アントニッチに話す言葉も一語も残らず分かっていたからだった。

ニコライ・アントニッチは町にはいなかった——きっと彼はどこかの州、ヴォロコラムスクあたりに行っていたのだろう。しかし、いずれにせよ私は、彼女がコラブリョフのところから戻り、家に彼を見つけた時、彼に言うであろう言葉は、一語一句分かっていた。

毅然として、青ざめた表情で、彼女は歩き回り、大声でしゃべり、指図していた。でも、それは動揺した人間が示す、心の平静さだった。だから私は今は何にも話す必要はないと感じていた。私はただ彼女の両手を強く握り、それにキスをし、彼女も返事に、こっそりと私の指を握りしめたのだった。しかし、本当に途方に暮れていた人——それはおばあさんだった。彼女は不機嫌に私を迎え、頷いただけで高慢な態度で去っていった。そして突然戻ってくると、執念深げに旅行鞄の中にブラウスなどを押し込んだ。

「これで上出来さ！　だから何だっていうのさ？　家を出るのは正しいことだよ」

彼女はしばらく居間にいて、何もせずただ私たちの荷造りに文句をつけていたが、やがて急に立ち上がり、何事もなかったように台所に走り、女中が何かを買い足りないといって罵り始めた。

「あたしゃ、あの子に口を酸っぱくなるまで言ってるのにさ、レバーを売ってたら、買いなって」

戻ってきて彼女は私に言った。

「うしろの部位のいい牛肉を売ってたら、買いなってね《そうはできませんわ、だってあなたがいないと分かりませんもの》だって、でも、何が分かるというのさ？　思い切りの悪い子だよ。これには我慢ならないよ」

「おばあちゃん、何もいらないわ」

カーチャが言った。

「いらないだって？　それでどうするんだい？　あれば持って行きなさい」

それから、お金のことも心配になり、彼女は溜息をつき、食器棚に行って、こっそりセイヨウバクチノキの滴剤を飲んだ。時おり、彼女は誰もいない所に駆け込み、興奮しないように自分をなだめていた。しかしすぐに、こういった独り言が彼女に影響を及ぼし、また食器棚に走り、こっそりセイヨウバクチノキの滴剤を飲むことになった……

カーチャの荷物を詰めるのに、多くの時間はかからなかった。彼女がほぼ全人生を過ごした家を出るにもかかわらず、彼女の所持品は少なかった。ここにあるすべては、ニコライ・アントニッチのものだった。でもその代り、彼女は自分の所持品は何一つ残さなかった——彼女は、どんな小さな物でも置き忘れることで、自分がこの家に住んでいたことを思い出させたくなかった。彼女はここからすべて——自分の青春のすべて、自分の手紙、マリヤ・ワシーリエヴナがしまっていた自分の初めてのデッサン、私が三年生のとき借りた本《エレーナ・ロビンソン》と《発見の世紀》——を持って家を去った。九年生のとき私は彼女から別の本を借りたのだが、それをトランクに入れる段になって、彼女は私を呼び寄せ、ドアを少し閉めた。

「サーニャ、この本はあんたにあげるわ」

彼女は少し震え声で言った。

「これはパパの本で、あたし、いつも大事にしまっておいたわ。でも、これはもうあんたにあげようと思うの。ここには、ナンセン、それからいろいろな水路誌やパパの書いた本もあるわ」

それから彼女は、私をニコライ・アントニッチの書斎に連れていき、壁から船長の肖像画——広い額で、顎をぐっと引き、明るい生き生きとした眼差しのすばらしい船乗りの肖像画を外した。

「彼に残しておきたくないの」

彼女はきっぱり言い、私は居間に肖像画を運び、それを枕と毛布で慎重に梱包した。それは、ニコライ・アントニッチのもので、カーチャが運び去った唯一のものだった。彼女はできるものなら、この忌わしい家から、船長の思い出をそっくり運び去ってしまいたかったのだろう。昔、私を驚かせた小さな海洋羅針盤が誰のものかは知らない——カーチャに内緒で、私はそれをトランクに押し込んだ。いずれにしても、それは船長のものだったのだから。

これでおしまい。荷物を詰め、両手に外套を持って、私たちが玄関でニーナ・カピトーノヴナと別れをした時そこは恐らくこの世で一番ひっそりとした場所になっただろう。彼女は残ったけれど、それはしばらくの間——カーチャが研究所の勧めてくれる部屋に引っ越すまでの間だった。

「少しの間だからね!」

厳《おごそ》かにおばあさんは言い、泣き出し、カーチャにキスをした。キーラは階段につまずき、滑り落ちまいとして旅行鞄の上にドンと腰をおろし、大声で笑い始めた。カーチャは怒って彼女に言った《キールカ、バカね!》

私は彼女らのあとを降りながら、ニコライ・アントニッチがこの階段を上がり、呼び鈴を鳴らし、おばあさんが彼に話をするのを黙って聞いているのが目に見える様だった。震える手で、彼は禿頭をなで、倒れるのを危ぶむかのように無意識に足を運びながら、書斎に入っていく。人気のない家に一人ぼっち。そして、彼は、カーチャが彼のところに二度と戻らないことに気付くのだ。

第10章　シフツェフ・ブラージェク横丁にて

それまで、そこは、昔ペーチカが住んでいたソバーチィ広場のような、モスクワではごくありふれた曲った横丁だった。しかし、カーチャがシフツェフ・ブラージェク横丁に越して来たその時から、そこはすっかり変わってしまった。カーチャが住んでいることで、モスクワの他の横丁とまるで違う、まさに特別の横丁になった。いつもこっけいに思っていたその名前（〔訳注〕犬臭い窪地の意味　現在ではモスクワの一等地）までが、今ではすべて彼女に関連した意味ありげなものになったのだ……

毎日私は、シフツェフ・ブラージェク横丁を訪れた。カーチャとキーラは、まだ家にいなくて、私を迎え、話し相手になるのはキーレンの母親だった。彼女は、モスクワの古典作品の朗読クラブに出演している、文芸作品の名人朗読者というすばらしい母親で、小柄で白髪まじりの、キーラと違ってロマンチックな人だった。あらゆることを彼女は情熱的に話し、すぐに分かるのは彼女が文学に目がないということだった。その点でも、昔、あれほど苦労して《ドゥブロフスキー》を読破していながら、結局《マーシャは彼と結婚したのよ》と確信しているようなキーラとはまるで似ていなかった。

この母親と私は、時にはまる二時間おしゃべりをし、残念なことに、その話はすべてワルワーラ・ラビノヴッチとかいうやはり文芸作品の朗読者のことで、キーレンの母親は、その有名な彼女のところで個人レッスンを受けようとしたのだけれど、ワルワーラが自分に対し《いばりちらす》ので思いとどまったというのだ。やがて、キーラが現れた――いつも彼女は同じことを言った。

「あらあら、また暗い所で二人っきり。怪しい、怪しい……サーニャ、あたし、とってもママが心配なの」

彼女は絶望的な調子で話す。

「ママはあなたにぞっこんなの……ママったら、どうしたっていうの？　いい歳して、このご執心！　失敗に終らないかビクビクものよ」

すると、いつものように母親は怒って、台所に去り、キーラは彼女のあとを追う――言訳《いいわけ》してキスをするのだ。

そのあとカーチャがやって来た。イワン・パーブルィチは正しかった――私は彼女を知らなかった。それは、彼女の人生の多くの事実――例えば、去年、彼女の所属する共産党（彼女は党の責任者として働いていた）が、南ウラル地方で豊富な金鉱の産地を発見したとか、写真愛好家の展覧会で彼女の写真が第一席になったとか――そんなことを、私が知らないということでは決してなかった。私が知らなかったのは、彼女の確固たる精神、率直さ、人生への公正で賢明な態度――コラブリョフがそれを《物事を難しく考える、真面目な心情》とうまく評していた、そういったすべてのことだった。私は、彼女が私よりはるかに年長であるように思えた――私が過去何年にも渡ってとても立ち後れていた芸術について彼女が話を始めると、特にそうだった。でも、突然、爆破に夢中になったり、《トラクスカーラの住民たちの善意の見送りを受けて、フェルディナンド・コルテスが進軍し、数日後にホノルルに入った》という文章に深い感銘を受けていた、以前のカーチャが姿を見せるのだった。フェルディナンド・コルテスについて私は、カーチャが乗馬姿で、男物のズボンをはき、肩にカービン銃をかつぎ、つばの広い帽子をかぶった一枚の写真を思い出した。地質調査をする、地質学者だ！　この写真を見たなら、船長も満足しただろう。

こうして数日が過ぎ、私たちは、最後に会って以降起ったこと――たくさんのことがあり、それを話すと一生かかるかも知れない――をまだ話していなかった。私たちは、どうやらお互いを初めからよくよく思い起す必要があると感じているようだった。ニコライ・アントニッチについてとか、ロマショフについてとか、彼女に私が済まないといった、そういう言葉は不要だった。しかし、それは簡単なことではなかった。なぜなら、ニーナ・カピトーノヴナおばあさんが、毎晩シフツェフ・ブラージェク横丁にやって来たからだった。

初めのうち彼女はちょうちん袖のワンピースを着て、厳《いか》めしく、堅苦しい様子でやってきては、いつもおしゃべりをしていた――それは、ニコライ・アントニッチがまだ戻らない時だった。おばあさんの話とは、《ストリゴーリニク派（〔訳注〕十四～十五世紀ロシアで教会の階級制度を否定し、改革を唱えた）司祭》に嫁いだ女友達のことで、その司祭は大儲《もう》けした後、説教台に立ってこう言ったのだ。《みなさん、私は神はいないと確信するに至りました》誰のことを言っているのか分からないが、多分、彼女はこの司祭とニコライ・アントニッチの間に何か類似点を見いだしていたのだろう。しかし、ある時、おばあさんは、混乱した様子で駆けつけ、大げさなひそひそ声で言った。《ニコライが帰ってきたよ》そしてすぐカーチャと部屋に閉じ籠った。出てくると彼女は怒って言った。

「策略がいるのさ——同居するにはね」

しかし、カーチャは何も答えず、ただ黙って物思わしげに彼女に別れのキスをした。

次の日、おばあさんは泣きはらし、疲れた様子で傘を持ってやってくると、玄関に座った。

「病気になったよ」

彼女は言った。

「お医者を呼んだのさ、ホメオパシー療法（〔訳注〕その病気と同じ症状を起こす薬を微量に与えて治療する方法）医をね。でも、彼は追い払って言うのさ。《私はカーチャに全人生を捧げた。そしてそのお礼がこの有様だ》」

おばあさんはすすり泣いた。

「《あの子が、私の人生の最後の支えだった。もう、おしまいだ》そんなふうにね」

恐らく、それはまだおしまいではなかったのだろう。ニコライ・アントニッチは、確かに強い心臓発作のため数日寝床についていたが、健康を回復したのだ。彼はカーチャに電話した。しかし彼女は出なかった。私は、ニーナ・カピトーノヴナに彼女がこう言うのを聞いた。

「おばあちゃん、病気でも健康でも、生きてても死んでも、あたしは彼には会わないから、分かった？」

「分かったよ」

ニーナ・カピトーノヴナは答えた。

「この子の父親もこんなだったよ」

家を出ながら、彼女はキーラの母親に愚痴《ぐち》をこぼした。

「どうしたらあの子の性格が変わるかって——うーん……汽車の下に放り出されたって変わるもんかね。まるで狂信的なんだから」

でも、ニコライ・アントニッチは回復し、おばあさんは陽気になった。今や、彼女は時として一日に二回ずつ駆け込んできた——こうして私たちはいつもニコライ・アントニッチとロマーシカについて最も新しい情報を得ることができた。ただ、ロマーシカについて、カーチャが、ある時こんなことを言った。

「私の勤め先に彼が立ち寄ったの」

簡潔に彼女は言った。

「でも、あたし時間がないし、これからも会えませんって伝えるように頼んだわ」

「……文書を彼はつくってたよ」

ある時、おばあさんが知らせた。

「絶えず飛行士Gが、飛行士Gがってね、恐らく密告だよ。だって、あの男、司祭の子さ、ひどく怒っていてね。でもニコライ・アントニッチは黙ってる。体中腫れて、黙って座ってるのさ、あたしのショールを掛けて座ってる……」

シフツェフ・ブラージェク横丁にはヴァーリャも何回かやって来て、そういう時は皆、自分の仕事や会話をやめて、彼がキーラに言い寄るのを見ていた。彼は、本当にあの手この手で彼女のご機嫌を取り、そのことに誰も気付いていないと確信していた。彼はキーラに花の鉢植えを持ってきた――いつも同じ花なので彼女の部屋は、ティーローズやプリムラのちょっとした苗木園になってしまった。私やカーチャにも彼は会うけれど、明らかに夢心地で、現実に戻るのはキーラにだけ、そして時にはキーラの母親――彼女にも彼は贈物をしていた（つまり、ある時、一九一七年出版の雑誌《朗読者》を彼女に持ってきたのだ）――に対してだった。時折、彼は夢から覚めると、とびねずみやこうもりの生活の中から、何かこっけいな話をするのだった。キーラが大笑いするのに、いくらか役には立っただろう……

こうして、シフツェフ・ブラージェク横丁での毎晩は過ぎていった――私の極地への帰還を控えた最後のいく晩も。私には気掛りなことがたくさんあった。タターリノフ船長の捜索隊を組織するという私の提案は、それほど歓迎されなかった。もしかして、私の提案は説明不足だったのだろうか？ 私はいくつかの論文を書いた。つまり私の考えた吹雪の際の、飛行機の固定法――それを雑誌《民間航空》に、航海士の日記――それを《プラウダ》に、そして報告書を北洋航路局に書いた。数日後、ちょうど出発の前日、私は地理学協会の定例の出張会議で、《聖マリヤ号》の漂流について、基本的な総合講演を行うことになっていた。私は上機嫌で、ある日夜中の十二時過ぎに自分のところに戻ってきた。鍵をもらいに玄関番のところに行くと、彼が言った。

「あなたに手紙が来ています」

そして私に手紙と新聞を渡した。手紙はとても短かった。地理学協会の書記からの通知は、私が彼にしかるべき期日までに書面で提出しなかったので、私の講演はお流れになったということだった。私が手にした新聞はひとりでに折目が広がった。《学者の弁護のために》という記事だった。私はそれを読み始め、目の前で文章の各行が一つに融け合って区別がつかなくなっていった……

第11章　あわただしい一日

その新聞記事には、こう書かれてあった。

一、モスクワに、有名な教育家で社会活動家のＮ・Ａ・タターリノフ教授がいて、北極圏の征服と開発の歴史について一連の論文の著者であること。

二、飛行士Ｇとかいう者が、極地のいろいろな施設を回り、タターリノフ教授が、自分の従兄弟《いとこ》のＩ・Ｌ・タターリノフ船長の探検隊から盗み(!)をしたと主張しながら、この尊敬すべき学者に、さまざまな悪口を言っていること。

三、この飛行士Ｇは、どうやら自分の中傷を、偉大な学問的成果と考えているようで、しかるべく講演を行うことまで準備していること。

四、北洋航路局は、自らの行動でソビエトの極地探検隊の家族の名誉を汚すこの男に注意を向けるべきであること。

記事は《Ｉ・クルイロフ（〔訳注〕十八世紀末〜十九世紀初めの、ロシアの有名な詩人）》の署名があり、私は、この偉大な詩人の名前を恥ずかし気もなく、この記事の署名に使う編集部に驚いた。私は、ニコライ・アントニッチ自身がこの記事を書いたことを疑わなかった――これは、おばあさんが言っていたあの《文書》なんだ。新聞は私あてに郵便で届けられていた。

《畜生、でも、もし彼でないとしたら――もう夜中の二時を回っていて、でも私はずっと歩き回り考えていた――そうだ、地理学協会からの手紙――あれは、まちがいなく彼だ。ニコライ・アントニッチが協会のメンバーであるとコラブリョフも言っていたし、私がロマーシカに自分の講演の話をしたといって、私を叱っていたではないか。だから記事も――やっぱり彼だ！　彼は狼狽している。カーチャが出ていき、だから彼は取り乱しているんだ》

私は、彼がおばあさんのショールを掛けて黙って座り、ロマーシカが彼に暴言を吐いている様を思い浮かべた。それは十分ありうることだ！

《……私が北洋航路局に呼び出され、釈明を要求されることこそ、彼らは最も望まないことに違いない！　私が勝ち取るべきことはこれだ――私は寝床についてもそれについて考えていた――〝自らの行動で名誉を汚す……〟

どんな行動で？　まだ誰とも、私は船長の話をしていない。彼らが当てにしているのは、私が脅え、退却することなんだ……》

もし、この記事がなかったら、きっと私はモスクワを去り、船長のためにほとんど何もできなかっただろう。しかし、記事は私を急《せ》きたてた。今や私は行動せねばならない――早ければ早いほどよいだろう。

あとで思い出してみると、この時ほど私が冷静沈着であったことは考えられなかった。何度か私はかなり乱暴な考えにとらわれ、それは警察の捜査課が見事に究明しそうな考え（〔訳注〕ニコライ・アントニツチに暴力沙汰を働くこと）だった。けれども、カーチャと彼女の言葉《病気でも健康でも、生きてても死んでも、あたしは彼には会わないわ》を思い出すと、すべてはその立場になり、このめんどうな一日に落ち着いて話し、行動するのに、我ながら驚くのだった。

朝からプランは立てられた――とてもシンプルなものだ。

一、《プラウダ》に行く。いずれにしても私は《プラウダ》に行かねばならなかった。出発前に約束の記事を渡すことになっていたのだ。

二、Чのところに行く

Ч（〔訳注〕チカロフ）、つまりレニングラードの学校で、かつてヒーローであり、その後、国中に知られ、愛され、ソビエト連邦英雄になった有名なЧのところへ行くことを考えたのは、もう夜中で、その時はその考えはあまりに大胆なように思えた。彼に電話してかまわないだろうか？　彼は私を覚えているだろうか？　だって私たちが別れを告げたのは、私の飛行学校生の時なんだから！　しかし、今、私は決心した――覚えていなくても、まさか彼は私に会うことを断りはしないだろう。

電話に出たのは知らない人だった――多分、奥さんなのだろう。

「飛行士のグリゴーリエフと申します」

「はい？」

「実は、私はЧ同志にとてもお会いしたいのです」

私は彼を名前と父称で呼んだ（〔訳注〕相手を尊敬する丁寧な呼びかけ）。

「私はザポリャーリエから来ました。それで……とても」

「じゃあ、おいで下さい」

「いつですか？」

「今日がいいでしょう、彼は十時に飛行場から帰りますから……」

私は《プラウダ》に出向き、今度は二時間ほど担当の新聞記者を待った。ついに彼がやって来た。

「あぁ、飛行士Gの件ですね?」

とても愛想よく彼は言った。

「侮辱したという?」

「私が本人です」

「それで一体どうしたいんですか?」

「釈明させてもらいたいんです」

落ち着いて私は言った。

編集長の部屋での会話は、とても真剣なもので、その会話の間、テーブルには順番に以下の資料が置かれた。

a、船長の最後の手紙（写し）
b、《とり急ぎお知らせします。イワン・リボーヴィチ船長は元気で生きています》で始まる航海士の手紙（写し）
c、航海士の日記
d、ドクトルによって証明済みの、猟師イワン・ヴィルカの話の記録
e、コラブリョフによって証明済みの、ヴィシミルスキーの話の記録
f、《帆船〝聖マリヤ号〟》銘のある真鍮の銛《もり》の写真

その会話は上首尾だったようで、ある偉い人は、私にしっかり握手するし、もう一人は《プラウダ》の最新号の中に、私の《聖マリヤ号》の漂流についての論文を掲載しようと言った。

《プラウダ》からЧの家までは、少なくとも六㎞あったけれど、路面電車を使えることに気付いたのは、もう道の途中だった。私は《プラウダ》でのこの話を彼にどのように話そうかと考えながら走った。さあ、新居の正面階段を上り、ドアの前に立ち止まり、顔を拭く——なんと暑いこと！——そして、ゆっくり何か他のことを考えようと努める——動揺を止める確実な方法なのだ。ドアが開き、私は名乗り、隣りの部屋から彼の低いオー訛《なまり》の声が聞こえる。

「私にかね?」

そして、ほら、この人——私たちが若い頃、年々好きになり、彼の姿は見えないけれど、天才的な彼の飛行の評判を聞き、年々なお一層好きになった——その人が私の方に現れ、強く手を差し伸べる。

「Ч同志」

私は、彼を名前と父称で呼び、話す。

「多分、私を覚えていらっしゃらないでしょう。グリゴーリエフと申します。つまり、申しますじゃなく、単にグリゴーリエフです（〔訳注〕サーニャは電話口調の言い方を会話調に訂正している）。私たちは、私が飛行学校生だった時お会いしています」

彼は黙っている。それから、嬉しそうに言う。

「あぁ、そうだ！　覚えているよ！」

そして私たちは彼の書斎に行き、私は一層興奮しながら自分の話を始める、彼が私を覚えていてくれたと分かり……。それは、彼があの時《なりたいものがあるなら、最高のものになれ》と書いた自分の写真を私にくれた、まさにそのЧとの会見だった。彼は、私のことを《長距離列車の切符を持った》そういうタイプの人間だと言った。私の話を終わりまで聞くと彼は、私の計画についてぜひ明日、北洋航路局長に電話をしようと言ってくれた。

第12章　ロマーシカ

夜中の十一時過ぎに私はЧと別れ、自分のところに戻った。客になるには遅い時間だった。しかし私には客が待っていた――本当に招かれざる客だが、やはり客には違いなかった。ホテルの玄関番は言った。

「あなたにお客です」

そして向こうからロマーシカが立ち上がった。この訪問に彼はどうやら全身全霊をかけていたようだ。なぜなら、こんな奢侈《しゃし》な服装の彼を私はこれまで見たことがなかったから。彼は白銀色のゆったりとした外套に、柔らかい帽子を被り、それは、彼の異常に大きい頭に収まっているというより、突っ立っているようだった。彼からはオーデコロンの香りがした。

「ああ、ロマーシカ！」

陽気に私は言った。

「こんにちは、フクロウ君！」

彼はこの挨拶に動揺したようだった。

「あぁ、そうだ、フクロウさ」

微笑みながら彼は答えた。

「僕は、学校でそう呼ばれていたのをすっかり忘れてた。でも、こんな学校でのあだ名を君が覚えてるなんて、驚きだよ！」

彼も又、くつろいだ様子で話そうと努めていた。

「僕は、君、全部覚えてるさ……何か用かい？」

「もし、忙しくなければ」

「全然」

私は言った。

「全く暇だよ」

エレベーターの中で、彼はしじゅう注意深く私を見つめていた。多分、私が酔っていないか、そしてもし酔っていれば、そのことからどんな利益を引き出せるかを見積っていたのだろう。しかし、私は酔ってはいなかった——偉大な飛行士であり、古い私の友人でもある人の健康を祝して、コップ一杯のワインを飲んではいたが……

「ここが、君の住み家かい」

私が、丁重に肘掛椅子を勧めると彼は言った。

「いい部屋だね」

「まあまあさ」

私は今に彼が、部屋代はいくらか聞くだろうと待ったが、彼は尋ねなかった。

「全体にここはいいホテルだよ」

彼は言った。

「《メトロポール（〔訳注〕モスクワにある最高級ホテル）》にひけをとらない」

「たぶんね」

彼は私が話の口火を切るのをあてにしていた。しかし、私は座って足を組み、煙草を吸い《ホテル宿泊客へのきまり》——事務机の上を覆っているガラス板の下にある——をじっと注意深く調べていた。すると彼は全く露骨に溜息をついたかと思うと切り出した。

「サーニャ、僕たちはとてもたくさんの件について相談しなきゃならないんだ」

真面目に彼は言った。

「だって僕たちは、こういうこと全てを、平和的によく考えて解決できる、十分に教養のある人間だろう。そうじゃないかい？」

私が、かつて《こういう全て》をあまり平和的でない方法で解決したのを、彼はまだ忘れていないのは明らかだった。しかし、話す毎に彼の声は、決心の固いものになった。

「僕は、カーチャに突然、家を出るように駆りたてた直接の原因は知らないけれど、こう尋ねる権利はある。その原因が君の登場と関係していないのかい？」

「だったら君がカーチャにそれを聞けばいいだろう」

私は落ち着いて答えた。彼は黙った。彼の耳がパッと赤くなり、目は急に憤怒に燃え、額の皺《しわ》がとれた。私は、興味深く彼を見つめていた。

「でも、僕には分かってる」

彼は再び幾分押し殺した声で始めた。

「彼女は君と一緒に去ったんだ」

「全くその通り。僕は彼女の荷造りまで手伝ったさ」

「そうか」

彼はしゃがれ声で言った。彼の片方の眼は今や、ほとんど閉じ、もう片方はやぶ睨《にら》み——とても恐ろしい光景だった。こんな彼を見たのは初めてだった。

「そうか」

彼は、又繰り返した。私たちはちょっと黙った。

「あのね」

彼は再び始めた。

「僕と君はコラブリョフの祝賀会のあの時、最後まで話をしなかった。君に言っておくけど、僕はあの《聖マリヤ号》の探検隊の話を大雑把《おおざっぱ》に知ってる。僕も又、それに関心があるけれど、でも多分、少し別の視点からなんだ」

私は何にも答えなかった。この視点が私には分かっていた。

「ところで、君はきっと、ニコライ・アントニッチが、あの探検隊でどんな役割をしたか知りたいだろう、少なくとも、僕たちの会話でそう判断できるよ」

彼は、私たちの会話だけで、そう判断したのではなかった。でも私は彼に反論しなかった。私は、彼が話をどこに持っていくかまだ分からなかった。

「この件で、真面目な話、役に立てると思うよ」

「本当かい？」

「そうだ」

彼は突然、私に飛びかかりそうになり、本能的に私はパッと立ち上がり肘掛椅子の背後にまわった。

「あのね、いいかい」

彼はつぶやき声で言った。

「僕は彼について大変な事情を知ってる！　とんでもないごまかしも知ってる！　僕には証拠があり、もしうまくこの件に取り組むなら、彼はそのために政治的にも致命傷を受けることになるんだ。君は思うだろう——彼がどんな人物か？」

この文句を彼は三回繰り返し、私にほとんどぴったりすり寄って来たので、私は彼の両肩をつかんでそっと脇に押しやらなければならなかった。でも、そのことにさえ彼は気付かなかった。

「とんでもないごまかしも、彼自身は忘れてるんだ」

ロマーシカは続けた。

「書類にも……」

もちろん、彼の話しているのはヴィシミルスキーのところから持ち出した書類のことだった。

「僕は君たちが何故言い争っているか知ってる、君は彼が探検隊から盗みをしたと言った。それで彼は君を追い出した。でも、それは本当だ。君が正しいと分かったよ」

　この承認のことばを私が聞いたのは、これが二回目（〔訳注〕一回目はコラブリョフが「君は正しい」と言っている）だった。しかし、今の私は、あまりそれに満足しなかった。私はただ、驚く振りをしながら言った。

「えっ、何だって？」

「彼はそんな男なんだ！」

　何だか歓喜の中にも卑劣さを感じさせながら、ロマーシカは繰り返した。

「僕は君を助けるよ。君にすべてを、すべての証拠を提供しよう！　彼は僕たちのせいで真っ逆さまに転落するのさ！」

　黙り通さねばならなかったけれど、私は我慢できず尋ねた。

「いくら欲しいんだ？」

　彼は我に返った。

「君は、好きなだけそれを受け取れるよ」

　彼は言った。

「でも、僕が君に頼むのはただ一つのこと、つまり君がここを去ることなんだ」

「一人で？」

「そう」

「カーチャと一緒でなく？」

「そうだ」

「おもしろい、つまり別の言い方をするなら、君は僕が彼女との交際を断《た》って欲しいのかい？」

「僕は彼女を愛している」

　彼は、ほとんど傲慢《ごうまん》な態度で言った。

「なるほど、君が彼女を愛しているとね！　それはおもしろい。それなら、僕たちが文通するのもいけない、そうだね？」

　彼はしばらく沈黙した。

「ちょっと待ってくれ、すぐ戻るから」

　私は言って部屋を出た。フロアー係がロビーの小机に座っていた。私は彼女に電話をかける許可をもらい、ロマーシカが帰らないか廊下沿いにじっと見張りながら話をした。でも、彼は帰らなかった——おそらく私が誰に電話をしているかなど、彼の頭には思い浮かばなかったのだろう。

「ニコライ・アントニッチですか？……グリゴーリエフです（彼は問い返した。きっと聞き違えたと思ったのだろう）ニコライ・アントニッチ」

　私は丁重に言った。

「こんなに遅くお騒がせして済みません。実はあなたにぜひお会いする必要があるんです」

彼は黙った。

「それなら私のところに来たらいい」

とうとう彼は言った。

「ニコライ・アントニッチ！　信用して下さい。いわゆる相互に訪ね合うなんてことじゃないんです。とても大事なことなんです。私のためというより、あなたのために」

彼は黙り、私には彼の息遣《づか》いが聞こえた。

「いつかな？　今日は私は行かないが」

「いいえ、ぜひ今日です、今すぐです。ニコライ・アントニッチ！」

私は大声で言った。

「人生でせめて一回、私を信じて下さい。来ますね！電話を切ります」

彼は、私がどの部屋に宿泊しているか尋ねなかった。そしてそのことは、ついでに《学者の弁護のために》の記事の載った新聞を届けたのが、まさに彼だという更なる裏付けになっていた。しかし、今私は、そんな些細なことにこだわってはいられなかった。私はロマーシカのところに戻った。ニコライ・アントニッチが来るまでのあの二十分間、私がどうやって嘘をついてうまくやり過ごしていたか覚えていない。私は、ニコライ・アントニッチが以前どういう人物だったか全く関心がない振りをし、その書類とは一体何かと問いただし、カーチャなしには去れないと、ずるい手段で鼻声を使って信じさせた。そしてついに、ドアを叩く音がして、私は叫んだ。

「お入り下さい！」

するとニコライ・アントニッチが入って来て、会釈もせず敷居のところに立ち止まった。

「ようこそ、ニコライ・アントニッチ！」

私は言った。私はロマーシカを見なかった。それから彼を見つめた。彼は頭を肩に沈めて椅子の先端に座り、不安げに聞き耳を立てていた——本物のフクロウ、それももっと恐ろしいフクロウだ。

「さあ、ニコライ・アントニッチ」

私はとても冷静に続けた。

「あなたは、もちろんこの人をご存知ですね。このロマショフという男は、あなたのお気に入りの生徒で、助手であり、そしてもし私の思い違いでなければ、もうすぐ親戚にもなろうという人（〔訳注〕ロマシカがカーチャと結婚すれば……という皮肉が込められている）です。私たちの会話の内容をざっとお伝えするために、私はあなたをお呼びしたのです」

ニコライ・アントニッチは敷居のところにずっと立っ

ていた——体をまっすぐに驚くほど直立させて、外套を着て、帽子を手にして。そのあとで、彼は帽子を落とした。

「そのロマショフが」

私は続けた。

「一時間半ほど前、私のところに現れ、次のことを申し出ました。つまり彼は私が証拠を使うように勧めたんです。その証拠とは、第一に、あなたがタターリノフ船長の探検隊から盗みをしたこと、そして第二に、あなたが調査書で触れなかった過去に関するありとあらゆるごまかしについてのものです」

彼が帽子を落としたのは、この時だった。

「私は、こんな気がしているんです」

私は続けた。

「彼がこの商品を売るのは、これが最初ではないと。よく分からないけれど、間違っているかも知れません」

「ニコライ・アントニッチ!」

突然、ロマーシカは叫んだ。

「これはみんな嘘です! 彼を信用しないで下さい! 彼は嘘をついています!」

私は、彼が叫びを止めるのを待った。

「もちろん、今そのことはどうでもいいことです」

私は続けた。

「今は、これはあなた方だけの相互の間柄の問題です。しかし、あなたは、意図的に……」

私はさっきから頬で血管のどこかが震えるのを感じていて、彼らと全く平静に話しているために、それが気に入らなかった。

「しかし、あなたは、この男がカーチャの夫になるように意図的に事を運んだ。あなたは彼女を説得した——もちろん卑劣さから、なぜなら彼を恐れているからです。でも、今や彼は私のところにきて、こう叫ぶんです。《彼は、僕たちのせいで、真っ逆さまに転落するのさ》」

我に返ったように、ニコライ・アントニッチは前に足を踏み出し、ロマーシカを見つめた。彼は長いこと彼を見つめ、それはあまり長かったので、私でさえ、その張りつめた静寂に耐えられないほどだった。

「ニコライ・アントニッチ……」

再び気の毒そうにロマーシカがつぶやいた。ニコライ・アントニッチはじっと見つめていた。しかし、いよいよ彼が口を開くと、私はすっかり驚いてしまった。彼の声は弱り切った老人特有のものだった。

「一体何のために君は私をここに呼んだのか?」

彼は尋ねた。

「私は病気で、話すのも辛い。君は彼が悪党だと私に信じさせたいのか。それは私にとって別に新しいことではない。君は、再び私を打ちのめしたいのだろうが、すでにやった以上のことはできない——それはもう取り返しのつかないことだから」

彼は深く溜息をついた。本当に彼はしゃべるのが辛そうだった。

「彼女を裁判に」

彼は、同様にゆっくりと、しかし今度は打って変わって激しい表情で続けた。

「私にひと言も断らず彼女のやったあの行為を、私は訴えるつもりだ。私に一生つきまとう卑劣な中傷を信じた挙句に」

私は黙った。ロマーシカは震える手でコップに水を注ぎ、彼に差し出した。

「ニコライ・アントニッチ」

彼はつぶやいた。

「興奮してはいけません」

しかし、ニコライ・アントニッチは彼の手を強く払い水が絨毯の上にこぼれた。

「何もいらない」

彼は言うと、突然、自分の眼鏡をはずし、それを指で押しつぶし始めた。

「非難も同情も、何もいらない。彼女の問題だ、彼女個人の運命だ。でも、彼女の幸福を祈るのは私だけ、それでも、従兄弟《いとこ》の思い出は誰にも渡さない」

彼はしゃがれ声で言い、厚い唇の無愛想な、むくんだ表情になった。

「この苦しみがなくなれば、どんなに楽だろう——私の人生はもう前から不要なんだから、死んで解放させて欲しい。でも、そうならないのなら、私はこの恐ろしい、恥ずべき非難を拒否する。そして、一人とは言わず千人の偽りの証人を連れて来るがいい。いずれにせよ偉大な思想とすばらしい気質のこの男を、私が殺したなどと信じるものは誰もいないのだから」

私は、ニコライ・アントニッチに、彼が自分の従兄弟にそんな高い評価を決して与えていなかったのを思い出させたかったけれど、彼は私の発言を許さなかった。

「証人を認めるとしたら、それは一人だけだ」

彼は続けた。

「あのイワン自身だ。私を告発できるのは彼一人、そしてもしも私に罪があれば、彼だけが、そうする権利がある……」

ニコライ・アントニッチは泣き出した。彼は、眼鏡で指を切り、ハンカチを取り出そうとして手間取っていた。ロマーシカが駆け寄り、手伝おうとしたが、ニコライ・アントニッチは又も彼の手を払った。

「この際、死んだ人間も、口をきければいいのに」

彼は言って、ハアハアとひどく呼吸しながら、帽子に手を伸ばした。

「ニコライ・アントニッチ」

私は落ち着き払って言った。

「私が、あなたに罪があることを人に説得するために全人生を費やそうとしているなんて思わないで下さい。私にとって、それはとっくに明白なことで、そして今は私だけの問題ではないのです。私は、その話のためにあなたを呼んだのではありません。このろくでなしの正体をあなたの前で明らかにするのが私の努めだとただ思ったのです。あなたについて彼が言ったことは、私には不要です――だって私はそんなことはすべて以前から知っていました。彼に何か言うことはありますか？」

ニコライ・アントニッチは黙っていた。

「さあ、それなら出て行けよ！」

私はロマーシカに言った。彼はニコライ・アントニッチに飛びつかんばかりに、何か彼にささやき始めた。しかし、ニコライ・アントニッチは自分の前をじっと見つめながら、冷淡に立っていた。ただその時私が気付いたのは、この数日間で彼が老け込み、痛ましく意気消沈したことだった。でも私は彼に同情はしなかった――そんなことをして、何の役に立つというのか！

「出て行けったら！」

再びロマーシカに私は言った。彼は去らずにずっとひそひそ声で話していた。それから彼はニコライ・アントニッチの手を取ってドアの方へ導いた。それは意外だった――私が追い出したのは当のロマーシカであり、私自身が呼び出したニコライ・アントニッチではなかったのだから。私はまだ彼にこう尋ねたかった。《学者の弁護のために》の記事を書いたのは誰なのか？　署名のI・クルイロフとは、あの寓話作家の子孫なのか？　でも、私は遅かった――彼らはもう去ってしまったのだ。

それでも、どうやら私は彼らを仲違《なかたが》いはさせなかったようだ。彼らは長い廊下沿いに腕を組んでゆっくり歩き、一瞬だけニコライ・アントニッチは立ち止まった。彼は髪を引き抜き始めた。彼には髪はなかったが、指に子供のうぶ毛が残り、それを彼は驚いた様子で辛そうに見つめていた。ロマーシカは彼の手を軽く抑え、外套を整え、そして彼らは先へ進み、曲り角で姿を消した。

出発の前日、Чが私に電話してきて、彼が北洋航路局長と話し、自分で私の報告書を局長の前ですべて読んだと言った。返事はイエスだった——探検隊を送るのに、今年はもう遅いが、来年ならおそらく十分だろう。計画は熱心に詳しく検討されたが、予定航路の箇所は修正が必要である。歴史の箇所はきわめて興味深い。私は呼び出され、追加の通知を受け取るだろう——ということだった。

この日は一日中、私は店で過ごした。カーチャに何か贈物をしたかった——私たちは又、離れ離れになるのだ。それはかなりやっかいなことだった。ティーポットのカバー？ でも彼女はティーポットを持っていない。洋服は？ でも、私にはクレープ織りのサテン(厚みのあるシルク生地)とファイユ(薄いシルクの高級絹織物)の違いなんて全く分からない。《ライカ(西ドイツ製の35ミリカメラ)》は？ 《ライカ》は彼女にぜひ必要だろう、しかし《ライカ》を買うには金が足りない。

私がアルバート通りでヴァーリヤに会っていなければ、そうやって私はきっと何も買わなかっただろう。彼は書店の窓のところに立って考え事をしていた——以前だったら、私は間違いなく判断できただろう。つまり、獣について考えていると。でも今の彼には、思案する一つのテーマ(〔訳注〕恋人キーラのこと)があった。

「ヴァーリヤ！」

私は言った。

「あのさ、君、お金持ってる？」

「あるよ」

「いくら？」

「五百ルーブルさ」

ヴァーリヤは答えた。

「全部くれよ」

彼は笑い出した。

「君は又、カーチャを追ってN市にでも行くつもりかい？」

私たちはカメラ店に行き、《ライカ》を買った……

皆のために私は、出発を夜中の十二時過ぎにした。でも、私とカーチャは朝からお別れを始めた——私は彼女の家でも、職場でも、区別なく立ち寄った。私たちはしばらくお別れするのだ。八月に彼女はザポリャーリエの私のところにやって来る予定だったけれど、私はもっと早く——たぶん七月に——モスクワに呼び出されるのを期待していた。しかし、やっぱり私は、又しばらくの間離れ離れになりはしないかと少し心配になった……

ヴァーリヤは私の論文の載った《プラウダ》を駅に届

けてくれた。一箇所、文体が修正された以外は全く私の書いた通りに、すべて掲載されていたが、全論文はほぼ半分に短縮されていた。ただ日記からの抜粋箇所は完全に掲載してあった。

《誰も、あの別れを忘れることはできない——あの、はるかな目つきの、青ざめ霊感に満ちた顔を！　ひと口話やおもしろい話をよく思い付き、どんな困難な仕事に取り掛かるのにも冗談を忘れない、乗組員の憧《あこが》れの、あれほど血色のいい、元気いっぱいの男だったのに、その面影が一体どこにあるのだろうか？　彼の演説の後、立ち去る者は誰もいなかった。彼は、別れのことばを言うために力を集中させるかのように目を閉じて立っていた。でも、ことばの代りにかすかな呻《うめ》き声が思わず出て、目尻に涙が光った……》

私とカーチャは車輌の通路でこれを読み、私は彼女の髪が私の顔に触れるのを感じ、そして彼女自身、やっと涙をこらえているのに気付いた。

第六部　青春は続く

カーチャ・タターリノヴァの話したこと

第1章　《君は彼を知らない》

　イワン・パーブルィチは気をきかせて車輌から去ったけれど、ヴァーリャはまだ、野獣ソフホーズのパーヴェル・ペトローヴィチとかいう人（〔訳注〕ここからは、カーチャの手記形式のため、彼女は当然パーヴェル・ペトローヴィチを知らない）によろしく伝えてと話していた。《あっ、そうだ！　ドクトルにもよろしくね！　あやうく忘れるところだったよ！》キーラが戻ってきて、彼の手をつかんで連れ去るまでそんな風だった。私たちは二人きりになった。

　ああ、サーニャが行かないで欲しい、とっても！　この時のサーニャはこんな様子だった——私は、彼のすべてを覚えておきたかったけれど、私が見ていたのは彼の目だけだった。彼は、軍帽なしで立っていて、あまり若かったので私は、彼は結婚するにはまだ早いと言ったほどだった。外見では彼は大きく見えたけれど、やっぱり小柄で、だから時々、爪先立ちで思わず立ち上がったりするのだろう——私が振り返った今もそうしている。彼は細身で几帳面な性格だけれど、頭のてっぺんに髪の毛が突っ立っているのがとても彼らしく、微笑んだ時、特にそうだった。私たちが抱き合い、そして私が車輌のデッキから最後に振り返ったあの時、彼は微笑み、その顔は、私がかつて恋した、あの毅然とした黒髪の愛するサーニャそのものだった。皆はどこかに立っていたのに、私は誰も目に入らず、デッキから降りる時、転びそうになった。あぁ、彼が行かないで欲しい、とっても！

　列車が動き出すと、彼は軍帽を振り上げ、私は車輌の横を歩き、ずっと《ええ、ええ》と返事していた。

「手紙を書いてくれるね？」

「ええ、ええ！」

「毎日かい？」

「そうよ！」

「来てくれるよね？」

「ええ、ええ！」

「僕を愛しているかい？」

　彼はひそひそ声で尋ねたけれど、私はそれを唇の動きで分かった。

「ええ、ええ！」

　駅から、私たちはイワン・パーブルィチを送って行き、その道中で彼はサーニャについてずっと話をしていた。

「要するに、彼をあまり複雑に理解する必要はないんだ」

彼は言った。

「ただ君は自尊心が強いから、初めのうち君たちは喧嘩することもあるだろう。君はカーチャ、だいたい彼のことをほとんど分かってはいないよ」

「まあ、そうかしら！」

「いいかい、彼の主要な特徴は何か？　彼はいつも青年のままなんだ。なぜなら彼は、自分の理想を抱いた情熱家だから」

　彼は厳しく私を見つめ、繰り返した。

「自分の理想を抱いた情熱の人……でも、君は誇り高い性格――それに気付かないかも知れないけれど」

　私は笑い出した。

「ちっともおかしいことじゃない、もちろん、誇り高いこととうぶな娘であることとは、ついでながら全く別のことだよ。でも彼には、短気なところがある。君はとにかく、カーチャ、彼についてよく考えてみることだ」

　私は、彼のことはとてもたくさん考えたし、考えれば考えるほど彼はそれほどよい人ではないようだと言った。でも晩になると私はこんな様子だった。つまり、座ってサーニャのことを考え始めたのだ。皆、出掛けていた。ヴァーリャとキーラは映画に、そしてアレクサンドラ・ドミートリエヴナ（〔訳注〕キーラの母親のこと）はあるクラブ――彼女の自作でとても自慢している、ゴーリキーの《馬面の情熱》からのモンタージュ作品の朗読――に、そして私はしばらく地図に取り組んでいたけれど、やがて止めて、考え始めた。

　そうだ、パーブルィチは正しい――私は彼を分かっていないんだ！　私には何故か今でもあのジャンパー姿の男の子が思い浮かぶのだった。彼はあの時、トリウム・ファーリナヤ通りの辻公園で私を待っていて、私が急に決心して広場を横切って彼の方へ歩いていくまで、ずっと歩き回っていたのだった。三つの学校の生徒から見られているかも知れないのに、私が抱いたあの男の子、私たちはなんとキスをし合ったのだ！　でも、あの男の子は私の想像だけに存在するもので、新しいサーニャとの違いといったら、私たちの初めてのキスと、今の私たちの関係との違いくらいかけ離れたものだった。

　でも、私は決してあまり複雑に彼を理解してなんかいなかった。私は以前から知っている考えや気持ちの世界の背後で、私の全然知らない一貫した世界が彼の中に現れるのをただ見ていた。それは彼の職業の世界――極北地方での単調で危険な飛行、飛行士会館での有名な飛行士たちとの思いがけない出会い、新型の飛行機の前での子供じみた狂喜といった世界――それなしには彼は一週間と生きられない世界だった。しかし、この世界に私はまだ自分の居場所はなかった。ある時、彼は危険な飛行の話をしたけれど、私はふととても変な気持ちになったものだった――私は彼の話を聞いているのに、誰か他人の話を彼がしているみたいなのだ。私には、大吹雪に襲われ、着陸して奇跡的に助かり、その後三昼夜、眠ってゆっくり凍死するのと闘いながら飛行機に閉じ込められたのが彼だとは想像できなかった。ばかげた言い方だったけれど、私は彼に言った。

「でも、あんたはもっとそうならないように、ちゃんとできないの？」

彼は当惑した顔になり、嘲笑するような口調で言った。

「かしこまりました！　もうしません」

……もちろん、彼自身が私に、ヴィシミルスキーとの話を伝えることもできただろう。でも、彼はイワン・パーブルイチにそれを頼んだ。彼は、問題は彼自身が正しいと分かることでは決してないと感じていた。そこには個人的な正しさでない、全く違うものがあり、だからこそ私は、ママを愛し、これまで不幸にも一人でいるイワン・パーブルィチから、その話をすっかり聞く必要があった。私は、あの晩、サーニャが通りで私を待っているのを知っていたし、ヴォロトニコフスキー通りとサドーヴァヤ通りの角の庭園の入口で彼を見つけても少しも驚かなかった。でも、彼が私を家まで後《あと》をつけているのを私は知っていたのに、彼は私に近付かなかった。彼は、私が一人でいる必要があり、あの時、私がどんなに親しくしようとしても、やっぱりひどく疎遠な気分でいることを分かっていた。なぜなら、彼が正しいと分かり、そして私が間違っていて、コラブリョフから聞いた話に私は悔しい思いをしていたから……

私たちが一緒に過ごしたのは、サーニャがモスクワにいた間でたった一晩だけだった。彼はとても疲れた状態で、だからアレクサンドラ・ドミートリエヴナは、聴衆の前で朗読するのが、どんなに大変かとか、必ず緊張しないと、決してうまくいかないといった話をしたかったけれど、すぐにいなくなった。太陽が沈むと、狭いシフツェフ・ブラージェク横丁に西日があふれ、まるで太陽がそこ以外の地面をすべてあきらめて、この曲った横丁に永久に腰を据える決心をしたかのようだった（〔訳注〕カヴェーリンの自然描写で印象的な表現箇所）。私はサーニャを紅茶でもてなし――彼は濃い紅茶が好きだった――そして彼が食べ、飲むのをじっと見つめていた。とうとう彼は私に、座ってまた一緒に紅茶を飲もうと催促した。それから彼は急に私たちがスケート場に行ったことを思い出し、スケート場で一度私の頬にキスをして《その頬が寒さでひどく固く、でも触れた帽子がふんわり冷たかった》と言った。一方私は、彼がエヴゲーニー・オネーギン裁判の劇で裁判長の役をやり、しじゅう陰気そうに私を見つめ、そして裁判の結びの言葉でグリシカ・ファーベルのことを《老練《りょうれん》な（（訳注）マスチーティ（老練な）というところを、間違えてマスチースティ（馬の毛並みがよい）と言ったのである）俳優だ》と呼んだのを思い出した。

「じゃあ、これ覚えてる？《グリゴーリエフは個性がはっきりしている、でもディケンズを読んでいない》」

「もちろんよ！　あれから読んだの？」

「いや」

悲しげにサーニャは言った。

「いつも時間がないんだ。ヴォルテールは読んださ。《オルレアンの娘》をね。ザポリャーリエの図書館には、なぜかヴォルテールの本がたくさんあるんだ」

彼の目は黄昏の薄明かりの中で、とても黒くて、私は急に、まわりのすべてが暗く消え去り、その目だけを見ているような気がした。ザポリャーリエにそんなにたくさんヴォルテールの本があるのはおかしいと言いたかったけれど、私たちは突然急いで何度もキスをした。その時、電話が鳴り、私は部屋を出て、老齢の私の女性教授とまる三十分も話をした。その教授は私を《お嬢ちゃん》と呼び、私が今どこでお昼を食べているかとか、あのおしゃれな電灯の笠を私が百貨店《ミュール》で買ったかどうかなど、すべてをすっかり彼女に話さねばならなかった……。私が戻ってみると、サーニャは眠っていた。私は彼を呼んだけれどすぐにかわいそうになり、彼のそばにしゃがみ、顔をぴったり寄せてじっと見つめていた……

あの夜、サーニャは私に航海士の日記とメモ類のすべて、それに写真を渡してくれた。日記は錠前付きの特別の書類ばさみに保管されていた。サーニャが帰ってから私は長い間、密集して歪んだ文字が一面に書かれた、縁《ふち》の折られた各ページを詳しく見て、その筆跡が散漫になりながらも書き続ける一方で、考えはどことも知れずさまよっているのと同じく、自分自身も急に無力で茫洋としてきた。この日記を読み通すには、どれほどの辛抱と強固な意志が必要だったことだろう！

《聖マリヤ号》の銘入りの銛《もり》はザポリャーリエにあったが、サーニャは写真を届けてくれた。きっと、こんなにすばらしく撮影された銛は世界のどこにも無いに違いない！　これらは皆、世界中に散らばったある大きな物語の破片のようなもので、サーニャはそれらを拾い集め、この物語を書いてきて、今もなお書いている。それで私は？　私は何もしていないし、サーニャがいなければ、自分の父親のことは何にも分からなかった――私の知っていることといえば、N市の駅でのあの別れの日、父が私を抱いて、最後に高く放り上げ、優しい大きな両手で受け止めてくれたことだけだったから。

　私はサーニャに毎日手紙を書くと約束したけれど、毎日書くほどのことは何もなかった。相変らず私はキーラの家にいて、地質調査のサンプルの入った箱が玄関に大量にあって、地図を描くのにグランドピアノの上を使わなければならないのが少し不便だったけれど、多くの読書をし、仕事をした。その夏、私は初めて現地調査に出掛けなかった――一九三四年と三五年の、前の二年分の資料をまとめ上げる必要があったし、私の勤務していたバシキール自治共和国の当局は、その夏モスクワに私がとどまることを許可したのだ。

　祖母は毎日私のところにやって来て、皆それぞれが一応落ち着いた生活をしていた――それは特にヴァーリャとキーラが急になぜか無口で慎重になり、いつも台所に座って小声で話していることによるものだった。部屋全体が一つの古い大きな台所になっていて、《本来の台所》と《個人用台所》に分かれていて、そこ以外に彼らは居場所がなかった。ヴァーリャとキーラは仕切りの向こう、つまり《個人用台所》にいて、アレクサンドラ・ドミートリエヴナが、今では《本来の台所》で夕食の準備ができるようになっていた。ヴァーリャはもう花束を贈ることはなかった――きっと、お金がなかったのだろう――しかし、その代りある時、実験用の白いラット（ネズミ）を持ってきて、キーラが喚《わめ》き立ててテーブルに飛び乗ったことをひどく悩んでいた。彼はキーラに長い間説明した――これはすごい標本なんだ、とっても珍しい、白変種のネズミなんだ！　でもキーラは喚《わめ》き続け、テーブルから降りようとしないので、彼は仕方なく白変種のネズミをハンカチに包《くる》み、玄関の小机の上に置いた。しかし、そこでも、朗読会から戻ったアレクサンドラ・ドミートリエヴナがネズミを見つけてしまう。そして叫び声が上がり、ヴァーリャは自分の贈物を持って帰るしかなかった。

　でも、夜ごと私とキーラがお互い順番に心ゆくまで長いことひそひそ話し合っていた時のこと――《もう、寝るわ！》――そして彼女はすぐに寝入ってしまい、眠りの中で彼女はおかしいくらい幸福な表情になり、その瞬間、一人残された私は、とうとう心の底までやるせない淋しさにとらわれた。彼女たちの愛は何とすばらしいものだろう、人生で一番いい時なんだろうと私は考え始めた——彼女は私たちとは何と違っていることか！

彼女たち——毎日、一緒に会っているのに、私たちはお互いこんなにも離れているのだ！　列車の窓から見えるのは、平原と森、そしてまた平原、それからタイガと北国の冷たい幾筋もの川、さらに雪に覆われた平野、平野——私たちの間に横たわる果てしない大地の広がり。

《もちろん、私たちは会える——私は自分に言い聞かせた——彼のところに行こう、すべてはうまく行くわ。二年間私は休暇を取らなかったけれど、今度はもらって行こう。いや、もしかすると七月にも彼がやって来るかも知れないわ》

しかし、やるせない気持ちはなかなか消えなかった。地図作成の仕事はたいへんだった。というのもそれまでの地図には誤りがたくさんあって、今回はすべて始めから作らねばならなかったのだ。でも、困難であればあるほど、私はサーニャの出発した後の数日間、夢中になって仕事に励んだ。淋しい夜でも、私は退屈で分かりにくい難しい仕事もみんな過去のものになるんだし、前途には心臓が止まりそうになるくらい新たな楽しいことが控え、愉快で心地よく、少し怖いくらい——そんな気持ちで生活していた。

第2章　ソバーチィー広場にて

サーニャは、これまで訪れていた至る所に、私の電話番号を残していた。つまり、北洋航路局にも、新聞社《プラウダ》にも……。私は、そのことについて彼がこう言った時、ややたじろいでしまった。

「じゃあ、あたしは一体どういう関係？　誰を呼ぶつもりだったの？」

「エカテリーナ・イワーノヴナ・タターリノヴァ－グリゴーリエヴァをだよ」

真剣にサーニャは答えた。私は彼が冗談を言っていると思った。しかし、彼が出発して三日もしないうちに誰かが電話してきてエカテリーナ・イワーノヴナ・タターリノヴァ－グリゴーリエヴァをお願いしますと言ったのだ。

「もしもし」

「こちらは新聞社《プラウダ》です」

《プラウダ》でその姓をよく見かけたその記者は、サーニャの論文が多くの反響を引き起し、極地研究所から、著者について照会が来ていると言った。

「ご主人のご成功、おめでとうございます」

私は、彼はまだ私の夫ではないと言いたかったけれど、なぜか黙ってしまった。

「お差し支えなければ、タターリノフ船長の娘さんとお話できれば光栄に存じますが？」

「はあ」

「お父様の生涯と活動に関する資料を何か、まだお持ちではないでしょうか？」

私は《ありますが、アレクサンドル・イワノヴィチ——サーニャの名前を父称で呼んだのは、人生で初めてだった——の許可なしには、残念ですがそれらを使用することはできません》と言った。

「それでは、彼に手紙を書きましょう……」

雑誌《民間航空》からも電話があり、吹雪のとき飛行機を固定するサーニャの記事の載った号をどこに送ったらよいか尋ねられた——でも、私はその記事を彼が書いたことさえ知らなかった。私は二冊お願いした——一冊は自分用に。さらに《文学新聞》からの電話は、グリゴーリエフとかいう人は、作家ではないのかとの問合せだった。でも、一番重要だったのは、Чとの会話だった。サーニャが私のことを彼に話していたか知らないけれど、彼は電話をしてきて、すぐに古い知人のように私に話し始めた。

「年金は受け取ったかね？」

私は何のことか分からなかった。

「お父さんのだよ」

「いいえ」

「受け取れるように、お世話する必要があるね」

それから彼は、私の父が、記録には誰か他の人となっているセヴェルナヤ・ゼムリヤを発見したことに、北洋航路局ではびっくり仰天していると言って笑い出した。

「どうやら、そうじゃなくなりそうで……あの話は気にくわないんだがね」

「父を捜索する探検隊を出す話は、決まったと思っていたのですが」

「決まっていたが、実は今回急に撤回されたんだ。とにかく私は彼らにこう言ったんだ。《パフトゥーソフ号》にサーニャを乗せて行かせてくれと。ところが彼らは、あの船にはもう飛行士はいるからと言うんだ。とんでもない！　だって、君のあの男には明確な考えがあるんだからね！」

彼は、文字通り《君のあの男》と言い、その際、低音のオー訛《なまり》で話した。

「よし、分かった、もう少しあそこで話してみよう……それで君、私のところに寄らないかね」

　私は、とても光栄ですと言い、私たちは別れた……

　毎日、私はロマショフから一通もしくは二通の手紙を受け取った。《バシキール地質管理局第二課御中》――封筒にはそう書かれ、あたかも手紙がその機関あてに発送されたようだった。実際、私はその年にそのような機関にいた――そうでなければ、私のモスクワでの仕事の手続きも決してできなかったのだ。しかし、この宛先はいたずらで、彼が毎日繰り返すこのいたずらは、とても哀れなものに思えた。初めはこの手紙を読んでいたが、やがて開封せずに返送し、さらに読むことも返送することもやめた。でも私は、なぜかこれらの手紙を焼却するのは怖かった。だから、それらの手紙はどこにでも散らばっていて、何か捜そうとして思わずひょっこり出てきて、手を引っ込めるのだった。

　それと全く同様に、私はこれらの手紙の書き手にも出くわすことになった。これまでは、いつも彼はとても忙しかったので、今では私が家を出るやいつも彼が通りに立つ暇があることが、私には全く理解できなかった。私は店でも劇場でも彼に出会い、彼がお辞儀をしても私が応じないことは、とても不愉快なものだった。彼が歩み寄ろうとする動作に、私はそっぽを向いた。

　彼は、ヴァーリヤを訪れ、ヴァーリヤが冗談にチンパンジーの中に、愛を拒否する同様な例を彼に引用したところ、嘆き悲しんでヴァーリヤをひどく怒鳴りつけたものだった。要するに彼は、私の人生であまりに多くの場所を占めていたので、とうとう私は病気みたいになりかけていた。目を閉じるや否や、その瞬間私の前に新しいグレーの外套に柔らかい帽子――私のために被るようにしたとある時私に言った――の彼が現れた。

　ロマショフのところに行って、ヴィシミルスキーが彼に渡したあの書類を取り上げるなんて、もちろんとてもおかしな考えだった。彼の手紙や花束をみんな私が送り返した後で、彼のところに行くのは、酷《むご》い考えだったろう。でも、考えれば考えるほど私はこの考えがますます気に入ってきた。私はこんな風に想像した。

　私が入っていくと彼はあわてふためき、一言もしゃべらず長いこと私を見つめる。それから彼は青ざめて廊下を突進し自分の部屋のドアを開け放す、でも私は冷静にこう言う。《ミーシャ、あたしは用事があってあなたのところに来たのよ》私が思い描いた通り、すべてがまさにこのようになったのはおかしかった。

彼は青い暖かなパジャマ姿だった。多分、風呂から出てきたばかりなのだろう、まだ髪をとかしていなかった――濡れた黄色い髪が額に垂れ下がっていた。彼は、私が上着を脱ぐ間、青ざめて黙って立っていた。それから私の方に突進した。

「カーチャ！」

「ミーシャ、あたしは用事があって来たの」

私は冷静に言った。

「服を着て、髪をとかしてちょうだい、どこで待ったらいいかしら？」

「ええ、もちろんです、どうぞ……」

彼は廊下を走り出し、自分の部屋のドアを開け放した。

「ほら、こっちです、こんなかっこうですみません……」

「とんでもないわ、すみませんだなんて」

去年、私たちは三人で彼のところにお客で行ったことがあった。ニコライ・アントニッチ、おばあさんそれに私。ついでながらおばあさんは、彼が四十ルーブル彼女から借りたのに返さないと夜通しほのめかしていた。私はその時も彼の部屋が気に入ったが、私が訪れたこの時は、特にすばらしかった。部屋はとても感じのよい色をしていた。つまり壁は明るい灰色で、ドアと作りつけの戸棚はもう少し明るい色をしていた。家具は心地よく、使いやすく、全体にすべてが快適できれいに調度されていた。窓からはソバーチィー広場――モスクワで私の一番のお気に入りの場所――が見渡せた。何故か私は子供の頃からいつでもソバーチィー広場が好きだった――研究のために殺された犬たちの、あの小さな供養塔とか、その広場に通じているたくさんの路地も。

「ミーシャ」

髪をとかし、香水をつけ、私が見たこともない青い新しい背広を着て彼が戻ってきたとき、私は言った。

「あたしは、一切のあなたの手紙に返事をするために来たの。あたしがあなたと結婚しないと後悔するだろうって、なんてバカなことを書くの！　あたしがあなたの手紙なんか読まないと知ってて毎日手紙を寄こすなんて、まるで子供じみた振舞いよ。あたしはあなたと結婚する気なんて全くないことをハッキリ分かって欲しい、だからあたしがあなたを裏切るだとか書くことはないのよ」

彼の顔が変わっていくのを見るのは少し恐ろしかった。彼が入ってきたときの表情は、期待しながらもそれが信じられないといった、もどかし気なうれしさだったのが、今や、私の言葉に従って希望は消え、顔は死んだように生気を失っていった。彼は顔を背け、床を見つめた。

「あたしが何故これまで結婚について話されるままにしていたかは、説明すると長くなるわ。これにはいろいろ訳があったの。だけど、あなたは賢い人だから分かるでしょう！　私があなたを愛さないからって、あなたはちっとも失望することはないの」

「でも、サーニャとなら君は不幸になるよ！」

「どうして《君》なんて馴れ馴れしい呼び方するの？」

私は冷たく尋ねた。

「あたし、もう帰るわ」

「それでも、サーニャとなら君は不幸になるんだ！」

ロマーシカは繰り返した。彼の膝は震え、数回、なんだかヘンな風に目を軽く閉じたので、私は、彼が目を開けて眠るとサーニャが話していたのを思い出した。

「僕は自殺する、あなたも道連れにして！」

やっと彼は小声で言った。

「あなたが自殺するのはちっともかまわないわ」

私はひどく落ちついて言った。

「あなたとは言い争いはしたくなかったけれど、仕方ないわ。一体どういう権利があって、こんな話をするつもり？　こんな時代に娘達と結婚するのに、あんなバカげた陰謀の手助けを借りるなんてことが許されて！　毎日、犬みたいにあたしの後をつけ回すなんて、全く下品な人ね。とにかく黙ってあたしの言うことを聞くのよ、あなたの意図はすべてハッキリ分かっているんだから……。それで聞くけど、あなたがヴィシミルスキーのところから持ち出した書類って、一体何なの？」

「書類って、何のことです？」

「ミーシャ、ごまかさないで、あたしが何のことを話しているかよく分かっている筈よ。ニコライ・アントニッチが以前は相場師だったと言って彼を脅迫しておいて、サーニャにあたしをあきらめ、去るように彼に勧めさせようとした、他でもないあの書類のことよ。今すぐここに出して頂戴、いいこと！　たった今すぐよ！」

彼は数回目を閉じて、溜息をついた。それから跪《ひざまず》いて懇願する仕草をした。でも私はありったけの大声で言った。

「ダメよ、ミーシャ、言うことを聞くの！」

彼は、やっと歯を食いしばり踏み止まったけれど、あまりに絶望的な顔になり、私は思わず胸を締めつけられた。でも、何が気の毒なものか！　しかし、私は彼がこんなにも苦しみ、言葉も出ないでいるのは、やはり私が悪いからだという気持ちがした。まだ彼が私を罵るならば、どんなに私は気が楽だっただろう。でも、彼は黙り続けた。

「ミーシャ」

不安になりながら、私は再び言った。

「いいこと、その書類はもうあなたには全く必要ない筈よ。何も変えることはできなかったんだから、どうでもよいものでしょう。でも、特にあたしにとっては、これだけたくさん新聞に書かれている父のことを、あたしがほとんど全く知らないのが恥ずかしいの。その書類は、あたしに必要、他の誰でもない、あたし個人に必要なのよ」

《あたし個人に必要》と言ったのを、どう受け取ったかは分からないけれど、彼は急に激怒した目つきになり、頭を反り返らせ部屋を少し歩き回った。彼はサーニャのことを考えていた。

「何も渡すものか！」

乱暴に彼は言った。

「いいえ、頂戴！　渡さないなら、あたしにこれまで手紙で書いたことは皆嘘だと思っていいのね」

彼は突然出て行き、私は一人残された。とても静かで通りから子供の声と慎重な車のクラクションが二度ほど聞こえただけだった。彼が出ていって、こんなに長く戻らないのは気味悪かった。もしかして、本当に彼が自分の身に何かを起したら！　私は心臓が凍りつき、廊下に出て聞き耳を立てた。大丈夫だ……ただ、どこかで水の流れる音がしている。

「ミーシャ！」

浴室のドアが少し開いていて、私が覗《のぞ》き込むと、彼は浴槽の上に身を屈めて立っていた。私は、彼がどうしたのかすぐには分からなかった——浴室は薄暗く、彼は明かりをつけていなかったから。

「すぐ行きます」

体の向きを変えずに彼は、はっきりと言った。彼は蛇口の下に頭を入れて、腰を思いきり低く屈《かが》めて立っていた。水は彼の顔や肩を流れ、新しい背広はもうずぶ濡れだった。

「何をやってるの？　気でも違ったの！」

「行って下さい、すぐ行きますから！」

腹を立てて、彼は繰り返した。数分後、彼は本当に戻ってきた——襟《カラー》をはずし、赤い眼をして——四冊の青い普通のノートを持って。

「ほら、これです」

彼は言った。

「この他には書類はもうありません、持って行ったらもしかして、また嘘かもと、私はあてずっぽうに一冊のノートを開くと、そこに何かの印刷物——本のページを破り取ったようなもの——があったけれど、今はそれ以上話をしてはならなかった。それで私はただ、心から丁重にお礼を述べた。

「ありがとう、ミーシャ」

私は家に戻り、あの彼の顔、そして痩せた、撃ち落とされた鳥みたいに、濡れた背広で戻ってきた彼を努めて忘れようとするまで、まだ数時間を要し、それから長い夜を青いノートを読んで過ごしたのだった。

第3章　《航海のご無事とご成功を》

私の前にある四冊の青い分厚いノート——革命前の古いもので、表紙にはそのノートを作った会社《フリードリッヒ・カン》の名前がどこにも記されている。ノートの一冊目の第一ページには、華麗な影文字でこう書いてあった。《人生で、いかなる出来事の証人であったか》

そして日付——一九一六年。回想録なのだ！　でも、その先は古い新聞からの切抜きばかりで、その中にはそれまで私が全然聞いたこともない新聞もあった。《取引所報知》《農民新聞《ゼムシーナ》》《一コペイカ新聞》。切抜きは、ノートの欄の長さに折り曲げて縦に貼り付けられ、ところどころは例えば次の記事のように横向きに貼られていた。

タタ―リノフ船長の探検隊。はがきを買おう！

1、出発の際の祈り

2、停泊中の帆船《聖マリヤ号》

私は急いで終りまでノートのページをめくり、それから二冊目、三冊目にも目を通した。イワン・パーブルイチとの話で私が理解していたような《書類》は、そこには何もなくて、あるのはただペテルブルグからウラジオストックへのシベリア沿岸の探検に関する大小の新聞記事ばかりだった。これらの記事は一体何だったのだろう？　私はそれを読み始め、目が離せなくなった。これまでの年月の全人生が私の前に現れ、取返しがつかない辛い気持ちと悔しさで私はそれを読んだ。

取返しがつかないこと——それは、帆船《聖マリヤ号》は出港する以前に破滅していたこと、そしてこれらの記事を読んで私はそれを確信したのだった。悔しいこと——それは、なんと図々しくも父が騙《だま》され、彼の正直で信じやすい心が、なんと傷つけられていたかということだった。ここに、《聖マリヤ号》出航のある《目撃者》による記録を記そう。

《……長旅に赴く帆船のマストは粗末な旗で飾られていた。出航の時が近付く。いろいろな祈りに続く、《水路および陸路の旅人たち》の無事を願う最後の祈り、送別の最後の演説……今や《聖マリヤ号》はゆっくりと岸壁を離れ、すべては岸から遠くなり、人も家も、すでに一つの斑《まだら》模様の細長い帯状になる。厳粛な瞬間だ！大地から、祖国から最後の結びつきが絶たれる。でも、私たちは悲しい気分で、この見すぼらしい見送り、そしてただの好奇心でしかない無関心な人々の表情が恥ずかしかった……。夜になった。《聖マリヤ号》は、ドゥビナ川の河口に停泊した。見送りの私たちは、探検の成功を祈ってワイングラスのシャンパンで乾杯した。もう一度の固い握手、もう一回の抱擁――そして、町に戻るため《レベージン》号に乗り移らなければならない。ほら、婦人たちが小さな蒸気船の舷《ふなべり》に立ってハンカチを振り回している……涙をふいて、また振っている。遠ざかる帆船からは、いらついた犬の吠え声がまだ聞こえてくる。帆船は、どんどん小さくなり、あぁ、ついには暗い夜の水平線の小さな点となってしまう……。勇者たちよ、君たちをこの先待ち受けるものは何なのか？》

こうして、帆船は遠洋航海に出ていった。アルハンゲリスクの灯台は、帆船に向けて別れの信号を送った。《航海のご無事とご成功を》、それから海岸でいったい何が始まったか……あぁ、なんということが！帆船の装備をした商人たちの間の醜い言い争い、裁判沙汰と競売――装備や食料の一部は岸に残さざるを得ず、それらはすべて競売で売り払われたのだ！そして非難――私の父はあらゆることで告発された！帆船の出航から一週間も絶たずに彼は、自分および人々に誰一人保険をかけていなかったこと、極地の航海契約で要求されていた出航より三週間遅れたこと、彼が無線電信手を待ちきれなかったことで、告発を受けたのだ。

《帆の操作のできる者が誰もいない》という状況での乗組員の人選のまずさ、そして軽率さでも、彼は告発された。彼は嘲笑を浴び、《このばかげた冒険は現代ロシアの愚鈍でもったい振った社会を生き写しに反映している》と断言された。

《聖マリヤ号》が出航して数日後、カラ海（〔訳注〕ノヴァヤ・ゼムリヤ島とセヴェルナヤ・ゼムリャ島に限られた北極海の縁海で一年の大半は凍結）で過酷な暴風雨が発生し、すぐにノヴァヤ・ゼムリャ島沿岸で探検隊が遭難した噂が広まった。《誰のせいか？》《聖マリヤ号の運命は》《タタ―リノフ船長はいずこ》……。これらの記事を読んで私は、子供時代に初めて感じた恐ろしい印象が思い出された。

ママが突然、新聞を手に、すてきな黒いドレスをサラサラいわせてN市の私の小さな部屋に入ってくる。何かを言うのに、私に目をやらない。私はベッドから飛び降り寝間着のまま、裸足《はだし》で彼女のあとを追う。床は冷たいけれど、彼女はベッドに戻りなさいと言って、私を床から抱き上げず、新聞を手にじっと窓辺に立っている。私もやっと窓にたどり着くけれど、見えるものは家の小さな庭だけで、一面に濡れた秋の楓《かえで》の葉と濡れた小道と水溜り、そしてその上に雨が止んだあとの大きな水滴がまだぴちゃぴちゃ音をたてている。

《ママ、どうして見ているの?》彼女は黙っていて、私はまた尋ねる。彼女がずっと黙っているので怖くなって、私は抱っこして欲しいと思う。《ママったら!》私は泣きわめき始め、すると彼女は私の方を向いて、抱き上げるために前屈《かが》みになる。でも何かが彼女に起る――彼女は何と床に座り、それから横になり、あのすてきな黒いドレスをサラサラいわせて床の上にゆっくり長々と寝そべったのだ。突然、激しい本能的な恐怖が私をおそった。私は叫び、誰もなだめてくれる人もいないまま、ただ自分がひどく叫んでいるのを聞いている。そして、手足を何かにぶつけながら、驚いているママの声を聞き、また叫び始め、止められない。それから私は眠り、おばあちゃんがママと話し、ママが《あの子は私のこと怖がったわ》と言うのを夢見心地で聞いている。でも私は黙って、眠っている振りをする。だって、それもやっぱりママだし、夫を気遣って話したり泣いたりするいつものママなのだから……

これらの記事を読み、今になってやっと私はそれが何だったのかが分かった。つまり、うわさは嘘で、ユゴールスキー海峡からの電信連絡で、タターリノフ船長は《すべての寄付者そして探検を支持する人々へ心からよろしくという挨拶》を届けたのだった。この手紙は、電信テープをそのまま掲載し、その上に見たことのないパパの写真――白い肩章のついた詰襟の海軍の制服を着た、昔風に口髭の先を上に丸めた上品な将校姿――があった。彼が《すべての寄付者になにとぞよろしくという挨拶》を送ったのには理由があった。つまり寄付金を徴収して、《ロシア極北地方調査委員会》が乗組員の家族の援助に役立てることを望んだのだ。それについて彼は、ユゴールスキー海峡の探検のあとに出され、六月十六日付の新聞《新時代》に掲載された自身の報告書でも触れていた。《私は委員会が、全国的な仕事に生涯を捧げる人々の家族を成行きまかせに放っておくことはないと確信している》

何と空しい希望だったことか！　同じ六月二十七日付の新聞で、私は委員会会議の報告を読んだ。《委員会書記N・A・タターリノフによると、新たな寄付の申込み状況は、ほんのわずかの成果しか上げていない。同様に気晴らしの娯楽興行などの他の多くの方策でも期待される利益を出していない。かくして委員会は自発的な寄付で集められる千ルーブルの、予定されていた援助金を乗組員の家族に与えることはできない》

この《自発的な寄付》を読んで私は変に奇妙な感じがした……私とママは、乞食みたいにこの《自発的な寄付》で集められた施しで生活するだろうですって？　でも、それらはすべて私の頭にちらりと浮かんだだけで、私の年齢と同じ年月の間なされてきた侮辱に対し、それほど考えを変えるには至らなかった。昔の新聞の中に、私をひどく驚かせ注意を引いた別の記事があった。皆が一様に口をそろえて帆船《聖マリヤ号》の遭難は避けられないと断言していたのだ。ある人たちは、船はノヴァヤ・ゼムリャ島にやっとたどり着くだけだと、鉛筆を手に見積っていた。またある人たちが予想するには、船は初氷に閉じ込められ、《北極海の捕虜》となってフランツァ・ヨシファ島沿いを航行しながら、やがては遭難するとのことだった。シベリア海路の航行は無理ということ――航行シーズンの一夏をかけても、二夏、三夏とどんなにかけようが――そのことを疑う者は誰もいなかった。ただ、ある詩人がアルハンゲリスクの新聞に詩を寄せていた。《I・L・タターリノフに》と題されたもので、その内容から、その詩人は違った見解であると判断できた。

たくましい男！　彼の運命を守りたまえ！
彼のエネルギーと勇気が
極北の氷の大陸に打ち勝ち
行く手を阻む氷塊は支配下に降《くだ》る

私は、これまでにも多くのことが分かっていた。サーニャがN市で見つけた手紙で、父は《橇用の六十四の犬の大半を、ノヴァヤ・ゼムリャ島で射殺せざるを得なかった》と書いていた。サーニャがヴィシミルスキーの言葉から作成した報告書には、腐った毛皮服や不良品のチョコレートの話があった。新聞《アルハンゲリスク》で私は商人E・V・デミードフの手紙を読み、その中で彼は、こう指摘していた。《塩漬け肉や既製服の用意は自分の専門ではない》こと、そして、この場合自分は単なる仲買人でしかなかったと。その上に彼はたくさんの商売を抱えていて、当然ながら樽詰めされる肉や魚を各々チェックすることができなかった。

タターリノフ船長からは絶えずこんな電報が届けられていた。《買い付けを中止して下さい――金がないから》、あるいは《調達したものを売却して下さい――金がないんです》等々。《金がないのに、探検隊の装備をするのは、いったい何故なのか？……あんなに船長から矢の催促でまずいことが判明しているのだから、この件で罪を問うとしたら、地元の商人たちの間ではなく、もっとどこかの高い地位の人間を捜す必要があるだろう……》

でも、私が知らなくて、サーニャも知らない事件――ママが決してその話をしないことが理解できない事件があった。つまり《出航を三日後に控えた《聖マリヤ号》の第二デッキの下、吃水線よりはるか下方の前寄りの船倉の中、横組みの肋材《ろくざい》の両側に、航行に危険な舷側の切込みができていて、それは肋材と重なって外板にまで至っており、斧か鋸《のこぎり》の跡がついていた。この裂け目は測定されて写真に撮られて分かったのは、最大幅十二インチ、深さ二フィート四インチあり、他にもそれより小さい裂け目もあった。これらの裂け目の発生は、きわめて不可解であり、船が遭難した場合、新たな船主がしかるべき保険金を受け取るだろうと考えざるを得ないものだった》のだ。もちろん、父が遭難し、決して帰らないことの新しい確証が必要なわけではなかった。彼は遭難しないはずはなかった。間違いなく確実な死の破滅へと送り出されたのだ。

第4章　サーニャに乾杯しよう

私は、この夏とてもたくさんの仕事があったとすでに話していた――その原因はとりわけ三年生の学生である私の助手がまるで頭《おつむ》の弱い子で、私が彼女の分まですべて面倒を見るだけでなく、自分の愚かさに悩んでいる彼女を慰めることまでやらねばならなかったからだ。私自身も分からないことがたくさんあり、二～三日毎にとても古くからの女性教授――私のことを《お嬢ちゃん》と呼び、私が痩せたと言ってはいつも心配している――のところに駆け込むのだった。実際、私はひどく痩せ、青白い顔をしていた。なぜならこれまで、こんなにも考え込み、心配したことはなかったから。古い新聞の記事を読んでは胸がどきどきし、サーニャからの手紙が遅れたといっては心配し、祖母が私に腹を立て、ある時、やって来なくなったことにまで気遣いをした。その中でも特に私を心配させたのは、ヴァーリャとキーラだった。

彼らはとてもうまく行っていた――相変らず自分たちの台所にいて、ひそひそ話をしていた。そして思いつめた、幸福そうな、やや間抜けな顔で紅茶を飲んでいた。しかし、ある時ささやき声が急に止み、少し沈黙があって、彼らはお互いに大声で怒鳴り始めた。私は驚いて自分も叫んでいたが、その時、ヴァーリャが真っ赤な顔をして出てきて、入口の扉と間違ったらしく作りつけ戸棚に手を突っ込んだ。私は彼に帽子を差し出し、どうしたのかと恐る恐る聞いたけれど、彼はこう答えた。

「何がって、君の友達に聞いてくれよ」

キーラが泣くのを最後に見たのは、いつだったか覚えていない。確か、五年生の製図で《不可》をもらった時以来だろう。今や、彼女は又泣いていて、子供みたいに手で目を拭っていた。

「キーラ、どうしたのよ?」

「なんでもないわ、あたしたち、結婚の登録をすることにしたのに、彼ったら引っ越すのは嫌だって、それだけよ」

「私がいるから? 狭いから?」

「あんたのせいじゃないわ。彼、あたし自身が気付くはずだっていうの。でも、正直言って分からないわ。彼はあたしが彼のところに引っ越して欲しいの、でも、あたしは嫌。あそこで料理をつくったり、その他すべてをしなくちゃならない。でも、料理する時間なんてあって?だって、ここにはすべてがあるじゃない――食器も、テーブルクロスも、寝具も、皆」

「それにママもね」

「そうよ、ママもね」

私たちは一晩中話をし、そして夜中、キーラがやって来て分かったと言った――彼はもう自分を愛していないだけのことだと。朝七時までかかって、私はヴァーリャが彼女を愛しているし、愛されていないと心配することはないと説得した。キーラが納得したかどうか知らないけれど、彼女は突然こう言った。彼が立派な人で、自分が劣っているのはよく分かっているし、自分は彼にふさわしくなく、自分がばかだと彼は考えているから彼は自分を愛さないんだと、彼に手紙を書くというのだ。

「手紙を出す前にちょっと、あたしに見せて、いいわね？」

私はねぼけ声で言い、眠り込む前に最後に見たキーラといったら――寝間着一つで机に向かい、手紙を書きまくっている彼女だった……

翌朝、彼女が書いた戯言《たわごと》を一緒になって引き破り、私はヴァーリヤのところへ出掛けた。彼は動物園で働いていて、私はいつかサーニャと一緒に彼のところに行き、彼が私たちに齧歯《げっし》目の動物を見せてくれたのを思い出した。今ではその時の建物はもうなくて、前面に円柱のある白く美しい展示館が建っていて、ヴァーリヤは、あの時のように自分が実験生物学研究所の所員であると守衛を納得させる必要はなかった。でも、この白く美しい展示館は、あの時と全く同じネズミの臭いがして、ヴァーリヤも同様――白衣と伸びた髭だけは――だった。私は、キーラが夜中、彼は今髭を剃るのをやめていると言ったのが頭に浮かび、おかしくなった。彼は私を座らせ、自分も物憂げに腰を下した。

「ヴァーリヤ、先ずわたしが来たのは自分の意志だってことを忘れないで！」

私は厳しく切り出した。

「だから、キーラがあたしを寄こしたなんて、どうか思わないで」

彼は震え声で言った。《そうかい？》それで私は彼がかわいそうになった。でも、私はきつい調子で続けた。

「あんたたちはシフツェフ・ブラージェクで暮らす方がどれだけ便利か分からないのに、あんたの側に譲れない理由があるのなら、それを彼女に言うべきよ、それで十分でしょ。だから、彼女自身に気付かせようなんて要求しないことね」

彼は黙った。

「あのね、こういうことなんだ……僕はシフツェフ・ブラージェクに引っ越すことはできないんだ。もちろん、そうできればとてもすばらしいことは否定しないよ。とりわけ、あそこなら、間仕切りを移せば、仕事部屋と寝室めいたものに改造できるし、今、物置になっている所は、小さな研究室にすることもできるんだ。でも、引っ越しは不可能だよ」

「どうして？」

「それは……いいかい、君に彼女は話さなかったのかい？」

突然、自暴自棄になって彼は聞いた。

「誰のこと？」

「キーラのママだよ」

私はとうとう笑いころげてしまった。

「そりゃ、おかしいだろう」

ヴァーリャは言った。

「もちろん、君は笑うけど、僕はダメなんだ。吐き気がして脱力感に襲われるんだ。一度、こう聞かれたよ《どうして、そんなに顔色が悪いの?》僕はもう少しで言うところだった……いつもくどくどしい、ワルワーラ・ラビノヴィチがどうこうなんて、全くの迷惑さ……いやだ、引っ越さないよ!」

「そうだったの、ヴァーリャ」

私は真面目に言った。

「あそこで誰が誰に長話をしているか知らないけど、いずれにしてもあんたのキーラに対する振舞いは全くバカげてるわ。彼女は泣いて、昨日は一晩中寝てないのよ。とにかく、すぐに彼女のところに行って、どういうことか説明することね」

彼は哀れな顔になり、不安に駆られて数回部屋を歩き回った。

「行かないよ!」

「ヴァーリャ!」

彼は頑固に黙っていた。《まあ、あんたはそんなに信念の固い人なの!》――私は思って、敬意を表したほどだった。

「それなら、これ以上私を煩わせないで、どうにでもなれよ!」

私は怒って、帰りたくなった。でも彼は私を放さず、私たちは更に二時間、キーラのママに、なんとかあんなにしゃべりまくらせない方法を話し合った……。あまりいいやり方とは思わなかったけれど、それでも私はキーラにこの話をした。彼女はとても驚き、そしてこう言った。

つまり、ママは、《ヴァーリャが長話で自分をへとへとにさせる》と毎日愚痴をこぼし、ある時などは彼が帰った後、額に濡れた布切れを置いて、《もうこれ以上黒褐色の雑種の狐の話など聞きたくない、相手に一言も言わせずに、自分は拡声器みたいにしゃべりまくる男と結婚するなんて、キーラは気が違ったのよ》と話したというのだ。キーラは即座にヴァーリャのところへ行こうとした――私が彼女の立場なら決して一番に行ったりはしないと私は言ったけれど――そして、夕方には彼らはもう再び《個人用台所》にいて、ひそひそ話していた。彼らは結局、シフツェフ・ブラージェクに落ち着こうと決めたのだった。

それは、すばらしい晩――私がサーニャなしで過ごしたうちで一番の――だった。前日に私は彼の手紙を受け取っていた——大部で、とてもいい内容のもので、そのついでに彼はたくさんの読書をして、英語の勉強を始めたと書いていた。私は思い出していた——私が英語の本をかなり自由に読むのを知り、彼が驚いていたこと、私がある時、彼の前で作曲家ショスタコーヴィチについて話していて、彼がそれまで一度もその名前を聞いていないことがばれて赤面したこと。とにかく、それはすばらしい手紙で、私は陽気で心が安らかになった。《新婚夫婦》に内緒で、私とアレクサンドラ・ドミートリエヴナは、ワイン付きの豪華な夕食を作り、ヴァーリャお気に入りのロブスターのサラダの塩味をつけるのに私たちは順番に——初め私、そのあとアレクサンドラ・ドミートリエヴナ——やったのに、それでもサラダはほんの一分で平らげられ、あとで分かったのだが、ヴァーリャは前日から髭を剃らないだけでなく、何も口にしていないのだった。私たちはサーニャの健康のために、それからすべての仕事の成功のために乾杯した。

「彼の重要な仕事のために」

ヴァーリャが言った。

「彼の人生で大仕事になると確信するよ」

それから彼は、一九二五年にモスクワ・コムソモール委員会付属の青年自然科学者の事務局で自分が働いていて、ある時、サーニャにセレブリャンヌィ・ボール見学に行くよう説得したところ、サーニャは何故そこが興味深い所なのか、しばらく考えてから、突然ある引用句をしゃべり始めたので、皆は彼の並外れた記憶力に感嘆したことを話した。彼は引用句を紹介した。

希望がある限りは闘いに闘う——
人生で何があるだろう、このようなゲーム以上に
すばらしいものが？——

そして、野ネズミをつかまえること、それは彼の得意分野ではないと言った。アレクサンドラ・ドミートリエヴナも何か話したそうで、私とキーラは、彼女が又ワルワーラ・ラビノヴィチの話をするのではと危惧した。でも、それはなくて済んだ——彼女は数編の詩を私たちに朗読し、自分も詩に関しては非凡な記憶力があるのだと言った。こうして私たちは座って飲んでいて、もう十一時を過ぎた頃、誰かが呼び鈴を鳴らし、アレクサンドラ・ドミートリエヴナは、この時私たちに《仮面をつけて》違った人物をどのように声で表現するかを実演していたのだが、それは、ごみ清掃夫だと言った。私は台所に走り、ごみバケツを手にしてドアを開けた。でもそれは清

掃夫ではなかった。それはロマショフで、私がドアを開けた時、素早く後退りして、帽子を脱いだ。

「急用なんです、あなたにかかわることで、だからこんな遅くでも来ることにしたんです」

彼の言い方がとても真剣だったので、私はすぐに、用件は急で私に関係しているという彼の言葉を信じた。私が信用したのは、彼が全く平静だったからだった。

「どうぞ、お寄りになって」

私たちは、ひたすら向かい合って立っていた——彼は帽子を手に、そして私は汚水バケツを手に。やがて私はふと気付いてドアの間に（〔訳注〕一般にロシアの集合住宅の、ドアのある壁は厚く二重扉で、外扉と内扉の間にスペースがある）バケツを押し込んだ。

「なんだかおじゃまのようで」

丁重に彼は言った。

「お客があるのでは」

「いいえ」

「じゃあ、この階段のところでも？　あるいは下に降りて遊歩道で。あなたに伝えたいことがあるんです……」

「ちょっと待って」

私は急いで言った。アレクサンドラ・ドミートリエヴナが私を呼んだ。私はドアを半ば閉じて彼女のところへ行った。

「誰なの？」

「アレクサンドラ・ドミートリエヴナ、すぐ戻るわ」

私は早口で言った。

「あるいは、そうね……十五分たったら下の私のところにヴァーリャを来させて。私、遊歩道にいるから」

彼女はまだ何か言ったけれど、私はもう飛び出し、ドアをばたんと閉めた。夜は涼しく、私はワンピースだけで、ロマショフは階段で言った。《風邪を引きますよ》多分彼は、自分の外套を私にすすめたかったのだろう——そして彼はそれを脱いで手に持ち、私たちが座るとベンチに置いた——でも、そうしなかった。もっとも、私は寒くはなかった。ワインで私は顔がほてり、それに胸がどきどきしていた。やって来たのには訳があると私は感じていた。遊歩道は静かで人気《ひとけ》がなく、ただ杖にすがった老人たちが座っているだけ——並んだベンチに一人ずつ——ゴーゴリ像のところから、建設中の地下鉄《ソビエト宮殿（〔訳注〕現在のモスクワの地下鉄クロポトキンスカヤ駅）》駅の手前の柵のところまでベンチが並んでいるのだ。

「カーチャ、話というのはこういうことなんです」

用心深げにロマショフは言った。

「捜索隊が実現することが、あなたにとってどんなに大事なことか分かります。……のためにも」

彼は口籠《ごも》ってから、すばやく言った。

「サーニャのためにも。僕は、本当のところ、それが大切なことで、つまり、何か人生を変えてしまうようなこと――例えばそのことにひどく脅えている君の伯父さんみたいに――とは思いません。でも、あなたにかかわる事だし、だから僕も無関心ではいられないんです……」

彼はいともあっさりこう言った。

「僕はあなたに前もって知らせようと決心したんです」

「何のことを？」

「捜索隊は取りやめになることです」

「ウソ！　Чは私に電話したわ」

「つい今しがた、派遣はしないと決まったんです」

落ちついてロマショフは反論した。

「誰が決めたの？　どこで、それを知ったの？」

彼は脇を向き、そして微笑みながら私に視線を向けた。

「何て答えたらいいか分かりません、また、あなたが言ったようにろくでなし呼ばわりされるんですから」

「好きにすれば」

私は、彼が立ち上がり行ってしまうかと危ぶんだ――それほど彼は落ち着いて自信があり、以前のロマショフらしくなかった。でも、彼は行かなかった。

「ニコライ・アントニッチが僕にこう言ったんです。北洋航路局次長が捜索隊の計画について報告し、反対の意見を述べたとね。彼は、北洋航路局が、二十年以上昔に消息を絶った船長の捜索をすべきではないと考えた。でも、僕が思うに……」

ロマショフは口籠った。多分、暑くなったのだろう、彼は帽子を脱ぎ、膝に置いた。

「それは、彼の考えではないんです」

「誰の考えなの」

「ニコライ・アントニッチです」

急いでロマショフは言った。

「彼は、この次長と知り合いで、ニコライ・アントニッチのことを、この次長は卓越した北極通であると見なしています。だって、タターリノフ船長の捜索について、ニコライ・アントニッチの他に、一体誰に相談できるというんです？　彼が、探検隊の装備をして、その後、探検隊について本も書いているんですから。彼は地理学協会の会員です――それも極めて尊敬すべきね」

私はとても興奮していて、ニコライ・アントニッチが何故捜索が立消えになるよう働きかけるのか、そしてロマショフに又、自分を裏切るよう仕向けるのか、この時には思い至らなかった。私は気持ちを傷つけられた思いだった――父に対してだけでなく、サーニャに対しても。

「彼の名前は?」

「誰の?」

「消息を絶った船長を捜索するには及ばないと言ったその男よ」

ロマショフは名前を告げた。

「ニコライ・アントニッチとは、私、もちろん話し合うつもりはないわ」

自分の鼻腔が膨れ、冷静になろうとするのに、そうできないのを感じながら、私は続けた。

「私、彼とはきっぱり話をつけたの。でも、北洋航路局でなら、彼についてあれこれ話すつもりよ。サーニャは彼に仕返しをする時間がないのか、彼を哀れんでいるのか分からない……いいわ、もうたくさん、でもそれは本当なの?」

突然、私は言ってロマショフに目を向け、考えた——だって、彼……それは、私を愛していて、多分本心はなんとかサーニャが破滅して欲しいとひたすら願っている、そんな人間ではないか!

「何で僕が嘘を言わなきゃならないんです?」

冷淡にロマショフは反論した。

「あなたも分かるようになります。あなたにもその話があるでしょう……もちろん、北洋航路局に行って、すべてを説明することは必要です。でも、あなた……誰からそれを聞いたかは言わないで欲しいんです。とはいえ、言ったって僕はかまわないけれど」

傲慢に彼は付け足した。

「いずれ、ニコライ・アントニッチに知れるだろうし、その時はもう今日みたいに彼を裏切る訳にはいかないから」

ニコライ・アントニッチは、私のせいで裏切られる——それが、ロマショフが言って欲しい科白なのだ。彼は私を見つめ、その言葉を待っている。

「私はあなたに誰かを裏切るよう頼んだ覚えは無いの……もっとも私の考えだけど、あなたが正直に振舞い私を助けようと(もう少しで私は《人生で初めて》と言うところだった)決心するのは、何の遠慮もいらないわ。あなたが今、ニコライ・アントニッチをどう思っているかは知らないけれど」

「軽蔑しています」

「分かったわ。それはあなたの問題ね」

私は立ち上がった、とても不愉快な気分になったから。

「でも、やっぱりありがとう、ミーシャ。じゃ、さようなら……」

シフツェフ・ブラージェク横丁で、私は三人と会った。

アレクサンドラ・ドミートリエヴナ、キーラ、そしてヴァーリャだ。彼らは興奮して走ってきて、アレクサンドラ・ドミートリエヴナは何か話していた。《まあ、どうして私が分かるというの？　十分たってもし戻らなかったらって、言ったただけなんだから……》

路面電車がちょうど私たちの間に止まり、それが行き過ぎると三人は皆、勇猛果敢に遊歩道に突進してきた。

「危ない、止まって！」

「ほら、あそこ、彼女だ！　アレクサンドラ・ドミートリエヴナ！　彼女はここ！　……カーチャ、何があったんだ？」

「ワインは飲み終ったの？」

私はひどく真顔で尋ねた。

「飲んでしまってたら、もっと買いましょう……あたし、もう一度サーニャに乾杯したいの」

第5章　ここに書いてある、《帆船〝聖マリヤ号〟》と

北洋航路局長官は、当時有名な極地の活動家（〔訳注〕チェリュースキンか）で、その名前はどんなロシアの北極地図にもすぐ見つけられた。多分、彼に会うのは、そんなに容易なことではなかっただろう。でも、Чの電話で、私はその日のうちに面会できた。本当はしばらく待たされたのだが、待合室には、ザポリャーリエから戻ったばかりの水兵や飛行士たちがいて、むしろ興味深い時間だった。一人、サーニャに少し似た人がいて、私は思わず数回彼に視線を向け、しゃべる話に聞き耳を立てた。しかし、彼はきっと違った風に理解したのだろう、もったいぶった態度でばかげた笑いをした。やがて彼らは去り、私はまだ長い間座って、たまに込み上げてくる自分の気持ちの落ち込みに自身腹を立てていた……。私は、北洋航路局長官と自分との会話をとてもよく覚えている。というのは、その日の晩、サーニャに出した手紙で、その言葉通り彼に繰り返したから。

最初、私は興奮して青ざめているのを感じていたが、長官から低い丁寧な声で、《何か私でお役に立てますか？》と尋ねられたとたん、私の動揺した気持ちはすっかり消え去った。そのあとその気持ちは戻ってきたが、もうそれは以前とは違う、熱中してドキドキする興奮で、そのために我を忘れ、心が冷《ひや》っとしたり心地よくなったりするのだった。

「飛行士グリゴーリエフは、あなたに捜索隊の計画を提出しました」

私は切り出した。

「そして、初めは派遣が決定されました。しかし、昨日になって……」

彼は注意深く私の話を聞いていた。彼は、新聞や雑誌に何回となく掲載されているあの写真と、あまりに驚くほどそっくりだったので、私は、彼本人でなく、彼の写真と話をしているみたいな、妙な気持ちがした。

「いいや」

私が、消息を絶った船長を捜索する必要はないと思うかどうか彼に尋ねると、彼は反論した。

「しかし、私たちは《賛成》と《反対》をすべて慎重に考慮して、そのような捜索は初めから失敗することは必至であると結論したのです。実際のところ、第一に、計画で示された場所はここ数年間、多少とも調査されてきたのに、これまで《聖マリヤ号》の探検隊のいかなる痕跡も見つかっていないこと、第二に、セヴェルナヤ・ゼムリヤ島からピヤシナ川河口までの千km以上もの距離に捜索を行うのは、とても困難な仕事であること。その上に——これが何よりも大切なことですが——あなたの父上の探検隊の捜索を、まさに、この地域で行うべきであるとの確信が私には無いのです」

「いいえ、この地域であることは全く疑いの余地はありません」

断固として私は反論した。

「何故？」

「それは……」

私は突然、その論拠をすべて忘れてしまった。待合室であんなにそれらを繰り返し、指を折って数えてさえいたのに」

「それは……」

彼は私を見つめ待っていた。彼はとても澄んだ目の一方、顎髭は黒く、そして冷静に私を見つめ待っていた。

それは息詰まるような恐ろしい瞬間だった。

「第一に、それは航海士の日記にあります」

私はやや震え声で言った。

「彼が引用した父の言葉を覚えていますか、《もし、絶望的な事態で船を降りねばならなくなったら、私は、私たちの発見した陸地に行くつもりだ》第二に……」

そこで私は、書類鞄の中からサーニャが残していった写真を取り出した。

「これをご覧下さい……ここに書いてあります、《帆船〝聖マリヤ号〟》と。この銛《もり》は、タイムイル半島で発見されたんです」

「そうだとしましょう。でも、何故その話は、二か月以上前に船を降りた航海士たちのグループのものとは考えられないのですか？」

「それは航海士が……　地図はありますか？」

私は聞いたけれど、事務机の上には巨大な北極の地図が掛けてあり、私はずっとそれを見ていたのに、きっと興奮して気付かなかったのだろう。

「彼は流水の上を全く違う方向に歩いたのです。お借りできますか？」

私は指示棒をつかみ椅子に登った。床からではフロール岬には届かなかったのだ。

「彼が歩いたのはこうです。彼は、セドフ中尉の探検隊と一緒にアルハンゲリスクに戻りました。でも、先へ進みましょう」

私は心が冷《ひや》っとなり、再び顔が青ざめるけれど、今度はそれは自分の熱い意気込みのせいと感じながら続けた。

「あなたは、セヴェルナヤ・ゼムリヤ島からピャシナ川河口までは調査された場所だと言われましたが、これまで偶然にしろ探検隊のいかなる痕跡も見つかっていないのは、おかしなことです。じゃあ、ルサノフはどうなんです？　彼の装備の跡が発見されたのは、何年振りのことでしたか？　そして、その見つかった場所とは？　船舶が航行し、何度となく人が往き来していた場所でしたね。ディクソン島で、観測施設から三㎞の所で発見されたアムンゼンのグループのあの水兵はどうです？」

私はこの時知らなかったのだが、この水兵（ティッセンという名前だった）の遺体が発見された場所は港の食堂の近くで、食事の後、極地観測施設に向かう者は皆、あの道——ティッセンにとっては歩くために残っていたあとわずか、つまり生から死への道——を通うのだった。

「いいえ、問題はそこが調査された場所であるとかではなく、父の捜索が全くなされなかったことにあるのです。彼のたどった道はこうです。北緯七九度三五分以南で、東経八六度と八七度の間からノルデンシェリド群島のロシア島に至る範囲です。その後、多分長い放浪の後、ステルレゴフ岬からピャシナ川河口へ。ここでネネツ人の古老が橇に乗ったボートを発見しました。それからエニセイ川へ——なぜなら、そこは人と援助に出会える唯一の希望だからです」

私は椅子から飛び降りた、彼は髭をなで、好奇心にかられたように私を見つめた。

「あなたはそれに確信がおありですか？」

「ええ、それ以外にはありえません。グリゴーリエフは何と言っていましたか？　砕氷汽船《パフトゥーソフ号》が学術調査でセヴェルナヤ・ゼムリャ島へ向かいます。これは海洋測量調査隊ですよね？」

「そうです」

「大いに結構です。航海の途上で二～三グループの捜索隊のためにいくつかの基地をつくるんです。グリゴーリエフの考えは、各々三人から成る二グループの捜索隊だけです。私は三グループあるいは三番目の捜索隊の代りにはモーターボートが必要だと思います。捜索隊は島に沿った沖合を調べ、その間《パフトゥーソフ号》は自身が見失われないぐらいの距離にいて学術調査をするのです」

北洋航路局の長官が笑い出し、立ち上がったので、私は話をやめた。彼はさすがに机を回って私と並んで座った。

「いやいや、君はさすがタターリノフ船長の娘ですね」

朗らかに彼は言った。

「地理学者ですか？」

「地質学者です」

「何年生？」

私は、ずっと以前に大学を卒業して、もう二年間バシキール地質管理局で働いていますと答えた。

「兄弟か姉妹はいますか？」

「いいえ、私一人です」

「では、お母さんは？」

「亡くなりました」

彼は思い遣り深くしばらく沈黙し、それからサーニャの計画に戻った。

「もちろん、それは皆、決して簡単なことではない」

物思わしげに彼は言った。

「でも、不可能ではない……モーターボートは、もちろんこの場合関係ないね。でも、グリゴーリエフ君だけは、おそらく呼び出す必要がある。彼はどこに？」

「ザポリャーリエです」

私は胸がドキドキし始め、何故かもう一度言った。

「ザポリャーリエです」

彼は、いたずらっぽく私を見つめた。

「よし、呼び出してあげるよ」

子供みたいに喜んで彼は繰り返した。（だから私はЧが私とサーニャのことを彼に話していたと分かった）

「この問題の解決には、この場合やっぱり彼が必要だと思いますか？」

「そう思います」

自信をもって私は言った。

「では、これで、とてもよかった」

立ち上がりながら、真面目な口調で彼は言った。

「君と知り合えて。捜索隊の派遣がなされるか否かは別にしても、君が私のところに来て、これほどまでエネルギッシュに熱く話したのは、本当にすばらしかったよ」

第6章　祖母のところで

私は祖母が毎晩私のところを訪れると以前に書いた。彼女は大げさで、もったい振った様子で、やって来るとキーラの母親と得意そうに話すのだった。彼女は《りっぱな部屋》が自宅にあるのに、《他人のところに住む》私が気に入らなかった。そして、もう二回も《立ち寄り、家の様子を探る（〔訳注〕当時は、広い家の中の空き部屋は、家のない住民に優先して与えられた）》ドーラ・アブラモーヴナとかいうユダヤ女を警戒していた。

「あたしも、もう歳をとってね」

ある時、彼女は涙ながらに私に言った。

「こんな一人暮らしは、まだやったことがないのさ」

でもある日、祖母は来なくなり、翌朝電話で、心臓がどこかおかしいと言った。私が、ニコライ・アントニッチは家にいるかと聞くと、彼女は怒りだした。

「バカをお言い」

彼女は厳しく言った。

「どこにいろと彼に言うのさ？　おまえみたいにかい？　あちこちに住んでろとでも？」

そして彼女は、彼は出掛けたと言ったので、私は急いで彼女のところへ行く支度をした。彼女は古びた緑色の毛皮外套に包《くる》まり、ソファーに横たわっていた。セイヨウバクチノキの滴剤――彼女が薬と認める唯一のもの――がソファーのそばのテーブルにあり、私が彼女に容態を尋ねると、彼女はただ手を振るだけだった。

「何かと言えば、うやうやしくお辞儀さ」

腹を立てて彼女は言った。

「修道女たちと生活していたのがすぐ分かるよ、信心深いこと。だからあたしは聞いたのさ《それなら、何のためにここにいるんだい？》そしてお払い箱よ」

彼女は、女中を追い出したけれど、それはとてもまずいことだった。なぜなら、その娘は信仰深かったけれども、善良で、彼女もそれまでは、かつてその娘が修道女たちと暮らしていたことを気に入っていたくらいだったのだ。

「おばあちゃん、何てことをしたの？」

私は言った。

「病気で、たった一人になってしまって！　私はすぐにおばあちゃんを連れていくわ」

「行かないよ、よしておくれ！」

彼女は服を脱いで寝床に横になるのをきっぱりと断り、これは心臓のせいではなく、昨日調理をしないまま、大根の千切りを植物油につけて食べたので、おかしいのは大根のせいだと言った。

「横にならないんだったら、あたしもう帰るから」

それでも彼女は服を脱ぎ、うめきながら寝床に横になり、突然寝入ってしまった……

母の部屋は、窓を開けるといつもなぜか隙間風が入るので、私は換気のため部屋の中の廊下のドアを開けた。それから、自分の部屋に立ち寄り思ったのは、私があれほどの年月を過ごした部屋が、何と居心地の悪く、ひどい所だったかということだった。ベッドには祖母の古いレースのベッドカバーが掛けてあり、カーテンは真っ白で、糊付けされてピンと逆立つほどで、すべては清潔に片付けられ、私が家を出る直前になぜか読んでいたその百科事典は、その同じページが開かれたままになっていた。私が帰るのを、こうして待っていたのだ……


古い学校の教科書に混って、窓辺で私はお気に入りの本からの引用文を書いたノートを見つけた。《〝そもそも人の心とは不可解なもの、とくに女性の心は〟レールモントフ》、それは奇妙でばかばかしい引用文で、私は昔の知り合いの女の子のところにお客に来ているようだった――あらゆることがすばらしく思えて、世界中の人を立派な偉人のように思い浮かべる女の子のところに。《〝世界は劇場、人々は俳優〟シェークスピア》

このノートを手に部屋から出た時、私は誰かが廊下をうろうろしているような気がした。もちろん私は、それが私の病気の祖母で、緑のビロードの毛皮外套で廊下を走り回っているとは思いも寄らなかった。でも、誰かが走っていた――まさにその緑色の外套姿で。でもやっぱり祖母だった。私が戻ると彼女は前のように寝床に横になっていたけれど、たった今飛び込み、毛布をかける間がなかったようだった。それはとてもおかしかった――彼女が、ずっと眠っていて、決して廊下を走り回っていなかったことを示そうとして、眼を細めたりして一生懸命そういう振りをするのだ。もちろん彼女は私を盗み見していた――突然私が家に帰りたくなってしまうのでは？　と。

「おばあちゃん、お医者は来たの？」

彼女がとうとう目を開き、大声で嘘のあくびをしたとき私は尋ねた。来ていなかった。彼女は医者は不要だった。彼女は、病気は大根のせいだと思っていた。

「でも、電話で心臓だって言ったじゃない」

「だから大根のせいで心臓にきたのさ」

「なんてバカな！　あたし、すぐ呼ぶわよ」

しかし、祖母は急に癇癪を起し、医者を呼んだら、すぐ自分は服を着てマリヤ・ニキチシナのところ――隣人がそういう名前だった――に行くからと言った。これまでも祖母に医者を呼ぶのに一騒動だったので、私はあくまで固執しなかった――まして、祖母の病状は分刻みに軽くなっていたから。ついにはすっかり回復したのか、突然部屋の臭いを嗅いで驚き、《焦げ臭い！……》と言って、ゆるい長外套を羽織って台所に走った。焦げていた――それほどでなく――のは、肉入りのピローグで、石油コンロにかけた魔法コンロ（（訳注）まわりが中空になって均一に火の通る小型のコンロ）の中ですばらしい匂いを出していて、祖母が言うには、私がそのピローグの味見をしないと、魔法コンロの具合がまた悪くなるとのことだった。万事がすっかり祖母のペースだった――こういうずるい手段を使い、とりわけ私のお気に入りのバターたっぷりの肉入りピローグを利用するのだった。


ピローグは我が家の方が《よそ》より勝っていると、きっぱり認めざるを得なかった。でも私は二切れを食べ、祖母にキスをしてとてもおいしいと言っただけだった。さしあたり、ニコライ・アントニッチについては何も話されなかった。しかし、祖母は無関心な顔をしていながら、私は今に始まるぞと分かっていた。それでも、祖母は遠回しに言い出した。

「オレーチカとラーラから手紙が来たのさ」

彼女は厳しい口調で言った。

「《家事をやるのは、もうおやめ》、あたしにゃ辛いだろうからって書いてたよ」

オレーチカとラーラ――それはN市に住んでいるブベーンチコフ家の私の年老いたおばたちだった。

「でも、家事をやめて、いくら女中に小言を言っても、あの娘は黙ってる。もっと小言を言う――黙ってる、あたしも怒り出す――黙ってる。あの娘は司祭の言うままに生きてるのさ」

やや活気づいて祖母は言った。

「自分のことはなし、すべて司祭のまま。ヒステリー女さ。司祭はあの娘にこう書く。《黙して、耐え、泣くべし》でもあの娘はうれしいんだ。衣裳箪笥《だんす》に釘を打ってイコンを下げて、小声でずっとこうだよ《かしこまりました》あたしや、あんなの大嫌いさ」

「だからもう追い出したんでしょ、おばあちゃん、そう言って」

祖母はちょっと沈黙した。

「家庭がすっかり壊れてしまった」

溜息をついて再び彼女は言った。

「お前は見捨てるし、彼はどうだい？　彼も、今や同じく食べ物があってもなくても同じこと。食べたり食べなかったり」

《彼》――それは、ニコライ・アントニッチのことだった。

「論文を書くこと、書くこと」

祖母は続けた。

「昼となく夜となくぶっ通しでね、朝から紅茶を飲んだかと思うと、すぐあたしのショールに包《くる》まって机に向かうのさ。そしてこうだよ、《ニーナ・カピトーノヴナ、これは私の全人生を賭けた著作になるだろう。私が悪いかそうでないか、それはもう友人や敵対者が判断すればいい》でも、自分は気分が落ち込み、物思いに沈んでいるのさ」

ひそひそ声で祖母は言った。

「ついこの間なんか帽子を被って食卓に来たよ、きっと頭が変になったんだよ」

この時、入口のドアが小さく音をたて、誰かが玄関に入り立ち止まった。私は祖母を見つめた――彼女はあわてて目を逸らし、私はそれがニコライ・アントニッチだと分かった。

「おばあちゃん、私、もう帰るわ」

「いいや、まだだよ、ピローグも食べ終ってないし」

彼は軽くノックして返事を待たずに入ってきた。私は向き直って会釈した――私はむしろ楽しい気分になって、平気で大胆に会釈したのだった。

「カチューシャ、どうしてる？」

「まあまあよ、ありがとう」

とても変なことだが、私にとって彼は今や、生気のないただの老人――短い腕にぽっちゃりした指をして、その指を不愉快そうに神経質に軽く動かし、まるで隠すかのように服の襟やチョッキのポケットに入れている――だった。彼は昔の俳優に似てきた。以前私の知っていた俳優――百年前に。でも今は、彼がどんなに顔色が悪く、貧弱な痩せ細った首で、肘掛椅子を脇へ寄せるために伸ばす両手が震えていようと私にはどうでもいいことだった。

最初の気まずい時間が過ぎ、彼は冗談で私の地図についてジリメルダグスカヤ累層とアシンスカヤ累層（地層を岩相に基づいて区分したもの）を取り違えなかったか――かつて大学でそんな事が私にはあった――と尋ねた。私はまた帰りたくなった。

「さようなら、おばあちゃん」

「私はいない方がいいかな」

小声でニコライ・アントニッチは言った。彼は前屈みでさっぱりした温和な表情で、思い遣り深げに私を見つめながら肘掛椅子に座っていた。母の死後、私たちは時にはそうやって長いこと話し合っていたのだ。しかし、今では私にとってそれは単なる遠い昔の思い出だった。

「お前が急ぐのなら、話し合いはまたの機会にしよう」

「おばあちゃん、本当のところ、あたし人を待たしてるの」

私は、しっかり私の袖をつかんだ祖母に言った。

「いいや、待ってなんかいないよ、よくそんなことが言えるね？　彼はあんたの伯父さんだろ」

「もういいよ、ニーナ・カピトーノヴナ」

優しくニコライ・アントニッチは言った。

「私が伯父さんかどうかなんて、どうでもいいよ……きっとお前は私の言うことは聞きたくないんだね、カチューシャ？」

「そうよ」

「狂信的な娘だよ」

忌々しげに祖母は言った。私は笑い出した。

「お前が私とお別れもせずにいなくなり、私がどんなに辛い思いをしたかを、お前に話すつもりはない」

性急に、しかし同様のさっぱりした温和な声でニコライ・アントニッチは続けた。

「それに、お前たち二人が、最近精神病院から退院したばかりの、あの不幸な病気の老人を信じたために思い違いをしていることも話すまい」

彼は眼鏡越しに私を見つめた。精神病院出だって！　それは新手の嘘だ。あるいは嘘でなくとも、もう私にはどうでもよかった。ただ、わずかに私の考えを苦しめたもの――それは、そのことがサーニャに及ぶか、あるいは彼を不愉快にさせるかも知れないということだった。

「あぁ、全く！　あの貧相な混乱した頭で何が想像できるというのだ！　私が、何かの手形を使って、彼を破産させただの、わざと探検隊にひどい装備をさせただのと、どうしてお前はそう考えるのか？　イワンを破滅させたかったとでも言うのか！」（訳注）自分に批判的なヴィシミルスキーのことを暗に示している）

ニコライ・アントニッチは心底から笑い出した。

「嫉妬からだって！　あぁ！　私は君のお母さんを愛し

ていた、そして嫉妬からイワンを破滅させたかった……」

彼は再び笑い出したが、急に眼鏡をはずすと涙を拭きはじめた。

「そうだよ、私は彼女を愛していた」

泣きながら彼はつぶやいた。

「神の思し召しで、すべては全く違っていたかも知れない。私にもし罪があるなら、彼女以外に誰が私を罰することができるというんだ？　もう、こんなにまで私を苦しめているじゃないか、これ以上考えられないというほどに」

私は、ずっと以前からこうだったことがまた始まるのを、半ば無意識に感じながら彼の言葉を聞いていた。つまり、わずかの髪しか残っていない、赤味を帯びた禿頭とか、お決まりの表情で話す、お決まりの言葉とか、泣いている老人を見るときの不愉快な気分とかを。

「味はどうかい？」

厳しい顔で祖母が訊いた。

「おばあちゃん、すばらしいピローグよ、もう少し頂戴」

私は楽しそうに言った。

「私、聞いてるわ、ニコライ・アントニッチ」

「カーチャ、カーチャ！」

「皆さん、こういうことなの」

私は、憎しみのあまり、むしろ愉快な気分を感じながら言った。

「つまり、あたしはもう小ちゃな女の子じゃない――二十四歳で、気に入ったことならなんでもできる。私は、この家に住みたくはないの、分かる？　私は結婚するわ。私は夫と極北地方に住むつもり、ただ彼は極地の飛行士だから、ここではどうすることもできない。ニコライ・アントニッチについては、私は彼が泣くのをもう何度も見てきたし、うんざりなの。ただ言えることは、もし、彼に罪がないのなら、おそらく生涯かけてこの事件に掛り切りになったりしないだろうということよ。例えば北洋航路局でサーニャの捜索隊が失敗するよう奔走したりはしない筈だわ」

きっとこの瞬間、私は以前のようにはあまり楽しそうではなかったのだろう。祖母は驚いて私を見つめ、こっそり十字を切ったほどだった。ニコライ・アントニッチは頬の筋を震わせていた。彼は黙っていた。

「だから私をそっとしておいて欲しいの」

怒りを爆発させて私は言った。

第7章　冬

十一月に私はモスクワ川岸のある郊外に部屋をもらい、すぐに引っ越したが、ヴァーリャとキーラは口をそろえて、私がいないと彼らは家庭生活を乗り切れないと言明するし、アレクサンドラ・ドミートリエヴナは私を脇に呼んで、《それでも黒褐色の狐に対する避雷針代り》だったのに、私がいないとヴァーリャの長話で死ぬほどうんざりするから、もう家を出ると付け加えるのだった。

部屋は新築の建物だが、人気《ひとけ》のない岸辺にポツンと突き出た五階建ての家は、その外観が特に人を引きつけるほどのものではなかった。建築の労働者は帰ったばかり——まだ残っている人たちは建築で出た砕片を片付けながら中庭を動き回っていた。風呂はまだ階段のところに置かれ、あちこちにペンキの入ったバケツが放置されたままぶら下がっていた。この郊外Vまで、今なら地下鉄で十分だけれど、当時はのろのろした路面電車でたっぷり一時間かかった。今ではVは、モスクワと同様の街になったが、当時はつまらない所で、柵で囲って欲しいくらいにぶかっこうなこの孤立した建物は、まわりにある柱や手摺《てすり》が装飾され、木彫りの風見鶏のあるたくさんの古い別荘と比べても、とても不似合いだった。しかし、建物だけでなく、自分の部屋も、私は自慢はできない。ただ、一つだけ取柄があるとすれば——それは、モスクワ川のすばらしい眺めで、冬、特に夕方近くがよくて、黄昏のぼんやりした光線が遠くどこからともなく射してきて、雪溜りの下に、きれいに楕円形の影ができるのだった。すると私は、北極圏の小さな港町を思い起すのだ——そこでは木造の通りの上をトナカイの引く荷車が走っている。

《でも、トナカイと一緒に——サーニャは書いていた——木材運搬車、自動車、馬、そして橇引き犬が先を争って走っていて、この風景を見ると、氏族体制に始まり、社会主義文化に終る人類の全歴史が目に浮かぶんだ。今や新しい町の建設中で、どこも伐採、伐採で通りは木片で埋められ、空港管理局は、《ロビー》のある新しい三階建ての立派な建物に引っ越した。夜ごとに僕たちはこの《ロビー》に座ってヴォルテールを読んでいる。この《現代的な》作家が、ここではとても人気があって、その作品の引用が壁新聞を飾るくらいなのは、おかしなことだよ。あまりに君のことばかり考えているものだから、他のことのための時間が一体どこから出てくるかと自分でも不思議な気分さ。だって、その他のことも皆、結局はなぜか君のことだし、特に飛行中なんか、何か考えたり口ずさんでいても、又考えていることといったら——すべて君のことなんだから……》

この冬、私はかなりお金に不自由していた。というのもお金はバシキール地質管理局のあるウファから私宛に送金されていたのだが、しばしばそれが滞っていたのだ。時折、非難の電報を送ることもあった。とりわけ、私には食事をとる場所もなく、かといって料理はおっくうだった。要するに私は全く人嫌いになり、ある時など自分の絹の礼服を仮縫いしながら、座っているうちに憤りのあまり泣き出してしまった。その冬の間で初めて私は劇場——ヴァフタンゴフ作の《人間喜劇》の初演——へ出掛けることになった。ところが私のドレスは流行遅れで、もう百年も誰も着ないような変な裾をしていた。そこで私はキーラと一計を案じ、ドレスをピン留めにして裏から縁縫《へり》いをした。しかし、それでも夜会は台無しだった。

郊外のVでの一人ぼっちの冬——そのために私のところへ一番訪れる常連客は、ほとんどロマショフだった。私を殺して自分も死ぬと言った、あの当のロマショフの記憶は、あまり気にならなくなっていた。彼はやって来ると礼儀正しく、静かで、いつも上品でおしゃれな服で落ち着いた声——多分、同じ声で大学で講義をしているのだろう——で私と話すのだった。ある時、彼はとても疲れてお腹をすかせてやって来た。

「ミーシャ、紅茶はいかが?」

彼は素っ気なく礼を言って断った。きっと彼は、用件以外に個人的な関係を持ちたいのではないことを示したかったのだろう——用件とは、捜索隊およびそれが関係するすべてのことだった。何故、彼はそれにこだわったのだろう? その用件はもちろん私にかかわることであり、従って《彼にとっても無関心ではいられなかった》のだ。でも、そこには彼のプライドもあった——私が、彼を拒否したことを少しも侮辱に思っていないことをどうにかして示そうとした。そして、疑いなくそこには計画があった——相も変らず愚かで入り組んだ何らかの陰謀の手助けで、私と結婚しようというのだ。彼自身の中に、何かはっきりしないと同時に複雑なもの——あの礼儀正しさと、子供っぽい突き出た耳のこわばった顔自体の中に見られる——があった。でも、突然、何か恐ろしいものがちらっと浮かぶのだった。イワン・パーブルイチが彼のことを、とても複雑で、どんな場合でも強い意志を働かせる人間だと言ったのも無理はなかった。しかし、私には、彼の心の中はどうでもいいことだった。もちろん私はサーニャに彼が私のところに来ていることは書かなかった。そんなことをしたらサーニャは気が狂うだろう――ましてサーニャから届く手紙はなぜかいつもよそよそしい冷淡なものだったから……

北洋航路局は、捜索をサーニャに託す件について全く確信がないことが、突然明らかになった。彼はまだ若いし、実務経験は豊富だが、北極での経験は比較的少ない。彼は優秀で仕事のできる飛行士として知られているが、組織的な能力を必要とする、こういう複雑な仕事ができるだろうか？　そもそも、彼はこんな男ではないか――確かある雑誌で彼の中傷は非難されていたし、その中傷していた相手は有名な極地活動家で、タターリノフ船長の従兄弟《いとこ》でもあるN・A・タターリノフとかいう人だった――というのである。

私の方でも、雑誌編集部に反論を掲載するように要求した。つまり、私は、六人で構成される捜索隊を組織することは、それほど難しい仕事ではないことを証明してみせた。私はタターリノフ船長の捜索は、決して他の人ではなく、子供の時からその考えを胸に抱いてきた人に託すべきだと主張した。ロマショフはこうして私が奔走しているのを知っていた。彼がどう考えているのか、何を望んでいるのか――私は尋ねたことはなかったし、彼も話すことはなかった。しかし、多くのことに私が気付く日がやって来た。私は、もし捜索が行われるなら私もサーニャとともにセヴェルナヤ・ゼムリャ島へ行くことに何の疑いも持っていなかった。私は北洋航路局長にそのことを手紙に書いたし、地質学者として協力を申し出た。人事部からまもなく返事が届き、残念ながら私の期待は全く外れてしまった。つまり、私は極地観測施設のうちの一つを自分で選ぶように勧められ、話し合いのため北洋航路局に出頭することになった。

その日、私は家に戻ったのが遅かった――いつものように、《郊外の町》にたどり着き、階段のところで思い出したのは、残念なことにドアの鍵を締め忘れたことだった。ところが、誰かが私の部屋を歩き回っている――まちがいなく泥棒だ。しかし、それは泥棒ではなかった。それはロマショフで、私が入ると彼は立ち止まり、私はすぐに分かったのだが、彼は異常に混乱していた。

「僕は、この手紙を読みました」

彼は挨拶もせずに言った。

「あなたは捜索に出掛けたい、そうなんですね！」

私は彼の顔を見つめ、思わず学校で彼が《フクロウ》とからかわれていたのを思い出した。彼の両眼は完全に真ん丸で、この瞬間彼は、驚くほどフクロウにそっくりだった。でも、それはかなり大きなフクロウで、大声で怒鳴るのだ。《そうだったんですね！》——やっとのことで私はひと息ついた。

「でも、何だって人の手紙を読むの？」

できるだけ穏便に私は言った。

「そんなことすべきじゃないわ、ミーシャ！」

「あなたは僕に隠してたんだ！　自分は出掛けようと、僕に隠れて奔走してるなんて！」

「ミーシャ、何を考えてるの？　どうして私があなたに許しを乞う必要があるの？」

彼は突然、何か奇妙にすすり泣き始めた——笑い出すでもなく、泣き出すでもなく。

「僕が自分で」

高い声で彼は言った。

「あなたがそうしたいなら、僕がやってあげるのに。勝手に行けばいいんです！」

私はちょっと黙った。私はなぜか、彼を怒らせたくなかった。

「どうして黙ってるんです？」

「あなたの戯言《たわごと》に答えたくないからよ」

「カーチャ、カーチャ！」

「いいこと」

私は落ち着いて言った。

「あなたは何が必要か知ってる？　休養よ、あなたは疲れてるの。私がモスクワに残るなんて、どこから思いついたの？」

「そうです、残って欲しいんです！」

私は吹き出したくなったが、彼は私に近付き、ほんの一瞬、私を殴るような顔つきになった。

「あのねえ、いい人だから」

私はいっそう冷静に言おうとしたが、思うようにうまくできなかった。

「外套と帽子はどこかしら？」

「カーチャ！」

絶望して再び彼はつぶやいた。

「ええ《カーチャ》よ、私がモスクワになんとか残ることをあなたが当てにしてることは分かってる。それでも全く気が違ったとしか思えないわ、だってそのことに私は何の未練もないんだから。じゃあ、これでね？」

彼は黙って外套と帽子を身に着けて出ていった。

一九三六年の初め、捜索はついに決定された。有名な極地探検隊員のＶ教授が論稿を寄せ、その中で航海士クリモフの日記から判断して、《タターリノフ船長の探検隊の記録は、もし発見されるなら、最新の北極調査にとって重要な意義を持つだろう》との確信を述べたのだ。私ですら、この考えはあまりに大胆に思えた。しかし、思いがけずこの考えが確かであると判明した——まさに次の事実が、サーシャの計画の承認に一番大きな役割を演じたのだ。

実は、一九一二年十月から一九一四年四月までの《聖マリヤ号》の漂流を地図で調査・検討し、Ｖ教授は北緯七八度〇二分、東経六四度に未知の陸地が存在すると推測したのだ。そして、何と研究室でＶ教授が発見したこの仮説的陸地が、一九三五年の航海時に出現したのだった。なるほどそれは取るに足らない陸地だし、流氷のただ中にあって全くわびしい光景の中に見捨てられた北極のただのちっぽけな陸地かも知れないが、いずれにしても、ソビエトの北極地図から一つの《未踏査地点》が消された訳だし、それが《聖マリヤ号》の漂流地図の手助けによってなされたのだ。

サーニャの計画に有利な新たな論拠が必要になるかどうかは分からないけれど、そうであってもなくても、《セヴェルナヤ・ゼムリャ島調査の高緯度探検隊付きの捜索隊》が、来年の航海プランに加えられたのだ。春に、サーニャはレニングラードへ来ることになり、私たちは、私のまだ行ったことのないレニングラードで会う約束をした。

第8章　レニングラード

一九三六年五月二十日の朝、サーニャと翌日の出会いを期待しながらレニングラードへ向かう途中、私は胸の中でどんなにかあれこれ想像し思い巡らせていたことだろう！　古い車輌だったせいか客車はがたがたと軋んでいたが、私はすばらしい気分で一晩ぐっすり眠り、目覚めるとひたすら空想していた。列車の単調なガタン、ゴトンと隣席の人の寝息を、まるではるかかなたから聞こえてくるように感じながら、あれこれ想像するのは何と楽しいことだろう！　私は自分の人生でこれから起ること、起り得ないことまで、素直に受け入れることができた。私には、すべてがあり得るように思えた——私の父が生きていて私たちが彼を見つけ、一緒に戻ることだって。それは不可能だったけれど、そんなことを思いつくくらい私の心は穏やかで自由に広がっていた。私たちが彼を見つけることを、私はまるで心の中に言いつけているみたいだった——ほら、白髪の、背筋を伸ばした彼が立っている。でも、彼は寝入っていなければならない。そうでないと幸せと興奮のあまり彼は気が狂ってしまうから。

　車輌は激しく揺れて軋み音をたて始め、それは何度も始まっては等間隔に繰り返す、よく響く音楽のようだった。私は、その先に一体何が起るかずっと待っていた——でも、音楽は繰り返すだけ。これ以上思いつかないくらい人生で一番すばらしい、最も奇跡に満ちたこととは、どんなことだろう？　そこで私が考えたのは、一九三三年にチェリユースキン号（〔訳注〕一九三三年、ムルマンスク、ウラジオストック間の北洋航路開拓に挑戦した）の乗組員を救助した英雄飛行士たちが歓迎されたように——皆に愛され、皆がその話でもちきりだった彼らは、花束で飾られた車に乗ってパレードし、花束とビラと、英雄たちを迎える婦人たちの着ている明るい色のドレスとでモスクワ中が真っ白になった——私たちも帰還し、迎えられることだった。でも私は、その歓迎は自分のためではなく、サーニャと父のためであって欲しかった——とてもあり得ないとは思うけれど、眠くてうつらうつらしながら、ずっと続く車輪の一様で単調な音楽の続く車輌にいると、もうそれ以外に考えられないのだった……

　特急《「赤い矢」号》が十時二十分にレニングラードに到着して、隣席の人たちが、とっくに通路に出て煙草をすっている——多分、私が着替えて出てくるのを待っているのだろう——のに、私はまだ横になっていた。私は、こんな不思議な、子供っぽい気持ちは、これから先もう戻ってくることはないような気がしていた。

　サーニャの妹（私は、サーニャと区別して、手紙ではいつもサーシャと呼んでいた）が、私を駅で迎える《あるいはペーチャが——彼女は書いていた——もし体調が悪ければ》という打合せになっていた。彼女は度々《たびたび》自分の健康がすぐれないことをさりげなく仄《ほの》めかしていたが、手紙はスケッチのある愉快なものだったので、私は、この指摘に何の意味も感じなかった。とはいえ、私はどういうことなのかと思っていた。同じ手紙の中に、ペーチャが描かれていて、片手に本、もう一方に赤ん坊を抱き、しかも、不思議なことにその二人は似ているのだった。

　皆、すでに帽子と外套を身に着けて立っており、隣席の人たちは私が寝台からトランクを降ろすのを手伝ってくれた——そのトランクには、私の持ち物すべてが詰められ、あたかも、しばらくはモスクワに戻ることはないことを予感したかのように、いくつかのお気に入りの鉱石見本まで入った、とても重いものだった。私は興奮した——レニングラードだ！　人々の合間に突然プラットホームが現れ、私はすぐにスコヴォロードニコフ夫婦を捜し始めたが、プラットホームを通過したのに、彼らは見つからず、私は車輌が何号車かを電報で伝えなかったことを思い出して悔しがった。ホームの赤帽が私のトランクを引き出し、私は皆がいなくなるまで彼と立っていたけれど、スコヴォロードニコフ夫婦はどこにもいなかった。

「玄関まで行きましょうか？」

赤帽は言った。私たちは玄関まで出て、私はたっぷり半時間立ちつくし、とうとうこれはひどい仕打ちだと腹を決めた。あんなに勧めていながら、迎えに来ないなんて！　しかも、私がレニングラードは初めてだと知っていながら。一瞬、私は迷った——ホテルに行ってしまおうか——でも、やはりおかしいと少し心配になり、スコヴォロードニコフ家に行くことにした。本当のところ、私は彼らの家をほとんど知らなかった。私は妹のサーシャとはN市で何年も前から知り合いで、それ以来会ったのはおそらく三～四回しかなかった。

でも、私たちは定期的に文通していて、私がママの死の後モスクワで一人ぼっちだった、あの辛い年月にはそれが何よりのものだった。彼女は私に、サーニャから自分に届いた手紙を詳しく話し、彼が私を愛していることをいつも確信していて、それはバラショフやその後のザポリヤーリエで彼が勤務に就いて、私のことを忘れている時でさえ、そう信じていると言った。彼女は私の親友だし、今度私たちが出会ってもやはり親友だと分かることに、私は何の疑いも抱かなかった。まして彼女は、サーニャの妹なのだから。

ペーチャとも、私はほとんど会っていなかった。N市で彼は、いつも何か思いがけないことをする、長身のもじゃもじゃ頭の若者——誰も待っていないのにひょっこりお客に現れたり、又同様に不意にその場を離れてしまう——だった。レニングラードの劇場のある劇団員と一緒に、彼は数回モスクワにやって来て、いつも私のところに立ち寄った——同様にせっかちで、もじゃもじゃ頭で、〝ひょっこりと〟、ただ少しだけ歳をとった風貌で。

ある手紙の中でサーシャは彼女たちの住んでいるカール・リープクネヒト大通りへ、駅からどう行くのか詳しく話し、地図まで描いてくれた。でも、私はすっかり混同してしまい、ネフスキー大通りに出ながら、ある礼儀正しい、鼻眼鏡のレニングラード人にこう尋ねてしまった。

「お伺いしますが、ネフスキー大通りへはどう行くのでしょう?」

それは、私が誰にも言えない恥辱だった。やがて路面電車に窮屈に押し込められ、私が気付いた唯一のことは、モスクワに比べて、通りが少々がらんとしていることだった。

路面電車を降りたそこも人気がなく、私はトランクを引きずっていく。ああ、ほら、七十九番地。《写真芸術家ベレンシュタイン》ここだ。私は忌々しいトランクの重さで麻痺した指をこすりながら三階の踊り場に立っていると、下でドアがバタンと音をたて、ハンチング帽を手に雨ガッパの長身の男が、階段を飛ぶように駆け上がり、私のそばを通り過ぎた。

「ペーチャなの、あなたは」

おそらく彼はこの時、とにかく私などまるで眼中になかったのだろう。立ち止まり、目を向けたが、私に何の関心も示さず、さらに走り出そうとした。しかし、おぼろ気な記憶が、やはり彼を引き止めた。

「分かりませんか?」

「えっ、まさか、もちろん分かるよ! カーチャ、僕は病院から走ってきたんだ」

絶望した口調で彼は言った。

「昨晩、サーシャが病院に運び込まれたんだ」

「なんですって?」

「そう、運ばれたんだ、家へ行こう、だから僕たち君を迎えに行けなかったんだ」

「彼女の容態はどうなの?」

「彼女は君に手紙を書かなかったかい?」

「いいえ」

「それなら、行こう、すっかり話すから……」

おそらく、写真芸術家ベレンシュタインの家族はサーシャとペーチャの事態に親身に同情していたのだろう、小柄で優美な着こなしをした婦人が、玄関のところでペーチャに会い、興奮して尋ねた。

「どうなの?」

彼は、入れてもらえなかったので分からないと答え、するとその瞬間、もう一人、同じく小柄で優美な婦人が飛び出してきて、再び興奮して尋ねた。

「どうなの?」

それで、ペーチャも又、入れてもらえなかったので分からないと詳しく話すしかなかった。サーシャは、臨月だった――だから、彼女は病院に運び込まれたのだ。

「ペーチャ、一体何でそんなに興奮することがあるの？　すべてうまく行くから、安心して」

私たちは彼の部屋に二人っきりで、彼は私の向かいの肘掛椅子に座り、痩せた肩を上げて顔を垂れていた。彼はとても気落ちして打ちひしがれた顔をして、私がすべてうまく行くわと言うと、ひどく歯を食いしばった。

「君は知らない……彼女はとても悪いんだ。彼女はインフルエンザにかかり、咳をしている。彼女も、すべてうまく行くと言ったけれど……」

彼は立ち上がった。

「ガブリチェフスキーの病院に行かなくちゃ。僕は電話したけど、サーシャのいる病院は彼のところと違うので診察できないと言うんだ。サーシャはシュレーデルの病院にいるんだ」

私は、ガブリチェフスキーとは、サーシャを治療している医者だと分かった。

「いいえ、まず彼女のところへ行きましょう。たかがインフルエンザでしょ！　安心なさい、万事うまく行くから」

彼は呆然として私を見つめた。

「ほら、いいこと、ペーチャ、しっかりするのよ！」

私は腹立たしくなって言った。サーシャのところへ行く間中、私は彼を叱っていた。彼は次第に我に返り、サーシャが娘か息子と一緒に家に帰ってくる晴れがましい光景を私が彼に言葉で想像させると、思わず笑い出す始末だった。

「あなたはもちろん男の子が欲しいんでしょ？」

「あぁ、蛙でも何でもいいから早くすっかり終って欲しいよ！」

その病院がどういう所か分からない――ペーチャが言うにはとてもりっぱな病院らしい――しかし、私には来訪者の控室一つなく、皆が、木の柵で階段と仕切られた下階の玄関口に立っているだけというのは変に思えた。ペーチャと同様の、気落ちした若い父親たちが数人、ベンチに座ったり、お互いひしめき合いながら憂鬱そうな様子をしていた。

ペーチャも座ろうとしたが、私は彼を階上に連れていくと、どこか感じのいい看護婦が私たちに、先生をつかまえたいなら、回診が終って次の病棟に行くときの廊下がいいわよと教えてくれた。私たちはようやく先生をつかまえたが、ペーチャが興奮で跳び上がらんばかりに彼に飛びつくのに、ただ目を細め笑うだけだった。

彼は自分の医務室に私たちを案内し、私たちが話し合った三十分のうちに、恥ずかしながら私はこの人にすっかり夢中になってしまった。彼は優しい青い目をして、何に注意して、何は心配しなくてよいかを説明しながらペーチャに堅く握手をした。彼は驚くほど魅力的だった。彼は、それほど安心させるような話をした訳ではなかったけれど、私たちはなぜか心が落ち着いた。早い話が先生はすべてがうまく行くと確信していて、《妊娠という状態でのインフルエンザだけれど、それはもちろん全く心配無用》というのだ。サーシャについて彼はこんな若い妊婦さんはめったにいないと言った。

すっかりいい気分で、私たちは家に戻り、そこでペーチャは私が列車を降りてから、私にお茶も振舞っていないのに気付いた。ドアの開く音がして、私は誰かが廊下で話しているのが聞こえた。

「ペーチャ、そんなことまでしなくてもいいの、まだ熱いティーポットがうちにあるから」

でも彼はティーポットなしで戻り、私が旅行の食べ物が残っているから何もいらないと強く言ったのに、机の引出しからお金を出すと、また出ていった。

そこは一見してそうだと分かる画家の住む部屋だった。しかも、そこには二人の画家が住んでいて、二人が仕事をするのは窮屈そうだった。一人がどこで、もう一人がどこで仕事をしているか、そして彼らがお互い邪魔になる空間はどこかを言い当てることもできる気がした。ほら、窓辺の白いすてきな机、製図台を作り直した、とてもシンプルなもの、これは間違いなくサーシャの机。そして舞台美術の模型が置いてあり、鉛筆や絵筆や紙筒が乱雑に散らばっているこの汚い机、これはきっとペーチャの机。全くすべて、私の生活とは似ても似つかぬものに思え、私は急に自分のモスクワでの生活が、特に最近単調でつまらなくなっていたのに気付いた。でも、それは技能や才能のある人々であって、私には何の才能もなく、ペーチャが戻るまで当然ながら私は全く空しい思いで悲しみに打ちひしがれ、そのことを考えていた。

彼は、サーシャの入院があまり急だったので、部屋が散らかっていることを詫びた……。でも、私の方こそ部屋を片付けもせずにばかみたいに窓辺に立っていたのが恥ずかしかった……

「ふーっ、お腹がすいた！　実は、お腹がペコペコなんだ！」

そして私たちは座ってお茶を飲み、サーシャの話をした。言うのをすっかり忘れていたけれど、病院を出るとき私たちは一人の付添い看護婦と約束して、一時間毎にサーシャの容態を電話してもらうことにしていた。そのためにペーチャは彼の持っていたお金を全部彼女に渡した――多分、かなりの額だったのだろう、彼女は驚いた顔をして、お金をつき返した。

今、彼女の電話があり――昼の二時――すべて正常だと伝えた。

「正常だって？」

ペーチャは叫んだ。

「正常です」

「で、容態はどうなんだ？」

「正常です」

一時間後、彼女は再び電話をしてきて、また――正常です――と言った。

「ほんの少し、呻《うめ》いています」

少し考えて彼女は言い足した。すると、さっき熱いティーポットをペーチャに勧めた、あの同じ声が憤慨してこう言うのが聞こえた。

「ペーチャ、気は確か？　呻くから何よ？　あなたは呻いたりしないっていうの？」

こんな風に一日中続いた。夕方、私は散歩してレニングラードを見物できたらいいなと、そっと言ってみたが、彼はあまりにがっかりした驚きの表情をしたので、私は家に残った。

「気晴らしになるだろう、いいかい？」

そして彼は自分の最近の作品を私に見せてくれた――プーシキン百年祭の銅像のデザインだった。プーシキンが風に外套をはためかせ、霊感に満ちた一途な表情でネヴァ川の河岸通りを歩いているのが描かれていた。それは黒人に似た、自己の内面に没頭し、ひそかに楽しんでいる風情の若いロマンに満ちたプーシキンだった。

「気に入った？」

「とても。でも、彫刻作品に取り組んでいるとは知らなかったわ」

彼はなぜ彫刻作品に関心があるかを説明し、それから思いがけずラスケルとカパブランカの参加するモスクワのチェスのトーナメント国際試合に話題を転じ、そのあと国際情勢の話になった。そうしながらも彼は絶えず電話が鳴らないか耳を澄まし、彼の話すことはすべて――それがイタリア－アビシニア戦争の話題であっても――ひたすらサーシャ、サーシャだった……

八時になっても、なぜか付添い看護婦からの電話がなく、私たちはまた病院に走り、再び話を聞いた――今度は、先生をつかまえるなら回診の後がよいと勧めてくれたあの感じのよい看護婦だった。おおむね順調だったが、付添い看護婦が電話しなかったのは、実はペーチャに対し、あまりひんぱんに面倒をかけるのが、彼女はきまりが悪かったためだった。私たちが家に戻ると、ペーチャは私に、写真芸術家の家族、つまり、小柄でエレガントな白髪の妻と、同じく小柄な、これも感じのいい白髪の彼女の妹を紹介した。主人自身は何故かモスクワに引っ越していて、彼の写真を見せてくれた。彼は美しい頭髪で、ビロードのジャケットを着た風采の立派な男で、見るからに写真芸術家風で、写真家というより、むしろ芸術家の風格があった。

夜中の一時過ぎ、私はサーシャのベッドで寝ることになったが、ペーチャは眠くないと言って、電話のそばで本を片付けていた。付添い看護婦は規則正しく電話してきたが、その度に電話で面倒かけるのを詫びていた。そんな会話の一つを聞いた後、私は寝入ったけれど、どうやら一瞬だったようで、誰かが短くせわしげに壁を叩いたので、私は何だかさっぱり分からずに飛び起きた。部屋の廊下には明かりが灯り、どこからかまるで数人が互いの話をさえぎり大声で話しているような声が聞こえてきた。その瞬間、寝ぼけ眼《まなこ》の私には、何だかのっぽの変人みたいに見えたのだが、ペーチャが部屋に駆け入ってくると踊り狂いだした……そして、机越しに身を屈めて壁から何かを取り外し始めた。

「ペーチャ、何なの？　どうしたの？」

「男の子だ！」

彼は叫んだ。

「男の子だ！」

重い額縁に入った、ある大きな肖像画を壁から外そうとしたため、机の上の物がみんな床に落ち、始めのうち膝をついていたのが、今度は机に乗って壁と肖像画の間に入り込もうとした。

「それでサーシャは？　サーシャは大丈夫なの？　気でも違ったの？　どうしてその肖像画をはずすの？」

「ロザリヤ・ナウモーヴナに、この絵を贈る約束をしたんだ、全てが済んだらね」

彼は机から降り、私にキスをして泣き出した。すべては思っていたよりも全く予想外にすばらしい結末になり、翌朝にはもう私たちはサーシャにお祝いの手紙や、キャンデー、それに花屋で手に入る一番大きな花籠を送っていた。私たちがそれらを渡すと、警備員は《うわぁ！》と言い、当直の看護婦も、《まあ！》と驚いた。

第9章　出会い

すべては済んだのに、私が前日夢中になっていたあの病院の先生は、何か不満そうな様子だった。といっても、それは私がそう思っただけなのだろう。何故かサーシャはしばらく病室に移されなかったが、結局、まだ私たちのいるうちに移された。私たちはこっそり電話していたあの付添い看護婦をサーシャのところに送り、彼女はサーシャからメモ書きをもらってきた。

《ペーチェニカ（〔訳注〕生まれた男の子の名前は同じペーチャと決めていたらしい）は鼻の大きいところはあなたにそっくりよ。だからみんなうまく行くって言ったでしょ？　愛するカーチャ、一杯キスを送ります。すばらしい花束、ありがとう。あんなにもたくさん届けることなかったのに。ベレンシュタインさんたちによろしく……あなたのサーシャより》

　このメモを読んで、私は少し泣きたい気持ちだった。多分、私はちょっと泣いたのだろう。でもその時待合室で誰かが時間を尋ね、もう九時四十五分だと分かった。それで私は、この建物を去りたくないペーチャと別れ、駅に出掛けた。ムルマンスクからの列車は、十時四十分の到着だった。私はこれまでサーニャに長い長い別れの後で会って、期待外れのような妙な気分に突然おそわれたことを思い出した。今度の出会いも、頭の中で何度も何度も描いて想像していた以上のものには、決してならないような気がした。モスクワで、極地から戻ったサーニャとボリショイ劇場で会ったときも、私はそんな気持ちだった。あの時、私はあらゆることに何か思いがけないある変化――この世のすべてに――が起るに違いないと思った。しかし、何も起らなかったし、私たち二人も、あとであのデートを悔やむだけだった。

　さて今、駅に着き、私は急にあの気分になるのを恐れだした。私と同じように、他の人たちも誰かを迎えに来ていた。赤帽は列車に駆け寄り、汚れた白い口髭の醜男の検札係が何かのことで乱暴に車掌を怒鳴っていた。でも私はあの気分にはならないと分かった。なぜなら今回は全く違う出会いだったから……

　列車が現れた――興奮はまたたく間にプラットホーム上に伝わった。迎えに来た人たちは少なかったが、それでも私は彼がすぐに私に気付くように皆より少し離れたところに立っていた。私は落ち着いていたのだろう。すべてがとてもゆっくりしているように思えた——列車はプラットホームにゆっくりと近付き、最初の乗客たちがデッキからゆっくり降りてきて、私のほうに驚くほどゆっくり歩いてくる——どんどんやって来るけれど、サーニャはまだいない。そして再びやって来る。でも、彼はいない。私の心臓はどこかがこわれそうになる。彼はやって来なかった。

「カーチャ！」

私は振り向く。彼は一号車の前に立っていて、私は体中のすべてが興奮と幸せで震えるのを感じながら、彼に向かって走る。私たちもプラットホームをとてもゆっくり歩く、だってお互いを見つめるため、絶えず立ち止まる必要があるから。最初に私たちは何を話したか覚えていない。サーニャが何か急いで尋ね、私はうわの空で答えていた。それから私はサーシャのことを話し、私たちは再び立ち止まった——今度は場所が悪くてすぐにホームの人たちに押されてしまった——それでも、長いことサーシャのことを話した。

「で、ペーチカは？　彼はきっと、大喜びでレニングラード中を奮い立たせたことだろう、全く気違いだよ。あぁ！　会うのは何て久し振りだろう！」

サーニャが、ホテルに泊まる方が便利だというので、私たちは《アストリアホテル》へ行った。そこからペーチャに、最初は自宅、それから病院に電話した。病院で、彼はケシの実入りクッキーを買いに行っていないと言われた。

「何ですって？」

「ケシの実入りクッキーですよ」

「ケシの実入りクッキーを買いに行ったのね」

不審な気持ちで私は言って受話器を掛けた。サーニャはひどく笑いころげていた。

「それはね、サーシャがケシの実入りクッキーが好きなことを彼が思い出したからさ」

彼は説明した。

「彼女はケシの実入りクッキーが大好物なんだ、あぁかわいい奴！……で、《悪ガキ》って、彼、まだ言ってるかい？　彼の口癖の《悪ガキ》とか《バカげてる》とか……何をぼんやりしてるんだい？」

私は、彼がとても気に入って、本当に驚くくらい気に入って見つめていたのだ。私たちは、まる一年振りに再会し、別れていたときよりこんなにも信じられないくらい身近な気分がするのが不思議だった。私は何故か彼がこの一年で背が伸びて胸や肩がよりがっしりとなったように思った。顔立ちがはっきりしてきて、特に顎と口元の輪郭がより毅然として力強くなっていた。もう、男の子の面影はなく、もう結婚するのはまだ早いと言うことはできないように思えた。ただ、頭のてっぺんに頑固に突き出ている前髪は、撫でつけてなんとか大人っぽくしてはいたが、昔のままだった。

「君がこんなに美人だったとは知らなかったよ」

彼は言った。

「とても変だけれど、あそこにいるとそんなことはなぜか大きな問題じゃなかったんだ」

「じゃあ、ここではどうなの？」

彼は私にキスし、私たちは再びペーチャに電話をかけた。今度は彼は家にいて、私がサーニャがそばにいて、私の手から受話器を引っ張っていると言うと、電話口で猛然と吠えはじめた。彼らは長い間だらしなく叫んでいた。《おい！　なんだってお前、えっ？》そしてお互いを《悪ガキ》呼ばわりして罵っていた。やがてサーニャがケシの実入りクッキーは届けたのかと尋ね、笑いをこらえながら、まだ届けていないと私に身振りで合図をした。結局彼らは、こういう約束になった。つまり、サーニャが病院に行き、二人一緒に、なんとかサーシャの病室まですり抜けていこうと。

「じゃあ、私は？」

彼は再び私を抱いた。

「君なしで僕がいったいどこへ行くというんだい？」

彼は言った。

「さぁ君も、もちろんだよ。これでよし、これでよしと！」

そしてまた私に、小声で、私が列車の彼を見送ったあの時のように尋ねた。

「僕を愛しているかい？」

「ええ、ええ」

……もちろん、サーシャのところに私たちは入れてもらえなかったが、私たちはまたメモ書きを彼女に届け、返事を受け取った。今度は《すべてにうんざりしている》ペーチャをなだめて欲しいという願いが書いてあった。さらに、彼女は、私たちと散歩ができたらと書き、終りに《注意されないと二昼夜でも食事をとらない》夫を連れ出し、もしまだならば私たちに昼食に誘《さそ》って欲しいと頼んだ。

昼食は実現しなかった。サーニャは北極研究所に行かねばならず、私は彼を見送りに行った――私は、そうしたかったというより、私たちがそもそもそのためにレニングラードで会うことにしていた用件を、彼と話し合う頃合いだったのだ。私の最後の手紙は彼に届いていなかったため、彼は《砕氷船パフトゥーソフ号》が――それは決定されたばかりだったが――マートチキン海峡を通りセヴェルナヤ・ゼムリャ島を迂回しながらリャホフ諸島に向かって進むというニュースを知らなかった。

「まあいいさ、僕たちにはたっぷり時間がある、ただそれだけのこと」

サーニャは言った。

「僕は何よりも、捜索に費やせる時間が気になるんだ」

私たちは捜索隊のメンバーの話になり、彼はディクソン島にいる、ある通信士、それからイワン・イワニッチ医師、そしてザポリャーリエからの手紙でしばしば書いていた仲間の機関士のルーリを推薦すると言った。

「通信士はすばらしいんだ、誰だか知ってる？」

「いいえ」

「コルジンキンだよ」

厳《おごそ》かにサーニャは言った。

「その本人なんだ」

私はその名前を初めて聞いたと認めるしかなかったが、サーニャによると、コルジンキンは、南極でアムンゼンと一緒に働いていた二人のロシア人のうちの一人で、アムンゼンは自分の本で彼の名前を挙げてさえいるとのことだった。

「すごいだろう？　五人目が僕で、六人目が君。君は《船長の娘》として推薦するよ」

「本当？　だって私は、タターリノフ船長の娘というだけではこの捜索に参加する資格には全然ならないと思っているわ、こんな風に書いて一体どうなるの？　職業――娘？」

サーニャは当惑した。

「どうして？」

彼はつぶやいた。

「何も変なことはないよ、ばかげているかい？」

「とってもよ」

「じゃあ、妻として僕が間《あいだ》を取りもてば、そうはならないかも。ぐあい悪いかい」

「サーニャ、私は、そもそもあなたに世話してなんて頼んでないわ」

私は冷静に言った。

「娘だ、妻ですって！　姪か孫の方がまだましだわ。私は経験ある地質学者よ、サーニャ。だから、北洋航路局長に私は、あなたの妻でなく地質学者の資格で捜索隊のスタッフに私を入れて欲しいと頼んだの。私がまだあなたの妻でないのは幸いよ。でももしあなたがそんなばかげた態度をとるのなら、私は、もう誰か違う人と結婚するから。私たち、もう結婚の登録もしないわよ！」

彼がまばたきを始め、気まずく笑い、制帽を脱いで掌《てのひら》で額を拭っているのが、私は気の毒になってきた。

「カーチャ、許してくれよ、お願いだから！」

彼はつぶやいた。私たちは北極研究所の建物の真ん前の中庭に立っていたけれど、私は急いで彼にキスをして、こう言った。

「幸運を祈るわ」

六時頃に彼は電話すると約束し、あるいはうまくいけばペーチャのところに寄ると言った。

第10章　夜

彼が戻ったのは六時でなく十一時頃で、ペーチャのところへも寄らず、彼の《アストリア》ホテルへすぐに夕食においでと電話で切り出した。彼はお昼も抜きで、お腹がペコペコで、一人で食べるのは寂しいからと言うのだった。でもペーチャの方は、不安な日を過ごして極度に疲労していた。その上、元気を出すため彼はウォッカですっかり出来上がっていて、ソファーに横たわり、途方もなく大きな鼻とぶかっこうな手足のペトルーシカ人形みたいに、ぼんやりと目を見張っていた。

……私はサーニャと出会いの日付をすべて覚えているし、それは出会いだけでなく手紙についてもそうだった。トリウムファーリナヤ通りの辻公園で私たちが会ったのは四月二日、ボリショイ劇場は六月十三日、そして生涯忘れられないこの晩——彼が北極研究所から戻って電話し、私が彼のホテルへ行ったあの日——は、五月二十一日。私たちは子供時代からの知り合いだから、私はもう彼のことといったら、多分彼自身よりよく知っていると思っていた。しかし、あの晩のような彼を、私は見たことがなかった。私たちが夕食をとった時、私はそのことを彼に言ったくらいだった。

捜索に関する計画は、すべて承認され、研究所で彼はお世辞をたっぷり言われた——おそらく根拠のないものではなかったのだろう。彼は、《聖マリヤ号》の漂流を調べて島を発見した、あのV教授本人と会い、V教授は彼を大歓迎した。彼は、飛行学校時代から好きだった、すばらしい大都会レニングラードへやって来たのだ——静かなザポリャーリエから、この町へ！　なんとすべてがうまく運んだことだろう！　この幸運と成功の喜びが、彼の顔に、あらゆる動作に、そして夕食をとる様子にまで、何と現れていたことか！　彼の目は輝き、しゃんとした姿勢をして、同時にくつろいでいた。私がもし生涯彼に恋することがなかったとしてもあの晩の彼には、きっと魅惑されたことだろう。

私たちは何かを果てしなく食べ、やがて私がまだレニングラードを見物する暇もないと言ったので、散歩に出かけ、サーニャは自分で《どんな町かを案内》したいと目を輝かせて言った。夜の二時を過ぎ、夜中の一番暗い時間なのに、私たちが《アストリアホテル》を出たときは明るく、私はわざわざゴーゴリ通りに立ち止まり、壁新聞を読み始めたくらいだった。白夜だ！　でも、サーニャが言うには、白夜なんか珍しくないし、レニングラードではそれが極北地方みたいに半年も続くことはないからいいよ（〔訳注〕レニングラードの白夜は約三週間続く）とのことだった。

私たちが旧参謀本部の凱旋アーチの下をくぐると、人気のない壮麗な広場――それほど大きくはないが広々としてモスクワのようにさえぎるもののない広場と違って、何か落ち着いた風情の――が突然目の前に開けた。この広場（〔訳注〕一九〇五年の第一次ロシア革命の舞台になった宮殿広場）がどういう所か知らないのが私はとても悔しかったけれど、サーニャは私に一九一七年十一月七日（〔訳注〕一九一七年の十月革命を新暦（グレゴリウス暦一九一八年以降ロシアで採用）でカーチャは言っている）に触れながらロシア史の短い講義をする羽目になった。それから私たちはハルトゥーリン通りを歩き――私は家の番地を示す外灯の下にその名前を読んだ――エルミタージの高い玄関を肩で支えている巨大な人間像の下にしばらく立っていた。サーニャはどう思ったか分からないが、私は、それらをまるで生きているかのように優しい気持ちで見つめていた――とても重くて辛そうだったけれど、それでもすばらしいものだった。やがて私たちは河岸通りに出た――ほら、ここも白夜だ。昼でも夜でもない、朝でも夕方でもない！　軍事医学アカデミーの建物の上の空は暗青色、淡青色、黄色、オレンジ色――まるで、この世のあらゆる色が集まっていた！　あそこのどこかに太陽がある。でも、ペトロパブロフスク要塞の上空はまるで違って、すべてがぼんやりした灰色をしていた。私たちはまず要塞とその空をしばらく見つめ、それから急に軍事医学アカデミーとその空に向きを変えてみた。それはまるである地域から他へ一瞬に移動したようだった――いつでも灰色のままの地域から、どんどん色を変化させるすばらしい生き生きとした地域へと。

寒くなり、私は軽装だったので、私たちはサーニャのマントに一緒に包《くる》まり、抱き合って黙って長い間座っていた。私たちが座っていたのは、半円形の花崗岩のベンチで、ネヴァ川へ傾斜した所にあって、どこか下の方で岸壁にぶつかる波音がかすかに聞こえていた。この夜どんなに私の心が高揚して、なんと幸せだったことか、とても伝えることはできない！　私たちはついに一緒になり、もう決して別れることはできない。もうこれ以上お互いどちらが正しいか主張する必要もないし、一生言い争うかのように、これまでやってきた喧嘩も必要なかった。私は固くて大きい愛する彼の手をとり、キスし、彼も私の手にキスをした。

あの夜、私たちがさらにどこを歩いたか覚えていないが、決してネヴァ川から離れることはなかったのを思い出す。空色の丸屋根と、それより高いか低いかの二本の尖塔のある回教寺院《モスク》が絶えず私たちの前に見えていて、それに私たちが近付いていくのに何故か幻のように遠ざかるのだった。掃除夫たちがもう通りを掃き清め、ヴィボルグ地区方向の空高く、大きな黄色い太陽の輪ができている――私たちはどんなにか、この夜と別れるのが惜しかったことだろう――でも、サーニャが突然、急いでペーチャに電話をしようとしたので、この夜は終ってしまった。

「彼に聞いてみようよ」

笑いながらサーニャは言った。

「この晩を過ごすのはどうかと」

でも私は電話は玄関にあって、写真芸術家ベルンシュタインの家族皆を起してしまうから、電話はかけないでと彼を説得した。

「家族はとてもいい人たちだし、ちっとも失礼にならないよ、夜の明けないうちに彼を起そうよ！」

回教寺院のところで――私たちは、ようやくそこまでたどり着いた――サーニャはタクシーを呼び止め、私たちは急にタクシーの中で心地よい気持ちになって、サーニャはもっと島の方まで走り、それからペーチャのところへ行こうと言い出した。でも、彼には明日も辛い日が待っている――私は、まず彼に家に戻って少しでも眠って欲しかった……

それで私たちは彼の《アストリアホテル》に戻ると、コーヒーを入れ始めた。サーニャはいつもコーヒーポットとアルコールランプを持って回っていた――彼は極地ではコーヒーに夢中だった。

「でも、怖いくらいだよ、こんなにすばらしい気分は、そうじゃないかい？」

彼は言って私を抱いた。

「君の心臓はなんてどきどきしてるんだろう！　僕だっ

て——見てごらん」

彼は私の手を取って心臓に当てた。

「僕たちはひどく興奮してるよ、これはバカげてる、かな?」

彼は、我を忘れて何かしゃべり、その声は急に興奮ですっかり変わっていった……

私たちがスコヴォロードニコフ家に行ったのはようやく翌日の十二時過ぎだった。小柄で上品な老婦人がドアを開け、ペーチャはいないと言った。

「彼は病院へ行ったの」

「こんな早く?」

「ええ」

彼女はがっかりした顔をしていた。

「何があったんです?」

「いえ、何でもないわ。彼が病院に電話して、アレクサンドラ・イワーノヴナの容態が少し悪くなったって言われたの」

第11章　妹

私が今でもそれを思い出すと、無力さと悔しさの痛ましい気持ちになる、あの数日間がここに始まる。シュレーデルの病院へ私たちは日に三回通い、体温表《スコヴォロードニコヴァー三七度、三七・三度、三八・二度、三九・九度》の貼り出された小さな掲示窓の前に長い間立っていた。でも、それは単なる肺炎——学校で私もかかったのだが、発症して九日目に峠を越え、その後体温は下がる——ではなかった。それは医者が言うところの、忌々しい《這い広がる》肺炎だった。ほぼ正常な体温が数日続いた時は、私たちは大喜びで戻り、すぐにサーシャが家に帰るのを待ちわびたものだった。
ロザリヤ・ナウモーヴナ——写真芸術家の妻はそういう名前だった——が言うには、彼女も肺炎にかかったことがあり、その病気は、彼女の妹ベルタが肋膜炎を化膿させたのに比べれば全然たいしたものではないとのことだった。ペーチャは自分の彫刻作品の話を始めるし、ある時など私は彼に、一緒にエルミタージ美術館へ行くことをうまく勧めることができたくらいだった。しかし翌朝には私たちはまた掲示窓の前に黙って立ちつくし、ひたすら体温表に見入っていた……。私はある時ペーチャが子供みたいに目を閉じてから急にまた開いた——そうやって目を開くと、全く違ったものが見えると思うかのように——のに気がついた。でも彼の目に飛び込んだのは、私の見たものと同じもので、私たちが決して見たくなかったものだった。《スコヴォロードニコヴァー三八・一度、スコヴォロードニコヴァー三九・三度、スコヴォロードニコヴァー四〇度》

三日間ぶっ通しで体温四〇度が続き、それから急激に降下——数時間だけ——さらに再び上昇し、今度は四〇・五度に達した。私はこれは肺炎ではないと確信し、サーニャに内緒で医務室を訪れた。しかし、彼の診断はこうだった。病巣は聴診によって明白である——それは一つでなく、数箇所、それも両方の肺に及んでいる。彼は、この病気は自分の専門でないので、サーシャは内科で診察を受けるようにと言った。

「どういうことなんです?」

「肺炎を併発したインフルエンザです」

私は、彼が日に二~三回サーシャを診察するし、病院はおおむね彼女の面倒をとてもよく見てくれるのを知っていたが、それでもどこかの内科医を呼ぶ必要があると思うかどうか尋ねた。

「たとえばガブリチェフスキー先生とか?」

「もちろん、いいですとも、私が彼に電話しましょう」

しかし、ガブリチェフスキー先生に診察してもらっても、サーシャの体温は下がらなかった。

私はここ数日ほとんどサーニャに会わなかった。彼は夜ごとに時々電話するだけで、ある日私は彼の研究所の小さな部屋——そこは捜索隊の装備のために割り当てられていた——に立ち寄った。彼は、武器やカメラ、ミトン、それに毛皮靴下などでいっぱいのテーブルで仕事をしていた。皮外套を着た、口髭の濃い真剣な顔の男が自分のテーブルで双身銃を組み立てていて、銃身が銃床に合わないといって当り散らしていた。

「全く彼女はどうなんだい? 彼女に会ったの? 医者は何だって?」

電話がひっきりなしに鳴っていて、彼はとうとう受話器を外して、悔し紛れにテーブルの上に放り投げた。

「言うことは同じよ」

「それで体温は?」

「今朝は四〇・二度だったわ」

「クソっ! 何とか方法はないのかい?」

彼はこの数日でひどく痩せてしまった。彼は不安げで疲れた様子で、到着した最初の日に比べてまるで別人のようだった。

「君は何て痩せてしまったんだ！　寝てないのかい？」

彼は尋ねた。

「僕には分からないけど、それにしても容態は一体どうなんだい？」

「直接の危険はないそうよ」

「何だって？」

「ガブリチェフスキー先生が、直接の危険はないって言ったの」

「クソっ、忌々しい！」

憎らしそうにサーニャは言った。

「人間一人も治せないなんて！　彼女は健康だったんだ。一度だって病気なんかしたことなかったさ」

私は、サーシャの付添いを許可されて今晩から病院に引っ越すので、多分、これから数日間、彼には会えないだろうと言った。彼は私の手を取り、感謝を込めて私を見つめた。それから門まで送り、私たちは別れた……

彼女は天井を見つめ、乾き過ぎる唇を時々なめながら横になっていて、私が看護婦の帽子と白衣をしていたためか、すぐには私に気付かなかった。でも、そのうちすっかり分かったのは、彼女が私を誰か他の人と勘違いしていることだった。彼女は長い間眠っていなくて、頭の中がひどく混乱しているようだった。朝か晩か、まるで時間など彼女にはどうでもよくなっていたのだ。彼女の、日焼けで色褪せ、平べったくて、両眼のくぼんだ顔には、どこかやぶ睨《にら》みで、それがこれまで彼女にはむしろ似合いで、思わぬ人好きのする姿態を与えていた。

でも今は、何故かそれが夜ごとのことで、その重苦しいじろりとしたやぶ睨みが突如として私を脅えさせた。彼女は浅黒い生気のない表情で、お下げの髪を胸に投げかけ、背筋を伸ばしてベッドに座り、ひたすら沈黙している――どんなに努力しても私は彼女が横になるように説得することはできない。ある時、サーニャのいる前でそれが起り、彼はしばらく我に返ることができなかった――彼女の様子は彼に母親を思い出させたから。

私はこれまでほとんど病人の世話をしたことがなく、とりわけサーシャのような重態のケースは初めてだったけれど、その世話を学んでいった。サーシャはほとんど眠らない、あるいは寝入ることがなく、すぐに目覚めるし、絶えず呼吸を見守る必要があったため、看護はとても骨が折れる仕事だった。彼女に生命が蘇る――尋常でない力によって――日々もあった。私は病院に引っ越して四日目のそんなある日を思い出す。

彼女は夜熟睡して朝目覚め、お腹がすいたと言った。彼女はミルクティーを飲み、卵を食べ、私が病室を換気するため、ベッドの彼女を暖かく包《くる》んでいた時、突然こう言った。

「カーチェニカ（カーチャの愛称）、ずっと一緒にいるの？　泊まってるの？」

多分、私は少し顔が震えていたのだろう、彼女が驚いて私を見つめていたから。

「どうしたの？　あたしはとても悪いの？　そうね？」

「サーシェニカ（サーシャの愛称）、さあ、窓を開けましょう。そして静かに横になり、おしゃべりはしないの、いいこと？　あなたは病気だったけど、もうよくなったの、だから、みんなうまく行くわ」

彼女はおとなしく黙っていたが、私が芳香酢を彼女の顔と手に塗っている時だけ、ちょっとの間私の手を自分の方に引き寄せた。それから赤ん坊が連れてこられ、私たちは彼が目を大きく開いて、しかめっ面の聞き分けのない表情で乳を飲むのをじっと見ていた。

「とっても似てること、ね？」

マスク越しにサーシャは言った。彼女は赤ん坊がペーチャに似ているのが気に入っていて、実際その横顔にはどこか面長なところがあった――やっと十日なのに、赤ん坊にはもうそんな面持ちがあったのだ。でも私には赤ん坊はサーニャに似ているように思えた――母親似でなく、まさにサーニャ似であると。あの、がむしゃらで一心不乱に乳を飲む様などまるで！

「ペーチャはどうしてるかしら？　とても心配してるわね？　私、今日夢を見たの、彼がやって来て、この部屋のここに座ってる、でも私に内緒なの。私には分かるのに、マリヤ・ペトローヴナは言うの、彼はいませんって」

マリヤ・ペトローヴナは付添い看護婦の名前だった。

「でも、彼は、ほら、あなたのいるそこに座ってる、そして黙ってるわ。彼は私に内緒だから話をしてはいけないの。あら、私、また忘れてたわ――あなた、彼のことほとんど知らないってこと！」

「私は彼とはとても長いこと知り合いだわ」

「それで、サーニャは？　いつ、あなたたちは出発するの？」

「多分、約二週間後よ、まだ《パフトゥーソフ号》が修理中なの。六月末にはドックから出るの」

「ドックって、何？」

「知らないわ」

サーシャは笑い出した。

「あなたたち、何て幸せで、いい人なんでしょう！」

私たちはまる一時間も話していただろうか――とりわけ、ペーチャの《プーシキン像》について、サーシャも、それは素晴らしいと思うと言った。

「彼はどうしても一つのことに集中できないの」

悔しそうに彼女は言った。

「彼が彫刻に関心を持った時、私は初めは反対したの。でも彼には彫刻の才能があったわ、デッサンするときにも」

彼女は私たちがN市で知り合いになり、私が彼女の家にお客に行き、ダーシャおばさんが私のことを《悪くないね、気に入ったよ、美人で、思慮深く、健康的だし》と言ったことを思い出した。

「それで、ダーシャおばさんは？」

私は尋ねた。

「どうして彼女はやって来ないの？　初孫だっていうのに」

「本当に知らないの？　彼女は病気が重いの――心臓が悪くて、最近もお医者に半年は横になっているように命じられたわ。私とペーチャはよくN市に行くの、ほぼ夏ごとに」

彼女は辛そうに話をし、しばしば呼吸を整えるため言葉に詰まった。それでも、昨日に比べればとても比較にならない！　彼女の体調ははるかによかった。

「じゃあ、判事さんは？」

「どこの判事？」

「もちろん、私たちの判事さんよ！」

すると彼女は、私に判事のスコヴォロードニコフ――ペーチャの父――が、《名誉勲章》を授けられたと話した。

「あそこはいい所よ、そう思わない？」

彼女は少し黙ってから言った。

「N市に、あなたたちも来るわね？」

「ええ、もちろんよ！」

ペーチャは回診の後、私を呼び出した――私は全力で彼のところに飛んでいき、サーシャの体調がすばらしく回復したと言った。でも、その待合室で起った事といったら……

ペーチャとともに、ルバシカにハンチング帽のある若い男が回診の終るのを待っていた。彼は毎朝病院にやって来て私たちとよく一緒になっていたので、私は彼の顔を知っていた。私たちは彼の病人の名前がアレクセーエヴァといい、彼女も体温が高いままであるのを知っていた。体温が一時間おきに掲示されるのはいつも彼女とサーシャだけだった。そして私がペーチャと待合室にいると、突然看護婦が入って来て、早口で彼にこう言ったのだ。

「アレクセーエヴァさんの付添いは、あなたですね？　さあ、さあ行って下さい」

私たちは、彼女が携帯品預り所に詰めているおばさんに小声でこう言うのも聞いた。

「急いで白衣を下さい……たぶんまだ間に合うから」

それは痛ましい光景だった――周りの人たちの誰も見まいと努めながら、彼は急いで白衣を着ようとするが、どうしても袖が通らないので、とうとうおばさんが外套のように彼の肩に白衣を羽織らせている……

私たちは会話を続けたが、ペーチャはもう私の話を聞いていなかった。突然彼は顔の血の気がなくなり私は思わず彼の手をつかんだ。

「どうしたの？」

「何でもない、何でもないんだ」

私は彼を座らせ、水を取りに走った。彼は気分が悪くなっていた。

その日私と話した内科医は、心臓の薬をやめていて、要するに《病人に、薬を投与し過ぎている》と言った。去り際に彼はつい数日前、肺炎の新しい特効薬――最近学者によって開発されたスルフィジン（〔訳注〕球菌性疾患薬）――のことを読んだと言った。

夕方、サーシャは容態が少し悪化したが、彼女が普通悪くなるのは夕方だったので、私はそれほどあわてなかった。私は、ベッドの小机の電灯の下に本を置き、明かりが病人の邪魔にならないように笠にネッカチーフをかけて読書をした。前日サーニャが私に数冊の本を届けてくれて、私が読んでいたのは、今思い出すのだが、スティファンソンの《客あしらいのよい北極圏》だった。私の捜索隊への参加は最終的に決定され、それは地質学者としてだった。数日後に私は、学術部門のリーダーに任命されたＶ教授のもとに出頭することになっていた。もちろん私は、北極についてはまだほとんど知らないことを隠すつもりはなかった。サーニャが届けた本は、基本的なものばかりで、必ず読み終える必要があった。

多分、夜中の二時過ぎだっただろうか、私が聴診器でサーシャの心音を聴くために立ち上がると、彼女は目を開けて横になっているのに気付いた。

「どうしたの、サーシェニカ？」

彼女はちょっと黙った。

「カーチャ、あたし死ぬわ」

彼女は小声で言った。

「よくなるわよ、今日はずっと気分がいいでしょ」

「死ぬことは怖いと思わないけど、赤ん坊が心配なの」

彼女の目には涙があふれ、枕で涙を拭おうと頭の向きを変えようとした。

「あの子は研究所に入れられてしまう、そうなの？」

「やめて、そんなバカなこと、サーシェニカ！ どこの研究所というの？」

私は彼女の涙を拭い、キスをした。額がとても熱かった。

「研究所に入れられたら、あたし、そのあとの彼が分からないわ。でも、何故ペーチャはいないの？ どうしてここに入れてもらえないの？ 何の権利があって、彼を入れないというの？ あたし、彼が見えないとでも言うの？ ほら、彼はここよ、ほら、ここに。いるじゃない、ここに！……」

彼女は座りたがったけれど、私はそうさせなかった。付添い看護婦が入ってきて、私は彼女を酸素マスクの方に向けた……

この夜から始まった惨状をどう語ればいいのか！ 一時間おきに彼女にカンフル剤が注射され、酸素マスクなしで彼女が呼吸できる時間は、どんどん短くなっていった。体温は下がり、もはやどんなカンフルもジガレーン（〔訳注〕ジキタリスの葉でつくる強心剤）も心臓には効かなかった。彼女は血行のない青い指をしたまま横たわり、顔はまるで蠟のようになったが、それでもこの弱り切った、刺し傷だらけのあわれな体に何らかの治療が施された。それがどのくらい続いたか覚えていない——それはもう一晩経っていたから、長い時間だったのだろう——医師たちの中の一人で、これまで見たことのない新しい医師が、病室から私たちのいる廊下に慎重な様子で出てきた。私たちは廊下に立っていた。サーニャ、ペーチャそれに私。私たちはなぜか病室から追い出されていたのだ。彼はドアのところで立ち止まり、それからゆっくり私たちの方に向かってきた。

第12章 最後の別れ

人が死ぬと、その人がどういう人だったかを何とたくさん知ることだろう！ 私は芸術アカデミーでのお別れ会の演説を聞いて、サーシャの死後に語られた彼女への誉《ほ》め言葉の半分も、おそらく生きていた時の彼女は受けることはないだろうと思った。棺は祭壇に置かれ、あまりに多くの花束のため、彼女の青白い顔は花束の間からわずかに見えていた。皆、彼女に対し、なぜか改まった《君（〔訳注〕神に対する呼称も《君》である。）》で話しかけ、彼女が《すばらしい画家》で、《模範的なソビエト人》だった、そして《突然の死が無益に人生を奪った》などと話した。これらの演説が、厳然とした死者の顔に比べて、何とかけ離れていたことだろう！

　私は気分がすぐれず、お別れ会の終りまでやっとのことで立っていた。もうこれ以上何もすることはない――刻一刻、絶え間のないあの看病、全力でなんとか親しい人を救おうとした心からのお世話も終ってしまった。

　今、私は解放された、ある種の放心状態で棺のそばに立っていた。サーニャは私のそばにいたが、私には彼がなぜかはっきり見えたり、ぼんやり見えたりした。目を離さずに妹をじっと見つめている彼は、妹が死んだことを怒っているかのように疲れて悪意に満ちた顔をしていた。彼はすべてのことをやった。つまり棺と車を手配し、指示を与え、役所に死亡届けを出し、墓地へ行き、私を《アストリアホテル》へと送り、そして自分はペーチャと一夜を過ごした。今、彼は私のそばで生涯心ゆくまでそうしていたいかのように、妹をひたすら見つめている。私が、ペーチャはどこにいるかと尋ねると、彼は棺の足の方の人垣の中にいるペーチャを黙って目で示した。ペーチャはそれほどでもなかったが、青ざめた無表情の様子が私には奇妙に思えた。つまり、彼はこの長いお別れ会が早く終らないかと辛抱強く待っていて、そうすればサーシャと再び二人きりになれて、何もかもが始めからうまくいくと思っているかのようだった。

　葬儀にやってきたスコヴォロードニコフ老人は、彼のうしろに立っていて、ときどき涙を流し、それが頬を伝い、よく手入れした彼の豊かな白い口髭へすべり落ちた。それから私はまた目が何かぼんやりしてきて、お別れ会がどう終ったのか覚えていない。

　サーシャの葬式から二日か三日後のことだったと思う。スコヴォロードニコフ老人がN市に帰ることになり、お別れのため私たちの《アストリアホテル》に寄ったのだ。サーニャのところには誰かが来ていて、多分、装備をアルハンゲリスクに送る担当の人らしく、それで私たちは寝室へ行った。キルティングの衣服、ミトン、リユックサック……いたる所に散らばっていた。探検隊が北極研究所からサーニャの部屋にそっくり引っ越してきていた。私は老人をベッドに座らせ、彼にコーヒーをふるまった。

「出掛けるのかな？」

彼は尋ねた。

「ええ、もうすぐです」

私たちはちょっと黙った。

「失礼じゃが、わしはあんたのことは、ほとんど知らん」

彼は言った。

「しかし、話はよく聞いておるし、わしが息子と思っているサーニャが、このあんたと結婚することは心からうれしいことじゃよ。もちろん、悲しいことだ、こんなことになってしまって……一緒に祝ってあげられたのに……でも、人生はあつらえ物とはちがう……」

彼は溜息をつき、もう一度繰り返した。

「人生はあつらえ物とはちがうんじゃ……ペーチャはわしに言うた、あんたが、サーシャの世話をよくしてくれたと。わしは心からあんたに礼を言うよ」

私はダーリヤ・ガヴリローヴナの健康状態を尋ねた。

「うん、そこなんじゃ問題は、ひどく悪くてな。婆さん、起き上がるのを医者に禁じられておるんじゃ、息切れがあまりにひどくてな。婆さんがもし健康なら、わしたちはすぐに赤ん坊を引き取るんじゃが。ペーチャだってしばらくはわしたちのところに住んだっていい。でもこれでは引き取りもままならぬ——帰ったあとどうなるかわしは想像もつかない。サーシャのことを知ったら、婆さん、本当に死んじまうわ。婆さんには、サーシャとペーチャが人生のすべてじゃったから」

私は、古い銅製のライターをくるくる回しながら老人が考えていることが分かった。そのライターは薬莢を改造したもので、多分、国内戦の時代の記念だったのだろう。私自身も、葬式のあとペトログラーツカヤ地区（（訳注）ペーチャとサーシャが住んでいた芸術写真家のアパートのある地区）に戻り、こんなことを考えていた。

……白い無彩色の机はがらんとしていて、誰にも不要になった小さな絵筆や、サーシャがこの間まで制作していた未完の古風な肖像入り首飾り《ロケット》があった。

《死ぬことは怖くないけれど、この赤ん坊のことが心配なの》

彼女はまるで私の手に幼い息子を残していったみたいだった。彼女は、もし死ぬとき意識があったなら、私にこの子のことを頼んでいただろう。

第13章　幼児ペーチャ

　私が赤ん坊と過ごせるのは、二週間だけだった――私たちの出発は六月半ばに決定したのだ。しかし二週間――たかだかほんの二週間であっても、乳児にとってそれは、そんなに短い時間ではない。今となってはおかしな思い出なのだが、私とペーチャが、赤ん坊を家に連れて帰るため病院に行ったとき、私は赤ん坊を腕に抱くのを恐れただけでなく、彼に触れることさえ怖がったものだ。私は、看護婦が、乳児はこう扱うものよと言いながら、掌《てのひら》で彼を高く持ち上げたとき、あっと叫んでしまった。彼女は片手で彼を持ち上げたのだ。彼は泣きわめいたが、彼女は平然とこう言った。

「泣くのは肺の発達にいいのよ」

　何本もの哺乳瓶の熱湯消毒、三時間おきの授乳、一日おきの入浴が必要だった。私は、看護婦からあれこれ指導を受けて目の回る思いがした！　それは、どんなに怖かったことか、ついに私はそれでも赤ん坊を包《くる》み、腕に抱いた。私のやり方があまりに用心深かったのだろう、看護婦は笑って言った。

「ほら、ほら、びくびくしないで！」

　昼も夜も私は掛りっ切りだった。おしめを当て、授乳し、入浴させる一方、朝と晩には、私は病院に母乳をもらいに行く――要するにやっかい事だらけだった。しかし、奇妙なことだが、日ごとに私にとって想像することがますますつらくなる現実が近付いてきた。つまり、私がもうじき夕方のいつもの入浴――それが大好きな赤ん坊は、小さな王様みたいに偉そうに桶《おけ》の中に横たわるのだ――をやらなくなること、そしておしゃぶり用の乳首を与えるべきか否かをロザリヤ・ナウモーヴナと果てしなく口論することもなくなることだった。

　もちろん、計画の変更はなかった。バシキール自治共和国地質管理局は、私を、北極研究所の配下で一年間出張させることにし、V教授は私を呼び出し、私たちは高緯度探検の地質学的課題を詳しく検討した。それでも私は当時、極北地方の地質学はまだ全然知らなかったので、かなり《あてずっぽうに答えた》のだった。

　《客あしらいのよい北極圏》の本を、私は毎晩、寝ても覚めても読んで、苦労したけれど読破した。確か北極が客あしらいのよい理由は結局のところ分からずじまいだった――私には、それほどよいとは思えないけれど。

私が本を開こうとする毎に、赤ん坊は私がいなくなるのを感じたように《フギャー、フギャー》と泣き始めた。

　私の出発に際し、彼の面倒をどう見るかを考える時がさし迫っており、私はたびたび、そのことについてペーチャと相談しようとした。けれど、彼は無口にしょげ返り、疲れたように頭を垂れて私の話を聞き、一言も答えなかった。

「何だって子守が必要なんだい？」

　あるとき彼は尋ねた。それで私は、彼には、この部屋に他人がいることが辛くなっていくだろうと思った。彼はあらゆる私の説得にもかかわらず、決して食事をとらなかった。彼は、どこか、多分町でハンチング帽を失くしたらしく、ずっと家の中を捜していた。彼が赤ん坊を一度もチラリとも見ないこと――それがとりわけ私をひどく驚かせた！　でもある時、明け方近く私が本の上にまどろんでいると、突然、かさかさという物音とつぶやき声で起された。私にこんな声が聞こえてきた。《かわいそうに、お前は！》ペーチャは下着一枚で、ひどく痩せて胸をはだけベッドに屈《かが》み込んでいた。何か病的に当惑しているかのように目を大きく見開き、眠っている赤ん坊をじっと見つめていた。私が彼にこう尋ねると、彼はぎょっとした。

「どうしたの、ペーチャ？」

　彼は大急ぎでベッドから離れた。彼の目には涙があふれ、唇は震えていた……

　サーニャはほぼ毎日立ち寄り、私はいつも一見するだけで、彼が装備の進捗状況に満足しているか、そうでないかが分かった。私たちは話し合い、それから彼は廊下に煙草を吸いに出て、私は彼が淋しくないように一緒にいた。

「まるで君は……」

　ある時、赤ん坊が泣き出し、私がベッドから彼をとり上げ、軽く揺すったり口ずさみながら部屋を歩き回っていたら、彼が言った。

「何？」

「いや、いいんだけど、すっかりママだね」

　なぜか分からないけれど、私は顔が赤くなるのを感じた。彼は笑い出し、私を赤ん坊ごと抱きしめ、キスし始めた……

「どうしていいか分からないんだ」

　別の折、彼は疲れて心配そうな顔で私に言った。

「一生懸命走り回るけど、支給されるお金が足りないんだ。お金が足りない、だから時間も足りなくなる」

「時間って、何の時間？」

「買うか、買うまいかって、時間をかけてあれこれ細かいことを考えるだろう。領収証はすべて会計課経由だし、全く会計なんてくそくらえさ！」

彼には気が滅入ると下唇をかむ癖があり、この時も彼は座って唇をかみながら眼光は暗く、怒りに満ちていた。

「君はもしかして、僕の手助けにはなれないかな？」

ためらいがちに彼は続けた。

「君が忙しいのは分かるよ、でも、あのね、せめて伝票整理でもできたらなあ」

翌日、赤ん坊にいつ授乳し、いつ母乳を取りに行くかなどを時間割にしたロザリヤ・ナウモーヴナのくどくどしたアドバイスをうっちゃって、私はサーニャのいる《アストリアホテル》に行き、その夜とその翌日も一緒に過ごした。彼は実際のところ、私なしでは処理しきれないし、部屋からちょっと出掛けることさえできなかった――五分おきに電話が鳴っていたから。

第14章　夜の客

私とのある話の中で、Чは《北国病にかかる》という表現を使ったが、サーニャが捜索隊の装備をするのを手伝うようになって、ようやく私は彼の表現をすっかり理解できた。この不治の病を患《わずら》う人がサーニャのところに現れない日はないくらいだった。年寄りの画家でセドフ中尉の友人であり旅仲間のPもそんな一人だった。セドフ中尉は、かつて《プラウダ》のサーニャの論文に強い影響を与え、その後本土へ帰る途中、航海士クリモフをフロール岬で拾い上げた《聖フォーカ号》に関する回想録を出版した人だ。

若い男たちは、サーニャに《パフトゥーソフ号》でのボイラーマンやコック――なんでもいいから――の仕事を志願して、野心家たちは、尊敬と栄誉を得られる安易な手段を求め、そして、無欲な夢想家たちは北極を奇跡とお伽話のような変身の国と考えてやって来た。

すべてが変わり、あの時の興奮やいろいろな悩み事が些細でこっけいな事にさえ思える今、これらの人たちの中に、ある時現れたその人のことを私は忘れることができない。夢見心地の、夜の幻のように彼は現れて消え、そして私は長い間、彼の名前もサーニャがどこで彼と知り合ったかも知らなかった。でも、それは未来——それも多分近い未来——が突然私の前に現れた瞬間だった。あたかも数年先を覗いたかのように、私は胸が締めつけられ、心が寒くなる思いだった……

サーニャの帰りも待たずに、私は肘掛椅子に横座りになって眠り込み、夜中に目が覚め、部屋に見知らぬ人がいるのに気付いた。それは名前も全く知らない海軍軍人だった。サーニャは人の顔を描きながらテーブルに半座りして、一方彼は部屋を歩き回っていた——コサックの前髪をして、生き生きと機敏そうで、暗い嘲《あざけ》るような目つきで。彼らは何か深刻な話をしていて、私は急いで目を閉じ、眠っている振りをした。まどろみながら話を聞いたり、居眠りしている振りをするのは愉快なことだった——紹介されることもなく、髪をとかしたり着替えする必要もなかったから。

「タターリノフ船長の捜索が、北洋航路局の主要な目的とは何ら共通性がないことを証明するのは全くたやすいことです。もちろん、共通性がないなんてバカげた話——フランクリンの捜索を思い起こせば十分でしょう、つまり遭難した人々は捜さねばならない——そのことが地図を作り替えるのですから。でも、私の話は別の事で……」

《別の事》——それは戦争の話、つまりバレンツ海とカラ海沿岸の北極圏での戦争の話だった。私は耳を澄ました——それは初耳だった！　鉛筆を手に、彼はコラ半島の有用鉱物量の計算を始めた——これはもう私の専門だった。でも夜の客は、これらの平和的に使われる鉱物をすべて、戦時に必要な《戦略資源》とみなしていて、戦争は起らないと確信している私は、すぐに頭の中で彼に反論し始めた。

「断言しますが」

海軍軍人は、はっきりと言った。

「タターリノフ船長は、繰り返される極地探検の基本には、軍事思想があることをよく分かっていたんです」

《もちろん、分かっていたのよ——思ったり話したりするあのおかしな自分のまどろみの中で、すぐに私はそう言ったけれど、傍から見ればそれは話さない、思わないということと同じことだった——でも、戦争は起るわけないわ！》

「……我が国の船団の航路沿いにびっしりと防衛のための軍事基地を建設する時期にとっくに入っているんです……例えばノヴァヤ・ゼムリャ島にりっぱな遠距離砲塁ができれば、私なら大喜びするところですよ……」

《まあ、ひどい話――すぐに私は反論した――それで誰と戦うの？　白熊とでも、かしら？》

しかし彼は話しまくり、急に私は、この静かな夜のホテルの部屋――私が肘掛椅子に横座りになってうたた寝し、サーニャが、光が私の目に当たらないようにテーブル掛けの縁《へり》で明かりをたった今覆い隠した――その部屋から、ある不思議な半焼した町に思いを馳せていた。そこは静寂だが恐ろしく張りつめた空気のただよう所だった。皆がひそひそ声で話し、何かを待っている。そして暗闇の中で、湿った壁にさわりながら地下室に降りていかねばならない。私は行かない。私は人気《ひとけ》のないくすんだ木造家屋の外階段に立ち、私の頭上には澄んだ神秘的な空が広がっている。彼は今頃どこにいるのかしら？　星だらけの恐ろしい空虚の中を飛行機は全速力で飛びながら、氷に覆われた翼が重くなる毎にエンジンがあえいだ音を立てている。もうどうすることもできなくなる。エンジン音がさらに鈍くなり、飛行機は身震いする。観測施設からは遠く離れ、もはやコールサインも聞こえない……

「そうです、昔の話です！」

突然大声で海軍軍人は言った。それで私も目が覚め、今までのすべてがたわごとだったことを喜び溜息をついた。数日後、私たちは北極へ出発する。そしてほら、私の前にサーニャがいる――私が愛し、もう決して別れることのない、賢くていとしい、疲れた顔の私のサーニャが。

「しかし、北洋航路局は歴史に関心が無いんです。全くのところ、せめてソビエト大百科事典の記事でも読んでくれたらいいんですが！　ちなみにあそこにはメンデレーエフの興味深い引用文があります。それを私が書き写しましたから、どうか聞いて下さい。すばらしい引用文です！」

そして、子供みたいにrとlを訛《なま》って発音しながら、彼はメンデレーエフの有名な言葉――私も、なにげなく父の原稿のどこかでその言葉に初めて出会っていた――を読み上げた。《もし、我々が対馬沖で失ったお金のせめて十分の一でも北極へ到達するための費用に使っていたなら、我が国の艦隊は、多分、北海や対馬を通ることなく我が国の沿岸にそってウラジオストックまで達して

いただろう……》

サーニャはある時私に、ダーシャおばさんは、自分によくこう尋ねたものだと言った。《どうかね、サーニャ、お前の人生の旅は？》この熱っぽく話しながらもrとlの発音が子供っぽく不明瞭な、おかしなコサックの前髪を垂らした思いがけない夜の客を、肘掛椅子に横座りになり、眠った振りをして、細めたまぶたからけだるく眺めながら、私は自分の《人生の旅》が、数年後、この人の家にサーニャを連れていくことになると、どうして想像できただろうか？　しかし、未来を覗くのはよそう。私たちがもし、あらかじめ自分の《人生の旅》が分かるなんて、そんな人生はつまらないものになるから。

第15章　青春は続く

推薦状つきの、とてもよい乳母が見つかった。四十年の経験のある、誠実で太った人で、《乳母というより教授》と狂喜の声で、ベレンシュタイン家の人たちは私に言った。彼女が現れると、そのすぐあとから掃除夫が古風な大きな長持を引き入れ、その中から乳母は白い前掛け、頭巾風の帽子、それに古い写真を急いで取り出した。古い写真には乳母の両親と、彼女自身の十七歳の驚いた表情の女の子の姿が、まだなんとか見分けられた。彼女は前掛けと帽子を身につけ、その写真を、ペーチャが息子の誕生を祝ってロザリヤ・ナウモーヴナに贈った肖像画のあった場所に掛けた。この瞬間から家の主人は誰であるかが皆に明らかになった。

彼女は私に、学説では赤ん坊の食器、家具はできるだけ白でなければならないし、掛り付けの医者を持つべきであると言った。しかし彼女は自信ありげにこうも言った――ありがたいことに、私は白い家具も、そして専用の食器も使うことなく子供たちを育て上げてきたと。ベレンシュタイン家の人たちは、畏敬の念で彼女の話を聞いていた。きっと少し彼女を恐れていたのだろうけれど、私はそうではなかった。実際のところ、彼女は善良で飾り気のない老婆で、自分の職業がこの世で他のどれよりも重要であると深く確信していた。

私たちが秋に戻ったら、赤ん坊のペーチャをダーリヤ・チモフェーヴナ――乳母は、そんな名前だった――と一緒にモスクワに連れていくことが決まった。大人のペーチャの方は複雑な気持ちだった。でも、ある時サーニャは彼をホテルに連れてきて、私を追い出し、部屋に閉じ籠り二人で夕方からずっと夜を過ごした。彼らが何を話したか知らないけれど、夜中の一時過ぎに私が戻ると、二人は赤い眼をしていた――多分、煙草の煙のせいだろう。部屋にはもうもうと煙が立ち込めているのに、窓はなぜか閉っていた。

「だって、お前も生きていかなきゃ」

私が入っていくと、サーニャが小声で言っていた。

「ほら、息子もいることだし、お前は、物事をもっと全体を広く見て、落ち着いて考えてみろよ」

ペーチャは溜息をついた。

「努力するさ」

彼は言った。

「大丈夫、時は過ぎていくんだ。君たちも心配しなくていい。過ぎ去ったことを呼び戻すなとお前が言ったのは正しいよ……」

……探検隊本体の装備は遅れているのに、私たちの装備は準備が整い、手荷物はすでにアルハンゲリスクに送られていて、私は急に数日間自由になった。私が自由なのは、とにかくサーニャが、朝から晩まで北極研究所に行ってしまい、いなくなるためだった。そこで私はこの自由になった二～三日で、せめて少しだけレニングラード見物をすることにした。青銅の騎士像の台座に子供たちがよじ登り、蛇の上に馬乗りになっているのを眺めながら、私はもしレニングラードに生まれていたら、全く違った子供時代――海があって、バルト海も近い――になっただろうと思った。きっとここでは、私は、私は《発見の世紀》を読み終えることはなかったに違いない。私は、プーシキンの部屋記念館、ピョートル大帝のオランダ人館、夏の庭園へ行った。ネヴァ川には大型の帆船が停泊していて、私は一度、船員たちが元老院の河岸を散歩しているのを見た。突堤に立った信号手が、旗で何かを伝えていた。帆船の方からも、ネヴァ川の大気と陽光の輝きをはさんで、彼に旗信号で返答していた。それはとても厳《おごそ》かで晴れがましく、のびのびしていて、私は目に涙が込み上げてきそうになった。

そうはいっても、私はレニングラードで何度も泣きたい気持ちになった――悲しみと喜びで、心の中が何だか混乱していた。この幸福でもの悲しいレニングラードでの日々がすぐに終ってしまうのを考えまいと自分に言い聞かせながら、私はこの不思議な、広々とした町を茫然として、うっとりしながら歩き回った。もちろんサーニャは、私に何かが起っているのに気付いていた。でも彼は、私がそんなに気持ちが異常に高ぶるようになり、ある時など、彼のために部屋に昼食を運んでくる女の子にまで嫉妬したことを、むしろ喜んでいるようだった。今の幸せが急に無くなるかも知れない、思いがけない恐怖感が私の頭にまとわりつき、町に出てもすぐに大急ぎで部屋に戻る有様だった。

《アストリアホテル》の階段を上りながら、私は考えたりしないでホテルの玄関番に聞けばすぐ分かるのに、サーニャが部屋にいるかどうか、あれこれと憶測するのだった。こんなことは皆、もちろんばかげていたのに、私はどうすることもできなかった。すべてが最終的にうまくいくためには、こうなって欲しいという私の熱烈な思いだけでは十分でなく、もっと何か自然を超えた不可思議な力（〔訳注〕検閲を意識して、カーチャの神に祈りたい気持ちをこう表現している）が必要な思いがした。

……あの夜——出発前の最後の夜は、私にとって生涯記憶に残るものだった。夕方、私はペーチャたちのいるペトログラーツカヤ地区へ立ち寄った。赤ん坊のペーチャは入浴がすんだばかりで眠っていた。頭巾風の帽子に、白いすばらしい前掛けをした乳母は、長持の上に座って編物をしていた。

「伯爵の子供たちも育てたんです」

私が赤ん坊のための最後の頼みとしてあれこれ指示したのに答えて、誇らしげに彼女は言った。こんな博識の乳母なら、ばかげたことをたくさん引き起すかも知れないと思うと、私は急に恐ろしくなったが、赤ん坊を見て安心した。彼は白くてかわいらしく、こざっぱりとして寝ていたし、まわりのすべてがとても清潔で輝くばかりだった。大人のペーチャとベレンシュタイン家の人たちは、駅に見送りに行く準備をしていた。

私が戻るとサーニャは眠っていた。何かのお金が絨毯の上に落ちていて、私はそれを拾い集め、サーニャが明日のために用意していた長いリストを読み始めた。もう夜中だったのに、部屋の中は明るかった。サーニャはカーテンを引いていなかった。私は洋服を脱ぎ、洗面して部屋着に着替えた。なぜかしら頬がほてり、全く眠くなく、むしろ逆にサーニャが目を覚まして欲しかった。電話が鳴り、私は受話器をとった。

「彼は寝ています」

「だいぶ前から寝ているのかな？」

「今、寝たばかりです」

「じゃあ分かった、それなら起さなくていいです」

私が彼を起すなんて、とんでもない！　それはＶ教授だった。私は声で分かったし、用件はきっと重要だったのだろう——そうでなければ、彼は夜中に電話したりしない。いずれにせよ、私はサーニャを起さずに済んでよかった。彼は服を着たまま、ソファーで熟睡していて、多分、夢の中で興奮しているのだろう、顔に感情の影がさし、唇を固く閉ざしていたから。

あぁ、どんなに私は彼が目を覚まして欲しいと思ったことだろう！　私は熱い頬に触れながら部屋を歩き回った。ここは他人の部屋だし、明日になれば違う人たちが来るだろう。部屋はどこもみんな同じつくりだった。青いうね織り地張りのソファー、縁《へり》に球を縫いつけたカーテン、上にガラスを置いた小さな文机――皆、同じもの。でも、ここは私たちの最初の家、そして私はここをいつまでも覚えておきたかった。

壁の向こうのどこかでヴァイオリンを弾いている――だいぶ前からだったのに、私はたった今それに聴き入った。それを弾いていたのは、細面《ほそおもて》で赤毛の男の子で、有名なヴァイオリニストだった――私はホテルのロビーで彼を見ていたのだ。私は彼が私たちの部屋の隣りに住んでいることが分かった。彼の演奏は、私がその時思っていたような、サーニャが私の夫で、私が彼の妻であるという、不思議だけれど幸福な気分にはちっともそぐわないものだったが、私たちの昔の、若い出会いを髣髴《ほうふつ》させるもので、まるでサーニャが初めて私にキスをした第四学校でのダンスパーティーの私たちを見ているかのようだった……

《青春は続く――私の前にあんな不格好な姿を見せていた赤毛の男の子が、そう弾いていた――悲しみの後には喜びがあり、別れの後には出会いがやって来る。覚えているだろう、お前が彼と出会えることを心の中で強く願っていたことを――そして、ほら、彼が立っている、ほんの少し白髪で背筋をまっすぐにして。だから幸せに興奮して気も狂わんばかり！　明日は旅立ち――そしてすべてはお前が強く願うようになるんだ。我々の信じるお伽話が、この世にまだ存在する限り、すべてはうまく行くよ》

私は床の絨毯に横たわり、こめかみを締めつけながらその演奏を聴き、そして泣き、愚かな涙の自分を叱った。でも私はそれほど長くは泣かなかった。いつでも一生懸命、自分は泣くことはできない、泣くことがどういうことかさえ分からないと、自分に言い続けてきたから……

私は六時過ぎにサーニャを起して、夜中Ｖ教授から電話があったことを告げた。

「怒ってる？」

「何を？」

彼はうとうとしながらソファーに座り眠そうに私を見

つめた。

「あなたを起さなかったことを」

「怒っているさ」

彼は言って笑い出した。

「君は若返ったのさ。きのうＶ教授が君がいくつと聞いたから僕は言ったよ――十八歳とね」

彼は私にキスをし、そして浴室にかけ込みパンツ一枚で飛び出し、体操を始めた。彼は私にも体操をさせたが、私は始めたけれどやめてしまい、でも彼は朝夕一日に二回、きちんとやっていた。彼はふかふかのタオルで汗を拭いながら、私がＶ教授に電話するのはまだ早いというのに、電話のところに行って受話器をとり上げた。私は何かをしていた。多分、アルコールランプに火をつけ、コーヒーを入れていたのだろう。サーニャはＶ教授のことを名前と父称（丁寧な呼びかけ）で呼んでいた。しばらくして、何か変な声で彼は尋ねた。

《何ですって？》

私が振り返るとタオルは肩からすべり落ち、彼はそれを拾い上げようともせず、直立の姿勢になり、顔からは血の気が失せていった。

「分かりました、至急電報を打ちます」

彼は言って受話器を掛けた。

「何があったの？」

「いや、なんともバカげたことさ」

タオルを拾い上げながらサーニャはゆっくり言った。

「夜中にＶ教授は、捜索隊は中止になったという電報を受け取ったんだ。僕は新しい任務のために即刻モスクワの民間航空局に出頭せよとのことだ」

第16章
《赤ん坊を抱いた君が目に浮かぶ……》

サーニャはある時、人生はいつもこんな風だと言ったことがある。つまりすべてがうまく行っている――突然、急旋回、そして《横揺れ》や《宙返り》が始まる。でも、今度ばかりは、飛行機はきりもみ状態に入ったと言わざるを得なかった。もちろん、戦前私たちが喜んだり悩んだりして生活していたこうした一切のものを追い払うような、はるかに強力な、全く新しい気持ちになった今（〔訳注〕カーチャは、戦後の一九五〇年代の今、当時を振り返って回想している）となっては、この挫折、つまり捜索隊の取り消しがサーニャに与えた異常な印象すら、色あせたものに思われた。でも、この印象は、彼の人生観をある程度変えるほどのものだった。

「言うまでもないけど、カーチャ」

V教授のところから戻ると、彼は激怒して言った。

「北極、探検隊、《聖マリヤ号》、僕はもう、こんな言葉を聞きたくない。こんなのはみんな、とっくに忘れてしまった子供のお伽話だよ」

私は、彼が決して忘れることはないと確信していたけれど、これらの《子供のお伽話》を一緒に忘れましょうと彼に約束した。私にはまだサーニャがモスクワでうまく命令の取消しを得られるかも知れないという、かすかな希望があった。しかし、私に届いた彼からの電報は、もはやモスクワからではなく、サラトフへの途中のどこかの町からで、そうはならなかったことが分かった。彼の受けた任務それ自体が、捜索が完全になくなったことを強調しているかのようだった。

彼は農業飛行隊――いわゆる特殊飛行隊に配属替えになり、今や、やることといえば、小麦の播種や貯水池への消毒剤散布に限られてしまった。《上等だよ！　僕がその程度の人間だと思うのなら、やってやろうじゃないか――自分の仕事のやり方について、地方当局と《時間や日程を打合せながら》すでに二週間滞在しているあるコルホーズからの最初の手紙で、彼はそう書いていた――北極に行く夢なんてクソくらえだ――全くあれはひどい幻想だったのさ！　でも、Чの言葉はやっぱり正しかった――《もしもなれるなら、一番であれ。降伏なんて考えるな。さらに前進あるのみ》

《あの昔のタターリノフ船長の話に僕たちは感謝しよう――別の手紙で彼は書いていた――それが、僕たちがお互いを見つけ愛するきっかけになったという意味でね。でも、僕は確信しているけれど、あの積年の個人的な恨みが、僕たちのためだけでなく重要なものになる時が、すぐやって来ると思うよ》

彼は自分の《イネ科の植物の播種》や《イナゴとの格闘》という社会の役に立つ仕事に次第に馴染んできたことを、批判的な調子で私に書いていた。でもおそらく彼はこの仕事に夢中になっていたのだろう。間もなく私は全く違った手紙を彼から受け取ったのだ。

《親愛なるカーチャおばさん――彼は書いていた――この世にはいわゆるパリの緑青と呼ばれる殺虫剤があって、それを湖の上空から一平方キロ当たり十一kg散布することを想像して欲しい。このためには、高度な技術が必要なんだ。だって森の中のこれらの湖は小さくて、兄弟みたいにお互いがよく似ているから。そんな湖の一つに全速力で接近したらすぐに急降下し、そして急上昇。おもしろいだろう？　こうした湖への急降下や小麦散布の超低空飛行をやっていると、不思議なことに自分をうんざりさせていたのは農業に従事しているという思いではなく、何か全く別の問題だったように思えてくる。もしも僕の飛行機に積んだパリの緑青が、戦争でも起ってもっと堅固な積荷に置き換わることがあれば、一日百二十五回の搭乗も、少しは役に立とうというものだ。すべてはよい方に向かう。僕はちっとも後悔なんかしていない。君を抱擁するよ。赤ん坊を抱いた君が目に浮かぶ。君は歩き回り口ずさむ。ピン止めのゆるんだお下げ髪がほどけ、君は僕のところに来て、僕に髪を止めてもらうためにしゃがむ……》

私がサーニャに赤ん坊のペーチャを抱いている姿を想像させるのも無理はなかった――私は自由にできるすべての時間をこの赤ん坊に捧げていたのだから。日ごとに彼は変わっていき、それを見守るのは何と興味深かったことだろう。彼は次第に私、ロザリヤ・ナウモーヴナ、そして乳母を識別し始めた。うつろなまだ赤ん坊だった目に、驚きや注目の視線が現れてきた。信じがたいことだが、まだ一か月しか経っていないのに彼はもう笑顔を見せた。彼は電灯を見つめ、それが消されると泣いた。最初、自分の手におびえていたのが、その後しばらくそれを見つめているうちに怖がらなくなった。彼くらいの赤ん坊は皆、皺《しわ》だらけで不機嫌なのが普通なのに、彼は陽気そうで、まるでこの世に生まれてきたのがうれしいかのようだった。私には、彼を初めて病院で見た時よりもずっと彼がサーニャに似てきたように思えた。彼は頭のてっぺんにだけ黒い短い頭髪があったのが、今ではもう頭中が髪に覆われ、とても愛らしく、きちんとした身なりになった……

何と物事は思ったり想像していたようには運ばないことだろう！　私がレニングラードに二～三週間やって来たのは、サーニャに会い、彼がどこにいようと一緒に過ごすためだったのに、ほら、又彼は私から離れてしまった。私が家族持ちになるなんて思いもしないことだった――赤ん坊のペーチャ、大人のペーチャそれに乳母、彼らのことを考え、面倒を見なければならず、その上、私がそうすることを誰も信じて疑わないのだった。私は北極のことを永久にきれいさっぱり忘れるとサーニャに約束したけれど、何故か北極の地質学の研究を続けた。お金が少なくなり、私は地質学研究所の退屈な仕事を引き受けたのだ。多分、以前ならば私は悩み、自分を責め、きっと必要以上にくどくどと考え込んでいただろう。しかし、突然私の心をとらえたのは、不思議な平静さだった。《子供じみたお伽話》と一緒に、私は自分の自尊心、誇り、それに夢中で願ってもそうならないすべてのことへの恨みを、自分の外に送り出してしまったのだった。《しかたがないでしょ、あなた!――ある手紙で彼が私をレニングラードまで連れ出しておいて立ち去り、その上家族持ちで身動き出来なくさせたことを嘆いていた時、私はサーニャに返事を書いた――老判事が言っていたでしょ、人生はあつらえ物とはちがうって》

私は彼によく長い手紙で、《学者の》乳母のこと、赤ん坊のペーチャが見る見る変わっていくこと、大人のペーチャが急に貪欲に仕事に取り掛かり、プーシキンの銅像のデザインも、とてもすばらしいものができつつあることなどを書いた……でも、私が一言も書かなかったことがあった。それは十月二十五日大通りの、ある高級食料品店で買い物をしていた時、私はグレーの外套を着た、あの柔らかい帽子――それは私のために買ったものであり、角張った大きな頭にぎこちなく被られていた――のある馴染みの人の姿を見かけたことだった……

暗がりで私は人違いしそうだった。でも、間違いなくそれはロマショフだった。青ざめた顔で、落ち着き、やや前に身を屈めて、彼はゆっくりショーウィンドーの前を歩き、人ごみに姿を消した。

第七部　別離

カーチャ・タターリノヴァの話したこと

第1章　五年

その詩をどこで読んだか忘れたけれど、その中で歳月を《頭の中に伸びた細い時間の糸に》ぶら下がっている数々の灯火にたとえてあった。まばゆい、立派な光を放つものもあれば、くすぶって、暗闇に煙りながらぱっと燃え上がるものもある。私たちはクリミア半島、そして極東に住んでいた。私は飛行士の妻であり、たくさんの新しい知人――クリミア半島や極東の飛行士の妻たち――がいた……。彼女たちと同様に私も部隊に新しい飛行機がやって来ると興奮する。彼女たちと同様に、私もサーニャが飛行に出て予定の時刻に戻らないと、部隊の司令部にしつこく電話し、当直をうんざりさせる。彼女たちと同様に私も夫の職業に決して慣れることはないと断言するし、そして同様に結局は慣れてしまうのだった。

ほとんど不可能なことだったが、私は自分の地質学の研究をやめなかった。私のことを《お嬢ちゃん》と呼ぶ年配の女性教授は、《結婚なんかしちゃダメ、まして飛行士なんて、だってとっくの昔にあなたは修士の資格を取れていた筈よ》と主張していたけれど。一九三七年の晩秋、私がサーニャと一緒に作成した新しい論文を持って極東からモスクワに戻ったとき、この教授は、自分の言葉を撤回することになる。空中磁気探査！　飛行機から鉄鉱石を捜すという論文だった。

今ならイワン・パーブルィチはもうこう言うことはできないだろう。つまり《君は彼のことを知らないんだ》と。放置され、見捨てられた家で、夜ごとに謎の明かりが灯り、板張りの鎧《よろい》戸の隙間から長く、細い光の筋がもれるように、サーニャの思考と感情のはるかな深層の中に、私は彼の子供時代を照らし出す北極の星々の放つ光を見るのだ。釘付けにされ、閉じられた鎧戸。でも、光の筋はもれて、私たちがお互いを見い出したりある時は見失ったりしながら歩く道の上に差している。

「サーニャ、あたしは今、あなたがどういう人か分かったわ」

私たちはウラジオストック――モスクワ間の国際列車の車輌のコンパートメントにいる。信じられないけれど事実だ――私たちは一つ屋根の下、昼も夜も別れることなく十昼夜を過ごす。私たちは同じテーブルで朝、昼、晩と食事をする。私たちは昼間も互いに会う——そのことを変だと思わない婦人がいるといって噂になる。

「どういう人かい？」

「あなたは、旅行家よ」

「そうさ、ウラジオストック——イルクーツク間を、プリモルスキー飛行場から七四四号機で飛ぶから」

「そういうことじゃないの。飛行場はあなたを放さないのよ。でも、いずれにしても天分からしても、情熱から言ってもあなたは旅行家なの。お昼を食べていて、このお魚が何年物かなんて尋ねるのは旅行家くらいのものよ」

彼は笑い出した。

「お役所の書類が苦手なのも旅行家。花を贈るのを気兼ねするのも旅行家。口笛を吹いて自分の目的に従い、朝になるといつも二十四種類の運動の中から、自分の妻に体操をさせて苦しめるのも旅行家ね」

「冷水摩擦を加えてないよ」

「そうね。歳をとらないのも旅行家よ」

「僕は歳をとるよ」

「いいこと、いつも思うんだけど、人にはそれぞれ特有の年齢があるのよ。生まれつき四十歳の人もいれば、生涯十九歳の男の子のままの人もいるの。Чはそんな人だし、あなたもそうだわ。だいたい飛行士の多くはそうね。特に、大洋の横断飛行が大好きな人たちは」

「じゃあ君は、僕が大洋の横断飛行をしたがる種類の人間だと思ってるの？」

「そうよ。横断飛行で有名になって私を捨てたりしない？」

「しないよ、だって僕は途中で戻されるから」

私は黙った。《僕は戻される》——それは全く違う話だ。それはサーニャが、N市からタイムイル半島まで散らばった破片を集めて再現した私の父の人生が、ニコライ・アントニッチという他人の勢力下に支配されていたような種類の話だ。タターリノフ船長の肖像画は地理学協会や北極研究所に掲げられている。詩人が彼に詩を捧げているが、大部分はとてもお粗末なもの。ソビエト大百科辞典には、彼についての大部の記事が、控え目なN・Tのイニシャルの署名で掲載されている。彼の旅行は、セドフ中尉、ルサノフ、トーリといった旅行家と並び、ロシアの北極征服の歴史に名を残している……

彼の名前が有名になればなるほど、彼とともに、彼の従兄弟《いとこ》である尊敬すべき極地探検学者の名前も頻繁に挙げられるようになり、《聖マリヤ号》の探検を準備するために自分の全財産を犠牲にし、偉大な人間の伝記を書くために全生涯を捧げた男として知れ渡っていった。ニコライ・アントニッチの功績は当然然《しか》るべく評価された。

彼の本《氷の大平原で》は子供だけでなく大人にも読まれ、毎年版を重ねた。新聞では彼を議長とするある《教授会》のことが報道された。《教授会》で彼は演説をし、その内容に私はサーニャが彼と激しくやり取りしていた昔の論争の名残を見る。その論争が終ったのは、顔面蒼白な婦人が冷たい石造りの中庭に運ばれ、そのまま永久に家から連れ去られたあの日、あの時だった。いいえ、そうじゃない、あの論争はまだ終ってなんかいない!

尊敬すべき学者の彼が、タターリノフ船長の死は《企業家たち》のせい、とりわけドイツ貴族の出のヴィシミルスキー某のせいだと自分の著作の中で飽くことなく繰り返すのは無理もない。尊敬すべき学者の彼が、あの時自分の秘密を見破った生徒の嘘を暴《あば》こうと必死になってその理由を挙げるのも、何か訳があってのこと。今は、あの時の生徒の彼は沈黙している。でもすべてはまだこれからなのだ。

彼は沈黙を守り、日夜休みなく働いている。ヴォルガ地方で彼は貯水池に消毒剤を散布する。イルーツク――ウラジオストック間に郵便物を運び、二昼夜でモスクワの新聞をウラジオストックに届けて幸せを感じる。彼は二種飛行士の資格をとり、私は彼が何度となく北極への配属を希望し、その返事の代りに、今回もまたシムフェローポリとモスクワ間の《空飛ぶ御者》にさせられることが悔しく、その思いは本人よりも激しかった。彼の行く手に毎回立ちはだかる秘密の影は一体何だろう? 分からない。彼も分からない。彼は働き、皆からすばらしい仕事だと言われる。でも、いつもいつも変わりばえのしない単調な定期便に彼がどれほど倦《う》んでいるかが分かるのは私だけ……

「この間、古い手帳を見つけたんだ。最初のページに何て書いてあるか知ってるかい?」

白く美しい汽船の甲板で、私は白いドレスを着て彼の横に立っている。サーニャは休暇中で、私は彼が休暇がとれたこと、そして私たちが突然セヴァストーポリに行くことに決まり――でも、その先どこに行くかは分からない――幸せな気持ちでいる。

「《〝前進号〟――アムンゼンの大型帆船の名前だ。〝前進〟――彼は言うと、本当にまっしぐらに前進する。アムンゼンについてのナンセンの言葉》これは僕が十四歳のときのモットーなんだ。すごいだろう？　でも今は、前進して後戻り、モスクワ――シムフェローポリの往復さ」

……時間の糸にぶら下がった灯火は、パッと燃え上がったかと思うと消え、ある時は悲しみ、ある時は喜びを、その揺れる光が照らしている。時は振り返ることなく過ぎ、そしてサーニャが自分の全人生を――私にでなく――話したあの晩にだけ、その時間が停止したのだ。タタール人の居住地につくられた飛行士会館の庭で、その重要な話は行われた。庭はゆるやかな斜面沿いにつくられ、小道がいくつも走っていて、セイヨウハナズオウの花の咲く茂みをなんとか通り抜けると海に出られた。話しているサーニャのところにやって来る飛行士たちは用心深げに歩くけれど、砂利の軋む音がした。突然風が起り、それと一緒にヴァシリ山の菜園の方から桜やりんごの木の花びらが飛んできた。

それは共産党の公開集会（〔訳注〕共産党員として、ふさわしいかの承認をする）――屋外でのという語の本来の意味も含むもの――で、急速に暗くなっていく南国の空の下、演壇のある広場で行われていた。サーニャは落ち着いて理路整然と話したけれど、私は彼があまりに早くしゃべり過ぎそうになるとき、自分を抑えるためにする、突然の話の途切れに秘められているものを知っていた。興奮なのだ。もちろんだけれど！

私はサーニャの話を聞いている――私たちの忘れかけた青春時代が目の前に出現する。それは、まるで映画の中で誰かの声が悠々と自分について話していて、一方スクリーンでは雲が流れ、白い平原沿いに霧のかかった帯のような川がはるかに広がっているような光景だった。朝の情景だ。青春は私には霧のかかったおぼろげな幸福な時代のように思える。

頭のてっぺんに前髪をつけた、痩せた黒い服のコムソモール員が第四学校でエヴゲニー・オネーギンを裁判にかけている。スケート場で彼は初めて飛行学校に行くと私に話した。私はN市の大聖堂の庭で彼に会い、彼の読む古い手紙に衝撃を受ける。モスクワ、北極そして再びモスクワ――どこの世界にいても彼は自分の正しさを貫き通すことに努力を惜しまない……

でも、思い出はもうたくさん！　彼について紹介される言葉に耳を傾けよう。孤児だった彼は学校で育った。ソビエト社会は彼を一人前の人間にした――ほら、そんな風に話されている。彼は読書家でその知識は抜きん出ている。飛行士として彼は、極地の厳しい状況の中での勇敢な飛行に対し、ネネツ民族管区から一九三四年には感謝状をもらい、それ以来夜間飛行の技術を習得するなど格段の進歩を遂げてきた。もちろん彼にも短所はある。怒りっぽく、短気でせっかちなところ。しかし、《グリゴーリエフ同志が共産党員の肩書きにふさわしいか否か》の質問に対し、我々はこう答えるべきだろう。《そうだ、それに値する人物だ》

……一九三七年の冬、サーニャは、レニングラードに異動になった。私たちはベレンシュタイン家に住むことになり、私が毎晩目覚めるとサーニャが眠れずに目を開けて横になっていることさえなければ、すべてはうまく行っていたと思う。毎週、ネフスキー大通りのニュース映画館で、私たちはスペイン戦争のニュースを見た。チェック柄のシャツの青年たちが、ライフル銃を肩に、マドリッド近郊の大学都市の廃墟に身を隠している——ほら、立ち上がった、突撃だ。第五連隊は武装している。包囲されたマドリッドから子供たちが連れ去られる、そして母親たちが泣きながらバスに走り寄る。子供たちは一生懸命手を振るばかり……。これは本当のことなのか？　真実なのだ。こんな悲惨な真実は決してどんなことがあっても二度と繰り返されてはならない！　決して二度とは！　込み上げる涙、痛ましい気持ち、渦巻く興奮の感情が、この暗く息苦しい小さなホールの中で、突然冷めてしまうのは一体何故なのだろう？

それから二週間後、私とサーニャは、古い外套やマントでいっぱいのベレンシュタイン家の狭い玄関に立ち、黙っていた。またあと十五分で新たな別れだなんて！　彼は私服で出掛ける。広い肩の流行の外套に柔らかい帽子の彼は、見慣れない変な姿だ。

「サーニャ、これはあなたなの？　あなたじゃないわね？」

彼は笑い出す。

「当ててごらん、僕じゃなければ……。泣いているの？」

「いいえ、気をつけてね、大切な愛しい人」

彼は《僕は帰ってくるよ》と言い、さらに何か優しい言葉を少しぎごちなく付け加えた。私も何を話しているのか自分でも分からず、ただ覚えているのはパラシュートを忘れないでと言ったこと。彼はいつもパラシュートを大事に携行する人だった。

どこに彼は行くの？　分からない。極東に行くと彼は言う。どうして、私服で？　私がこの出張について尋ねても、彼が私の質問にすぐには答えず、初めは少し考え、それから話すのは何故なのだろう？　深夜にモスクワから電話があった時、彼が《はい》とか《いいえ》とだけ答え、そのあとしばらく部屋を歩き回り、煙草を吸い、興奮してうれしそうに、そしてどことなく満足げな様子だったのは何故かしら？　何に彼は満足していたのか？

　分からない、私は知ってはならないのか。どうして私は駅まで彼を見送りに行けないのか――だって彼は極東に行くというのに！

「それは、少し具合が悪いんだ」

　サーニャは答えた。

「僕は一人で行くんじゃない、それに僕はまだすぐには出掛けないんだ。都合がついたら、駅から君に電話するよ」

　彼は駅から電話してきた――列車は十分後に出発する、心配しなくていい、すべてうまく行くからと言った。一日おきに彼は私に手紙を書くつもりだ。もちろん彼はパラシュートを忘れることはないだろう……

　時々私に届く手紙は、モスクワの消印になっていた。これらの手紙から判断して、彼は私の手紙をきちんと受け取っている。見知らぬ人たちからの電話があり、私の健康を問い合わせてきた（〔訳注〕戦地にいるロシア人たちは、スペインから一時的にモスクワに戻る人に家庭の無事の確認を依頼することが普通だった）。ここから数千km離れたグアダラーマ山脈では、戦闘が行われている。私の寝台のサイドテーブルの上には、旗をたくさんピン止めした地図が掛かっている。遠く離れた神秘の国スペイン、ホセ・ディアス（〔訳注〕スペイン共産党書記長）とイバルッリ（〔訳注〕スペイン共産党議長）の国スペインは、まるで私が子供時代を過ごした町のように身近な所になった。

　雨の多い三月のある日、スペイン共和国飛行隊の《翼を有するものすべて》が、バレンシアをマドリッドから遮断しようとするフランコのファシストたちに向けて飛び立った。それはグアダラハラ郊外の勝利の戦いだった。私のサーニャはいずこ？　七月、共和国軍は、ファシストたちをブルネットから撃退した。私のサーニャはどこに？　バスコニアは分離された。古い民間機に乗り、ビルバオまでは霧の中、山脈をいくつも越えなければならない。私のサーニャは？……

《出張が長引いている――彼は書いていた――僕に何が起るか分からない。念のためだけど、君は自由だし、何の義務もないことを覚えておいて欲しい》

　ヴォロダルスキー大通りの古本屋で、私はページが黄色くなったボロボロの一八三六年版ロシア・スペイン語辞書を買い、それを製本に出した。毎晩、私は長いスペイン語の文章を覚えた。《ええ、私はあなたには何の義務もないわ。あなたがもし戻らなければ、私は死ぬだけよ》あるいは《あなた、どうしてあなたは泣きたくなるような手紙ばかり寄こすの?》私が、これらのスペイン語の文章をつぶやいていると、暗闇の中でとても変に聞こえたのだろう、《学者の乳母》は、私が寝言を言っていると思い、起き上がりこっそり私に十字を切った……

ところが突然、ありえない、信じがたいことが起った。その単純なことであらゆることが——天気も、体調も、仕事も——全くすばらしいものに変わってしまうことが……彼が帰って来るのだ……。深夜モスクワから電話があった。驚いたロザリヤ・ナウモーヴナが私を起し、私は電話に走る……そして数日後にはもう、痩せて日焼けした、本当にどこかスペイン人のような彼が私の前にいた。私は、彼の軍服の上着に赤旗勲章を自らの手で付けてあげた。

……秋に私たちはN市に出掛けた。ペーチャと息子と《学者の乳母》は、夏になるとN市で過ごしていた。ダーシャおばさんは、いつも手紙で私たちをN市に呼んでいた。そしてついに私たちは行くことになったのだ。朝にそう決心して、その晩には私は客車のそばに立ち、列車の出発まであと五分もないのに戻ってこない——ケーキを買いに行ったのだ——サーニャにぶつぶつ文句をこぼしている。彼は動き始めた車輌に飛び乗り、息を切らしながら陽気な顔だ。

「おバカさん、向こうにはこんなケーキがあるとでも思うのかい!」

「たくさんあるわよ!」

「じゃあ、チョコレート菓子は?」

多分、こんなチョコレート菓子はきっとN市にはないだろう。だって、箱の開け方も分からないし、かわいらしい赤い縁取りに金文字でこう書いてあるんですから。

《お達者で、豊かな暮しを》

私たちは明かりをつけず長い間うす暗い客室に座っていた。いつのことだったろう? 一人前の大人として、私たちがN市から帰った時、ニヒリストの老婆たちは、こっけいなくらい大きなマフを紐で下げて、私たちを見送ってくれた。小柄な無精髭の男が、私たちは一体何者かと絶えず窺《うかが》っていた。兄と妹かな? 似ていない! 夫と妻? 若過ぎる! そして、老婆たちのくれたリンゴの何とおいしかったこと——赤く、固い冬リンゴ! 子供のときだけ、あんなおいしいリンゴの思い出があるのは何故だろう?

「僕が君に夢中になったのは、あの日からだった」

「いいえ、あなたが私を好きになったのは、私たちがスケート場の帰りにあなたが私にキャンディをくれたのを、私が断ったでしょう。そしたらあなたはそれを全部近くにいた女の子にあげちゃった、あの時よ」

「あの時好きになったのは君の方だよ」

「いいえ、私は分かってるの、あなたの方だと。だってそうじゃなかったら、キャンディを他の女の子にあげたりなんかしないわ」

彼はとても真剣な顔つきで考えていた。

私たちは車輌の通路に立って、あの時のように電線が上下に飛び去るのに目をやっている。

「じゃあ、君は一体いつからなんだい?」

「分からないわ……いつもよ」

私たちの状況、すべてはもう変わっているけれど、それでも以前のように幸せな気分だ。お互い同士、周りの状況、すべてはもう変わっているけれど、それでも以前のように幸せな気分だ。太った口髭のある車掌が絶えず私たちの方——あるいは私?——をチラチラ見ている。溜息をつくと、彼にも美人の娘がいると話しだす……

N市だ、朝はまだ早い。市電はまだ動いていないので、街中を徒歩で歩くしかない。ぼろを着た男が、慇懃《いんぎん》な態度で私たちの荷物を運びながら果てしなくおしゃべりをする——私たち二人がN市出身だといくら言っても聞こうとしない。彼は今は亡きブベーンチコフ家のお婆さんたち、ダーシャおばさん、判事のことを知っていて、特に判事とはたびたび会っているという。

「どこで会ったんだい?」

「レーニンスキー地区の法廷なんですがね」

広場の荷馬車で、コルホーズ員たちがリンゴやキャベツを売っていて、そこに年老いたダーシャおばさんが、大きなキャベツ玉を手にして、買おうかどうしようかと思案しながら立っている。サーニャが彼女を呼び止める。彼女は眼鏡を下げて老婆らしい厳しい目つきで彼を見つめ、突然どうしていいか分からずキャベツ玉を地面に落としてしまう。

「サーネチカ! あぁいとしいお前! これは一体どういうこと? 市場に来たのかい?」

「違うよ、ダーシャおばさん、僕たち着いたところだよ」

彼は私をダーシャおばさんに紹介し、N市の市場は商売をやめてしまう——馬たちまでが餌《えさ》袋から鼻面を抜き出して、私がダーシャおばさんとキスするのを興味深げに眺めている……玄関の両側にライオンの顔のあるのはゴーゴリ通りのマルクーゼの家だ。ダーシャおばさん流の朝食といったら、その量たるや、その後でこの世にまだ昼食や夕食があると思うのが恐ろしくなるくらいだ。

地方に出張裁判に出ているスコヴォロードニコフ判事との電話での会話。判事の声はまるで地球の裏側にいるかのように、とても遠くかすかに聞こえる。赤ん坊だったペーチャはもう三歳——おしゃぶり乳首を与えるか否か、抱っこで揺すって寝かしつけるか寝床に入れるかどうか——それが重大な問題だと言ってあれこれ検討していたのは、はるか昔のことだったのだろうか？

大人のペーチャは大聖堂の庭にいた。そこは昔、彼とサーニャが昼間、月や星を見つけようと目を凝らせて横になったあの場所だった。ここで彼らは手紙文例集を読み、ここでお互いの《血の友情の誓い》を交したのだ。トルコ人のように足を組み、膝の上に大きな麻布の写生帳を置いてペーチャは座っていた。彼はリショートカ（〔訳注〕庭を囲む柵格子の意味がある）——ペシャンカ川とチハヤ川の合流する場所——を描いていて、その構図には白く厳粛なポクロフスキー修道院が、日のあたる巨大な空間の中に取り込まれており、その建物の先の対岸は、一面の草原になっていた。

「すみませんが、そこの方、ここでペンキ屋（〔訳注〕へぼ絵描きの意味もある）を見かけませんでしたか？……」

彼は顔を向け、驚嘆して私たちを見つめた。

「ここをペンキ屋がうろついていて」

サーニャは続けた。

「背広姿で、そばかす面なんですが」

ペーチャは思わず立ち上がった——背が高く、痩せてぎこちない様子で。

「来てたのか？　カーチャも？　すごいや！　うれしいよ！　さあ、話を聞かせてくれ！　サーニャ、だってお前、あそこ（〔訳注〕スペインのことだが、当時は公然と口にするのは、はばかられることだった）に行ってたんだろ？」

「行ってたよ」

二時間ほど私たちはマルティン修道士塔のところにいて、それから河岸通りへ下り、町中の果樹園（〔訳注〕人気のない菜園で内緒でスペインの話を三人がしたことが想像される）を歩き回った。秋の町の景色はなんとすばらしいことだろう！　ボタニチエスキー庭園の赤い楓《かえで》のきれいなこと！　手入れされずに放置された並木道を断崖の方へ歩いていくと、その下には何か白いもの（〔訳注〕虫除けに塗った石灰のこと）を幹に塗った低いリンゴの木が規則正しく並んでいるのも美しい！

「昔、僕たちここにリンゴを盗みに忍び込んだね。果樹園の番人の銃には、塩の弾丸が入っているなんて君は嘘をついた」

「いや、嘘なもんか！　僕たち、どんな子供だったっけ？　例えば君、子供のときの自分を想像できるかい？　僕は出来ないね」

「君は相当変な子供だったよ。覚えてるかい、君は昔、くまねずみには、女王ねずみがいるなんて作り話をしたことを？　それからトルキスタンの話は？　あれはあこがれの地だったよ。君はあの時からもう画家だったね――少なくとも芸術家だった」

「いや、君こそ画家になるだろうと思ってたよ、だって君は粘土で像を作るのがうまかったから、どうしてやめたんだい？」

私はサーニャを見つめる――秘密をばらそうか、やめようか――でも彼は恐《こわ》い目つきをするので私は一言も言わない。暇な時、彼は今でも粘土をこねている――もちろん趣味で。

判事は夜遅く、私たちがもう帰ってこないと思っていた時に到着した。突然、どこか角を曲がった所で《ガージク（〔訳注〕ゴーリキー自動車工場製の万能車）》の鋭い音としゅうしゅうという響きが聞こえ、スコヴォロードニコフ老人が、両手に鞄を持って白い埃《ほこり》だらけの略帽をかぶり、家の小道に現れた。

「さて、どんなお客たちが来たのかな？　今、顔を洗ってキスしてやるからな」

私たちは、彼が上機嫌で長い間台所で唸《うな》り声をあげ、ダーシャおばさんがまた床中を水浸しにしたとぶつぶつ言っているのを聞いていた。でも彼は唸り声をやめず、ブルブルと顔を洗うと、つぶやく――《やれやれ、これでいい！》そしてついにさっぱりした上っ張りに素足に靴をはき、髪を整えて現れた。

順番に玄関口に私たちを引っ張り出し、しげしげと見つめた――最初に私、そしてサーニャを。サーニャの赤旗勲章を彼は手で引っ張って見つめた。

「上等だ！」

満足そうに彼は言った。

「将校の肩章かな？」

「そうです」

「じゃあ、大尉なのか？」

「大尉です」

そして彼はサーニャと固く握手した。こうしてN市での、すばらしい夜は更けていった。私たちが家族全員集まるのはめったになかったのに、お互い本当に愛情にあふれていた。こうして皆が一堂に会してみると、私たちが違う町に住んでいることが不思議に思えるのだった。

夜遅くまで私たちはテーブルについて、いつまでもおしゃべりをした。私たちはサーシャを思い出し、彼女が私たちと一緒にいるかのように、普通にくつろいだ気分で彼女のことを話した。彼女は私たちの中にいた——月が経つごとに幼いペーチャはますます彼女に似てきた。モンゴル人のような眼の窪み、こめかみに生えている柔らかい黒髪もそっくりだった。頭を傾けながら、彼も眉を高くつり上げるのだ……

サーニャはスペインの話をした。私はとっくに忘れていた不思議な気分になった。私は、彼が誰か他人のことを話しているように、彼の話を聞いたのだ。ある時偵察飛行に出て、五機の《ユンケル機（〔訳注〕ドイツの戦闘機）》と遭遇し、迷うことなく応戦したなんて、本当に彼なんだろうか？《ユンケル機》の中をかいくぐりながらやみくもに撃ちまくり、当たらないわけがないと話しているのは彼なのだろうか？　焼け焦げたラグランのオーバーを着て、革手袋で顔を覆い、損傷を受けた飛行機を着陸させ、一時間後に別の飛行機で空中に舞い上がったのは本当に彼なのだろうか？

判事は耳をすまして聞いている——白い毛深い眉毛の下の彼の眼が、子供のような満足な色に輝いている。ワイングラスを手に彼は立ち上がり、演説を始める。まだ列車の中で、サーニャは私に必ず判事は演説するからと言っていた。

「格調高い言葉を話すつもりはないが、サーニャ、君の功績とはまさにそういう言葉で話すにふさわしい。いつだったか、君が飛行士になると私に言ったとき、私は尋ねた。《軍の飛行士かい？》君は答えた。《極地の飛行士です。でも要請があれば——軍でも》だから、ほれ——勇敢な軍の飛行士の君が、私の前にいて、私は君を正当な実の息子とみなして育てた自分を誇りに思っている。でも目の前にいる君を見ていると、私の頭には別の思いもよぎる。タターリノフ船長の探検隊の捜索という君の気高い願望——君の若い歳月の間に心の中に育んできたもの——についても一言述べたい。君は歴史に介入し、それを自分のやり方で正そうと自分の課題を定めた。それは正しいことだ。なぜなら我々は革命家ボリシェヴィキなんだから。だから、子供時代から君を知っている私は、早晩君がこの大きな課題を必ず解決することを確信しておる」

私たちは杯を合わせ、サーニャはスペイン語で言った。

「乾杯《サルート》！（〔訳注〕サルート（スペイン語で革命同志たちの挨拶の言葉））……《人生の旅》はまだ始まったばかりです」

彼は言った。

「船は昨日港を出て、《航海の無事と平安を》という別れの挨拶を送る灯台がまだ遠くに見えている。かつて勇敢な子供だった私たちは、この町の暗い通りを歩き回った。私たちの武器は、二人で一本の鞘入りのナイフで、ペーチャはそのナイフで古い長靴から皮のケースを縫い合わせた。でも私たちには、そんな外見以上にもっと強い武器があった。《闘い、探し求め、見つけたら決してあきらめないこと》というあの誓いをお互いに立てていたから。旅はまだ終っていない」

ワイングラスを高く掲げると、サーニャはそれを飲み干し、グラスをガチャンと壁に投げつけた……

一九三九年、私たちはモスクワにいて、シフツェフ・ブラージェクのヴァーリヤとキーラの家によく行った。シフツェフ・ブラージェクのアパートは手狭になっていた。《本来の台所》には、かわいらしい色白の女の子が眠っていて、お下げ髪で、母親のキーラとそっくりの大きな立派な鼻をしていた。ヴァーリヤがその昔写真の暗室に使っていた物置部屋にはおむつが一面にぶら下がっていた。サーニャは《個人用台所》で、額に黒い巻き毛の、ぼんやりと気むずかしい赤ん坊の顔がのぞいているおむつのお包《くる》みの上にあやうく腰を下ろすところだった――その赤ん坊は、黒褐色の狐の雑種についての講義をさせるには、あと角縁《つのぶち》眼鏡をかけさせればよいぐらい、ヴァーリヤにそっくりの顔だった。女の子はもう《表情豊かに》詩の暗誦をやり、そこにはキーラの母親のしっかりした手ほどきが見られ、それはあのひどく高慢なワルワーラ・ラビノヴィチのやり方とは、すべてにおいて対立するものだった。

シフツェフ・ブラージェクのこんな愛すべき《子持ちの》友人のところにいて、私とサーニャ――放浪者であり、旅人として――は、一体何を考えるだろう？　もちろん、それはこれまで私たちが他人の家に住み続け、ヴァーリヤとキーラには、小さな狭い部屋であっても家があるのに、私たちには自分の家がないということだった。だから私たちは決心した――そんな家をこれからレニングラードに持とうと。

灯火はパッと燃え上がり、そして消え、その揺れる光は悲しみを、そして喜びを照らし出す。冬のある晴れた日、私たちはクレムリンの壁につくられた大理石の黒い石板の前に立っていた。その石板には私たちの愛していた人物の名前だけがシンプルに彫られていた。サーニャはかつて彼を訪ねたとき、扉のところで興奮を抑えるため、ゆっくり考えようと努め、中に入って彼に話しかけた時、電話口で話すようにこう言ったのを思い出していた。《Ч同志ですか？　話しているのはグリゴーリエフ

（〔訳注〕私はグリゴーリエフと申しますというところを緊張のあまりこう言ってしまった）です》

大都市にこの人の名前がつけられ、数百の通り、劇場、公園、庭園もそれに倣《なら》った。でも私とサーニャにとっては、彼の低音のオー訛《なまり》の声をもう決して聞けないことがひどく不思議な気持ちだった……

一九四一年、私たちはレニングラードに引っ越すことにした——もし、すべてがうまく行くなら今度こそ。私たちは郊外に三部屋の別荘《ダーチャ》を借りる。そこには井戸があり、古いロシアの銃兵そっくりの年配のハンサムな所有主も敷地に住んでおり、ペーチャは早速その主人を描き始める。私たちは家族全員で、その別荘に移り住む——ペーチャと《学者の乳母》は、その年N市には行かなかった——湖で水浴し、ずんぐりした本物の銅製のサモワールで沸かした紅茶を飲み、そうしたすばらしい平穏な幸せは、他の婦人たちならあえて気付かないものなのに、私にとっては妙な気分だった。

土曜日ごとに私たちはサーニャに会う。駅まで家族皆で迎えに行く。誰よりも一番、サーニャ伯父さんを待っていたのは、もちろん幼いペーチャだろう——今度プレゼントに戦艦のおもちゃが欲しいとひそかに願っていたのだ。願いは的中する——大きく豪華な軍艦を持って、サーニャは私たちのそばを通り過ぎる車輌のデッキから飛び降り、私たちに手を振るが、なぜか車輌と並んで歩いている。列車が止まると彼は手を差し伸べる。小柄な痩せた老婆が、元気そうでやや心配げな表情でデッキを降りてくる。片手に傘、もう一方の手には麻布の大きな旅行鞄。私は自分の目を疑う。でも、それは祖母だった——絹の洋服でおしゃれをして、麦わら帽を少しいなせに被っている。サーニャが丁重に腕を取って歩き、狭いプラットホームをすぐに一杯にしてしまう騒がしい群衆から守っているのは、私の祖母だった……

第2章　祖母の話したこと

最近の私の祖母に見られるいくつかの特徴は、私にとって謎のように思えてきたと言わざるを得ない。これまで彼女はトランプ遊びに対して嫌みを言っていたのに、突然占いに熱中し始め、トランプをいつも持ち歩くほどになったのだ。彼女はハートのキングで占いをし、おそらく彼女はそのカードと複雑な間柄にあるらしかった。

「おや、お前さん、何か仕出かそうってんだね」

彼女は怒って言った。

「それならそれでいいさ！　おきまりの場所にいるんじゃなかったのかい？……」

話の途中で彼女は急に立ち上がり、あわてて家に帰ろうとした——家は退屈で何もすることがないと愚痴をこぼしていたくせに、《家事があるから》だという。

「いいや、戻らなきゃ」

あわてふためいて彼女は言った。

「もちろんさ！　どうしたって帰ります！」

いつもは大好きだった映画も、今では私が勧めても及び腰の態度だ。

「映画館に行くのは」

真面目に彼女は言った。

「その作品の出来ばえを優先すべきなのさ」

《作品の出来ばえを優先する》——私の祖母は、これまでそんな冷静な言い方をしたことはなかった。

もちろん、私はハートのキングが誰のことか、そして祖母が心の底で考えている、おきまりの場所とは誰に対してか、さらに何故彼女はあわてて家に帰ろうとしたのか、また映画に対するあのよどみのない口上はどこから来たのかは察していた。ニコライ・アントニッチ——彼こそが、私の哀れな祖母のすべての考えを占めていたのだ。それは彼の支配力、そして驚くべき彼の影響力だった！　私とサーニャがモスクワで過ごしていた短い日々でも、彼女に一緒に暮らすように私は毎々説得していたのに——聞く耳を持たず、全く無駄なことだった！

「いなくたって、見つけるのさ」

彼女は意味ありげに言った。

「全くもう、これが運命なんだよ」

「見つけるって、どういうこと？　あの人におばあちゃんはそんなに必要かしら！　捜そうなんてする筈ないわ」

祖母は黙った。

「いいや、捜すのさ！　それが彼には重要なんだ」

「なぜ？」

「そうすれば、こうできるからだよ——あたしが彼の家に住めばすべて彼の思い通りにできる。お前の望むようにでなくてね。彼は間違いなく毎晩、あたしに本を読み聞かせるだろうよ」

ニコライ・アントニッチは、毎晩祖母に自分の本を読み聞かせていた……

私たちがレニングラードに家を建てようと決めた時、私は是非彼女が私たちのところに引っ越して来て欲しいと思った。でも、何度か会ううちに、私はそれは不可能だと確信した。祖母がニコライ・アントニッチを愚痴る回数はずっと減り、迷信にとらわれたような強い恐怖感で彼のことを語ることがますます増えてきた。おそらく心の底で彼女は彼に不可思議な力があることを固く信じていたのだろう。

「あたしが思っただけなのに、あの人には分かるのさ」

ある時彼女は言った。

「先日、ピローグを焼こうと思ったら、彼はこう言ったよ《サゴ（〔訳注〕サゴヤシから採るデンプンで、ジャガイモの代用品）入りでないのがいいな、あれは胃にもたれるから》」

突然L駅に現れ、片手に傘、もう一方の手に麻布の旅行鞄を持って、私たちの方に威勢よく歩き出した私の祖母――こうなるまでに一体何があったのだろうか？　途中で彼女は私たちが別荘《ダーチャ》に住民登録しなければならないかどうかを尋ねた。

「居住証明なくても住めるわ」

私は答えた。

「でも、どうしてそれが心配なの？」

「そうじゃないよ！　登録すればいいのさ」

手を振って祖母は言った。

「今となってはどこに登録しても同じなんだから」

私は手紙で大人のペーチャ、幼いペーチャのこと、そして亡きサーシャについて、何度も彼女に書いていた。ペーチャは、私が娘の頃、第二トヴェルスカヤ・ヤムスカヤ通りに住んでいた時から、私たちのところによく来ていて、祖母は彼とは知り合いだった。でも彼女は初めて会うかのように堅苦しく彼と挨拶するのだった。幼児のペーチャに対しては、彼女はどこかぼんやりした顔つきでキスするし、《学者の乳母》については、彼女の顔は《恐ろしい形相》をしていると冷淡に言った。祖母の気持ちが動揺しているのは全く明らかだった。でも何に対して？　それは謎だった。

中二階――私たちは《中二階》のある二部屋を借りていた――そこは祖母にはあつらえ向きの部屋だった。彼女と同様に小さくて質素なつくりで、彼女は何よりも先に窓の掛金と、ドアに鍵が掛かるかどうかを点検した。

「分かったわ、おばあちゃん、私もう、うんざりだわ」

私は毅然として言った。

「ほら、ドアを閉めるから、誰にも聞かれないでしょ、一体どうしたのか、今すぐ話したら」

祖母は黙った。

「話しますよ！　なんとまあ、おどかすんだから！」

……彼女はひと眠りして洗面すると、ちょうちん袖のドレスに着飾り、爪先の極端に長いクリーム色の編上げ靴をはき、若やいだ雰囲気でテーブルに現れた。

「家政婦を雇ったんだよ」

いきなり彼女は話しを始めた。

「そして言うんだ《家政婦でなく秘書がいい、私の手助けになるから》ところが、その女が私に対し、レンジの上に汚れた靴を置くんだよ。とんだお役に立ったものさ！」

レンジの上に汚れた靴を置いたのは、アレフティーナ・セルゲーエヴナとかいう人だった。それはとても興味深い話だった。私たちは庭に出て、祖母は誇らしげに話を続け、まだ私はどういうことなのか理解できなかった。私はペーチャが祖母の姿を描きたくてたまらない様子なのに気付き、そうさせまいと彼を脅す仕草をした。サーニャにも私は脅す真似をした。彼は、やっとのことで笑いをこらえていたから。真面目に聞いているのは、幼いペーチャだけだった。

「秘書だったら、何だってあたしの料理するところに靴なんか置くのさ？　決して許さないからね。あたしが今日にでも、レンジを焚きつけたらどうなるかい？」

「さあ？」

「焚きつけたのさ」

「えっ？」

「燃えてしまったよ」

得意そうに祖母は言った。

「置くなってことさ」

私たちは、とうとう笑いころげてしまった。結局、家政婦は靴を失ってしまい、そのことでニコライ・アントニッチは、祖母を呼びつけ真剣な話をせざるを得なくなったのだ。

「《私はこんなにも有能で、重要な人物なんです！》」

祖母はニコライ・アントニッチが自分について自慢げに吹聴した様子を怒りながら真似て見せた。

「でも、誰よりも優れた人間でいたいなら、もうおだまりさ。お追従は他人に言わせておくがいい。私に部屋を見せたんだよ。《ニーナ・カピトーノヴナ、どれか部屋をお選びなさい！》だって」

ニコライ・アントニッチはゴーリキー通りの新しい建物に住居を与えられ、哀れな私の祖母は、その豪華な住居の好きな部屋を選ぶように勧められたのだ。まる一か月というもの、彼はモスクワ中を乗り回し、家具選びをした。第二トヴェルスカヤ・ヤムスカヤ通りの住居は、ニコライ・アントニッチの考えでは《タターリノフ船長博物館》にするつもりだった。タターリノフ船長がこの住居の敷居を一度もまたいだことのないことなど、彼は少しも気にしていないようだった。

「だからあたしはお辞儀をして言ったよ《厚くお礼申し上げます。あたしはこれまで他人様の家に住んだことはございません》」

まさにこの会話の後、祖母の頭に考えがひらめいた——ニコライ・アントニッチからこっそり逃げ出し、私たちのところに引っ越すこと。しかし、荷物をまとめていとも簡単に立ち去る訳ではなく、まず何よりもニコライ・アントニッチと仲直りをし、家政婦とも自分に好感を持つように努めたということは、どんなにか祖母がニコライ・アントニッチを恐れていたかが想像される。彼女はボルシェヴォの学者の休息の家へニコライ・アントニッチが出発するのに合わせて、手の込んだ心理プランを入念に立てた。この二十年間で初めて彼女は自分の居場所を離れ、ひそかにモスクワから姿を消した——片手に傘、もう一方の手に麻布の旅行鞄を持って……

……サーニャはいつも六時過ぎに起き、私たちは朝食前に水浴びに出掛けた。その朝も、どの日曜の朝となんら変わらないように思えた。もちろん、何にも変わりはしない！　でも私がその朝をそんなに覚えているのは何故だろう？　私とサーニャはお互いの手を取り、山の斜面を急いでかけ降り、彼は小川に渡したヤマナラシの木の上をバランスをとりながら滑り、私は靴を脱いで浅瀬を歩くと、砂地の川底の密な起伏が足の裏に感じられた——そんなことがまるで昨日のことのように思えるのは何故なのか？　私たちの会話の一語一語まで再現できるのはどうしてだろう？　斜めに太陽の光の差し込む湖の霧にかすんだ夢見心地のすばらしさを今でも感じるのは何故だろう？　心が締めつけられるような優しい気持ちで、その朝の取るに足らない細かな情景——浅黒く血色のいいサーニャの顔、肩、そして胸の小さな水滴、水から上がって両手で膝を抱え、私と並んで座った時の彼のうなじにかかった濡れた前髪、ズボンをまくり上げ、手製の網を持った男の子に、サーニャが、ザリガニ捕りには焚火より腐った肉がいいよと教えたこと——を、ありありと思い出すのは、一体どうしてなのだろう？

それはこういう訳だった。三～四時間ほど経つと、これらすべてのもの——私たち二人のすばらしい水浴、じっと動かない水面に岸辺を映しだしている静まり返った湖、網を持った男の子、そしてその他の数々の思い、感情、印象——が突然、どこか遠いところへ消えてしまい、双眼鏡を逆にして覗くように小さな微々たるもので、果てしなく遠くへ行ってしまったように思えたの

だった。（〔訳注〕一九四一年六月二十二日のドイツ軍のソビエト侵攻の知らせを聞いたカーチャの気持ちの描写）

第3章　《信じていることを忘れないで》

レニングラードにあわてて戻り、サーニャが見つからないまま、何かの用事でネフスキー大通りで路面電車を降りて、高級食料品店の巨大な窓に掲げられた総司令部の最初の戦況ニュースの前に立ち止まった時の私の思いは、もし時間を止められるものなら、そうしたいという気持ちだった。窓の真ん前に立ち、私はニュースを読み、そして振り返り、真顔の興奮した人々の顔を見ていると、急に妙な気分にとらわれた。つまり、皆がある種の新しい味わったことのない現実の中でニュースを読んでいるのだ。夏を迎える最初の暖かいその晩は、歩道を歩く人影はぼんやりと淡く、太陽はまだ沈まないのに、海軍工廠の上にはもう月が出ている——その現実はまるで謎めいて見知らぬもののようだった。言葉が太字で窓の幅いっぱいに描かれるのは、この社会では初めてのことで、人々が新しく次から次に歩み寄り、それらを読むけれど、どんなに願っても、もう誰も戦争が始まった現実を変えることはできなかった。

ロザリヤ・ナウモーヴナは、私にサーニャのメモを渡し、私はそれをバッグから絶えず取り出しては読んだ。《愛するピラ－ポレイキンへ——彼の手帳の青っぽい用紙に走り書きされていた——君を抱擁します。信じていることを忘れないで》

クリミアに住んでいた時、私たちはピラトという犬を飼っていて、私が花壇に水をやるといつもあとについて来たので、サーニャは冗談で私と犬をまとめて《ピラ－ポレイキン》と名付けていた……《信じていることを忘れないで》——それは私の言葉だった。私は以前、彼が生きていることを信じると言ったことがあったのだ。彼は上々の気分だった——彼のメモから分かったのは、そのことだった！　私たちは別れの挨拶もせず、彼は十一時には出発し、だから町で私はもう彼に会えなかったのだが、彼はそのことに自分のメモで触れようともせず、そんなことは全然たいしたことではないという様子だった。

何かの用事で私は別荘《ダーチャ》に戻り、そこで夜を過ごしたのだが、一睡もしなかったように思えた。でもやはり眠ったらしく、突然目が覚めると心臓がドキドキして茫然となってしまった。《戦争だ。始まった以上、もうどうす

ることもできないんだわ》

私は起きると乳母を起した。

「荷物をまとめないと、ばあや、明日は出発よ」

「まあ、なんてお天気屋さんなことかね！」

怒りながらあくびをして、乳母は言った。彼女は白くて長いブラウス姿で眠そうにベッドに座ると、ぶつぶつ言ったが、私はそれに耳を貸さず部屋のあちこちを歩き回り、それから窓を大きく開け放した——そこには新緑の淡い森があり、なんという静けさ、なんという幸せな安らぎを見せていたことだろう！

祖母は私たちの会話を聞いていて、私を呼んだ。

「まあ、カーチャ、どうしたんだね？」

彼女は厳しい口調で尋ねた。

「おばあちゃん、あたしたちお別れさえしなかったのよ！　なんでこんなことになってしまうの？」

彼女は私を見つめキスをして、そしてそっと十字を切った。《お別れしなくてよかったんだよ、それは吉兆、つまりすぐに戻ってくるということ》——彼女はそう言ったが、私は泣きたくなり、とても我慢できない気持ちの一方で、何に我慢ができないのか自分でも分からないのだった……

ペーチャは夜行列車で到着し、疲れて心配そうにしていたが、いつになく険しい表情だった。彼から私は初めて、子供たちがレニングラードから連れだされることを聞いた。私と乳母がストックとハナタバコの花を植えた花壇では、もう柔らかい最初の芽生えが見られるというのに、このすばらしい別荘《ダーチャ》を去らねばならないのはひどいことに思えた。幼いペーチャが人でいっぱいの不潔な車輌で、暑さの中——六月中は寒かったのに、ここ数日はむっとした暑気が始まっていた——運ばれていくことも恐ろしいことだった——それも、レニングラード市内ではなく、どこか知らない別の都市へ行くというのだ！

ペーチャが言うには、画家同盟では子供たちをヤロスラーヴリ州送りにするとのことだった。幼いペーチャと祖母のニーナ・カピトーノヴナについては、彼は疎開者の名簿に登録した。乳母に関しては複雑だった——動き回って斡旋してもらう必要があった。

大急ぎで荷物を詰めると彼はどこかに荷馬車を借りに走り、それからヤロスラーヴリ州には行きませんと言い張る祖母の部屋に上がっていった。彼らがどんな話をしたのか、そして祖母がどうしてそんなにもヤロスラーヴリ州が嫌いなのか分からないけれど、三十分後には、彼らは下に降りてきて互いに満足げな様子で、祖母はすぐに袋に背負いひもを縫いつけ始め、《学者の》乳母の行動を意地悪く批判するのだった。

　私以外、皆が何かの準備をしていた。幼いペーチャまでが、子供用のベニヤ板製旅行鞄に自分のおもちゃを詰め、鞄に納まらないピエロの人形の頭をねじり取ろうとしていた。ぐったり疲れて私は、この出発に際しての混乱とごった返しの中で座り込んでいると、ようやくペーチャが私のところにやって来て、優しい声をかけてくれた。

「ねえ、カーチャ、しっかりするんだよ！」

　……私たちがレニングラードに戻り、ペーチャが私を画家同盟に連れていき、私が何でもできると誰かに言って、早速私を果てしない疎開者の名簿作成の仕事に就かせたことは話さないでおこう。

　子供たちは、母親や乳母の付添いなしに出発させられるため、名簿から一旦消され、その後何とかして再び名簿に載ろうとする。これらの母親や乳母たちの間で必死の闘いがあった。多分、私はこういう仕事には不向きなのだろう、というのも小柄で冷酷な女性画家が、私から名簿を取り上げてしまったのだ。だから、彼女からは、どんな母親や乳母たちも、いかなる寛大な処置も受けられないと覚悟するしかないだろう。私たちの乳母は、名簿から消された最初の一人だった。

　ヤロスラーヴリ州は、まだレニングラード市ソビエトの管轄下にあり、市ソビエトは貨車だけでなく客車についても注意を払い、この数日間、すべての事が全く前例のないことばかりのため、その他の考えられないくらいの多くの事柄についても決断を下す必要があった。(〔訳注〕市ソビエトは数日のうちにレニングラードから人・物資の避難を完了させねばならなかった)

　それで私たちは市ソビエトに行き、それから芸術アカデミーの学長に市ソビエトに電話をしてもらい、道中の物資や食料品を受け取り、子供たちの袖カバーには番号を縫いつけ、そうしているうちに私も、皆に顔が知られ、他の母親たちに頼られる女性リーダーの一人になっていた。

　出発は七月五日に決まり、その後六日になった。時間刻みで近付いてきて、ついには四百万人の巨大な都市全体を包み込むこれらの旅支度の興奮、目前に迫った子供との別れの悲しみ、それらが皆、ほんの数日で終ったことは、今思い出すと妙な気持ちがする。

　……列車は少し遅れ、子供たちは待合室で大人たちの列の間にしばらく立っていた――両親が乗車を妨げないように、そうしたのだった。でも行列はとっくに崩れて、母親たちは疲れた険しい表情で、自分たちの子供のそばに立っていた。暑く、子供たちは水を欲しがったが、我慢させなければならず、七月の季節の埃と蒸し暑さも、なんだか皆と別れの悲しみを分かち合っているかのようだった。

　ついに行列が動き出した——初めに上級生、その後下級生、さらに六〜七歳の全くの幼児たちの順に。彼らは手をつないで元気に歩くけれど、こんなに幼い子供たちがリュックサックを背負って行くのを涙なしで見ることはできなかった！　どこかへ出発する——どこへ行くというのだ？　家にいる時から私は幼いペーチャのリュックサックを見ただけで体調がおかしくなりそうだった。

　親たちは自分の子供のあとについて移動し、私は丸顔のきちんとした身なりの女の子と一緒に歩く、幼いペーチャのすぐあとについていった。皆と同じく私は入口の扉のところで混雑に立ち止まった——それから先、両親は入れなかった。皆と同じく、私はなんとか泣くまいと唇をかみながら彼を見送り、それから手荷物置場に走った。そこにはいろいろな荷物が運ばれ、子供の荷物が大人の荷物とごっちゃにならないように見張る必要があったのだ。

　汽車は四時に出る予定で、出発はとても正確だった。ペーチャは最後の瞬間になって駆けつけた——あとで分かったのだが、彼は学長と一緒にスモーリヌイの市ソビエトに行っていたのだ。窓越しに息子が差し出され、彼は息子を両手に抱いて黒い髪の頭に顔を押しつけて、しばらく立っていた。祖母はいらいらし始め、すると彼はあわてて息子にキスをし、急いで祖母に返した……

　ここまでで私は子供たちが去っていくのを思い出しながらも、それをまだ完全に話すことができずに興奮している。戦争の時代を過ごし、どんなにか多くのことを体験し、どれほどの不可解でひどく強烈な印象に心を突き動かされ、それが永遠に心に刻まれただろうと思えるかも知れないけれど、それでもやはりこの子供たちとの別れの日々は、それらの印象とは切り離された特別なものとして眼前に思い浮かぶ……

第4章　《必ず会おう、ただ今すぐにではなく》

　芸術財団の話では、輸送列車は無事に到着し、ヤロスラーヴリでは子供たちは花束で迎えられたというのに、祖母からはしばらく電報もなかった。しかし、彼らはヤロスラーヴリからさらにグニロイ・ヤール（〔訳注〕腐った岸壁という意味がある）とかいう村まで行かねばならず、私は何故か子供たちはそんな不快な名前の村は、きっといやだろうと思った。キーラから私は絶望的な手紙を受け取った。彼女も子供たち皆と母親と一緒に、どこかに疎開していた。ヴァーリャはモスクワに留まった――それは彼らの初めての別離だった――そして私がひどく驚いたことに、彼女の心配は、シフツェフ・ブラージェクにももちろん飛んでくるかも知れないファシストの爆弾ではなく、ジェニカ・コルパクチとかいう、ヴァーリャに媚《こび》を売っている女性だった。手紙には、くどくどと書いてあった。哀れなキーラは彼のことを思って泣き、戦争に対して彼女はバカであることは全く明らかだったけれど、私は心から彼女に同情した。サーニャ――それが最大の心配事で、辛い夢をいくつも見て、その中で私は彼に腹を立て――何のために？――一方彼は顔をしかめ、ひどく疲れて青ざめた表情で聞いているのだった……

以前映画館《エリート》だった役所で、ロザリヤ・ナウモーヴナは救護員の仕事に就いていて、彼女が私のことを《病人の看護のベテラン》だと言ったため、地区ソビエト防衛三人委員会から私は看護婦として働いてはどうかと勧められた。

「タターリノヴァ＝グリゴーリエヴァ同志、忘れないで欲しいのですが」防衛三人委員会のメンバーで白髪の温和な医者が、私にこっそり言った。「もしあなたが断るならば、私たちはすぐにあなたを堡塁の建設現場に送ることになります」

堡塁あるいは《塹壕《ざんごう》》での労働は、レニングラードの噂ではもちろん、看護婦よりもつらい仕事だった。でも私は、その勧めには感謝したけれど断わった。私たちは夕方近くに出発して、都市境のスレードナヤ・ロガートカを越えた側に、対戦車用の塹壕を夜通し掘った。土壌が固い粘土質にぶつかり、まずつるはしで砕き、それからシャベルを使う必要があった。私の入った作業班は、レニングラードのある出版社で、《ヒットラーの墓掘り》と冗談で周囲に言っていたその穴掘りに、高い仕事ぶりを示していた。その作業班は、ほとんど女性だけで構成されていた。つまり、タイピスト、校正係、編集者たちで、私が驚いたのは、彼女らの多くが何故かきれいに着飾っていることだった。黒髪の美しい一人の女性編集者に私は、どうして塹壕掘りにそんな派手なドレスを着て来るのか尋ねると、彼女は笑い出し、《ただ他の洋服がないだけなの》と答えた。

私はこうした全く違う世界――演劇界、文学界、芸術界――の人々にかねてから関心があった。しかし、石のように固い黒褐色の粘土をつるはしで砕いている、これらの美しいインテリの娘さんたちにとっては、きっと芸術どころではないだろうし、さらに話がこんな種類のこと――つまり、この間の芝居の公演のこと、あるいは芸術家のRはオペレッタ《シリバ》の舞台装置を担当すべきではないといったこと――に及んだとしても、そういったすべての話題の背後にある、忘れることのできない痛ましい戦争の影を避けることはできないだろう。

私は黒髪の編集者とペアを組むことになり、彼女は昨日、自分の夫と二人の兄弟を前線に送ったと言った。年下の弟のことを彼女はとても心配していた――彼は病弱でまだほんの子供なので、夫は彼に前線行きを思いとどまらせたかったが、どうすることもできなかった。私は彼女にサーニャのことを話し、しばらくの間私たちは黙って働いた――塹壕《ざんごう》の底には、輿籠《こしかご》が置かれ、他の娘たちがその上に粘土を積むと、私たちがそれを引き上げ、塹壕の切り立った側にひっくり返すのだった。私は、戦争の初日からサーニャの消息が分からないことを彼女には話さなかった。その前日に、私が彼の所属部隊のある飛行士の母に電話すると、彼女はルイビンスクから出された手紙を受け取ったと言っていた。もしかすると、サーニャもルイビンスクかしら？　きっとそこで飛行隊が組織されたのだろう。でも同じ理由でソビエト連邦の他の都市を挙げることだってできる。彼がどこにいて、どうしているか、これ以上私は知ってはならないのだ。もしも彼が死んだとしても、それがいつ、どのように起ったかを知ることはないだろう。その時刻に、もしかしたら私は劇場にいるかも知れないし、何も予感することなく眠っているかも知れない。あるいは、誰かと話してこうして笑っている――作業班長が私たちに機械的に働きなさい、つまり何か他の事を考えながらやりなさいと助言するけれど、私と黒髪の編集者はお互いを見つめて大笑いしてしまう（〔訳注〕マシナーリノ（機械的に）は、マシニーストカ（タイピスト）を連想させる）――かも知れない。それはとても賢明な忠告だった。

夜はいつの間にか白んできた。天地に立ち込めた灰色のぼんやりとした光の中に突然、朝のさわやかな気配が感じられ、それはまるで平原を駆け抜け、高射砲をカムフラージュした低木を揺らしたそよ風が、そのままもう一つの朝の光に変わったかのようだった。町のはるか上空には、人のよさそうな巨大な魚に似た銀色の空中遮断用のたくさんの気球が上がっていて、まだ見えない太陽からの光線の中に姿を消していった。

皆、明け方には少し青白い顔をして、気分を悪くした娘もいたが、それでも私たちの班は《期限つきの仕事》

を他の班より早く仕上げた。喉が渇き、私の新しい友だちはクヴァス（〔訳注〕ライ麦で作る清涼飲料）の行列に私を連れていった。廃屋になった、とても古い教会のそばにテントが設けられていた。私たちは行列に並び、女性編集者は突然私に鐘楼に登ろうと言った。それはバカげていた。私は背中が痛かったし、とにかく疲れていた。でも思いがけず私も同意してしまった。輿籠を地面に突き立て、そこに壁新聞を吊していたので、私たちの塹壕の区画を見つけることができた。そこはすでに新しい人たちが取り掛かっていた。私たちの掘った量はあんなにわずかだったのだろうか？　しかし、その区画は次から次へと移って見渡す限り遠くまで連なり、女性たちは一方が垂直で、もう一方が斜面になった三mの深さの壕の底で粘土を砕きシャベルで投げ捨て、手押し車で運び出していた……

　もし、一か月前、家も仕事も放り出して夜中に町外れの荒野にやって来て、地面を掘り、壕や稜堡《りょうほう》や塹壕をつくるなどと言われていたら、彼女たちのうち、誰一人としてあきれて笑い出さない者はいなかっただろう……でも、彼女たちはやって来て、これらの巨大な帯状の地帯——町を取り囲み、レールを交差させたバリケードのある道路部分だけ途切れている——を、なんともうほとんど完成させたのだ。巨大な半円形に分断され、鈍く緩慢なレニングラードの太陽光に照らされた無残な姿の荒野を見下ろした時の気持ちをどう表現したらいいか分からない。決して逃れることのできない嵐を目前にしたように、私は恐ろしくなった。しかし、ある種の若々しい、明るい勇気も、急に心の中に湧き起るのだった。

　正午に私は家に戻ると、玄関でロザリヤ・ナウモーヴナに出会い、彼女は興奮して、たった今、ネフスキー通りでスパイが捕らえられるのを見たと言った。

「こんなに太って口髭のさ——典型的なスパイ面《づら》だよ！　クソくらえさ！」

　そして彼女は憎々しげに唾を吐いた。

「ベルタが一緒でなかったのがなによりだわ！　あの子は気が狂ってたでしょうよ」

　ベルタはとても臆病だったのだ。

　ロザリヤ・ナウモーヴナはその様子を話しながら、私たちは二階に立ち止まっていた。その時、どこかの軍人が長靴の音を響かせて階段を下りてきて、私たちに近付きながら手摺《てすり》から身を乗り出して見下ろし、私はそれがルーリだと気付いた。ルーリは航空士でサーニャの同僚だった。彼らは北極で一緒に働き、その後別れた。でもサーニャはどこで働いていても、ルーリがいないと仕事が十分できないと、いつも言っていた。《シューラがいてくれたらなあ!》——彼はスペインから私に手紙で書いていた。時々ルーリは私たちの家にやって来た——陽気で、自信満々で、スペイン人そっくりの髭をはやして。

「エカテリーナ・イワーノヴナ!」

彼は威勢よく私に敬礼をした。

「ノックして、ベルを押してもいなくてがっかりで、郵便受けに手紙を放り込んだよ」

「サーニャからの?」

「はい、そうであります」

同様に元気よくルーリはロザリヤ・ナウモーヴナにも敬礼をした。

彼は、残念ながらちょうど十五分しか時間がないと言い、私は彼の前でサーニャの手紙を読まずに、ただ一瞬、目を走らせ最後のある文句を思わず読んでいた。《必ず会おう、でも今すぐにではなく》

「あなたはどこから来たの? 軍隊に? レニングラードなの? サーニャはどこにいるの?」

ルーリは軍隊にいて、レニングラードだった。この二つの質問は、彼は訳なく答えられた。しかし私はもう一度執拗に尋ねた。

「サーニャはどこにいるの?」

すると、少し考えてから彼はあいまいに答えた。

「連隊にいます」

「しゃべりたくないのね、そうでしょ? でも、彼は元気?」

「そりゃもう」

笑いながらルーリは答えた。

ルーリは繰り返し《誓って言うけど、自分にはきっかり十五分しか時間がない》と言うけれど、ロザリヤ・ナウモーヴナはコーヒーを入れに走った。私たちは二人残され、私がなんとか彼から聞き出したことは、どこか知らない所で、特別任務の連隊が組織され、そのメンバーは基本的に千五百~二千時間の飛行時間のある民間航空の飛行士であり、現在全員が新機種の飛行機のため再教育を受けているということだった。

私が《特別任務の連隊》という言葉を聞いた時、何かとても冷たいものがじわじわと心に流れ込んできたけれど、私はそれがどういうものかいろいろ尋ねようとはしなかった——どうせルーリも答えられなかっただろう。私が尋ねたのは、ただサーニャの再教育期間がどのくらいかということで、するとルーリはまた少し考えて、長くはないと答えた。すべてのことに彼はちょっと黙って、少し考えてから返事をした。彼ののんきな口調の背後には、不安な気持ちが垣間見えた。

　私はサーニャ宛の短い手紙を書いて、ルーリがそれを持って出ようとすると、戸口でロザリヤ・ナウモーヴナとぶつかり、彼は《もし、できるなら》もう一度寄ることを約束した。私とルーリは開いたドアのところでしばらく立っていたが、別れをしながら急に抱き合い、何度も固くキスを交した……

　手紙は、私だけに分かる程度のものだったが、悲しい調子のものだった。サーニャは手紙でペーチャのこと――大人も幼児も――を尋ね、幼いペーチャを急いでレニングラードから連れ去ることを勧めていた。《N市の、老人たちのところだといいのに！》しかし、その一方、彼は判事やダーシャおばさんのことを心配しているようで、そのことは戦線からまだはるかに離れているのにN市が爆撃されたという慎重な文句から察せられた。要するにサーニャは何かよくないことを知っていて、だからその手紙には《必ず会おう、でも今すぐにではなく》とあったのだ。

　そう、今すぐにではなく。辛い日々がやって来るのだ。私は寄木張りの床の、光で暗くなった四角形の板の上だけをなぞって歩き回った。だから、窓辺に向かう時は暗い板ばかりを歩き、戻る時は、それまで明るく光っていたもう一方の暗い板を歩くのだった。（〔訳注〕寄木張りの床は、板目が交互に直角になっているため、光線によって明暗の板も交互にできる）

　特別任務の連隊――《まあ、しかたがない、恐れることもない》――そう心に言い聞かせるものの、その言葉を声に出して繰り返すと、また、ぞっとした気持ちになるのだった。《彼はスペインに行き、戻って来たんだ。信じていると彼にもっと頻繁に手紙を書こう》

　あの頃は、本当に私は死ぬほどの疲労を覚えていた。横になり、目を閉じると、すぐにあの光景が頭に浮かんだ。重く固い粘土を乗せた輿籠《こしかご》を持ち上げている女性たち。板の上をゆっくり下りていく手押し車。塹壕の濃赤色の断面にかすかに輝く太陽。やがて、どこからか白夜の後の、くすんだ緩慢な光が現れ、すべてが色あせて消えてなくなり、私は眠り込むのを感じる。誰かが背後でそそのかしているような、あの長く続く憂鬱なうめき声や歌声さえなければ、すべてはとても気持ちがよかったのに……

「カーチャ、警報よ！」

　ロザリヤ・ナウモーヴナが私の肩を揺り動かした。

「起きて、警報よ！」

……七月末、私はネフスキー大通りでワーリヤ・トロフィーモヴァ──サーニャが《農業用特殊飛行隊》で一緒に働いていた、あるソ連邦英雄の飛行士の妻──と出会った。かつて、私とこのワーリヤとは、サラトフにいる自分たちの夫のところまで出掛けたことがあり、その時、確か彼女が歯科医だと知って驚いたことがあった。(〔訳注〕当時、歯科医はほとんどが男性だった)

彼女は背が高く、血色のいい、毅然とした歩きぶりの意志の強そうな人だった。どこか彼女はキーラを思い出させ、特に長くて健康な美しい歯を見せて大笑いするときにそうだった。

「グリーシャったらね」

溜息をつきながら彼女は言った。

「ベルリンを爆撃するの、読んだ？」

私たちは話に夢中になり、彼女は私に軍事アカデミーの口腔科病院で働くように勧めた。私は考え込んだけれどワーリヤは《まずどんな所か見る必要がある》そうでないと、彼女がある上流階級の無責任な婦人を推薦したところ《その婦人は、まあその臭いが嫌だと言って二日間仕事をしてやめてしまった》──そんなことがあったと一気にまくし立てた。《上流階級の婦人たち》を、ワーリヤはひどく嫌っていた──そのことは私も、サラトフへの旅行の時から気付いていていた。臭いは実際我慢できないくらいひどいもので、私は両側が病室になっている廊下に入るやいなや、それを感じた。臭いは私に、すぐに吐き気をもよおさせるほどで、ワーリヤ・トロフィーモヴァが私に、他の看護婦やレントゲン医、医長の妻、それにさらに誰々と紹介している間、ずっと吐き気をこらえていた……

そこは顔を負傷した人たちが入院していた。私が着任して早々、顔がすっかり地雷で吹き飛ばされた若者たちが運び込まれた……

こうした人々の世話をしながら──仕事に就いて二～三日で分かったのだが──それは傷跡が残る以外は何もたいしたことはないとか、辛抱すればほとんど目立たなくなると言って、絶えず彼らを安心させる必要があるということだった。私はその後、野戦外科病院で働くことになり、そこではそんな隠し事は不要で、言葉の端々に見られる不具者になることへの恐怖感も、自分の醜くなった顔に初めて目を走らせた時の戦慄も、退院の前日に鏡の前からいつまでも離れなくなることも、自分を見栄えよくしたり、めかし込んだりといった絶望的な試みをすることもなかった……

しかし、時には私たちも《傷跡は全く分からなくなりますよ》と請け合いつつ、決して心にもないことを言っている訳ではないこともあったのだ。私が思いもよらなかったのは、例えば鼻を新たにつくったり、皮膚を顔に移植することが可能だということだった。初めの頃、包帯をしながら見るも無残だった負傷者の、永久に醜いままになるに違いないと思われた傷が、二〜三か月後にはほとんど跡もなくなって自分の部隊に帰っていくケースが何度あったことだろう。

口腔科病院では特に最初の頃は辛かったけれど、私には、自分の言葉に慎重に気配りしたり、内心ではどんなに苦しくても自信たっぷりに振舞わねばならないその辛さ自体が、喜びだった。

ペーチャの部隊は、大学河岸通りで部署についていた。子供たちが出発した後すぐ、彼は民兵に登録をした。勤務の空き時間に私は彼のところに立ち寄った。私たちは欄干に倒れている丸太に座ったり、文献学研究所から科学アカデミーのスフィンクスの所まで散歩したりした。他の銅像はもう撤去されるか砂袋で覆われていたが、スフィンクス像は一九四一年六月二十二日以前の遠い平和な時代にいるかのように、なぜかまだそこに座っていた。人間によるつまらない喧騒をすべて冷静に見つめながら、ネヴァ川岸に座り、目を大きく開けて尊大な足をしていた。ペーチャはスフィンクスを見ると、好意的で複雑な表情をした。

「こんな足をつくれれば、死んでもいいよ」

彼は何かそんなことを私に言い、何故その足が独創的なのか長々と興味深い話を始めた。私と、ロザリヤ・ナウモーヴナは彼の下着類を繕ったが、彼は、大隊で支給された下着は、はるかにひどかったのに、決してそれを受け取らなかった。要するに彼は一日でも早く本物の兵士になろうと一生懸命だったのだ。

第5章　兄弟

前日、私は彼のところにいたけれど、彼は何にも言わなかった――多分夜中に指令が来たのだろう。私は当直だった。ロザリヤ・ナウモーヴナが私に電話してきて、ペーチャから家に電話があり、寄って欲しいとのことだった。できればすぐに、でも絶対に正午までに来て欲しいというのだ。当直が終るのはぴったり正午だったけれども、私は帰宅の許可をもらった。ワーリヤ・トロフィーモヴァが私と代ってくれ、文献学研究所に私が着いた時は、まだ十時前だった。ペーチャの大隊の顔見知りの兵士が窓に見えたので、私は声をかけた。

「スコヴォロードニコフだって？　えーと、どこだっけ……」

ペーチャは大急ぎで門から出てきて、私たちは挨拶して河岸通りをスフィンクスの方に歩いていった。

「カーチャ、僕たち、今日出発するよ」

彼は言った。

「とてもうれしいよ」

彼は黙った。彼は興奮していた。

「思ってもみなかったよ、近いうちに僕たちは行軍訓練に出発する予定だった。でも、きっと状況が変わったんだろう」

私は頷《うなず》いた。負傷者はここ最近、ルーガ方面から運び込まれている――戦局が変わったのは明らかだった。

「僕は手紙を書いたんだ」

彼は続け、鞄の中をかき回した。

「君に頼みがある……これだけど、郵便で出すんじゃないんだ」

彼は宛名のない、封をしていない封筒を取り出し、それを私に差し出した。

「これは――息子のペーチャ宛だ、彼に渡して欲しいんだ。もし僕が……」

彼は《殺されたら》と言いたかったのだろう、唇はそう動いたけれど、急に子供のように微笑んだ。

「もちろん、渡すのは今じゃない、そうだな――十年後くらいに」

「サーニャだったら、こんな手紙はきっと書かないわ」

「彼には息子がいないだろう」

多分、私の顔が少し震えていたのだろう。というのも彼は私が怒ったのかと思って、びっくりしていたから……。私たちは立ち止まり、彼は私の手を固く握った。

「サーニャはどうしてる？　彼はどこにいるんだい？」

「分からないの」

「連隊消息連絡局に彼宛の手紙を出したけど返事はなかった。いずれにしても――彼は生きているし、大丈夫だよ」

「どうして？」

彼は黙った。

「大丈夫だと信じてるさ、彼の言葉を忘れないことだよ《空は僕を裏切ったりしない、大地は保証の限りじゃないけど》」

実際、サーニャはそう言った。でも、それは以前のことで、戦時の今は、その言葉にはなんだか空しい響きがあった。

「それから、これは父宛だ」

ペーチャは鞄から二通目の手紙を出した。

「彼が生きていればさ。こういう手紙はだね、皆、郵便で出したりするものじゃない」

彼は辛そうに言い足した。

「僕の作品はロシア美術館に運ばれるんだ、そういう取り決めにしたのさ」

私は唖然として両手を広げた。

「いや、そうじゃないよ、ごく当たり前のことなんだ」

あわててペーチャは言った。

「殺されるかも知れないからっていう訳では全くないんだ。コーストチキンだってそうだし、リーフシッツも、ナザーロフも同じだよ」

その名前は、画家たちだった。

「何が起るか分からないんだ……それは、いやはや僕に限ったことじゃない」

彼はもどかしげに付け加えた。

「それじゃ何かい、モスクワは爆撃されても、レニングラードは結局手付かずに済むと思うのかい？」

私はそうは思わなかった。でも、彼は自分に関するあらゆる用件の処遇の手配を済ませ、それはまるで心の底で生還できるとは思っていないかのようだった。

「僕たちは僕たち、でも戦争は別のもの——なんて僕たちはまだ思ってるかも知れない」

物思わしげに彼は言った。

「でも、実際には……」

とうとう彼は、自分の時計まで私に渡そうとしたが、すぐに私は怒って彼をひどく叱ったものだから、彼は笑いだし、時計を元にしまった。

「おばかさんだね、僕がもらったのは、コンパス付きの新品なのに」

彼は言った。

「だってカーチャ、僕の身分を知ってるかい？　少尉だよ——真面目に聞いて欲しいな！」

いつ彼が少尉になれたのか分からない——彼は軍隊に入ってせいぜい一か月だったのだから。でも、彼が言うには、芸術アカデミーですでに軍の養成課程を修了し、予備の指揮官として登録されているとのことだった。

私たちは科学アカデミーのスフィンクスまで行き、いつものように立ち止まったが、そこは何故か手摺《てすり》の下部が取り外され、壊れたままの手摺が、その支柱ごとブラブラ動いていた。溜息をついてペーチャはスフィンクスの方をじっと見つめた——別れをしていたのだろうか？

高い背筋を伸ばし、頭を上げて彼は立っていた。半開きの、ぼんやりした眼差しの痩せた横顔の中には、何か鋭いものが見られた。《彼は死なんて屁でもないんだ》——彼の大隊の指揮官はその後何日も経ってから私に話したものだ。私がそのプライドと、その死への軽蔑を感じ取ったのは、スフィンクスのところでペーチャと別れた、まさにあの日——どんなに奇妙に思われても——だった。私がいつも幼いペーチャを自分の息子と思っていることを彼は知っていた。でも恐らくもう一度、そのことは彼に言葉を尽くして話しておく必要があった。別れに際しては、必ずすべてのことを言っておくこと——人はどうであろうと、何回も別離を経験した私は、それをよく分かっていたのだ！

しかしなぜか私は言わなかった。そして家に帰るとすぐそのことを後悔した。

彼はまた私の手をとり、その手にキスをした。私たちは固く抱き合い、彼はかすかに聞こえる声で言った。

「姉さん……」

私は研究所まで彼を送り、不眠で疲れていたけれどペトログラーツカヤ地区まで歩いて帰った。暑かった——ロストラの灯台柱付近の、敷かれたばかりのアスファルトが融けて足元が沈んだ。旧取引所橋《ビルジェヴォイ》の向こう側に停泊している艀《はしけ》からは、軽いコールタールの臭いがした。ネヴァ川は壮麗でゆったりと流れるというより行進しているようで、すばらしいあの灯台柱のある岬で、二つの同様に華麗で果てしない川へと、分かれて広がっていった。ここからほんの百㎞の所では、ドイツ兵たちが凶暴なエネルギーのたぎる汗にまみれて突進しようとしている——こうした建物や、祝日のネヴァ川の夏の輝きや、旧取引所橋と宮殿橋《ドヴォルツォーヴィ》に挟まれたできて間もない新緑の辻公園に向かって——そう考えると、奇妙で不可解な思いがするのだった。しかし、今のところまだ周辺は静かで平穏であり、辻公園では子供たちが遊び、老いた清掃員は金属棒を手に小道を歩いては、時おり立ち止まり、その棒を落ちている紙ゴミに突き刺していた。

第6章　僕らは、もう同じ運命なんだ

サーニャと会ったすべての日付を覚えていたように、今度は私は彼からの手紙を受け取った日付をいつまでも記憶することだろう。私を《ピラ－ポレイキン》と呼んだメモは含めずに、二通目の手紙を私が受け取ったのは

八月七日――その後、なぜかその日についての苦しい夢をたくさん見て、そのために私は夢そのものを怒ることができるかのように、それらの夢を見る自分に腹を立てていた。

その前日、私は病院ではなく家に寝に帰った。翌朝早く、アパートががらんとしているので、私はロザリヤ・ナウモーヴナを捜しに出た。

彼女は中庭にいた。三人の男の子が彼女の前に立っていて、彼女は彼らにペンキの溶かし方を教えていた。

「濃過ぎるのは、薄過ぎと同じでよくないわ」

彼女は言った。

「塗る板はどれ？　ヴォロビヨフ、体を掻いていないで。板に塗ってみて、順番よ」

習慣から彼女は、私にも事務的な調子で話すことがあった。

「防火対策、つまり屋根裏やその他の木造家屋の屋根の塗装、耐火性の塗料。子供たちに塗装の仕方を教えるんです」

「ロザリヤ・ナウモーヴナ」

遠慮がちに私は尋ねた。

「そろそろ家に戻ってもらえないかしら？　私に電話がくるはずなの」

私はロシア美術館からの電話を待っていた。ペーチャの作品はとっくに梱包されていたのに、なぜか引取りに来なかった。

「一時間後ね。子供たちと屋根裏に行って、各自に宿題を出すの。そしたら自由になるわ。カーチャ、まぁ私ったら何てこと！」

表情たっぷりに彼女は言って両手を大きく開いた。

「あなたに手紙よ！　手にペンキがついてるから、ここから取って！」

私は彼女のポケットに手を突っ込み、サーニャの手紙を取り出した……

いつものように私はサーニャに何事もなかったかを少しでも早く知りたくて、初め手紙にざっと目を通し、それからもう一度、一語一語をゆっくり読み始めた。

《グリーシャ・トロフィーモフを覚えているかい？――別れを述べながら、その最後のところに彼は書いていた――かつて彼とは、湖にパリの緑青を散布したものだ。昨日、僕らは彼を埋葬したよ》

私はグリーシャ・トロフィーモフをよく覚えていなかった――私がサラトフに着いてすぐ、彼はどこかへ飛行機で発ったので、私は彼がサーニャと同じ連隊にいるとは全く知らなかった。しかし、ワーリヤ、かわいそうなワーリャが一瞬頭に浮かんだ――手紙は手元から落ち紙片が散らばった。

……病院に行く時間だったが、私はロザリヤ・ナウモーヴナにアパートの鍵を渡すこともすっかり忘れて、家の中でぐずぐずしていた。階段のところで私は《学者の乳母》につかまり、彼女はすぐに、どうしても仕事に就けないと不平を言い始めた。つまり、《賄《まかな》い食までは食料が十分にない》との理由で誰も受け入れてくれないと愚痴を言い、あるお手伝い女中は、緑地帯トラストに入れたのに、自分にはもうそんな力もない云々とくどくど述べ立てた。私は彼女の言葉を聞きながらも、ひたすら思っていた。《ワーリャ、気の毒なワーリャ》

病院に着いても、彼女に見つかるかも知れない《口腔科》には寄らずに、私は再び手紙を読み直し、突然思い当ったのは、サーニャはこれまでこのような手紙を決して書かなかったということだった。

私は以前クリミアで彼が顔色が悪く、疲れた様子で帰ってきて、蒸し暑さのため一日中首筋がヒリヒリしていたと言ったことを思い出した。でも、翌朝、飛行士の妻が私に言うには、空中で飛行機に火災が起き、彼らは爆弾と一緒に燃える飛行機に乗っていたとのことだった。

私はサーニャに駆け寄ったが、彼は笑いながら私に言った。

「君は夢でも見たんだろう」

自分の職業上の人生におけるあらゆる危険を、意識的に私と分かち合うことをせず、そうやっていつも私を守っていたサーニャが、突然、戦友の死を――こんなにも詳しく――手紙に書いてきたのだ。彼はトロフィーモフの墓の様子まで記していた。サーニャの墓の描写はこうだった！

《中央に僕たちはいくつかの不発弾を据え、そして大きな水平安定板、さらに少し小さな安定板をといくつものの花のように配置したので、鉄製の花で飾られた花壇のようだった》

分からないけれど、それは多分あまりにも複雑な気持ちの現れだったのだろう――私がサーニャのことをあまりに難しく考え過ぎだと、いつだったかイワン・パーブルイチが話したのも、理由のないことではなかったけれど、《もう、僕たちは同じ運命なんだ》――彼は言葉に表さなかったものの、私は彼の手紙をそのように理解したのだった。《君はあらゆることを覚悟してなきゃいけない――僕はこれ以上君に隠しだてはしないから》

白衣を入れた戸棚は《口腔科》にあり、私は大急ぎで白衣を着て中庭に出ていった——病院は敷地を越えたところだった——自分の病室にまだ行き着かないうちに、私はワーリャの声を聞いた。

「病人がまだ死んでないなら、最善を尽すことよ！」

怒って彼女は言った。彼女は病人の口を過酸化水素で洗浄しなかった看護婦を叱っていて、彼女の声は、昨日、一昨日《おととい》と同じいつも通り毅然として、何かの処置を話し終えて病室から出てくる、少し男っぽい、精力的な物腰も変わりはなかった。私は彼女に目を向けた。いつもの同じワーリャだ！　彼女は何にも知らない。彼女にはまだ何も起っていない！

夫の死を、私は彼女に言うべきだろうか？　そうでなければ不幸なある日、簡単な《戦死公報》——《祖国のために戦闘で亡くなった》——が彼女の元に届くだろう。それは何百、何千という女性たちに同様に届けられ、初めは理解できず、心は拒否し、やがて籠の鳥のように震え出す——どこへも逃げも隠れもできない、受け入れよ——汝のこの悲しみを！

ワーリャが働いている治療室のそばを私は目を伏せて通り過ぎ、まるで彼女に申し訳ない気持ちの一方で、何に対してそうなのか自分でも分からないのだった。日は際限なく過ぎていき、負傷者はどんどん増えて、とうとう病室いっぱいになってしまい、婦長は私を医長のところにやって、いくつかのベッドを廊下に置く許可をもらうことになった。私は医長室をノックした——初め小さく、それから少し強く。誰も返事がない。私がドアを少し開けるとワーリャがいた。医長は不在だった。多分彼女は彼を待っていたのだろう、窓辺に立ち、やや前屈みのどっしりした体で、窓ガラスに指でコツコツと単調な音を叩いていた。彼女は振り向くことなく、私が入ってきた物音も聞こえず、戸口に立っている私にも気付かなかった。

注意深く彼女は窓づたいに一歩進み、数回強く頭を壁にぶつけた。頭を壁に打ちつけるのを私は生まれて初めて見た。彼女は額ではなく、どうも頭の側面をぶつけていた——きっとより痛くするためだろう——しかも泣くこともなく、まるで何か機械的な仕事のように無表情で打ちつけるのだった。髪が一瞬びくっと震えた——突然彼女は顔を壁につけ、両手を広げた……

彼女は知っていた。診察で手一杯のため緊急でない手術を延期せねばならなかったり、病人たちを入院させる場所がなく皆が興奮していらいらしていたりの困難で骨の折れる日々の間、彼女一人は何事もなかったかのように働いていた。第一病室で彼女は舌を出して寝ているある不幸な青年に話す練習をさせていた――でも知っていた。彼女はじゃがいもの裏漉《ご》しが十分でなく管にひっかかるといって、うんざりするような声で長い間料理人にひどく文句を言っていた――でも、知っていた。ある病室かと思えば、又別の病室で、彼女の怒った自信たっぷりな声が聞こえた――彼女が知っていたとは、この世で誰一人思わなかっただろう。

第7章《エカテリーナ・イワーノヴナ・タターリノヴァ－グリゴーリエヴァ様》

病院での夜勤が頻繁になり、それが二～三昼夜続き、とうとう家に帰るのはロザリヤ・ナウモーヴナがこう私に頼む時だけになってしまった。

「カーチャ、あなたがいないと何だか淋しくなるの」

彼女は〝淋しい〟と言った。その意味は、これまで以上に脅えて寡黙になり、配給の行列にも並ぼうとせず、何よりもほとんど食べずに一日中ソファーに横になっているベルタを、どうしていいか彼女は分からないでいるということだった。体調も思わしくないので、私はロザリヤ・ナウモーヴナに彼女をすぐにレニングラードから連れ去るように勧めた。しかしロザリヤ・ナウモーヴナは彼女を一人で行かせるのを心配し、出発の話には全く耳を貸そうとはしなかった。

……アパートは静かでがらんとしていた。光線が細い筋状に家具や床の上にさしていた。半ば閉じられた鎧戸《よろいど》の隙間から太陽の光が洩れていたのだ。私はベルタの脇に座り、思いに耽っていたが、やがてあれこれの不安な考え事（〔訳注〕戦争のこと、サーニャの安否、幼いペーチャのことなど、行く先の見えない不安のこと）からハッと我に返った。その考え事とは、家具にはカバーがかけられ、さっぱりした寝巻の痩せた老婆が、座って子供のようにひたすら紙ナプキンを切っている――それは最近彼女のお気に入りの仕事になっていた――そんなこの部屋からさっさと私を連れ去ってしまうかのような、あらゆる心配事だった。

「こんな非常時に、そんなことに熱中するなんて、全く気が知れないわ……」

多分、私はそう声に出して言ったのだろう、一瞬ベルタは紙ナプキンから目を離し、ぼんやりと私を見つめたから。

「カーチャ、あなたのところにお客さんよ」

ちょっと黙ってから、彼女は言った。

「誰かしら?」

「分からないわ」

私は部屋に走った。全く見知らぬ老人が、お腹《なか》に手を組んで私の部屋で眠っていた。

「私を知ってるって、彼が言ったの?」

忍び足で部屋からベルタのところに戻り、私は尋ねた。

「ローザは彼と話をしていたわ、でも、どうして?」

「とんでもない、あんな人、私全然見たことないわ」

「何ですって?」

ベルタはぞっとして驚いて言った。

「彼は知り合いだって言ったのよ!」

私は彼女を落ち着かせた。でも私には背の高い、顎髭《あごひげ》の、鼻に眼鏡皺のあるこんな熟年の知り合いなど決していなかった。私はおかしくなった。まぁ困ったことになったわ! 彼は水兵だった——詰襟軍服と防毒マスクが椅子に掛けてあった。ようやく彼は目覚めた。長いあくびをして彼は座り直し、ひどい近眼の人間みたいに自分の周りを手探りした——きっと眼鏡を探していたのだろう。

私を咳をした。彼はさっと立ち上がった。

「エカテリーナ・イワーノヴナさんですか?」

「ええ」

「つまり、カーチャさん」

温厚そうに彼は言った。

「おじゃまして、寝入ってしまった、おかしなことですが」

私は彼を目を皿のようにして見つめた。

「もちろん、あなたは私のことをお分かりではないでしょう。でも、その代りお宅のサーニャ君とは知り合いで……何年になるかな、ええっと?……」

彼は頭の中で計算していた。

「二十五年だ、おやまあ、これは驚き! きっかり二十五年になります」

「イワン・イワニッチさんですか?」

「そうです」

それはサーニャから何度となく話を聞いていたイワン・イワニッチ医師だった。彼はサーニャにしゃべることを教え、《アブラム、クラー(雌鳥)、ヤーシック(箱)》といった初期のおかしな言葉は、私でも覚えていた。彼はヴァノカンまでサーニャと飛行し、もし彼のずば抜けた精神力がなければ、サーニャが三昼夜ほとんど救援が絶望的な《大吹雪》に遭遇した時、事態はどんなことになっていたことか! サーニャが熱狂して彼のことを話す様子には、何か子供っぽいお伽話みたいなところが私にはいつも感じられた。実際、彼はアイボリット医師（〔訳注〕チュフコフスキーの絵本に出てくる医師で、名前の意味は「あっ痛い」）そっくりで、皺くちゃの赤ら顔で、ふくよかな鼻に威勢よく眼鏡をのせ、大きな腕をおどけて振り回しながら、まるで何か物を相手の顔に投げつけるかのように話すのだった。

「知り合いだって聞いて、どういうことかしらって考え込んでたんです！……ドクトル、でもあなたはどちらから？　どこか遠方にいらっしゃったはずでは？」

「いえ、遠くないですよ。緯度六九度（〔訳注〕レニングラードは緯度六〇度にある）のところにいたんです」

「あなたは水兵なんですか？」

「私はこれでもりっぱな水兵さ（〔訳注〕流行の民謡に似た歌詞がある）」

ドクトルは言った。

「すっかり話しますよ、でもまず紅茶を一杯！」

彼はなぜか私にキスをして、顎髭に触れた。私は紅茶を沸かしに走った。そして戻ると、ドクトルが昔、Ｎ市近郊の遠い人里離れた田舎の農家に置き忘れた聴診器を、サーニャがそれ以来持っているという話をした。彼は笑い出し、数分後には私たちはずっと以前からの知り合いのように座って話をした。

それは本当に親しみにあふれたものだった——私が初めてサーニャから彼のことを聞いたのは、それほど以前とは言わないまでもとても昔のことだったのに。ドクトルは開戦当時のごく最近、海軍勤務になった。ネネツ人少数民族区は抗議し、レトコフという人は一晩中彼が残留するように説得したけれども、彼は自分で願い出たのだった。

しかし、ドクトルは頑固だった。彼の息子のヴァロージャはレニングラード方面軍に入っており、ドクトルは、戦うのは〝戦線から遠く離れたところ〟であってはいけないと考えていた。彼は潜水艦の艦隊基地のあるポリャールヌイに配属された。

ポリャールヌイ——そこはザポリャーリエではなかった。そこはザポリャーリエから二千㎞のコラ湾に面した軍事都市だった。ポリャールヌイの海軍飛行士たちが言うには、サーニャはＡＤＤ（長距離爆撃飛行隊）に所属し、ケーニヒスベルク（〔訳注〕カリーニングラードの旧名）を往復していて、ＡＤＤ連隊の一つは、噂ではまもなくこちらの北方にも飛来するとのことだった。

「ケーニヒスベルクですって？　ちっとも知らなかったわ」

「こりゃ驚きだ！」

腹立たしそうにドクトルは言った。

「君以外に誰がそれを知っているというのかね？」

「どうして分かるっていうんです？　だってサーニャはそんなことは書かないんですから」

「それはそうだ」

ドクトルは同意した。

「どっちみち、知る必要はある、知る必要はね」

　私は紅茶を持ってきて、彼はコップから一気に飲んで言った。《深刻さを隠す、おどけた調子で》

「今、戦線は過酷な状況なんです」

　彼は言った。

「私はヴァロージャに会ったけれど、彼も深刻だと言った。レニングラード近郊のここだって……ちょっと待って下さい。そうそう君に手紙を持って来たんです！」

「誰からですか」

「古い友達ですよ」

　ドクトルは謎めいた言い方で、すぐそばに掛けてあった防毒マスクを探し始めた。おそらく手紙はマスクの中にあるのだろう。

「ヴァロージャと同じ部隊に勤務していて、君がレニングラードにいると私に言ったのも彼なんだ。去り際に手紙を言付けたんだよ」

《エカテリーナ・イワーノヴナ・タターリノヴァ‐グリゴーリエヴァ様》――封筒の宛名はそうなっていて――住所はとても詳しかった。第二の住所として病院も、念のためドクトルが家に私を見つけられない場合にと書いてあった。筆跡は分かりやすく角張っていて、見覚えがなかった。いや、思い出した。びっくりして私は封筒を見つめた。手紙はロマショフからだったのだ。

「さて、どうかね？」

　厳《おごそ》かにドクトルは尋ねた。

「分かったかな？」

「分かりました」

　私は手紙をテーブルに放り出した。

「彼とはお知り合いなんですか」

「ヴァロージャのところで知り合ったんだ。すばらしい男だよ、経理部長でね。ヴァロージャも、彼なしにはやっていけないって言ってたよ。とても感じのいい男さ、残念ながらいなくなったけど」

　私は何やらぶつぶつ言っていた。

「そう、とても気立てのいい男だよ」

　ドクトルは続けた。

「そりゃ、酒は飲むよ。でも酒を飲まない人間なんて？……」

「あたしがレニングラードにいるって、どこから知ったのかしら？」

「えっ、なんだって！　彼は本当に君のところにはいなかったのかね？」

私は答えなかった。

「そうですか」

眼鏡越しに私を見つめながらドクトルは言った。

「友人とばかり思ってた。だって彼は君のいろんな生活から私のほとんど知らない、ここ最近のことまで話してたよ」

「彼は恐ろしい男なんです、ドクトル」

「まさか！」

「要するに、彼なんかクソくらえだわ！……紅茶のお代りは？」

ドクトルは二杯目をまた息もつかずに飲み、そして私にインスタント食品――カカオ入りのチョコレート――をくれた。

「本当に不思議だ」

考え込んで彼は言った。

「それに、どうして手紙を読もうとしないのだね？」

「いいえ、読みます」

私は封を切った。《カーチャ、急いでレニングラードを離れて下さい――大きな文字であわただしく書いてあった――本当にお願いですから。一刻も無駄にできない。僕はここに書けるより多くのこと（[訳注] 軍事機密で書くことができないということ）を知っています。いとしいカーチャ、あなたへの僕の愛は大切に守っています！　どうか言葉の意味を分かって欲しいんです。あなたが一人でレニングラードに残ることを、僕がもしこれほど心配していなければ、どうしてこんな手紙を書いたりするでしょうか？　チフヴィンまでなら車で行けます。でも、もしまだ動いていれば列車の方が安全です。ああ、分からない、あなたに会えるでしょうか、分からない！　僕のいとしい人、僕の幸せ、そして命の人……》

第8章　それはドクトルのせいだった

毎晩私たちはペトログラーツカヤ地区に集まった。ある時ワーリャ・トロフィーモヴァを招待し、彼女はドクトルと初めて夫のことを話し始めた。彼はごく自然で、何かの質問に彼女は答えていたが、夫について話すことが彼女にとっていかに大切で、これまで自分の悲しみを隠していたことがどれほど辛かったか――それをすぐに察することができた。翌日彼女は夫の手紙と写真を持って訪れ、私たちはサラトフへの旅行を思い出し、少し涙を流した——それはずいぶん昔で、私たちはまだ当時こんな少女だったのだ！　彼女を送った時、彼女の目には悲しげな中にも落ち着いたものがあった。生きていくのが少し楽になったのだ。それはドクトルのせいだった。

　彼が私たちのところで過ごしたその週のうちに、レニングラード戦線の状況は悪化していき、ドイツは新鋭部隊を集結させ、警報は朝から鳴った。私はサーニャの安否が気になりよく眠れなかった。ある時、私がオーバーを脱がずに床に入ったばかりのとき、ドクトルがノックして入ってきて、暗闇の中で私の手に小さな骨細工の子熊を握らせた。

「パンコフが作ったんだ」

　彼は言った。

「ネネツ人の名職人だよ、記念にね。ドクトル・イワン・イワニッチに代って、この白熊が君に、サーニャが帰ってくると話し続けてくれるよ」

　もちろん、それは単なる戯言《たわごと》だったけれど、憂鬱さで心の奥深くまで気が滅入るようになった今では、私はこの子熊をバッグから取り出して見つめると、少し元気になるのだった。毎朝ドクトルは歌うか詩をつぶやいていた——多分、自作のこっけいなものだったが。それから風呂で体を洗い、その入浴とドイツ軍の爆撃との間に不思議な関係があると主張した。つまり彼が風呂に入ろうとするとすぐに警報が鳴るというのだ。そんなことが数回あった。感じのいい髭を濡らしたまま朝食の席に近付くと、彼は真っ先に私に椅子を放り投げるので、私は脚をつかんで投げ返すしかなかった。彼はある種の陽気な奇行癖があった。彼は驚かせることが好きだったのだ。

　そう、ドクトルが私のところに滞在した一週間は、何とすばらしかったことだろう！　それは、まるで雷雨や嵐の中に突然、冷静な人間の声が聞こえてくる——そんな一時《ひととき》だった。しかし、遂にその日がやって来た。つまり彼が自分のズック袋に荷造りをし、レニングラードで買った本を縛るその日が。私は彼を見送りに出掛けた……

　ネフスキー大通りが、これほど人で混雑したことはなかっただろう。埃まみれの、疲れた子供たちの様子を心配そうに見ながら、婦人たちが荷車に包みや長持や桶《おけ》を乗せて運んでいた……都会人ではない日焼けした老人たちが、前屈みになりながら往来に向かって歩道を歩いていた。それはコルピノやジェツコショーロ（いずれもレニングラード郊外の町）の人たちだった……郊外に住む人たちが、町にやって来たのだ！　モスクワ駅に着くまで、私たちはたっぷり二時間かかった。私はドクトルがズック袋を持って広場を渡らずに済むように自分でそれを運び、もっとしっかり持とうとして旧ネフスキー通りの角で立ち止まった。イワン・イワニッチは先を歩いていた。

駅の広い玄関口は全く人の気配がなかった——私は変な気持ちがした。《きっと、リーゴフカ通り側から列車に乗るようになったんだわ》——私は思った。あの瞬間は、驚くほど私の記憶に残っている。蜂起広場は陽光に照らされていた。海軍の外套を着た、背の高いドクトルが階段を上る。階段にできた折れ曲がった影が、彼のあとを上っていく。正面玄関は不安に満ちた無人のままである。扉は閉まっていた。ドクトルはノックした。鉄道員の制帽を被った太った婦人が窓口から覗き、彼に言った——ふた言だけ、何と言ったか分からないけれど。彼は立っていたが、やがてゆっくり私の方に戻ってきた。彼は厳しい表情をしていた。

「さぁ、こっちに袋を、カーチャ」

彼は言った。

「家へとご帰館だ。最後に残っていた道路が遮断された、列車はもう動いていない……」

ドクトルは数日後に飛行機で帰った。

第9章　退却

運転手は戦線のこの地域を車で行くのは初めてで、私たちは道路の分岐点で地図を調べるため数回立ち止まった。私たちはもう一時間以上走っているのに、ドイツ軍はまだレニングラードからはるか遠くにいることに私は驚いた。しかし、ここは一番遠く離れた戦線区域——オラニエンバウム（〔訳注〕今のロマノーソフ市）の後方、ゴスチリッツァを通ってコポーリエに向かう区域——だった。水兵たちは長距離砲兵艦隊による砲火で、これらの場所を守っていた。私たちは国民義勇軍の師団に向かっていて、途中私はペーチャに会えるかと期待していた——彼はまさにこの師団に勤務していたし、私は政治将校の名前も知っていたから。

……壊れた大砲が、いくつも私たちの方に牽引車で運ばれてきた。軽傷者たちは、平原の中のさえぎるもののない埃だらけの道路を、二人、三人とよたよた歩いていた。道路のどこか前方で、銃撃があったらしい——そう言ったのは、子供みたいな頬をした、親しくて頼りになる衛生兵のパーニャだった。お下げ髪を頭のまわりに編み上げた彼女は、車が窪みで上下に揺れる毎に笑いをこらえ切れなかった。私たちの背後で二度爆発があったけれど、銃撃のあった場所を通り過ぎ、私が後部ドアを少し開けると、道路は埃の雲に包まれていた。全速力で私たちは村に駆け込み、運転手はブレーキをかけた。彼が悪態をつきながら壊れた車のフェンダーを調べている間、私とパーニャは医療衛生大隊の指揮官を捜しに行った。

村はごく普通の、周囲もすべて全く平凡なところだった。新緑のヤナギの編み垣は、いたる所に新芽を出していて、中庭には各所に煉瓦《れんが》の竈《かまど》があり、納屋の扉は蝶番《ちょうつがい》が一本だけになってもぎ取られていて、その扉の奥は、暗闇の涼しさと若々しい干草の匂いが感じられた。ここに師団本部が設営され、前線はその先の二～三km──《ほら、小さな森のあるあそこよ》──大きなナガン式拳銃をベルトにしたズボン姿の衛生協力隊員が私に言い、彼女の指し示す方を見ると、草原は貧弱な若木の木立に変わり、その向こうは太陽に明るく照らされた白樺の林になっていた。

暗くなってから、負傷者の搬送の指示が出され、夜中近く自由な時間ができるとすぐ、私はペーチャを捜し始めた。私は、負傷者や衛生協力隊員、それに指揮官のことは全員知っていると聞いた連絡政治将校を尋ねて回った。ペーチャの連隊の政治将校で、私が名前を知っていたその本人は、前日戦死していた──それを私は政治部から聞いた。

「スコルニャコフも戦死です」

大柄のがっしりした階級章二本の政治指導員が、私に言った。きっと私は顔色が真っ青になっていたのだろう。彼はスープを飲むのをやめ──彼は食事の最中だった──長椅子に外套をかけて横になっていた指揮官を振り返ると、厳しい怒鳴り声で尋ねた。

「ルーベン、スコルニャコフは戦死したんだな？」

指揮官は外套の下から、戦死しましたと答えた。

「スコヴォロードニコフのことです」

大声で私は言い直した。

「どうして（〔訳注〕気持ちが動転したカーチャは「スコルニャコフではありません」と言うところを「どうして」と言ってしまう）スコルニャコフなんです？　少尉スコヴォロードニコフです！」

「スコヴォロードニコフ？　それは知らないな。食事はされましたか？」

「はい、ありがとうございます」

私は、政治部を出た時、まだ足が震えていた……

飛行機が村の上空を旋回し、衛生協力隊員たちは後方の中庭にいて、彼女らの叫ぶ声がした。《マルーシャ（マリャ）、敵機よ！》弾丸は通りに沿ってますます激しく浴びせられ、ドイツ軍は大隊でなく、村自体を攻撃しているのは今や明らかだった。味方は退却した——一瞬、村は赤い粘土で汚れた外套を着た人たちで一杯になったかと思うと、すぐ急に人がいなくなった。唇をぎゅっと結び、眉毛を逆立てて、痩せた鉤鼻の若者が医療衛生大隊に駆けてきて、水が欲しいと言った。パーニャは彼に水を飲ませた——私は、この世で誰にも感じたことのないほどの、感動的な、心からの優しさで彼を見つめた——彼が飲むのを、彼の痩せこけた喉仏が上下するのを、そして憎らしそうに味方が退却していった道路を横目で見ているのを。

　私たちは八時過ぎに出発し、医療衛生大隊も皆、私たちと一緒に引き払った。ついさっきまで明るい落ち着いた輝きを見せていた白樺の林は炎上し、風が、もくもくと立ちのぼる黒煙をこちらの方にじかに追い立てていた。それはちょうどタイミングがよかった。つまり私たちは銃撃のあった道路の箇所を難なく通過し、村はずれに着いたのだった。今回はそれほど揺れなかった——車は満員で、轍《わだち》に嵌《はま》る毎にうめき声が上がり、私とパーニャは負傷者たちが車体に頭をぶつけないように気を配って、すっかりくたくたに疲れてしまった。

　それは九月八日のことだった——最終的な襲撃計画の下にドイツ軍がレニングラード空爆を初めて本格的に開始したのだ。陰鬱な火災の炎の照り返しが、車に向かって飛び込んできた。私たちが国際大通りに出ると、街中が炎に包まれたようになっていた。負傷者たちの間から話し声が聞こえ、真っ赤な照り返しの中でバスに駆け込む人たちを傍目に、私は彼らの中の一人——頭に包帯をして、水兵シャツをぼろぼろにして泣いている肩幅の広い水兵——を見ていた。

第10章　でも人生は過ぎていく

商店の窓の前の木組みのバリケードはもう古くなって、ひびが入り表面が剥げていた。庭園や公園にあった防空壕や待避壕はとっくに草で覆われていた。警報が一日に何回も出るので、その毎に鎧戸《よろいど》を開閉する気にならないため、朝からアパートの中は薄暗かった。

私が七月に通っていた《塹壕》は、すでに強固な要塞に変わり、工場で鋳造された鋼鉄の骨組みの簡易トーチカを備えていた。レニングラードでのこの秋、私は人生でこれほど働いたことはなかった。私は赤十字協会の講習を受け、戦線に赴き、猛火の中で負傷者を戦列から救出したことに対し、司令部で感謝状をもらった。でも、手紙は全くなかった——白い子熊のお守りをバッグから取り出す機会がますます増えてきた。手紙はない——私はベルリン、ケーニヒスベルグ、プロエシチへの爆撃で表彰された飛行士たちの中に、サーニャの名前を捜したが無駄だった。それでも私は、信号を無視してひたすら前に疾走する列車に乗っているように、自分も《徐々にスピードを上げながら》働いた——秋の夜風は、ひゅうひゅうと荒れ狂って吹いていた。でもついに列車は猛スピードで走り去り、私一人、土手の下に取り残される日がやって来た——一人ぼっちでへとへとに疲れ、消え入りそうな悲しみのまま。

まだ子供の頃、私はなぜか夢の話をするのが恥ずかしかった。世界中で私だけが知っていることを話すことは、まるで私が自分の最も大切な秘密を自分に打ち明け、そして自身が、その秘密を暴露しているように思えた。しかし、この夢はやはり話さねばならない。

私は病院で当直の後、十分間寝入った時に、夢を見た——私は窓辺でスペイン語を勉強しているのだった。クリミアに私たちが住んでいた頃、そんなことがあった。サーニャは私がその言語をほったらかしにしているのに腹を立て、私はまたスペイン語に取り掛かろうとしていた。しかし、窓の向こうは本当にクリミアなのだろうか？　まるで天国のように、くすんだ青い果実でたわわになった西洋スモモが枝を垂れ、透明な黄色い桃が太陽に溶けて輝いている——いたる所に花また花。ハナタバコ、においあらせいとう、バラ。静寂さ——そして突然、耳をつんざくばかりの鳥の悲鳴と羽ばたき、そして興奮が起る！

私は本を放り出し、机を越えて窓から身を乗り出し庭を見る。いったい何だろう？　トビとも、渡《わた》り烏《がらす》とも知れない、嘴《くちばし》の曲った大きな鳥が鋭い羽を広げてプラタナスの木に止まっている。しかもその鳥は別の小さなハヤブサの子供を嘴にくわえている。ハヤブサの子供は、その鳥に足をくわえられ、もう鳴かず、人間っぽい目でただ私を見つめている。私は心臓がひっくり返りそうで、叫んで何か棒を捜そうとするけれど、トビは舞い上がりゆっくり飛んでいく。トビは私から頭の向きを変える。

水平に広げた羽を静止させ、ゆったりと滑空していく。

「どう、ルケーリヤ・イリイーニシナ、夢を占って頂戴な」

病院の事務官――中年過ぎで昔風の、どこかダーシャおばさんをいつも思い出させる人――に私は言った。

「あなたのご主人が飛んで来たのよ」

「どうして？ だってトビは飛び去ったし、小鳥も連れ去ったのよ」

彼女は少し考えていた。

「同じことよ、飛んで来たのよ」

一日中、私はこの恐ろしい、ばかげた夢のほとぼりから覚めず、夕方ワーリャに家に来て泊ってくれるように頼んだ。夜の七時半、いつものように警報が鳴り始めた。一回目の警報の時、ロザリヤ・ナウモーヴナが電話してきて、警防団に代って下に降りてくるように命令したけれど、私たちは家に待機していた。二回目でも、待機していた。防空壕に入るといつも憂鬱な気持ちになるので、前から私は決めていた――もし私が《運が悪かった》としても、レニングラードの空の下、爽やかな空気の中で、運命に身をまかせようと。ましてこの時、私たちはコーヒーを炒っていた――それはコーヒーだけのためでなく、その出し殻に小麦粉を少し加えたパンケーキ作りのためにも大切な仕事だったのだ。しかし、三回目の警報が始まって、爆弾が近くに落ち、建物が一歩前後に動いたみたいに揺れて、台所では棚からシチュー鍋がバラバラと落ちてきたので、ワーリャは反対を無視して私の手を引き、下に連れていった。女性たちが暗い玄関口に立って不安そうに早口で話していた。私はその中に掃除婦のタタール人、ユーリャ・イジベルジェーバ――家では皆、なぜかマーシャと呼んでいた――の聞き覚えのある声に気付いた。

「《九番》、命中した」

彼女は言った。

「ひどく命中した。アパートの管理人、命令した――シャベル持って、行きなさい、掘り出さないと」

《九番》――それは九番の高級料理店が入っている建物のことだった。

「シャベル持って、行きなさい。皆行きなさい！ シャベルない人、あそこにある。持って、お婆さん、持って！ あんたが攻撃される、あんた、掘り出される同じよ」

彼女は暗闇の中で、シャベルの音を響かせ、一本を私に、もう一本をワーリャに握らせた。あの惨状に行くのは何と辛いことか！　私は軍事医科大学の神経外科病院が爆撃された時、《掘り出し》に行ったことがあったのだ。女性たちは玄関口でしばらく不平を言っていたけれど、歩き始め、私たちも彼女らのあとを歩いていった。

夜は壮麗に、皓々《こうこう》と輝いている――まさに、レニングラードで当時言われた《敵機来襲の夜》そのものだった。黄色い風船に似た月が街の上にかかり、最初の秋口の夜冷えが始まったばかりで空気は淡く、ピリピリしていた。こんな夜に散歩できたら――河岸通りで恋人同士が一つのマントに包《くる》まって、どこか下の方で岸壁にぶつかるかすかな波の音を聞いて座っている！

でも、私たちはシャベルを肩に、疲れ口数少なく、怒りの気持ちで廃墟から生存者あるいは死者を掘り出すために歩いていった。《九番》の建物は、二つに裂けていた――爆弾は五階まですべてに穴をあけ、黒ずんで変則的に崩れた窪みの中に狭いレニングラード風中庭が剥《む》き出しになり、そこにジグザグになった影がさしている幻想的な景色があった。建物の正面が前に倒れ、その破片が通りをふさぎ、打ち砕かれた煉瓦、家具、鉄骨といったごった返しの中から、グランドピアノの黒い翼が突き出ていた。三階から食器戸棚が傾いたままぶら下がり、壁には外套と婦人物の帽子がはっきりと見えた。

あたりはしーんとしていた。人々は妙に静かに建物に近付き、その声は落ち着いて用心深かった。女の人が地面に身を投げ出し大声で叫んだが、脇へ運び去られ、再び静かになった。死んだ老人が石灰や砂利に埋もれて、白くなった外套を着て歩道に横たわり、人々は彼につまずくと顔を覗《のぞ》き込み、ゆっくりとよけて通った。

地下室は水浸しになっていた。何よりもまず先に水を何とかする必要があり、痩せて機敏な民警の軍曹は、救助作業の指示をしながら私とワーリャをポンプのところで水の汲み出し作業に就かせた。

足元の地面が再び揺れて止まり、私たちのすぐ頭上を、曳光弾《えいこうだん》が空に黄色い弧を描いて次々に何発も立ちのぼった。サーチライトが短くなったり長くなったりして見事に交差し、その交差した点の一つに私は小さな飛行機がちらりと光るのが見えた。高射砲が火を吹き始めた――それは遠くかと思うともう間近に、まるで巨人が空に向けて無数の拳銃を絶え間なく発射しながら、町のブロックをまたいで歩き回っているようだった。

ポンプ作業を中断しないようにしながら、私は空に目を向けてハッと驚いた。機関銃の短い連射音、明るい空高く色とりどりの照明弾のまっしぐらな飛行――戦争の光景の何と恐ろしく、何と花火のように美しいものか。

崩壊した建物を民警が囲ったロープのところに救急車が停まっていた。作業は全力で行われ、地下室からは物音やよく響く声が聞こえ、人々は腰までびっしょり濡れて青ざめて脱出してきた。犠牲者が少し出たらしかった。紅潮した美しい顔のワーリャは破壊された家具の山からマットレスや毛布、枕を引っ張り出し、負傷者を寝かせ、誰かに人工呼吸を施し、衛生兵たちを怒鳴りつけた。救急車で着いた二人の医師は、子供みたいに駆け寄り彼女の言葉を一語ももらさず聞いていた。スカートの裾をはしょり、彼女は地下室に降りていき、そこからびしょ濡れの人の肩を引きずって這い出てきた。痩せた軍曹は駆け寄って手伝い、衛生兵たちが担架を引き寄せた。

「乗せて下さい！」

命令調で彼女は言った。それは、水で黒ずんだ軍用外套を着た、軍帽のない赤軍兵士あるいは指揮官のようだった。頭は胸の上に垂れていた。ワーリャが彼の顎をつかむと、頭は人形のように簡単に後ろにのけぞった。汚れた黄色っぽい髪がよじれて額に貼り付いた青白いその顔には、どこかかすかに見覚えがあり、しばらく私は、この男をどこで見たか一生懸命思い出そうとしながら作業を続けた。

「ひどい状態だけど、今に元気になるわ」

怒ったような、低い声でワーリャは言った。彼女は指を突っ込んで彼の口を開いた。彼は喉をぜいぜいさせて、空気を激しく吸い込んで、彼女の腕の中で揺れ動き、震え始めた。

「まあ、お前さん、噛《か》む癖があるんだね！」

再びワーリャが言った。ポンプの把手《とって》が上下する毎に、手当てをしているワーリャの姿が見え隠れした。もう彼は目を閉じて苦しそうに息をしながら座っていた。月の光で彼の顔は驚くほど白く、ぺちゃんこの鼻、角張った下顎はまるでチョークで描いたみたい――それは私の見飽きるほど知った顔なのに、今は、我が目が信じられない、認めることができない……

この時、なぜ私がロマショフ――それは彼だった――を病院に送るのを許さなかったのか分からない。信じ難いことだけれど、彼が外套のボタンをはずして地面に座り、目を上げてうつろな視線がまだ一面にぼんやりとした靄《もや》に遮られながら、私に気付き、かすかな声で《カーチャ》と言った時、私はうれしかったのだ。ワーリャが酸素吸入するよう命じた瓶を持って、彼の前に立っているのがこの私だということを、彼は不思議に思うこともなく、確信しているようだった。しかし、私が脈を調べるために彼の手をつかんだ時、彼は歯を食いしばり、震えながら少し大きな声でもう一度言った。《カーチャ、カーチャ》

明け方近く私たちは家に帰った。爆弾は私たちの五階を貫通した訳でもなく、水浸しの地下室の中でもがいて窒息していた訳でもないのに、私とワーリヤはロマショフと同じくらいフラフラになって歩いた。彼はしじゅう自分の背負い袋を失くしたのではないかと心配していたので、マーシャはとうとう腹を立て、彼の鼻先に背負い袋を突きつけて言った。

「袋、どうでもいい。神、感謝しなさい。あんた、バカだ、命助かった。あんた、祈りなさい、クラン（〔訳注〕コーラン（回教の教典）をなまったロシア語で言っている）唱えなさい」

コーヒー——私たちがようやく家にたどり着き、ロマショフをロザリヤ・ナウモーヴナに引き渡し、すっかり汚れただらしない身なりのまま台所のベッドに倒れ込んだ時、タイミングよくコーヒーが沸いていた。

「そもそも、あたしは全く分からない、この人が何なのか」

ワーリヤは言った。

「地上で最悪の人間よ」

私は疲れた声で答えた。

「バカね、何だって連れてきたの？」

「古い友人なの、仕方ないでしょ？」

コーヒーで暖かくなり、私は服を着替えだしたが、話の途中でしどろもどろになり、目の前に最後に現れたのは大きな白い顔で、私は夢の中で途方に暮れてそれを払いのけているのだった。

第11章　夕食。《話は僕のことじゃない》

私たちが家を出ようとした時、ロマショフはまだ寝ていた——ロザリヤ・ナウモーヴナは彼のために食堂に寝床を敷いていた。毛布がずり落ち、彼は清潔な下着のまま寝ていた。ワーリヤは通りすがりに慣れた仕草で毛布を下に差し込んで整えた。

彼は固く歯を食いしばって呼吸していた。まぶたの間から眼球が帯状に見えている——何という男かしら、この世にいるどんなロマショフだって、こんな人間は彼くらいのものだろう！

「そんな最悪な人間なの？」

ひそひそ声でワーリャが尋ねた。

「そうよ」

「でも、私は思うけど、いい男じゃない」

「気でも狂ったの！」

「本当よ、悪くないわ。彼がどうしてこんな風に寝てるか分かる？　彼はまぶたが短いのよ」

ロマショフは夕方までには姿を消すはず——夜中に消え去ったあの幻のように——と思ったのはなぜだろう？　彼は姿を消さなかった。私が家に電話すると、ロザリヤ・ナウモーヴナではなく彼が受話器に走り寄った。

「カーチャ、あなたにぜひ話があるんです」

丁重だが毅然とした声で彼は言った。

「いつ戻りますか？　それともそちらへ行ってもかまいませんか？」

「来て下さい」

「でも、病院だと気まずくならないか心配です」

「多分ね、それなら、数日したら私、家に戻るわ」

彼はしばらく黙った。

「あなたはこれっぽちも僕に会う気はないんです。でも、それはもうずっと前から……あなたが僕と会いたくない理由が……」

「そうじゃないわ、ずっと前からなんて……」

「僕がパブロフ医師に頼んで送った、あの手紙のことを言ってるんですね？」

彼は鋭く言った。

「受け取ったんでしょう？」

私は答えなかった。

「僕を許して下さい」

沈黙。

「僕たちが会ったのは偶然じゃないんです。僕はあなたの家に向かっていた。誰かが、地下室に子供たちがとり残されたと叫んでいたので、僕は地下室に飛び込みました。でも、それは重要なことではありません。用件はあなたにかかわることなので、僕たちは会う必要があるんです」

「どんな用件なの？」

「とても重大なこと、すっかり、あなたに話します」

私は胸がドキンとした——誰と話しているか分からなくなったみたいに。

「もしもし」

今度は彼が黙り込み、あまり長いのでもう少しで私は受話器を切るところだった。

「分かりました。それなら必要ないんですね。僕は去ります、もう決して僕に会うことはないでしょう。でも、僕は誓います。あなたへの……」

彼はまだ何かつぶやき、私は軽く目を閉じ、歯を食いしばり、息を切らして受話器を持っている彼の様子を思い浮かべ、この沈黙と絶望の気持ちに突然負けてしまった。私は行くと返事をし、受話器を切った。

テーブルの上のチーズとバター――私が自分の鍵で家の扉を開け、食堂の入口に立ち止まって見たものはそれだった。それは信じられないもの――本物のチーズはオランダチーズの最上級の赤蠟色、そしてバターも本物の天然バターで大きな琺瑯《ほうろう》引きのカップに入っていた。パンはレニングラード製ではない、見たこともないもので、たっぷりと厚切りにしてあった。

私が入ると、ロマショフは包丁で缶詰を開けた。テーブルの上の袋から、ウォッカの瓶が顔を出していた……髪を乱したまま、ロザリヤ・ナウモーヴナは幸せそうに寝室から出てきた。

「カーチヤ、ベルタはどうしたらいいかしら?」

小声で彼女は尋ねた。

「あの子を呼んでもいい?」

「分からないわ」

「まぁ、怒ってるの? あたしはただ知りたいだけ……」

「ミーシャ」

私は大声で言った。

「ロザリヤ・ナウモーヴナが、あたしに妹のベルタをテーブルに呼んでもいいかしらですって」

「わけないよ! どこにいるんです? 僕が呼んできます」

「きっとあの子はあなたを怖がると思うわ」

彼はきまり悪そうに笑い出した。

「どうぞ、どうぞ!」

それはとても楽しい夕食だった。貧しいロザリヤ・ナウモーヴナは震える手でサンドイッチをつくり、それを食べる時は、神に感謝するような表情になった。ベルタは各々の食物に対しても何か小声でつぶやいていた――小柄で白髪のほっそりした鼻をした、ぼんやりした視線のまま。ロマショフはしゃべりまくった――しゃべっては飲んでいた。この時ほど私は、彼をよく見たことはなかっただろう!

私たちはここ数年会っていなかった。当時、彼はとても太っていた。顔にも、やや頭を後ろに反らせた体つきにも、恰幅《かっぷく》のいい男の貫禄が備わりつつあった。不細工な人間の例にもれず彼は入念に努力をし、派手な服装さえ厭わなかった。でも、今の彼は骨と皮ばかりに痩せて、二本線の襟章――少佐だろうか?――の軍服の上着を着るのに、新しくてきゅっきゅっと軋《きし》む皮紐できつく締め付けていた。頭蓋骨が見えそうだった。瞬《まばた》きしない、広く見開いた眼には、何かこれまでにないもの——疲労だろうか？——が宿っていた。

「僕は変わりました、そうでしょう？」

彼は私が見つめているのに気付いて言った。

「戦争が僕を変えたんです、すっかり別人になったんです——身も心も」

もし、すっかり別人になったのなら、彼は私にそんな言い方はしなかっただろう。

「ミーシャ、こんな親切を、一体どうしたの？　盗んできたの？」

最後の言葉は、どうやら彼は聞き取らなかったらしい。

「どうぞ、どうぞ召し上がって下さい！　もっと手に入るんです、ここではすべて手に入ります。あなたは知らないだけです」

「本当なの？」

「ええ、ええ。そういう人たちがいるんです」

彼が何故そんな言い方をするのか分からないけれど、私は思わずサンドイッチを皿に戻していた。

「あなたはレニングラードは長いの？」

「三日目です。僕は軍用商務局の長官の命令でモスクワから移動になったんです。僕は南部戦線にいました。包囲されて奇跡的に逃れてきたんです」

それは私にとって本当に恐ろしい話だったが、私はとっくに忘れていた優越感に浸って冷淡な態度で聞いていた。

「僕たちはキエフに退却した。キエフが孤立していたことを知らなかったんです」

彼は言った。

「僕たちはドイツ軍ははるか遠くにいると思っていた。ところが、前線から二百kmのフリスチノフカ近くで彼らと遭遇したんです。本当に地獄だった」

笑いながら、彼は言い足した。

「でも、この話はあとです。今あなたに言いたいのは、モスクワでニコライ・アントニッチに会ったことです。不思議なことに、彼はどこへも逃げていなかったんです」

「そうなの？」

私は無関心に言った。私たちはしばらく沈黙した。

「あなた、何か相談事があるみたいね、ミーシャ？　それなら、私の部屋に行きましょう」

彼は立ち上がり、姿勢を正した。溜息をついて革紐を整えた。

「ええ、行きましょう。お酒を持っていってもいいですか?」

「どうぞ」

「どれにしますか?」

「あたしは飲まないわ——お好きなように」

彼はテーブルからウォッカの瓶とコップを取り上げ、ロザリヤ・ナウモーヴナに礼を言ってから私についてきた。私たちはゆったり腰をおろした。私はソファーに、彼はテーブルについた。そのテーブルは、かつてはサーシャのもので、その上には彼女の絵筆が、高い脚のワイングラスの中に手をつけられないままに立っていた。

「長い話になります」

彼はそわそわしていた。私は落ち着いていた。

「とても長い話に……煙草はどうです?」

「結構です」

「戦争中に煙草を吸うようになる女の人が多いんです」

「そう、多いわね。私、病院で待たしているの。あなたは二十分だけにして頂戴」

「分かりました」

物思わしげに音節を区切ってロマショフは言った。

「僕が八月にレニングラード戦線を去ったのはご存知ですね。僕は行きたくなかったんです、あなたに会えると思って。でも命令は命令です」

サーニャはこの文句を繰り返し言っていたが、私はそれをロマショフから聞くのは不愉快だった。

「僕は南部戦線で偶然あったことを話します。僕たちはキエフ近郊で戦い、撃破されたんです」

彼は《僕たち》と言った。

「フリスチノフカで僕は、キエフを迂回してウマニに向かう病院列車に合流しました。それは負傷者の乗った普通の暖房貨車でした。重傷者がたくさんいました。三日、四日、五日と走るうちに高温と蒸し暑さ、埃に……」

ベルタは隣室で祈りを上げていた。彼は立ち上がり、いらいらしてドアを閉めた。

「病院列車に合流する二日ほど前、僕は打撲傷を受けたんです。本当のところ、軽傷なのですが、時おり体の左半身が痛むのです。体が褐色になるんです」

作り笑いをしながらロマショフは言い足した。

「今でも」

あの夜、ロマショフの服を着替えさせていたワーリャは、彼の左半身が火傷《やけど》していると話していた。多分、彼が《褐色になる》と言っていたのは、そのことだったのだろう。

「それで僕は病院列車の世話をすることになりました。食事の用意が何よりも大切で、僕はその道中——僕たちは二週間乗っていたんです――飢餓で死ぬ人間は一人も出なかったことは自慢できます。でも、話は僕のことではありません」

「誰のことなの？」

「スタニスラフから教育大学生の二人の娘さんが一緒に乗ってきました。彼女たちは負傷者に食事を運び、包帯を交換したりあらゆることを手伝いました。それである時、その中の一人が飛行士――負傷した飛行士が暖房貨車の一輌に寝てたんです――の方に僕を呼んだのです」

ロマショフはウォッカを注いだ。

「僕は娘さんたちにどうしたのか尋ねました。《しばらく彼と話をして下さい！》――《何の話を？》――《死にたい、自殺するって言って泣くんです》僕たちは彼のところに行きました――その暖房貨車に入ったのは初めてだったので、何が起ったのか分かりません。彼はうつむけに寝て、足の包帯は不器用で粗雑なものでした。娘さんたちは彼の脇に座り、声をかけました……」

ロマショフは黙った。

「あなたは、飲まないんですか、カーチャ？」

少ししゃがれ声で彼は尋ねた。

「ずっと僕ばかり、酔っ払ってもいいんですか？」

「追い出すわよ、終りまで話して頂戴」

彼は一気に飲み干し、少し歩いてから座った。私も杯に口をつけた。飛行士といったって、この世にはいくらでもいるわ！

第12章　信じる

ロマショフの話はこういうことだった。サーニャは顔と足を負傷し、顔の裂傷はもうだいぶ治っていた。サーニャはどういう状況で負傷したのか話さなかったが、それについてロマショフは全く偶然に工場新聞《赤い鷹》で知った――そこには、サーニャについての記事が掲載されていたのだ。彼は私にその新聞を持ってきたのだが、地下室で子供を助けようとしてあやうく彼が溺れかけたあのバカげた事件が、もしなければ間違いなく届いていただろう。でもそれは大したことではない――彼は記事を暗記していたのだ。

《戦闘任務から帰還中の、グリゴーリエフ大尉機は四機の敵戦闘機に捕捉された。不利な戦闘の中、グリゴーリエフは一機を撃墜、残る機は応戦せずに逃亡した。機は破損したがグリゴーリエフは飛行を続けた。味方の戦線付近で彼は再び攻撃を受けた――今回は二機の《ユンケル機》だった。炎上した機ごとグリゴーリエフは《ユンケル機》に見事体当りをした。某部隊の飛行士たちは勇敢な鷹としていつまでも記憶に残るだろう――自分の命の最期の瞬間まで、祖国のために闘った共産党員たち、グリゴーリエフ大尉、ルーリ航空士、カルペンコ爆撃‐通信士そして爆撃手エルショフ》

もしかすると文章が不正確で、語順が違っているかも知れないが、記事の内容についてロマショフは命にかけて請け合うと言った。彼はこの新聞を、他の最重要な書類と一緒に携帯用地図入れの中にしまっていた。地図入れが水につかり、新聞は濡れた塊《かたまり》になってしまい、彼はそれを乾かしたけれど、その記事の載った紙面は見つからなかった。しかし、それも大したことではない。

そういうわけで、サーニャは死んだと考えられているのに、彼は顔と足に負傷しただけである。顔は軽傷で、足はおそらく重傷――いずれにしても自分で動かすことはできない。

《どうして彼は列車の中にいたの?》――《分からない》――ロマショフは言った――《僕たちはその話はしなかったんです》――《何故?》――《僕たちが会って一時間後、フリスチノフカから二十kmのところで、列車はドイツ戦車に砲撃されたからです》彼は確かにこう言った《砲撃された》と。

味方の戦線の後方でドイツ軍に遭遇するのは思いがけないことだった。列車は停止した――最初の砲撃で蒸気機関車が撃破された。負傷兵たちは土手を降りてばらばらに逃げ出したが、ドイツ兵は列車の間隙から彼ら目がけて榴散弾(〔訳注〕多数の散弾の詰まった砲弾)を撃ち始めた。

真っ先にロマショフはサーニャに飛びついた。戦火の中を暖房貨車から彼を引きずり出すのは容易ではなかったが、ロマショフは引き出して、彼らは車輪の背後に隠れた。車輌の中では重傷者たちが叫んでいた。《兄弟たち、助けてくれ!》しかしドイツ兵は銃撃を続け、隣りの車輌に近付いていた。もはや車輪に隠れていることはできず、サーニャは言った。《行ってくれ、僕にはピストルがある、奴らの餌食にはなるものか》しかしロマショフは彼を置き去りにはせず、サーニャは悪態をついて手を振りほどこうとしたけれど、脇の溝に引っ張り込み膝まで泥まみれになった。

その後、ある中尉がロマショフを手伝って、沼地の中をサーニャを移動させ、彼ら二人は濡れた小さなヤマナラシの林にたどり着いた。そこは恐ろしい場所で、なぜならドイツ軍の大降下部隊が最寄り駅を占拠していて、周辺では戦闘が行われ、開けた地形の中で唯一、防御に適したその林に、いつ何どきドイツ兵が現れるか分からなかったのだ。時間を無駄にせず、もっと移動する必要があった。しかしサーニャの顔の傷口が開き、体温が上がり彼はしきりにロマショフに言っていた。《僕を見捨てろ、消え失せるんだ!》一度はこう言った。《こんな状態では、君まで巻き添えになりかねないよ》彼が足をおろすと激痛が走った――傷口に血があふれた。ロマショフは彼に松葉杖を作った。大枝を縦に割って、上部にヘルメットを結わえる――松葉杖の完成。でもサーニャはいずれにしても歩くことはできず、そこでロマショフは一人で出掛けた、しかしそれは前方ではなく後方の列車に向かって――彼はさっきのスタニスラフから来た娘たちを捜そうとしたのだ。列車まで彼は行けなかった――沼地の向こうは銃撃が始まっていた。彼は戻った。

「一時間かそこらで僕は戻りました」

ロマショフは言った。

「すると彼はいなかったんです。小さな林だったので僕は隅々まで捜しました。大声を出すのを恐れたのですが、それでも数回叫んでみました――返事はありません。僕は夜通し捜し、とうとう倒れ、寝入ってしまい、朝になって僕たちが別れた場所にいるのに気付きました。つまりそこは苔が剥がれ、踏みつけられ、手製の松葉杖がヤマナラシの木の下に立っていました……」

その後、ロマショフは包囲されたが、なんとか突破して味方のドニエプロペトロフスク艦隊の水兵たちの部隊のところに戻った。サーニャについて、彼はそれ以上何も聞いていない……

その知らせを受け取る場面を、私はもう何回となく想像していた。ほら、手紙が届く、平凡な、でも切手のない手紙――私は手紙を開封し――全ては存在しないも同然になり、言葉を失って倒れる。ほら、ワーリャがやって来る――私が何度も慰めていた彼女は、サーニャについて話し始める――初めは慎重に、遠回しに、その後こう言う。《もし、彼が死んだとしても、あんたがどうなるというのさ?》私は答える《生き残れないわ》

ほら、軍事委員部で他の女の人たちの中に私は立っている――私たちはお互いの顔を見ながら、考えることは一つ――《今日は誰が、戦死の知らせを聞くのか?》そんな風に私は、ずっといろいろな場合を考えていたけれど、一つだけ頭に想い浮かばなかったことがあった。つまりその知らせをロマショフが私に話すとは思いもよらなかったのだ。

もちろん、それは全部たわごとでロマショフが思いついたか、雑誌で読んだことなのだろう。もっと正確に言うなら、言葉の端々に、彼特有のもくろみが見られるつくり話だった。しかしその愚かで不可解な気晴らしが、何かを意図して私に降りかかって来るなんて、なんと不当でひどい話だろう！　この男がそれでなくても、こんなに苦しんでいるレニングラードに現れ、卑劣にも私を騙《だま》すなんて、そんなことをされるいわれは私にはあるものか！

「ミーシャ」

私は落ち着きはらって言った。

「あなたは私に書いたわね。《僕の幸せ、そして命の人》これは本当？」

彼は黙って私を見つめた。彼の顔は血の気がないのに、耳は赤かった。そして今、私が《本当なの？》と尋ねると、耳は一層赤くなった。

「じゃあ、一体どうして私を苦しめるようなことを思いついたの？　私、ときにはあなたを少し気の毒に思っていたのは認めるわ。女の人が、自分を長く愛している人を、人生で一度として哀れむことがないなんてありえないわ。でも、あなたは鈍感な人ね。もし、とんでもないことだけど、サーニャが死んだら、わたしはあなたを憎むようになるってことが、どうして分からないの？　あれは全部嘘だと認めなさい、ミーシャ。そして私に赦しを請うことね。そうでないなら、私は本当にあなたをろくでなしとして追い出すわ。あなたの話したことは、いつの話だったかしら？……」

「九月です」

「ほら、ごらん、九月でしょ。だって私は十月十日にサーニャから手紙を受け取り、そこには元気で生きていて、上官が許可をくれれば一日でレニングラードまで飛んで来るって書いてあったのよ。さあ、このことをどう説明するの、ミーシャ？」

こんな瞬間に嘘をつくような力が私のどこから湧いて来たのか分からない。私は十月十日付の手紙など何にも受け取っていなかった。もう三か月間、サーニャから何の言葉もなかったのだ。ロマショフは薄笑いを漏らした。

「あなたが私を信用しないならそれで結構です」

彼は言った。

「僕が心配なのは、別のことです。それならそれでいいでしょう、すべてよくなるんですから」

「じゃあ、あれはすべて嘘ということね?」

「ええ」

ロマショフは言った。

「嘘です」

彼は私を説得し、信じさせ、怒るべきだった。彼は――ソバーチィー広場でのあの時のように――唇を震わせて私の前に立ちはだかるべきだった。しかし、彼は冷静に言った。

「ええ、嘘です」

私は心臓がドキドキして頭の中が空になり、強い絶望感におそわれた。多分、彼はそれを感じたのだろう。彼は私に近付くと私の手をつかんだ――大胆に、馴れ馴れしく。私は手を引き抜いた。

「僕があなたを騙《だま》そうとするなら、サーニャが死んだとハッキリ書いてある新聞をあなたに見せるだけでしょう。でも僕があなたに話したことは、この世で誰も知らないことなんです。だから、僕が個人的な卑劣な動機でその話をしたなんて、ばかげています――彼は傲慢に言った――あるいは、そのような知らせで、あなたの同情を得られると僕が思ったとでも言うのですか? いいえ、僕はどうしてもあなたに隠し事をすることはできないんです」

相変らず私は平静にじっと座っていたが、周囲のすべてがゆっくり消えていった。高い脚のワイングラスに入った絵筆のあるサーシャの机も、そこに座っている、名前も忘れてしまった赤毛の軍人も。私は沈黙し、何も必要なかった。でもこの軍人はなぜか大急ぎで出ていくと、頭を抱えた小柄な白髪のエレガントな女の人と引き返し、彼女は私を見て言った。

「カーチャ、まあ、なんてこと! 水、水を頂戴! 一体どうしたの、カーチャ?」

第13章 希望

「ワーレニカ(〔訳注〕ワーリャの愛称)、あたしはどうしたの? 病気かしら?」

「ちっとも病気なんかじゃない――健康よ」

彼女が手を振ると、長靴の軋み音に気遣いながら誰かが出ていって、小声で言った。

「気がついた」

「あれは誰?」

「ずっと、あの人よ――あんたの赤毛さんでしょ」

忌々しそうにワーリャが言った。私は黙った。

「ワーレニカ、あんたも知ってるの？」

「ああ、まだ何にも起っちゃいないのよ。怪我なんてどうだっていうの！　そうでしょう、あんた！」

彼女は私に寄り添い、抱きしめた。

「そんなに弱気になって、どうするの？　だったら私なんかどうなるのよ——死ねとでも言うの？　見かけはしっかりしてたって、あてにならないわね！　あたしがあんたの立場ならそんな話は絶対に誰にもしないわ。それともこれまでで、へとへとに疲れ果てたとでもいうの？　あるいは、あの人がきつい言い方をしたの？」

「いいえ、慎重な言い方だったわ。もう、平気よ」

「そう、もちろんそうでしょう。もう済んだことね、コーヒーいかが？」

私は再び沈黙した。

「ワーレニカ！」

「何なの、あんた？」

「あたし、希望を捨てないわ」

「そうよ、もちろんよ、希望を捨てるなんてとんでもない！　希望を持つことよ！　あんたに言うけど、この言葉を覚えておいて。決していなくなったりしない、あんたのサーニャは戻って来るわ」

サーニャの記事の載った新聞《赤い鷹》は、レニングラードで入手するのはとても難かしかった。初め私は手に入れようとして、その新聞を発行している部隊のある従軍記者に問い合わせてみた。その後、ペーチャが自分の目でその記事を読んだと手紙をくれたので、入手することはやめた。
《親愛なるカーチャ、僕はあなたのことを何度も考えています。サーニャは勇敢に、見事な死を遂げました！　私にとってサーニャは子供の頃から、いとしい愛すべき兄弟として、この世で最も親しい人でした。いつも彼は何か陽気に響くものを生まれつき持っていて、その若々しい響きに耳を澄ますことがよくあり、そうすると生きるのが、より楽になったものです。僕たちの子供時代、僕たちの夢、僕たちの誓い——彼はそれらを生涯覚えていたことでしょう。あなたに会って、あなたの悲しみを共に分かち合いたいものです！》
返事に私は、ロマショフの話を詳しく述べて、希望を失っていないことを付け加えた……
家に帰る回数はますます減っていった。私は赤十字協会の講習を修了し、病院ではもはや《社会活動家》ではなく本職の看護婦として働くようになった。食料不足による空腹も、長い間の仕事の妨げになることはなく、それは例えば一見私よりはるかに我慢強いワーリヤよりも長い時間、私は空腹に耐えていた。レニングラードでの過酷な日々も、悲しみに襲われた私にとっては、それほど苦しみが感じられなかった。そこでは、住民は寝床に横になって、砲弾にさらされたり、通りは初雪で埋まっているのに、家々の窓は開いたままになっていた――その理由は多くのレニングラードの住民が、まだ暖かった頃に戦時態勢に移り、それ以降家には戻らなかった（〔訳注〕家に戻らないのは、その住民がすでに死亡したか自分の職場の持分で忙しいかのいずれかが考えられる）ためだった。

レニングラード封鎖のもたらしたあらゆることに抵抗しながら、私は知らず知らず自分の悲しみとも闘っていたために、日々の苦しみが和らげられていた。ロマショフも奇妙なことだが、そういう私を理解していた。私がレニングラードを去るように説得するのを彼がすっかりやめたのは無理もないことだった……

彼は自分の話を繰り返し、私は彼が最初に触れなかった多くの新たな詳しい事実を知った。ロマショフが中尉と一緒にサーニャを沼地を通って運んだ時、彼らは手を十字に組み、彼が腕でサーニャの首を抱えた。娘たちの一人の名前がカーチャだったので、サーニャはとても喜び、それからはひたすら彼女の名前を《カーチャ、カーチャ？》と呼んだ。サーニャが《僕は君を巻き添えにしかねないよ》と言ったとき、ロマショフは返事の代りに笑いだしてしまい、実際のところ、ドイツ兵が一分毎に林に姿を現すかも知れない時に、それはこっけいなことだった。

それは本当だろうけれど、彼が嘘をつこうとするのは何のためなのか？　彼がもし私を騙そうと思えば、サーニャの戦死がハッキリと掲載された新聞を、ただ私に見せればよいだろう。彼もそう言っていた――だから、それも本当なのだろう。《でも、あのロマショフよ――私は自問した――瞬《まばた》きをしないロマショフなんだから。サーニャがフクロウと呼んでいたロマショフよ》《戦争は人々を変えるわ――私は自分に答えた。彼は死を見てきて、かつて自分のいた嘘と欺瞞《ぎまん》のこの世界にうんざりしてきたのよ……》彼はサーニャのためにできるすべてのことをやった――彼がそんなことができるとは考えられないのに、それを本当に彼はやったのだ。

ある時私は彼に、ペーチャにもし会えたらとてもうれしいと漏らしたことがあった。

「準備できました」

数日後、彼は私に明言した。

「明日、やって来ます」

ロマショフは、芸術アカデミーの学長を介して呼び出しを実現させたと言い張ったけれど、それは単なる偶然の一致だったのかも知れない。しかし数日経って、ペーチャはやって来た。私は彼に三か月半会っていなかった。

私は彼を恐怖の気持ちで見送っていた――それは彼の散漫さ、内面への沈潜さといった特徴が戦線で全く役に立たないためだった。でも、部屋に入ってきたのは、がっしりと日焼けした人間で、以前のように前屈みだけれど、しゃんとして自信に満ちた眼差しをしていた。私たちは抱き合った。

「カーチャ、僕は今、サーニャは戻って来ると思うんだ」

彼はすぐに言った。

「彼は、戦死したと思われてるけど、生き返ったんだ。もう心配いらない、生きてるだろう。これは僕たちの前線で交されるジンクスなんだ。だから部隊では皆、彼が生きてるって分かってる。そうでないなら死亡通知が届く筈さ、これは全く明白じゃないか！」

それはちっとも明らかではなかったけれど、私はそれを聞いて、信じないではいられなかった……

ペーチャが私のところに現れたのはとても早く、朝の五時過ぎだった。私たちは、正午までロマショフを待った。ペーチャは話をして、私は聞きながら、それがペーチャでなく彼の弟が話しているような気分だった。彼は血色がよく、羊の毛皮がひどく臭う毛皮外套を着て、膨大な数の手巻き煙草を器用に巻いてきた黄色い指先をしていた。

それは性格についての話だった――彼は自分について、その話をしたのだ。画家として芸術家として彼は最初の数日間、戦線で戦争ではなく、戦争の全景を見ていた。彼と戦争とは別のことだった。しかし、一週間が過ぎ、もう一週間が過ぎた時、彼は初めてドイツ兵を殺した。

「僕、画家スコヴォロードニコフが人を殺すなんて何てことをしてしまったのだろう？　しかし、僕が殺したのは、自分をそう名乗る権利のない人間（〔訳注〕ファシストのドイツ兵のこと）なんだ。彼を殺すことで、僕はその権利を守ったんだ」

こうして、彼は《戦争を構成する核》となった。彼はもう画家として戦争を見守ったりはしなかった。彼は今や兵士であり、本物の兵士になるために、彼のできるすべてを捧げるのだった。

「あの昔の戦争前の世界にいて、一体僕に何ができるというんだい？」

彼は言って、ちょっとまわりを振り返った。

ロマショフは私たちのところにやって来なかった。ペーチャは一人っきりになりたいようなので、私は先に出掛けた。戸口で振り向くと、彼は筒状に巻いた画布《カンバス》の一つを取り出し、急に震え出したカサカサの指で注意深く広げ始めていた。

私は病院からロマショフに電話した。

「来たでしょう?」

愉快そうに彼は言った。

「そら、ご覧なさい。でも、あなたはまだ疑ってるんでしょう!」

「ええ、来たわ、晩にいらして下さいな――彼はあなたに会いたがっているわ」

「残念だけれど晩は行けません――急用があって」

「いいえ、来て下さい!」

「どうしてもダメなんです」

「来て頂戴、聞いているの、ミーシャ?」

そして私は受話器を放り出した。

彼はやって来た。私たちは食堂に座り、彼は戸口に現れるとすぐ手を差し伸べてペーチャに向かった。

「やあ、うれしい、うれしい」

彼は言った。

「とってもうれしいよ。正直なところ、あなたが休暇を取れるとは思わなかったんです、本当に! でも、あなたは有名な方だったんですね。あなたが有名な画家でなかったら、きっと休暇は取れなかったでしょう」

「たいへん感謝しています、少佐殿」

形式張った声でペーチャが答えた。

「少佐なんて大げさですよ! 二等級の主計、それだけです! 階級票をつけようと思わないんで、ほら、これで少佐で通してるんですよ!」

ペーチャは彼を見つめ、そしてどこかそばの隅の方に目をやった。おそらく彼の考えは、二等級の主計では誰も少佐と見なさないし、階級票をつけるくらい簡単なことはないのに、ということだろう。

「前線は一体どうなっているんですか、何か聞いてますか? リーゴボが占領されたって聞いたばかりですが」

「私の知る限りでは占領されていません」

ペーチャは言った。

「それは結構です! でも思うんですが、きっと数日中にモスクワへ国際列車(〔訳注〕列車での兵士の移動は一般市民よりも優先された)で脱出することになるでしょう。しばらく待たされそうですね?」

《脱出しよう》という言い方は、レニングラードではされなかった。私は恥ずかしい思いがした。でもペーチャは何も気付いていないようだった。私たちはしばらく黙った。

「それで」

ロマショフは言った。

「唯一、一番の問題は、サーニャの行方です」

なぜ彼はこんなに曖昧《あいまい》に、奇妙に振舞うのだろう？　彼の微笑む表情が、何か臆病そうだったり、また尊大で傲慢だったりするのはなぜだろう？　彼がある消防士たちについて、砲火の下、カムフラージュの上衣を着てじゃがいもを掘った話を長々としたのはなぜだろう？　分からないけれど私にはどうでもいいこと。私はただサーニャのことだけを思っていた……

「一つだけ方法があります」

何か心の中で自己満足げに、ロマショフはやっと言った。

「実は、キエフ近郊のあの地区は、現在パルチザン部隊の支配下にあります。パルチザンたちはきっと戦線司令部と連絡を保っている筈です。この連絡に加わること、つまりサーニャに関するすべての情報収集を誰かに依頼することが必要です」

足を重ね、顎を拳《こぶし》で支えながら、ペーチャは彼から目を離さずに見つめていた。

「ここに難題が二つあります」

ロマショフは続けた。

「第一は、私たちがレニングラードにいること、第二はサーニャの捜索あるいは彼についての情報収集に関する命令を出せるのは、あるとても重要な上級機関だけであり、そこにたどり着くのは極めて困難なんです。でも決して不可能ではありません。私には、ここのパルチザン部隊のレニングラード司令部に知り合いがいます。私はやってみます——彼は青ざめて付け加えた——もちろん、何らかの特殊な事情が邪魔をしなければですけれど」

《特殊な事情》なんて、いくらでもある——人生そのものが、そういうものでできている。ラドガ湖の向こう側一帯すべてが、もはやボリシャヤ・ゼムリヤ（〔訳注〕ドイツ軍に占領されていないロシアの大地）になっていて、そことの簡単な電信連絡を保つことさえ日増しに困難になってきていた。

「ペーチャ、どうして黙ってるの？」

「聞いてるよ」

物思いから我に返ったようにペーチャは言った。

「まあいいさ、全くその通りだよ。特に今は、できるだけその連絡に頼るといっても難しいと思う。でもただちに始める必要があるよ。この点ではロマショフ同志は全く正しい。でも、僕が君だったら、サーニャの部隊に手紙を書くと思うよ、カーチャ」

「親愛なる僕のかわいい人」

ロマショフが去ると彼は言った。

「君に何て言ったらいいだろう？　僕はロマショフが大嫌いだけど、僕の考えは正しいだろうか？　それは、たいした意味はないんだ。彼はどこか不愉快で、冷酷で、何か隠し立てしているみたいだし、それに身振りや言葉にいつもついて回る、あの剥《む》き出しの感情といったら！　僕はむしろ彼を描きたいくらいさ。あの角張った頭骨を……でも、それも皆全くつまらないこと！　ただ、僕は思うけど、彼は何といっても実務家だよ」

「ほんとにそうね！」

「そして君に惚れ込んでいる」

「間違いないわ」

「じゃあ、君は彼と一緒にパルチザン部隊の司令部に行くことはできないかな？」

「もちろん、できるわ」

「じゃあ、行ったらいいよ。そして必ず文書で照会するんだ、大事なことだよ。君自身、気持ちが楽になるから。なんて痩せてしまったの、疲労困憊したんだね！――彼は言って私の手をとった――かわいそうな、いとしい人！　君はきっと一睡もしてないんだろう？」

「いいえ、寝てるわ」

「サーニャは戻る、戻って来るよ」

彼は言った。（私は目を閉じ震える唇をこらえながら聞いていた）

「すべてがまたよくなるよ、だって君の愛の前にはどんなひどい悲しみも退散するから。つまり君の愛に会い、目を見て逃げていくよ。君とサーニャくらい愛している人間はきっといない、生涯でそれほど強く、一筋にね。君をそんなに愛している人間が、一体どうして死ぬことがあるだろうか？　誰も死んだりなんかできない、まず僕がそうだ！　じゃあ、サーニャは？　彼の死を本当に容認するつもりかい？」

彼は話し、私は聞いていて気持ちが軽くなった。おぼろげな昔の思い出が、急に私の前にちらりと浮かんだ。サーニャは服を着たまま疲れて寝ている。夜中だが部屋は明るい。痩せた男の子（〔訳注〕アストリアホテルの隣りのヴァイオリニスト）が壁の向こうでヴァイオリンを弾いていて、私は絨毯に横になって、サーニャを心配してこめかみを押さえながら、ひたすら聞き入っている。《悲しみの後には喜び、別れの後には出会いがやって来る。すべてはよくなる、だって僕

らの信じるお伽話は、まだ、この地上に生きているから……》

前線までは市電で行けた。ペーチャの師団は、今はスラヴャンスクに布陣していた。彼は自分を見送らないでと言った。つまりルイバツコエ村は危険で、通行許可証がないと私は引き止められるというのだ。しかし、私は出掛けた。

「まあ、止められたりするもんですか！　司令官は私、知り合いよ」

市電は混んで騒がしかったけれど、それでも私はもう一度祖母からの手紙を走り読みした。ペーチャは先日祖母から、一回の郵便で四通の封書と十二通のはがきを受け取っていた。二〜三週間ボリシャヤ・ゼムリャから何の音信もなくて、突然手紙の束がどっさり届く――そんなことが当時のレニングラードではよくあることだった。

家で私は、はがきだけを読んでいた。その一枚に幼いペーチャが、角張った巨大な文字を書き加えていた。《パパ、家では、いえうさぎを飼っています》――私は頭を傾け眉を上げげながら書いている彼の様子が、彼の母親そっくりの、私の愛したかわいい仕草とともにありありと頭に浮かんだ。彼は元気で、飢えていないし、安全に暮らしている、祖母も同様に。この過酷な時代に、それ以上何を望むだろうか？

「そうでしょう、ペーチャ？」

「もちろん、そうだよ」

悲しそうに彼は答えた。

「でも、彼がいなくて僕がどんなに寂しいかを、君が分かってくれたらなあ！」

市電はルイバツコエ村沿いを走っていた。誰かが終点で身分証の検査があると言った。ペーチャは私を心配し、それで私は戻ることにした。

「元気でね、大切な人！」

「うん、分かったよ、元気でいるから」

陽気に彼は答えた。幼いペーチャもよくそんないい方をした。自分の用件に掛り切りで不安げな様子の人たちの頭越しに、私たちは互いの手を差し伸べ、そのとき私が後悔したのは、彼自身のことはほとんど知らないということだった。《でも、これが私たちの会う最後ではないわ――私は自分に言った――病院で外出許可をもらう、彼の部隊はこんなに近いんだもの》私たちが再び会うまでに、どれだけのやりきれない、不安に満ちた日々が続くかを、もし私が分かっていたら！

第14章　希望を失う

ベルタが亡くなったのは十二月の半ば、爆撃が朝から始まるというよりは、夜中から止まらないという、まさに《敵機来襲の》日々のある日だった。彼女は餓死したのではなかった――かわいそうなロザリヤ・ナウモーヴナは何度も繰り返したのだが、飢えはこの時関係なかった。彼女は祭儀で決まっているように、その日のうちに妹を埋葬したいと願った。しかしそれは不可能だった。そこで彼女は背の高い陰気なユダヤ人を雇い、祭儀に従い、二枚の縫い合わせていない（〔訳注〕ユダヤ教で、死者の魂が出て行きやすいようにこうする）シーツでつくられた経帷子《きょうかたびら》を着け床に横たわった故人に、彼は夜通し祈祷を唱えた。

爆弾はすぐ近くで爆発し、この夜、マキシム・ゴーリキー大通りではまともなガラスの家は一軒もなく、空焼けと赤ピンクの雪で通りはすべてひどく明るかったが、この陰気な男は座って祈祷をつぶやき、それから平然と寝入ってしまった。夜明けに部屋に入って、私は彼が祈祷書を枕に、故人のそばで穏やかに眠っているのを見つけた。ロマショフは棺を入手した――十二月の当時、まだそれは可能だった――痩せた老婆がこの巨大で粗雑に打ちつけられた箱の中に横たわっていると、私には、彼女が棺の中でさえも、恐怖のために隅に隠れているように見えた。

墓は自分たちで掘らねばならなかった。墓掘り人は高値を吹っ掛け、ロマショフによると、それは《前代未聞の》金額という。彼は男の子たちに――ロザリヤ・ナウモーヴナがペンキ塗りを教えていた、その子たち――を雇った。ひどく活発に、彼は十回も中庭に駆け下りては、管理人と何かひそひそ話をしたり、ロザリヤ・ナウモーヴナの肩を軽く叩いたり、あげくの果ては、彼女がベルタの埋葬を、縫い合わせていないシーツの経帷子を着せたままやりたいと固執したため、彼女に腹を立ててしまった。

「シーツは交換できる（〔訳注〕食物と交換できるという意味）んです！」

彼は声を張り上げた。

「だって、彼女には必要ないでしょう。長くても二日後には、あのシーツは取り去ります」

私は彼を追い払い、ロザリヤ・ナウモーヴナに、すべて彼女が望むようになるからと言った。

細かな激しい雪が吹き荒れ、突然急かせるように地面に落ちてくる早朝のことだった――建物の壁にぶつかり階段の踊り場で不器用に向きを変えながら、ロマショフは男の子たちと棺を運び、それを中庭の小さな手橇に乗せた。私は男の子たちにお金を渡そうとしたが、ロマショフはパンをあげる約束だと言った。

「一人につき百gのパンということ」

陽気に彼は言った。

「そうだろ、君たち？」

彼に目を向けずに男の子たちは頷いた。

「カーチャ、上に行ってくれませんか？」

彼は続けた。

「すみませんが、持ってきて欲しいんです。パンは外套の中にあります」

なぜ彼がパンを外套にしまったのか分からない――多分、ロザリヤ・ナウモーヴナか、先程のユダヤ人から隠すためだろう。外套は玄関に掛かっていた。彼はとっくに暖かい毛皮半オーバーを身につけていたのだ。私は上に行き、階段のところでもっと暖かく着込むべきか少し考えた。私は夜中から少し悪寒がしていて、たっぷり七kmはある墓地まで歩いたりしない方がよかっただろう。でも、私がいないとロザリヤ・ナウモーヴナが途中で倒れる心配があった。

紙に包まれたパンが外套のポケットにあり、私はそれを取り出そうとした。パンと一緒に何か柔らかい袋に手が触れた。袋が落ちたので、それを拾い上げるため私は階段側のドアを開けた――玄関は暗かったのだ。それは黄色いなめし皮の小袋だった。戦線への贈物に、そうした小袋を送ったものだった。私は少し考えて、その袋をほどいた。中にあったのは二つ折りにしたカード、それに何かの指輪だった《どこかで交換（〔訳注〕ロマショフが食料を指輪と交換したのだろう）したんだわ》――私は不快な気持ちで思った。カードは写真で、とても古く紙が反っていて裏面に書き込みがあるのが、全く文字が薄れて区別がつかないために判読は難しかった。私は写真を元の小袋にすっかり入れてしまおうとしたが、不可解な気持ちでそれを止めた。ずっと以前、私はこの写真を手にしたような気がしたのだ。私は外に出た――階段は明るかった――そして一文字ずつ書き込みを読み始めた。

《もしも……》――私は、そう読めた。白い鋭い光線が私の眼前にちらつき、心臓を激しく打った。写真にはこう書いてあった。《もしもなるなら、一番になりなさい》

私はどうなったか覚えていない。私は大声を上げ、そして気が付くと踊り場に座り込んでその写真を隈なく調べていた。目の前がなぜか暗くなるのを感じながら私は書き込みを読み、それがЧ——かぶったヘルメットで婦人のような頭をした、大鷲のような鋭い顔の、奥まった眉毛の下から優しくて少し暗い目をした——であることが分かった。そのЧの写真はサーニャが決して手放したことのないものだった。彼はそれを財布の中に入れ、身分証明書と一緒に持ち歩き、私がポケットの中では写真がダメになるからガラスをはめてテーブルに置いたらと何度も言っていたのだった。

　激怒して玄関に飛び込むと、私はハンガーから外套を引ったくり、踊り場に放り投げてポケットを裏返した。サーニャは死んだ、殺されたんだ。何を捜していたか私は分からない。ロマショフが彼を殺したのだ。もう片方のポケットには、いくらかのお金があったが、私はそれをくしゃくしゃにして階段の吹抜けに力一杯投げつけた。殺して、この写真を盗んだのだ。

　私は泣かなかった。身分証明書に写真、すべての書類それに多分、名票パトローネ（〔訳注〕軍人が姓や個人番号を記したものを入れて携行するもの）まで盗んだのは、その森の中の死体がサーニャであることを気付かれないようにするためなのだ。《他の最重要の書類は携帯用の地図入れにしまっていたんです》——まるで誰かがロマショフが話をする毎に明かりをつけているかのように、私の頭の中でその言葉が響いていた。この写真は地図入れの中にあったのだ。他の書類や新聞《赤い鷹》も地図入れの中だったけれど、湿気でダメになってしまった——ロマショフ自身が、こう言っていたではないか。《新聞は濡れた塊になってしまった》でも写真が残ったのは多分、サーニャがいつもそれをトレーシングペーパーに包んで持ち歩いていたからだろう。

　下で声が聞こえた。ロザリヤ・ナウモーヴナが私を呼んだのだ。私は写真を胸に隠し、小袋を外套のポケットに入れた。元の場所に外套を掛けると中庭に降り、ロマショフにパンを渡した。彼は尋ねた。

「どうしたんです？　具合が悪いんですか？」

　私は答えた。

「いいえ、平気よ」

　頭の中はまっ白だった。がらんと静まり返った通りを、ひどく緩慢な夢でも見ているように、のろのろと足を運びながら人々が黙って歩いているけれど、私の目には入らない。通りの真ん中で、氷に覆われて止まってしまった市電から、厚い雪の軒《のき》が農家の屋根のように垂れ下がっているのも見えない。小さな赤ん坊のように包《くる》まれた死体を乗せた橇の細い跡がどんどん先に延びていくのも目に入らない。今、思い出せるのは、ロマショフが小さな橇に乗らなかった棺を置いてくるように指図したことだけだった。

「大丈夫、売れるよ」

彼は言った。ロザリヤ・ナウモーヴナまでが、葬儀のやり方は棺なしでいいと言うなんて、きっと彼女は気が違ってしまったのだろう。私はそんなことを思い出したが、すぐに忘れた。ごく小さな年寄りじみた顔の女の子（訳注　食糧不足による栄養不良のため）が、私たちを通すために雪に足を踏み入れた――プシカルスカヤ通り沿いの狭い小道は、二人の行き違いができなかった。だぶだぶのオーバーを妙に揺り動かしながら、もう一人誰か――肩から紐で吊した鞄を持った男の人――が歩いていた。私はすべてを見ていた。雪に埋もれ静まり返った通り、橇の上の包《くる》まれた死体、そしてさらにもう一つの死体――道路の反対側を、どこかの婦人が運んでいたが、絶えず止まっていたのでとうとう取り残されてしまった。音もなく、跡形もなくガラスの上を滑る幻影のように、私の前を白い雪に埋もれた凍えた町が通り過ぎていった。

私には別のことも見えていた、別のことが心を引き裂いていた。血で黄色く汚れた包帯をした足を伸ばし、サーニャが頰を地面に押しつけて横たわっていて、殺人者が彼の前に立っている――一人、小さな湿ったヤマナラシの林の中に！

第15章　私の愛が、きっとあなたを救うわ！

ユダヤ人墓地は遠くてたどり着けず、ロザリヤ・ナウモーヴナは妹をスモレンスコエ墓地に埋葬することにした。六百gのパンと交換に、ベルタに祈祷を唱えていた陰気なユダヤ人は、正教徒の墓地まで来て、彼が言うところの、自分の《顧客》を祭儀に従って葬送することに同意した。私は、まる一日続いたこのお見送りをよく覚えていない――それは早朝一番から十二月にしては早くなった黄昏時《たそがれ》まで続いたのだ。昔の無声映画を見ているように夢見心地で、彼女のあとについていきながらワシリエフスキー島を埋めた雪に足を取られたりしていた。

寒さと疲労と、硬直した死体への嫌悪の感情以外は何も感じないで私たちは歩いている。男の子たちは登り坂では二人交代でベルタを引いていて、下り坂になると彼女自身が大急ぎで道を下る様子は、彼女が思いがけず引き起こした、この退屈なやっかい仕事から少しでも早く私たちを解放しようと急ぐかのようだった。死体に結ばれたシャベルが太陽に輝き、その光を見ていると、私はなぜかクリミアの海を思い出した。

　クリミアは私たちにとってすばらしい所だった。サーニャは五時に起き、彼が高空飛行をする日の朝食には、私は軽い食事を用意した。私たちは《組立式簡易》シャワーを購入し、私はそれを組み立てて完成させ、シャワーの後サーニャは黄色い縞のパジャマを着て椅子に座ったものだった。いつだったか私たちがセヴァストーポリに出掛けたとき、海は荒れ狂い、天候はどんよりしていた――飛行士たちに与えられる休暇はきまっていつも休暇に不適当な時期だった。私が残念がると、サーニャは言った。《大丈夫、僕が君のために天候を都合してあげるから》そして、本当に汽船が埠頭を離れるや否や、すばらしい天気になったのだった。

　私が他の人たちに気に入られるのを彼が喜ぶものだから、白いドレスを着て話したり笑ったりして、私はきれいでいようと努めながら、白く美しい船のデッキに彼と立っているのは何と楽しく心はずむことだったことだろう！　どこに目を向けても、目もくらむほどに太陽が光り輝いている――ブリッジの銅の手摺《てすり》に、風に運ばれる波頭に、急降下してまた上昇するかもめの濡れた翼に！


……前屈みになり、青い顔をして、ちっとも前に進まない――なんと彼女は暖かく着込んでいることか――ロザリヤ・ナウモーヴナと腕を組んで、私は手橇のあとをのろのろ歩いていく――橇は私たちから遠く離れたかと思うと、男の子たちが煙草を一服するのに立ち止まると、近付いたりするのだった。私たち二人は、哀れな老婆同然だった。私は彼女と全く同じ気持ちだった。きっとロマショフの頭にも、この一致が思い浮かんだのだろう、彼は私たちに追いつき、癇癪《かんしゃく》を起して言った。

「どうして来たんです？　風邪を引いてるんだから寝ていたらどうです。　家に戻って下さい、カーチャ」

　私は彼を見つめる。彼は元気で生きている。白い丈夫な毛皮外套を着て、十字に革帯をかけ、腰には、拳銃のサック。生きている！　口を開けて私は空気を吸い込んだ。元気なんだ！　私は身を屈め、口の中に雪を少し入れた。死体に結ばれたシャベルがまだ輝いている。私はその催眠術のようなきらめきにひたすら見入っていた。

　墓地。丸太造りの壁に沿って霜に覆われた麻屑（〔訳注〕丸太を組んだ隙間に冷気を防ぐためつめた麻屑に、霜が降りている様子）の白い縞模様のある、狭く汚れた事務所に、私たちはしばらく待たされた。むくんだ体の女事務員が、布切れを巻いた太い足を火に近付けて、《ブルジュイカ（〔訳注〕小型の簡易ストーブ）》のそばに座っていた。ロマショフは何かで彼女を怒鳴りつけていた。やがて私たちが呼ばれた――墓の用意ができたのだ。シャベルにもたれて、男の子たちが土と雪の山の上に立っていた。あわれなベルタを埋葬するのに、彼らは何と浅く掘ったことだろう！

ロマショフは彼らに亡骸《なきがら》を取りに行かせ、いよいよそれが運ばれてきた。のっぽの陰気なユダヤ人が橇のあとをついて来て、時々止まるように命じた――短い祈りを捧げるのだ。ロマショフは雪の上にロープを広げ、器用に亡骸を持ち上げると、足で橇を動かした。今や彼女はロープの上になり、ロザリヤ・ナウモーヴナは妹に最後のキスをした。ユダヤ人の唱える祈りは声高で意外なアクセントだったり、年老いた悲しげな鳥のように低い響きだったりした……

私たちは少し暖まるために事務所に戻ろうとした。私たち――それは私とロマショフ。彼はポケットをポンポンとたたいて、私に謎めいた合図をし、皆が門の方に向かっているときに、私たちは事務所に暖まりに寄ったのだった。

「一杯注ぎますか？」

ああ、熱い感情の高まりが手足いっぱいに走り、心臓が止まりそうな、なんという茫然とした気持ちになったことだろう！　私は暑くなった。服のボタンをはずし、暖かいショールを脱ぎ捨てた。軽い陽気な足取りで、私は事務所をひたすら歩き回った。

「もっと注ぎますか？」

むくんだ顔の女事務員が意地汚なそうに私を見つめ、私は彼女にも注ぐようにロマショフに頼んだ。すると彼はこう言って注いだ――≪へへ、もったいないけど、ほらあげるよ！≫――防寒帽を粋にあみだにかぶり、赤い耳をして陽気で青ざめた表情をしながら。私もまた陽気になり、冗談を言う。テーブルから黒いペンキを塗った墓標を一つ取り上げ、それをロマショフに差し出した。

「あなた用よ」

彼は声を出して笑った。

「ほら、やっと昔のカーチャに戻りましたね！」

「でも、あなたのカーチャなんかじゃないわ！」

彼は私に歩みより両手を取った。彼の口は震え始めた。子供のように小さい歯が見えた――彼がこんなにも尖《とが》った小さな歯をしているのを、これまで私が少しも気付かなかったことが不思議だった。

「いいえ、僕の……」

彼はしゃがれ声で言った。

私は右手を彼から抜いた。ハンマーが窓辺にあった

――多分、それで墓の十字架に墓標を釘付けにするのだろう。非常にゆっくりと、私は窓からそのハンマー――小さいけれど重い、鉄製の把手の――を取り上げた……もし一撃がこめかみに命中していれば、私はきっとロマショフを殺していただろう。しかし彼はパッと飛び退き、ハンマーはかすめて頬骨を切った。女事務員は飛び上がり、叫び声を上げて廊下に突進した。ロマショフは彼女に追いつき、後に引き戻しドアをバタンと閉めた。そして私の方にやって来た。

「ほっといて！」

絶望と憎しみを込めて私は言った。

「人殺し！　あなたがサーニャを殺したのね」

彼は黙った。切れた頬骨から血が流れ出た。彼は掌《てのひら》で血を拭《ぬぐ》い床に払い落としたけれど、血はさらに肩や胸に流れ、毛皮外套がすっかりピンクの血痕だらけになった。

「止血しなきゃ」

私を見ずに彼はつぶやいた。

「きれいなハンカチはありませんか、カーチャ？」

「よし、いいですよ、僕が彼を殺したとしましょう！　それならなぜ僕がその写真を大事にとっておくのですか？　僕たちは身分証を埋めようとしていました。サーニャはその書類を手に持っていたから、多分写真を落としたのでしょう。僕は写真を見つけたことをあなたに話しませんでした。あなたが僕を信じないのではと思ったからです。ああ、あなたは戦争がどういうものか知らないんです！　僕が味方を殺すなんてバカげた考えです！　どんな人間であろうとも、僕はその相手に分け隔てない態度をとりますよ！……負傷者を殺すなんて、カーチャ！　そんなことは、誰も決して信じないたわごとです！」

ロマショフがその言葉《誰も決して信じない》を繰り返したのは一度だけではなかった。彼が恐れていたのは、私が彼の嫌疑を軍法会議か検事局に投書することだった。彼は墓地の女事務員にありったけの金とパンを与え、彼女にこう言っているのを私は聞いた。《誰にも秘密にして欲しい》彼は病院には行かなかった。ロザリヤ・ナウモーヴナは止血して頬骨の大きな傷跡に膏薬を塗った。

「もちろん、僕は彼を好きではない――それは本当だし、隠すつもりはありません」

ロマショフは続けた。

「でも、汚い暖房列車の中で、足を負傷し、拳銃をこめかみに当てた彼を見つけたとき、僕が思ったのは彼ではなく、あなたのことでした。僕に会って彼が喜んだのは無理もないでしょう。彼は、僕が救いになると分かったんです。だから僕が、彼を担架で運ぶために人を呼びに行っている間に、彼がどこかにいなくなったことは、僕のせいではありません……」

彼は小さな台所を忙しく動き回り、動き回ってはしゃべりまくった……彼は両手で頭を抱え、すると壁の上に動き回る彼の影が、二つのこっけいな大鼻の動物の顔となってフッと現れた。子供時代の忘れていた思い出が、かすかに私の頭をよぎった。《ほら、角のある牛さんよ》——ママはそう言った。私はベッドに横になり、ママは私のそばに座り、壁の前に両手をかざし私が影を見ずに両手を見ていると言って笑うのだった。《ほら、おヒゲのヤギさんよ》……

私は涙目になったが、涙は拭わなかった——毛布や外套、古い狐の毛皮などに包《くる》まった中から手を出すのは、あまりに寒かったから。

「こともあろうに、輸送列車の中で彼に会うとは、なんて忌々しい運命なんでしょう！　僕は彼を殺すことだってできたんです。暖房貨車からは毎日数名ずつ死体が運び出されていて、もし、拳銃自殺したがっていた飛行士が翌朝頭を撃ち抜いて発見されても、誰も驚かなかったでしょう！　でも僕は彼を殺すことはできなかったんです」

ロマショフは叫んだ。

「なぜなら、彼でなくあなたが翌朝頭を撃ち抜いて倒れているかも知れないからです。僕がそう思ったのは、このためです——つまり、彼が看護を手伝っている女の子の一人に名前を聞くと、《カーチャ》と答えました。すると彼の顔がパッと明るい表情になったんです。僕は分かりました、僕に幸せをもたらすはずの彼の死をあれこれ思い巡らすことが、彼の前ではいかにつまらない、さもしいことかと。それで決心したんです。あなたのために全力で彼を救おうと。それでもあなたは、僕がサーニャを殺したと断言するのですか！　違います」

厳《いかめ》しくロマショフは言った。

「この不幸と悲しみに、僕を生んでくれた母に誓います！　僕の神聖なもの——あなたへの愛にかけて誓います！　彼が死んだとしても、僕はその死にどんな言葉でも、どんな行動でも責任はありません！」

彼は毛皮外套のボタンを掛けようとしたが、どうしてもボタン穴にフックをうまく入れることができなかった——手が震えていたのだ。できることなら、もう一度彼を信じることができたなら、どんなにいいことだろう！

　でも、私は異常に窪んだ眼の、黄色い髪が額に垂れ下がり、ゆがんで皺の寄った頬にぶかっこうな膏薬を貼った痩せこけた顔を素っ気なく見つめた。

「いなくなって」

「あなたは気分がよくないんです。どうかいさせて下さい」

「いなくなって頂戴」

　これまで彼は泣いたことがあるのか分からない。でも膝をつき、痙攣《けいれん》したように身震いして涙をこらえながら頭をベッドに押し付けているうちに、彼の顔に涙があふれてきた。《サーニャは生きている！——突然私は思うと、幸せで心臓がドキンと止まりそうになった——そうでないならば、私の前に跪《ひざまず》いているのは、人間でなくて悪魔かしら？　いや、違う。あんなにまでして苦しむ振りができるわけがないし、ありえないことだわ》

「いなくなって」

　私は彼をどこに追い出したのか分からない。私たちのところに彼が住むようになって、もうじき一か月——ロザリヤ・ナウモーヴナはなぜか彼の住所登録をした。夜に空襲警報があった。でも彼は出ていき、私は一人残された。


《チク－タク……》——メトロノームの音がしていた。警報の間にメトロノームの音を放送（〔訳注〕戦時中、ラジオにメトロノームの音を流していた）しているのはレニングラードだけだと、確か誰かが私に言った。窓ガラスががたがた震えて、それと一緒にテーブルの上の石油ランプの黄色いガラス板も小刻みに揺れた。小さな湿ったヤマナラシのあの林は今、どうしているのだろう？

　毛皮外套、毛布そして古い狐の毛皮の下にもぐり、私は警報解除のメロディーが聞こえなかった——すると再び警報が始まった。《チク－タク——メトロノームの音がしていた——信じる－信じない》それは心臓の鼓動であり、冬の夜飢えた町の寒い家の、黄色い石油ランプの炎にわずかに照らされた小さな台所での祈りだった——石油ランプは、暗い片隅から忍び寄る影と闘いながら、弱い光を燃え上がらせていた。私の愛が、あなたを救うわ！　私の希望があなたに触れる！　すぐそばに立ち、あなたの眼を覗《のぞ》き込み、真っ青な唇に命を吹き込む！　両足の血に染まった包帯に顔をぴったり寄せる。そしてこう言うわ。私よ、あなたのカーチャよ、あなたがどこにいても私はあなたのところに来るわ。あなたに何が起ろうと、私はあなたと一緒。他の女性があなたを助け、励まし、水を飲ませ、食物を与えてもかまわない

——それは私、あなたのカーチャよ。そして、もし死があなたの枕元を覆い、それと闘う力がもはやなくなっても、一番小さな最後の力だけはあなたに残る——それがきっと私よ、その私があなたを救うの。

第16章　さらばレニングラード

一九四二年の一月、私はレニングラードを去った。私の衰弱はひどく、医者は輸送列車で発つことを禁じた。それでワーリャは私のために飛行機を手配してくれた。出発の一日前、中継病院から電話があり、スコヴォロードニコフ中尉が負傷し、よろしくと言っていると告げられた。

「彼のお姉さん（〔訳注〕肉親ではないが、特別に親しい同輩の女性を優しく言う言葉）なんですか？」

「ええ」

私は震える声で答えた。

「重傷なんですか？」

「そうではないようです、会いたいと言ってますよ」

私は行きたかったけれど、ワーリャが行かせてくれなかった。多分彼女は正しかった——私は途中で死んでいたことだろう。息遣《づか》いの鼓動がやっと聞こえるほど衰弱している私には、ワシーリエフスキー島のその病院は無限に遠い世界の果てだった！　ワーリャは、ペーチャを軍事医学アカデミーにうまく転院できたらと希望していた——彼は胸と左手を負傷していたので、もちろん《口腔科》ではなく野戦外科の方に。でも、その外科は《口腔科》のすぐそばだった。彼女は毎日彼のところに寄ってとにかく彼の健康のため世話をしようと私に約束した。きっと彼女は、その約束を果たすことがペーチャのためだけでなく、彼女自身にとっても重要だということに気付かなかったに違いない。

かすかに消え去ってしまいそうな、おぼろげな意識の中で私は高い木造の建物をぼんやり思い出す——それは格納庫で、私は自分と同様、ありったけのものを身にまとった無口な人々の間で、床に長い間座っていた。それから私たちはどこか狭い道から広々とした雪原に連れていかれ、そこには壊れた飛行機の破片の散らばっている砲弾でつくられた深い穴や、雪に半分埋まったピンクの小山——私はそれがレニングラードへ飛行機で運ばれた牛の肉だとすぐには分からなかった——があった。

その後、私たちはぐらぐらする鉄はしごで飛行機の中に入った——がらんとして寒く、両側に剥《む》き出しの長椅子が並び、台の上には機関銃が透明カバーを開いたままに置かれていた。それが全てだった。毛皮の長靴をはいた小柄な怒りっぽい飛行士が操縦席へ行った。エンジンがうなり始めた——揺れた後、左右に冷たく光り輝く平原が見え隠れしだした。その瞬間私は我に返った。さらばレニングラード！

　私はラドガ湖上空を飛んでいる。数日後にはこの湖の上を最初の自動車がレニングラードの住民を乗せてボリシャヤ・ゼムリャへ——パンや小麦粉を乗せた自動車はレニングラードへと——向かうことだろう。

　あちらこちらに道標が立ち、命を支える道路の輪郭を描いている。人々は腰まで雪に埋もれて作業している。私は大祖国戦争の地図の上を飛行している。そこにはもう、毛皮の長靴の小柄な怒りっぽい飛行士はいなくて、私の飛行機の操縦桿の前に座っているのは、まさに歴史の時間そのものだ。

　時間は将来を見つめ、壮大で不思議な光景が眼前に広がる。巨大な工場がばらばらに解体され、機械部品が果てしない鉄道幹線の上を東へと伸びていく。薄雪に覆われたたくさんの機械が続々と列車に運ばれていく。それらの工場を始動させるには、多分長い年月が必要だろう。しかし、冬の弱い太陽のせいで、まだ雪が溶け残っているというのに、荒涼とした自然保護区域である大草原——かつてそこではユルタ（〔訳注〕遊牧民の円形天幕）ばかりが移動しながらのろのろ進み、家畜の群れがさまよい、年老いたカザフ人の遊牧民が、手製のドンブラ（〔訳注〕カザフスタンの弦楽器）を奏でていた——は、発展し、高層の工場棟が日を追って高くなっていく。東へと退却しながら、我が祖国は身をかがめ息をひそめ、全力反攻へと身構える……

　でもヤロスラーヴリに運ばれた私はやっと息をしている状態で、そこの《レニングラードから来た人たちの》病室には、食べ物のことを忘れようと懸命の、衰弱した人たちが横たわっていた。医者たちは食べ物のことを考えることを禁じた。疑り深い患者たちを、彼らは食糧倉庫に連れていった。食糧はたっぷりあった。

　そこの病院で祖母が私を見つけた——いや、見つけたとは言えない。戸惑いながら彼女は病室を見回して入口に立っている。私がおかしくて立ち上がり、泣き笑いしながら呼び止めるまで、彼女は私を見つめているのに私に気付かない……

　前進、そして前進！　昼そして夜、また昼。でも、私の中では昼と夜がとっくにごっちゃになり、まるで太陽自身が震える大地の上に昇る時を忘れたみたいだ。

ドイツ兵が雪溜りから凍えた両足を突き出して、雪の中に横たわっている。震えながら彼は異国の大地を握りしめ、口には異国の大地を詰め込む——まるで飲み込んで窒息してしまいたいかのように。ロシア兵が手榴弾を持って突撃した瞬間、運命の弾丸が彼の胸に命中する。松の木にもたれ、そのまま零下四〇度の極寒の中で硬直する。氷の彫像のように、彼は闘いの感情の高まりに意気揚々と我を忘れて、誇らしげに頭を反らせて立っている。それは一九四一年の冬のことだった。しかしこの全世界が忘れられない冬も過ぎ去った。新しい力の息吹きがソビエト連邦の広大な空間いっぱいに湧き起った。その息吹は、風のように《レニングラードの人々の》病室に伝わった。再び人々の心は輝き出した。生気が音をたてて呼びさまされ、自身の怠惰な意志の弱さにいら立ち、心は興奮していく……

三月に私は退院する。祖母は私を駅に連れていき、道路沿いを太陽にきらきら光りながら流れる雪解け水の小川や大気、それに人々や車の往き来を見て、私は目が回る思いだった。私たちはグニロイ・ヤールへ行った。そんな不愉快な名前の村が、子供たちにいいはずがないと思っていた私は、取り越し苦労だった。そこは子供たちにとって、何とすばらしい村だったことか！　幼いペーチャは背が伸びてより健康ですっかり田舎の子——太陽で鼻の皮がむけ、日焼けした足の金髪の子供になっていた。彼はもう、私が他の子供たちの前で彼にキスするのを気まり悪そうにするし、切手を集めていて、ヴィーチカ・コテルコフのことを、泣き虫ですぐにママに《ちゅげ口（〔訳注〕「告げ口」の名詞を勝手に人称変化させている）する》んだと言って軽蔑する。彼は父親と文通していて——とても奇妙なことだが——時折パパは、彼にワーリャとかいう名前の、あるおばさんからもよろしくと手紙に書くのだった。

「その人は歳とった人？」

「いいえ、若いわ」

「じゃあ、どうしてお辞儀する（〔訳注〕「よろしくと挨拶する」を子供なので文字通りお辞儀すると受け取っている）の？　知り合いになりたいの？」

「多分そうね……」

村の墓地が高い丘陵に広がっていた。晴れた日には遠くからその十字架や五芒星《ごぼうせい》（〔訳注〕ユダヤ人墓地にある墓標）が見えた。私たちはその向こうに深緑色や、うす緑色の果てしない平原が広がっている道路と墓地に挟まれた窪地にいた。

そこは野生のえぞいちごの木陰だった。

「ママは死んだ時やっぱり若かった？」

「とても若かったわ」

何を思ったのか、彼は草をもぎ取ると、そこを這っていた黄金虫が突然飛び立った。

「じゃあ、サーニャ伯父さんは、ママに似てる？」

「似ていたわ」

彼はおどおどしながら私を見つめ、手を撫でるとキスをする。私は泣き、涙が彼の日焼けして皮のむけた鼻の上に落ちる。抱き合ったまま黙って私たちは野生のえぞいちごの灌木の茂みに座る。すると、そこから少し離れて、忌わしいサーニャの死の影が冷ややかに横目で見つめながら座っている。


前進、また前進！　振り返ったり思い出したりしないで。一九四二年の夏。芸術財団のキャンプは、ノヴォシビルスク州に移される。私はモスクワに戻った。そこは家々の屋根には高射砲が設置され、広場という広場は屋根の絵が描かれた（（訳注）カムフラージュで敵機の爆弾を広場に誘導するため）、灯火管制下の苛酷な街だった。地下鉄は相変らず新しくて清潔で戦争の間少しも変わっていなかった。ゴーゴリ並木通りは子供と乳母たちで埋められている。シフツェフ・ブラージェクの細い曲りくねったなつかしい横丁は、すべて昔のままだったけれど、唯一、新しい建物が二軒できていて、漆喰《しっくい》のはげ落ちた周囲の古い建物を傲慢に見下ろしていた。見覚えのある汚れた階段。ドアの銅製の表札。《ヴァレンチン・ニコラエヴィチ・ジューコフ教授》

まあ、教授だって！　これは初耳だわ！　私は呼鈴を鳴らし、ドアを叩く！　ドアが開く。顎髭で、眼鏡の軍人が戸口に立っている。もちろん私はすぐに彼が分かった。あんなにぼんやりした礼儀正しい表情で私を見つめる人が他に誰がいるだろうか？　私がこう尋ねたとき、あんなにこっけいに首を傾《かし》げ、瞬《まばた》きをする人がいったい他にいるかしら。

「ヴァレンチン・ニコラエヴィチ・ジューコフ教授はこちらですか？」

あんな耳をつんざくような声で叫び出し、私に飛びつくと不器用に耳なんかにキスをする人なんて、他に誰がいるだろうか？　そしておまけに、私の足を踏みつけるものだから、私は思わず大声を出してしまった。

「いとしいカーチャ、なんてうれしいんだ！　君が僕のところに来るなんて奇跡だよ！」

彼は私の旅行鞄を持ち上げ、私たちはもちろんあそこ——つまり台所であると同時に書斎、食堂、子供部屋であったあの《本来の台所》の部屋に入った。でも、おやまあ、あの昔の居心地のよかった台所は、何と変わってしまったことか！　テーブルの上には、お粥の入った小籠、掃除していない床、青い紙の切れ端のぶら下がった（〔訳注〕窓からのすき間風を防ぐための目張りのこと）窓、窓……

ヴァーリャは私の手を取った。

「全部知ってるよ、全部」

彼は顔色をさっと変え、眼鏡の下の目を強く細めた。

「大切な友、いとしいサーニャ……でも希望はある。イワン・パーブルィチが僕に君の手紙を読んでくれた。僕たちはある陸軍大佐に相談したけど、彼も言ってたよ、すごい数の兵士が帰還してるって」

私は言った《そうね、多くの兵士が》、そして彼はまた私を抱いた。

「僕は君をどこにもやらないよ！」

断固として彼は言った。

「アパートには全然人が住んでないから、君には好都合だよ。イワン・パーブルィチが君がやって来るって言ったので、僕は少し片付けてたんだ。ここは洗ってきれいにする必要があるよね？」

ためらいながら彼は尋ねた。私は吹き出してしまった。彼はベッドに座り、やはり笑い出した。

「本当は時間がないんだ、だって僕はここにはほとんど住んでいない――いつも前線にいて。でも、冬になるとここはとてもいい所なんだ。僕は冬に動物たちをここに連れてくる。だって研究所は恐ろしく寒いからね」

もちろん、彼は動物たちすべてを連れてきたのではなく、貴重な標本動物だけで、それはすばらしい思いつきだった――例えば貴重な海外種のくまねずみなどは、これまで全然繁殖しなかったのに、ヴァーリャの所で子供を産んだのだ。つまり家庭的な雰囲気が、くまねずみに影響を及ぼしたのだった。ヴァーリャは家具を燃やした（〔訳注〕冬の間暖房をとるため）が、それも結局よい結果をもたらした。なぜなら、キーラは《貴重な標本たち》が家具をかじって駄目にしたのを見たら、間違いなくとても残念がっただろうから。

「でも、必要な家具の中で、僕が暖房に焚いたのは台所のテーブルだけなんだ」

心配そうにヴァーリャは言った。

「だから、主要な家具はそれでも残ってるんだ。キーラがとても気に入ってた椅子やサイドボード、カーテンその他ね」

春に動物たちは研究所に戻り、一方ヴァーリャは陸軍大尉の肩書を得て、軍事衛生局で働き始めた。彼の齧歯《げっし》目《もく》の動物が前線で誰に必要なのかと私が尋ねると、彼は大真面目《まじめ》に答えた。

「それは軍事機密なんだ」

全体としてすべてが順調だった。唯一そうでなかったのは、冬に彼が《忌々しい電力の規準消費量をオーバーして》電気を止められてしまった――なんと係員がやって来て、電線を切断した――ことだった。でも、結局、今は日も長くなり、ヴァーリヤは夜ごとアルコールランプの下で研究している――すばらしい思いつきだ！

「でも、そのランプでお湯を沸かせるかしら？」

ヴァーリヤは茫然として私を見つめた。

「あぁ、全く僕はなんて間抜けなんだ！」

彼は叫んだ。

「旅行帰りの君に、僕は紅茶も振舞っていなかった」

「いいえ、私はお湯がたくさん欲しいの」

私は言った。

「とてもたくさん、バケツはあるかしら？」

履物《はきもの》を脱いでスカートをたくし上げ、私が濡れた雑巾を手に整頓に取り掛かると、彼はただああと叫び、残念そうに唸った。私がベッドの下からじゃがいもの皮をかき出し、汚ない紙を窓じゅうからはがし、黴《かび》だらけのパン屑の山が床にできるのを、彼は自分の鼻をぴかぴかになるまでこすりながら、驚きの目で見ていた。誰かがノックして、ヴァーリヤが汚水の入ったバケツを持って玄関に走りだした時も、私はこんな風に裸足《はだし》でスカートをはしょり、テーブルの上に立って、モップに濡れ雑巾を巻きつけ壁のくもの巣を払い落としていた。私は、彼がひそひそ声で誰かに話している声が聞こえた。《大丈夫、元気で頑張ってます！本当に、立派です！》それ以上は何も聞こえなかった。背の高い人物が開いたドアのそばにチラリと見えた。誰かが帽子を脱ぎ、ステッキを立て掛け、櫛《くし》を取り出すと鏡の前で白い口髭をとかしていた。その人は、入ってくると立ち止まり、驚きの目で私をじっと見つめた。

「イワン・パーブルィチ、私の大切な人！……」

彼は私が訪れると思っていた――私たちは文通していて、彼がヴァーリヤの家で私に会うのは決して意外なことではなかったけれど、私にはこの出会いが夢の出来事のようで、私たちは互いの腕に飛び込んだ。私はこらえきれず泣き出し、彼もすすり泣いて、ハンカチを出そうとポケットに手を突っ込んだ。

「いったいどうして私のところに来ないのかい？」

腹を立てて彼は尋ね、長いこと目や口髭を拭った。

「イワン・パーブルィチ、今日立ち寄るつもりだったんです！」

　私は開いた戸棚の扉の影で着替えをし、私たちは果てしなくおしゃべりをした――私が飛行機に乗ったこと、病気したこと、レニングラード封鎖のこと、モスクワ近郊の味方の進撃のこと……

　今ではイワン・パーブルィチは歳をとり、彼の広い額は皺だらけで、頬には老人特有の不揃いな赤い斑点が現れ始めていた。しかしまだ彼はすらりとして上品だった。最後に私たちが会ったのは一九四〇年だった。でも、ああ、それは何と昔のことだったろう！　急に老人が恋しくなった私たちは、サドーヴァヤ・トリウムファーリナヤ通りの、一人暮らしの独身の彼のアパートに、ケーキとフランスワインを持って突然訪れたのだった。ワインを味わい、グリーシャ・ファーベルがユダヤ人の養子役の主役を演じた悲劇《時機は至れり》を思い出してサーニャと大笑いしながら、彼は何と満足げだったことだろう！　夜遅くまで私たちは壁暖炉のところに座っていた。それは別の世界、違う時間だった。

「歳とっただろう？」

　私がじっと彼を見つめているのに気付いて彼は尋ねた。

「私たち皆、歳をとりました、いとしいイワン・パーブルィチ。じゃあ、あたしは？」

　彼はちょっと黙った。そして寂しげに言った。

「君はね、カーチャ、お母さんに似てきた……」

　もう夕方だった。ヴァーリャはアルコール・ランプに火を灯したが、私たちはすぐにそれを消した――窓を開けて、横丁から差し込む夕方の柔らかい光で暗くならずに座っているのは気持ちがよかった。

　戸外の横丁は暗闇の中でほんのりと明るく、こちらのヴァーリャのところは室内で、全く違った雰囲気だった。いつの間にか黄昏どきになり、私がイワン・パーブルィチだと分かるのは白い口髭だけ、そしてヴァーリヤと分かるのは彼がちょっと向きを変える時にかすかに光る眼鏡だけになった。その静寂の瞬間、私が驚くほど強く感じたことは、自分が生涯の中で本当の、真実の友人の中にいるということだった。《最も辛かった時期も、もうこれで過去のものになるのかしら――私は自問した――私をこんなに愛してくれる人たちが、私の人生のすべてをより苦労の少ないよりよいものにしようと、こうして私と一緒にいてくれるということは？　そしてこの静寂と暗闇の中でぼんやり見えているあの優しい白い口髭が一緒ならば？》

第八部　闘い、探し求める

サーニャ・グリゴーリエフの話したこと

第1章　朝

カーチャは祖母のニーナ・カピトーノヴナと、バルコニーに座っている。夢見心地の中で私は、彼女たちが私を起すまいとヒソヒソ話をしているのを聞いている。昨晩のことがありありと思い浮かぶ。

ニーナ・カピトーノヴナの到着のために、食卓が庭に運びだされたのは初めてだった。私たちは長い間彼女を待ち、ついに現れた彼女は、一九〇八年モデルのちょうちん袖の新型ドレスにボタン付きの尖った靴先の編上げ靴で、厳《おごそ》かですきのない服装をしていた。コンロの上に自分の汚れた靴を置いたニコライ・アントニッチのお手伝いさんのことを、彼女は何と絶妙に話したことか！　自家用車で新しいアパート――ニコライ・アントニッチはゴーリキー通りにガス・スチーム暖房付きの四部屋の新居をもらっていた――へ行った話も、何と生き生きと再現したことか！　彼女はニコライ・アントニッチの声で話した。《好きな部屋を選んだらいいです、ニーナ・カピトーノヴナ》そして誇らしげな表情で自分の声で答えた。《ありがとうございます、ニコライ・アントニッチ。お墓の心配をする年齢になって、他人様から他人様のものを戴く訳にはいきません》

私には、モスクワのすばらしい新居で、電気・ガス・換気装置それにスチーム暖房を使いながら老人がすべてが逆の文筆活動――つまりあらゆる白を黒に、あらゆる黒を白と評する――をしている彼の様子が目に浮かんだ。

六時十五分、起床する時間だが、仰向けに寝そべって目を閉じ、カーチャがこの古い別荘《ダーチャ》を歩き回り、乾いた床板が彼女の足元で用心深げに軋む音を聞いているのは、とても気持ちがいい。ほら、彼女が私の部屋のドアに立っている――きっと私が眠っているかどうか聞き耳を立て、起すのはかわいそうと思っているのだろう。ほら、台所に行って、《学者の乳母》に話している――十時の列車で私が出発するから、今日は市場へ行く必要はないとでも言っているのかな。

妻！　僕たちはしょっちゅう離れ離れになり、僕は心の中に彼女を思い浮かべることにすっかり慣れてしまい、彼女が僕のそばにいる今でさえ、彼女のことを想像してしまう。つまり、縞模様の絹の部屋着に髪をとかした彼女を、あるいは、もっと正確に言えば、僕が彼女に初めて会ったあの朝、無頓着にお下げを手早くピンで止めていて、僕があれほど気に入った髪をとかしていない彼女を。僕たちは頻繁に別れて生活していたので、毎回、すべてのことがまるでまた初めから始まるみたいだった。

六時半。彼女は爪先立ちで入ってきて、私にキスをした。

「百年も眠ったわよ。水浴に行きましょう?」

「でも、どうかな?」

私は天候のことを聞いていた。

「快晴よ」

「じゃあ、行こう」

「小川ね?」

小川は山の斜面の下の、すぐ近くだった。でも私たちは湖で水浴するのが好きで、少し時間が足りなかったけれど、湖に行った。天気は快晴とだけでは言い尽くせない――この夏で、こんなすばらしい朝はなかった! 太陽はできるだけ早く、すべてのものを見事に光り輝かせようとせっかちになっている。そこの湖では太陽はすでにはるかにすばらしく輝いて、私たちの上に荘厳な光を降り注いで迫ってくる。森の低い樅《もみ》の木の間にからまっていた白い夜霧は、驚いたようにあわてて消えていく。

私が幼いペーチャと先週の日曜日に作ったコローヴィ小川の丸木橋のうち、ヤマナラシの一本だけが残っていた。私はヤマナラシの上を飛び越えたが、カーチャは浅瀬を歩いて渡った――ああ、この瞬間の彼女が、私はなんと記憶に残っていることだろう! 彼女は上っ張りを軽く抑えながら注意深く、足で砂地の川底の感覚を楽しみながら進んだ。肩からタオルがすべり落ちると、彼女は器用にまさに水に落ちる前にそれをつかんだ。

私たちは、古いスウェーデン人の墓地の方へ登り、そこを迂回すると湖だった。柳の影になった低い岸辺沿いで、寒さで青ざめた裸の男の子が小さな網を引いていた――ザリガニ捕りをしているのだ。なんという変人だろう! 朝の七時過ぎに一体誰がザリガニを捕ったりするだろうか?!

カーチャは私が男の子を網ごと水から引き上げて、ザリガニ捕りの簡単な講義――とりわけ空色のザリガニは腐った肉だけにかかる――をしたので笑いだした。ここは概して小物ばかりで、N市なら本物のザリガニがいっぱいいるのに!

砂地は太陽が柳の枝を通して暖めることのできた場所だけ、かすかに蒸気を立てていた。柳の下のこちら側は影になり、太陽は湖岸から数メートル離れた湖の上にあり、私とカーチャはいつものように太陽に向かって泳ぎ水上で頭の下に両手を組んで《日光浴》を始めた……

他のどんな日曜日の朝とも何ら変わりのないこの朝について、一体どうして私はまた話し始めるのだろう？　なぜなら、それまでの人生が私の前からパッと消えてしまい、それに代って全く別の人生が瞬く間に生まれ、それが私やカーチャ、そして私たちのすべての考え、気持ち、印象までも自分勝手に支配し始めたから……

その別の人生とは戦争だった。そして、もしも戦争で私の身に起ったことが、タターリノフ船長と《聖マリヤ号》の物語と、全く驚くべき形でからみ合っていたりしなければ、多分私はこの戦争について書いてはいなかっただろう——それはまさに全く別の人生だった。

第2章　彼

見たことを伝えることが不可能という、奇妙な気持ちで、私は戦争の最初の数日、そして一週間の断片的な光景を見つめている。目に浮かぶのは農家の広い部屋、蠟《ろう》燭《そく》の燃えさしに薄暗く照らされたテーブル、そして防水布を張った窓。ドアが開いてボタンをはずした詰襟服の男が入ってきて、暖炉を手探りして食べ物を見つけ貪るように食べる。それはグリーシャ・トロフィーモフだ。もう一人がベッドから起きると彼と並んでテーブルに着く。これはルーリだ。そして私は、心臓が強く切れ切れにドキドキしながら小声の会話を聞いている。

「ラドガ川へ行ったのか（〔訳注〕レニングラード封鎖の偵察飛行を指す）？」

食べながら黙ってグリーシャは頷く。

「で、どうだった？」

「同じだ（〔訳注〕ドイツ軍はそこにもいるということ）」

「ズヴァンカはどうだ？」

黙って食べている。ズヴァンカにも行ったのだ。そして、レニングラード人同士はお互いの顔を見つめる。それはレニングラードが封鎖になった最初の夜のことだった。

目に浮かぶのは飛行機から落とされる文書の入った通信筒（〔訳注〕飛行機から味方に投下して軍事情報を知らせる）。それで私たちは包囲されたと誤って思い込んでいる仲間たちを救ったのだ。

目に浮かぶのは最初の戦友の墓——それは水平安定板と空の薬莢《やっきょう》でつくった鉄製の花で飾られ、私たちは戦闘からの帰りに、その上空をできるだけ低く飛行したものだった。
再びあの別荘《ダーチャ》の湖が思い浮かぶ——昔の生活の最後の幻の、朝のけだるさに縁取られたまさにあの湖が。その湖も今や暗くどんよりしている。湖岸いっぱいに満たされた水がほの暗く光り、そのぼんやりした湖面の上を、灰青色の煙がゆっくり流れていく。ドイツ兵の放火した森が燃えているのだ。

夕方にはいつも山の斜面の地下シェルターから私たちは外に出た。柳の下にモーターボートがあって、私たちは暗い湖面にばしゃばしゃと水しぶきと泡を立てながら疾走する。森陰から巨大な海鳥のように飛行機が浮かび上がる。これがL湖、即ち我々の第三そして第四航空基地だ。

目に浮かぶのはたくさんのこと。でもそれらはすべて私の飛行機の翼の下に日々現れる光景を背景にして眼前をよぎる。その光景とは、打ち破られていく味方の戦線であり、波状にますます全体に広がっていくドイツ軍の攻勢だ。

部隊では新しい飛行士が日々増員され、その多くは民間航空出身者だった。北方で一緒に働いていた人たちもいれば、極東で共に飛行していた人たちもいた。彼らはベテランの飛行士で、多くが一級、二級の資格を持ち、そのうちの三人は《ミリオンネール》つまり飛行距離百万km以上の飛行士であり、見ていておもしろかったのは、これら民間人が軍務に就くと、こっけいな過ちをたくさんやることだった。私たちはその話を半地下小屋——私はルーリと技手の三人でそこで生活していた——の食堂や自分の部屋でしょっちゅうしていた。そんな話ばかりしていた理由は、私たちには《それ以外のこと（〔訳注〕ドイツ軍の攻勢、味方の戦況のこと）》は話さないという暗黙の了解があったためだった。《それ以外のこと》については、私たちは新聞で知らされていた。

八月に私は、乗員とともに南部戦線の空軍駐屯地へ異動になった。夜は暗く、ルーリがそう呼んでいたように《ラメンスカヤ（〔訳注〕モスクワ近郊に同名の小都市がある）風》だった。霧雨が降っていて、それは白黒に変化するごく細かな雨で、水面にじっと静止していた。真っ暗で何も見えない！もし技手が、私が迷っているのに気付いて灯火を点滅していなければ、モーターボートを見つけられなかっただろう。

陸軍大佐が私を呼び、私たちは黙ってしばらく立っていた——暗闇の中でかすかに、低く上を向いた鼻の、まだとても若い精力的な彼の顔が見えた。話（〔訳注〕南部戦線へ異動のこと）

は実際にたいした事ではなかった。それでも彼は私がサーブイ(照明弾)を持っているかと尋ねた。私は持っていますと答えた。照明弾について彼は礼儀上尋ねたのであり、それは私が最近の飛行の分析から、照明弾が夜間爆撃の精度を何倍も高めることを実証していたからだった。

……おそらくルーリは気持ちが塞いでいたのだろう。そうでなければ、あの気の滅入るルーマニアのラジオ局を選局しないだろう。私が思い出すのは、飛行の前に彼を起そうとしたのに、彼は目を覚まし私に気付かなかったことだった。彼は疲れた顔をしてベッドに座り、《あなたの翼(〔訳注〕アセン・ジュルダーノフ(アメリカ人)の本(一九三七年))》からのお気に入りの引用句さえも言わなかった。《あなたが疲れきっているなら、元気を回復するまでは飛行しない方がいい……》

すぐ近くの岸辺からドイツ軍のサーチライトの光が私たちを追跡している。ぼんやりした反射が、私たちの頭上の乳白色の深淵の中で光ったり広がったりした。そんなことはまだたいしたことではなかった。私たちは降雪の中を飛行した。雪が計器盤の中に吹き込んだ。ルーリは今度はコンスタンツア(〔訳注〕黒海沿いのルーマニア最大の港湾都市)のラジオ局を選局する。あんなコンスタンツアのばかげた放送(〔訳注〕ドイツからソ連向けのロシア語の謀略放送を指す)なんて悪魔のみぞ知るだ! あれこれ考えていると、急に暗い山脈が湧き立つように増えてくる。あれこれ考え、口笛気分、でも山脈は迂回しないと――山脈にかかる雲の下端を飛んではいけない――降雪で飛行機が氷結してしまうから。口笛気分でいろいろと考える《ほらね、カーチャ、僕が飛行のことを手紙に何も書かないって、君は怒っていた》

永遠に続くかと思われた雲は、突然切れた。いや、切れたのではなく、視界が左右に開き、前方に広々とした空中回廊が現れ、そこはすばらしい朝の真珠色の光に満たされていた。雲の下層に我々の機影が映り、上層に同じ機影がある。これは変だ――自然界のいかなる一個の物体も、ご承知のように同時に二つの影をつくることはできない。一瞬私は驚いたものの、そうではなかった――二つ目の影は我々の機影ではなく、我々の上空はるか高くを飛んでいた《メッサーシュミット機》だった。一機だけならいいのだが。しかしその後方には、日向《ひなた》で見た魚影たちみたいに、二機目、三機目と輝いて続いていたのだ。規則に従って我々がやらねばならないことは、できるだけ早く敵機から逃げることだった。もし雲が、不動の暗く青い建物然として背後に高くそびえていなければ、逃げることもできただろう。逃げ場はない、そしてもう――ダダダッ、ダダダッ！――まるで石粒のように翼に弾丸が浴びせられ操縦席に飛び散った。

それは最も平凡な、とりたてて注目すべきこともない戦闘で、それについて話すつもりはない。ましてそれは瞬く間に終ったのだから。我々はすぐに《メッサーシュミット機》の一機の撃墜に成功した。他の二機は急上昇し、競い合いながら我々の機の尾部に着こうとした。それはもちろん賢明なことだが、それほどでもなかった。なぜなら我々の方だって、おめおめと尾部に着かせたりはしなかったから。彼らは一度後方に回り込んだ――でもうまく出来なかった。もう一度回り込む――今度はあやうく我々の砲撃にさらされるところだった。要するに我々はあらん限りの防御砲撃をして、ついに彼らを置き去りにした。私は最短距離で機を操縦した。味方の戦線は近かった。

最短距離で機を操縦する――口で言うのは簡単なことだ。左翼の四分の一がもぎ取られ、燃料タンクには穴が開いていた。私は足と顔を負傷し、血が目をふさいだ……不思議な脱力感に私はとらわれた。多分、あの瞬間私は、子供のとき見た恐ろしい夢を思い出していたのだろう――それは私が溺れて殺される夢で、目が覚めて生きていると分かり幸福感に浸るというものだった。

でも今度は――それは自分の義務は十分に果したという、とても安らかな思いだった――もう私は目覚める必要もなかった。きっと私は意識を失っていたのだろう。しかしそれは少しの間で、なぜなら意識が戻るまで語りかけるような自分自身の声で我に返ったからだった。私は乗員にパラシュートで脱出するように命令した。無線技士と砲撃手は脱出したが、ルーリは不満そうに言った。《オーケー、オーケー！》――それはまるで退屈な散歩の話でもしているかのようで、それでも私への敬意のためか同意する覚悟はしていた。

……一番辛かったのは目をふさがれ、衰弱し、操縦桿を持つ力がなくなるあの朦朧《もうろう》とした意識との闘いだった。私がその意識を打ち負かすまでに千年の時間が経ったように思われ、すべては思い出せなかったが、何よりも先に重要だと気付いた唯一のことは、今すぐに飛行機の姿勢を立て直すことだった。千年もの気の遠くなる長い時間、朦朧とした意識の中――そして今、私はやっとのことで飛行機を操縦していた。さらに千年もの長い時間――今度は私は《ユンケル機》、しかも二機の《ユンケル機》に遭遇した。私よりはるか下方を、鈍重な巨牛のように悠々と這うようにこちらに向かってくる。それはもちろん一巻の終りで、彼らはあわてて我々を仕留めようとさえしない――私は初めて見て、すぐにそれが分かった。ルーリが脱出すると、彼らはルーリを撃ち始めた。殺されたか？　それから戻ってくると私の両側について並んで飛行した……

このドイツ兵はどんな顔だろう――ハンサムか醜男か、年配か若者か？　どちらでも同じこと、私と並んで飛んでいるのは兵士なんかでなく人殺しだ。兵士じゃないならず者は私を追い越し、脇にそれると再び接近し、悠々と勝利の喜びに浸りながらこちらを見た。うまく説明できないが、その瞬間私は、自分が見ているものは彼であり、自分であるような気持ちになった。自分――操縦桿を弱った手でつかみ、血だらけの顔で壊れかけた飛行機に乗っている。そして彼――ゴーグルを上げて無関心な表情で私を見つめ、私に対してたっぷりと威信をひけらかしている。私は何かルーリに言ったようだった、彼が脱出し、多分彼らに殺されたことも忘れて。ドイツ機は私の下を通過しようとしていた――黄色の十字のついた翼が左側に見えた。私は把手を押し、ペダルを踏むと、その翼目がけて機を突進させた。どこに衝突したのか分からない――ドイツ兵がパラシュートを開かなかったところを見ると、恐らく操縦席だったのだろう。私は彼を殺した。何と私は幸運だったことだろう！　するとと何とも絶大な、すばらしい気分に私はとらわれた。生きている！　私は彼に打ち勝った、ゴーグルを上げ、顔をこちらに向けて、冷酷に私の死を待っていたこの人殺しに。生きている！　彼に会うまでは私はもうどうでもよかった。私は負傷していたし、彼らが私の息の根を止めることは分かっていた。でも、そうはならなかった！　生きている！　大地が見える、ほら畑や埃っぽい道路がぐんぐん近くなる。身につけている何かが燃えていた――ラグランのオーバーか長靴か――でも、私は熱くなかった。それは不可能に近いことだったが、それでも私は何とか地上すれすれで急転回するのに成功した。私は座席ベルトを外した――それは、その日、その週、その月、その四か月間で私ができた最後の行為だった……でも話を先回りさせることは止めよう。

第3章　全力を尽して

ひどくのどが乾いて、村に運ばれる途中ずっと私は水を求め、ルーリの消息を尋ねていた。村で私に水桶が与えられると、誰にも分からないようにこっそりと私は桶に頭を突っ込み、水を飲み始めたが、何故女性たちが大声で泣き出したのか分からなかった。私の顔は焼けただれ、髪はひっつき、片足が骨折し、背中には大きな火傷が二箇所できていた。私は恐ろしい姿だったのだ。

……生きているという至福の喜びは、私の中でますます強く、大きくなっていった。農家の納屋の中の干草に横になると、私はこの気持ちが藁束のちくちく刺す痛みや、干草の匂い、つまり自分の命を長らえたこの大地から来ているように思えた。私を運んできた老いた白馬が少し離れた柵につながれていた。私はその馬を見ていると、そんな気持ちと幸せで涙があふれてきた。

私たちは全力を尽くして闘った。私は無線技士のことも、砲撃手のことも心配していなかった。彼らが来るまでここから私を連れ去らないでとだけ言っておいた。

《ルーリも生きてるさ！——そう考えると狂喜の思いがした——あんなに見事に敵を撃退した俺たちなら当然だ。彼は生きてる、だから彼に会うんだ》

私は彼に会った。彼が連れてこられると、馬はしゃがれ声を出しもがき始めた。厳しい顔をしたある老婆が——何故か、その人だけ私は覚えていた——歩み寄ると、黙って馬の顔を拳《こぶし》でたたいた。彼は少しも傷のない穏やかな顔をしていたが、ただ頬にすり傷があった——多分、着地した時にパラシュートに引きずられたのだろう。眼は開いていた。彼が地面におろされた時、なぜ皆が帽子をとったのか、初め私には分からなかった。さっきの老婆が彼のそばにしゃがみ、なんとか腕を十字に組ませようとした……

その後私は荷馬車に揺られて衛生大隊へ行った。今度は農村出身ではない女性が、私の手をつかんで脈をとり、ずっとこう言っていた。

「もっと静かに、もっと静かに」

それで私は驚いて思った。《どうしてもっと静かになのか？　本当に僕は死んでしまうのか？》きっと私はそう口にして言ったのだろう、彼女は微笑んで答えた。

「生きてるのよ」

そして再び荷馬車が揺れて跳ね上がると、私の頭は誰かの膝の上にあった。夢の中にルーリが現れ、腕を折りたたんだ死人となって玄関に横たわっている。私は彼に突進しようとするが止められる。場面が変わり、翼の左右に地面が現れる。人々が私に群がって、私はその中にカーチャを探して名前を呼ぶ。しかし、そこに現れたのは、私が皆の面前で彼女を抱くと険しい表情になる、あのカーチャではないし、バラバラにぼんやりと見える群衆の中から出てきて、幸せなことに私の前に立ったのもあのカーチャではない。頭を鳥のようにくるりと回し、ゴーグルを上げて現れたそいつは、冷淡な表情で私を見つめている。

「さあ、どうだ」

私はそのドイツ兵に言った。

「どちらが勝ったのかって？　僕は生きてる、僕は森も、海も、平原も、あらゆる大地の上を飛んできたんだ！　でもおまえは死んでる！　この人殺しめ！　僕はおまえに勝ったんだ！」

第4章　君は、あのフクロウなのか？

私たちは、前方に二輌の客車を連結した暖房列車で運ばれていた。そして、賢そうだがひどく疲れ切った顔をした小柄の医者が、最初の回診のすぐ後で、私を客車に移すように命じたのは、きっと私の容態が悪かったためだろう。私は体中——頭、胸、足も——包帯だらけで、太った白い人形みたいに、じっと動かずに横になっていた。駅で看護兵たちが、私たちの客車の窓のそばでこう言っていた。《この重傷兵のところにあるよ》私は重傷だったのだ。しかし、頭か心臓のどこかがドキンドキンと鳴り、それが生命を鼓動させ育み、弱ってはいても、しっかりと私を回復に向かわせているように思えた。

私は隣人と知り合いになった。その一人は私よりずっと若い同じ飛行士だった。私は自分の負傷の話をしたくなかったのに、彼は話をしたがった。私は若い彼の、聞き取りにくい声に、つい寝てしまうのだった。

「攻撃をかわして、ふと見ると敵の燃料給油機。《終りだ》と思いました。狙いをつけてボタンを押し撃ちます。《もう十分》考えました《でないと衝突してしまう》機を反転すると、何かに撃たれました。そこから離れようとペダルを踏みますが、足の感覚がありません。《わあっ——思いました——足がもぎ取られたんだ》でも、操縦席の中でそれを見ようとはしません。怖くて……」

彼は《チャイカ機》に乗っていて、ボルーシャン近郊で負傷した——それも、私よりはるかに重傷のようだった。しかし、後で分かったのは、逆に私の方がずっと彼より重傷ということだった。

……シマコフ——私の隣人はそんな名前だった——の話を聞きながら、列車から見える風景は、つかの間の平和を覚醒させるようだった——窓辺をゆっくり過ぎていく秋の大草原、白い粘土壁の百姓家、踏切番の小屋のそばの重く傾《かし》いだひまわり。すべては順調のように思えた。つまり、看護兵たちがスープの入ったバケツを運んできて、床に騒がしく置いていき、私たちのベッドは軽く揺れていたから列車はゆっくりではあったけれど前に進んでいた――前線に向かう、武器を積んだ列車がひっきりなしに私たちを通過していくためだった。

しかし、もう一つ覚醒させられた全く別の光景もあった！　私たちの列車はもはやただの軍事病院列車ではなかった――それが分かったのは、うんざりとする光景をたっぷり見せられたうちのこんな場面だった。私たちの暖房列車には、機械を積んだ無蓋貨車が連結され、食事をつくる車輛が使えないので、牛乳やトマトを買うため駅で待機せねばならなかった。小柄なドクトルは悲痛な声で叫び、拳銃で誰かを脅していた。列車のデッキや緩衝器の上にはウマニやヴィニッツアから逃げて来た女性たちが包みを持って座っていて、《勇気のない、いくじなし》――ある看護兵がこう言った――のドクトルは、すべてを失ったショックに茫然となり、悲しみのため無感覚になったこれらの女性たちを降ろすことはできなかった。からみ合った巨大な鉄道網のどこかに見捨てられたように、私たちの軍事病院列車は、もはや目的地に向かうのでなく、民衆とともに退却していた。

……青く大きくて石のように固い蝿《はえ》が窓に飛び込み、三昼夜交換しないため化膿し始めてきた包帯にまとわりつくのを追い払えない――暑さに気が滅入って再び目覚めた時、気付いたのはそのことだった。真昼で私たちは畑に停車していた。トマトの入った籠を抱えた裸足の少女が、こちらの窓から見える正方形の踏みつぶされた小麦畑から現れた。数人の軽傷の兵士たちが彼女に突進していくと、彼女は立ち止まり、自分のトマトを落としながら一目散に逃げ出した。

……機上から見ると、地上に戦闘員は誰一人いない――私にはそう見えた――そんな気がしたのは、ほんの数日前のことだった。しかし、その時私の眼前に広がった退却の光景は、まるで代数学の公式のように抽象的なものだった。そして今や、その公式はよみがえり、まぎれもない現実へと変化したのだ。今、私が目撃している光景は、高度六千mから見た退却ではない！　私自身が傷、喉の渇きそしてそれ以上にあの憂鬱な思い――不快なぶんぶんという音をさせて包帯に止まる、あの固くて青い蝿《はえ》からどうしても逃れることができない辛さ――にさんざん苦しめられながら、退却していたのだ。

夕方近くだった。私の《揺り籠》が車輛の動きに合わせてリズミカルに揺れていたので、多分私たちの列車は動いていたのだろう。沈んでいく太陽が窓から斜めに見え、その赤っぽい光線の中に、ヨードの匂いがしみ込んだ埃だらけの重苦しい空気がはっきり感じられた。誰かが小声だが不快そうに呻《うめ》いている――呻くというより、ブザーのように単調に口の中で唸《うな》っている。私は隣人に声をかけた。いや、彼じゃない。しかし、この憂鬱な声はどこから聞こえてくるのか？　その声を私がどこかで聞いたのを一生懸命思い出そうとしているのは何故だろう？

突然、私の目の前に学童机が並び、そこに私は生き生きとした生徒たちの笑顔をはっきりと見た。興味深い授業――それはチュクチ人の風習・慣わしについてだった。でも授業どころではない、賭《かけ》をして、目の間隔の開いた赤毛の少年が、私の指をつかみ冷淡にペンナイフで指を切ろうとしたのだから。

「ロマーシカ！」

私は大声で叫んだ。

呻き声の男は黙った――きっと驚いたのだろう。

「君は、あのフクロウなのか？」

その男は、床に横たわった負傷兵の間をかき分けて、ようやく並んだベッドの下にやって来ると、包帯をした突き出た足の間から、ついに姿を現した。

「どうかしたんですか？」

私だと気付かずに、まじまじと私を見つめながら慎重に彼は尋ねた。私は彼が少しだけ人間らしくなったように思えた。もっともダーシャおばさんに言わせれば、彼は《美に悩むことのない》男だった。いずれにしても彼には以前の怪しげな印象はなくなっていた。彼は痩せて顔色が悪く、耳はペトルーシカ人形みたいに突き出て、左眼が異様なやぶ睨《にら》みだった。

「分からないのか？」

「分かりません」

「じゃあ、考えてみろよ」

彼はどうしても自分の気持ちをうまく隠せず、今私の前にその時の様子が順番に、もっと正確に言えば、ひどく混乱して目に浮かぶ。当惑、驚き。唇を震わせる恐怖、再び戸惑い、失望。

「悪いけど、君は殺されたことになってるよ！」

彼はつぶやいた。

第5章　古い関係

古いロシアの歌には、辛い宿命が歌われていて、私はちっとも運命論者ではないけれど、その辛い宿命という言葉が、新聞《赤い鷹》で自分自身の死亡記事を読んだ時、思わず脳裏をよぎった。私はそれを暗記して覚えている。

《戦闘任務から帰還中の、グリゴーリエフ大尉機は四機の敵戦闘機に捕捉された。不利な戦闘の中、グリゴーリエフは一機を撃墜、残る機は応戦せずに逃亡した。機は破損したがグリゴーリエフは飛行を続けた。味方の戦線付近で彼は再び攻撃を受けた——今回は二機の《ユンケル機》だった。炎上した機ごとグリゴーリエフは《ユンケル機》に見事体当りをした。某部隊の飛行士たちは勇敢な鷹としていつまでも記憶に残るだろう——自分の命の最期の瞬間まで、祖国のために闘った共産党員たち、グリゴーリエフ大尉、ルーリ航空士、カルペンコ爆撃－通信士そして爆撃手エルショフ》

墜落した私が連れ去られるとすぐ、どこかの従軍記者がP村に現れたらしい——私が記事の書かれた事情を知ったのは一九四三年の夏だった！　コルホーズ員たちが空中戦を目撃していて、記者は彼らにいろいろ尋ねた。燃えた飛行機の残骸も写真に撮った。彼は、私は絶望的だと聞かされた。本当にほとんど死ぬところだったせいか、あるいは生涯で初めて自分の死亡記事を読まされたためか、この記事に私は侮辱された気持ちがした。私は急に自分の考えがまとまらなくなった。

カーチャが念頭に浮かんだ。そのカーチャとは、私が知っているような、急に目覚め、ベッドから起きると私のことを考えながら部屋を歩き回る——そんな普段のカーチャではなかった。暗い顔付きの、少し老いた全く別のカーチャ——この記事を読み、新聞をテーブルに置くと、何事もなかったように無表情な顔で、お下げの髪を結んだりほどいたり、そして突然、人形のように床に突っ伏す——そんなカーチャが思い浮かんだ……

「間違い記事だって」

私は言った。

「たまにはあるものさ」

そして私は新聞をしわくちゃにして窓の外に力まかせに投げつけた。ロマショフはあっと叫んだ。私たちが話している間中、彼は窓の方をチラチラ見ていた——列車は止まっていた。それから彼は新聞を拾い上げた——おそらく自分の目でそうでないことが分かっていても、せめて私が死んだ記事を読むことで満足しようと思ったのだろう。

「それで君は生きてる！ 信じられない！ 大切な君……」

彼はそう言った《大切な君》と。

「いや、全く何てうれしいんだ！ 何かの偶然の一致かな？ 同姓の人間とか？ でも、どちらでも同じことさ！ 君が生きてる、それが大事なことだよ」

彼は、私がどこで負傷したのか、傷は重いのか、骨まできているのかなどと尋ね始めた。私は傷は軽く、知り合いの医者が自分を客車に入れてくれたのだと言って、また彼をがっかりさせてやった。

「でも、カーチャはどんなにか悲しんでいることだろう！」

彼は言った。

「だって、この記事は彼女のところにも届くだろう」

私は《そう、あり得ることだ》と言って、モスクワの様子を彼に詳しく尋ねた。ロマショフはモスクワを離れてまだ一か月たっていないとほのめかしていたのだ。彼とただ話すだけでなく、最も平和的な態度をとりながらも私たちの間柄は何も変わっていないと、最初の言葉で彼に分からせること——おそらく私はそうすべきだったろう。

しかし、人間というのは誰にでもあることだが、おかしな生き物のようだ。私は彼の不自然で、異常に青ざめた顔を見つめ、興味のいくらか混じった馴染みの軽蔑以外に何の感情も湧かなかった。もちろん私の目には彼は過去も今も卑劣漢だった。しかし、この瞬間私には彼が何か以前から親しい、馴染みのいわゆる《身内の》卑劣漢に思えたのだ！

それに彼はあらゆることを知っていた！ 彼はコラブリョフの話をした——六十三歳にもかかわらず、老人が国民義勇軍に登録し、新聞《夕刊モスクワ》でそのことが記事になったのを知っているか？——と尋ねた。彼は皮肉っぽい調子でニコライ・アントニッチの話——新しいアパートをもらっただけでなく、学位も授与されたこと——をした。どんな学位かって？ 地理学博士——しかも論文の公開審査もしないで——それはロマショフの意見ではほとんど不可能に近いことだった。

「それからね、彼を出世させたのは誰だと思う？」

憎しみに目を光らせてロマショフは言った。

「君だよ」

「僕だって？」

「そう、君さ。彼はタターリノフ、そして君はその名前を有名にしたのさ」

彼が言いたかったのは、《聖マリヤ号》探検隊を調査した私の論文が、タターリノフ船長個人への社会の関心を初めて惹き起こし、ニコライ・アントニッチは自分が同じ名前であることをうまく利用したということだった。だから、そう言うロマショフは正当に評価する必要があるだろう——彼はきわめて簡潔にその考えを述べたのだから。とはいえ、私はこのテーマで彼と話をする気は全くなかった。彼もそれを分かって、他の話を始めた。

「あのね、レニングラード戦線で誰に会ったと思う？」

彼は言った。

「パーブロフ中尉だよ」

「パーブロフ中尉って、一体誰だい？」

「おやおや、これはどういうことだい！　だって彼は君を子供の時から知ってるって言ったよ。大柄で肩幅の広い男さ」

でも私は、その大柄で肩幅の広い男が誰なのかが全く分からなかったし、子供の青い目をしたヴァロージャのことなら、彼が詩を書き、ブーシカとトーガの犬橇に私を乗せて遊んだのを覚えていた。

「ああ、そうだ、彼のところに父親が来ていたよ。歳とった医者さ！」

「イワン・イワニッチだ！」

ロマショフからであっても、イワン・イワニッチ医師が元気で生きていて、しかも海軍に勤務していることを知ることはうれしいことだった。ほんとに偉い人だ！

ロマショフは自分がレニングラード戦線にいたことに何度か触れていた。カーチャはレニングラードだ——私は彼女のことが心配だった。けれど、ロマショフなんかにカーチャの話を聞くなんて真っ平御免だ！

私が元気でいることに、いくらか慣れてきたせいか、彼は今度はひどく自分のことを話したがった。彼はもう、私に軍事病院列車で出会ったこと、そして私と同様に負傷していることなどを自慢しているようだった。戦争のとき彼はレニングラードで、科学アカデミー研究所のある経済部門の副所長をしていた。彼は予約証（訳注）徴兵されず、研究職に留まれる資格証のこと）を持っていたが、研究所では最後の一人に至るまで国民義勇軍に志願していたため、研究所に留まることを断った。レニングラード郊外で彼は負傷したが戦列に残った。当時有力な軍首脳になっていた以前の上司が彼をモスクワに呼んだ。彼は新しい勤務を命じられたが、その勤務に就けなかった——ヴィニッツァ近郊で列車が爆撃を受けたのだ。爆風で彼は電柱にたたきつけられ、体の左半分が今でも時おり《たまらなく痛む》というのだ。

「だから僕が寝ていて呻《うめ》き声を上げたのを君が聞いたんだよ」

彼は説明した。

「医者もどうしていいか分からない、全く分からないんだ」

「おい、もっとちゃんと白状しろよ」

私は厳しく言った。

「何が嘘で、何が本当なんだ?」

「すべて全く本当だよ」

「ふん、そうか!」

「神に誓って本当だよ! もうそろそろ僕たちお互いにうまくやれるようになってもいい頃だよ」

彼は《僕たち》と言った。

「もう、済んだことじゃないか、僕と君の人生は別々のものだって! どうして僕たちを分ける必要があるんだい? 君はまた信じないだろうけど、正直な話、僕は、僕たちを仲違《たが》いさせた事を思い出すとあきれてしまうのさ。僕たちの目の前で起っているこの戦争に比べれば、あんなことは全くバカげたことに思えるよ」

「もちろんさ!」

「この話はもうたくさんだよ!」

彼は不審げに私を見つめた。どうやら彼は自信がないらしい——《この話》がもうたくさんだということに私が同意しているかどうか。しかし、私は同意していた。この戦争の日々で、私には積年の恨みどころではなかった!

気が滅入って私はうんざりしていた。我々の側にゆっくり忍び寄り、今やもう我々、道に迷った列車の背後にぴったりと追い着いた強力なドイツ軍の影を目前にして、足を骨折した無力でみじめな自分のことを考えていた。あるいは、自分の病院での生活が目に浮かんだ——果てしなく単調な日々が過ぎていき、スリッパの看護婦が病室に立ち寄り、小机に花を置く——そして私が神に誓って心底から願うのは、その大部屋、机の上の花、スリッパで音の響かない、その病院を歩く足音からなんとかして解放されたいことだ!

考えるのも恐ろしい、あの考えが頭に浮かんだ。その考えとは《私がもう飛べなくなる》ということだった。私はすぐに体が熱くなり、口を開けて呼吸を始めたが、心はどこかもう戻れないほど遠くに消え去っていた。

第6章　スタニスラフから来た娘たち

　これまで私は、負傷兵たちがトマトを拾いに突進した話をしていた。それは私が目覚めていた時に見た一番苦いやりきれない光景だった。その二人の娘は——私はその時初めて彼女たちに会った——私服で突然、人垣の中から現れた。彼女たちはどうすることもできず、ただトマト泥棒たちに向かって早口で何か——歌うようなウクライナ語で——しゃべり、負傷兵たちは黙って車輌の中を四方へ散った。

　彼女たちはスタニスラフの師範学校の生徒で、二人とも大柄の黒髪で眉毛が濃く、低い声をしていて、外見は毅然として強い性格のようでも、この上なく《親しみの持てるお姉さん》だった。

　私たちに合流するとすぐに彼女たちは水を確保して、慎重に一人当りコップ一杯ずつ分配した。どこから手に入れたのか知らないが、カリーナの実の入った籠を運んできたが、その苦みのある木の実をなめるのは、何と心地良く、さわやかだったことだろう！　この戦いの日々で私の前を通り過ぎていった数知れない人々の中で、この娘たち——そのうちの一人の名前がカーチャだということ以外は全く知らない——のことに思いが及ぶのは何故だろう！　それは……いや、また私は話を先回りしてしまった。

　私は窓辺で、背を進行方向にして横たわっていた。私の眼前に遠ざかっていく土地が広がり、そのため私が三台の戦車に気付いたのは、私たちの列車がそのそばをすでに通り過ぎた時だった。別に変わったことのない普通の戦車だ！　ハッチを開けて、戦車兵たちが私たちを見ていた。彼らは鉄兜《かぶと》をかぶっておらず、私たちは味方だと思った。そしてハッチが閉じられたその最後の瞬間、衛生隊の輸送列車——そこには負傷者、そうでない者、健康な者を含め千名は下らない人々が乗っていた——に対して、まさか大砲を放つなど思いも寄らないことだった。

　しかし、まさにそれが起ったのだ。ギギーッと車輪が軋み音をあげて車輌がガクンと動き、私は衝撃で飛ばされ、負傷した足に体重がかかり思わず呻き声を出した。ある若者は松葉杖をがちゃつかせながら泣きわめいて車輌伝いに飛び降りた。彼は通路で突き飛ばされ、私のそばの角にぶつかったのだ。窓越しに私が見たのは、最初に暖房列車から飛び降りた負傷兵たちが戦車の榴散弾（〔訳注〕多数の散弾の詰まった砲弾）の砲撃を受けて逃げ惑い、倒れる光景だった。

　隣人のシマコフは私のそばで窓を見ていた。私たちが同時にお互いの顔に目を向けた時、彼の顔色は蒼白だった。

「降りなきゃ！」

「多分ね」

　私は言った。

「それには、ちょっとしたものが必要――足さ」

　それでも私たちは苦労してどうにかベッドから降りると、負傷兵たちが私たちをデッキまで運び出してくれた。ひどい痛みをこらえながらデッキを降り、車輛の下に横たわった時、異常な力で私をとらえたあの気持ちを忘れることはできない。それは、人生で初めて味わうような自身への軽蔑、いや嫌悪だった。私の周囲には両手を妙な形に広げた人々が倒れている。それは死体だった。悲鳴をあげて逃げ回り、倒れていく人々がいる中で、私はその狂乱と自分の痛みに苦悶しながら、なすすべもなく車輛の下にいた。私は拳銃を取り出した――自殺するためではなかったけれど、次々に現れる数知れない思いの中には、チラリとそれもよぎった。誰かが私の手をしっかりとつかんだ。それは先程の娘の一人で、カーチャという名前の浅黒い、まさにあの彼女だった。私は彼女に、地面に顔を突っ伏して少し離れて横たわっているシマコフを指し示した。彼女は彼をチラッと見て頭を振った。シマコフは死んでいた。

「くそっ、もう歩けない！」

　私はもう一人の娘――突然どこからか現れ、砲弾の轟音と混乱の中で驚くほど落ち着いていた――に言った。

「放っといて下さい！　僕には拳銃がある。奴らに僕を生きたまままつかまえさせるものか」

　しかし、娘たちは私をつかみ、私たち三人は鉄道の土手の下に転がり落ちた。その瞬間、中国人みたいに黄色い顔をして這いつくばったロマショフの顔が、どこか前方にチラリと見えた。彼は私たちのいる溝に這ってきた。じめじめした粘土質の溝は鉄道の路盤沿いに延びていた。土手のすぐ向こうは沼地だった。

　娘たちにとっては辛い仕事だった――私は何度か放っておいて欲しいと言った。カーチャはロマショフに、先に行かずに手伝ってと大声をあげたようだが、彼は振り返って見ただけで、地面に腹這いにならずに猿のように四つん這い（〔訳注〕ロマショフは兵士の訓練を受けていないため）で這っていった。これらの話は、今私が述べたよりも時間にして千倍くらいゆっくり進行したものだった。

なんとか沼地を越えて、私たちは小さなヤマナラシの林に隠れた——私たちとは、娘たち、私、ロマショフ、それに途中で私たちに合流した二名の兵士だった。彼らも少し負傷していた——一人は右手を、もう一人は左手を。

第7章　誰も知らない

私は、この二名の兵士を偵察にやり、戻ってきた彼らの報告によると、あらゆる方角に四十台ほどの戦車がいて、しかもどこかに行軍用の調理車まで現れたとのことだった。我々の輸送列車を砲撃した戦車は、降下部隊に所属していることは明らかだった。

「もちろん退却することはできます。でも、大尉が自力で動けないのなら、トロッコを利用した方がいいでしょう」

彼らは土手の下の待避線でトロッコを見つけていた。私たちがトロッコを持ち上げ、レールの上に乗せることができるかどうか検討を始めたまさにその時だった——ロマショフが仰向けになり、うめき始め、ひどい痛みを訴えた。彼は本当に発作を起しかねなかった。というのも娘たちが彼の軍服の上着のボタンをはずすと、左半身が真っ赤になっていたのだ。これまで私はこんなにひどい打撲傷は知らなかった。いずれにしても、こんな状態の彼を、待避線まで兵士たちと一緒に連れていくことはできなかった。娘たちは去った——いつも通り落ち着いた毅然とした態度で、低い美しい声のウクライナ語でゆっくりと短い言葉を交して。

私とロマショフは、じめじめした小さなヤマナラシの林に取り残された。彼は具合の悪い振りをしているのか、それとも本当にそうなのか？　多分、本当なのだろう。数回、彼は発作的に痙攣を起し、それから低く唸って静まった。私は言った。

「ロマショフ！」

彼は黙ったまま胸を高くのけぞって仰向けに横になり、鼻は全く死人のように真っ白だった。私が再び彼に呼びかけると、彼はまるでもうあの世を訪れた後、ドイツ降下部隊の戦闘区域であるこの林に、つまらなそうに戻ってきたような弱々しい声で答えた。

「なんて痛みなんだ！」

作り笑いをしながら彼はつぶやいた。彼はまぶたを開くと、顔に張り付いたヤマナラシの葉を無意識に払いながら苦労して立ち上がりかけた……

この日をどう過ごしたか説明するのは難しい——それは多分複雑な状況ではあったが、翌朝起ったことに比べればその日はまるで退屈だったから。私たちは果てしなくひたすら待ち続けた。私は崩れた薪の山の下の、去年の落葉の山の上に横たわっていた。ロマショフはトルコ人のようにあぐらをかいて座り、鳥のような眼を半ば閉じ、痩せた膝の上に両手を置いている姿は何を考えているのか神のみぞ知るだった。

林はじめじめしていて、少し前に雨が降ったばかりでどこもかしこも大粒の水滴が——枝の上や水滴の重さに震えるクモの巣の上で——きらめいて、ポタリと低い音をたてて落ちてきた。そのお陰で、私たちは喉の渇きに苦しむことはなかった。二度ほど太陽が顔を覗かせた。太陽は初めは我々の右側に、それから半円を描いて左側に現れた——だから、兵士と娘たちがトロッコを使えるようにするために出掛けてからもう三時間くらい過ぎたことになる。カーチャという名前の娘は去り際に自分のリュックを私の頭の下に押し込んだ。リュックの中は乾パンらしかった——私がリュックを少し高くしようと拳《こぶし》で叩いて膨らますとパリパリ音を立てたから。ロマショフは空腹で死にそうだとぶつぶつ言い始めたが、私が怒鳴りつけると黙った。

「あいつらは戻るもんか」

一分たつといらいらして彼は言った。

「僕たちを見捨てたんだ」

彼は目眩《めまい》から回復すると、もう敵に見つかる危険を冒してぶらぶら歩き回った——なぜなら木立はまばらで鉄道の路盤までは荒野が広がっていたから。

「君のせいだ」

戻ってきて私のそばにしゃがむと再び彼は言った。

「君は、彼らを皆行かせてしまった。一人は残すべきだったよ」

「人質に？」

「そう、人質だよ、でももう万事休す！　あいつらは戻りやしないよ！　あれは手動のトロッコで、四人だけ乗れるんだ」

多分私は不機嫌だったのだろう、拳銃を抜いてロマショフに愚痴をこぼすのをやめないと殺すぞと言った。彼は黙った。彼の醜い面は歪み、泣くまいとやっとこらえているようだった。全体として事態は深刻だった！すでに最初の黄昏の夕闇が林の中にひそかに忍び込み始めているのに、娘たちは戻らなかった。もちろん、ロマショフがさもしく想像したように、彼らが我々を置いてトロッコで去ってしまうという考えを私は許すことはできなかった。さしあたり、彼らが戻らないなどとは考えない方がよい。私は仰向けに横たわり、風に揺れるまばらなヤマナラシの林の中で、だんだん暗くなり私から消えていく空を見つめていた。私はカーチャのことを考えていたのではなかったが、心の中に何か優しくつつましやかな思いが走り、それを《カーチャ》だと感じた。私はもう夢の中にいるようで、もしそれがカーチャでなければ、その夢を追い払っていただろう。なぜなら眠ってはならない——何故か分からないが、私はそう感じていたから。その夢はスペインのこと、あるいはスペインから出した私の手紙——戦闘のことではなく、何かとても若々しく混乱した思いを綴ったもの——のようだった。バレンシア郊外の小さな果樹園の話で、そこの老婆たちは、私たちがロシア人だと知って喜び、私たちをどこに座らせ、どうもてなしたらいいか分からなかった。

《だから、やっぱり忘れないで欲しい——彼女がそばにいるように感じながら私はカーチャに書いた——君は、僕にもしものことがあっても自由だし、何の義務も負うことはないからね》

濡れた足は冷たく、とっくに肩からずり落ちていた外套は体の下になっていたが、私はこの夢から覚めるのが怖かった。私はカーチャの両手を握り、この夢を手放したくなかったけれど、何か恐ろしい事がすでに起っていて、目を覚まさざるを得なかった。

私は目を開けた。太陽の最初の光に照らされて、朝靄《もや》が木々の間をのろのろと這っていた。私は顔も手も濡れていた。ロマショフは少し離れて前と同様ぼんやりと無関心な姿勢で座っていた。すべては以前通りのように見えたが、全く違った状況になっていた。

彼は私を見なかった。やがて横目で大急ぎで私を見たので私はすぐに、自分が居心地悪く横たわっている理由が分かった。彼は、私の頭の下にあった乾パンの入ったリユックサックを盗んでいた。その上、ウォッカの入った水筒と拳銃まで奪っていたのだ。顔中に血がのぼってきた。拳銃を盗むなんて!

「早く武器を返すんだ、間抜け野郎!」

私は落ち着いて言った。彼は答えなかった。

「さあ!」

「君はどうせ死ぬんだ」

彼はあわてて言った。

「武器なんて必要ない」

「死ぬかどうかは僕の問題だ。でも、軍法会議にかけられたくないなら拳銃を返すんだ。分かったか?」

彼の息遣いは短く早くなった。

「軍法会議なんてあるものか! 僕たちだけで誰にも分かりゃしない。本当は君はとっくに死んでるんだ。君がまだ生きてるなんて誰も知っちゃいない」

今や彼は私を直視し、その眼はとても奇妙だった——何か重々しく、広く見開いていた。もしかすると、気が狂ったのだろうか?

「あのね、いいかい? 水筒から一口飲むんだ」

私はあわてずに言った。

「それで、しっかりしろよ。僕が生きるか死ぬかは、その後にしよう」

しかしロマショフは私の言うことを聞いていなかった。

「僕がここに残ったのは、君がいつも、どこでも僕の邪魔をしてきたと言うためさ。毎日、毎時ね! 君には全くほとほとうんざりだ! もう千年愛想をつかしたよ!」

もちろん、この瞬間、彼が完全に正気だったとは言えなかった。《千年愛想をつかした》という最後の科白《せりふ》で、私はそう確信した。

「でも、もうこれですべておしまいさ、永遠に!」

どこか忘我の境にいるかのようにロマショフは続けた。

「君は死んだも同然だ。足は壊疽《えそ》状態、君は早かれ死ぬ。今、話はそれだけさ」

「そうかい!」

私たちは三歩足らずしか離れておらず、もし松葉杖をうまく投げつければ、恐らく私は彼の頭を打って失神させることができただろう。しかし私はまだ平静に話した。

「でも、どうして携帯用地図入れを奪ったんだ? あれには僕の身分証明書が入っているじゃないか」

「何のため? 分かりゃしない 君がそういう状態で見つかるようにさ。誰? 分からない(彼は言葉を省略した)誰か分からない死体なんて、いくらでもころがってる。君も死体になるんだ」

彼は傲慢に言い放った。

「僕が殺したなんて誰が分かるものか!」

今思い出してみると、これはほとんど信じられない出来事のようだ。でも、私は一言も言葉を変えたり加えたりしてはいない。

第8章　ヤマナラシの林で

少年時代、私はとても短気で、全く自分の好き勝手に行動するあの危険な快感をはっきり覚えている。幾分、目が回り出しそうな、まさにその快感で私はロマショフの言葉を聞いていた。完全に平静になるように自分を律することが必要で、私はそのようにした後、こっそりと背中に手を回し松葉杖に手を掛けた。

「いいかい、僕はもう部隊に空中戦の戦闘報告をした」

私は落ち着いた声――それはすぐにうまくできた――で言った。

「だから、あの僕が死んだという新聞記事をあてにしてもダメさ」

「じゃあ、輸送列車の砲撃のことは？……」

理性を失くしても勝ち誇ったように彼は私をちらりと見た。彼が言いたかったのは、軍事病院列車が砲撃されたのだから、私がいなくなった説明など訳もないということだった。その瞬間、私はずっと以前、多分学校時代から彼は私の死を願っていたことが分かった。

「いいだろう。でも変に思うかもしれないけど、君はその事で決して得することはないよ」

私は何かそのような言い方をした――時間を引き延ばせさえできれば何でもよかった。薪の山が腕を振り上げるのを妨げた。気付かれないように脇に寄って、横から正確に彼のこめかみ目がけて松葉杖を投げることが必要だった。

「得するか損するか、それはたいしたことじゃない！　どっち道、君の負けさ。今すぐ君を撃ち殺す、さあ！」

彼は私の拳銃を取り出した。もし私が、彼が本当に私を撃てると信じていたら、もしかすると彼は決心していたかも知れない。あんな興奮した彼を、私は一度も見たことがなかった。しかし、私はあっさりと彼の顔に唾を吐いて言った。

「撃てよ！」

あぁ、彼の反応といったら――唸り声を上げ、まごまごし始め、キーキー声を出し、おまけに歯をガタガタ鳴らし始めた！　これらの行動が彼の臆病さと恥知らず以外の何ものでもないことを、もし私が知らなければ、彼は本当に危険だったろう。自分自身との闘い――発砲するか否か？――まさにそれが、彼の突飛なダンスを意味していた。拳銃は彼の手をひりひりと焼き、ますます激しい勢いで私に銃を向け、ブルブル震え出したので私は、彼が思わず引き金を引きはしないかと、ついには恐怖を感じた。

「卑劣漢！」

彼は絶叫し始めた。

「お前はいつも僕を苦しめる！　誰のお陰（〔訳注〕カーチャのために、ロマショフは殺すことができない）で命が助かったか分かってるのか、この屑の、ろくでなし！　あぁ引き金を引ければ！　何だって、何のためにお前は生きるんだ？　どうせ足は切断だ、もう飛べやしない」

それは、こっけいな言葉に思えたけれど、彼の愚かな悪態の中で、私に最も侮辱的に響いたのは、私がもう飛べないという言葉だった。

「考えてもみろよ、僕が空を飛ぶことで、何かひどく君の邪魔をしたかい」

私は自分が喧嘩腰の声だと感じ、それでもまだ冷静に話そうと努めながら言った。

「だって、地上じゃオレステスとピュラデスみたいな無《む》二《に》の親友だったじゃないか」

今や彼は横向きに立って、どうしても私が死ぬんだと説得できないことに絶望したかのように、まだ左の掌《てのひら》で目を覆っていた。今がチャンスだった。私は松葉杖を投げつけた。槍《やり》を投げるように、つまり体を反らしてから、手を突き出しながら体全体を前へ送る動作が必要だった。私はできるすべてをやったが、残念ながらこめかみでなく肩に命中し、それも、それほど強くではなかった。ロマショフはびっくり仰天した。カンガルーのように、彼は不格好な大ジャンプをした。それから私に振り返った。

「あぁ、そうか！」

彼は言うと悪態をついた。

「ようし、見てろよ！」

ゆっくりと彼は荷造りを始めた。運びやすいように袋を結び、右に一つ、左にもう一つを担いだ。ゆっくりと彼は私をよけて通った。彼は前屈みになり、地面から何かの枝を拾い上げた。それを振りながら彼は沼地の方向へ歩き、五分後にはもう、猫背の彼の姿は遠くのヤマナラシの木の間に見え隠れしていた。私は、乾いた口で彼に《ロマショフ、戻るんだ！》と叫びたいのをこらえながら――もちろん、それは不可能だったから――地面に両手をついたまま座っていた。

第9章　一人

ドイツの上陸部隊の陣地から目と鼻のところの森に、たった一人、重傷のまま武器もなく空腹で取り残されること――それはロマショフが前日から入念に考えていたことであったのは疑うべくもなかった。その他のすべての言動はロマショフが私を脅し、侮辱できると期待して、怒りの発作にまかせてやったことだった。その試みは何の効果ももたらさなかったが、彼が去ったこと――それは、彼が決心できなかった殺人にもほぼ等しいか、むしろそれ以上にひどい仕打ちだった。この醒めた考えに至った時、私の気持ちが楽になったわけではなかった。やらねばならないことは、この場所を移動するか、あるいはロマショフの望むように小さなヤマナラシの林に永久にとり残されるかのいずれかだった。

私は立ち上がった。松葉杖は高さがちぐはぐだった。一歩踏み出した。それは、後頭部のどこかに必ず到達して意識を失わせるような痛みでもなかった。まるで数千匹の悪魔が私の足を八つ裂きにし、やっと傷口に薄皮ができた背中を鉄の引っ掻き具で引っ掻くような激痛だった。私は二歩、三歩と進んだ。

「どうだい、捕まえられるかい?」

私は悪魔たちに言った。そして四歩目を踏み出した。太陽がすでに十分高くなった頃、私は森のはずれにたどり着き、その向こうには以前の沼地が広がり、その中を濡れて踏みつぶされた草が一本の帯状に横切っていた。美しい緑色の球状の土塊があちこちに見え、私はそれらが昨日、娘たちの足元でクルリとひっくり返っていたのを思い出した。

どこかの人々が鉄道の道床の上を歩いていた――敵か味方か? 我々の列車はまだ燃えていた。陽光に照らされた淡い炎が車輌の黒い板に沿って横に走っていた。列車に戻ろうか? 何のために? 大砲の発射する断続的な響きが、どうやら遠い東の方角から鈍く聞こえてきた。最寄りの駅は、ここから二十㎞ほどのシェリヤ・ノバヤ駅だった。そこでは戦闘が行われている――つまり味方がいるということだ。私はそこへ向かって歩いた――この一歩毎の苦しみをそう呼べるならば。

林が尽きると、灰褐色のベリー類――名前は忘れたがこけももの実に似た、それより大粒の――の低木になった。一昼夜以上何も食べていなかった私に、それは幸運だった。低木の先の原っぱに何か黒いものが身動きせず横たわっていた——死体のようだった。松葉杖にもたれてベリーを手に入れようとする毎に、その死体が気にかかった。やがて私はそれを忘れたが、再び背中に震えが走るほどの不快な気持ちでまた思い出していた。いくつかのベリーは草の上に落ちていた。私はそれを見つけようと注意深く腰をおろした。すると、心臓を針で突き刺されたようにハッとした。その死体は女性だったのだ。私はできる限り大急ぎで彼女の元へ向かった。彼女は両手を広げて仰向けに横になっていた。カーチャではなく、もう一人の娘だった。銃弾が顔に命中していた。苦しい表情で美しい黒い眉を寄せていた。

　多分、この時からだろう、私が一人言を言っているのに気付いたのは——しかも、全くおかしな事をしゃべっていたのだ。私は、あのこけももの実に似た灰褐色のベリーの名前を思い出した——クロマメノキもしくはクロマメノキの実だった——くだらない発見でも私はひどくうれしかった。私はあの娘がどんな風に殺されたかを声に出して推測し始めた。一番考えられるのは、彼女が私の方に戻ろうとして、道床にいたドイツ兵が彼女に自動小銃を連射したことだった。私は彼女が苦しそうに狭く眉を引き寄せた死人、絶望的な死人ではないかのように、何か優しい、元気づけるような言葉を彼女にかけていた。

　やがて私は彼女のことを忘れてしまった。私はどこへともなくべらべらしゃべりながら歩き、そんなにひどくしゃべる自分にひどく嫌気がしていた。ばかげた事が不思議なくらい、いつの間にか込み上げてくる中で、私はもう、一人言をやめようとはしなかった。それは、唯一の抑え難い欲求と闘う必要があったため——つまり、脇の下が擦れて水泡ができている松葉杖を放り投げ、地面に腰をおろして安らぎと幸せを得たい欲求だった。

　……おそらく意識を失う、ずっと前から私はもう自分の周りは全く見えていなかったのだろう——そうでないなら、一体どこからあのふっくらしたうす緑色のキャベツの結球が、私の目の前にいきなり現れたりするだろうか？　私は野菜畑に横たわり、狂喜してキャベツの結球を見つめていた。ボロボロになった黒い帽子の案山子《かかし》が私の頭上でゆっくり円を描いていなければ、概ね万事は上々といったところだった。案山子の肩に乗ったカラスが一緒に回っていて、私は、もしこの平たく瞬《またた》く眼をした令嬢がいなければ、世界のすべては本当にすばらしいのにと思った。私はカラスを怒鳴りつけたが、あまりに力のないかすれ声だったので、カラスは私を見つめ、肩をすくめるかのように、無関心に羽を軽く動かすだけだった。

そう、すべては申し分なかった——もしも、私がこのゆっくり回る世界を止めることができれば。そうすれば多分、私は野菜畑の向こうの丸太造りの彩色していない小さな家と、外階段それに中庭の井戸を汲む高い棒を見分けていただろう。窓の一つが暗くなったり明かりがついたりしていて、誰かは分からないけれど、きっと私は、家の中を歩き回り不安げに窓から見ている人に気付いていただろう。

私は立ち上がった。家の入口まで四十歩ほど——前日私が歩いた距離に比べれば何でもなかった。しかしその四十歩に私はどれほどの犠牲を払ったことか！　力を失くし松葉杖をガラガラとさせて外階段の上に倒れた。ドアは少し開いていた。家の奥に十二歳くらいの男の子が腰掛けに片膝をついて立っていた。外階段に横たわりながら私は、低い天井と、更紗《さらさ》のカーテンで仕切られた大きな二段の板寝床のある薄暗い部屋の奥にいる彼をすぐに見分けることはできなかった。男の子は、じかに私を狙って銃床に頬をきつく当てて、片目を細めていた。

「あのね、助けがいるんだ」

私は、自分の周囲で、また呪わしくゆっくり回り始めたその部屋に視線を留《とど》めようとしながら言った。

「僕は輸送列車に乗っていて、負傷した飛行士……」

「キリール、止《や》めるんだ！」

武器を持った男の子が言った。

「彼は味方だ」

私は、その瞬間男の子が二人に分かれたように思えた。なぜなら、もう一人の全く同じ男の子が用心深くカーテンの影から覗いていたから。手に彼はフィンランド・ナイフを持っていた。彼はまだ息をはずませ、興奮で瞬《まばた》きをしていた。

第10章　男の子たち

私は、その後のことはよく覚えていない。男の子たちのところで過ごした日々は、何か靄《もや》に包まれていたように思われる。大きな湯沸しがロシア式ペチカの三脚の上で朝から晩まで沸騰していたから、本物の靄もあった。でも、もう一つの幻想的な靄のため、私はしゃがれ声で息を切らし、汗にまみれた。靄がまばらになると私は、自分が足の下に色とりどりの枕を敷いてベッドにいるのが分かった。傷口から流れる血のために男の子たちがそうしていたのだ。私はもう、彼らの名前がキーラとボーヴァであり、転轍《てんてつ》手イオン・ペトローヴィチ・レスコーフの息子で、父親は前日から駅に行っており、彼らが家に閉じ籠り、誰も入れないように父親から言われていたことを知っていた。彼らは双子だった――そのことを私はよく分かっていたけれど、それでも彼らが一緒にいるとぎょっとした。彼らは瓜二つで、それはまた自分が熱に浮かされているような気持ちにさせた。

……私の中で、二人の人間が格闘しているようだった――一人は、人生で一番よいことを思い出し、心の中に生き生きと思い浮かべようとする気楽で陽気な自分、そしてもう一人――侮辱されたことに報いることができずに苦悶しながらも、その侮辱が忘れられない陰気で執念深い自分がいた。ある時は、こんなことを思い出した――ひどく凍えて、ドアを後ろ手に閉める力もない、顎《あご》髭《ひげ》の背の高い男が私と妹が住んでいる百姓家に入ってくる。でもそれはイワン・イワニッチ医師ではない。それは私。力なく表階段の上に倒れる私、目の前のドアが開いていて、私を狙う男の子たち。そして言う《これは味方だ》私にはすべてがこう思えた――男の子たちが私に対し心から温かいもてなしをしてくれたのは、何年も昔、私と妹が――人気《ひとけ》のない、雪に埋もれた田舎に、たった二人だけで放置された子供だった――医師を助けたからだと。しかし、こんなことを思い出すこともあった――車輌の下で拳銃を手に、憎悪で歯を剥き出しにした自分がいた。私の周囲には奇妙に両手を広げたまま、人々が死んでいる。同胞を守るという、自分にとって人生で一番重要で一番必要とされることを、憎しみで我を忘れて見逃す（〔訳注〕戦争の準備を怠った祖国への思いが裏に隠れている。）とは、一体私は何をしていたのか、何という罪を犯したことだろうか？ ドイツ兵たちが病院列車にやって来て、負傷兵たちを撃つなどという、考えられないようなことが、どうして起ったのか？ それはこの世に正義も尊厳もなければ、私が学校で教わったり大切に信じたり、子供の頃から尊敬し愛することに慣れてきた一切のものはないということを意味しているのか？

私はこの質問に答えようとしたが、息が塞がって意識を失いかけ、それができなかった。男の子たちはハラハラしながら私を見つめ、父親が戻ったら何か処置を施し、私がすぐに回復するのにとずっと言い続けたその父が帰ってきた。子供たちと同様に動作がぎこちなく、暗い顔つきで、空色の輝く目をしているところは間違いなくそれは父親だった。子供たちは、彼が手を下ろし前屈みになってベッドのそばに立った瞬間、喜びに輝いた。

「上陸部隊は粉砕されました！」

彼は言った。

「我々はシエリヤ・ノバヤ駅で奴らを包囲し、一人残らず殲滅《せんめつ》したんです」

それから彼は、私をじろりと見つめて黙ったので、私は自分の容態がよくないのだろうと思った——あんなに優しい目で私を見ているし、私の名前、父称、姓それに肩書を尋ね、溜息をつくと、それを書いた紙切れを失くさないように壁にピンで留めたりしたから。しかし、それはまだたいしたことではない、ピン留めしておけばいい——いずれにしても私はその紙切れを見るつもりはない。それから私は転轍手《てんてつしゅ》の手をとり、彼の息子たちが私をよく看病してくれたことを熱を込めて話し始めた。多分私はあまり長々と、やや混乱気味に繰り返し話したためだろう、彼は私の額に何か冷たいものを置き、ぜひ寝て欲しいと言った。

「寝るんです、寝るんですよ！」

私は、自分が寝入ってしまえば彼は満足すると分かったので、目を閉じて眠った振りをした。しかし、私が彼を前にして思い描くある光景が頭の中に残った——左右に開いた壁の間から見える、どこか際限なく続く遠景だった。

数千の小さな家々が思い浮かんだ。数千の男の子たちが数千の小銃を置いた腰掛に跪《ひざまず》いている。他の数千の子供たちは、ナイフを手に更紗のカーテンの陰に隠れている。見渡す限りのロシアの大平原で、各家々の暗い部屋の奥に、男の子たちが敵を待っている、入ってきたら殺そうと待っている。

第11章　愛について

詩人がそうするように、もし人生を道にたとえるなら、私はいつも、その一番急な曲り角で、正しい方角を示してくれる交通整理人に出会ってきたと言えるだろう。今回の曲り角が唯一これまでと異なっていたのは、私を苦境から救い出してくれたのが転轍手《てんてつしゅ》、つまり本職の交通整理人であったことだった。

二昼夜、私は彼の家で病床に伏し、我に返ったり、また意識を失ったりしながら目を開けるといつも、この陰気な男がベッドのそばにいて、まるで道路から私が断崖に転げ落ちてあちら側に行くのを阻止するかのように、同様そこから一歩も離れようとしなかった。時々彼は、その男の子に驚くほど明るい目をした男の子と交替し、その男の子もしっかりと自分の持場を離れず、小さな窓と低い天井のその部屋で私を寝かせたまま、決してあそこ――(もし新聞《赤い鷹》を信用するならば)私がすでに一度訪れていた場所――には行かせなかった。私がロマショフのことを一度も――現実でも夢現《ゆめうつつ》でも――思い出さなかったのは、とてもよいことだった。それは自衛本能だったのだろうか? おそらくそうだろう――あの思い出は私の健康を増進させることはないから。

しかし、鉄道が復旧し、転轍手の家族がトロッコで私をザオゼーリエ駅――スタニスラフの娘たちがたどり着けなかったまさにその駅であることは間違いない――に送り届け、空色をした三人の目が喜びに輝き、遠慮がちに私に別れを告げ、再び私が軍事病院列車に現れた時、今度のその列車は以前とは違う本格的なものだった。浴室、ラジオそれに読書専用車輛もあり、あらゆる医療技術を駆使して負傷した足は清潔に洗い、包帯をして天井に持ち上げられ、栄養たっぷりの食事で私は、中部ロシア平原を列車が走る間、ずっと眠り続け到着したキーロフの先のどこかの都市は、戦線からずっと離れた後方の家々の窓を遮光していない――それはとても奇妙だった――別世界だった。私とロマショフとの間に起ったすべてのことを私が思い出し、頭の中で反復し始めたのは、ちょうどこの時だった。私は、ドイツ軍の戦車が輸送列車を砲撃する前日の二人の会話を思い起した。

「君の人生は卑劣だったことを認めろよ」

私は言った。

「つまり、君自身の立場から考えた卑劣さだよ」

「そうかい」

平然と彼は答えた。

「でも卑劣ってどういうことさ? 人生はゲームだよ。戦争をしている今だって同じこと。本当に運命が僕らの手にカードを配ってるんだと思わないかい?」

カードを配っているのは運命じゃない、戦争だ。いや戦争でなく、この退却だ――だって、退却さえなければ彼は決して私から拳銃や身分証明書を盗んだり、私を森に一人放置したりしなかっただろうから。

まるで裁判所のように私は彼の行為をあらゆる観点から取り調べ、学問的におぼろげな知識しかない軍事に関する法律上の立場からも検討した。私は我々の間柄のあらゆる出来事を思い出し、それは彼がかつて真剣にカーチャとの結婚を考えていた（今ではそれはほとんど不可能だったが）ことを想像すれば、とりわけ複雑なものだった。自分にとってカーチャが永久に失われたことを彼は運命とあきらめているのだろうか？　分からない。彼はアンナ・セルゲーエヴナとかいう女性と結婚し、ニーナ・カピトーノヴナの話によると、結婚式で彼はひどく酔っ払い、泣いたという。そして、ニーナ・カピトーノヴナからそう聞いたカーチャは、はにかんで顔を赤らめた。もしかして彼女は、ロマショフが相変らず自分を愛していることに気付いていたのだろうか？

《誰のお陰で命が助かったか分かっているのか！》拳銃を手に、ロマショフが私に叫んだ時、彼はきっと我を忘れていたに違いない。でも、誰のおかげなのか？　軍事法廷が二級主計ロマショフを銃殺に処する根拠となる条文を見つけるのは困難ではなかった。しかし、世の中にはあらゆる良心に従い、前もって予測できないような判決を下す、もう一つの裁判所もあるというのだろうか？　その裁判所で被告はこう陳述する。

「はい、私は彼を殺したかったです」

　そのあとで

「しかし、私の愛するその人が、彼の死に耐えられないために、殺さなかったのです」

　そんな裁判なんてあるものか！　彼が私を殺さなかったのは、カーチャへの愛なんかでなく、臆病心からなんだ！　それなのに、ああ、愛のためだなんて！　その愛は本当に人生を高潔で誠実なものにできるというのか？人生を何か新しい、すばらしいものに変えてくれるというのか？　人生に伺いを立てなくても、人間を以前より千倍も善良で魅力ある人物にするとでも言うのか？　いや、それは愛ではなく、神のみぞ知る、何か複雑にからみ合った気持ちで、その中で傷ついた自尊心が恋心と混じり合い、もしかしたら、あのつまらない卑劣漢根性が執念深い（私はそれを確信している）報復にまで至らせたのかも知れない。しかし、それでも私は、この空想上の裁判所を想像してみるのだった。私は、イワン・パーブルィチに――私たちの昔の、厳格なこの教師以外に誰がいるだろうか？――ロマショフを裁いてもらおうと決心した。私には、壁暖炉のある部屋に、イワン・パーブルィチ本人が厚くけば立った詰襟軍服を着て、一人ぼっちでいるのが目に見えるような気がした。灰色の口髭を厳《いか》めしく震えさせ、厳しく、悲しげな目をしている。彼はテーブルに着き、ロマショフは無気力で無関心に目を細めて彼の前に立っている。ロマショフは、私がとうの昔に死んだと思っている。私たちの昔の教師が彼に何を言おうと、全くどうでもよいと思っているのか！　しかし、もう一人誰か（〔訳注〕カーチャのこと）が部屋を歩き回っている、壁暖炉のそばで立ち止まり、火に手をかざしながら。その証人は壁暖炉のそばに立って両手を暖め、何か自身のことを考えている……

私の証人は何と遠くに離れていることか！　彼女が生きているかなんて、誰にも分からない、彼女の消息が全く分からなくなってからもう二か月、それも、あの一九四一年の秋（〔訳注〕ドイツ軍によるレニングラード封鎖の時期と重なる）の二か月なのだ！

彼女は東西南北、四方をドイツ軍に取り巻かれた町――私たちが、いつの日にかできれば家を建てようと決めていた町に住んでいる。町は爆撃され砲撃され、ドイツ軍は降伏しようとしない住民たちを餓死させようと、あらゆる攻撃をする。重砲を鋳造し、数千kmの彼方からそれを運び込む。ドイツ本国からはコンクリートを運び、それで塹壕やトーチカの壁を埋めてしまう。夜はいつもネヴァ川の上空を照明弾で照らし、小麦やパンを積んだ荷船が暗い水面を突破できないようにする。ひたすら激しく、猛烈な攻勢――それはすべて、私のカーチャの死のため。

第12章　病院にて

病院のこんなイメージが、どこから来たのか分からない。つまり、サイド・テーブルの上のバラの花、目もくらむようなまばゆい病室、妖精のようにベッドの間を飛び回る物静かな看護婦など。きっと何かの物語にあったのだろう。現実ははるかに簡素なものだった。その病院は巨大な建物で、ベッドは廊下という廊下はもとより、食堂の中にまであふれていて、その食堂も、それは名ばかりで何かの通り抜けのできる部屋の中につくられていた。以前はここに医科大学があり、壁々には生気のない恐ろしい顔の石膏模型が掛けられ、神経の並びを示すために顔半分だけが皮膚を剥いであった。飾り窓には、講義の時間割や学部長の厳格な指示書がまだ残っていた。私が入っていた講堂は多くの人を収容するという用途には全くふさわしい場所だった。しかし病室としてはあまりに広過ぎて、その一番奥は、靄《もや》の中の様に視界から消えていた。実際、冬の陽に照らされた幅の広い傾いた埃の柱が講堂をよぎり、少し揺れている様子は、本物の靄の中にいるようだった。

ここに、ほとんどが平《ひら》の兵卒たち、約百人が収容されていた。私は身分証明書がなく、私が大尉であることの証明書を部隊が届けてくれるまで、一般の兵卒たちと一緒だった。といっても、その違いは我々がマホルカ煙草(〔訳注〕下等な刻みたばこ)を支給されるのに対し、指揮官たちの病室には、軽い紙巻煙草というだけのことだった。

巨大な病室にはあらゆる戦線から人々が来ていたが、その大半はレニングラード戦線からで、その冬、彼らから、人々が勇気づけられるような話はほとんど無かったと言わざるを得ない。私は旅先からでもカーチャに手紙を書いていたが、病室では毎日のように手紙を出した。

ペトログラーツカヤ地区のベレンシュタイン方のカーチャに、野戦郵便でペーチャに、そしてカーチャがワーリャ・トロフィーモヴァと働いている——彼女は七月にそう私に書いていた——軍事医学アカデミーに、私は手紙を出した。レニングラードとの鉄道連絡は途絶えていたが、手紙は飛行機で届けられており、私は自分の手紙がどうして届かないのか分からなかった。ついでながら、あの手紙も結局謎のままだった。つまり、私は芸術財団の子供キャンプがノヴォシビルスク近郊のある町へと再度疎開していたことを知らずに、ヤロスラーヴリ州のカーチャの祖母宛に手紙を出していたのだ。私はもしカーチャに不幸が起ったら、誰かが必ず私に返事をくれるはずだと考えて、自分を安心させた。

……あの不幸な日が私の記憶に残っている——一九四二年の二月二十一日のこと。社会活動家——自発的に無給で私たちの世話をする女性たちを病院ではそう呼んでいた——の一人が、職業学校と芸術専門学校の生徒たちを乗せて、レニングラードから来た輸送列車を駅に出迎えた話をした。彼女は、戦線で夫と息子を亡くした話を以前した時でも、あまりの平静さに私が驚いたくらい厳しい性格の女性だった。その彼女が、少年たちが暖房貨車から手から手へと運び出される話をしながら泣いたのだった。私は少年たちの健気《けなげ》さに心を打たれ、自分の食事をするのが一苦労だった。

一か月以上ギプスをしていた足が急に痛み出し、私はいてもたってもいられなくなった。医者は私にレントゲンを受けさせ、その結果は、ダーシャおばさんの好きな言い方で《災難に陥る》だった。

第一に、レントゲンで分かったことは、足の接合が誤っているためギプスをはずし、どこかの骨を折る必要がある——つまり、治療のやり直しということだった。

第二は、治療室がひどく寒く、そこに一時間半ほどいた私は風邪を引いたらしかった。夕方には自分が譫言《うわごと》をしゃべっているのに気付いた――それは、いつも私の体温上昇の最初の徴候だった。要するに私は肺炎にかかった。そのため二度目の手術ができず、医者は私が跛《びっこ》になると本気で心配し始めた。

しかし、私は自分の病気のことばかり、あまりに詳しく書き過ぎたかも知れない――それは退屈な話題だし、お分かりのように私は戦争が始まって二か月余りで、ほとんど何もすることなく負傷してしまったのだ。モスクワの西方三百㎞に渡る雪溜りから、愚かな代用品の防寒長靴をはいたドイツ兵たちの硬直した足が突き出るという、外国の新聞にも載った《モスクワ郊外の奇跡》が、すでに起っていたのに――私は何もすることがなかった！　この十年間、海洋の上空を縦横無尽に飛行していたというのに、最新の長距離海洋航空隊を創設する仕事が、私抜きで着々と進んでいながら――私は、何もすることがなかった！《戦い続ける気持ち》とでも呼ばれるものが日ごとに消えていく一方で、病院生活のあらゆるくだらなさが、ますます自分の中に広がっていくのを感じながら――私は何もすることがなかった。

私の身分証明書が連隊から届いた話をすでに述べていたが、そのすぐ後に、私は古い友人のミーシャ・ゴロンブ――国防および航空・化学建設協賛会の航空学校で、昔一緒に《棺桶機》でよく飛行した――からの手紙を受け取った。

私は署名を見て、我が目を疑った、しかし、それはミーシャだった。つまり彼は現在、我々の連隊に勤務し、私の死亡記事が新聞に出た三日後に連隊に来たのだった。

《サーニャ、君には全く驚いたよ――彼は書いていた――そりゃそうだろう、君からの手紙を受け取って、君が生きてるって確認できて驚いたんじゃない。皆から君が敵機に体当りして燃えちゃったと言われたんだからね。実際、そんなことは君らしくないさ。あの記事の誤りに異議を唱えるなんて今や、君を含めて誰もやる必要はないんだよ。皆、爆弾に《グリゴーリエフのために》って書くようになったし、だから君は死後も戦い続けているのさ。連隊長の話では君は赤旗勲章に推薦されるらしい。おめでとう、幸運の上にも、幸運を祈るよ》

早春に、私は少しだけ外歩きを始めた、というより本当は病院の庭に這い出たというところだ。初めて私は自分が半年近く過ごした町を見物し、一本の通りだけ——菩提樹の植わった並木道——が眼前に広がっていたけれど、私はその通りから、ムーオフ市全体を判断できたように思った。その後、私が町へ外出を許されるようになって——初めは松葉杖、それから杖で——私は自分が間違っていなかったと確信した。町は広々として物静かだった。一番立派な通りはすべて、カマ川の高い岸辺を目指した登り坂になっていて、その通りの坂道の様子は、ペシャンカ川とチハヤ川の合流する岸辺の丘のある、私の生まれ故郷のN市を思い出させた。これまで私はムーオフ市に住む機会はなかったが、ただその上空を二〜三回飛んだことはあった。

私は劇場へ行った——レニングラード・バレエ・オペラ座がムーオフ市に疎開していた——幕が開き、華やかな服装の男女が、まるで戦争など無かったように、舞台で軽快に悠々と踊っているのを見て、私は時間が戻ったような不思議な気持ちがした。もちろん、この本で私が劇場通いをしたことに触れる意味はないかも知れない。しかし人生は時計の歯車のように一方がもう片方とかみ合っている。

バレエ《白鳥の湖》の時、私は極東で一緒に勤務した私の同僚の妻のアーニャ・イリイーナと出会った。カーチャも私もイリイーン家と仲が良かった。彼らは落ち着いて礼儀正しく、陽気な人たちで、劇場とスポーツ、特にテニスの愛好家だった。アーニャは結局のところ、白い運動着にラケットを持った姿が私の記憶に残っていた。そして、多分彼らがあまりにも礼儀正しく、誰に対しても態度が平等で、何かの小説の申し分のないカップルのように見えたからだろう、彼らは逆に他人から信用されず、一般にかなり悪い印象を持たれた。でも、私とカーチャは、いつも彼らが地位と幸運を自分たちの努力で勝ち取っていると思っていた。イリイーンは運がいいと皆が言った。そして、実際に彼のまわりでは驚くほどタイミングよく好都合に事が運ばれていった。その幸運は戦争の間も続き、彼は中佐から始まって一九四二年の春にはもう陸軍少将になっていた。私とアーニャは芝居で出会ったことを喜び、翌日彼女の家でもう一度会う約束をした。彼女は、この土地の人だった。開戦後、夫は彼女と娘をムーオフ市の両親のところへ送ったのだ。

その家は戦災をまぬがれていた。戦線と病院生活の後、私はこのような家に行くのは初めてだった。私たちは居間に座った。食器棚のガラス盤の上に敷かれた小さなテーブル掛けも、壁のあちこちに吊り下げられた、手製の彫刻を施した棚の上の小さな装飾品も間違いなく戦前のものだし、ソファーの上の壁に広げられた絹の絨毯も、きっと戦争の前からそのように下がっていたのだろう。私はこの美しい部屋に座るエレガントで愛想のいい、落ち着いた女性を見つめ、カーチャがひどく可哀想になった。

「せめて二～三日でも、レニングラードに行けたらなあ！　彼女を探せるのに。レニングラードにいるのは間違いないんだ。でも行かせてもらえない。ドミトリーはモスクワにいるの？」

「そうよ」

私が何故夫のことを尋ねたか、アーニャはすぐ分かった。

「彼はきっとあなたの役に立つわ！　あたし、すぐに彼に手紙を書くから、どうして欲しいの？」

「僕をモスクワに召還して欲しいんです」

私は言った。

「そうでないと医務委員会は僕を後方勤務にしてしまうんです」

「それはいつ？」

「五月です」

「それならちょうどいいわ、それまでにミーチャの返事をもらえるから。誰と話し合えばいいか、彼は知っているかしら？」

「人民委員部の空軍人事課です」

アーニャは手帳に書き留めた《人事課……》

「ムーオフ市からレニングラードへ直接飛べないのは残念ね、でも、そこへは《ダグラス機》が飛んでるわ。実は、以前はその飛行機はなかったけれど、間もなく来るそうよ。飛行場の地面が乾いたらすぐね。必要ならあたし、ダグラス機の席を手配してもいいわ」

私は彼女に感謝し、それはもちろん有り難いけれど、この世にはこんな本もあるからと言った。つまり、空軍の《服務規定》の本で、それを読めばそのような飛行をする気にはならないのだ。ところが、全く予想もできないことが起り、ほんの数日後、私はこの厳格な規定集を気にすることなく、どこへでも飛んでいけることになった。

第13章　宣告

医務委員会は、いつも私には何か裁判所みたいで、しかもこの裁判所で私は、何度も自分の有罪——つまり、自分が、角張った顎《あご》と四プード(約六十五kg)の重量を持ち上げられる筋肉の、背が高く広い肩幅の人間に作られていないこと——を認めざるを得なかった。全く、この不愉快な気持ちで素っ裸になって、私はムーオフ市の医務委員会の前に立たされた。私は目を閉じてしゃがみ、両手を前に伸ばし、それが震えないように堪《こら》えたり、脚気《かっけ》の検査で足をピクンと動かしたり、極小の文字を遠く離れた所から見事に読んだりした。それから年老いた白髪の女性が、心臓を聴診し、指で背中や胸をトントン叩き始めた。恐らく彼女は私の胸が何か不満だったのだろう。触診を中断して顔をしかめ、音階でも奏でるように再びそっと撫でた。そしてこう言った。

「呼吸しなさい」

医務委員会で私は、自分の肺については全く心配していなかった。いらいらして私は何故か負傷した方の足が少し跛《びっこ》を引き始めた——そのことこそ、空中戦で足がどう使われるかを考えるなら、困った問題なのに。

肺の方は子供の時スペイン風邪を患い、その後、重い肋膜炎をやっていたけれど、いつも絶好調だった。しかし、この医療班の年老いた怒りっぽい女性少佐は、私の肺に何故か芳しくない印象を持ったらしかった。彼女は触診し、私を回転させると、又、トントンとやり、そして横たわらせた——まるで私が完全に病気で、もう飛行はできないことを必ず証明しようと決意したかのように。飛行できないという最も恐ろしい考えを、もう半年くらい私は心の一番奥底に——隠しおおせるならば、なり振り構わず——深く仕舞っていた。しかし、その考えは決して消え去ってはいなかった——ただ、カーチャというもう一つの心配事の影に身を隠していただけだった。でも、医務委員会の前に裸になり、足と背中の傷跡を露《あらわ》にして立った今となっては、もはやその考えを、自分にも他人にも隠すことは不可能だった。多分、女医もそのことを私の目に読んだのだろう、羽根ペンを取ったものの診断を書こうとせず、角製の眼鏡の背の低いぽっちゃりした医者の、医務委員会議長に私の診断を委ねた。彼はただちに私の肋骨や肩胛骨《けんこうこつ》を、指でなく小槌で精力的に打診し始めた。小槌はよく響いたり鈍い音だったり、まるで《君は病気、病気、病気、病気じゃないのか？病気でもう飛べないのだろう？》とでも話しているかのようだった。

「心配ありません、大尉」

医者はチラリと私の顔に目を向け、ゴムの聴診器を大きな毛深い耳に押し込みながら言った。

「少し治療を受けて下さい、それで万事オーケーになりますよ」

彼は私を聴診し、カルテに何か記入した。彼は愛想よく繰り返した。

「万事オーケーになりますよ」

しかし、彼の診断は半年間の休暇で、私は一九四二年という戦争の最中に、部隊指揮官としての自分に、医務委員会がこのような判断を下すことが、どういうことか（〔訳注〕サーニャの肺は、彼自身が考えていたほど良好ではなかった）がよく分かった。病院まで戻った私の表情が落ち込んでいたせいだろう、足を切断した私の隣の軍人――不思議なのは、担架で風呂から運ばれる時、いつも太った体が真っ赤になる――は、本から目を離し、私に視線を向けたが、何も尋ねなかった。それから、やはり興味を押えられずに聞いた。

「診断はどうだったかい？」

私は何故か彼に、自分は障害者に認定された――診断でそんな言い方は全くされなかったのに――と答えた。食事が運ばれても、私は機械的にそれを食べ、横になって枕の下に頭を突っ込んで泣きたい気持ちだったけれど、外に出た。そう、診断にそんな言葉はなかったし、暗いドロドロした沼の中にその都度頭から潜るみたいに、その言葉を自分の中で何度も繰り返す必要なんて、何もなかったのに！

彼らを説得する必要があったのだろうか？　つまり彼ら――自分の骨張った指で、私の肋骨に葬送行進曲を奏でさせていた、あの年老いた魔女の女医、それに黙ってはいても私はもう飛行できないと診断した、あの太っちょの医者たちを？　私は、こんな医務委員会ではなく空軍の守備隊委員会送りにされることを要求すべきだったのだろうか？

私は、カマ川へと険しい下り坂になった並木道を歩き、口笛を吹いた――通行人の注意を引かないように、そっと。町一番の建物である航空学校の壁面の、大理石の板に刻まれた言葉を、私は何度も何度も読み返していた。《無線電信の発明家で、天才的なロシアの学者ポポフ、ここに学ぶ》

軽く足を引きずりながら、私は高い土手に登り、眼下には初春のぼんやりした灰黄色の色彩のカマ川が開け、いくつもの桟橋や、巨大な荷船に引かれた、たくさんの汽船が見え、はるか遠い広々と果てしない水面を伝わってくる汽笛や人々の声を聞いていた……

《ムーオフ市から直接レニングラードへ飛べないのは残念ね。あたし、必要なら飛行機の手配してあげるわ》

そうだ、今は万事順調なんだ。座席を取って飛ぼう！

誰の許可も必要ない。だって、操縦席から乗客の席に移動するのだから。好きな席に座って、背もたれに身をまかせ、休養するんだ！　きっと、こんなことを私は声に出してしゃべっていたのだろう。岸辺に立っていた、大きなダブダブのジャケットに制帽姿の《職業学校の生徒たち》が笑い出し、数人が私の後をついて来た。私は、スペインから戻ってカーチャとN市を訪ねた時、N市の少年たちが私の後をつけ、皆がすべて私の真似をしたことを思い出した。売店で煙草を買おうと立ち止まると、彼らも立ち止まり、私と同じ煙草を買うのだった。私は水浴びがしたくなり、カーチャは大聖堂の庭にいたので、私はチハヤ川に降りていって、服を脱ぐと川に飛び込んだ。彼らも少し離れた所で服を脱ぎ、私と全く同じように川に飛び込んだものだ。

そりゃそうだろう、スペインで闘い、赤旗勲章を胸に帰還した飛行士なんだから！　しかし、今はどうだろう？

指が少し震えたが、私はなんとか煙草を巻いて吸い始め、しばらくこの大河の見知らぬ様々な生活のすべてを眺めながらじっと岸辺に立っていた。灰色の客船が通り過ぎた。《リャピデフスキー号》という名前を見て思う。《ほら、お前、リャピデフスキーみたいに有名な人間にはなれなかったな》それからもう一隻、同様のやや小さい客船が通った。《カマーニン号》という名前を見て、思う。《なあ、お前、カマーニンにもなれなかったな！》遠く桟橋には《マズルーク号》が停泊していて、私は、もしもカマ船舶局所有のすべての船に、有名な飛行士や、私のよく知っている知人の名前がつけられているとすれば、私は深夜まで自分を叱責することになるぞと思い、思わず微笑んでしまった。いずれにしても、今や私がレニングラードへ飛ぶのを妨げる人は誰もいなかった――妻を見つけるか、あるいは永久に妻を失ったことを確認するか、どちらになろうとも。

三週間、私は飛行機を待った。その間、私は自分の病気に慣れっこになり、心の中にひそかな希望が湧き、今度の診断の時にはすっかり治っているさとつぶやいていたが、やはり思いがけない肺の病気に我に返り、自分の考えや気持ちを整理することにした。今考えることは、自分ではなくカーチャのことだった。彼女が好きだった曲《ニーナのロマンス》をラジオで聴くと彼女を思い出す。負傷者たちで上演された芝居を見ると、彼女のことを考える。僕たちは、めったに劇場へは行かなかったなぁ！　巨大な病室に皆が寝ていて、あちこちで呻《うめ》き声やあわただしい掠《かす》れたつぶやき声が聞こえたりすると、彼女を思い出す。

ついにアーニャ・イリイーナから病院に、飛行機が来たという電話があった。彼女は、レニングラード戦線司令部の依頼でムーオフ市を往復している大柄の気立てのいい少佐の飛行士を、私に紹介した。彼は私をレニングラードに連れていくことに喜んで同意した。

第14章　カーチャを捜す

六か月もの間、私は地上で過ごしていた！　やっと地面を離れた時の気持ちを、どう伝えたらいいだろう！　何も変化はなかったが、それどころか、人生で初めて乗客として飛ぶと思うと、心が一層辛くなるのだった。しかし、何年もの飛行生活のために、私は地上よりも空中にいる方がずっと気分が晴れる人間になっていた。楽しそうに私は、春の黒い平原や曲りくねって輝く川や、暗緑色のビロードの森といった広大な大地の自然に、何か異状はないか逐一チェックしながら、窓の外を見つめた。楽しそうに私は操縦室に行くと、そこの馴染みで、よく知っている窮屈さを体中で感じていた。楽しそうに私は、飛行士がもうすぐ雷雨を迂回するぞと待っていた――チェレポベーツ市上空で、私たちは稲妻に真っ二つにされた壁を持つ宮殿のような見事な雷雲を従えた雷雨に遭遇した。思わず私は空がまだ自分にとって単なる航路ではなかった、初飛行の時の印象を思い出していた。

……ベルンガルドフカに新聞《プラウダ》の紙型を取りに来ていた車に偶然乗せてもらい、私はリテイヌイ大通りまでたどり着いた。そこからは徒歩か路面電車を待たねばならなかった。ペトログラード地区で運行している唯一の路面電車、それは三番だった。しかし、レニングラードの住民たちは停留所にくつろいで陣取り、もしかしたら一時間は待つことになるよと言った。

飛行士の少佐も、ペトログラーツカヤ地区に行く用事があり、私には重いリユック――私はカーチャの食料品を運んでいた――があるのだから、一緒に待ちましょうと言った。しかし、やっとの思いで、私がカーチャのいる町にたどり着き、もしかしたら彼女はこの瞬間でも……私を待っているのか、病気か、死んでいるのか分からないというのに、一息ついて路面電車を待つなんて、どうしてそんなことができるだろう。

我を忘れて、私は夏の庭園沿いの並木道を疾走した。私はすべてを見て、すべてが分かった。つまり、マルスの広場の菜園の中には、カムフラージュした高射砲中隊が布陣していること。そして、これほど異常なくらいによく繁茂した菜園（〔訳注〕地面の出ている菜園は餓死者の墓に使用された）はレニングラードでは他には決して無いこと。町では、遺体の片付けはそれほど完璧にされていた――レニングラードへの出発前に読んだ新聞によると、一九四二年の春、三十万人のレニングラード住民が通りに出て、自分たちの町の遺体の片付け作業を行ったという。しかし、私の見たすべてで私に注意を向けさせたことは、ただ一つのこと。つまりカーチャはどこに、カーチャを見つけられるだろうか？　ということだった。私はきっと見つけられないと思った――建物という建物の窓ガラスはほとんど叩き落とされ、家々は悲しそうに目を伏せたように静まり返っているから。見つけられない――壁という壁は砲弾で凹んで、破壊されているから。見つけられない――スボーロフ像のある広場にまで、人参やビートがまかれ、その新芽がこれ以上良好な自然条件は考えられないくらいしっかりと生育しているから。私はネヴァ川へ出ると、思わず旧海軍省の尖塔を目で捜した――どう伝えたらいいか、そこにはカーチャの面影があった――古い版画のようにくすんだ尖塔の雰囲気に。

　私たちは戦争が始まった時、別れの挨拶をしなかったが、スペインへ行く時の別れは、鮮やかに記憶に残っていた。私はベレンシュタイン家の玄関の暗がりで、古いシューバや外套に囲まれ、彼女のほとんど体全体を見つめていた。万事があの時のようになるためにはどうしたらいいだろうか？　彼女をまた抱擁するためには？　彼女が《サーニャ、あなたなの？　本当にあなたなの？》と尋ねるためには？

　遠くからベレンシュタイン家が住んでいる建物が見えた。建物はいつもの場所にあるのに、以前よりずっと綺《き》麗《れい》に見えるのは何と不思議なことだろう！　建物は無傷で、その正面はまるで真新しいペンキが太陽に輝いているように派手に光を反射していた。しかし、近付くにつれて、私はそのびくともしない謎めいた美しさに、ますます不安になった。さらに十歩、十五歩、そして二十歩――誰かが心臓を強くつかんで、そして放したように、ドキドキし始めた……家はなかった。その正面は薄い巨大なベニヤ板に描かれたものだった。

　長い夏の一日中、岸に砕ける波のように遠くの砲撃の音が耳に響いていた――ザワザワと大粒の砂利を波が引きずるように、打ち寄せたり遠ざかったり。一日中私はカーチャを捜した。崩壊した建物のそばにいた痩せて頬の落ちた蒼白な顔の女性が、レニングラード地区ソビエトのメンバーであるオバネシャーン医師のところに行くように言った。白髪交りで無精髭の、善良そうな老アルメニア人が、以前の映画館《エリート》——今、そこは地区ソビエト防空・防化学司令部になっていた——の事務室に座っていた。私は彼に、エカテリーナ・イワーノヴナ・タターリノヴァーグリゴーリエヴァを知らないかと聞いた。彼の返答は《もちろん知っている、戦争が始まった時、彼女に自分の所で看護婦として働くように勧めた》だった。

「それで、どうでした?」

「彼女は断って、塹壕《ざんごう》掘りに行ったんです」

医者は言った。

「それ以上は、残念だけど知りません」

「ではドクトル、ロザリヤ・ナウモーヴナはご存知ですか?」

彼は優しい老人の目で私を見つめ、唇をもぐもぐさせて突き出して言った。

「それで、あなたはロザリヤ・ナウモーヴナとはどういうご関係ですか?」

「何も関係はありません。ただの知人です」

「ふむ」

彼は少し黙った。

「優秀な、素晴らしい婦人でしたよ」

溜息をついて彼は言った。

「私たちは彼女を病棟に入れましたが、もう手遅れで、彼女は亡くなったんです……」

私は崩壊した建物の中庭に戻った。通りに面した正面は倒壊していたが、中庭側は無事だった。なぜか分からないが私は砂利だらけの階段を最初の踊り場まで上った。その先は吹抜け状態になった空間に鉄棒や梁が突き出ていて、三階の所から再び階段が始まっていた。

昔、この建物に私の愛する妹が住んでいた。彼女の結婚式を祝ったのもここだった。休日の毎に、青い制服の飛行学校生で、偉大なタターリノフ船長の発見に夢を馳せていた当時の私はここを訪れたものだった。私とカーチャはレニングラードへ来た時は、いつもここに泊まり、そしていつ来ても私たちは、最も親しい大切な友人としてこの家に迎えられた。私がスペインで戦っていた時、カーチャはこの家に一年以上暮らしていた。そして今、レニングラード封鎖のこの期間、カーチャはこの家で飢えと寒さに耐え、他人を助け、自分の誠実さと強い精神力で彼らに希望を与えながら暮らしていたのだ。彼女はどこに? 私は恐怖にとらわれた。私は震えを止めようと歯を食いしばったその瞬間、子供の声が聞こえ、私のすぐ頭上の壁にできた穴から年の頃十二歳くらいの浅黒い、頬骨の出た少年が現れた。

「誰に用事ですか、指揮官さん？」

「君はここに住んでるの？」

「そうであります」

「一人で？」

「どうして一人なんて？　母とです」

「お母さんは家にいるかい？」

「います」

彼は私に、崩壊した建物の上に渡された狭い板の一箇所を示し、そこを通るように言った——数分後には、私は虚ろな目つきの疲れた様子の彼の母親——最初の一言でタタール人と分かった——と話し合っていた。彼女は七十九番の建物の掃除婦だった。もちろんロザリヤ・ナウモーヴナやカーチャをよく知っていた。

「九番、命中した、彼女掘る、始めた」

彼女はカーチャについて話した。（訛《なまり》のないロシア語を話す少年の説明によると、《九番》とは、九番の高級食料品店が入っている建物のことだった）

「知人、掘った。とても赤毛の、それから、彼女のアパートに住んだ」

「赤毛の知人を掘ったんです」

少年が急いで通訳した。

「その後、彼も、彼女のアパートに住んだんです」

「二番目の老婆、死んだ——ハキム、埋葬する、行った」

「二番目の老婆は、ロザリヤ・ナウモーヴナの妹です」

少年が説明した。

「僕がハキム。彼女が死んだ時、僕たちは彼女を埋葬するため橇《そり》に乗せて運びました。スモレンスコエ墓地まで。あの赤毛もいました。彼は僕たちを雇ったんです。彼も軍人で少佐でした」

もう、カーチャのことを聞くべき時だった。私は恐ろしい気持ちだったが、尋ねてみた。怒って頭を振りながら、掃除婦は自身のことを話した。《三か月、病院に入院して、イスラム祭司を呼ぼうとしたが、皆死んでしまってレニングラードには祭司は一人もいなかった》でも彼女が家に戻ると、ロザリヤ・ナウモーヴナのアパートには、もう誰もいなかった。

「住宅管理事務所、聞いたらいい」

少し考えて彼女は言った。

「でも、住宅管理事務所もダメ、死んだ。もしかして、家、去った？　彼女、赤毛を掘った、彼、パン、持ってた。大きい袋、持って、私にくれなかった。だから私、彼に言った。《あんた、バカな欲張り。私たち、あんた、あんた命救った。あんた、パンのことばかり、ダメ。あんた祈る、クラン（コーラン）唱えなさい》」

建物に爆弾が命中した時、カーチャはすでに、ロザリヤ・ナウモーヴナの家には住んでいなかった――私が知ったのはそれがすべてだった。私は、カーチャが自分たちを助けてくれたと泣いて話していた婦人たちと更に話をした。ハキムは自分の友人たちを連れてきて、彼らは赤毛の少佐が、《埋葬》の仕事に三百ｇのパンを約束したのに、《借りを返さず》、二百ｇしかくれなかったと不平を言った。赤毛の少佐が一体誰なのか誰にも分からない。ペーチャ？　いや、ペーチャは少佐じゃなかったし、ペーチャが空腹の少年たちから百ｇのパンを奪うなんて、とても想像できない。どちらでも同じことだ！　その男が誰であろうと、ロザリヤ・ナウモーヴナが妹を埋葬するのを手伝ったのは彼なんだから。

封鎖の苦しい日々、カーチャの命を支えたのが彼だなんて、誰が分かると言うのか？　彼女が葬式に彼と一緒に、ペトログラーツカヤ地区からスモレンスコエ墓地まで歩けたということは、おそらく彼女の体は、それほど弱ってはいなかったのだろう。でも、それ以来、誰も彼女を見た者はいない――生きていたとも、死んだとも。

疲れ果て頭痛がして、私が軍事医学アカデミーへと向かった時は、もう五時を過ぎていた。アカデミー自体は疎開していたが、戦争開始から病院の中にあった治療施設は残っていた。カーチャの働いていた口腔科も残っていた。私は事務局に通され、どこかダーシャおばさんを思い出させる老婦人のタイピストの話では、カーチャの容態はとても悪く、トロフィーモフ医師は彼女をレニングラードから疎開させたとのことだった。

「どこへですか？」

「それは言えないわ、分からないの」

「じゃあ、トロフィーモフ医師ご本人は、レニングラードに？」

「あなたの奥様を送り出してすぐ、彼自身も戦線に行ったわ」

タイピストは答えた。

「それ以来、彼からも彼女からも何の音沙汰もないの」

第15章　水路学者Ｒとの出会い

カーチャからの返事が何もないのに、私が半年もの間彼女に手紙を出し、それでもレニングラードにやって来れば、彼女は両手を広げて家の入口で自分を迎えてくれると期待することが、何と無邪気な考えであったか、今なら分かる。一九四二年の恐ろしい冬も、死にそうな少年たちを乗せた輸送列車も、連邦内の多くの都市にある、レニングラード住民のための専門病院も、まるで無かったかのように。その住民たちの顔に現れた奇妙な生気のないどんよりした眼差しも、まるで無かったかのように。西から、東から伝わってくる砲撃の鈍い響きも、まるで聞こえないかのように。

口腔科の治療施設の事務局で、タイピストの話――彼女の死んだ息子と瓜二つの若い赤軍水兵が、ベッドからもう起き上がる力も失くしていた彼女の所に急に現れ、三百gのパンを彼女にくれた――を聞きながら、私はそんなことを考えていた。

「でも、エカテリーナ・イワーノヴナは見つかります」

彼女は言った。

「彼女は夢で鷲《わし》が飛んでいるのを見たんです。私は、それはあなたの夫だと言ったけど、彼女は信じませんでした。でも、ほらごらん、私の言った通りになったでしょう。だから私は今あなたに言うんです――見つかりますとも！」

そう、多分。《でも、自分は実際のところ、ムーオフ市で何の不自由もなく生活していた間に、彼女がもし死んでいたら》――私は、相変らずカーチャは見つかります、戻ってきますよと私に請け合う老婦人をぼんやり見つめながら、考えていた。《自分は病気の面倒を見てもらい、治療も受けた。それなのに彼女には、ベルタを埋葬する少年たちに払う百gのパンさえなかった》すると私は、自分を退院させるように強く要求して、もっと早く一月のうちにレニングラードに飛ぶべきだったと、激しい怒りと絶望に駆られた。そうしていれば今以上に健康になって退院し、カーチャを見つけ、救い出せたかも知れないのだ。

しかし、もう取り戻せないことを悔やんでも遅かった。《あたし――皆と同じよ》――カーチャはレニングラードから手紙にそう書いていた。今になって私は、彼女がこの簡単な言葉で言いたかったことが分かった。私よりはるかに多くのことを体験せざるを得なかった老婦人は、絶えず私を慰めてくれた。私は彼女に熱湯を沸かしてもらい、当時レニングラードでは珍しかった脂身《あぶらみ》と玉葱を彼女に御馳走した。この瞬間から私の心の中に、冷淡さのようなものが住み着いた。何をしても、何を考えても、すべてのことが、いつも一つのことに導かれる

のだった。《じゃあ、カーチャは？》

……ムーオフ市にいた時でさえ、私は自分のレニングラードの知人たちのほとんどすべての電話番号を思い出すことができた。しかし、治療施設から電話したどの相手からも返答はなく、まるで、それらの電話がどこかの秘密の空洞に消えたかのようだった。とうとう私は最後の番号——唯一、記憶があやふやな番号——に電話した。どこか遠くでさらさら鳴る音と、その後、さらに小さい、誰かを催促しているような声を聞きながら、私はしばらく受話器を持っていた。

「はい、もしもし」

突然、低い男の声が聞こえた。

「誰々さんをお願いしたいのですが……」

私は名前を告げた。

「私です」

「こちらは飛行士のグリゴーリエフです」

沈黙。

「まさか！　アレクサンドル・イワニッチですか？」

「そうです」

「なんという運命の巡り合せ！　あなたをどこで捜したらいいか実はもう三日間考えていたんです、親愛なるアレクサンドル・イワニッチ」

六年ほど前、タターリノフ船長の捜索隊派遣が決まり、私がレニングラードでその編成の準備をしていた時、V教授が私に、フルンゼ名称専修学校の教師で、水路測量学者のある船乗りを紹介してくれた。私たちは一緒に一晩過ごしただけなのに、将来の世界大戦の光景を驚くほど明瞭に描いてみせたその男を、私はその後しばしば思い出していた。

彼は、あの夜遅くやって来た。カーチャはもう寝ていて、安楽椅子に足ごと身を沈めていた。私は彼女を起そうとしたが、彼はそうさせず、私たちはオリーブの実をつまみにして何かを飲み始めた——カーチャはいつもオリーブの実を蓄《たくわ》えにしていた。

北極に彼は深くかかわっていた。彼は将来の戦争で無尽蔵の戦略資源を持つ北極が大きな役割を演じるはずだと確信していた。彼は戦時の航路として北洋航路を評価していて、露日戦争の敗北は、その重要さを指摘していたメンデレーエフの考えの無理解の結果だと主張した。彼は、船団の航路沿いには、すべて軍事基地を建設することを要求した。当時、私はこの見解にひどく驚いたものだった。しかし、一九四二年六月十四日、ムーオフ市にいた私がカマ川の岸辺で、英国とソビエト連邦との条約を厳粛な言葉で読み上げている、ラジオからかすかに聞こえるアナウンサーの声を聞いた時――レニングラードへ飛んだのはその数日後だった――私は、再びその見解を評価することになった。食料品を輸送するその条約が、どういうルートをとるかは容易に想像できたし、《夜中の客》――この水路学者をカーチャは後にそう呼んだ――との出会いを思い起させたのだった。

一九三六年から一九四〇年までの間、私は彼とは一度も会わず、彼の論文や、ヨーロッパのすべての言語に翻訳されていた本《ソビエト北極の諸海（〔訳注〕ソビエト北極には、バレンツ海、カラ海など六つの海がある）》を読んでいた。変わらぬ好意をもって、私は彼の将来を見守っていたし、彼もきっと同様に私を見ていただろう。私は、彼がフルンゼ専修学校をやめて海洋測量船の船長になり、海軍人民委員部の水路管理局で働いていることを知った。戦争の少し前、彼は博士論文の審査を受けた――《夕刊モスクワ》に彼の名前が出ているのを、私は読んだのだ。彼の名前をRとしておこう。

Rは言った。

「……あなたが私の家に行っても、まず私はいませんよ、アパートは使用できなくしましたから。ただ、私はレニングラードをしばらく離れるので、つい二分前に自宅に立ち寄って部屋を開けてきたのです」

「どちらへ行かれるのですか？」

「遠方です、来て下さい、話しますから……どちらにお泊まりですか？」

「まだ決めてません」

「それは好都合です、お待ちしてますよ」

彼は、リテイヌイ橋そばの新しい広々としたアパート――戦争の間、放っておかれたのだろう――に住んでいて、そこは芸術家のアパートのような何か詩情あふれる雰囲気が感じられた。多分ガラスケースに入ってアップライトピアノの上に置かれた、手縫いの装飾的な人形が私にそんな思いを抱かせたのか、あるいは床や本棚いっぱいの本、それとも毛深い胸元をはだけたシャツで、気軽に私を迎えた主人自身のせいかも知れない。どこかで私は、これに似たシェフチェンコ（〔訳注〕ウクライナの詩人）の肖像を見たことがあった。でも、Rは詩人ではなく海軍少将で、それは肘掛椅子に掛けられた立襟の軍服をちょっと見るだけですぐに分かった。

私たちは、いつどこで会っても、彼が真っ先に話を始めるのは、その時に一番重要な話題で、その理由は間違いなく、私たちの互いの関心が常にその《一番重要な話題》に基づくものであったためで、個人的だったり、職務上の仕事の話題に触れることはほとんどなかった。しかし、今回に限って彼は、私が戦争の一年の間、どこにいて何をしていたかいろいろと質問するのだった。

「そうですか、運が悪かったですね」

私が自分の失敗談を話すと、彼はそう言った。

「でも、取り戻せますよ。バルト海艦隊だの、黒海艦隊だのと、どうしてそんなところにいたんですか？あなたは北極を見限ったんですか？だって私はあなたは永遠に北極の人間だと思っていたんですよ」

どうして私が北極を《見限った》かを話すのはとても難しい問題で、私は北極に戻れる唯一の希望を失ったため、民間航空を去ったのだと反論するしかなかった。Ｒは黙った。黒い生き生きした目を軽く閉じ、白髪でまばらになったコサック風の前髪を引っぱりながら、彼は何を考えているか分からなかった。私たちは窓辺――部屋中すべてと同様にもちろん、ガラスが割れ落ちた――の肘掛椅子に座っていた。リテイヌイ橋が見え、その向こうに停泊している船には妙にくっきりと彩色が施され、どこまでが埠頭の建物で、どこからが船なのか識別が難しかった（〔訳注〕空から船への攻撃を塗装でカムフラージュしている）。通りはがらんとしていた――《早朝の五時みたい》、私はふとそんな気がして、さらに思い出すことがあった。カーチャが昔、私にこう言ったのだ――彼女がレニングラードに生まれなかったのは、彼女としては間違いだったと。

私は考え込み、Ｒが私に声をかけたので身震いした。

「横になって寝たらどうです」

彼は言った。

「あなたは疲れてます。明日話しましょう」

私の反対を聞かず、彼は枕を持ってきてソファーの長枕を取り去り、私を寝かせた。私はたちまち寝入ってしまい、それはまるで誰かが忍び足で歩み寄り、よく考えもせずにこの日起ったすべての事の上に、黒っぽい厚い毛布を投げ掛けたかのようだった。


……私が目を覚ましたのは、まだずいぶん早い――多分、四時くらい――時間だった。でもＲはもう起きていた――本棚に古新聞紙を張り巡らしていて（〔訳注〕ガラス戸棚式でない剥き出しの本棚に、新聞紙で覆いをしている）、私は今日彼が出発するんだと一抹の寂しさを感じた。彼は私の側に座り、立ち上がらせずに話し始めた。それは間違いなくあの一番重要な話で、私が疲労困憊していなければ、昨日話していた事だった。

……今ならどんな中学生でも、一九四二年夏に、英国やアメリカからソビエト連邦へ至る大航路上で何が起ったかを、たとえ大雑把にしても想像できるだろう。しかし一九四二年夏の当時、Ｒの話した事は、北極への関心を捨てることなく、北極艦隊での空軍の戦闘記事が出る毎に新聞のページを目で追っていた私にとっては、全く新しいニュースだった。彼はある自分の本に添付されていた何枚かの地図を広げたが、すぐには戦場の境界――彼の言葉によると、海空の我が軍が軍事行動をとっている巨大な戦場――を示すことができなかった。ごく簡潔に、しかし、私がその後専門の論文で読んだ内容よりも一層詳しく、彼は北極のバレンツ海で起っている大戦争の光景を私の目の前に描いて見せた。敵の重要な海軍基地のあるペッサモ湾への小型潜水艦による勇敢な進軍の話、海上で二十五機の敵機を撃墜したサフォノフの話、突然の大雪――それがどんなものか私はまだ覚えている――の援護の下、敵輸送船を攻撃する飛行士たちの働きなどを、私は貪るように彼から聞いた。それらの話を聞く一方で、人生で初めて私は自分の不運の念がちくちくと意地悪く自分の心を苛《さいな》むのを感じた。Rが私に話したのは、まさに、私の北極のことだった。彼から私は初めて《護衛艦隊》のことを知った。彼は私に予想される《艦隊の集結場所》――英国やアメリカの船舶が秘密裏に示し合せた場所――を示し、我がソ連国旗の護衛（〔訳注〕ドイツと直接の交戦国でなかった米・英は、自国の旗を掲げて集結場所まで航行し、そこでソ連国旗を掲げてソ連の船団に合流した）のもとに、それらの船舶の引き渡しがなされる様子を説明した。

「彼らが航行するのは、ここです」

彼は言うと、一九四二年当時、まだ知られていなかった航路を、もちろん大雑把ではあったが私に示した。

「百から二百隻の縦列船隊です。彼らにとって、海上のどこの地点が特に注意を要するかお分かりですか？」

そして彼は、あまり正確ではなかったが、その地点を示した。

「でも、西方航路は今は置いておきます、ましてここには（彼は天井を指差した）上層のお偉いさんたちがいますからね。同じくらい重要な、別の話をしましょう……ドイツ軍が何とかして封鎖しようとしている海峡がここです」

熱を込めて彼は言うと、バレンツ海からカラ海への出口を掌《てのひら》で覆い隠した。

「なぜなら、彼らは航空エンジン製造のための鉱山（〔訳注〕ノリリスク鉱山のこと）の重要性を十二分に理解しているからです。しかし、もちろん北洋航路の貨物輸送に果たす重要性も彼らにとっては、あまり歓迎できることではなく、ましてこの春、その航路を彼らだって期待していたのですから……」

彼はすべてを話さなかったが、私は彼を理解した。私は偶然知ったのだが、ドイツ軍はこの春、西方航路に重要な役割を持っていた港に重大な損害を与えたとのことだった。

「戦争の行き着く先を考えてみて下さい」

Rは続けた。

「つい最近も、ノヴァヤ・ゼムリャ島付近でドイツ潜水艦による我が軍の航空機への砲撃がありました。でも砲撃はそこだけではありません。今日、私は北洋艦隊の軍事委員会が差し向けた飛行機でモスクワに飛びます。飛行士のコリャーキン少佐は、二週間、ドイツ遊撃艦狩りをしたと私に話しました——どこでだと思いますか？……の近辺ですよ」

そして彼ははるか後方の地区を挙げた。

「要するに戦争はすでに、以前は水路測量学者か白熊くらいしか放浪していなかったような場所で行われているんです。それで、私のことも思い出したんでしょう」

Rは言って笑い出した。

「思い出しただけでなく、その上……」

彼は人の良い、陽気な顔つきになった。

「その上、ある非常に興味深く、とても重要な任務を私は託されました。もちろん、それは全くの軍事機密なので、決してあなたに話すことはできません。言えることは、私が真っ先にあなたのことを思ったということです。あなたが電話をくれたことは、もちろんまるで奇跡のようでした、アレクサンドル・イワニッチ」

真剣な、しかも厳《おごそ》かな様子さえ見せながら彼は言った。

「どうです、私と一緒に北極へ行きませんか」

第16章　決心

彼は去り、私は所有者のいなくなった、人気《ひとけ》のない夏のアパートに一人残された。だだっ広い三部屋はすべて私の自由で、私はそこで好きなだけ物思いに耽ることができた。十五時にRは戻ることになっていて、私は彼に短い一言で返事せねばならなかった。つまり《はい》、そうでなければ《いいえ》と。それにしても、この二つの言葉の間には、何と困難で遠い道が広がっていたことだろう——私がそこを歩きに歩いて、一休みしてまた歩いてもまだその果てに行き着くことはないのだ！

ドイツ軍はレニングラードの町を砲撃していた。最初の射程照準のための榴散弾が炸裂したのはまだ遠くで、煙が雲となってゆっくり分散し、リテイヌイ橋の上空にまだ垂れていた。それまで遠かった爆発が、急に近付いてくる——街区の間を左右に進みながら、まっすぐこの建物に、《はい》と《いいえ》との返事がお互いにはるか離れたまま、私が物思いに耽っているこの人気《ひとけ》のないアパートに近付いてきたのだ。

……そこは子供部屋だったのだろう、寂しげに頭をうなだれた片眼の黒い玩具の子熊が戸棚の上に座っていた。隅にはローラースケートがころがっている。低い丸テーブルの上には、何かのコレクションや遊具があった。私の頭に浮かんだのは幼い頃のRで、今と同様に、コサック風のおかしな前髪をたらした丸顔の、活動的だがつつましく情熱家のRであった。この部屋で私は《はい》か《いいえ》かの返事から解放されて休養した。そこで私は、自分がずっと以前カーチャとレニングラードに建てようとしていた家のことさえ思い出していた。家があるところには子供もいるものだ。

弾丸の炸裂がますます近くなった。ほら、すぐ隣りに命中し、ドアが大きく開き、どこかでガラスが派手な音をたてて飛び散る。静かになると誰かの足音が通りに響き渡り、窓を覗くと二人の少年が、見たところ恐怖の顔をして家に走っていく。そら、彼らが並んだ。一人がもう一人の背中をぽんと叩くと、大笑いして反対に向きを変えた。彼らは鬼ごっこをしていたのだ。

……Rは十五時に戻るから、私は彼に《北極に行く》と返事しよう。うんざりする無為の半年——戦時なら、どんなソビエト市民だって辛く不名誉なこと——は跡形なく消え去った！　私は北極へ行くんだ。ここ数年、彼は私から離れていた分、ますます私にとっては魅力的な人間になっていた。西部戦線、そして南部戦線で、私は精一杯戦わなかったとでも言うのか？　しかし、あの北極では、私が理解し愛しているその地方の防衛に当たらねばならない。でも突然、私は考えを止めて、自問した。

「カーチャ！」

彼女を残して出発するのか？　遠方に、長い期間？ペーチャ——返事がないのは、野戦郵便局の番号が変わっただけかも知れない——を探し出そうとしないのか？　ここ、レニングラードやレニングラード戦線で新たな捜索に取り掛からないのか？　カーチャは、どこへ疎開していようと、どんな状況にあっても祖母のニーナ・カピトーノヴナと幼いペーチャと離れることはないだろう。かすかでほとんど目立たない痕跡でも、もしかすると、忌々しい私の死亡記事が届き、苦しみながら生活しているカーチャの所に導くかも知れないのに、その痕跡まで失ってもいいのか？　決めた！　私はあと数日レニングラードにいよう。カーチャを見つけ、それから北極へ行こう。

Rは十五時に戻ってきた。私は彼に自分の決心を伝えた。彼は私の話を聞き終えると、自分が私の立場でも同様に行動するだろうと言った。

「でも、モスクワへは私たちは一緒に行かねばなりません。私は役所であなたの登録手続きをして、それからスレプーシキンは、あなたに家庭問題の片付けのため二週間を許可します。奥さんなんですから、全く冗談ではないですよね、何としても捜さなきゃ！　しかもあの奥さんですから！　私はエカテリーナ・イワーノヴナをよく知っているんです。彼女は賢くて優しい、それに稀に見る魅力的な女性です！」

……翌日、私がペトログラーツカヤ地区に戻り、再び七十九号棟のたくさんの住人を訪ねたこと、芸術アカデミーでペーチャの所在を確かめ、唯一分かった、彼が負傷してワシーリエフスキー地区の軍の振分け病院に入院していたことと等について話すつもりはない。しかし、このコストチキンが彼を見舞った。彫刻家のコストチキンが彼を見舞った。彫刻家は餓死し、ペーチャの方は（噂《うわさ》では）戦線に戻ったらしい。私の手紙が芸術財団の子供キャンプに届かなかったのは、そのキャンプがノヴォシビルスク近郊に再疎開していたためと分かったこと、オバネシャン医師と私がソビエトに赴き、カーチャの照会に応じない無関心な太っちょの女事務員を怒鳴りつけたことも、もう話すまい。

一月に、カーチャたちの輸送列車はヤロスラーヴリに向かい、そこにはレニングラード住民のための専門病院が作られていた。それが私が突きとめることのできた唯一の間違いない事実で、私が話したレニングラード住民の意見によれば、カーチャはヤロスラーヴリで捜すべきとのことだった。そのことを私が確信した二つの事情があった。第一は再疎開するまで芸術財団のキャンプはヤロスラーヴリ州のグニロイ・ヤール村にあったこと。第二はルケーリヤ・イリイーニシナ——口腔科の治療施設のタイピストはそういう名前だった——が突然私に、トロフィーモフ医師がカーチャを送り出した先が、ヤロスラーヴリだったことを思い出したと言明したのだ。

「ああ、何てことかしら！」

彼女は悔しそうに言った。

「こんな事でどうして嘘なんか言えるの！　記憶が弱って忘れてたの、砂糖不足のせいね、あたし全く食べてないから。でも、食べてなくても思い出したわ！　だから言うの——ヤロスラーヴリに彼女はいますよ」

Rの飛行機は夜の十時に飛ぶことになっていた。私は電話で連絡を取り、離陸の十分前に到着した。

第17章　不在だった友人たち

モスクワの空港に降り立ってから、ヤロスラーヴリ行きの列車に乗るまでの数時間に私が歩いた道を、モスクワの地図に書き込んだとしたら、私が以前からとても会いたいと思っていた友人たちと、まるでわざわざ会えないような逆らった行動をしていたと気付くだろう。きっと、その日友人のいた道と並行して、私は歩いていたのだろう。あるいは、そこを横断するのが、ほんの二分遅かったのかも知れない。それとも、その友人はこちらに向かっていたのだが、建物の並びの向こうの、一本隣りの通りだったのだろう。空港からまっすぐ、私はサドーヴァヤ通り、ヴォロトニコフスキー横丁のコラブリョフ宅に向かった――幸いなことに私の手荷物は小さなスーツケース一つだった。

……傾《かし》いだ古い木造の離れは、増築した高い建物に隠れて、鎧戸とベランダ付きの別荘《ダーチャ》のようだった。以前のようにイワン・パーブルィチだけが下階の半分に住んでいるのではなく、モスクワを最初見た時は異様に無人の町のように見えたのに、この小さな建物の中はほとんどすべての窓々から人が顔を出していた。婦人たちが入口の階段のところで編物をしていて、私が現れるや否や、ざっと二十個の好奇の眼が私を迎えた様子は、まるでN市の田舎の中庭にいるようだった。

「誰に用事かい？」

「コラブリョフです」

「ああ、イワン・パーブルィチだね？　廊下を行って左の二番目のドアだよ」

「知ってます」

入口の階段を登りながら、私は聞いた。

「それで、彼はいますか？」

「ノックしてごらん、多分いるさ」

私が最後にイワン・パーブルィチに会ったのは戦争の直前だった。老人に予告もなく、私とカーチャはケーキとフランスのワインを持って彼のところに現れた。彼は長いこと髭を剃って隣りの部屋から私たちと話をし、私たちは昔の学校の写真をじっと眺めていた。それからイワン・パーブルィチが現れた――固いカラーの付いた新調の服を着て、少し若振って口髭をひねりながら。

だから、この時も私は暗い廊下で、あのすばらしい忘れられない夜みたいに、まさに彼が現れると思っていた。すぐに彼が現れ、チラと見ただけで私に気付いて、こう言うだろう。《サーニャ、君なのかい?》

しかし、二回、三回と私は見覚えのあるフェルトを張ったドアをノックした。静寂。イワン・パーブルィチは不在だった。

《親愛なるイワン・パーブルィチ!——婦人たちが私を見つめ、私は自分が興奮しているのを知られたくないので、脇に離れながら短い手紙を書き始めた——再びあなたを訪問できるか分かりません。今日私は、ヤロスラーヴリに行きます。そこはカーチャが、この一月に一か月間疎開をしていたところです。そこから、さらに先までカーチャを捜しに行くかも知れません。この手紙では、私の身に起った事や、お互いの過ごした時間を説明できません。もし、あなたがカーチャやヴァーリャ(といっても、今日会えると期待しているのですが)のことをご存知でしたら、すぐにポリャールヌイ、政治指導本部、海軍少将R、私宛にどうか手紙を下さい。親愛なるイワン・パーブルィチ、私の死亡の知らせがあなたにも届いているかも知れませんが、これを書いているのは私、あなたのサーニャです》

この手紙を彼に渡してあげると言って、十本の手が同時に伸びてきた……

以前よりずっと美しく立派になったメトロで、私はソビエト宮殿駅(〔訳注〕今のクロポトキンスカヤ駅)まで行った。ゴーゴリ並木大通りの、老人たちが彼ら特有の太い杖に寄りかかって座っている様子は、まるで、戦争なんてもうとうの昔に終ったかのようだった。子供たちが遊んでいるのを見た時、気掛りな心配事で一杯の私も、初めてこう感じた——ここはモスクワ、本当にモスクワなんだ!

ヴァーリャの家のドアに銅製の表札が掛かっていた。《ヴァレンチン・ニコラエヴィチ・ジューコフ教授》

ほほう! 教授か! 私は呼び鈴を鳴らし、ノックし、それからドアを足で蹴った……

一九四二年の夏、当時のモスクワっ子のほとんどすべてが職場で生活していたことは、別に驚くには当たらなかったし、まして勤務時間の昼間なので、私はジューコフ教授を家でつかまえることはできなかった。しかし私が緊急に彼を必要としている時に、ヴァーリカがどこかをほっつき歩いているのは許せなかった。私が再びドアを足で蹴ると突然ドアが生きているように動いた。何か悲しそうな軋《きし》み音をたてて、私が取っ手を引っ張るとドアが開いた。もちろん部屋はがらんとしていて、ヴァーリカが寝ているかもというかすかな期待はその瞬間に消えた。ずっと以前、食堂と子供部屋を兼ねていた《本来の台所》へ行った。奇妙なことに《本来の台所》はきれいに片付いているではないか！　テーブルにはテーブルクロスが掛けられ、模様を切り抜いた白い紙が、食器棚に下がっている。清潔に埃を払った壁や、摘んだばかりのスズランや夜スミレを飾った窓辺には女性の手が感じられた。ヴァーリカが花を買う、そんな光景が想像できるとしたら、彼が偉大な芸術家にでもなる必要があるだろう。私は《個人用台所》に行った。壁際に狭い鉄製のベッドがあり、足元の方にきちんと折りたたんだ女物の服があった。カーチャも昔、これと同じ青地に白い水玉模様の服を持っていた。《一人やもめ暮らしの》ヴァーリカの部屋に、一体どんな女性が住んでいるのだろうか？

　キーラと子供たちは戦争の初めからいなくて、私は、そのことを早くからカーチャの手紙で知っていた。

　《ねえ、君を結婚させたのは誰なんだい？》そして私はカーチャの手紙を思い出した。自分の夫のことで、《やぶ睨《にら》みのジェニカ・コルパクチ》とかいう女性に嫉妬しているキーラを、カーチャはからかっていたのだ。ジェニカ・コルパクチは、やぶ睨《にら》みにもめげず、時間を無駄にはしなかった！　いずれにせよ、私はヴァーリャをつかまえられなかった。

　《親愛なるいとしいヴァーレチカ――私は彼に書いた――カーチャを見つけるか、せめて消息を聞き出そうと、ヤロスラーヴリへ行く途中、君のところに寄ったけれど、君がいなかったのは本当に残念。カーチャについて何の知らせもないまま、もう半年が過ぎた。彼女はレニングラードでキーラと文通していたから、キーラか君が彼女のことを何か知っていないかな？　僕は負傷してムーオフ市で入院していた時、君に手紙を書いたけれど返事はなかった。いろいろな目に遭ったけれど、もしも僕とカーチャが出会わないまでも、せめてお互いが生きていると分かれば、それだけでも心が軽くなるだろうに！　手紙をくれ、北方艦隊、ポリャールヌイ、政治指導部、海軍少将R、私宛に。ここがこれからも唯一の住所で、他には今のところないんだ。元気でいてくれ大切な友。ドアはひとりでに開いたんだ。今度は君がドアの鉤《かぎ》を壊すことになるけど――アパートを開けっ放しにするよりはいいだろう。多分、出発の前にもう一度君のと

ころに寄れると思うよ》

私は、この手紙を《本来の台所》のテーブルの上に置いた。そして鉤が掛け金にそのまま落ちるようにセットして強く扉を閉めると、掛け金はうまく落ちて鉤がかかった。

この町で私にはもう一つ大事な用事があった。ヴァーリヤの近所に住むその男を、主人が客を歓迎するかどうかなど気にすることなく、なんとしても訪問したかった。その訪問を、以前から何と待ち焦がれていたことだろう！　病院での眠られぬ夜、譫言《うわごと》に喘ぎながら、私はこの出会いを考えていた。

彼は私に必要な人間で、彼に会うまでは死んでも死にきれなかった！　何度となく私はこの出会いの光景を思い描いた。彼の生活で、くつろいだ気持ちでいる時、つまりどこかの劇場にいて、私のことなど全く夢にも思っていない時に、私が彼の前に現れるというのはどうだろう。あるいは、どこかのホテルで私はドアに鍵をかけ、微笑みながら彼を見つめている。それとも明け方の薄明かりの中、病院の隣りのベッドにいる彼を、私が見ているというのは——あぐらをかいて座る、半分閉じた平べったい目つきが、妙に無関心な彼を。

第18章　昔の友人。カーチャの肖像写真

昔、ソバーチィ広場を一緒に歩いていて、カーチャは言った。

「ここに、ロマショフが住んでるの」

そして、左右の建物と比べると何の変哲もない灰色がかった緑色の建物を指差した。しかし、その時も今も、そのペンキの剥げ落ちた壁を見ると、何か漠然と卑しく汚いものを見ているような気分になった。

通り抜けの門の壁には、戦前あったような居住者リストは掲げられていなかった。それで部屋番号を知るために住宅管理事務所に寄らねばならなかった。事務所でのやり取りはこうだった。鼻眼鏡の怒りっぽい昔風の婦人の係官は、私がロマショフへの来訪を告げると、身震いし目を大きく見張った（〔訳注〕高官のロマショフを尋ねて来た人がいて驚いた）。小さな板張りの部屋には、明らかに掃除夫らしい前掛けをした人たちが立ったり座ったりしていたが、彼らの間にもなんらかの気配が感じられた。

「彼に電話したらどうです」

係官は勧めた。

「彼のところについ昨日、電話がついたんですよ」

「いや、電話しない方がいいと思います」

私は微笑みながら反対した。

「彼はびっくりすると思うんです。実は彼は私の旧友で、私が不慮の死を遂げたと思っているんです」

この会話に別に変わったところはなかったのに、係官はわざとらしく微笑むし、隣りの同じ板張りの部屋からは、おしゃれなハンチングを被った、とても落ち着いたゆっくりした動作の若い男が出てきて、私をじっと見つめた。（〔訳注〕内務人民委員部の人間で、警戒している）

ロマショフのいる建物の玄関に行くため、通りに戻る必要があった。その玄関のところで、私は少し手間取った。武器は持っていなかったが、通りの角に立っている警官に声をかけておいた方がいいかも知れない。しかし私は思い直した。《警官はどこにも逃げはしないさ》ロマショフがモスクワで、きっと兵役義務を解かれていることを私は一瞬も疑っていなかったが、万一軍務に服していたとしても、そのまま自分の家か別荘《ダーチャ》で生活していることだろう。毎朝彼は、パジャマ姿で過ごしているんだ。入浴の後の濡れた黄色い乱れ髪を突きだした、パジャマ姿のロマショフがありありと目に浮かんだ。それは、目の周りが藤色にくらくらと失神しそうな幻だった。何か他の事を考えて落ち着かないと——そこで私はRが水路管理局で十七時に私を待っていることを思いだした。

「どちら様ですか？」

「ロマショフ同志をお願いしたいのですが？」

「一時間後にいらして下さい」

「できればミハイル・ワシーリエヴィチを待たして頂けませんか？」

私は極力丁寧に言った。

「残念ながらもう一度お寄りできないんです。もし私たちが会えなければ、彼が心を痛めはしないか心配です」

ドアの鎖がガチャガチャ鳴った。しかし、鎖は外さずドアを少しだけ開けて私を見るために、つけたままだった。再びガチャガチャ音がして、今度は外された。しかし、さらに何かの戸締り器具が鉄を軋らせて動き、鍵のカチャッという音がした。サスペンダー付きの幅広ズボンにボタンを外した下着のシャツ姿の老人が私を玄関に通し、前屈みになりながら不審そうに私をじっと見た。どこか貴族風の尊大さと、同時に哀れっぽい様子が、その痩せた鉤鼻顔に見てとれた。黄色くなった白髪の前髪が禿げた額の上にはみ出していた。深い皺が喉仏の上に鍾乳石のように垂れ下がっていた。

「フォン・ヴィシミルスキーさんですか?」

途惑いながら私は尋ねた。(彼はびくっと身震いした)

「つまり《貴族》ではないのですね、同じことですけど。ヴィシミルスキー・ニコライ・イワニッチさんでしょう?」

「何でしょう?」

「私をご存知じゃないですか、尊敬するニコライ・イワニッチ?」

私は陽気に続けた。

「あなたにお会いしましたよ」

彼の鼻息は荒くなった。

「私は、数えきれないくらいたくさんの人に会いました」

不機嫌そうに彼は言った。

「食卓に着くのだって四十人からの人数ですから」

「あなたは、モスクワ・ドラマ劇場で働いていて、あの時、とても光り輝くボタンのジャケットを着てらっしゃいました。私の友人のグリーシャ・ファーベルが赤毛の医者役を演じていて、イワン・パーブルィチ・コラブリョフが彼の楽屋で私たちを引き合わせたんですよ」

何故、私はこんなにはしゃいでいたのだろう? ロマショフの家で、私は主人みたいだった。一時間したら彼がやって来る。私は口を半ば開いてしばらく呼吸した。

あいつをどうしてやろうか?

「分かりません、分かりません……どなたでしょう?」

「グリゴーリエフ大尉です、どうぞよろしくお願いします。あなたは現在、こちらにお住まいなんですか? ロマショフのところに?」

ヴィシミルスキーは訝《いぶか》しげに私を見つめた。

「私は居住証明をしているところに住んでいます」

彼は言った。

「だから、ここではありません。住宅管理事務所も、私がここでなくそこに住んでいるのを承知です」

「分かりました」

私はシガレットケースを取り出し、陽気に蓋をパタンと開けて巻煙草を彼に勧めた。彼は煙草を取った。隣りの部屋へのドアが開いていて、そこはすっかり掃除が行き届き、壁や家具は淡いグレーか濃いグレー色だった。丸テーブルの前にはソファーがある。ソファーの上には誰かの大きな肖像写真までが飾られ、淡いグレー色の無地の額縁に収められていた。《皆、同じ色調だな》――自分まで何か楽しい気分になった。

「イワン・パーブルィチって? 教師ですか?」

突然ヴィシミルスキーが尋ねた。

「教師です」

「そうだ、コラブリョフですね。優秀ですばらしい男だった！　ヴァレーチカは彼に学んだんです。ニュータはちがう、あの子はブルジョゾフスカヤ女子高等中学校の卒業だったから。でもヴァレーチカは学んだ。覚えてますよ！　彼には何とお世話になったことか……」

すると口髭の長い老人の顔に何とも知れない善良そうな感情がふっと浮かんだ。ふと気付いたように老人は私を部屋に招き入れ——私たちはまだ玄関に立っていた——さらに私に、遠方から訪ねてきたのかどうか尋ねた。

「はるばるやって来たのなら」

彼は言った。

「出張証明書があれば、軍の食堂でとても安くパン付きのなかなか良い食事をもらえますよ」

彼はさらに何かしゃべっていたが、私は聞いていなかった。愕然として私は敷居に立ちつくした。それはカーチャの肖像写真——ソファーの上の、淡いグレーの額縁に入った——これまで見たこともない豪華な肖像写真だった。それは全身を撮影したもので、よく似合ったリスの毛皮外套は、戦争の直前に彼女が仕立屋で作ったものだった。ある有名な仕立職人マネに縫って貰おうと彼女は奔走し、帽子が外套と同じ毛皮で、マフ（〔訳注〕婦人用の手にはめる筒状の毛皮の覆い）も同じ色でなければならないことを私が分からないと言って腹を立てたものだった。全く、この肖像写真は一体何を意味するのだろうか？　少なくとも十種類くらいの考えが互いを駆り立てるように私の頭に浮かび、その中には今となっては思いだすのも恥ずかしいようなバカげた考えもあった。そのとんでもない考え以上にはるかに愚の骨頂の事実はさておいても、私はその肖像写真が飾られているあらゆる理由を考えていた！

「実はここでまさかあなたにお会いするとは思ってもいませんでした、ニコライ・イワニッチ」

老人が、自分が劇場勤務の後、精神病院で同じクロークに勤め、《狂人たち》が、彼のことを、毎晩スープを盗み食いしていると不当に経理部長に洩らしたため解雇されたと話した時、私はそう言った。

「一体どうしてあなたはロマショフのところで働いているんですか？　あるいは、ただ交際を続けているだけなんですか？」

「そうです、おつき合いしているんです。彼は仕事の援助を私に申し出て、私は同意したんです。私はイシドール府主教の書記でしたし、そのことは隠すどころか調査書にも書いています（〔訳注〕革命後は要注意人物扱いされた）。そこでの仕事は膨大な量の激務でした。手紙だけでも日に千五百通ありました。ここでも同じです。ただ、ここでは私は好意で働いているんです。ミハイル・ワシーリエヴィチが私を自分の勤務先に採用してくれたので、私は、労働証明書（〔訳注〕この証明書で毎月の食糧と交換できる）を受け取っているんです。だから、彼の働く施設は、私がここで働いているのを承知しています」

「ミハイル・ワシーリエヴィチは今は軍務に服していないんじゃないですか？　私たちが別れた時、彼は軍服を着ていましたが」

「そうです、軍務ではありません。国のために何故そのような資格があるのか分かりませんが……戦争が終るまでその資格を持っているんです」

「あなたが受け取っているのは、どんな手紙なんですか？」

「それはとても重要な仕事です」

ヴィシミルスキーは言った。

「任務である以上、極めて重要なものです。現在はある女性、ある婦人の捜索を依頼されています。でも私は、これは任務ではなく個人的な仕事ではないかと思っています。言わば愛情がらみの」

「その女性は一体誰ですか？」

「私のよく知っている歴史上の人物の娘なんです！」

誇らし気にヴィシミルスキーは言った。

「多分、ご存じではありませんか――タターリノフという人を？　私たちは彼の娘を探しているんです。以前ならとっくに見つかった筈です。でもこのひどい混乱。彼女は結婚していて、姓が二つあるんです」（〔訳注〕結婚した同士が、自分たちの姓を並べて新しい姓にすること）

第19章　《君は僕を殺せはしない》

人生が、これまで走ってきた勢いのまま、慣性を考慮せずに停止したかのように、私は架空の壁にしたたかに額をぶつける――そんな気持ちで、私は目の前の概ね正常な老人が、明るくこれまた普通の部屋で、ロマショフが私と全く同じようにカーチャを捜していると伝えるのを見つめていた。それでも、私たちの会話は何もなかったかのように続いた。

ヴィシミルスキーは、話題をカーチャからある地方委員会のメンバーに変え、《五十年の勤労歴》のある自分を、《革命以前》のことであれこれ譴責《けんせき》はできないと言い、それから昔を思い出し、一九〇八年、劇場からの帰りには劇場係が《ヴィシミルスキー様の箱馬車のご到着》

と声を張り上げ、勢いよく乗り着けたものだと話した。彼はシルクハットにマントを身に着けていたーー今は、そんなものは着けていないが、《あんなに立派だったのに、とても無念だ》と言った。

「彼はいつ亡くなったんですか？」

自分の《鍾乳石》の皺を引っ張りながら、突然彼は尋ねた。

「誰のこと？」

「コラブリョフです」

「何故死ぬんです？　彼は元気で生きてますよ、ニコライ・イワニッチ」

私は冗談っぽく答えたが、本当のところは心が震えながらこう思っていた。

《今にすべてが分かるようになるぞ、でも用心するんだ》

「あなたのおっしゃるように、それは個人的な仕事なんですね？　その婦人の件は？」

「そうです、個人的なことです。でも、とてもとても重要なことなんです。タターリノフ船長は歴史的な人物です。ミハイル・ワシーリエヴィチはレニングラードに行きました。彼は包囲され、飢えて壁紙の糊を食べたんです。古い壁紙を剥いで、煮て食べました。それから彼は肉を求めて出張し、戻ってみたら彼女はいませんでした。連れていかれたんです」

「どこへ？」

「問題なのはそのことです」

厳《おごそ》かにヴィシミルスキーは言った。

「あの疎開がどんなだったかご存知ですか？　捜すしかありません！　肝心なのは、輸送列車で連れていかれたかどうかです。それならばことは明白です。どこの施設の列車か？　例えば冷凍設備のある食品工場とか。列車はどこ行きだったか？　シベリア行き？　だったら彼女はシベリアです。でも彼女を送り出したのは飛行機なんです」

「なんですって、飛行機？」

「ええ、まさにそうなんです。きっと特別扱いされたんでしょう。それで消えてしまった。行き先は分かりません。分かっているのは、飛行機がミハイル・ワシーリエヴィチが肉を手に入れた、まさにその駅のあるフヴォイナヤ経由で飛んでいったということだけです」

どうやら私は、いつまで黙っていて、いつ二、三の言葉を挟んだらいいか本能的に感じ取っていたらしい。すべて準備万端だった。彼にとっては最近退院したらしい痩せて黒い髪のある軍人が、前線で別れた友人のところに立ち寄り、彼がどう過ごし、どんな生活をしているかをあれこれ質問しているのだ。

《今にすべてが分かるようになる、でも用心するに越したことはない》

「それでどうでした？　見つかりましたか？」

「いえ、まだです、でも見つけますよ」

ヴィシミルスキーは言った。

「私はプランを立て、中央照会局のあるブグルスランに手紙を出しましたが、それは無意味でした。なぜなら私たちに送られてきたのは十人のタターリノフと百人のグリゴーリエフの名簿で、どちらの姓を先にして捜していいか分からなかったのです。そこで私はすべての県庁所在都市の執行委員会議長に対し、個人的に照会してみました。それはたいへんな作業で大仕事でした。でもタターリノフ船長は私の友人ですし、彼の娘のために、私は三か月間、紋切り型の照会状を書きました――貴下の捜索命令をお願いしたい、戦災者救護所で、タターリノフという歴史的人物の娘を、返事を待つと。そして受け取ったのは……」

呼び鈴が激しく鳴り響いた。ヴィシミルスキーは言った。

「彼です」

ヴィシミルスキーは、慌てたような顔になり、先細った前髪が頭で揺れ始め、口髭は垂れ下がった。彼は玄関に出ていき、私はというと、ロマショフが入ってきてすぐに私に気付かないようにドアのそばの壁のところにしばらく立っていた。彼がロマショフと玄関でこういう会話をした時、ロマショフは踊り場に飛び出すこともできただろう。

「お客様です」

ロマショフは急いで尋ねた。

「誰？」

老人は答えた。

「グリゴーリエフとかいう方です」

でもロマショフは、十分そうできたのに飛び出さなかった――私は事を急がなかった。彼は洋服箪笥と壁の間の暗い隅に立ち、私に気付いて叫び声をあげ、そして子供っぽく拳《こぶし》を振り上げそれを顔に押し付けた。玄関のドアに鍵が突き出ていて、私はそれを回して鍵を引き抜きポケットに入れた。ヴィシミルスキーは私たちの間に立っていたので、私は彼にぶつかり、人形のように彼の位置を入れ換えた。さらに何故か突いて押しやると彼は機械的に肘掛椅子に倒れ込んだ。

「さあ、部屋に入って話そう」

私はロマショフに言った。彼は黙っていた。手に持ったハンチング帽を、彼は口に突っ込み、歯を食いしばって噛みしめた。

「ほら！」

彼は激しく頭を振った。

「話をしないのか？」

彼は大声を出した。

「いやだ！」

しかし、それが私に会った彼を襲った最後の絶望の瞬間だった。私は彼の腕をぎゅっと引っ張った。彼は姿勢を立て直した。そして私たちが部屋に入ると、片眼だけ少しやぶ睨みであるものの、顔は全く別人のように落ち着いた無表情になった。

「この通り、生きてたよ」

私は小声で言った。

「ああ、分かった」

今や、私は彼をよく見ることができた。彼は折り襟に黄色いリボン――打ち傷は全くたいしたことはないのに、それは重傷者の印だった――の着いた薄手のグレーの背広を着ていた。リボンの下のボタンが暗闇で光っていた。彼は太り、その暗闇で光るボタンに勝るとも劣らない突き出たピカピカの赤い耳が、もし無かったとしても、決して風采の立派な紳士には見えなかった。

「拳銃を返せ」

私は彼が、除隊した時に拳銃は引き渡したと嘘を言うだろうと思った。しかし拳銃には所持者の名前がついていた。つまり私はナロバ川に架かる橋の空爆に対し、中隊長からその拳銃をもらったのだ。だからその拳銃を引き渡したりすれば、ロマショフは自分の馬脚を現すことになる。彼が黙って事務机の引き出しを開けて拳銃を取りだしたのは、その理由からだった。拳銃は装填されていなかった。

「身分証明書を返せ」

彼は黙っていた。

「さあ！」

「水に濡れて失くなったんだ！」

大急ぎで彼は言った。

「レニングラードで防空壕が水浸しになった。僕は気絶していた。Ч の写真だけが無事だったので、僕はそれをカーチャに渡した……僕は彼女を破滅から救ったんだ」

「本当か？」

「ああ、僕は彼女を救った。だから僕は何も怖くなんかない。いずれにしても、君は僕を殺せはしない」

「よく考えてみるさ、すべてを話すんだ、このろくでなし」

私は彼の襟をつかんだが、息を詰まらせたので、すぐ離しながらそう言った。

「僕は死にそうな彼女にすべてを捧げたんだ。ああ、嘘なもんか！」

私の目を盗み見しようと下から顔を見上げながら絶望にかられて彼は叫んだ。

「君にすべてを話すから、僕を信用するんだ。君は何にも知らないんだから。僕は君が嫌いさ」

「本当かい？」

「だってどうして君が好きになれるんだい？　君は、人生のすばらしいものをすべて僕から奪い去ったんだ。僕はたくさん、とても多くのことができたのに！……」

彼は傲慢に言い放った。

「僕はいつも運が良かった、まわりの人間がバカだったからね。出世することだってできた。でも出世なんて屁とも思わない！」

彼はそれをひどく強調した。私の知る限りでは、ロマショフは出世することを軽蔑するどころか、反対に懸命に求めていた。彼がこれまで学校でひどく頭の鈍い生徒だったことを思うなら、今の彼は十分に成功していると言えるだろう。

「だから、聞くんだ」

普段ではあり得ないくらいに顔面蒼白になって、ロマショフは言った。

「君にすべてを話すから、僕の言うことを信じるんだ。タタ－リノフ船長の捜索隊を駄目にしたのは僕さ！　初めは、君が一人で行くものと思っていたので、僕はカーチャを援助した。でも、彼女は君と一緒に出掛ける決心をしたから、僕は捜索隊を没にさせたんだ。僕は告発書を書いたけれど、それはとても危険を伴うことだった――もし、その裏付けに失敗すれば逆に僕自身の首が飛ぶから。でも僕はうまくやったのさ」

金文字で《M・R》と書かれたグレーの皮のファイルに用紙の山が挟まれていた。私がその一枚を引き出すと、ロマショフは目を見張り、私の頭越しにどこかを見つめながら一瞬身動きができなくなった。どうやら彼は私がファイルから用紙を取り出し、彼の前にそれを置くというその単純な動作が、彼にとってどういう危険をもたらすかを見抜こうと、必死になって自分の前に開かれた将来を覗き込んでいたのだろう。

「ああ、書くがいいさ」

彼は言った。

「捜索隊の派遣を中止させた男は、その後流刑になって死んだよ。でもいずれにしても君が意味あることだと思うなら、書くがいいよ」

「どんな細かいことでもね」

私は冷静に答えた。

「僕は告発書にこう書いたんだ。君は二十年前にどこかで失踪したタターリノフ船長を捜すという自分の妄想にとりつかれた人間で、学校時代からいつもそんな躁病状態だったとね。しかしその裏には、全く別の意味があるんだ。君はタターリノフ船長の娘と結婚し、彼の名前の持つその評判が、君の出世に不可欠なものになるのさ。僕は一人で書いたんじゃない」

「もちろんだろう！」

「君は《学者の擁護のために》という論文を覚えているかい？　ニコライ・アントニッチが発表したんだけれど僕たちはそれを告発書に引用したんだ」

「つまり、密告かい？」

私はできるだけ急いで、ロマショフの話を書き留めていった。

「そう、密告だね、僕たちはあらゆることを立証し、証明したのさ！　ある書類を僕はニーナ・カピトーノヴナに押し付け、彼女はそれに署名し、あとで確認のため当局から呼び出されたりしないように体裁を整えるのに、どれだけ苦労をしたことか。ああ、それはたいへんだった！　これらすべてが、どんなに君の評判を落としたか、君は知らないだろう！　ソ連邦民間航空に入った時も。そしてその後君が軍隊に入った時も。きっと、必ずね！」

この告白を最後まで聞いた時の気持ちを、どう伝えたらいいだろう？　私は何のために彼が真実を話すのか分からなかった――もっとも、その単純な意図はすぐに明らかになったのだが。それでも、私がどこにいても、何が私に起ろうと、どうすることもできないと思われたすべてのことが、逆光ではあっても一気にパッと明るく照らし出されたのだった。

第20章　影

「それはずっと以前、まだ学校時代からだった」

ロマショフは続けた。

「教室で先生の質問に、君みたいに自由に答えられるように、僕は徹夜で勉強しなければならなかった。お金は少しも君の気を惹かないと分かったので、お金のことは考えないようにした。僕は君のようになりたい、君になりたいと憧れ、いつも万事につけて君が僕より意志が強く優れていることに悩んでいた」

　指を震わせながら彼はテーブルの上のガラスケースから煙草を取りだし、火を捜し始めた。私はしゅっとライターの音を立てた。彼は火を借りて煙を深く吸い込むと、それをもみ消した。

「通りで君に会って、僕が玄関口に隠れ、影のように君の後をつけたことがあった。劇場で僕は君の後ろに座った。でも、ああ僕には君より優れたもので一体何があっただろうか？　僕は自分が舞台のすべてを、君と違った視点、違う目で見ていることに気付いた。そう、僕らの諍《いさか》いはカーチャのことだけじゃなかった。僕の気持ちのすべては、いつどこにいても君の気持ちと衝突していたんだ。だから、僕は君についてすべて知ってるよ。君はヴォルガで農業飛行隊に勤務し、その後極東勤務になった。君は再度北方勤務を願い出て認められなかった。それで君はスペインへ行った。やれやれ、それはまるで僕が長い年月そのために努力していたすべてが、思いがけずひとりでに実現したかのようだった！　しかし、君は帰ってきた！」

　憎らしげにロマショフは言った。

「そしてそれ以降、君のまわりはすべて順調になった。君はカーチャとN市に行った……いいかい、僕は君がとっくに忘れたことだってみんな知ってる。君は幸福だったから忘れているかも知れない。でも僕には忌わしいことだったから忘れはしない」

　彼は発作的に溜息をつくと目を閉じた。それから開けると、その素早い視線の中にこの熱い告白からまるでかけ離れた、何か鋭く醒めたものがチラリと光った。私は黙って彼の話を聞いていた。

「そうさ、その愛が生涯、君にすばらしい幸福をもたらすのなら、僕は君たちを別れさせたかった。君が愛しているのはただひたすら愛しているためだけど、僕は彼女の愛に加えて彼女を君から奪い取りたい一心だと思うと、妬《ねた》ましい気持ちで、僕は死にそうだった。君と愛について話すなんてお笑い種《ぐさ》だろうよ！　でも諍いは終り、僕は負けた。今、僕にとって屈辱は、君が元気で生きていて、運命が再び僕を裏切ったことに比べれば、たいしたことじゃない！」

　玄関で電話の呼び鈴が響いた。ヴィシミルスキーは言った。

「はい、帰宅しています。どちら様ですか？」

　しかし何故かロマショフを呼ばなかった。

「そして戦争が始まった。僕自身も戦争に行った。兵役免除の予約証を持っていたけれど、断ったんだ。自分が殺されればそれで十分だった！　でも内心では君が死ぬことを願っていた、君がね！　ヴィニッツァ近郊の納屋で休んでいた時、一人の飛行士が入ってきて、新聞を読みながらドアに立ち止まった。《すごい奴らだ！――彼は言った――気の毒に焼け死んじまって》《誰のことだい？》《グリゴーリエフ大尉と搭乗員さ》僕は小さな新聞記事を千回読んだよ、暗記してしまった。数日後、僕は輸送列車で君に会ったのさ」

彼が自らの期待に反して、私が生きていると分かった自分に対し、何とかして私から同情を求めるということは、とても奇妙なことだった。しかし、彼はあまりに夢中になって、そんな状況下の自分のばかげた行為に気付かなかった。

「その後のことは君の知っての通り。思い出すのも恥ずかしい荒唐無稽なたわごとさ！（〔訳注〕ソ連軍の統率のないバラバラの退却を暗喩している）列車の中で僕は、君がカーチャのことを考えはしまいかとヒヤヒヤしていた。僕は醜悪で混乱した戦争そのものが君を苦しめるのを見たけれど、それはすべて、退却せずに命を捧げようとする君が、自分に引き受けたものだった。しかし、僕にとってそれが意味するものは、ここでも又、君が僕よりも意志が強く、優れているということだった」

彼は沈黙した。ヤマナラシの林も、濡れた葉の積み重なった山も、そして私が手を振り上げるのを妨げた薪の山も、この世にまるでなかったかのように、あるいは私が地面に両手ですがり付きながら、《戻るんだ、ロマショフ！》と彼に叫びたい気持ちをこらえて横たわっていたことなどなかったかのように、彼は薄手のグレーの背広の風采の立派な紳士然として私の前に座っていた。私は両手が疼《うず》き始め、拳銃で彼を殴りたい衝動にかられた。

「そうかい、それは深遠な考えだね」

私は言った。

「ところで、この用紙に署名してくれないか」

彼が後悔しながら話している間、私は《供述》つまり捜索隊を駄目にした簡単な経緯《いきさつ》を記録した。それは私には苦痛だった。つまり私は事務的な文書が苦手だった。それでも《M・V・ロマショフの供述》をこんな風に書いた私は、うまくできたと言えるだろう。《卑劣にも北洋航路局の首脳を欺いた》云々……

ロマショフは素早く文書を読んだ。

「いいよ」

彼はつぶやいた。

「でもまず僕が君に説明しなきゃ……」

「署名が先、説明はその後だ」

「でも、君は分かっていない……」

「署名するんだ、このろくでなし！」

私の言い方があまりに殺気じみていたので、彼は恐怖で脇へ跳び退くと、何故かゆっくりといかにも嫌そうに歯をがちがちし始めた。

「これでいいんだろう！」

彼は署名し、憎らしそうに万年筆を放り投げた。

「君は僕に感謝すべきなのに、僕の率直な気持ちに付け込もうとしてるんだ。分かったよ！」

「ああ、付け込んでるのさ」

彼は私の顔を見つめ、それはきっとヤマナラシの林で私の息の根を止めなかったことを心から後悔していたのだろう！

「僕はモスクワに戻った」

彼は続けた。

「そしてすぐにレニングラード転勤になるよう懸命に動き回った。僕はラドガ湖経由で出発し、ドイツ軍が船を沈めていたけれど、たどり着いたんだ――それも折良いタイミングでね。本当に有難いことさ」

彼は急いで言い足した。

「あと一日、多くても二日遅れていたら、きっと彼女を埋葬することになっていただろう」

それは本当かも知れない。ロマショフがレニングラードに行ったとヴィシミルスキーが言った時、私は掃除婦や子供たちが話していた赤毛の少佐のことを思い出していた。《彼女、赤毛、掘って救い出した、彼、パンを持ってた。大きな袋担ぎ、あたしにくれなかった》しかし私を心配させたのは、別のことだった。ロマショフはカーチャに、私が死んだ――もちろん、ヤマナラシの林の中ではなく戦争で――と信じさせたかも知れない。

「そしてレニングラードに着いた。君は何があったか想像できないだろう。僕は毎日三百gのパンを受け取っていて、その半分をカーチャに届けたんだ。十二月の終りに、僕は葡萄糖《グルコース》を少し手に入れた。カーチャの所に持っていく間、それを嘗《な》めたい気持ちを抑えて、自分の指を噛《か》んだものさ。僕は彼女の家のベッドの前で倒れた。彼女は言ったよ、《ミーシャ！》でも、僕はもう立ち上がる力がなかった。彼女を救ったのは僕さ――彼は、私の想像もつかない恐ろしい思いが再び自分を苛《さいな》むかのように不機嫌に繰り返した――そして、僕が今、死なずにこうして生きている理由は、唯一僕が彼女と君にとって必要だと確信しているからなんだ」

「えっ、僕にもかい？」

「そう、君にもだ。スコヴォロードニコフが、君が死んだと彼女に手紙を書いた――僕が着いた時、彼女は悲しみで半死状態だった。だから、僕が君に会ったと言った時の彼女を、君に見せたいものだった！　あの瞬間、僕は分かった、惨《みじ》め……――誰に憚《はばか》ることもない大声でロマショフが叫んだので、玄関でヴィシミルスキーが椅子から倒れるようなドスンという音が聞こえた――あの愛を前にした惨めさったら！　あの瞬間、僕は君を殺そうとしたことを痛ましく耐え難いくらい後悔したんだ。あの行動は間違いだった。君が死んでも、僕は幸せにはならなかったんだ」

「それだけかい？」

「そう、これだけだ。一月に僕はフヴォイナヤへの出張で二週間ほど留守をし肉を運んだけれど、アパートはすでに空だった。ワーリャ・トロフィーモヴァ――多分、君も知っているだろう――が、カーチャを飛行機で送り出したんだ」

「どこへ？」

「ヴォログダだ、正確に調べたんだ。その後、ヤロスラーヴリに」

「ヤロスラーヴリで誰に問い合わせたんだい？」

「戦災者救護所の所長が知り合いなんだ」

「それで返事はあったのか？」

「うん、でも書いてあったのは、彼女が救護所を経由して、レニングラード住民のための病院に送られたということだけだ」

「見せてくれないか」

彼はテーブルの上を捜し、手紙を渡した。《フスポーリエ救護所――私は読んだ――お問合せの返答は……》

「どうしてフスポーリエなのかい？」

「そこに戦災者救護所があって、ヤロスラーヴリからは二kmのところなんだ」

「今、分かっているのは、これだけかい？」

「これだけだ」

「それなら、僕の話を聞いてくれ」

はやる気持ちを抑えて、私はロマショフに言った。

「君がカーチャのために何をしたとしても、君を許す、許さないの話じゃない。君が僕に対してやったこと、それはもう個人的な諍《いさか》いなんかじゃない。重傷の僕の止《とど》めを刺そうとし、盗み、森の中に一人捨てた君の行為は、僕との諍いでやったことじゃない。それは軍人としての犯罪だ。それをやった君は軍人宣誓破りの卑劣漢として、真っ先に裁判にかけられるんだ」

私は彼の目を覗き込み、ハッとした。彼は私の言葉を聞いていなかった。誰か二～三人が階段を上ってきた。

足音が階段の吹抜けに高く響いた。ロマショフは不安そうに振り返り、少し腰を上げた。ドアを叩き、呼び鈴が鳴った。

「開けますか?」

壁越しにヴィシミルスキーが尋ねた。

「ダメだ!」

ロマショフは叫んだ。

「誰だか聞くんだ」

思い直したように小声でつけ足すと、彼は軽い、ほとんど跳ねるような足取りで部屋を歩き回った。

「どなたですか?」

「開けて下さい。住宅管理事務所です」

ロマショフは歯を食いしばり、溜息ををついた。

「僕は不在だと言うんだ」

「知らなかったんです。電話があったので、在宅だと伝えてしまいました」

「もちろん、在宅さ!」

大声で私は言った。

ロマショフは私に飛びかかり、腕をつかんだ。私は彼を突き飛ばした。彼は金切り声を出し始め、それから私のあとから玄関に来ると、以前のように壁と戸棚の間に立った。

「ちょっと待って下さい」

私は言った。

「今、開けますから」

入って来たのは二人だった。年配の男は無愛想で主人ぶった表情から判断して、おそらくアパート管理人らしく、おしゃれなハンチング帽の、ゆったりした動作の若い方は、私が住宅管理事務所で会った男だった、まず若い男が私を見て、それからゆっくりロマショフを見た。

「ロマショフさんですか?」

「はい」

ヴィシミルスキーはあまりにひどく歯をがたがたさせたので、皆が振り向いた。

「武器は?」

「ありません」

ロマショフは、ほとんど落ち着き払って答えた。ただ、彼の無表情な顔のどこかの血管がぴくぴく動いていた。

「まあ、いいでしょう、手荷物をまとめて下さい。下着の替えも少し。管理人さん、逮捕者を連行しなさい。大尉同志、身分証を拝見できますか……」

「ニコライ・イワノヴィチ(ヴィシミルスキーのこと)、これはくだらない戯言《たわごと》です!」

背負い袋に荷物を詰めている奥の部屋から、ロマショフが大声でどこかに向かって言った。

「僕は数日で戻ります。すべては、あのくだらない件でのバカげた話です。僕が話したことを覚えていて下さい。フヴォイナヤでのくだらぬことを」

ヴィシミルスキーは再び歯をがたがたさせた。彼のあらゆる動きから見て、そのくだらない件については何も聞いていないようだった。

「サーニャ、ヤロスラーヴリで彼女が見つかると思うよ……」

さらに大声でロマショフは言った。

「彼女に伝えてくれ……」

私は彼が背負い袋を落とし、目を閉じてしばらく立っているのを玄関から見ていた。

「仕方がない、たいしたことじゃない」

彼はつぶやいた。

「すみませんが、水を一杯いただけませんか？」

おしゃれなハンチング帽の男が、ヴィシミルスキーに言った。ヴィシミルスキーは差し出した。今は皆が玄関に立っていた。背負い袋を肩にしたロマショフ、結局一言も話さなかったアパート管理人、空のコップを手にして途方に暮れたヴィシミルスキー。一瞬、皆が黙った。


そして代理人はドアを押した。

「失礼します、お騒がせしてすみません」

そして、丁重にロマショフに歩くよう促した。おそらくもし時間があれば、私はモスクワ警察の代理人という形で、ロマショフのアパートに現れた運命が、毅然として我々の会話が終るのを妨げたことの深い意味を探ろうと努めただろう。しかしヤロスラーヴリ行きの列車は二十時二十分発で、私にはまだやることがあった。
(a)スレプーシキンのところに出頭し、出頭するだけでなく、一時間半くらいかかるであろう手続きをすること。
(b)褒賞課に寄ること――ムーオフ市ですでに私は、自分の二回目の赤旗勲章決定の通知を受けており、人民委員部で書類を受け取ることができる。
(c)出発前に、何でも手に入れておくこと。つまりムーオフ市から運んできた荷物のほとんどすべてを、私はレニングラードのとあるバルト海飛行士仲間に預けていたのだ。
(d)切符を手に入れること、ただし切符なしでも行けるため、心配はほとんどなかった。
その上更に、私はロマショフについて軍検察官宛に手紙を書く必要があった。これらはすべて私にはどうしても必要なことに思えた。列車の出発までの四〜五時間のうちに、これらのやっかいな仕事を私の行動に組み入れねばばならなかった。しかし、本当は歩いて五分のヴァーリヤ・ジューコフのところに戻る必要があった。そうすれば、多分、ロマショフが私の前で身の証《あかし》を立てようと試みた嘘と真実の寄せ集めについて、しばらく考える時間もできただろう。

私はまだアルバーツカヤ広場に立っていた。《ほんの二分でもヴァーリヤのところに立ち寄ってみないか？》しかし、ヴァーリヤの代りに私は理髪店に寄った——ある海軍少将が、私をもう一人の海軍少将に紹介する予定になっている水路測量局へ出頭するその前に、私は髭を剃り、襟《カラー》を取り替える必要があった。

十七時きっかりに私はスレプーシキンのところに到着し、十八時にはもうR配下で極北地方に出向する水路測量局員に登録されていた。二〜三年前だと、短くて簡潔な形式的な辞令の裏に私が想像したのは、極地に最初に訪れる内気な太陽に照らされた、遠く荒涼とした小山の連なりだったが、心配や不安に満ちた今回は、私は機械的に証明書をポケットに入れると、Rに軍の電報でヤロスラーヴリと連絡を取るよう依頼しなかったことは残念だったと思いながら、北洋航路局を出た。

褒賞課で一時間半を空費したこと、その他については話すまい。しかし、モスクワでの忘れられない最後の出会いのことは話さねばならない。

背負い袋を片手に、スーツケースをもう一方の手に持ち、すっかり疲れて《オホートヌイ・リャド》駅の地下鉄の階段を降りていった。勤務時間は終り、一九四二年の夏だったが、地下鉄はまだゆったりとしていて、エスカレーターの前には群衆が立っていた。エスカレーターの動くベルトが、こちらに向かって上がってくる。私はモスクワっ子の顔を見つめ、急にこのせわしない、しんどい一日で、結局モスクワの町を何も見物しなかったと思った。遠くから私は、厚手のハンチング帽に広い角張った肩の外套姿の太ってどっしりした男が、寛容な態度でこの騒々しいエスカレーターに乗り、上に昇るというよりゆっくり進み、姿を見せたのに気付いた。それはニコライ・アントニッチだった。私に気付いただろうか？　おそらく気付いていないだろう、でも、もし気付いたとしても、擦り切れた立襟の軍服姿で、パンの固い皮の突き出た汚い背負い袋の小柄な大尉に、彼は何の用があるだろうか？　私の顔の前を、彼は夢見心地の、横柄な眼差しで、無関心に滑るように上っていった。

第九部　見つけたら　あきらめない

第1章　妻

戦争の不安、心配、苦労に満ちたフスポーリエの見知らぬ夜の駅が、ちょうど照明弾の光に照らされているところ。このまばゆい不自然な光で何と多くのものが見えることだろう！　上官は悪態をつきながら部隊を集合させ、十分睡眠をとっていない不機嫌な兵士たちが整列する――これが戦争。プラットホームの売店では出張証明書や支給証明書に従って食糧が支給され、兵士たちの手が大事そうに黒パンを取る――これも戦争！　五歳くらいの女の子が迷子になり、輸送列車に乗り遅れ、ラジオでは彼女の母親を何度も呼ぶけれど、母親は現れない――これも戦争！　片手に袋、もう片方の手にトランクを持った水兵がモスクワからの列車を降り、戦災者救護所の場所を尋ね、立ったり座ったり眠ったりしている群衆がぎっしり詰め込まれた狭く汚れた部屋で、所長に会う行列に並んでいる――これも戦争！

　私はすべてを見、すべてを覚えている。それでも戦争の巨大な照明弾によってその上に灯り、照らし出された意識は、光と影の中でゆっくりと行く手を見い出し、思い出の断片がつながっていく。夏らしくひっそりした夜の草原に沿って町に歩いていく自分がいる。従順な星の瞬く空を、サーチライトの光がさ迷う。さぁ、町だ――通りごとに警備司令部のパトロール隊が私を呼び止め、身分証を点検する。ほら、レニングラード住民のための病院だ――当直の看護婦は詳しく私に説明し、病院はレニングラード住民が退院して一人もいなくなって、もう三か月が経っていると言う。

　彼女は言う。

「病院の事務は九時からです」

「でも、今は夜中の三時半ですよ」

　私は油布製の低いソファーに横になる。眠るけれど眠れない。私のカーチャはどこに？

　翌朝、医長は私を自分の執務室に案内した――白いテーブル、磨《すり》ガラスの窓、清潔なシーツで覆われた白い低い寝椅子。遠い記憶が私に蘇《よみがえ》る――十七歳の少年の私は予診室にいて、半ば閉じたドアの向こうに、まるで骨の彫刻のような真っ白い顔のマリヤ・ワシーリエヴナが白い低い寝椅子に横たわっている。

「名前、父称、姓、年齢は？」

　医長が聞く。

私が、彼女の名前、父称、姓、年齢を伝えると、白衣の看護婦が入ってきて、医長は彼女に、カーチャの登録カードとカルテを捜すように依頼した。

私たちは煙草を吸っては話し、話しては煙草を吸う。英国の戦闘機一千機が再びブレーメンを攻撃した。モスクワはどうなったか——パンの配給量が引き上げられたのは本当ですか？　我が国と米英とが協定に調印した今、至急第二戦線を開くべきとは思いませんか？

一方、隣りの部屋では看護婦が登録カードを調べている。私は想像する。

《この登録カードは死亡、このカードは生きている》

電話が鳴り、医長は長い間経理部長に文句を言う。私は黙る。カーチャの生死の知らせを看護婦がもたらすのを待つのに、黙っていることがどれほど楽なことか！

ついに看護婦が戻ってくる。十分に経理部長を叱ると、医長はほとんど子供のような小さな手に、登録カードを受け取った。

「まあ、いいでしょう、すべて良好です」

彼は言う。

「容態はかなりよいです。四二年の三月に退院してますよ」

きっと私は、このような場合に普通人が反応する以上に、ひどく青ざめていたのだろう。彼は立ち上がると、テーブルの周りを歩いて私の肩をつかんで言った。

「容態は満足すべきですよ、四二年三月の退院です」

私は、二月にカーチャのヘモグロビン値が四二％しかなかったことを知って絶望しているのに、彼は心から笑う。

カーチャがキャンプを去りノヴォシビルスクに行ったのは、今や明白だった。その都市に行っていればいいんだが……ダメだ！　あるコルホーズの中にあったそのキャンプは、ノヴォシビルスクから二百㎞離れていたのだ。ヤロスラーヴリ州執行委員会で私は、コルホーズの正確な住所を書き留めた。シュキンスキー村ソビエト、シュキンスキー地区、ボリシエ・ルービニ村、ヴェルフネ・ヤドムスカヤ等々……

電報の二十五文字のうちカーチャの住所に十七文字を要した。私が自分の住所を電文に加えると、自分の気持ちや思いを表現するために残ったのは四文字だけだった。この電報の他に私はヤロスラーヴリから三通を出した。N市のダーシャおばさん宛には、カーチャが生きていてまもなく彼女に会えるだろうという知らせ、モスクワのヴァーリャ・ジューコフ宛には、カーチャが見つからず、おそらくキャンプからノヴォシビルスクに引っ越したらしいということ、モスクワのスレプーシキン宛には、個人的な話として約束していたように、引き続き妻の捜索の許可願いを。

残念なことに個室が手に入らなかったが、どんなに一人で休養し考え事をしたかったことだろう！　それでも私の隣人は中年の歩兵少佐で、間違いなく私に劣らず休養が不足しているようで、夜の八時にはもうベッドに横になり、何も彼の目を覚ますものはなかった——夜通し転々と寝返りを打って軋む私のベッドの音も、消灯の確認のため二度訪れるホテルのフロアー係も。夜中、煙草を吸うために彼は目を覚まし、トルコ人のようにあぐらをかいて長い間黙って座っていた。私も煙草を吸った。私は彼のことを全然知らないし、彼も私を全く知らないけれど、私たちは暗闇で煙草の赤い火を見つめながら、黙って一つのことを考えていた。戦争が、私たち二人見ず知らずの男同士をこの部屋で結び付け、私たちの考えていたその一つのことは戦争だった。前日にセヴァストーポリでは、二百五十日の防衛戦の後、我が部隊はそこを放棄した。

隣人は煙草を吸い終えると寝入った——私も同様に。しかし、それは少しの間だったのだろう、廊下で誰かが大声で言った。

「一時半」

セヴァストーポリの光景が思い浮かんだ——四二年九月に私の見た、あのまるでこちらに迫ってくるような広大な谷間の、厳しく暑い埃だらけの町ではなく、それ以前の笑いと若い声に満ちた町を。日曜には私とカーチャはセヴァストーポリへ行った。歴史並木通りは見える限り遠くまで続き、水兵たちが白いドレスに紗のスカーフの娘たちと散歩していた。私たちは、カーチャが思いついたおかしな遊びに興じた。つまり彼女は私の女で、私たちはつい今し方知り合い、あの水兵たちと同様にこれからデートをしたり、手紙を書き、互いを《あなた》で呼び合うのだ。

あの頃、すべては何とすばらしかったことか！　私が五時に起きると、カーチャはもう朝食の支度——高空飛行をする時は軽めの朝食だった。それから暑く興味深い一日が始まるけれど、それは好奇心をそそる飛行のせいだけではなく、その後に控えている《我々の時間》——空が映っている黒い水の中で水浴したり、ハラクス岬の灯台がゆっくり点滅している——があるためだった。

私の妻でいることは、きっととても辛いことだっただろう。でも、カーチャが言うには彼女が辛いのは、私がどこにいてどうしているかが分からないからだという。

私たちの生涯で唯一の口論のことは驚くほど正確に覚えている。それは一九三六年のレニングラードで、捜索隊の派遣が決定し、私たちは近いうちに北極に出かけるところだった。私の妹サーニャが、幼い息子を残して亡くなってから一か月も経っていなかった。私たちは赤ん坊をどうしたらいいか分からず心配していたが、今は亡きロザリヤ・ナウモーヴナが《学者の乳母》を捜してきた時に、ついに出発を決心した。決意して出掛ける仕度をしているうち、急に幼いペーチャが病気になった。がっかりして青ざめた表情でカーチャは、洗濯籠の中に手足を伸ばして横たわる病気の赤ん坊の世話をし、私が入っていくとさめざめと泣き始めた。私は彼女を抱いた。

「どうしたんだい君、泣くのはもうよすんだ」

　私は言って彼女の濡れた頰を拭いた。

「君も出発する。アルハンゲリスクで僕たちに追い着く、それだけのことさ」

　彼女に私は他に何と言えただろうか？　アルハンゲリスクで捜索隊が過ごすのは、せいぜい一昼夜だったのだ。

「あなたとまた別れるなんてどうしたらいいの！」

「なんとかうまくやっていくから」

「うまくなんかちっともいかない。捜索隊の準備に冬中掛り切りだったわ。あなたの出発のために全力を尽してきたのに、今度はあなたは去り、どこで何をしているか分からなくなるなんて」

「カーチャ！　カーチャ！」

「もう何もいらない、捜索隊なんかいらない、どうせ何も見つからないわ……ああ本当に私は、他の女の人には決して考えもつかないような、幸せには値しない女なの！　そうよ、あなたに何が起っても知らないわ！」

　彼女は私が怒り出したのに気付いた。でも絶望で彼女の心は苦悶し、立ち上がると彼女は両手を胸に強く押し当てて歩き回り始めた。

「私、あなたと一緒に行くのがいやなんでしょう！　そうじゃないと言える！」

「もう、よすんだ」

「分かったわ」

　彼女は、自身が恐れていたあの冷静で捨鉢な態度で言った。

「口論はやめましょう。私は行くわ。あなたは私を愛してないから、いやなんでしょうけど……」

　私たちは朝まで話した。翌朝、幼いペーチャの容態は快方に向かい、もう一日経つと彼は完全に回復した。それは、生涯彼女を苦しめ、心配させていたことに関する最初で最後の会話だった。

彼女が辛かったのは、私がそのためにしばしば彼女を忘れ、見捨ててきたあの世界に、自分が決して入り込めないことを分かっていたことだった！　そしてさらに彼女が耐え難かったのは、彼女がそのことを考えまいと努めることの苦痛だった。彼女がスペインに行く私を見送った時、その見送りに彼女はどれほど心配な気持ちを抑えていたことだろう！　サラブーザで私が初めて、夜間飛行で自分の飛行大隊を率いて発進した時、私の操縦士の妻から偶然知ったのだが、カーチャは私が帰るまで待ち続け一晩中寝なかったのだ。

　カーチャ、君はどこにいる？　僕たちは命も愛も一つ――僕のところに来てくれ、カーチャ！　前途にはたくさんの苦労や心配事、戦争はまだ始まったばかりだ。僕を見捨てないでくれ！　僕のことで君が苦しんでいたのは分かっている。君は僕のことをひどく心配していたし、僕たちが会う場所はいつも他人の家だった。でも、女性にとって家がどれほど大切か、僕が理解していないとでも思うかい？　もしかしたら、僕は君への愛が足りない、君を思う気持ちが少ないのかも知れない……許してくれ、カーチャ！　夢か現《うつつ》か知らないが、私は彼女に自分を見捨てないでと頼み込み、私が決して戻らないなんて夢にも信じないでくれと懇願していた！

第2章　まだ何も終っていない

夜中の四時頃だろうか、目を覚ますと私の顔の上に、廊下のフロアー係の青ざめた眠そうな顔があった。

「あなたは、グリゴーリエフさん？」

「はい」

「電報です。受け取りの署名を……入って下さい。局員さん」

　彼女は言った（すると注意深く長靴の音を立てながら赤軍兵士が入ってきて、戸口で止まった）。

「軍の電報局からです」

　私は署名して電報を開いた。《至急、アルハンゲリスクへ出発されたし。到着を伝えられたし。ロパーチン》

　もちろん、電報は水路管理局からだった。しかし、その名前が、ヤロスラーヴリでカーチャが見つからなければ、引き続き彼女の捜索をする約束だったスレプーシキンではなく、ロパーチンとかいう人なのは何故だろう？　至急とはどうして？　何故アルハンゲリスクに？　確かに、北方航路に関する水路研究のどんな仕事も、その主要基地はアルハンゲリスクにある。しかし、Rは、彼の計画が北方艦隊司令官の承認を得ることになっているポリヤールヌイで我々は会おうと言ったではないか？　すべては明らかになった――それもほんのすぐに。しかし、ヤロスラーヴリの狭い汚れたホテルの部屋にいたその時、私は青い紙製のブラインドを少し上げてその電報を何度も読み返すうち、何故かカーチャを脅し、一刻も早く彼女に会いたい私の希望を奪うような、はっきりしない混乱した腹立たしい気持ちになり、それがいっそう私を興奮させた。

　私が再び電報局へ出向き、シュキンスキー村ソビエト、シュキンスキー地区、ボリシエ・ルービニ村云々宛にもう一通、今度は至急電報を出しに飛んでいくとは思いも寄らなかった。前日、私が普通電報を送っていたのは、私の手元には七百ルーブルしかなく、まだカーチャを捜し更にRと落ち合うまでの長い道が予定されていたからだった。しかし、今となっては私に待ち受けているのはアルハンゲリスクまでの、さほど遠くない、カーチャのところからほんの北方へ千kmほどの道程だった……

　私がムーオフ市で飛行機の客室にいた時から、まる八日が経っていた。しかし、この八日間で私はあまりに多くの体験をしたので、心の中はあらゆる印象をなんとか拒絶して、自分の運命に関係することだけを認めたい気持ちだった。半年以上私は病院で同じものだけを見つめていた。つまり病室の壁とその向こうにある、カマ川岸のウラルの異郷の都市を。しかし、その都市はどことも知らないまま消え去り、まるで無かったかのように灰青色の靄《もや》の中に沈んでしまい、一方でレニングラード、モスクワ、ヤロスラーヴリの風景のスナップ写真は、向こうから私の目に飛び込んでくるのだった。私はスナップ写真と言った。しかしそれは永久に心に深く刻み込まれるスナップ写真だった。前代未聞の強固な抵抗の意志をその裏に秘めた、板を打ち込んだため瞼《まぶた》を閉じたような窓々の、厳しく容赦のないレニングラードの町、そして、戦争による不眠と疲労とぬかるみにまみれたフスポーリエの夜の駅は、同様に永遠に残る光景だった……

　列車から直接、白海艦隊司令部に出頭して分かったことは、こうだった。つまり私が途中で悪態をついていたロパーチンは水路局の人事課長で、出頭して思い出したのは、その名前を人民委員部で聞いていたことだった。

　彼の電報に間違いはなかった。私がモスクワから極北地方へ向けて出発したその時、ある事件が起り、海軍少将Rは至急任地へ飛ばざるを得なかった。北方艦隊司令官本人が、基地を査察しながらアルハンゲリスクへと向かったため、彼のいないポリャールヌイではRも私もどうすることもできない。

司令官とRとの面会は三日前に行われていた。《極めて興味深い提案》は承認されたのだろう、この会見の後Rはすぐにディクソンへ飛んだ。彼はとても急を要していたか、私がいなくても任務を果たせると思ったのだろう、そうでなければ艦隊司令部に私に関する指令が残されていただろうから……

「大尉、あなたは来るのが遅かったですな」

人の良さそうな白髪の、口の周囲が髭の、第一次セヴァストーポリ防衛時代（〔訳注〕クリミア戦争（一八五三―一八五六年）のこと）の古い水兵風の人事課長が私に言った。

「さて、あなたはどうしたものか。追いかけていってもらおうとは思いませんね」

そして彼は数日後に出頭するように私に命じた……

しかし、アルハンゲリスクの町は何と変わったことだろう。昔の面影もあるけれど見違えるようになっていた！　アメリカの水兵は玉飾り付きの帽子に裾広がりのズボンをはき、腰にぴったりのニットシャツをズボンの上にひらひら覗かせて通りをぶらついていた。英国の水兵は、ＨＭＳ（女王陛下の船）の頭文字の水兵帽を被り、アメリカ水兵よりは身なりがきちんとしていたが、それでも我が国の水兵とは全く違った楽天的なところが私には奇妙に見えた。黒人にもいたるところで出会った。黒やオリーブがかった黒――多分、白人との混血なのだろう。中国人はセヴェルナヤ・ドヴィナ川の岸壁の下で、直にシャツを洗濯していて、無声喉音の多い言葉を大声でしゃべりながら、太陽の下の大きな石の間にシャツを広げていた。ドヴィナ川は、この世で他にはないくらい広々としてロシア風に、堂々と大地に横たわり、満々とした流れを送り出していた。きらきら光る波をナイフのように切り分けながら、モーターボートが一斉に向こう岸の貿易港目指して走っていく……

これらの日々で私が、手厳しくはあるが皮相な好奇心で見つめていた外国人の中には、興味を引く人物はいなかった。ここはセドフ船長、ブルシーロフ船長の町だった。ソロムバーラの墓地で私は《多くの苦難と傷心の航海で職務を果し、三十六歳で死去した航海士兵団の中尉にして叙勲者であるピョートル・クジミチ・パフトゥーソフ》の墓の前にしばらく立っていた。

ここからタターリノフ船長が白い帆船で遠洋航海へ出航した。本土にたどり着いた唯一の探検隊員のクリモフ航海士は、ここの町の病院で亡くなった。地元の《聖マリヤ号》探検隊資料館のために、土地のまるまる一区画が提供され、見覚えのある展示品の中に私は、クリモフ航海士がフロール岬で発見された様子を描いた、セドフ船長の友人の画家Pの絵を見つけたが、それは私にとって興味深く目新しいものだった。

ボリシエ・ルービニ村へ二回目の手紙を書き終え、朝から何をしたらいいか分からないまま、私はクズネチハ川へと降りていった。松林の強い匂いが川面に漂っていた。橋は両開きになっていて、小型の蒸気船がひっきりなしに流れてくる筏《いかだ》を避けながら、人々を桟橋に運んでいた。どこを見ても材木、材木だった。今は病院や学校になっているニコライ一世時代の低い建物沿いの狭い丸木橋、丸太で舗装された道路、それに岸辺に建物のように整然と積まれた鋸《のこぎり》で裁断されたばかりの板の山々。ここがソロムバーラ地区で、私はタタ―リノフ船長があの夏、《聖マリヤ号》の装備をしていた時に住んでいた家を見つけた。

彼は、この小さな丸太作りの家の表階段を降りて、庭へ歩いていった――背が高く、広い肩幅の、昔風に先を曲げた髭をした白い詰襟服姿で。塩漬け肉や《まとめて注文する既製服》を売りつけるデミドフ家の商人に対し、彼は根気よく耳を傾け、あれこれと交渉していた。そして、貿易港でもあるこの埠頭で、側面に車輪をつけた大形の蒸気貨物船に混じって、華奢《きゃしゃ》で端正な帆船――アルハンゲリスクからウラジオストックへと、シベリア沿岸を航行するには、あまりにデリケートでスマート過ぎる――が、かすかに見られたことだろう。小さな、しかし私にとって重要なある出来事が、奇妙な姿でこれらのぼんやりした光景を私に蘇《よみがえ》らせた。

……前日、護送艦隊が入港していて、私は外国船の荷揚げを見にB港へ出掛けた。おやおや、あの古びた港が何とゆったり頑丈で堅固な港に変わったことだろう！埠頭沿いに二㎞ほど歩いても、軍事貨物や民間貨物を高いコンテナ状の山に積み上げている起重機群が途切れることはなかった。しかも港は更に拡張されていた。私は一番端まで歩いて立ち止まり、体を後に反らしたように滑らかに湾曲した埠頭の全景を見渡そうとした。ちょうどその時、小型の蒸気船が勢いよく煙を吐きながら、《ハリケーン戦闘機》を積んだ大きなアメリカ船の鼻先をかすめて埠頭に接岸しようとした。私はその蒸気船の名前が《レベージン号》であるのをちらっと見て、その美しい名前はきっと北方海域の船の慣習なのだろうと思った。タタ―リノフ船長の友人や親類たちが、船長と最後の抱擁し、《航海の無事と成功》を祈るため、彼の船のところまで乗っていった蒸気船も、同じ名前だった。ある新聞記事で《ロシア最初の砕氷船》と呼ばれた《レベージン号》も、もしかしたらこの船だったのでは？　もちろん、それは違うだろう！

　水夫が渡り板の上で燃料の入った樽をころがしていた。私が彼に船長を呼んで欲しいと頼むと、一分ほどで質素な作業服の二十五歳くらいの血色のいい青年が、油に汚れた黒い手を拭きながら甲板に出てきた。

「船長さん、あなたに歴史に関係する質問があるんです」

　私は言った。

「もしかしてご存知ないかと思いまして――革命前、あなたの曳船は、やはり《レベージン号》と呼ばれていたのではないですか？」

「ええ」

「進水したのはいつですか？」

「一九〇七年です」

「その名前でずっと運行していましたか？」

「そうです」

　私が彼に訳《わけ》を話すと、彼は自分の船がロシア艦隊の歴史で重要な位置を占めていることを、まるで確信したかのように落ち着いて自慢げに船を見回した。

　それはやや滑稽に見えたかも知れないが、《レベージン号》との出会いは、私を喜ばせ、驚くほど元気づけた。私はタターリノフ船長の人生を本で読んでいたが、最後のページはまだ閉じられたままだった。《まだ、何も終ってはいない》――あの血色のいい若い船長の曳船が、私にこう言っているようだった――《君が最後のページを開く時がやって来るかも知れない。それは誰にも分からない》

　……人事課長のところへ三度出頭し、私は彼に自分を連隊に行かせて欲しい、もし可能なら北方艦隊空軍司令部の配下に差し向けて欲しいと願い出た。きっと彼は私の体調のことも軍歴も熟知していたのだろう、少し沈黙してから親切で好意的な態度で尋ねた。

「健康状態はどうですか？」

　私は健康は全く問題ありませんと答えた。それは本当、もしくは、ほぼ本当だった。

「北方にいると私は、南、西、東方にいるよりもいつも体調がいいんです」

「分かりました。今の時代に仕事をせず、ぶらぶらするよりは、適当な仕事に就く方がいいでしょう」

　曖昧だが、十分筋を通して、人事課長は言った。もちろん彼は地上での勤務を考えていた。《とんでもない、飛ぼうと思っているのに！》——日めくりカレンダーに私の名前を書き、二重のアンダーラインを引く、年老いてはいるがたくましい彼の手を見つめながら、すぐに私は思った。

第3章　自由な輸送船狩り

すべてはとてもうまく行った——大尉（〔訳注〕サーニャは自分を一大尉として客観的に描写している）は連隊に現れ、連隊長は彼を将校仲間や乗組員に紹介する。だぶだぶのズボンにパイプをくわえた、この物言わぬ無関心なラトヴィア人の爆撃手は、愛すべき故ルーリの代りを務めるのだろうか？　飛行士たちの中に、大尉はバラショフ飛行学校時代のかつての教え子を見つける。大尉は、壁がまだタールの臭いのする丸太造りの新しい家で、広い部屋に自分の乗組員たちと一緒に住み、窓からの眺めは、彼に北極圏の小さな町での青春時代を思い出させる。飛行士たちの多くが彼を知っていて、しかも彼の勲章が四個でなく二個しかないことを不当だと考えている（もちろん、何の根拠もなく）。そんな訳で、すべてはとてもうまく行っていた。しかし実際のところすべては、傍目で見る程すばらしいものではない。実は大尉はボリシエ・ルービニ村からの手紙を何度も読み返して夜も眠らない——つまりキャンプ責任者のピョールイシキンが言うには、エカテリーナ・イワーノヴナ・グリゴーリエヴァ-タターリノヴァは、彼の知る限りでは五月にはキャンプを出たとのことで、もしそうならば《ノヴォシビルスク州への出発より以前》になり、しかもニーナお婆さんと幼いペーチャのことを、キャンプ長のピョールイシキンは何故か一言も話さないのだ。

空軍司令官が大尉を差し向けた連隊は、魚雷爆撃連隊だった。従って大尉は新たに専門技術を学ぶ必要があった。さらに実は最初の飛行で、彼は深いショックを受けていた——それはここではいつも少し他と違っている《地上感覚》さえ忘れるほど、自分が北方の習慣と全く疎遠になっていることを確認したことだった。でも、これらは皆、まだたいしたことではない。すべての感覚は時間とともに戻る。すべては元に戻せるけれど、唯一手の施し様のないものがある。それは前触れなく襲い掛かり、決して逃れることのできない悲しみ、苦しみ（〔訳注〕大尉のカーチャを思う気持ちのこと）だ。

極北での空中戦の話を詳しくやるつもりはないが、それはとても興味深いものだ。飛行につきまとうあらゆる危険と障害の上に、戦闘には悪天候が加わり、半年に渡る白夜のある極北ほど、ロシアの飛行士がすばらしい素質を現す場所は他にはない。あるイギリス人将校は、私の面前でこう言った。《ここを飛行できるのはロシア人だけだ》もちろん、それは誇張したお世辞であるが、我々は彼の称賛を得るだけの役目は十分果していた。

極北での戦局自体は、他の戦場での闘いに比べてはるかに複雑だった。ドイツ輸送船団は、たいてい高い陸地沿いにほとんどぴったりと——船の吃水が許す限り接近して——航行していた。それを撃沈するのは困難だった——それは一般に大きな輸送船を沈めるのは難しいというだけでなく、高い陸地のために輸送船のいる場所に出ていくことが不可能、もしくはほぼ不可能だったのだ。

我々は羅針盤の方位のほぼ半分(百八十度)は、使えなかった。海面に投下された魚雷をより正確に標的に命中させるため、できるだけ低空で侵入せねばならない状況下で、羅針盤の半分を使えずに船を攻撃することを想像してみて欲しい。その上、もちろん船はじっと沈められるままでいる筈はなく、護衛艦隊と一緒になってあらゆる高射砲、機関銃それに大口径の火器が火を吹くのだ。歯を食いしばり、戦闘の熱狂に我を忘れて、このすごい騒音の色とりどりの地獄の只中に入っていく!

我々が生活していたN基地の毎日の様子をもし時間を追って話すとしたら、きっと単調な光景が生じるであろう。飛行とその飛行の分析。訓練、即ち毎回同じ飛行。そして木造の長いバラック小屋での昼食と、テーブルでの飛行の会話。私のいた時には夜になると将校クラブが開設され、そこでは特に若者たちが夢中になって魚雷攻撃の死の恐怖の話から、娘たちとのダンスやおしゃべりまで、うらやましい程の気軽さで話題を変えながら集《つど》っていた。娘たちは下級将校で、この夜会に私服で出てもかまわなかった。他では見られない、この話題の移り変りの軽さが反映していたのは、単純さとかうわべだけの単調な生活ではなくて、逆に我々の生活にいつもありふれていた特殊な、ほとんどあり得ないような非現実だったのだろう。

雪の舞う闇の中の飛行、笊籠《ざるかご》のような穴だらけの飛行機による海上飛行、冷えた体にまだ響いている戦闘を終え、その二時間後には、明るく飾られた将校クラブの部屋に現れ、ワインを飲み、つまらないおしゃべりをすることなく、——この違いに気付くか、少なくともそのことを考える一体どうやって死と向き合えただろうか?

そういう私も、最初の数日ですぐにその違いを感じたものだった。

先程、私は特に若者たちがクラブに夢中になったと言った。しかし、連隊を構成していたのは、ほとんどが若者だった――私のような、ほんの三～四人いた《年配者》だけが、三十歳を超えていた。連隊を指揮していたのはソ連邦英雄で、熱中すると目を丸く見張る、血色のいい鉤鼻《かぎばな》の青年で、皆は彼をペーチャと呼び、それ以外の呼び方はふさわしくなかった。彼はほんの二十四歳になったばかりだった。

極北にやって来た私に思いがけなく降りかかった多くの問題のうちの一つには、考慮に値する問題もあった。飛行士の新しい世代は、戦争に抜擢《ばってき》された者たちだった――我々はその世代にあれこれと学ぶ必要があった。どうやら我々の間には大きな隔たりは何も無かったようだ――《父と子》の間には、どうしても隔たりがある筈だと何故か思われていたのに。しかし私がN基地でいつもより用心深さがなくなり、様々な危険な事を気軽にできるようになったのには、何か理由があったようだ。それが、私が《若返り》したためなのか、戦争の初期に私を容赦なく懲らしめていた運命が、ここのN基地では全く違った形で私に接してきたためなのか、誰にも分からない。

七月、私は爆弾を積んでキルケネスに飛んだ――写真撮影で分かったように、爆撃はかなりの成功だった。八月初め、私は連隊長を説得して自分を《自由な輸送船狩り》――偵察データなしの飛行をそう呼び、そこはもちろん、ドイツ護衛船団に最も遭遇する確率の高い場所だった――に行かせてもらった。そして、ある中尉とのペアで我々は四千トンの輸送船を撃沈した。実を言うと、沈めたのは中尉で、私の投下した魚雷は、船に近過ぎて竜骨の下に水袋をつくってしまい《左に外れた》のだった。しかし、この戦闘では、私の負傷した足が申し分なく動いたことも含め、私の体中の点検ができた。

飛行の分析で、大隊指揮官（ずっと以前バラショフで私は彼がどうしても方向転換ができないため、あやうく退学させるところだった）は、そのように《輸送船を撃沈すべきではない》と、反駁しがたい明快さで証明してみせたけれど、私は満足だった。二～三日後、彼は自分の主張を繰り返すことになった――私が輸送船の上をさらに低空で通過した時、低過ぎてアンテナの一部分が翼に刺さったまま持ち帰ったためだ。こうして輸送船は――私の初めての成果で――撃沈され、そのため彼の言い分は一貫性を失うことなく、理論的な意義だけは持つことができた。手短かに言うと、八月半ば私は二隻目の輸送船――哨戒艇と水雷艇に守られた六千トン――を撃沈した。今回私は大隊指揮官とのペアで、嬉しいことに彼は私より更に低空で攻撃をした。どうやら彼は自身への叱責はしなかったようだ。

こうして私の人生は経過し、概してかなり良いものだった。十月末、空軍司令官は私のアレクサンドル・ネフスキー勲章受章を祝ってくれた。

N基地には他にも友人がいた。だぶだぶズボンにパイプをくわえた無口で無表情な爆撃手は、実は博識で賢い男だった。実際彼は多くをしゃべらず飛行時はだいたい口をきかなかったが、その代り《我々の位置は？》という問いには、いつも驚くほど正確な返答をした。私は彼の標的を導き出す方法が気に入った。我々は違ったタイプの人間だったが、毎日自分のそばで辛く危険な飛行と魚雷攻撃の任務を共にしている人間を好きにならずにはいられなかった。もし我々に死が待っているなら、それはその日、その時刻も一緒だった。同じ死を共有する者にとっては、人生も一緒だった。私がN基地で近付きになったのは、その爆撃手だけではない。しかしそこでの友情は、私が思い焦がれるようなものではなかった。

この頃から私が、自分が出さなかった手紙の山――カーチャと一緒に戦争が終ったら、それらを読みたいと思っていた――を保存するようになったのも無理からぬことだった。しかし、一番真の友人はなんと小型艇に乗るだけですぐに会える所にいた――つまり二十分もすれば私は彼を抱擁し、カーチャに書いた自分の出さなかった手紙のことをすっかり彼に話せたのだった。

第4章　ドクトルはポリャールヌイに勤務している

毎晩私は、自分がまた負傷した夢を見た。イワン・イワニッチ医師は私に屈み込んで、私は彼に《アブラム、ビューガ、ピュット》と言いたいのに、唖になっていて話せない。それは繰り返し見る夢で、とっくに忘れていた唖だったときの気持ちがこんなに生々しく現れるのは初めてだった。

それは起床の号令の少し前に目覚め、頭の中はすべてを感じ理解しているのに、自分の意志がそうすることを許さないという夢現《ゆめうつつ》の状態の時だった。私はドクトルのことを考え、ドクトルが前線の息子のところにやって来たというロマショフの話を思い出していた。どんな説明だったか知らないが、その思い出は何かあいまいで、以前から私はそれを気にかけていたようだった。私は彼の言葉を次々に思い出し、それが何か分かった。ロマショフは、ドクトルがポリャールヌイに勤務していると言ったのだ。その時は輸送列車の中で、そんな話は全くばかげていると私は思った。彼が通るとトナカイがひょっこり顔を出すようなそんなザポリャーリエの町にドクトルが別れを告げるなんて、考えられるだろうか！　彼の名前をつけた通りの家々と別れるなんて！　彼を、《虫退治人》と呼んで、家事にプリムス型の石油コンロを使う意義について、助言を求めにやって来るネネツ人たちとどうして別れられるというのか！

ロマショフは間違っている――ポリャールヌイではなく、ザポリャーリエなんだ。しかしN基地でのその朝、何故か分からないが、私はふと思った。《もし彼が間違っていなければ？》実際のところドクトルは、はるかに遠いザポリャーリエから一九四一年夏のレニングラードへやって来るなんて可能だろうか？　もし本当に彼がポリャールヌイで勤務しているのなら、私はもう三か月も、あの愛すべき、年配のいとしい友のすぐそばで過ごしていたことになる……

当直が入ってきて、小声で言った。

「同志、起床です」

私が片手で大急ぎでズボンを穿《は》き、もう片方で椅子の背もたれに掛けた立襟の軍服を取ったのを、彼は目をぱちくりさせて眺めた。

ドクトルが同じ日、同じ時刻に私を思い出していた――彼はそのことを、大真面目《まじめ》に私に断言した――のは驚くべきことだった。彼は前日私の褒賞の指令書を読み、《世間にはグリゴーリエフなんて山ほどいる》ため、初めは私だと思わなかった。しかし、翌日の明け方近く、まだベッドの中で私と同じようにそれが間違いなく私であると判断し、即座に電話に飛びついた。

「大切なイワン・イワニッチ」

コラ湾をその朝吹き荒《すさ》ぶ秋風の唸りをやっと通り抜けたような、イワン・イワニッチとはまるで違うしゃがれた声が届いた時、私は言った。

「こちらはサーニャ・グリゴーリエフです。僕をご存知ですか？　サーニャです！」

しゃがれ声がかなりメロディックなひゅうひゅう音に変わったので、ドクトルが私に気付いたかどうか分からない。私は激しくわめき始め、電話交換手は私の努力を認めて、《二級軍医パブロフがお話されます》と伝えた。

「何、お話だって？　こちらはサーニャだと言って下さい！」

「ただ今……」

電話交換手は言った。

「あなたは今日飛行の予定があるかと彼は聞いています」

私は、あっと驚いた。

「何で飛行のことなんて？　彼にサーニャだと言って下さい」

「サーニャだと言いました」

怒って電話交換手は反論した。

「今晩N基地にあなたはいますか、どこで会えますか？」

「います！」

私は叫んだ。

「将校クラブに来るように言って下さい、分かりましたか？」

電話交換手は何も言わず、それから何か受話器が切り替わり、もう彼女ではない別人の声がぼそぼそと言った。

「来るそうです」

私は自分宛の手紙が届いていないか、ドクトルに政治指導本部に立ち寄ってもらうように伝えたかった――ポリャールヌイの政治指導本部の住所はコラブリョフやヴァーリヤに教えていたが、もう十日ほど私は、手紙が来ているか調べていなかったのだ。しかし、電話はもうそれ以上何も聞こえなかった。ドクトルがポリャールヌイにいて、暴風がひどくならない限り、今日会えることは、もちろんとても嬉しいことだった。けれど、私にはやっぱり謎が残り、クラブに行くと初め白ワイン、それから赤そしてまた白ワインなどを飲みまくった。もちろん酔ったりはしていなかった。まして空軍司令官は隣りの部屋で、どこかの従軍記者と夕食をとっていたから。でも、顔見知りの娘たちは、フォックストロットの途中で時おり、私のテーブルに座り、私が自分がもし踊れたら、人生は全く違った輝かしいものになったのにと言うと、声を出して大笑いした。すべての失敗の唯一の原因は、私が人生で全くダンスを踊れないことだった。

実際は、そんなことは少しも嘲笑を招くようなことではなく、私の友人の爆撃手は私の正面に座ると、物思いに耽ってパイプを時々吸いながら私が全く正しいと言った。しかし、娘たちはなぜか嘲笑するのだった。こんなすばらしいけれど、やや寂しい気分で将校クラブにいたその時、銀色の腕章の、背の高い中年の水兵――どうやらイワン・イワニッチ医師のようだ――が入口に現れ、テーブルの間を用心深く通り抜けてきた。もしかしたら私は、彼が歳をとって前屈みになり、髭は白くなっていると思っていたのだろうか！　しかし、すべてはどうやら幻想で、実際私の方に歩いてくるのは、私の少年時代の昔の謎のドクトルであり、額に眼鏡を上げて今にも私の舌を引き出し、耳を覗き込もうとするようだった。

「ドクトル、あなたを病人のところにご案内したいのです」

　私は真面目に言った。

「興味深い症例です！　クラー(雌鳥)、セドロー(鞍)、ヤーシック(箱)、ビューガ(吹雪)、ピュットそれにアブラムの六つしか話せない男です」

「サーニャ！」

　私たちは抱擁し、互いを見交し、また抱擁した。

「大切なイワン・イワニッチ、僕は少し酔っています。そうでしょ？」

　彼の人のいい、おどけた顔に落胆の影がさっと広がるのに気付き、私は言った。

「飛行場で、恐ろしいほどの寒さに凍えたので、だからこの有様。(〔訳注〕サーニャが、自分の酔っている言い訳をしている)……オゾーリン少佐です、どうぞよろしく」

「ここに来てどれくらいかい、サーニャ？」

　爆撃手が我々の出会いを邪魔しないように、何かつぶやいて去ってから、ドクトルは言った。

「こんなに長い間会わなかったのは、どういう訳かね、サーニャ？」

「三か月です。もちろん僕が悪いんです」

「本当に私がポリャールヌイにいるのを知らなかったのかい？　だって私はカテリーナ・イワーノヴナに住所を教えたのに！」

「誰にですって？」

　きっと私は顔が震えていたのだろう、彼は眼鏡を掛け直し不安そうな表情で私を見つめた。

「君の奥さんだよ、サーニャ」

　慎重に彼は言った。

「元気なんだろう？　私はレニングラードの彼女の家に行ったよ」

「いつですか？」

「去年の八月。彼女はどこに、どこにいるのかね？」

　彼は、心配そうに瞬《まばた》きしながら、私にぴったりと寄り添った。

「分からないんです、少し注ぎましょうか？」

　そして返事を待たずに、私は酒瓶を持ち上げた。

「もうたくさんだよ、サーニャ」

　ドクトルは優しく言うと、まず自分のグラスを、それから私のグラスを脇に寄せた。

「すっかり私に話すんだ……君はヴァロージャを覚えているね？　彼は殺されたよ……」

　これから私が彼にすべてを話すよう説得するかのように、突然彼は言った。眼鏡の下で彼の目に涙が光り始めた。頭《こうべ》を垂れて、私たちは明るく騒がしい将校クラブに座っていた。オーケストラがフォックストロットやワルツの踊りを演奏し、金管楽器が小さな木造のホール中に響くような高音を立てていた。レストランと隔てた廊下で若い飛行士たちが笑ったり大声で話していた。年の頃二十歳くらいの、大きく肩を怒《いか》らせた、眉の繋《つな》がった屈強そうなこの男も、夜半には冷たい荒海上空の靄《もや》の中、操縦席に忍び寄る女主人のような死の影を見るのだろう……


　私たちが楽しい時を過ごしていたこの建物に、何か巨大な冷酷で居心地の悪い雰囲気が漂い、今やそれに構うことなく話し踊り笑うことが、ヴァロージャのように死ぬためには必要なことだった。ヴァロージャは以前、詩を書いていて、《エヴエン人チョルカルが学校から帰宅する》という四行詩を、私は暗記していた。彼はザポリャーリエにモスクワ芸術座がやって来たことを自慢し、花束を持って俳優たちに会いに行った。そんな息子のいたドクトルは幸せだったのに、何と今、老人は私の前で頭を垂れ、涙を見せまいと堪《こら》えている。

「しかし、カーチャはどこで、どうしているんだい？」

　私は生き別れになったことを話した。

「何だって！　いなくなったのは君の方じゃないか、彼女じゃない」

　驚いてドクトルは言った。

「君の三つの海洋で戦闘し、負傷し、入院した――彼女じゃない。彼女は元気で生きてるよ！」

　厳かに彼は言明した。

「だから日夜君を捜してるさ。きっと見つける――そうでないなら、愛している女性の気持ちなんて、私には分からないよ。まあ一杯注いでくれ、彼女の健康を祈って飲もうじゃないか……」


　一番重要な話は終り、私の妻は見つからず生死が不明だし、一方ドクトルは息子を失いながらも人生は続いていくという辛い現実認識の時が過ぎても、私たちは、どうしてもその辛い時間を乗り越えられなかった。ここ数年の間に体験したことはあまりに多く、私たちをつないでいた以前の絆も、今やもろくて、よそよそしいものになったようだった。しかし、私たちにはある共通の強い関心事があり、悲しみの幻影が退くや否や、それは私たちの話し合いに割り込んでくるのだった。それはもちろん北極の話だった。

患者のベッドのそばの二人の老練な医者のように、私たちは北極をいかにして防衛し、守り、この世で最もすばらしく陽気で、客あしらいのいい場所にするにはどうしたらいいかについて話を始めた。私はドクトルに、見事に戦っていながら、将来の北極のことを全く考えないし、その過去にも思いを馳せようとしない軍隊仲間や若者たちのことを話した。

「時間がないから、考えようとしないんだ」

ドクトルは言った。

「考えようとしないのは当然かも知れない」

少し考えて彼はつけ加えた。しかしそれが当然だと証明する代りに彼が話し始めたのは《北極のことを考えている人々》、つまり生粋の北国人のことだった。彼はアンナ・ステパーノヴナ（〔訳注〕ドクトルの妻）の兄弟たちの話をし、彼らは民間の輸送船で働いていたが、今では《義勇水兵》として、まるで生涯水兵でいたかのように戦っていると言った。

「無駄に終ることなんて、何もないさ」

彼は、そう結論した。

「メンデレーエフが書いたように、北極は我々の正面だという言葉は、私にとって、この戦争の時代の今ほど、明らかに思える時はないんだ！」

そろそろ閉店の時間だった。私たちは二人だけレストランに残っていた。ドクトルには宿泊場所がなかった。従って、彼にベッドを確保するには、もう少し早く連隊に戻るべきだった。概ね夜会は終了していて、そのことは疑うべきもなかった。しかし、ああ、お互いに何としても話したいことの十分の一も話さないうちに、もう夜会が終るなんてどうして同意できるだろうか！ どうしようもない！ 階段を降りて外套を着ると、私たちは暖かく明るい、やや酩酊した世界を後にし、前途には靴墨のように黒々としたN基地が開け、その上を意地悪で不作法な、侘《わび》しい北風が吹き荒れていた。

第5章 《海にいる人々のために》

潜水艇乗組員は、この土地では重要人物で、その理由は戦争の初期に彼らが北方艦隊の他の誰よりも一番重要な役割を果したからだけでなく、彼らの生活様式、人間関係、緊張した戦闘の中の個性が、都市全体の生活に影響を及ぼしたためだった。潜水艇の乗組員ほど等しく死に直面する人間はいないだろう——つまり全員が破滅するか、全員が勝利するかなのだ。戦闘は常に辛いものだが、潜水艇乗組員、特に《小型潜水艇》の辛さともなれば、私は最も危険な飛行の十回とだって、《小型潜水艇》の一航海を交換することはないだろう。とはいえ、あんなに海面下深く潜る人たちには、私とペーチャが昔交した誓いのような、秘密の約束事が必ずあるに違いないと、子供時代の私は思ったものだった。

　一九四二年の八月の終り、私はある大尉とのペアで三度目の輸送船の撃沈に成功した。有名なＦの《小型潜水艇》は、私の掩護《えんご》で四隻目を沈めた。そのことは触れるには及ばないだろう——私の機は空から、ドイツ船舶の居場所を司令部に伝えただけなのだ。しかし、Ｆは私を《子豚》に招待し、その《子豚》から始まった事件については、話す必要がある。

　有名な海軍の伝統——船を撃沈する毎に祝賀の晩餐会を催し、司令部は戦勝者たちを子豚の丸焼きでもてなす——を知らない者がいるだろうか？　前日、輸送船、哨戒艇それに駆逐艦が撃沈されていて、白い帽子のコックは、広々とした将校食堂に、一匹でなくまるまる三匹の子豚を緊張しながら運んできたのだ。食堂は《Π《ペー》》字形にテーブルが並べられ、その文字のその横棒に当たる場所に海軍大将——北方艦隊司令官——が座った。

　悲しげで青ざめた面をしたうまそうな、柔らかいピンク色の子豚が大皿に載せられ、大きなナイフを手にした三人の指揮官がその前に立っていた。戦勝者たちは、自らの手で子豚を切り分ける——それが伝統だった。その肉塊の大きいこと！　カーシャ（〔訳注〕そば、玉葱、きのこの粥）を詰め込み、手の込んだ西洋わさびの薄切りを振りかけた巨大な厚切り肉が、テーブル越しに私の元に配られる！　主人を怒らせないためには、これを片付けねばならない。

　海軍大将が、大型のワイングラスを手にして立ち上がる。最初の乾盃——戦勝指揮官のために、彼の乗組員のために。私は彼を見つめる——我々の連隊にやって来た彼は、若く生き生きとした動作が記憶に残り、連隊長の報告を聞きながら、頭を反らせて立ち止まっていた。彼は若く、私よりほんの四歳年上だった。しかし私はスペインで彼のことを覚えていた。海にいる人々のために——二度目の乾盃！　グラスが響く。立ったまま、水兵たちは北極の夜の海原で功績を立てようとしている同志たちのために飲む。戦功のために、そして決定的な危機に際しての冷静な心構えのために！

今、海軍大将がテーブル越しに私を見つめている――私は客の新聞記者たちに交って彼の右側に座り、Ｆは彼らに駆逐艦を撃沈した時の様子を、ナイフとフォークを使って分かり易く説明している。私から目を放さずに海軍大将は隣の艦隊指揮官に何かしゃべり、指揮官は三度目の乾盃の音頭を取る。《ドイツ船団へ潜水艇を導いた》グリゴーリエフ大尉のために。そして海軍大将も、私のための乾盃を身振りで示した……

その晩は多量の酒が飲まれ、私はすべての乾盃を数え上げようとは思わない。まして先程触れた新聞記者たちは、その《三匹の丸焼き子豚》のことを、定期出版物ですでに話していたから。ただ、海軍大将が全く不意にいなくなった――急に立ち上がり出ていった――ことだけは話さねばならない。私の椅子の後ろを通りながら、彼は屈み込んで私を立ち上がらせずに小声で言った。

「大尉、今晩私のところに来てくれ給え」

第6章　遠距離

飛行機が離陸して数分後に、地上では何の問題もないのに雨と霧の混乱状態に入り、そのことが飛行任務の主要部分を占めるようになった。どんな飛行でも、それは(a)任務と(b)任務を妨害するものから構成されているのだ。我々は《ブリンチキ(訳注)小さなブリン)》、つまり小さな傾斜《バンキング》を始め、方向転換して、まっすぐに進路をとった。

海軍大将の話した任務、つまり《特殊任務》とは、こうだった。ドイツ遊撃艦艇（たぶん巡洋艦を支援する船）がカラ海を航行し、Ｔ港を砲撃し東方沖のどこかにいる。私はそれを発見し撃沈すること――それも、できるだけ早く、何故なら軍事物資を積んだ味方の船団が北洋航路を航行しており、その港の比較的近くにいるからだ。つまり非戦闘水域で大型の軍事船舶がやりたい放題の悪事を働くことは想像に難くないだろう！

……どんなに面倒であっても、上昇して五・五㎞まで高度を上げねばならなかった。しかし、その高度になっても、主たる神自身のような誰かが、巨大なスプーンで激しく捏ね回して引き起した、依然として同じ憂鬱な雲に覆われた混乱状態が続くばかりだった。そんな中で発見して沈めるだって！　沈めるよりも発見する方が、比較にならないくらい大変なことなのに！

でも私が彼の地図の中でノルデンシェリド群島の東側のほぼすべての島々の誤りを正したことに対して、海軍大将の驚きようといったら！

「君は、そこにいたのかね？」

「いいえ」

彼は、私がそこにいたのかどうか知らなかった。ノルデンシェリド群島の地図は戦争の直前に、《ノルド》探検隊によって修正されていた。私はそこに行ったことはなかった。しかし、そこはかつてタターリノフ船長が航行した場所で、私は頭の中で彼に続いて千回も跡をたどった場所だった。そうだ、イワン・イワニッチ医師は正しかった——無駄になるものは何一つない！　人生はあれこれと向きを変えたり、下降したり、そしてたった今、私の機が雲の混乱状態を脱したように、永遠の夜の静けさと闇の中で地下の流れが突然、広大な太陽の光の空間に湧き出てくる。

《何一つ無駄になるものはないのだ！》

もしカーチャが見つかり、N基地で一緒に生活するようになったら、北国での生活はどうなるだろう——それをいつも考えていた。夜中の三時過ぎ、飛行の前に家に寄ると、彼女は目を覚ますだろう。彼女は暖かい頬を赤くしてうとうとしている。家に入って、私がいつもと違うキスをするのに彼女はすぐに気付き、海軍大将からの依頼が、私にとってどれほど重要で関心のあることかを理解するだろう。そんなことを千回も考えたが、再びそうなるのはいつのことやら？　サラブーザでも、レニングラードでもウラジオストックでも、私が夜中彼女を起し、私たちは座ってコーヒーを飲んだものだ。部屋着で、寝る前に結ったお下げ髪姿で、彼女は黙って私を見つめ、急にどこかへ走っていく——私のために何かおいしいもの、つまり、私たち二人の好きなサクランボかオリーブの酒漬けがあったのを思い出したのだ。その後の飛行で乗組員の皆が私の妻を誉め、そのオリーブの実やサクランボの酒漬けを食べたのだった。その自由奔放さ、誇りの高さ、そして愛情で、きっと私の頭を死ぬまで永遠にきりきり舞いさせる人、そう、それが私のカーチャだった。そのカーチャの消息が全く分からず、しかも別れ別れになっている。だからせめて、その遊撃艦艇をなんとしても見つけ、沈めなければならない。

「爆撃手、進路確認！」

操縦士と爆撃手の進路には三度だけ狂いが生じたが、ポケットからシガレットケースや懐中電灯やライターなどの金属を放り出すと、ぴったりと一致した

……何を考えているかって？　カーチャのこと。かつて彼女と出発する予定で、長い間許可が下りなかったその場所に向かって飛んでいることを考えていた。もちろん、この場所に飛来する時が来ることを、本当に私は思っていなかっただろうか？　帆船《聖マリヤ号》の乗組員たちが、荒い息をつき、目が眩まないように目を閉じてたどったルートを、子供が夢の中で目を輝かせるように、半度の狂いもない正確さで作図していたではないか？　進んでいく先頭には、大男、つまり毛皮の長靴の巨人が……しかし、そんな空想はもうたわごとだ。私はそれを頭から振り払った。

ノヴァヤ・ゼムリャ島は近かった。我々がどうやって遊撃艦艇を発見したかを詳しく話すと、読者の皆さんは退屈するかも知れない。北極海の大海原は単調で、その果てしない海原の中に隠れ、かすかに見える軍船の縞模様を見つけるのは難しかった。たっぷり二週間、我々は島の基地から基地へと飛び回った。ある飛行などは、七時間も続いた――カラ海上空の二方面を経由してノヴァヤ・ゼムリャ島に戻る飛行で、もう少し短時間で終る筈だったのに、我々は、この巨大な島がまるで地図に誤って記載されているかのように、島を見失ってしまった。燃料の続く限り我々は、真っ黒い霧の中で島の上空を飛び回り、幸運にも、風が霧の中に小さな明るい穴を開けていなかったら、私はこの本を書き終えることはできなかっただろう。我々は、この斑点に向かって突進すると、ただちに燃料を止めて無事に着陸したのだ。

また別の時には、搭載ボートで鳥の営巣地に近付いたことがあった。百万羽の白黒のウミガラスが切り立った岩に止まっていた――そのあまりの多さに、二海里（約三・七km）に渡って海岸全体が多量の塩を撒布したようになっていた。ウミガラスたちはぴいぴいと鳴き立て、羽をパタパタさせて飛び立つと、隣りの鳥たちを押し分け再び険しい岩の上に止まり、全体の耳をつんざくばかりの騒音の中でも、個々の鳥の鳴き声が聞こえる様子は、まるで喧嘩早い老婆たちが荷車に座って言い争っている市場にいるようだった。

悪臭がひどく、当然ながらその奇妙な現象に目を向け

たとしても、即座に顔を背けるしかなかった。しかし、シロカモメについて本で読んでいた爆撃手兼通信士は、集団の営巣地から離れて止まり、まるで騒がしい営巣地を横柄に監視するかのような、巨大なシロカモメのペアを運悪く見つけてしまった。彼は発砲してそのシロカモメを殺した。しかし、ああ我々はその不運な発砲のために、何という報復を受けたことか！

大地も空も、すべてが消えた！　白黒のウミガラスたちの羽が嵐のように海岸を離れ、ぴいぴいと鳴き立てて大気を引き裂きながら、搭載ボートに突進してきたのだ。巨大な滝のような騒音が我々に襲い掛かった――しかも騒音だけならまだよかった！　この出来事の後、一昼夜かけて我々は自分たちの体を洗い、搭載ボートの汚れを落とし、おまけに私はラグラン型外套のボタンの掛かった脇ポケットの中にまで鳥の糞が入っていたのだ。

全体としてノヴァヤ・ゼムリャ島での二週間は辛いものだった。毎回我々は遊撃艦艇に遭遇できる希望を持って飛び立ったが、私にはもっとずっと東方の捜索が必要だとはっきり分かっていた。それでも海上を何度も飛び回り、ついには燃料切れになり、爆撃手は冷静に私に尋ねるのだった。

「帰還しますか？」

そうして《地面》が現れる――未開の地の山脈が奇妙に幾つにも刻まれ、青い氷河は、まるで斧で縦に割れたような、底無しの雪の峡谷に滑り落ちそうだ。でも、我々の《新しい土地での生活》にも遂に終りの時が来た――そのすばらしい瞬間は、少し詳しく話してもいいだろう。

私は殺した鳥の胴体で屋根を覆い、アザラシの毛皮で壁を張った納屋のそばに立っていた。密閉した袖の毛皮服がペンギンそっくりの幼い二人のネネツ人の子供が岸辺で遊んでいて、私は彼らの両親――少女のように小柄な母親と、トナカイ毛皮服から褐色の頭を突き出した、同様に小柄な父親――と話をしていた。確か話題は、国際情勢のことで、ドイツの絶望的な状況分析を、私はずっと以前の新聞《プラウダ》読んでいたのに、ネネツ人は、その分析を今すぐに比較的近くの――といっても優に二百kmは離れている――友人に話しに行こうとするのだった。小柄な妻は、政治を十分理解していないようだったが、きらきら光る黒い目の、おかっぱ刈りの頭で頷き、絶えずこう言った。

「良いこと、良いこと」

「前線に行きたいかい？」

私はネネツ人に尋ねた。

「行くたい、行くたい」

「恐くないの?」

「とうして恐い、とうして?」

私の方に走って来る爆撃手に気付いたのはその時だった——その向こうに飛行機のある岬から海岸沿いに歩くのではなく、まさに走ってきたのだ。

「新しい基地へ移転です!」

「どこに?」

「ザポリャーリエです!」

彼は《ザポリャーリエに》と言い、それは、私の思うに遊撃艦艇を探し出す必要がある場所としてザポリャーリエに移動することに何の不都合もなかったけれど、私はあっと驚いた! だって、そこは私のザポリャーリエだったから!

「本当にそうなのかい!」

爆撃手は、もういつもの冷静でのんびりしたレット人の態度に戻っていた。

「確認してみますか?」

「いや、必要ない」

「いつ、飛び立ちますか?」

「二十分後だ」

第7章 再びザポリャーリエへ

飛行場からの道路はセイヨウスギの並木が続き、そのざわざわと豊かに広がっているセイヨウスギを見ていると、私はなんだか自分の青春時代の最も大胆な希望に満ちた人生を、この町で送ったことがもう随分昔の事だったような気持ちになった。ドクトル・パブロフ通りがすぐに見つからなかったのは、私のいた時にはこの通りには、ドクトル自身の家だけしかなく、他の家は管区執行委員会の壁の計画地図上にしかなかったためだった。

今や高い隣りの建物に隠れたその小さな家で、私はかつて航海士クリモフの日誌を読んで、夜を過ごしたものだった。あれは何と若さにあふれたなつかしい夜だったことか! 隣りの部屋ではヴァロージャが、用心して忍び足で床板を軋ませていた。ドクトルは突然喉を鳴らして満足げに揉《も》み手をしながら、自分の本のお気に入りの箇所を音読し、すると何故か、彼のスリッパを噛む癖のあるハリネズミが鳴き始めるのだ。アンナ・ステパーノヴナ——大柄で毅然としていて、何でも話し、打ち明けられる公平さのある人――が私の部屋に入ってきて、黙って大きく切ったピローグの皿を私の前に置いたものだ。

……彼女は今でも腰は曲らず、悲しみにもめげていないが、ただ白髪になり、張りのない口元に二本の深く大きな皺が垂れていた。彼女には大柄の老婆によくあるような、どこか男性的なところが体付きにも表情にも見られた。

「今はあなたを、何と呼んだらいいの?」

私たちが家の前の庭で会い、全く昔のままの清潔な黄色い床に田舎風のマットを敷いた居間に入った時、困ったように彼女は言った。

「あの頃はあなたも本当に少年だったわ。何年になるかしら? 十五年? 二十年?」

「まだ九年ですよ、アンナ・ステパーノヴナ。でもサーニャって呼んで下さい。あなたにとって、僕はいつでもサーニャなんですから」

一見したところ、彼女は私が、ヴァロージャのことを知っているのを分かっているようだったが、如才無い心暖かな応対――私はそう感じた――で、しばらく彼のことを話そうとはせず、出会ってすぐの私に、彼女と悲しみを共にさせたりはしなかった。私が何かそのような事を話そうとすると、彼女は私を遮って大急ぎで《あとでね!》と言った。

「どうして私たちのところに? しばらく滞在できるの? 元気で生きてたなんて、本当に嬉しいわ!」

「長くは居ません、アンナ・ステパーノヴナ。今日飛び立ちます」

「いくつも勲章を受けた海軍飛行士なのね」

私が海軍飛行士で勲章受章者であることが共通の誇りであるかのように彼女は言った。

「今はどこにいるの? どの戦線に?」

「今回は、ノヴァアヤ・ゼムリヤ島からですが、その前はポリャールノエです。しかも、イワン・イワニッチのすぐそばに!」

「何ですって!」

「本当です」

アンナ・ステパーノヴナは少し黙った。

「つまり、彼に会ったの?」

「会わない訳がないでしょう! 僕たちはとても頻繁《ひんぱん》に会うんです。手紙にその事を書いていませんでしたか?」

「書いてたわ」

アンナ・ステパーノヴナは言った。それで私は、彼女がカーチャのことも知っていることが分かった。でも、私がヴァロージャの話を始めようとすると、彼女が私を止めたように、私は彼女を止める必要はなかった。私の寂しさや不安など、誰にも話せないようなあらゆる悩みを、彼女くらい深く、強く感じ取ってくれる人が他に誰がいるだろうか？　彼女は私を慰めたり、自分の悲しみと比べたりしなかった——ただ私を抱いて頭にキスをし、私も彼女の両手にキスをした。

「それで、私の夫はどうかしら？　元気？」

「全く元気ですよ」

「勤務を続けるには、もう歳なの」

　考え込みながら、アンナ・ステパーノヴナは言った。

「彼はここの土地の人々といる方が自由で気楽なの。だって六十一歳で兵役なんて冗談じゃないわ。あなたが飛行機でやって来たことを、友人たちに知らせていいかしら？　時間は大丈夫？」

　私が夜中までなら時間があると言うと、彼女は私の前にパン、魚、そしてザポリヤーリエ産のとてもおいしい自家製ワインのジョッキを置いて、ショールを羽織り、不在を詫びて出掛けた。アンナ・ステパーノヴナに、私がやって来たことを友人に知らせるのを許したことは、やはり私の軽率な行為だった。半時間もしないうちに庭に乗用車が止まり、その中に私の乗組員全員が乗っているのを見て、私は驚いた。爆撃手と無線通信士は何やら大声で笑っているし、北方戦線で有名な航空士は、幅広の正装のズボン姿で運転手の隣りに座り、無関心に煙草の煙の大きな輪を吹き出していた。

「サーニャ、同志レトコフが我々を迎えに車を寄こしたんですよ」

　私が出ていくと彼は言った。

「乗って直ちに彼のところに行きましょう。我々は彼のところで朝食を取って、それから……」

「同志レトコフって誰ですか？」

「知りません、スカーフ姿の背の高い婦人が飛行場にやって来て、同志レトコフが我々を迎えに寄こしたと言ったんです。彼女は管区執行委員会で車を降りました」

「レトコフ？　ちょっと待って……あぁ思い出した！　そう、あのレトコフだ」

　それは、あの管区執行委員会のメンバーで、昔、ヴァノカン村で足にひどい怪我をして寝ていた彼のために、私とイワン・イワニッチがそこへ飛行したのだった。ネネツ人北方管区で彼は、ノヴアヤ・ゼムリヤ島の有名なイワン・ヴィルカ（［訳注］ネネツ人画家はイリヤ・ヴィルカ）に劣らず名前が知られていた。ついでながら、つい最近もポリャヤールヌイで、ドクトルはレトコフについて、彼が精力的で勇敢な働き者であり、広大な管区に分散した遊牧民たちのすべての生活を、数週間もあれば戦争の任務に従わせることができると話していたのだ。

「ところで」

ドクトルは言った。

「彼は、君がタターリノフ船長を見つけたかどうか、興味を持ってるよ。我々が君の探検隊に期待していたのを覚えているだろう。だって彼はその間に野営地をいくつも訪れ、ネネツ人たちに質問までしていたんだ。彼の調査によれば、《聖マリヤ号》の伝説が、ある氏族に伝わっているに違いないとのことだ」

レトコフがザポリヤーリエで我々を心から応待することは容易に想像できた。（私はぼんやり彼を思い出していたが、まだ決して老人ではない、丸石のようにがっしりした顔付きの、先細った中国人風の口髭の男が、我々を迎えに管区執行委員会の表階段に出てきたのでびっくりした）私がその席でイワン・イワニッチ医師と彼の北方戦線での軍事活動に捧げた長い演説をした昼食の後、我々は製材工場、そして新しい診療所などを車で回った。どこでも何かを飲んだり食べたりしては、私はイワン・イワニッチの話をしたので、私自身ついには、イワン・イワニッチの存在がなければ、我々の北洋航路の防衛は失敗するだろうと思えた程だった。

・

興味深く私はザポリヤーリエの町を見物した。私がここを去った時、町はできてから六年目だった。今や、十五年が経ったこの町は、一目見渡しても最も大切な三年間が戦争に費やされたことを考慮するならば、時間を無駄にはしなかったと結論付けてもかまわないだろう。戦線から二千五百km離れたこの地でも注意して見ると、戦争は町の多くの光景に感じられた。以前のように港ではカルスカヤの時期（訳注）三二三頁参照）のための作業をしていたが、埠頭にはもはや巨大な外国の蒸気船が碇泊《ていはく》することはなく、町を行き交う陽気で驚いてばかりの黒人もいなかった。以前のように、エニセイ川、アンガラ川、ニージナヤ・ツングースカ川の上流から木材置き場に筏が流れ着き、筏の上の小屋は煙突から煙を吐き、ロープに洗濯物をずらりと吊り下げ、昔のような川に浮かんだ平和な水上村の雰囲気を水路に醸《かも》し出していた。しかし経験豊富な人の目には、この村に集められた木材の用途は決して平和目的ではないことは容易に分かるのだった。しかし、我々が夕方近くメドヴェージー・ログ村に行った時は、全く違った点で驚いた。つまり、そこは昔、私の友人のエヴェンク人ウダギールのテントがあるだけだったのに、今は二階建ての並ぶ広大でみごとな二街区が広がっていたのだ。私はこの土地には《戦前》と《戦後》を繋ぐ橋が架けられているかのように思えた。持ち前の苦難に対する辛抱強さで攻撃を撃退し勝利に導いた生活力が、偉大な北方都市建設を完成させたのだ。

　離陸の前にまだ片付ける仕事があったので、私は航空士と爆撃手を飛行場に行かせ、自分はレトコフと管区執行委員会の彼の執務室に残った。アンナ・ステパーノヴナは去ったが、私は出発前に彼女と別れに必ず立ち寄る約束をしていた。

「それで、率直なところ」

　レトコフは言った。

「我々の老人はあそこでどんなかね？　だって我々は彼無しでは手足を縛られたも同然だよ。彼のためにそうすることは全く訳もないことなんだ」

「一体何を？」

「召還して除隊させるんだ。彼は兵役年齢を過ぎている」

「いや、彼はここに留まりませんよ」

　私は砲兵隊長が潜水艇の危険な航行に出る許可を彼に与えなかった時、イワン・イワニッチが腹を立てたことを思い出しながら言った。

「休暇で来させるですって？　全然その気はないでしょう、特に今は」

　この《今は》とは、終戦が間近である意味で言ったのだが、レトコフは違う意味に、つまり《ヴァロージャが殺された今》と解釈した。

「そうだ、ヴァロージャは気の毒に」

　彼は言った。

「なんて慎ましく高潔な少年だったことだろう！　それに、すばらしい詩を書いていた。ドクトルは密《ひそ》かにその詩をゴーリキー（〔訳注〕一八六八年～一九三六年。作家。社会主義リアリズムの父）に送り、その後ヴァロージャはゴーリキーと文通していたのはご存知でしょう。ゴーリキーからヴァロージャへの手紙の中のある文章を、私たちは学校のポスターの主題に取り上げたんです」

　そして彼は私にそのポスターを見せた。《地上の子供たちのうちで、君たちくらい苛酷な環境を生きている人は、きっといないだろう。しかし、君たちの将来の仕事は、地上のすべての子供たちを、君たちのような誇り高く大胆不敵な人間にすること》この実にすばらしい文章の上には、少しネネツ人に似たゴーリキーが描かれていた。

　私たちは広い窓のそばの肘掛椅子に座り、窓からは岸辺からタイガへと続く、新しいいくつもの通りの眺望が開けていた。製材工場が煙り、木材置き場に積まれた材木の山を電動運搬車が走り回り、遠方には手つかずの灰青色の森また森……

　それは私たちが一言もしゃべらない沈黙の時間だった。しかし窓の向こうの風景には、ソビエト人が放置されてきたエニセイ川岸に初めて足を踏み入れた時から始まった、物言わぬ威圧的な会話が続いていた。私は横目にレトコフに視線を向けた。彼は立ち上がり、軽く足を引きずりながら――彼は義足をはめていた――窓に歩み寄った。モンゴル人のような腫れぼったいまぶたの下の、賢そうな目をした彼の厳しい兵士の顔の上に、興奮が走った――私はこの沈黙の時間の価値を、彼も認めているのが分かった。

「あなたは多くのことを成し遂げました」

　私は彼に言った。

「いや、私がかかわったのは、ほんの少し、第一歩だけです」

　彼は答えた。

「戦前、我々は多くのことをやったと思っていました。でも、今私が分かるのは、千の課題のうち我々が解決したのは二つか三つだということです」

　別れ際、私は帆船《聖マリヤ号》の乗組員たちについての伝説が残されているという、ネネツ人野営地への以前の旅行について、彼に尋ねた。そこに彼が行き、ネネツ人たちに聞いて回ったのは本当かと？

「もちろん、行きました。ヤプトゥンガイ族の野営地です」

「それで、どうでした？」

「見つけました」

　まるで十七歳の少年に戻ったみたいに、突然、私の心臓がどきんと激しく打った。

「それで？」

　冷静に私は尋ねた。

「見つけて、記録しました。そのメモがどこか、今は思い出せません」

　書類挟みや巻いた紙筒のぎっしり詰まった回転式書棚を見渡しながら、彼は言った。

「全体としては、ほぼこういう話です。ずっと以前、それはまだ《父親の父親が生きていた》頃、ヤプトゥンガイ族のところに、カラ海の氷の中で難破したアザラシ狩りの帆船の乗組員と称する男がやって来た。その男の話では、十人が助かり、タイムイル半島の北方のある島で越冬していたとのこと。それから陸地を歩いたが、その途中で《バタバタと仲間が死に始めた》でも、彼は《一箇所で死にたくなかった》ので前進した。そして遂にヤプトゥンガイ族の野営地にたどり着いたんです」

「彼の名前は残っていないんですか?」

「いや、彼はすぐに死んだんです。私のメモでは、こうです。《やって来て、言った——私は生きる、そう言い終えて——死んだ》」

レトコフの執務室には、カラ海の一部を含むネネツ民族管区の地図が掛けられていた。私はそこにルースキー島やステルレゴフ岬や、ピャシナ河口へ向かう見慣れたルートを見つけた……

「ヤプトゥンガイ族が遊牧しているのは、どの地区ですか?」

レトコフは指し示した。しかし、彼が示すよりも先に私はそこを目で見つけ、その地区の北方の正確な境界を指摘した。

「彼は、《聖マリヤ号》の乗組員だったんです」

「そう思いますか?」

「ほら、数えてみましょう。彼の言葉では、帆船で助かったのは十名です」

「そう、十名」

「航海士クリモフと共に船を去ったのは十三人です。帆船には十二名が残りました。そのうちの二人——機関士チスと船員スカチコフ——は漂流の一年目で死にました。残りは十名です。でも、問題はそのことではありません。私は以前なら彼らが歩いた道を〇・五度単位の正確さで示すことができました。しかし、私がはっきりしなかったのは、彼らがピャシナ川までたどり着けたかどうかでした」

「それで今は?」

「今は明白です」

そして私は、タターリノフ船長の探検隊の痕跡の見つかった地点を指し示した——地上のどこかにまだその痕跡があるとすれば……

「大切なアンナ・ステパーノヴナ、私がレトコフのところにこんなに長居したのは、本当に礼儀に外れた卑劣な振舞いでした」

夜中にアンナ・ステパーノヴナの家に立ち寄り、私のために彼女がテーブルを覆い食事の用意をしてくれていたのを見て、私は言った。

「でも行かなければなりません。あなたにキスをするだけ、そして行かなくては」

　私たちは抱き合った。

「いつお戻りになるの？」

「誰が分かるでしょう？　明日かも知れない、でも、決して戻らないかも」

「《決して戻らない》なんて、ひどい言葉ね、私はその意味を知ってるわ（〔訳注〕戻らなかった息子ヴァロージャのことを指す）」

　溜息をついて彼女は言うと、私に十字を切った。

「だからその言葉は言わないで。戻ってきてね、そしてお幸せに。私たち老人は、あなたの幸福に寄り添うことで、少しでも心が暖かくなるの」

　……夜中遅く——そのことは時計を見ればすぐに分かっただろう——我々はザポリャーリエを出発した。赤っぽい太陽が空高くにあった。巨大な機関車の吐く煙のように、ふんわりした雲がもくもくと湧き出ながら流れていった。私の全生涯を賭けて待っていた日が来ると、私は思っていただろうか？　いや違う！　私以外の乗組員はエンジンの点検が済み、私は、その点検がしっかりされたかどうかを気遣っていたのだ。

第8章　勝利

　我々は夜中の二時に飛び立ち、朝の四時半に奇襲攻撃艦を撃沈した。実は我々はその敵艦が沈むのを見なかった。しかし、我々が魚雷を発射した後、敵艦は、水兵たちの言うところの《湯気を出し》始め、要するに動かなくなり蒸気の雲の下に隠れたのだった。全体として、それが起ったのは、ほぼ次のようになる。

　奇襲攻撃艦は堂々と航行していて、その船が味方の北方艦隊に所属するかどうかについて、私と航空士との間で短い口論（それについては、この本では取り上げないほうがいいだろう）が起った。味方でないと確信すると、我々は航空士がそうしたいと主張したので、一旦その船から逃れた。それから突然向きを変えると、目標に向けて進路を取ったのだ。できるだけ正確に魚雷を投下するために、私がやり遂げたそのかなり複雑な旋回飛行を、絵にできないのは残念だ。それはほぼ完璧な八の字旋回で、しかもその交差したくびれの箇所で、私は二度攻撃を仕掛けた——一度目は失敗だった。それから我々はゆっくり遠ざかり始めた――すぐに分かったことは、ドイツ人だって時間を無駄にはしないということだった――我々はまさに這うようにして逃れたのだ。一度目の攻撃の最中、射撃手が叫びだした。

「操縦席が煙だらけだ！」

私が二度目の旋回をした時、強い衝撃音が三回聞こえたが、歯を食いしばって奇襲攻撃艦に攻撃を仕掛けていた私には、そのことを考える余裕はなかった。その代り、今だったら、私には機体の破壊を確信する十分な時間があっただろう。つまり、燃料も油も漏れ出し、もしも航空士がタイミングよく、新しい試みで対処していなかったら、我々はとっくに、すっかり焼けていたところだった。右側のエンジンは、標的の上空では、まだ小刻みな動きから大きな動きに変わっていたのが、やがてその大きさがひどくなり、尋常でない動きにまで変化していた。もちろん、我々にはボートがあったし、乗組員にはパラシュートで脱出するよう命令もできた。しかし我々がこのボートのテストをしたのは、アルハンゲリスク近郊の静かでひっそりした湖で、それでも水から這い出る時、犬のように身震いしたものだった。しかし今、我々の眼下にあるのは、何とも居心地の悪い、一面に細かい氷に覆われた冷たい海なのだ！

乗組員からの飛行機の手短な状況報告をすべて列挙するつもりはない。報告はたくさんあり、私の希望よりもはるかにひどかった。それらのうちのあるとても悲惨な報告の後、航空士が尋ねた。

「頑張りますか、サーニャ？」

もちろんだ！　我々は雲の中に入り、すると眼下の二重の虹の中に我々の機影がはっきりと見えた。残念ながら機は高度を落としていた。こちら側で何の操作もしていないのに、突然翼が激しく傾き、我々が、もしも死を目で見ることができるとすれば、間違いなくそれは、垂直に海に向けられたその翼にあったと言えるだろう。

……どうやったか分からないが、私は危機を脱した。重量を減らすため、私は爆撃手に機関銃の弾倉盤を投下するよう命令した。さらに十分後には、機関銃本体も宙返りをしながら海に落ちていった。

「機を放棄しませんね、サーニャ？」

もちろん、放棄なんかするものか！　私が航空士に岸からの距離を尋ねると、彼は約二十六分、近いですと答えた。もちろん私を励ますための嘘だった。岸までは少なくとも三十分はかかったのだ。数分間が経過するのを、これほどまでに懸命にカウントしたのは、私の人生で初めてだった。恐怖を克服しながら、私は絶望と憎悪の中で時間をカウントする一方で、その時間が重い丸石のように心にのしかかり、その苦しい石のような時間が一分でも早く過ぎ去るように、私はやるせない気持ちでひたすら待った。とうとう私は待てなくなった。激しい怒りと興奮のあまり、何故か妙に陽気な気分が胸一杯に広がり、私は時間が過ぎるのをひたすら急《せ》き立てていた。

「なんとか操縦しますね、サーニャ?」

「もちろんだ、なんとか引っ張るんだ!」

そして我々は持ちこたえた。まわりを見渡す間もなく、岸から五百mほどで我々は海中にざぶんと落ち、不思議なことに、海底に沈むことなく浅瀬に乗り上げたのだった。これまでのやっかい事に、今度は冷たい氷の波が加わり、即座に我々は全身にそれをしたたか浴びせられた。しかし、氷の波と、それによって機体がたっぷり一時間揺り動かされて岸までたどり着き、さらに数えきれない新たな苦労と心配事が起ったことも、情報局のお決まりの報告の文句《我が軍の飛行機一機が、基地に戻らなかった》に比べれば、どれほどの意味があるだろうか? まだ大したことではない。

そこがミッデンドルフ湾で、従って我々が着陸したのは人の住む場所から離れた所だと、何故私は判断したのだろう? 分からない。航空士はその場所の計算どころではなかった――我々が海上を飛行している間、彼の関心は唯一つ、岸に向かうコースだった。そして今度も再び計算どころではなかった――私の命令は機をしっかり固定することであり、我々は太陽に照り付けられた岩の間の乾いた岸辺で、ばらばらに倒れるまで働き通した。

空を見上げて我々は静かに横たわり――空は雲一つなく晴れ渡っている――各々が自分のことを考えていた。しかし、そこには各々に共通する気分、つまり《勝利感》が醸し出されていた。我々は疲労困憊して横たわり、顔にこびり着く砂を払い落とすことさえできず、砂は太陽に乾き、粉々に崩れた。

勝利。航空士の胸にあった火の消えたパイプが、彼が急に大きな鼾《いびき》をかいたのでころがり落ちた。勝利感。真っ青で強大な空の輝きをただひたすら見つめ、掌《てのひら》に暖かい砂の感触がする以外には何もいらない。勝利したのだ。勝利感はあらゆる所に溢れ、それはひどく空腹なのに、アンナ・ステパーノヴナが出発に際してこっそり渡してくれたサンドイッチを、立ち上がって機内に取りに行く気にもならないくらいだった。

我々が機の点検をした様子を話すつもりはない。爆撃手が報告した煙の原因は、操縦室で炸裂した銃弾だったことは明らかだった。それでも百箇所か二百箇所ある弾孔を考慮に入れなければ、飛行機の状態は十分良好に見えた――ただし、それは私が何度か着陸せざるを得なかった鉄屑状態に比べればの話だが。しかし、機には唯一の欠陥があった――もう飛ぶことは出来ず、自力でエンジンを正常に戻すことは不可能だった。

食事の席で――我々の昼食はすばらしかった、つまり第一コースは粉末ミルク、チョコレートそれにバタークリームのスープ、そして第二コースは同じスープで、すでに水気を失ったもの――次のように決定した。

(a) 飛行機を今の位置――砂地の《浅瀬》に深くめり込んでいた――にしっかり固定する。
(b) 爆撃手を機に残す。
(c) 人と援助を捜しに行く。

我々がまだ海上を飛行していた時、誰か、多分通信士が岸の上に建物とも櫓《やぐら》ともつかぬものを発見していたことに、私は言及するのを忘れていた。それは我々が岸に近付くや否や消えた――崖の向こうに隠れたのだ。もしかすると航海標識だったのかも知れない――つまり、船舶がめったに訪れることのない沿岸建造物。それならば我々にはほとんど役に立たないだろう。でも、もしそうでなければ？　とはいえ、朝食の後はどこへも行かずに、風下の快適な場所を見つけ、岩の間でまた横になり、きらきら光りながら音を立てて海水の流れ落ちる、青みがかった氷塊が通り過ぎるのを眺めて休息しても良かった。ただ無線は残念ながら壊れていて、通信士がいくら我慢強くダイヤルを回しても、石のように無言だった。つまり、やはり出掛けなければならなかった。どこへ？もちろん、灯台か濃霧海難防止ステーションか、その辺の建造物の可能性のある、あの航海標識のところへ。

「でも、それよりも前に」

私は航空士に言った。

「我々の現在位置は？」

この質問に彼が答えるまで十五分以上かかった。実際のところ、彼の告げた現在地は、レトコフが私に、ターリノフ船長の探検隊の痕跡はどこだと思うかと尋ねた時に、私が答えた場所ではなかった。しかし航空士の告げた現在地は、私がレトコフの地図で指で示した地点のあまりに近くだったので、私は思わず周囲を見回した。つまり、今にもすぐそばの岩陰に船長本人がいないかと捜すかのように。

第十部　最後のページ

第1章　謎解き

タターリノフ船長の探検隊が発見された経緯を詳しく話そうとすれば、もう一冊本を書くことになるだろう。実は私には、たいへん多くの資料――例えばまだ少年の時に、自分が将来ラ・ペルーズ伯の探検隊を発見するであろう地点を驚くべき正確さで示した有名なジュール・デュモン・デュルヴィル（〔訳注〕一七九〇年～一八四二年フランスの軍人・探検家）が持っていたよりもはるかに多くの資料があった。タターリノフ船長の人生が、私の人生と密接にからみ合い、それらの資料からの結論も結局、彼と私に関係するものであったため、その発見はデュルヴィルよりも私の場合の方がむしろ容易であった。

タターリノフ船長が、《マリヤ島》と名付けたセヴェルナヤ・ゼムリヤ島へ戻ったことが疑う余地のないことならば、彼は次のような道を歩いたに違いない。つまり子午線の八六度から八七度の間で、北緯七九度三五分からロシア島、それにノルデンシエリド群島に至る範囲である。その後、多分放浪した挙句、ステルレゴフ岬からピャシナ河口に達し、そこでネネツ人の古老が橇に乗ったボートと出会った。さらにエニセイ川に向かう――何故なら、エニセイ川は人と援助に出会える唯一の希望だったから。彼は沿岸の島々の沖合側を歩いた――可能な限り一直線に……

我々は探検隊を捜し出した――というより探検隊がその地区に残したものを。その地区の上空を我々の飛行機は何十回も飛んでいた――ディクソンへ郵便物や人々を運んだり、ノルドヴィクには石炭、石油、鉱石の地質調査隊のために機械や物資を投下した。もし、タターリノフ船長が今、エニセイ川の河口までたどり着いていたなら、彼は数十隻の巨大な海軍の船舶に出会っていただろう。通り過ぎた島々で、今なら彼は、灯台や無線標識所を見つけ、濃霧時に大きな音で鳴り響き、船舶に航路を知らせる霧笛を聞いたことだろう。エニセイ川から更に三～四百km上流に行けば、彼はドゥディンカとノリリスクを結ぶ鉄道に出会っていただろう。彼は鉱山や製材工場の周辺に石油採掘のために作られた新しい町を見つけていたことだろう。

以前に私は、北国に来た最初の日からカーチャに手紙を書いていたことに触れた。発送されなかった手紙の山は、N基地に残っていた――戦後、それらを一緒に読もうと思っていたのだ。それらの手紙は、自分のためというよりカーチャのために私が記録していた日誌のようになっていた。そこから住居跡の発見について述べた個所だけを引用してみよう。

一、《あれほど果てしなく遠いと思っていたその場所に、こんなにも近くまで連れてきた自分の人生に対して僕はひどく感動した。長い長い航路のほんのすぐそばに、その場所はあり、だから君が「父が見つからなかったのは、ただ誰も捜そうとしなかったからよ」と言ったのは全く正しかった。灯台と無線通信所の間には電話線が架設され、それも一時的でなく電柱を介した常設のものだった。十km南では採掘が行われていて、僕たちが住居跡を見つけなくても、しばらくすれば鉱山の労働者が偶然、発見していたことだろう。

……最初に地中から帆布の切れ端を取り出したのは航空士だった。驚くほどのことじゃない！　海岸では、あらゆるものが見つかるものだ！　しかし、それは犬橇を曳くために着ける帆布の引き綱だった。その後爆撃手が、シチュー鍋のアルミの蓋と中に巻いたロープの入った凹んだブリキ罐を見つけたので、僕たちは丘陵の窪地を幾つかの正方形の区画に分け、歩き回って調べ始めた――各自が自分の区画を……

僕は、何かの本で岩に刻まれた一つの碑文によって、学者は紀元前に絶滅した国の生活をまるまる解明できるという話を読んだことがある。そんな風に、この場所も次第に僕たちの前に蘇って来た。僕が最初に見つけたのは防水帆布のボートで、それはむしろ浸食された地面から横向きに突き出て平らにひしゃげたブリン（クレープ）かと思ったくらいで、しかも橇の上に乗っていた。ボートの中には銃が二丁、何かの毛皮、六分儀、それに野外用双眼鏡、すべて錆び付き、黴が生え、苔むしていた。

キャンプを海から保護している丘陵のそばで、僕たちはいろいろな衣服――とりわけトナカイの毛皮のぼろぼろになった寝袋――を見つけた。流木の丸太が交差して置かれ、突き出た岩とともに閉じた四角形を形作っているのは、恐らくここにテントが張られていたのだろう。この《テント跡》から、僕たちは、錠代りの帆布の切れ端のついた食料品籠、数足の毛糸の長靴下、それに水色に白の毛布の切れ端を発見した。僕たちはさらに斧と《釣竿》――つまり、留め針から作った自家製の釣針が先端についた細紐――も見つけた。《テント跡》のそばには、日用品の一部もころがっていた。アルコールランプ、スプーン、その中にありとあらゆる物――とりわけ何本かの太い手製の帆縫い針——の詰まった木箱など。幾つかの日用品は、まだ印刷文字がまるまる判読できた。つまり《アザラシ猟の帆船〝聖マリヤ号〟》とか《聖マリヤ号》の銘があった。しかし、このキャンプは全く人気《ひとけ》がなかった——生きた人間も、死んだ人間も誰もいなかった》

二、《……それは手製の移動調理器——その中に蓋付きのバケツを嵌め込んだブリキ製の二重鍋——だった。バケツの下には鉄の台皿を置き、その中で熊やアザラシの獣脂を燃やすのが普通だ。しかし台皿はなく、通常の石油コンロが二重鍋の下に置かれていた。私がそれを振ると、その中にまだ灯油があるのが分かった。汲み上げてみると、石油が細い筋になって流れ出した。そばに僕たちは缶詰の罐を見つけ、そこには《小ロシア（ウクライナ）風ボルシチ、ヴィホルレフ工場製、サンクト・ペテルブルグ、一九一二年》とあった。もしお望みならば、このボルシチ罐を開けて、地上で三十年間使用されなかった石油コンロで暖め直すこともできるだろう》

三、《……ゴーリチハ方面の捜索に何の成果もなく、僕たちはキャンプに戻った。しかし、今回は南東側からキャンプに接近することで、単調な起伏に思えた丘陵が意外にも違った様子に見えた。そこは石ころだらけの凍土帯《ツンドラ》に向かう、起伏に富んだ多くの深い窪地——まるで人の手で掘られたような——のある大きな斜面だった。僕たちはそういう窪地の一つを歩き、初めのうちは巨大な丸石に挟まれた、ほとんど崩れ落ちた流木の山に注意を向ける者は誰もいなかった。丸太は少なく、六本ほどだったが、それらの一本には鋸跡《のこぎりあと》があった。鋸だって！　僕たちは驚いた。それまで僕たちは、キャンプは岩の多い丘陵の間にあるものと考えていた。しかし、キャンプは移動した可能性があり、その後すぐに僕たちは確信したのだ。その窪地で発見された品物をすべて列挙するのは、ほぼ困難であろう。僕たちは、時計、狩猟用ナイフ、何本かのスキーのストック、二丁の《レミントン式》単身銃、皮チョッキ、何かの軟膏の入った筒を見つけた。僕たちは写真フィルムの入ったほとんどボロボロの袋も見つけた。

そしてとうとう、僕たちは窪地の一番奥にテントを発見し、嵐で吹き飛ばされないように、流木や鯨の骨をその縁に置いたテントの下から、斧で氷を切り離して捜していたものを見つけたのだ。彼がどういう状態で死んだのかが想像された——右手を脇に引いて横になっている様子は、何かに耳を澄ましているようだった。彼は地面に俯《うつぶ》せになり、彼の別れの手紙の見つかった鞄が胸の下にあった。彼が、手紙を自分の体で覆うことで、より良く保存しようとしたことは間違いない》

四、《……僕たちが彼を発見できる望みは無かったし、あり得なかった。しかし彼の死をはっきり告げられないうちは、そして僕が自分の目でその死を見ないうちは、彼が生きているかも知れないという、あの子供っぽい期待がまだ心の中一杯に広がっていた。今やそれは消えてしまったけれど、別の思いが鮮明に湧き起ってきた。つまり僕が彼を探したことは偶然ではないし、無駄ではなかったということ――彼にとって死は存在せず、将来も存在しないものだった。一時間前に汽船が灯台に近付くと、水兵たちは脱帽してボロボロになったテントの端切れを掛けた棺を船縁《ふなべり》に移動させた。礼砲が鳴り響き、汽船は喪の半旗を掲げた。

僕はまだ人のいなくなった《聖マリヤ号》のキャンプを歩き回り、こうして君に、僕の友、愛するカーチャに手紙を書いている。今、君と一緒だったらと、どれほど思ったことだろう！　この勇敢な、人生を賭けた闘いが終ってもうじき三十年、でも、僕は分かる――君にとって、彼が死んだのはまさに今日なんだと。まるで僕は戦線から、戦闘で死んだ友である君の父のことを書いているみたいだ。彼への深い悲しみと誇りの気持ちが僕の心を揺さぶり、不死の光景を前に熱い思いが込み上げて身動きできなくなる……》

第2章　全く信じられないこと

《今、君と一緒だったらと、どれほど思ったことだろう！》――私はその言葉を何度も読み返したが、それは人気《ひとけ》のない寒々とした部屋で鏡に映った自分の姿と話しているような、侘《わび》しく空しいものだった。私に必要なのは、こんな日誌ではなくカーチャ――私を信じ、愛してくれる生命力にあふれ、賢く、いとしいカーチャだった。

昔、マリヤ・ワシーリエヴナの葬儀で彼女が私にそっぽを向いたのに動揺して、オーボド（〔訳注〕同名の小説の主人公）のように、彼女のところに行って自分の正しさを証明するものを、彼女の足元に投げ出すことを夢見たものだった。その後、私がやったことは、彼女の父親が全世界に知られ、彼が民族の英雄になったことだった。しかし、カーチャにとって彼は父親のままだった——私が彼を発見したことを最初に知らされるべき人は、彼女以外に誰がいるだろうか？　私たちが信じていたお伽話が、この地上にまだ生きているなら、すべてが良くなるんだと私に言った人は、彼女以外に誰がいるというのか？　苦労、困難、そして戦争の混乱の中で、私は彼を発見した。言葉で表現できない、半ば無意識の世界を照らす、北極圏の霧に包まれた幻影に感動させられた少年でもなく、若さ故の強情で、我を通そうとする若者でもなく、すべてを経験した大人として、私はロシア科学史に残るに違いない発見に立ち会った。私は誇らしく、幸せだった。しかし、すべてがこんな結果にならずに済んだかも知れないという辛い思いに苦しむ以外に、私に一体何ができたというのだろうか！

一月の終りにすぐ私は連隊に戻った。その翌日、私は北方艦隊司令官に呼び出された。……あの朝は決して忘れられない——どんよりとしていて同時に夜から朝へと向かう大胆な色調は、この世で最初の朝のように忘れられないものだった。それは北極圏に特有の感覚だ。しかし煙草を吸って小型艇の船長と雑談した後、重苦しい霧が途切れた甲板に立った時、この朝を待つ気持ちは何故か妙に胸を締め付けた。霧は甲板に這い寄ったり、遠ざかったり、そしてその灰色がかった霧の一団の間から上方、下方へと垂直の光束を放つ満月が、火山の上に現れた。やがて周囲をすっかり打ち負かしたように皓々《こうこう》と輝き、それから青白く弱まり、それは我々の船がバラ色の朝空に向かって進んでいるためだった。数分後、月は急速に消えていく霧の中に最後の姿を見せ、コラ湾上空にはピンクの雪に包まれた朝の青空が出現した。

我々が入江に入ると、その朝と同じく白い、ピンクの雪の町が眼の前に広がった。町全体が見渡され、美しい花崗岩の山肌を見せる高い灰色の斜面に、まるでわざわざ建設された町のようだった。別々の方向に伸びた、いくつかの表階段のある白い家々は、斜面に段々状にまっすぐ並んで建てられ、一方、煉瓦造りの大きな家々は、入江に沿って半円形に並んでいた。それらの家がコンパス描きと呼ばれることを私は後で知った——エカテリンスカヤ湾に巨大なコンパスで半円を引いたようだから。

家々の間に架けられたアーチの下の、高い階段を登ると、入江全体が見渡せ、朝の間ずっと心の中に湧き起ったり静まったりしていた奇妙な興奮が、何か鋭い力で私をとらえた。入江は真っ暗な暗緑色をしていて、空の光がほんのかすかに輝いていた。閉鎖的な岸辺は、険しいカフカスの湖にも似た、はるか遠い南国風の雰囲気をしていた——対岸には雪に覆われた火山が連なり、そのまばゆい白さを背景に、何かの低木の黒く細い輪郭があちこちに浮かび上がっていた。

私は予感など信じないが、ポリャールヌイやエカテリンスカヤ湾の美しさに心を奪われて、円形に並んだ家のそばに立っていると、思わずそんなことを考えた。それは、これまで私が夢にしか見ることのできなかった、そして長い年月の間あこがれ続けた、私の幻の故郷——この町はそんな風に私の前に出現したのだ。

嬉しさに興奮して、私は、自分にとって何かとても良い事が、それもきっと人生で一番すばらしい事がここで必ず起るに違いないと思い始めた。司令部にはまだ誰もいなかった。私は訓練開始前に到着した。宿直の当番兵が言うには、彼の聞いたところでは、私は十時に出頭すべきで、今は七時半とのことだった。何故か分からないが、まだ七時半であることにほっと安心して、私は再びコンパス描きの家のアーチの下から入江を見に出掛けた。

私が司令部に行っていた間に、すべてが一変していた。入江は灰色で、殺風景な岸辺の風景に溶け込み、はるか彼方にどこかの平べったい汽船がゆっくりポリャールヌイへ向かって航行していた。私は汽船が近付くのを見たくなり、今いる階段と方向の違う、広い踊り場に続くもう一つの階段の方に移った。それは、ムルマンスクとポリャールヌイ間を航行している二隻の旅客船のうちの一隻だった。身分証をチェックするパトロール隊に向かう行列が、タラップにできていた。下船する水兵たちに混じって、数名の民間人と、さらに籠や包みを持った三〜四人の婦人がいた……

その感覚は、間違いなく私が、ガエル・クリーから逃げ出し、ペシャンカとチハヤ川の合流点に近い桟橋に長い間座っていた、あの惨《みじ》めな時代の名残だった。汽船が接岸すると、船縁《ふなべり》からはロープが飛び——船員は器用にロープを輪にして斜めに突き出た支柱に投げた——すぐに桟橋にたくさんの人々が現れ、そのため桟橋が少し水に沈むのが分かった——それなのに賑やかで陽気な、立派に着飾ったこれらの人々の誰一人、私には何の関係もなかった。あの時から私は、どんな到着の愉快な大騒ぎを見ても、あの放り出された孤独の感覚が自分の中に蘇《よみがえ》ってくるのだ。しかし今回——きっと、それは冬の全く違った到着で、下船する人々も不安げな軍人たちだったためだろう——私はそのような感覚にならなかった。

私がポリャールヌイで見たすべてのこと――その古い汽船も、タラップに溢れるもどかしげな行列も、出張の登録をするための建物に向かう迎える人のいない人々も――が嬉しく思えたのは、とても不思議だった。それはすべて、私が人生で最もすばらしい事を待っていることに関係していたが、それはどんな事で何故そうなのかは私自身説明が出来なかった。

司令部に戻るにはまだ早くて、私はドクトルを捜しに行ったが、彼は病院ではなく、市のアパートにいた。もちろん、彼が住んでいたのは、段々状にまっすぐ並んで建てられたあの白い家々の一軒だった。海からは、それははるかに整然とした優雅な建物に見えた。ほら、ここが第一列目、私が行くのは五列目の七軒目だ。ネネツ人みたいに私は、見るものすべてに興味津々だった。荷馬車の御者が被るみたいな、おかしな防寒帽の英国人が、カーキ色のゆったりした上衣を着て私を追い越し、その上衣はきっとこちらの冬には役に立たないだろうと私は思った。ふわふわした綿毛の白い毛皮外套の男の子が、ぽっちゃりして緊張した面持ちで、肩にスコップをかついで歩いていた。口髭の長い水兵が彼を抱き上げると、急き立てるかのようにそのまま少し歩いた。私はふと、ポリャールヌイでは子供の姿はほとんど見ないなと思った。

五列目の七軒目のその家は、両隣りの家とはなんら異なってはいなかったが、ただその階段だけは、まるでスケート場のようで、氷の間から階段がかすかに透けて見えていた。勢いをつけて私は表階段を駆け上がった。その瞬間、どこかの水兵たちが出てきて、私は彼らにぶつかり、彼らの一人は注意深く階段を滑り降りながらこう言った。《極夜（訳注）太陽が一日中現れない日のこと）の環境下の識別能力喪失は、体のビタミン摂取不足が原因なんだ》それは医者だった。イワン・イワニッチがこの家に住んでいるのは間違いない。

玄関に入ると、私はドアを開け、それからもう一つのドアを開けた。部屋はどちらもがらんとしていて、煙草の臭いが染み込み、ベッドは剥き出しで男所帯っぽく物が乱雑に置かれ、その部屋の様子は、家の主がわざとドアを開けたままにしているかのような、客好きの雰囲気があった。

「誰かいますか？」

返事はない、私は外に出た。スカートの裾をはしょって紐に挟んだおかみさんが、素足を雪でこすって洗っていた。私は彼女にここが七番の家かと尋ねた。

「誰のところかい？」

「パブロフ医師です」

「彼は多分まだ寝てるよ」

おかみさんは言った。

「あっちの窓に回ってごらん、ドンドンと強くやってみるのさ！」

ドクトルの家のドアを叩く方が簡単だったけれど、私は何故か言われた通りに窓に回った。家は山腹に建てられ、裏手の窓は地上からかなり低くなっていた。窓には霜が降りていたが、私がノックして掌《てのひら》で目の上を覆いながら覗くと、女性の姿のような輪郭が見えた。女性は立っていて、籠か旅行鞄に屈んでいたのが、私のノックで背を伸ばし窓にやって来た。私と同じように彼女も目の上を掌《てのひら》で覆い、霜で細かな面に分かれたガラス窓を通して、私は曇ったガラスの向こうに、同じく細分された誰かの顔を見た。女性は唇を軽く動かした。彼女は唇を動かしただけで、何もしなかった。彼女の姿は雪で曇った薄暗いガラスの向こうで、ほとんど見えなかった。でも私は分かった。それはカーチャだった。

第3章　それはカーチャだった

私たちの出会いの最初の数分間の失神状態をどう表現したらいいだろう——私は彼女の顔をじっと見つめ、キスし、また見つめ、何か尋ねようとしてもそれはすべて千年も昔の事ばかりで話が途切れてしまう……でも、彼女の苦しみがどんなに辛く、レニングラードで死ぬほどの空腹を味わい、私に会える望みをあきらめていたにしても、それらすべてが過ぎ去り、こうして彼女は私の目の前にいて、彼女を抱くことができる……ああ、こんなことが信じられようか！……

彼女は青ざめた顔で、ひどく痩せて、表情には以前の厳格さが消えて、何かこれまでと違うものがあった。

「カーチャ、君は髪を切ったんだね！」

「ずっと前、まだヤロスラーヴリにいた時よ、病気して」

彼女は髪を切っただけではなかった——彼女は別人になっていた。しかしその時は、私はそんなことを考えたくなかった。すべてがどこかに吹き飛んで眼中になかった。つまり私たちのことも、そして物が散乱して、私がノックした時、何かを取り出そうとしていた彼女の開いたままの旅行鞄のある、両隣りと全く同じこの部屋のことも、さらにハンカチで髭を拭いながら、実はずっとこの場の隅にいて、忍び足で去ろうとして、その後、私が引き止めたドクトルのことも忘れていた。しかし、もっと肝心な、一番大切なこと――ずっとそれを私は忘れていた！――それはカーチャがポリャールヌイにいるということだった！　カーチャがポリャールヌイにいるなんて、一体どういうことなのだろう？

「本当に、あたし、毎日あなたに手紙を書いてたのよ！　あたしたち、モスクワで一時間の差で行き違いになったの。あなたがヴァーリヤ・ジューコフを訪ねた時、あたしはアルバート通りでパンの行列に並んでたの」

「まさか、そんな！」

「あなたの置き手紙を見て、すぐにあなたを捜しに走り出したわ――でもどこへ？　あなたがロマショフのところに行ってるなんて誰が思うの！」

「僕がロマショフのところに行ったって、どうして知ってるんだい？」

「あたしは全部知ってるの、全部！　いとしい愛するあなた！」

　彼女は私にキスした。

「あたし、あなたにすっかり話すわ……」

　そして彼女は、ひどく脅え切ったヴィシミルスキーがイワン・パーブルィチ（コラブリョフ）を捜し出し、私がロマショフを逮捕させたと彼に言ったという話をした。

「でも、あの海軍少将のRって誰なの？　あたしはあなた宛に彼に手紙を書いたし、直接彼宛にも書いたわ――返事はナシの礫《つぶて》よ！……あなたはここに来ることを知らなかったの？　何故あたしはあなた宛の手紙を彼に書かなきゃならなかったの？」

「それは、僕には自分の住所がなかったからなんだ……モスクワから僕は君を捜しに出掛けたんだ」

「どこへ？」

「ヤロスラーヴリに。僕はヤロスラーヴリにいたんだ。任務を命じられた時、僕はノヴォシビルスクへ行くつもりだった」

「どうしてあなたは、ここに来た時、コラブリョフに手紙を書かなかったの？」

「分からない……ああ、本当に君かい？　君はカーチャなのかい？……」

　私たちは物にぶつかりながら抱き合って歩き回り、またずっと、何故、何故と尋ね合うのだった。そこには《何故》と同じだけのたくさんの理由があった――レニングラード近郊で私たちが引き離されたり、モスクワで通り一つを挟んで互いに過ごしていたり、そして今、私が初めてやって来たばかりで、まだ半時間前にはカーチャに会えるなんて思いも寄らなかった、ここポリャールヌイでの対面の理由が！

私の探検隊発見の知らせを、彼女は新聞の全国紙に掲載された、タス通信の電文で知った。彼女はドクトルと連絡を取り、彼はポリャールヌイへの通行許可証を彼女が入手する手助けをした。しかし、彼らは、私への手紙をどこに出せばいいか分からなかった。もっともそれを分かっていたとしても、彼らの電報や手紙が、タターリノフ船長の探検隊の住居跡まで届くことはなかっただろう！

ドクトルはどこかへ姿を消して、戻ってくると、熱いティーポットを持っていて、すべてが眼中にない私たちを落ち着かせるというよりも、とりあえずソファーに二人並んで座らせ、まるで鉄のように固い乾パンを御馳走した。それから彼はコンデンス・ミルク罐を持ってきて、食器のないことを言い訳しながら、それをテーブルの上に置いた。

やがて彼は去った。私はもう彼を引き止めず、私たちは缶詰の空罐や汚れた食器の散乱する台所や、雪の溶けていない玄関の、この寒い家の中に二人っきりになった。この家——窓から火山の連なりが、そして入江の重そうな水が切り立った雪の岸壁の間から尊大げに波打っているのが見える——何故、ここで二人が出会ったのだろう？　でもそれは私が答えを見つけようとは思わない、もう一つの《何故》だった。

ドクトルは、去り際に、何かの電気製品を私に置いていった。私はすぐそれを忘れていたが、何かで大笑いして、自分の口から吐く息が、厳寒の中で馬のようにもうもうとした水蒸気になって、ゆっくり消えていくのを見た時に思い出した。それは電気ストーブで、その土地の製品らしく、朝まで威勢よく、ゴーゴーとかすれた音を立てるところはなかなか良くできたストーブだった。部屋の中は一瞬で暖かくなった。カーチャはそれを片付けようとしたが、私はそうさせなかった。私は彼女を見つめた。私は彼女の両手を握った、彼女が現れたのと同様に突然消えてしまいそうなので……

まだドクトルの家に向かっていた時、私は天候が変わり始めているのに気付いていた。約束の十時に、あと十五分もなかったので家を出た今、以前のごうごうと吹いていた寒風は弱まり、大気は不透明になり、ふっくらした雪が急激にどっと降り始めた――大吹雪になる確かな前兆だった。私の驚いたことに、司令部ではすでにカーチャの到着を知っていた。司令官も知っていた――そうでなければ、どうして彼が微笑みながら私を迎えたりするだろうか？　手短かに私は、彼に奇襲攻撃艦を撃沈した報告をし、彼はあれこれ質問することもなく、今晩、軍事会議の席で、その件を私に話してもらうとだけ言った。《聖マリヤ号》の探検隊――彼の興味はそっちだった！

私は控え目に、ややきまり悪そうに話を始めた――私の人生を知っている人なら、決して不思議には思わないだろうが、探検隊が、戦闘任務の遂行中に発見されたことは、やはり全く不可解なことだった。私の気持ちを一体どのように短い言葉で艦隊司令官に伝えたらいいだろう？　しかし、彼は注意深く、若者らしい誠意ある態度で聞くので、とうとう私は《短い言葉》に見切りをつけ、遠慮せずにその経緯を話し始めた――すると一気にすべてありのままの自分の気持ちを伝えることができた。私たちはようやく別れを告げた――それは、海軍大将が、家で待っているカーチャのことを思い出してくれた分だけ早く……

彼のところに何時間いたか知らないが、多分一時間かそこらだろう、それなのに外に出ると私はポリャールヌイの町を見失った――ヒューヒューと空を舞い、目を覆う雪で町は姿を消したのだ。フェルト長靴を履いていたので助かった――長靴の折返しを膝上まで上げることになった。あの一列に並んだ家々がどこにあるのか、それが全く跡形もないのだ！　雪と鉢合わせになったこの黒い雨雲の向こうのどこかに、家々があり、その中の五列目の七軒目でカーチャが、私の助言で鉄のように固い乾パンを暖めようと壁暖炉の上に置いてるなんて、私にはほとんど信じ難い空想のように思えた。もちろん、私はその家にたどり着いた。しかし、家が見つかるまでの苦労といったら――半時間、その家は私にとって横に傾き窓の上まで雪に覆われた、まるでお伽話に出てくる木造小屋みたいだった。吹雪の神のように私は玄関に崩れ込み、カーチャが箒《ほうき》で私の雪を払うのに、肩に高く積った氷の塊から手を着ける始末だった。

……もうすでに多くのことが繰り返し話されていた。私がドクトルに見せたくてポリャールヌイに持ってきた船長の別れの手紙について、もう二度私たちは話題にしていた。探検隊の他の資料は連隊に残された。しかし私たちは探検隊との幸運な出会いについては、まだ話すべきではないと感じているみたいに、それらの手紙や手紙に関連するすべての話題を避けるのだった。カーチャは幼いペーチャがどうなったかも話した——浅黒く、ほんの少しやぶ睨《にら》みなところは、亡くなった妹そっくりだった。キャンプ長のピョールイシキンと喧嘩をして、コルホーズで《別の部屋》を借りた祖母をどうするかの相談もした。ペーチャについては、再び負傷し、戦線に戻ったことを私は知っていた。モスクワでカーチャは偶然、彼のところの大隊長と知り合いになり、その人が言うには、ペーチャは《死ぬことなんか、屁とも思わない》そうで、その言葉にカーチャはひどくショックを受けた。ワーリャ・トロフィーモヴァについても、カーチャの考えでは《もしペーチャとワーリャの二人がうまく行くならば、こんな幸せはない》ということを私は知っていた。

部屋の中も、どことなく変わってしまった——つまり、男所帯の寒々としたドクトルの部屋が、暖かくなったことをカーチャに感謝しているかのように、いろいろな物が快適に場所を占めていた。この不思議な、私にとって何よりも肝心な変化からすでに五～六時間が過ぎていた——あれほど長い間置き去りにして来た私たちの家庭生活が、遂にそっくり戻ってきたのだ——それでも私はまだカーチャと一緒にいるという思いに慣れることはできなかった。

「ねえ、僕がいつも思ってることが分かるかい？　僕は君をあまり愛してないんじゃないか、だから僕のために君が辛い思いをするのを忘れてたんだってことさ」

「あたしも、私のためにあなたが辛い思いをしてきたと思っていたわ。あなたが去ると、あたしは不安と心配と恐怖で胸が一杯になる、それでも幸せだったわ」

私たちが話している間も、彼女は何か部屋の片付けの手を止めなかった——ホテルや列車の中など私たちが二人でいる場所ならどこでもいつもやるように。それは絶えず夫と転々と引っ越しをする女性の習慣で、私はそのカーチャの悲しい習慣に、どんなにか後悔と残念さと優しさの混じった思いをしてきたことだろう！

やがて隣人がやって来たが、それは極夜の環境下で私が、識別能力を失っていると言ったあの水兵で、小柄で太った赤ら顔の男で大食漢——そのことは少し後になって私たちは確信した——だった。彼は隣人の誼《よし》みか愛想がよく、真っ先に自分のことをこう言った——自分はイワン・イワニッチの同僚で、潜水艇のある救命装置を試験するためポリャールヌイにやって来た。晩にはムルマンスクに行くつもりだが、忌々しい吹雪が予定をすべて狂わせてしまったと。

「《出航許可》が降りなくて」

溜息まじりに彼は言った。

「こうなったらつまみを食べて酔っ払い、ここに残るより外ないんです」

イワン・イワニッチのところに酒や缶詰はあったが、水兵はそれには及ばないと言い、自分の酒と缶詰を持ってきた。息を切らして彼は缶詰を開け、なぜか袖まくりして暖炉の上でそれを暖め直した。

私とカーチャは一日中何か食べていて、私たちがいらないと言うとひどくがっかりし、自身はすばやくうまそうにすっかり飲み食いしてしまった。

彼はすでに私たちが、生き別れになっていたことをドクトルから聞いて知っていて、私たちに祝いを述べ、その後、自分は同様な例は千件も聞いたと言った。

「あなたも奥さんも、独り身の生活を悔やむ（〔訳注〕たとえば別居中に愛人ができる）ことがなかったのは幸いです——諭《さと》すように彼は言った——独身生活を惜しむケースだってあるんですよ！」

その他の私たちのおしゃべりは覚えていないが、私たち以外に他人がいたことで、一層強く幸せを感じたことだけは印象に残っている。それから彼は出ていき、《許可》は出ないかと一晩中港に電話していた。でも、吹雪がまだバレンツ海で吹き荒れている時に、どうしてその場所に《出航許可》など下りたりするだろうか！　家の中にいても窓が突然震え出して、まるで誰かが遠慮がちだったり、大胆だったり、外から窓を揺すっているような状態なのだ。

私たちは二人きりになった。私はカーチャをいくら見ても見飽きなかった。ああ、なんと彼女が恋しかったことか！　私はすべて忘れていた。例えば彼女が夜中にお下げに髪を結っているのを。まだ彼女の髪は伸びきってなく、お下げは短くてこっけいに見えた。しかし、それでも彼女は髪を結うので、私の忘れていたかわいいきれいな耳が顔を見せるのだった。再び私たちは話し始めた——今度は小声で全く違うことを——そしてしばらく沈黙した。それはロマショフのことだった。

どこかで私は古羊皮紙のことを読んだことがある。それは古代ロシアの課税台帳人たちが、書かれた文章を消して、その上に勘定書や領収書を書いて再利用した当時の洋皮紙で、何年も経って学者たちが隠れていた本来の文章を明らかにしてみると、往々にして天才的詩人の手によるものだったという話だ。カーチャが私にヤマナラシの林で起った事をロマショフの言葉通りに話し、その後私がその嘘を消しゴムで消し去ると、その下に真実が現れるのは、その古羊皮紙の話に似ていた。

初め彼が私を救ったとカーチャに信じさせるために、次に彼がカーチャを救ったと私を説得するため、二度も使った卑劣な小細工の複雑な経過を、私は理解し、彼女に説明した。私は、ソバーチィ広場でのロマショフとの最後の会話を、彼女に彼の話した通りに伝えた。カーチャは私の失敗や、いつも彼女を悩ましていた謎を明らかにするロマショフの告白にひどく驚いた。

「それで全部記録したの？」

「うん、調書を取るみたいにしゃべらせ、彼に署名させたんだ」

私は、彼が学校時代からずっと、空っぽの落ち着きのない心を悩ませる羨望に苦しみながら、私を監視していた話を繰り返した。しかし、彼の机の上にあったすばらしいカーチャの肖像写真のことは、決して言わなかった。そんな愛情は、彼女には侮辱的だと思ったから。彼女は私の話を聞き、暗い顔付きになり眼は燃えるように充血して赤くなった……彼女は私の手を取って胸に強く押し当てた。彼女の顔は興奮で青ざめた。私が触れたくなかったことで、彼女はきっと二倍も三倍もロマショフを憎んでいたのだろう。でも、私にとって彼は縁もゆかりもない、取るに足らない男だし、彼を打ち負かしたという思いは心地よかった……

太ったドクトルはまだ《許可》を問い合わせ、季節外れの大吹雪は相変らず止むことなく広く荒れ狂って、依然として《許可》は下りない。吹雪は我が国のルィバーチー（〔訳注〕レニングラード郊外）を道連れに、ノルウェーのフィヨルドに隠れていたドイツ人たちの船舶にも波を襲いかけた。風力9の暴風雨で港は閉鎖され《出航許可》は出なかった。

頬の下に掌《てのひら》を置いて、美しい賢そうな顔で妻が眠っている——どうして永遠に私を愛するようになったのかは分からない。彼女は眠り、私は長い間彼女を見つめて思う——私たち二人だけ、そして間もなくこの短い幸福な夜は終るけれど、私たちは世界中で荒れ狂うこの激しい吹雪からも、このつかの間の夜を守り通したんだと。

私は五時過ぎに起きなければならなかった。私はカーチャに、彼女を起こさないことを許して欲しいと伝え、私たちは前日に別れまで告げていた。しかし私が目を覚ますと、彼女はもう部屋着姿で食器を洗い、濡れた皿を暖炉に立て掛けていた。

彼女は私がどこに勤務しているかを知っていたが、私たちはそんな話はしなかった。ただ、飲みかけのコップを残し、私が急いで立ち上がると、彼女は、以前のように私に、パラシュートは持ったのかと訊いた。私は持ったと答えた。太ったドクトルと一緒に我々は出掛けた。吹雪は収まり、町一帯が、急角度に切り取られた雪山の間の道沿いに長く続いていた。

第4章　別れの手紙

出掛ける時、私はカーチャに船長の手紙を渡した。昔N市の大聖堂の庭で私は、ダーシャおばさんと一緒に私たちが、溺死《できし》した郵便配達夫の鞄の中に見つけた手紙を、同様に彼女を一人にして読ませたことがあった。私はその時、マルティン修道士塔の下に立って、頭の中でカーチャと共に手紙の行を追って読みながら、背筋が冷たくなったものだった。今回、私が彼女に会うのは、数日後だった。しかし、やっぱり私たちは以前のように一緒に読んでいた――私はカーチャが私の息遣いを肩に感じているのが分かった。

　これが、その手紙だ。

1

サンクト・ペテルブルグ水路測量局本部

一級船長　P・S・ソコローフ殿

　親愛なるピョートル・セルゲーヴィチ！

この手紙があなたに届くことを願います。手紙を書いている今、我々の旅は終りに近付き、たった一人でそれを終えることが残念です。我々が耐えてきた苦難は、この世界でどんな人でも克服できるとは思いません。私の同僚たちは皆、次々に倒れ、私がゴーリチハへ送った偵察隊も戻りませんでした。私はマーシャ（〔訳注〕妻のマリヤ）とあなたの名付け子（〔訳注〕洗礼で代父を務めた子、カーチャのこと）を辛い境遇に残します。もし、彼女たちの暮らしが不自由ないと分かれば、この世を去るにあたってあまり悩まないでしょう。なぜなら、我が国にとって、我々の行為は恥じるものではないと思うからです。我々は大きな失敗をしましたが、我々の発見した陸地に戻り、力の限りそこを調査することでそれを償いました。私の最後の思いは、妻と幼い娘のことです。娘が人生で成功することを強く願います。私を援助してくれたように、彼女たちを支援して下さい。死を前に私はあなたと、あなたの指導のもとに働いてきた私の青春時代の最良の歳月に、深い感謝の念を捧げます。

　あなたを抱擁します　イワン・タターリノフ

2

水路測量局本部長閣下殿

帆船《聖マリヤ号》探検隊長

I・L・タターリノフ

報告

水路測量局本部に以下の事柄を謹んでご報告いたします。

一九一五年三月十六日　漂流する帆船《聖マリヤ号》舷側からの観測で、北緯七九度八分三〇秒、グリニッチ標準東経八九度五五分〇秒地点の、視界良好、晴天下で、船の東方に高い山脈と氷河に覆われた未知の広大な陸地を確認しました。

この水域での陸地の存在については、以前にもいくつかの徴候が指摘されています。つまり一九一二年八月、我々は、北方から雁の大群が北北東から南南西の方角に飛んでいくのを目撃しました。一九一三年四月の初めに我々は、北東の水平線上にくっきりした白く光る帯と、その上に遠くの山脈を一面に厚く覆う、霧のような不思議な形の雲を確認しています。子午線（経線）方向に広がった陸地の発見は、我々に船を降りる絶好の機会だという希望を与えました。つまり陸地に上陸して岸沿いにタイムイル半島方向に向かえば、その先に状況次第では、ハタンガ川かエニセイ川河口にある、最初のシベリア入植地にたどり着けるからです。この時点で我々の船の漂流方向ははっきりしていました。全体として船が氷と共に漂流していたコースは、北方向西寄り七度でした。そのコースを更に西側に変更すれば、それはナンセンの《フラム号》の漂流方向と並行になり、我々が氷を脱出できるのは早くても一九一六年秋で、一方、食糧は一九一五年夏までしかなかったのです。本報告とは本質的に関係のない幾多の苦難の後、一九一五年五月二十三日、我々は北緯八一度九分、東経八八度三六分の新たに発見した陸地に上陸しました。そこは氷に覆われた島で、本報告に添付された地図に、A地点と示されています。

わずか五日後に我々は二番目の巨大な島に到達し、そこは新発見の陸地を構成する三つか四つの島の一つでした。この島の突き出た岬の位置は、私の天体観測による測定で、北緯八〇度二六分三〇秒、東経九二度八分〇秒のG地点と示されています。この未知の陸地の岸に沿って南に移動しながら私は、北緯八一度から七九度の間の沿岸を調査しました。島の北側はかなり低地になっていて、一部分は広い氷河で覆われています。南下するにつれて陸地は高くなり、氷はなくなり、ここで我々は流木を発見しました。北緯八〇度で、地図のS地点から東南東方向に開けた、広い海峡あるいは入江が見られました。F地点から陸地は急に南南西方向に向きを変えます。私は新たに発見した陸地の南岸を調査するつもりでしたが、今回はハリトン・ラプテフ海岸をエニセイ川方向へ移動することにしました。本部への報告にあたり、今回の私の発見に関して、経度の測定値は必ずしも信頼できるものではないことを指摘しておかねばなりません。それは航海用クロノメーター（経線儀）は入念な手入れを施しても二年以上に渡る時刻の修正は不可能だからです。

イワン・タターリノフ

同封物

一、帆船《聖マリヤ号》当直日誌の証明済みの写し

二、クロノメーター日誌の写し

三、撮影の資料と計算を掲載した麻布表紙のノート

四、撮影地点の地図

一九一五年六月十八日

ロシア群島第四島キャンプにて

3

拝啓　マリヤ殿！

我々が万事休すになり、君がいつかこの手紙を読む望みが絶たれることを危惧している。我々はもう進めない。凍えは歩いても休んでも襲いかかり、食事中も暖まることはない。両足がひどく弱った――特に右足で、それがいつ、どんなふうに凍傷になったのかさえ、私は覚えていない。習慣で私はまだ《我々》と書いているが、かわいそうなコルパコフが死んでもう三日経っている。そして、吹雪のため私は彼の埋葬すらできないのだ！吹雪の四日間――我々が生き残るために、それはあまりに長い時間だった。まもなく私の番が来るが、私は死を全く恐れていない。なぜなら、明らかに私は、生き残るために、自分の力以上の努力をしてきたから。君には本当に済まない、そしてその思いが一番辛く、他の思いはほんの少し和らぐほどだ。この数年間、君はどんなにはらはらしながら、悲しみに耐えていたことだろう――そんな君に、さらにもう一つ、一番決定的な知らせを届けねばならないとは。でも、生涯自身を束縛したりしないように、つまり、もし幸せにしてくれる男と出会ったら、それが私の願いだと思い出して欲しい。

ニーナ・カピトーノヴナには、こう伝えて欲しい。彼

女を抱擁し、力の限り君を手助けし、特にカーチャのことをよろしく頼むと。我々の旅はとても辛いものだったが、もし装備に手間取ることなく、その装備もあれほどひどいものでなければ、我々は十分に持ちこたえ、任務を遂行していたことだろう。いとしい私のマーシェニカ(マリヤ)、私がいなくても何とかやって行けるだろう！　そしてカーチャ、カーチャ！

　私には誰がお前たちの面倒を見るかが分かる（（訳注）ニコライ・アントニッチを指す）けれど、人生の最期のこの時に、その名前を挙げようとは思わない。鬱積《うっせき》してきたものを、洗い浚《ざら》い彼にぶちまける運命にはならなかった。彼はいつも、私の行動の自由を奪う力の壁となって私の前に立ちはだかり、彼が手助けしないにしても、せめて邪魔をすることさえなければ成し遂げていたであろうあらゆる事柄を、私は悔しい気持ちで思い起す。仕方ないのだろうか？　唯一の慰めは、私の努力で新しい広大な陸地が発見され、ロシアの帰属になること。

　愛するマーシャ、この手紙、君との最後の話を中断するのは辛い。娘の面倒をよく見て、怠け者にしないように。いつも怠惰で騙されやすいのは私の特徴だから。カーチャ、私の愛する娘！　私がどんなにお前のことを思っていたか、死に際してせめて一目なりともお前の姿を見たかったか、いつかお前も分かるだろう！　でも、もういい。両手が凍えるけれど、私はまだ書き続ける。君たちを抱擁する。永遠にあなたのもの。

第5章　最後のページ

私はカーチャに、ドクトルの部屋にいて欲しくなかった。ましてその部屋はドクトルのものでもなく、亡くなったある指揮官のものだったから。日用品や家具はその彼の所有だった。突然止まってしまった生活の痕跡があらゆるものに見られた——ポリャールヌイの風景が、対称的に壁に掛けてある、あまり上手でない描きかけの水彩画の中に、整理のゆきとどいた専門書の山の中に、そしてそこに大量にある写真——長いお下げ髪のウクライナ民族衣装姿の、裸の丸々とした赤ん坊を抱いた、きまって少し年配の娘たちばかり——の中にも、その痕跡があった。

　このような部屋にいたら、様々な全く余計な考えがひとりでに浮かび、夫が空軍勤務の女性なら、そんな考えを必ずしも簡単に振り払えるものではない。しかし、カーチャは部屋に残る決心をした。

「それが一体どうだっていうの！」

彼女は言った。

「そんなことはごく当り前のことでしょ」

私はそれに固執はしなかった。まして私がポリャールヌイにやって来れるのはかなり稀だったし、カーチャがイワン・イワニッチ医師のすぐ近くに住み、毎日彼と会うことを知って安心したから。間もなく彼女は働き始めた――初めは軍の病院の看護婦、それからドクトルが勤めていた診療所のある旧ポリャールヌイで。二週間後、私が再び訪れると、彼女はもう自分の新しい生活に興味津々だった。その生活に彼女が慣れたのは、驚くほど早かった。ポリャールヌイの各港からは、遠洋航路や近海用船舶が出航していて、町で起るすべてのことは何らかの形で戦争に関係していた。好みの指揮官は名前が知れ渡った。しかし彼らの多くは、すでに以前からソビエト連邦中で名前が知られていた。

後方と前線との並外れた、ほとんど家族同然の親密さに、私はN基地にいてひどく驚いたものだが、ここポリャールヌイでは、生活自体がはるかに複雑で豊かであるために、一層それが強く感じられた。ここでの生活は《偶然生じた》ものではなく、粛々と続いていた――指揮官から赤軍水兵に至るまで人々は、荒涼とした断崖にしっかりと布陣して、勝利を目指して戦うであろうことは、すべてに見て取れた。だからこそ落ち着いた緊張感が漲《みなぎ》り、それは日々の生活のどんな些細な事にも深く浸透していた。

一九四三年から四四年にかけてのポリャールヌイでの冬を思い出すと、私はそれが家族としての一番幸せな冬だったように思う。ほぼ一日おきにドイツ軍の船舶の爆撃に飛び回っていたことを考えると、それは奇妙な気がする。カーチャの消息が分からずに飛ぶことと、彼女がポリャールヌイで元気で生きていて、数日後にはテーブルに紅茶を並べた彼女に会えることとは、全く別だった。そのテーブルの上には、イワン・イワニッチが巧みに厚紙を切り抜いて作った、緑色をした絹の電灯の笠が吊され、その笠にはいくつかの悪魔の人形がピン止めされていた。あの忘れられない冬に、私とカーチャを喜ばせるすべてのことは、緑の笠がつくり出す明るい円の中に現れ、心配させ苦しめるすべてのことは離れた暗い隅に姿を隠すのだった。

私たちの夜会を思い出す――どうしてもドクトルと連絡がつかず、行きずりの小型艇をつかまえてポリャールヌイに着いた私に、友人たちはどんなに遅くても、あの明るい円の中に集まったものだ。夜中でも、夜中のような昼間でも（〔訳注〕ポリャールヌイの極夜は約一週間、白夜は約四十日続く）！　太った大食漢の例のドクトルは、極北民族が着る巨大な毛皮上衣姿で自分の部屋から這い出して、テーブルの席で一番目立たないけれど、最も賑やかな場所を占めるのだった。せっかちに何かいいこと、せめて楽しいことを期待する彼の姿そのものが、騒ぎを引き起すように見えた。彼は黙っていても、息を切らしたりものを噛んだり、はたまた深呼吸する音が聞こえるのだった。騒がしさにかけては、彼の後に続くのは多分私だろう。実際私はこれほど飲んでしゃべり、大笑いしたことはなかった！　カーチャに出会った時、私をとらえたあの気持ちがまだ心に残っていたかのように、すべてがどこかへと飛んでいくのだった……どこへ？　そんなこと知るものか！　それで大丈夫だと私は信じていた。

　息子の死後すっかり体の具合を悪くしていたイワン・イワニッチ医師については、私たちの夜会で次第に元気を取り戻し、お気に入りの作家コジマ・プルトコフから、主に国際問題に関した引用を以前より頻繁にやるようになった。最後に騒がしさにかけて一番のびりを挙げるなら、それは私の同僚の航空士で、だいたい一言もしゃべらず、ただ物思わしげに眉を寄せ、パイプを口から抜いて、煙の輪をふかすのだ。私は彼が好きで——そのことは多分、前に私は触れていたと思う——その理由は、彼がすばらしい航空士で、私を愛している——人々の間でいつも私の気に入っている特徴なのだが——からだった。

　一方、カーチャは家事を仕切っていた。ここが私たちの家であり、私たちが客を迎え、彼らが酔って満腹するように心から努めながら、そのことにどれだけ彼女の存在が寄与していたか分からない！　しかし彼女はうまくやっていた。もちろん、毎夜ラジオが伝える我が軍の勝利の知らせがなければ、こういう夜会も、カーチャとの幸福な出会い——翌朝、彼女が私を送り出すと、子供の風船そっくりの遠慮がちな、まだ出たばかりの太陽が極地の日中の光を照らし、それはまるでわざわざ私たちのために火山の連なりの上に昇ったかのようだ——も無かったし、精神の高揚も無かっただろう。それは一層高まっていく皆に共通の高揚感であり、戦場の最も右端（〔訳注〕ポリャールヌイは西に向かって最右翼の戦線になる）の荒涼として切り立った断崖に陸上戦線の一番最後の兵士が守備についているこの北方だけでなく、戦線の他のどんな戦闘地域においても漲《みなぎ》っているものだった。

スターリングラードでは、もう最後の銃声が鳴り止んでいた。煤で真っ黒の兵士たちが排水溝のマンホールから這い出し、光と雪に目を細めながら奪還した灰燼《かいじん》に帰した町を見ていたし、ポリヤールヌイの花崗岩の火山の間から、偉大な勝利の木霊《こだま》が応えるように高く響き渡った。我々はその木霊がより遠くへ広がっていくようにできる限りのことをやった――ノルウェー沿岸でドイツ船団が他国から他国へ（〔訳注〕ノルウェーからソ連邦へ）用心深く忍び寄っている場所へ、あるいはその船団が他国の武器を降ろし（〔訳注〕フランスから奪った武器のこと）、他国の鉱石（〔訳注〕ノルウェーの鉱石）を積んで、油断のならない、謎の騒音に満ちた夜中のバレンツ海をひたすら運んでいる場所へ、その木霊が届けとばかりに……

自由な時間はすべて、私たち――ドクトル、カーチャそれに私――は探検隊《聖マリヤ号》の資料の収集と調査に費した。写真フィルムの現像と探検隊の資料読みほど困難なものはなかった。周知のとおり写真は長年の歳月で薄れたり印画紙がかぶったりしていた――容器に画像の明瞭さを保証する期限が表示されているのは当然のことだ。《聖マリヤ号》の写真の期限は一九一四年二月で切れていた。おまけに金属の容器は水に漬かり、写真はすっかり濡れていて、その状態のまま何年も経っていたのだろう。北方艦隊で一流のカメラマンたちも、写真の現像は《見込みのない企て》であり、彼らがいかに神《かみ》業《わざ》を発揮してもこの場合は無理だと宣告した。私は彼らを説得した。

結局、細心の注意を払って乾燥させた百十二枚の写真の中から、ほぼ五十枚が《その先の作業に使える》と判断された。何回にも及ぶ複写作業の後、二十二枚の完全に明瞭な写真の再現に成功した。

以前私は、航海士クリモフの日誌を読んだが、それはアザラシの油にまみれた、読みづらく乱暴な筆跡で、細かくびっしりと書き込んであった。しかし、それでも個々のページは、二冊の製本されたノートになっていた。タターリノフ船長の文書は、他と違う最上の用紙に保存された別れの手紙を除いて、カチカチに固まった紙の塊で発見され、そこからクロノメーター日誌や航海日誌、それに地図や撮影の資料を取り出すことは、私の力ではもちろん不可能だった。それはやはり熟練者の指導のもとに、専門の研究室で行う作業だった。タターリノフ船長が添付資料を挙げた個所で触れていた麻布表紙のノートが、どうやって読まれたかの詳しい話を、この本で述べるスペースはない。ただ言えることは、彼が自らの観測から結論を下していること、そして彼の提唱する公式に従えば、北氷洋のどんな水域でも、氷の移動の速度と方向を算出することが可能だということだ。

比較的短期間、《聖マリヤ号》が漂流していた場所からは、普通そのような広域の結論に至るデータは得られないことを考慮するなら、その公式はほとんど信じ難いものだろう。しかし、天才的な洞察には、時として必要とする事実は多くはないのだ。

《君はタターリノフ船長の人生を読んできた——そう私は自問した——しかし、その最後のページは閉じられたままだ》《まだ何にも終ってはいない——そう私は答えた——そのページを開いて読める時が訪れるなんて、誰にも分かりはしない》

時は訪れた。私はそれを読んだ——そして、そのページは永遠に生きることになった。

第6章　帰還

一九四四年の夏、私は休暇をとり、カーチャと一緒にモスクワで三週間、そして四週目はN市で——老人たちを訪れて——過ごすことに決めた。

私たちが到着した七月十七日——それは忘れられない日だった！　この日、ドイツ軍の捕虜たちがモスクワを行進したのだ。旅行鞄は重くなかったので、私たちは都心まで地下鉄で行くつもりだった。ところが飛行場からの地下鉄を出ると、優に二時間、道路を渡ることができなかった。私たちは最初立っていたが、やがてうんざりして旅行鞄の上に座り、また再び立ち上がった。それでも行進は続いていた。髭をつるつるに剃った惨めで傲慢な顔の《将軍たち》は、前庇《まえひさし》の突き出た略帽に《胸パット入りの》詰襟服姿で——その中には有名な殺し屋や迫害者が数人いた——クルィムスキー橋付近にいて、一方兵士たちは、ある者は裸足で、ボロボロの服を着て、ある者は外套を羽織ってよろよろ行進していた。好奇心と憎悪を込めて、私は彼らを見つめた。

爆撃機の飛行士の常として、戦争の間私は一度も敵の姿を見たことはなく、敵陣地をちらりと見るだけで目標に急降下するだけだった！　今回は《幸運にも》一度に五万七千六百人の敵軍が、二十人ずつ横一列になって私の前を行進していて、この光り輝く日に、格別見事なモスクワの町に驚嘆する者もあれば、冷淡で不機嫌そうに足下を見つめてうなだれている者もあった。それは異なる運命の様々な人々だった。しかし、彼らの目つきや動きには、我々にとって縁もゆかりもない他国人の単調さが見られた。私はカーチャを見つめた。彼女はハンドバッグを胸に押し当て、興奮して立っていた。そして突然私に強くキスをした。私は訊いた。

「感謝の印かい？」

彼女は大真面目《まじめ》に答えた。

「そうよ」

お金に余裕があったので、私たちはホテル《モスクワ》に最上級の部屋をとった――鏡に絵画、グランドピアノ付きの贅沢な部屋を。初めは少々怖いくらいだった。しかし鏡も、絨毯も、そして花やキューピッドの描かれた天井にも、なんなく馴染んでしまった。その部屋は全くすばらしく、広々として極上の快適さだった。

もちろん到着した日にコラブリョフはやって来た――髭の先を丁寧にひねり、刺繍のある白い、ゆったりしたシャツで着飾り、それがとてもよく似合い、ロシアの偉大なある画家――誰だったか私もカーチャも忘れてしまった――にそっくりの表情をしていた。一九四二年に私が、彼の家の毛羽立ったフェルトを張ったドアを叩いた時、彼はモスクワにいた。彼はモスクワにいたのに、家に戻ってみるとヤロスラーヴリにカーチャを捜しに行くと書いた私の手紙を見つけ、あやうく頭が変になるところだった。

「好きなようにすればいいけど、またなんてバカなことを！　君が捜しに行くという、そのカーチャを連れて私は前日、警察に行ったんだよ、シフツェフ・ブラージェクの居住証明が彼女に下りなかったからね！」

「たいした事ではありません、親愛なるイワン・パーブルィチ」

私は言った。

「終りよければ万事よしです。あの夏、私はあまり順調ではなく、すべてが本当にうまく行った今、こうして会えたことがむしろ嬉しいくらいです。私は暗く、不運で人嫌いでしたが、今、あなたの前にいるのは普通の陽気な人間です。でも、ご自身のことを話して下さい！　どうしていたんですか？　ご機嫌はいかがですか？」

イワン・パーブルィチは、一度も自身の話はしなかった。その代り、昔私とカーチャの人生で重要な事件がたくさんあったサドーヴァヤ・トリウムファーリナヤ通りの学校について、私たちは興味深い多くのことを知った。卒業すると私たちにとって学校は年々遠くへ行ってしまい、自分たちの生活をあんなにも過大で複雑なものと思っていた、情熱的な子供時代が奇妙に思えてくるのだった。でもイワン・パーブルィチにとって、学校はまだ続いていた。毎日彼は鏡の前でゆっくりと髭の手入れをし、指示棒を持って授業に出て、新しい生徒たちは、投光器の光が照らすような、彼の厳格で愛情のこもった思いやりのある眼差《まなざ》しの前を通り過ぎていった。あぁ、あの眼差し！　私は《眼差しがすべてだ》と断言したグリーシャ・ファーベルを思い出し、その眼差しで《演劇界でたちまち出世を成し遂げた》ことだろうと思った。

「イワン・パーブルイチ、彼はどこに？」

「グリーシャは地方にいるよ」

イワン・パーブルイチは言った。

「サラトフに、もう長く会っていない。きっと、いい俳優になっているだろう」

「彼は本当にすばらしかった。私はいつも彼の演技が好きでした。少し怒鳴るところがあったけど、それはなんでもない事です！　だって、どんな科白《せりふ》もちゃんと観客に届いたんですから」

私たちはクラスの皆を振り返ってみた――国中に散っていった旧友たちの人生が、悲しくまた陽気に思い出された。ターニャ・ヴェーリチコはスターリングラードに家を建てた。シューラ・コーンチェフは砲兵隊長で最近叙勲者一覧に掲載された。しかし、イワン・パーブルイチはその多くのことを全く知らなかった――時は、彼らに触れることなく過ぎ、記憶の中で彼らは、十七歳の少年や少女のままでいるみたいだった。

私たちがこうして座って話している間、ヴァレンチン・ニコラエヴィチ・ジューコフ教授から、もう三回ほど電話があり、教授のくせに、蛇や黒褐色の雑種の狐に関する当面の何かの計画を引合いに出してやって来ないので、私たちは悪口を言っていた。遂に現れた彼は、物思わしげに指を鼻に当てて敷居に立ち竦《すく》んだ。お分かりのように、彼は部屋を間違えたと思ったのだ。

「さあ教授、入った入った」

私は彼に言った。

彼は大笑いしながら私に駆け寄り、彼の後ろのドアのところに背の高い、見事な金髪の婦人が現れ、間違っていなければ、それは昔キーレンと呼ばれた人だった。

もちろん、真っ先に取調べの十字砲火を浴びたのは私で、左からヴァーリヤ、右からキーレンの質問攻めに遭った。他人のアパートの鉤《かぎ》を壊して、部屋を歩き回り、カーチャがＶ・Ｎ・ジューコフ教授の家にいることを突き止めていながら、私が置き手紙――それも全く愚劣なことに私がどこにいて、モスクワにどのくらい滞在するかも何も書かれていない――を残す以外に、まともな処置は何一つ取らなかったのは、一体何故、どのような理由なのかということだった。

「間抜けめ、そこは彼女の寝床だったんだよ」

ヴァーリャは言った。

「だって、足元には彼女の服があっただろう！　あぁ、そんなふうに部屋を整理できるのは、女性の手しかないことに、どうして君は気付かないんだ？」

「いや、女性の手があったことには気付いたよ」

私は答えた。

「それには何の疑いも持たなかったさ」

キーラは人が良さそうに大笑いしたが、ヴァーリャは驚いて私に向かって目を見張った。恐らく、やぶ睨みのジェニカ・コルパクチの怪しげな影が、まだこの家族持ちの家の中にさ迷っていたのだろう。

女性たちは隣の部屋へ去った。キーレンは四人目の子供に授乳をし、そのため彼女たちはおしゃべりの話題を見つけるに違いない。一方、我々は戦争の話を始めた。多くの人々にとって、もう終戦の兆候が見えていて、ヴァーリャとイワン・パーブルィチは、まるで私が、ごく近いうちに我が軍のベルリン占領の最終報告を、司令官に伝える指揮官であるかのように、注意深く私の話を聞いていた。ヴァーリャは何故我々がヴィスラ川（〔訳注〕ポーランドを南北に流れる川）を強行突破しないのかと尋ね、私がそれは分からないと答えると、ひどく残念がった。北方戦線についても、彼の質問から判断すると、私は自分が飛行隊ではなく、前線部隊を指揮している人間であるかのようだった。

やがてイワン・パーブルィチが、タターリノフ船長の話を始めた。カーチャに聞こえないように少し声を潜めて、私は印刷物で触れられなかった詳細をいくつか話した。船長のテントの近くの切り立った岩の狭い谷間の中から、水兵たちの墓が見つかった——死体は地面に直に置かれ、大きな石で覆われていた。白熊や北極狐が少しずつ持ち去り、骨は移動していた——ある頭骨はキャンプから三km離れた隣りの窪地で発見された。多分、船長は最後の日々を、彼より早く死んだコックのコルパコフと一緒に一つの寝袋で過ごしたのだろう。

マリヤ・ワシーリエヴナへの手紙には、初め《私の妻へ》と書かれていたが、その後《私の未亡人へ》と訂正された。船長の右手からは、内側の縁にM・T（マリヤ・タターリノヴァ）のイニシャルの婚約指輪が見つかった。私は、旅行鞄から金のハート型ロケットを取り出して見せた。片面にはマリヤ・ワシーリエヴナの細密肖像画、もう片面には黒髪の房があった。窓辺に寄って、イワン・パーブルィチは眼鏡をかけ、ロケットをじっと見ていた。

髭をハンカチで拭っては、又見つめ、あまり長い間そうするので、とうとう私とヴァーリャは彼に歩み寄り、両側から抱いて肘掛椅子まで連れていって座らせた。

「あぁ、しかしカーチャは、何と母親そっくりなことか！」

溜息をついて彼は言った。

「十二月で、マリヤが亡くなって十七年だ。信じられない」

彼は私にカーチャを呼ばせ、彼女に、春に墓地に行き花を植え、守衛を雇って柵にペンキを塗ったと話した。客たちは夜中までいて、キーラはその間にシフツェフ・ブラージェクへ行き、年下の子供に食事をさせ、長女——将来、すばらしい女優になる見込みがあるという——を連れて戻ってきた。キーラの母親の意見によると、まだほんの乳児の頃に見事な《裏声《ファルセット》を出す》ことができ、今は、プーシキンの詩を、有名なステパニャーン並みに朗読するこの娘には、故ワルワーラ・ラビノヴィチのどんなに立派な流派だって《足元にも及ばない》に決まっているというのだ。ヴァーリャは相変らず自分の研究する肉食獣の話をたっぷりしたが、それほど退屈ではなかった——特に、齧歯《げっし》類の動物たちを塹壕から閉め出す話は面白かった。私は彼に、蛇の血液が年齢とともに変化することの証明は、結局できたのか、それとも学問的謎のままなのかを尋ねた。彼は笑い出し、証明できたと言った。

捕虜のドイツ兵たちが、私たちの前を通り過ぎるのを優に二時間待つことから始まったその日は、モスクワでのすばらしい一日だった——こんなすばらしい始まり方は、まず他にはあり得ないだろう！ それは勝利の意識が心の中に突然ひらめき、永遠に残る——そんな一日だった。

勝利の二文字は、まだ新聞に黒々とした活字で印刷されてはいなかったし、まだ多くの人々がそのために命を捧げなければならなかったけれど、それはいたる所に広がっている朧気《おぼろげ》な帰還の気分の中に、はっきり認められた。戦争がすっかり変えてしまっていた元の場所に生活が戻り、新旧のものがぶつかり合う、生まれたばかりの奇妙な感覚が、一九四四年夏のモスクワには満ち溢れていた。

夕方には礼砲が鳴った。《重大発表》のラジオのコールサインが、十時四十五分に響き、ヴァーリャは急いで十二階に駆け上がろうと言った。エレベーターは満員で、私たちは徒歩で上がったけれど、十二階へはエレベーターでないと行けないと途中で分かり、全くの徒労だった。しかし私たちは何とかしてたどり着くと、眼下にすばらしいモスクワの夜景が広がり、激しく熱い興奮で胸が締め付けられた。私とカーチャは微笑みをちらりと交した。手を取り合って私たちは壁際に立った。静かな空が赤紫色の閃光でゆっくり照らし出されたかと思うと、色とりどりの花火が私たちの真上に素早く上がり、ゆっくり落ちてきた。

第7章　二つの会話

モスクワで私には二つの用件があった。第一は、私たちの《聖マリヤ号》探検隊発見の経緯についての地理学協会への報告、第二はロマショフに関する予審判事との会話だった。不思議なことに、これらの用件は互いに関連していて、それはまだN基地にいた時、私は、ソバーチィ広場でのロマショフとの話し合いの内容の写しを、検事局に送っていたからだった。

二番目の用件から話を始めよう。一九四二年秋、ロマショフに十年の有罪判決が下りた――私がそれを知ったのはN基地にいた内務省の特務員からで、彼は私を尋問した男で、モスクワで事件の究明をしていたのだった。その事件は現在、何故だか分からないが、民事裁判に回されて、再審査されていた――これも何故だか分からない。N基地を出発する少し前、私はモスクワでは何か追加の資料を要求されるだろうと伝えられた。それらはすべて不愉快でつまらないものばかりで、この事件の複雑でしんどい雰囲気の中に再び入らざるを得ないことを、道中で思い出して、私はやや体調が勝れなかった――この用件さえなければ、休暇はどんなに楽しかったことだろう！

モスクワ到着の二日目に私は出頭を報告し、すぐにロマショフの事件を扱っていた予審判事に呼ばれた……

待合室は共通になっていた――木柵で仕切られた薄暗い大広間だった。幅広の古風なベンチが壁沿いにあり、実に様々な人々――老人、娘、肩章のないどこかの軍人といった面々――が取り調べを待ってそこに座っていた。私は担当の予審判事の執務室を見つけた――ドアに表示されていたのは、ヴェセラゴという奇妙な名前だった。まだ時間が早かったので、私は待合室に掛かっていた地図上の旗（〔訳注〕戦線の現在地を示す）の移動に専念した。地図は悪くはなかったが、旗の方は現在の戦線から大きく遅れていたのだ。聞き覚えのある声が、私をその作業から引き離した——一瞬、私は自分が汚れた、継ぎ当てのダブダブのズボン姿の貧相な身なりの男の子に戻ったように思えるほど、滑らかで堂々としたあの聞き覚えのある声が。その声が尋ねた。

「入ってもいいですか？」

恐らくまだ順番ではなかったのだろう、予審判事へのドアを少し開けてから、ニコライ・アントニッチはそれを閉めると、やや悔しそうにベンチに座った。

私が最後に彼に会ったのは、地下鉄で一九四二年の夏だった——あの時も今もそうだったが、彼は堂々として、尊大で人を見下したようなところがあった。口笛を吹きながら私は第二沿バルト海戦線の旗を置き替えていた。

《僕は探検隊を見つけます、その時、僕たちのどちらが正しいかをよく考えてみましょう》——私が、彼にこう言ってから十七年が経っていた。私が探検隊を見つけたのを彼は知っているだろうか？　間違いなく知っているだろう。しかし彼は、タタ―リノフ船長の残した文書が明らかにした、私の正しさの疑う余地のない明白な証拠のことは知らない——そのことは印刷物でも一言も触れられていないから……

彼は頭を垂れて両手で杖にもたれて座っていた。それから私を見つめると、大きな青ざめた顔に思わず速い動きが広がった。《気付いたな》——私は愉快な気持ちだった。彼は気付いた——だから目を逸らせたのだ。

……それは彼が私に対してどういう態度を取ろうかと熟慮している瞬間だった。難しい問題だ！　突然、立ち上がり、帽子に手をやりながら大胆に私の方に歩み寄ったところを見ると、どうやらうまく解決したようだ。

「間違っていなければ、グリゴーリエフ同志では？」

「そうです」

私はきっと人生でこの短い言葉を言うのに、これほど苦労したのは初めてだっただろう。しかし、私の方にも、彼に対してどんな態度を取るべきかを決断する瞬間があった。

「無駄に時を過ごされなかったとお見受けしますな」

私の勲章のリボンを見ながら、彼は続けた。

「今はどちらに？　銃後のわずかばかりの働き手の、私どもを防衛されているのは、どこの戦線でしょうか？」

「極北地方です」

「モスクワには長期の予定ですか？」

「休暇です、三週間の」

「それでは、この待合室で貴重な時間を失わされているという訳ですね？　とはいえ、これも我々の市民としての義務ですからな」

　彼は敬意を込めた表情で付け加えた。

「ご推察するに、私と同様、あなたもロマショフの件で呼び出されたのでは？」

「そうです」

　彼はちょっと沈黙した。ああ、なんと馴染み深い、この意味ありげな沈黙を、子供の頃私はどれほど嫌っていたことだろう！

「人で無し、悪の化身」

　とうとう彼は言った。

「世間は彼と手を切るべきだと思う、それもできるだけ早く」

　もし私が俳優だったら、私はこの荘重な偽善の光景に見惚れていたことだろう。しかし私は普通の人間だし、彼にはこう言ってやりたかった――世間が大事に至らぬうちにニコライ・アントニッチと手を切っていれば、世間はロマショフの件で煩わされることはなかっただろうと。私は黙り通した。《聖マリヤ号》探検隊の話はまだ一言もなかったが、私はニコライ・アントニッチが私を恐れて、そういう態度を取っているのが分かった。

「私は聞いたのですが」

　彼は慎重に話を始めた。

「あなたは、ご自分の事業を成し遂げたそうで、それに費された多大なご苦労に心から感謝しています。もっとも、私はそのことを公けに発表されることを期待しているんですよ」

　それは、彼が私の報告会に顔を出し、私たちが生涯の友であるかのように振舞うことを意味していた。彼は私に和解を申し出たのだ。結構じゃないか！　私は和解を受け入れた振りをしていよう。

「ええ、多少はうまく行ったようです」

　それ以上私は何も話さなかった。しかし、すっかり血の気の引いた頰が、うっすらと紅潮するくらいに彼は生き生きしてきた。すべては過ぎ去り忘れられた今、影響力のある彼に対して、私が関係をつくろうとしないのは何故だろうか？　彼は恐らく私は別人になったと思っているのだろう――実際のところ、人生は人間を変えることはないというのは本当だろうか？　私は彼並みに出世した――勲章をもらい、成功し、そして彼は自分の成功を規準にして私を評価している……

「……戦争のない時代だったら、世界中で噂されるような事件です」

　彼は続けた。

「その功績で民族の英雄と認められた、私の兄弟の遺体なんですから、厳《おごそ》かに首都に送られ、大群衆が立ち会って葬儀が行われるべきでしょう」

私はタターリノフ船長の遺体はエニセイ湾岸に眠っているし、彼自身もきっと、立派な墓など望んでいないと思うと答えた。

「そうに違いないでしょう、しかし私の話は別の事です——特殊な彼自身の運命のことなんです。忘却は彼のすぐ後からやって来て、私たち——彼は《私たち》と言った——がいなくなれば、地上で誰一人として彼がどういう人間で、祖国と学問のために何をやったかを知る人間はいなくなるんです」

それはあんまりな言い方で、私は危うく彼に無礼な口をきくところだった。しかしその瞬間ドアが開き、予審判事のところから来たある女性が、私に入るように招いた。

……もし予審判事（それは女性だった）が、若い美人でなければ、彼女は私にあんな風にまでことさら冷淡に尋問することはなかっただろうと、私はずっと思っていた。ところが、その後、私の話に惹かれたのか彼女は形式張った口調をがらりと変えたのだった。

「ご存知ですか、グリゴーリエフ同志」

私が彼女に自分の年齢、職業、裁判歴の有無その他を伝えていると、彼女は切り出した。

「私があなたをお呼びしたのはどういう用件か？」

私は知っていると答えた。

「過去にあなたは証言されましたね」

多分彼女は、N基地での尋問のことを言ったのだろう。

「そこに不明瞭な点があって、私は何よりもその事についてあなたとお話したいのです」

私は言った。

「何なりとおっしゃって下さい」

「例えばこの事です」

彼女は私がソバーチィ広場でのロマショフとの会話をそのまま伝えた個所を少し読み上げげた。

「ロマショフがあなたに関する届出書を出した時、彼は別の人物の手中にあって道具として使われていたということになります」

「別の人物の名前は分かります」

私は言った。

「それは、待合室であなたを待っているニコライ・アントニッチ・タターリノフです。彼らのうち、どちらが手中に収め、どちらが道具なのか、私は言うことはできません。このような問題の解決は、私でなくあなたの仕事でしょう」

私はロマショフの密告を、彼女が丁重に届出と呼んだことに腹を立てていたようだ。

「分からないのは、タターリノフ教授が一体何の目的で捜索隊を中止させようと懸命になったかということです。だって彼自身、学者で極地探検隊員ですし、行方不明の彼の兄弟の捜索は、彼の立場なら、この上ない熱烈な同情を受けるはずでしょう」

私はタターリノフ教授が、いくつかの目的を追求しようとしていたと答えた。何よりも彼が恐れたのは、《聖マリヤ号》探検隊の捜索で、その痕跡が発見され、私の告発が裏付けられることだった。そのため、彼は自分を極地探検隊員の学者ではなく、《聖マリヤ号》探検隊の話についての多くの本で世に出た似非《えせ》学者タイプの人間に見せかけた。だからこそ、探検隊の捜索の実現に奔走する私のどんな行動も、当然彼の重大関心事に触れる事だったのだ。

「それではあなたは、捜索であなたの告発を立証できるという確固とした根拠をお持ちなんですね」

私はあると答えた。この問題は今では審議する余地のないもので、その理由は私が探検隊の痕跡を発見し、その中に公表できる明らかな証拠があったからだった。まさにこの返答の後、予審判事は急速に形式的な口調を失い始めた。

「なんですって、見つけたんですか?」

心底驚いて彼女は尋ねた。

「でも、昔のことでしょう、二十年かそれ以上前の?」

「二十九年前です」

「でも、二十九年経って、一体何が残るのかしら?」

「とてもたくさん残っていますよ」

私は答えた。

「船長本人も見つかったの?」

「そうです」

「それで彼は生きているの?」

「いや、とんでもない、もちろん生きてはいません! 彼が死んだ日は正確に分かります——一九一五年六月十八日から二十日の間です」

「もっと話して下さい」

もちろん私はすべてを彼女に話すことはできなかった。しかし、タターリノフ教授が面会を待つ時間は長引き、彼は多分、私がこの好奇心旺盛な別嬪さんと交替するまで、多くのことを思い出しては、自身と差し向かいで話し合っていたことだろう。当然裁判になる事柄、そして犯罪の時効が過ぎて裁きにされない事柄について、私は彼女に話した。何と昔の話だろうか！　でも古い話は、一見したよりはるかに長く生き続けるものだ。

彼女は私の話を聞き、その態度は相変らず予審判事であったが、もう話に夢中で、その昔、春先の増水で中庭まで運ばれてきた手紙を判読するのも、極地の旅行の本から抜き書きするのも、学者や医者、それに党機関員たちを遠く離れたネネツ人居住区まで飛行機で送り届けるのも、まるで私と一緒に行動しているかのようだった。航海士クリモフの日誌もすでに読まれ、古い真鍮《しんちゅう》製の銛《もり》――当時、私が確固たる証しと考えた、最終的な探検隊の痕跡――も発見されていた。

しかし戦争が始まると、あらゆることに耐え忍ぶ果てしない光景が目の前に広がり、生涯私の関心を惹き着けてきた考えが光を放つのは、その光景の奥深くでほんのわずかだけになり、私は沈黙するようになった。それを見知らぬ人に説明するのは困難だった。それでも私は話した。

「タターリノフ船長はロシアにとっての北洋航路の重要性をよく分かっていました」

私は言った。

「だから、ドイツ軍がこの航路を遮断しようと躍起になったのも偶然ではないのです。私は《聖マリヤ号》探検隊が遭難した場所へ飛んだ時、軍人でしたし、軍人であったから私はそれを発見できたんです」

第8章　報告

今回私は、地理学協会で報告を行う名誉を苦労して得ようとはしなかったし、書面で報告を提出するようにという好意的な勧めもなかった。私は講演を二度断った、というのもV教授による《聖マリヤ号》の学術的な遺産についての優れた論文が発表されてから、まだ一か月しか経っていなかったのだ。彼が私に講演の依頼を電話してきたので、私は同意した。

……この報告会には皆がやって来た、キーラの母親まで。残念ながら私は、彼女がそれで迎えてくれたある大作家を引用した簡単な歓迎のおしゃべりを覚えていない。それはやや長ったらしく、私はヴァーリャがお手上げ状態の諦《あきら》め切った顔で彼女の話を聞いているのを見ておかしくなった。コラブリョフを私は演壇の正面の最前列に座らせた――私は自分の講演の間、彼の顔を見つめる癖があったのだ。

「ねえ、サーニャ」

彼は陽気に言った。

「こうしよう。僕が掌《てのひら》を下にして手を置くから、君は話しながらそれを時々見るんだ！　ぱたぱたと音を立てていたら、興奮していること。そうでなければ、興奮していないということさ」

「イワン・パーブルィチ、なんて優しい人！」

もちろん私は少しも興奮などしなかった、全体的に地理学協会側の反応はかなり怖かったけれど。私は報告会にニコライ・アントニッチがやって来るかどうかだけが気掛りだった。

彼はやって来た。地図をあちこちに掛けながら振り返ると、彼はコラブリョフの近くの最前列にいた。彼は足を組み無表情に自分の前を見つめて座っていた。私はこの数日で彼が変わったような気がした。つまり彼の顔は、スパニエル犬みたいに両頬が垂れ下がり、襟カラーの上に皺の多い痩せ細った首が高く突き出ていた。年配の有名な地理学者の議長が、私に発言を許す前に、私について少し話をしたことはもちろんとても嬉しかった。私はむしろ彼の声があまり小さくて気の毒に思ったくらいだった。彼は、私が《ボリシェヴィキによる北極開発の歴史に密接に結ばれた人々の一人である》と言った。それから彼は、ソビエトの北極学が、その最も興味深い一時期を迎えられたのは、まさに私の《才能に裏付けられた頑固さ》の御蔭であると言い、私も異議を唱えはしなかった。ホールでは拍手が――キーラの母親が皆より一際《ひときわ》高く――始まったので尚更のことだった。

確かに興味深い歴史ではあるが、北洋航路の歴史を取り上げたこのような長い講演をする必要はなかったかも知れない。私はそれをかなり下手にやってしまった――しばしば話が止まり、ごく簡単な言葉が出てこなかったり、後でキーラが言った通り、概して《言葉が不明瞭》だった。しかし私は話を現代に移し、北方問題の軍事的重要性を概括し、スターリン同志が北方戦線の基礎を置いた歴史的な日に言及した。するとこの時、どこか遠く暗い通路の端でカーチャの姿がちらりと見えて隠れた。彼女は少し病気で――風邪を引いていた――家に残る約束だった。彼女が来てくれて、どんなに良かったか、全く大助かりだった！　私はすぐに気持ちがずっと楽になり、以前よりも確固とした自信を持って話し始めた。

「多分、皆さん方は奇妙に思われるでしょう」

私は言った。

「戦争中に私が、約三十年も前に終った昔の探検隊の報告を皆さんにしようとするのですから。それは歴史です。

でも私たちは自分たちの歴史を忘れなかったし、恐らく私たちの主要な力の根源は、戦争というものが、我が国を変貌させてきたどんな偉大な思想も抑制することはなかったことにあるのでしょう。極北地方の征服は、そういう思想の一つなのです」

私はレトコフと一緒にザポリャーリエを見物した話をしたかったので口籠ったが、それは報告のテーマから外れるので、あまり器用ではなかったけれど、私は船長の伝記へと話題を変えた。

彼の話を始めた時の私の、この理解し難い気持ちとは！彼ではなくこの私が、アゾフ海に面した貧しい漁師の家に生まれた少年であるみたいだった。彼でなく私が、若い頃バツーミとノヴォロシスク間の油槽船の乗組員として働いていた。《海軍准尉》の試験に合格し、その後、横柄な将校たちの拒絶（〔訳注〕当時将校は貴族出身が普通だった）にも誇らし気な無関心で耐えながら水路局勤務を続けたのも、彼でなく私だった。ナンセンの本の余白にメモ書きし、《氷自体が問題を解決する》という天才的なアイデアを書き留めたのも、彼でなく私だった。彼の物語は敗北と無名のうちの死ではなく、勝利と幸福で終ったのだろう。彼の人生に続いて、友人や敵、そして愛が再び繰り返されたが、私の人生はそうならず、勝利したのは敵ではなく、友人や愛だった。

私は話の間中ずっとインスピレーションとしか呼びようのない気持ちを強く感じていた。私には遠く離れた野外スクリーンにひっそりと雪に埋もれた帆船が見えていた。死んでいるのだろうか？ いや、光に照らされたハッチを板で塞ぎ、天井にタール紙やフェルトを張る音が聞こえる――越冬の準備をしているのだ……

カーチャが自分の席に向かうと、会場の通路に立っていた水兵たちは彼女のために道を開け、私は、タターリノフ船長の娘に対して取った彼らの丁重な行為を、とても正当なことだと思った。それでも彼女は皆より際立っていた――特に飾り気のない英国スーツ姿が。彼女のそういう姿も、私が感嘆とインスピレーションを感じながら話している《聖マリヤ号》の航海の報告に、何らかの形で関与しているようだった。

しかし、漂流に関する学問的な話に移ることになり、私はタターリノフ船長の探検隊によって確かめられた事実が、これまでその重要性を認められなかったという主張から話を始めた。つまり有名な極地探検隊員であるV教授が、漂流を調査して北緯七八度から八〇度の間に未知の島が存在することを予測し、その島は一九三五年に発見された――まさにV教授が算定したその場所に。ナンセンが明らかにした恒常的な偏流は、タターリノフ船長の旅で確認されたし、彼の氷と風との相対的な運動の公式は、ロシア科学に重要な貢献を果した。

私が三十年近く地中にあった探検隊のフィルムをどうやって現像したかの話を始めると、聴衆の中に関心の動きが走った。明かりが消され、スクリーンに毛皮の帽子に膝下を革紐で締め付けた毛皮ブーツ姿の背の高い男が現れた。彼は銃にもたれて、頑固そうに頭を傾けて立ち、足元には死んだ白熊が子猫のように両足を縛られて横たわっていた。彼はまるでこの会場に入ってきたようだった――余計なものは一切不要の強い勇敢な魂で！

彼がスクリーンに現れると皆が総立ちになり、誰も言葉を発するどころか溜息さえつけないほどの、沈黙と厳《おごそ》かな静寂が会場に広がった。そして、この厳粛な静寂の中で私は、船長の報告と別れの手紙を読んだ。

「《……手助けしないにしても、せめて邪魔をすることさえなければ成し遂げていたであろうあらゆる事柄を、私は悔しい気持ちで思い起す。仕方ないのだろうか？唯一の慰めは、私の努力で新しい広大な陸地が発見され、ロシアの帰属になること……》しかし、この手紙の中に――皆が座った時、私は続けた――皆さんが注意を向けて欲しいところがもう一個所あります。ここがそうです。《私には誰がお前たちの面倒を見るかが分かるけれど、人生の最期のこの時に、その名前を挙げようとは思わない。数年間心の中に鬱積《うっせき》してきたものを、洗い浚《ざら》い彼にぶちまける運命にはならなかった。彼はいつも、私の行動の自由を奪う力の壁となって私の前に立ちはだかり……》船長が死に際して名前を挙げようとしなかった男とは一体誰でしょうか？　別の手紙で彼はこう書いています。《すべて私たちのうまく行かない原因は、ひとえにあいつのせいだとはっきり断言してもいい》そしてこうです。《私たちは危険に向かって進んでいた。危険は承知、でもこれほどのひどい目に遭うとは予想していなかった》こうも書いています。《私たちにつきまとう失敗、日々刻一刻、そのことで報いを受けることになった一番の原因は、私が探検隊の装備をニコライに託したことだった》」

ニコライ！　でも、世の中にはいろいろなニコライがいる！　もちろんニコライという名前は世の中に多いし、この聴衆の中にも少なくないだろう。しかし私が大声でこの名前を挙げると、そのうちの一人の男が姿勢を正し、周囲を見回し、彼がもたれていた杖が倒れて転がった。彼は杖を拾ってもらった。

「私とこの男との間の古い論争を解決するために、今日私がその名前をフルネームで挙げる必要はないでしょう。私たちの論争は人生の中でとっくに片が付いているのです。しかし、自分の論文で彼は、いつもタターリノフ船長の恩人であったこと、そして論文に書いているように《ノルデンシェリドの航跡をたどる》という考え自体も、自分のものだと主張し続けています。彼はたいへんな自信家で、大胆にも私の報告会に出席し、今この会場にいるのです」

ささやき声が周り中に広がり、静かになり、また広がった。議長は鐘を鳴らした。

「なんと妙な巡り合せでしょう！　これまで実際、彼は一度も名前、父称、そして姓のフルネームで挙げられたことはないのです。ところが船長の別れの手紙の中に、私たちは業務上の文書を見つけました。そのうちの一枚を、恐らく船長は決して処分しなかったのでしょう。それは次のような誓約書の写しです。

一、本土への帰還に関して、漁撈による捕獲物はすべてニコライ・アントニッチ・タターリノフ——名前、父称そして姓のフルネームです——のものとする。

二、船長は前もって、あらゆる報酬を辞退する。

三、船を失った場合、船長はニコライ・アントニッチ・タターリノフ——名前、父称そして姓のフルネームです——に対して自分の全財産で報いること。

四、船自体と保険金は、ニコライ・アントニッチ・タターリノフ——名前、父称、そして姓のフルネームです——のものとする。

かつて私との会話で、この男は船長本人だけを、唯一の証人として認めると言いました。その船長自身が今、名前、父称そして姓のフルネームで彼の名前を挙げているのですから、彼は私たち皆の前で、今その言葉を否認できるでしょうか！」

私が演説を終えるや否や、会場はひどい大騒ぎになった。前列の多くが立ち上がり、後列の人たちは見えないから座れと叫び出した。しかし、彼は立ち上がり、杖を持って手を挙げ大声を上げた。

「発言を求めます、発言を求めます！」

彼は発言を許されたが、皆は彼に話をさせなかった。

彼が立ち上がっても口を開くのはやっとの状態の、こんな異常なまでの騒音を聞いたのは、これまでの人生で初めてだった。しかしそれでも彼は何かしゃべり——誰も聞いてはいなかったが――杖音を高く立てながら演壇から降りて観客席伝いに出口へと向かった。彼は無人の中を歩いた――彼が通り過ぎた所は、しばらく人がいなくなり、それはまるで彼が杖音を立てて歩いたばかりの場所には、誰も行きたがらないかのようだった。

第9章　そして最後に

車輌はN市行きで、つまり薄暗い車輌の中で、床にも寝台にも座れる所ならどこも一杯になって席を占めているこれらの人々は皆、N市に行くのだった。昔ならこれだけの人が来れば、N市の人口はほぼ二倍に増えていたことだろう。私たちは車内の隣人たち、正確には隣人の女性たちと知合いになり（彼女たちはモスクワの大学生だった）、彼女たちはN市に勤労動員に行くところだと言った。

「どんな仕事に？」

「まだ分からないわ、鉱山で働くの」

ペーチカが昔、話をしていた大聖堂の庭の下の地下道――そこに彼は川底付近まで入って、《いたる所に骸骨がごろごろ》していたと言った――を別にすれば、N市には鉱山らしきものは全く無かった。しかし、娘たちは鉱山に行くと主張した。

二、三時間もすると、いつものように車輌の中に隣りとは違う自分たちの生活の仕切りが出来上がり、天井まで届かない薄い板張りの壁は、車輌の仕切りというよりは気持ちや心の壁のようだった。仕切りのうちには、陽気で騒がしい所もあれば、退屈そうな所もあった。私たちの所は賑やかだった――モスクワでの夏の勤労作業に残れなくてやや憂鬱な気分の娘たちは、作業に残れたマーシカという子の批判を少しやってから、歌い始め、私とカーチャは、やや滑稽さを帯びた戦争の流行歌を夜通し聞かされた。全体に娘たちはN市に着くまで夜中も歌い続けた――彼女たちは眠らないと決めたのだった。結局三十四時間の旅の間、陽気だったり悲しげだったりする若い歌声とまどろみの中で、娘たちの歌は続いていた。

列車の到着は以前は早朝だったのが、今は夕方近くで、私たちが列車を降りると、小さな駅は黄昏の薄明りの中で、昔風の居心地のいい、魅力的な雰囲気を見せていた。しかし、そんな以前のN市は、駅舎に至る広い菩提樹の道が尽きたこの場所で消えていた。それは、並木道に出た私たちが、遠くに下から太陽に照らされた、赤紫色のもうもうとした煙を勢いよく吐き出している、いくつかの黒っぽい建物を見たからだった。それは、N市の風景としてはあまりに奇妙だったので、私は娘たちにザレーチナヤ（訳注）川向こうの）地区のどこかが火事なんだろうと言った程だった。彼女たちも、私が道すがら自分の出身がN市であり、N市のことなら石ころ一つまで知っていると自慢していたので、私を信じた。しかし、実はそれは火事ではなく、戦争の間にN市にに建てられた大砲の工場だった。私は自分の町が、ムーオフ市のように戦争の間にすっかり変わったのを見たが、子供時代にはそんなことは思いもしなかった。

私とカーチャが、急速に暗くなっていくザステンナヤ（訳注）壁向こうの）通りやゴーゴリ通りを歩いていると、以前は要塞の土塁沿いにだらだらと広がっていたこれらの通りが、今は工場の建物の上に絶え間なく吐き出された、赤く燃える煙に加わるかのようにせわし気に坂道が伸びているようだった。それは初めての、しかし確かな印象だった――私たちの眼前にはしっかりと武装した町があった。もちろん、私にとっては自分の生まれた昔のN市だったが、今や私は見覚えはあっても変わってしまった容貌をじっと見つめ、優しさと驚きで思わず笑みが洩れ、何から話を始めたらいいか分からないような、旧友と出会っているようだった。

ポリャールヌイから私たちは、ペーチャにN市の老人たちを訪問する手紙を出し、彼も、その時期に合わせて以前から期待していた休暇を取るつもりだった。モスクワから電報を打っていたのに、駅には誰も私たちを迎えにきていなかったので、私たちはペーチャは来れなかったのだと思った。しかし、マルクーゼの家の、両脇に怒ったライオン像のある玄関で最初に私たちが出会ったのは、ペーチャ本人だった。いぶかし気な表情の、ぼんやりと物思いに沈んだ人間から、たくましく日焼けした将校へと変貌していたけれど、私にはすぐに分かった。

「ああ、どこに行ったたかと思ったよ」

彼は、長い間私たちを探してやっと見つけたように言った。私たちは抱擁し、それから彼はカーチャに歩み寄ると、彼女の両手を握った。彼らは二人ともレニングラードにいた――彼らが互いの手を握りしめて立っていると、彼ら以上に私に近しい人間はいないにもかかわらず、私でさえ彼らからはほど遠い人間のような気がした。私たちが部屋に飛び込んだ時、ダーシャおばさんは眠っていて、肘を少し持ち上げ、物思いに耽りながら私たちをしばらく見つめていたので、どうやら私たちが夢に現れたと思ったようだった。私たちが声を出して笑うと彼女は我に返った。

「まあ、何ということかい、サーネチカじゃないか！」

彼女は言った。

「それにカーチャも！　家《うち》の人ったら、またいないんだから！」

《家の人》とは、判事のことで《またいない》とは五年ほど前、私とカーチャがN市に着いた時も、判事は会議でどこかの地方にいたことを意味していた。

ダーシャおばさんが私たちの世話をしてどれだけ奮闘したか、そしてピローグの生地をつくるのに粗挽きの小麦粉に、どこかの《外国産のラード》を使うしかないことをどんなに残念がったかを、話していいものかどうか分からない。結局、私たちは彼女を無理やり座らせて、カーチャが家事を始め、私とペーチャは彼女の手伝いを申し出た。ペーチャが《調味料》と称して生地の中に何かの濃縮粉末を投げ入れ、一方、私が塩の代りに、もう少しで粉石鹸を入れるところだったのを、ダーシャおばさんはひたすら悲鳴を上げずっと身震いしていた。しかし、不思議なことに生地の発酵はすばらしく、一切れ口に入れたダーシャおばさんは《味付け材料（〔訳注〕ミルク・バター・卵など）》が足りないと言ったけれど、ピローグは戦時下にしてはかなりおいしく出来上がった。

食事をしながらダーシャおばさんは、私たちが五年前N市の駅で彼女と別れた日以降のことを、すべて自分に話すように要求した。しかし私は詳しい話は判事が戻るまで延期すべきだと彼女を説得した。その代り、私たちはペーチャが自分のことを話すように催促した。

胸をどきどきさせて、私は彼の話を聞いた。興奮した理由は、彼が二十五年来の友人で、カーチャが言うように今や私にとっては、決して他人とは思えなかったからだ。しかし、いつも私の目にペーチャを普通の人と区別させていた、あの謎の《画家の視点》が、今回より鮮明に、より正確になっていた。彼は私たちに自分の画集を見せた――彼がまだ戦列に加わらない、最後の年のものだった。劇団戦線の画家として働いていたのだ。それは大半がすばやくあわただしい中で描かれた、戦闘生活のスケッチだった。しかしそれらの絵には、たとえ数日でも軍隊で過ごしたことのある者なら誰でも分かる、祖国のために命を捧げる覚悟が、驚くべき深さで反映されていた。忘れられない戦争の光景の前に、私はしばしば立ち止まり、一つのシーンが跡形もなく別のシーンに替わってしまうのを本能的に残念に思ったものだ。今、私はこれらの絵の中に、かすかに描かれている深遠で偉大な覚悟の片鱗《へんりん》を垣間見た。

「まあね」

私が彼を賞讃すると、ペーチャは人が良さそうに笑いながら言った。

「でも、判事は駄目だって、英雄的精神が足りないってね。息子も描くんだ」

彼は満足した時にいつもやるように下唇を突き出して言った。

「悪くないさ、才能があるようだ」

カーチャは旅行鞄の中から、ノヴォシビルスク近郊で幼いペーチャとまだ住んでいる祖母のニーナ・カピトーノヴナの手紙を取り出し、いつも彼女に興味を示しているダーシャおばさんは、その手紙を少しだけ声に出して読んでと要求した。祖母はキャンプ長のピョールイシキンが自ら彼女を訪れ、謝罪しながらキャンプに戻るように頼んだにもかかわらず、相変らずキャンプでなく別の所で生活していた。祖母は、《若い時から人にぺこぺこするのに不慣れなので、有難いけれどお断りした》と書いていた。そうして断っておいて急に地元の文化会館の大衆文化サークルに入って、町中を驚かせた。

《裁縫を教えるのさ——彼女は簡単に書いた——それから、お前とサーニャが会えて本当によかった。私はあの子がまだ小さい頃から知ってるし、ソバの碾《ひき》割りを食べさせて大きくしたんだ。彼はとてもいい子だよ……でも、お前は性格がよくないから彼を苦しめるんじゃないよ》

これは、私たちが巡り合えたことを彼女に伝えた手紙の返事だった。《夜通し眠れなかったよ——探検隊の痕跡が発見された知らせを受け取り、祖母は書いた——かわいそうなマーシャのことをずっと思ってね。でも、お前の父親の恐ろしい運命を、あの娘が知らずに死んだのはよかったと思ったさ》

幼いペーチャは写真で見る限り、元気でさらに成長し、ますます母親に似てきた。私たちは妹のサーニャを思い出した——あの、意味のない空しい死を前にして再び愁いの気持ちに佇《たたず》むかのように、長く沈黙した。

春先からカーチャは、祖母と幼いペーチャのモスクワへの通行許可証を得ようと奔走を始め、私たちが帰り道で彼らにモスクワで会えたらと希望していた。一家族でレニングラードに定住するという私とカーチャの昔からの話が、その晩何度も繰り返された。

一家族とは、祖母と幼いペーチャと大人の両ペーチャと同居することだった。けれども、大人のペーチャの方は、想像ですでに考えられている今度のアパートの場所が、他でもないキーロフ大通りに面していて、私たちが誰にも彼が邪魔されないようにと、端の部屋を彼のアトリエに割り当てているのに少し当惑気味だった。きっと彼は、カーチャが有頂天になって好意的な批評をしている、ある女性（〔訳注〕ワーリャ・トロフィーモヴァのこと）が時々彼を邪魔することには、少しも反対しなかっただろう。しかし、もちろんその晩、彼女について誰も話題にはしなかったが……

　判事が戻った時、家中はもう眠りに着いていた。彼は、ダーシャおばさんが私たちを起そうとすると、唸《うな》り声を上げひどく怒り出したので、もう半時間横になって寝た振りをせざるを得なかった。五年前と全く同様に彼は台所でぶつぶつ言いながら唸っていた——顔や手を洗っていたのだ。彼が廊下を歩くと、水滴がポタポタ落ちる音が遠くからも聞こえそうだった。

　カーチャはまた寝入ったけれど、私はこっそり着替えて台所に行くと、彼は顔や髭をまだ濡らしたまま、清潔なシャツを着て、素足のまま座って紅茶を飲んでいた。

「やっぱり起してしまった！」

　彼は言い、歩み寄ると私を強く抱擁した。私が故郷の町の、生まれた家にいつ戻っても、必ず私を待っているのは《さあ、話すんだ》という厳しい言葉だった。老人は、別れていた歳月を私が正しく生きてきたかを知りたがった。太くて長く伸びた濃い眉毛の下から私を厳しく見つめて、彼は本物の判事のように私に質問を浴びせ、私はこの世でこれ以上公正な裁きはどこにもないと思った……しかし今回は——人生で初めてだが——判事は私に報告を求めなかった。

「すべてが明らかだ」

　彼は私の勲章を見つめて、手で鼻の下を撫でながら満足そうに言った。

「四個目かな？」

「そうです」

「五個目は、タターリノフ船長発見の功績だな」

　真面目に判事は言った。

「理由は文章にし難《にく》いが、受章するだろう」

　実際、文章化するのは困難だったが、晩に再び私たちがテーブルに着いた時、老人が演説で私がやった事の総括を試みたところを見ると、どうやら彼は本気でその件を引き受けるつもりらしい。

「人生は続く」

　彼は言った。

「大人の成熟した人間として、君たちは故郷の町にやって来て、その町が変わったのが信じられないと言う。町は変わっただけではない——自分たちの中に、闘いと勝利のための力を見い出した君たちが成熟したように、この町も一人前になったのだ。しかし、親愛なるサーニャ、君を見ていると、私の頭には別の思いが浮かぶ。君はタターリノフ船長の探検隊を発見した——つまり夢が実現し、想像の中では無邪気なお伽話と思っていたことが現実になることはよくあることだ。タターリノフ船長が別れの手紙の中で彼の偉大な事業を続けていくであろう人にと問いかけていたのは、まさに君のことだった。君を彼と同列の人間として私も正当に認めるし、何故なら彼や君のような人間《カピタン》（〔訳注〕カピタンは船長と大尉の両方の意味を持つ）が人類と科学を前進させるからだ」

　そして彼はグラスを持ち上げ、私の健康のために乾盃した。夜中遅くまで私たちはテーブルを囲んだ。やがてダーシャおばさんが寝る時間だと言ったけれど、私たちは同意せずペシャンカ川に散歩に出た。先程のように工場の上には赤く黒ずんだ煙が入れ替りながらあわただしく走っていた。

　私たちは川辺に降り、壁穴蔵まで行った——この近くで昔、ダブダブズボンの痩せた黒髪の男の子が、肉片で空色のザリガニ捕りをしていた。まるで時間が止まったように、ペシャンカ川とチハヤ川の合流する古い塔に挟まれたこの岸辺で、その少年は辛抱強く私を待っていた——ほら、僕は戻って来たよ、そして僕たちは互いの顔を見つめ合う。これから私に何が待っているだろう。新たな苦難、新しい希望、新たな試練はどういうものだろう。幸運それとも不運？　誰が知ろう……でも、今の私は、子供の時の清い心の、正直な眼差しから目を逸らせはしない。

　そろそろ戻る時間だ。カーチャは寒気を感じ、林に覆われた河岸通りを通って私たちは家路に着いた。町は静かで何だか神秘的だった。私たちはしばらく歩き、抱擁し、そして沈黙した。

　私はＮ市からの家出を思い出していた。町はあの時と同じように暗く静かだった。私とペーチカは、不幸で勇敢な小さな男の子、そして前途には恐ろしい未知の人生……私は涙が込み上げてきた。私はその喜びの涙を拭いもせず、思い切り泣いた。

エピローグ

野生の北極芥子《けし》の花が、その麓の岩の間から顔を出している高い岩壁からは、すばらしい眺望が開けている。岸辺からは遮るもののない鏡のような水面が広がり、その先は氷原が神秘的な深みの中に消えている、薄紫色の氷湖が見える。極地の大気の透明さは並のものではないだろう。静寂で広大な空間。孤独な墓の上空をたまに飛んでいくのは鷹だけだ。氷はぶつかり回転しながら、緩急織り交ぜて墓のそばを流れている。ほら、きらきら光る銀色の兜を被った巨人の頭が流れて来た。水中に消える緑色の毛深い髭や、ぺちゃんこの鼻、そして垂れ下がった灰色の眉毛の下の軽く閉じた目が、はっきり見分けられる。今度はすべり落ちる水が無数の鈴を鳴らせているような音を立てて、氷の家が近付いて来た。ほら、清潔なテーブルクロスの上に御馳走の並んだ巨大な祭日のテーブルが見える。流れていく、流れていく、果てしなくどこまでも！

エニセイ湾に入ってくる外洋船なら、遠くからこの墓が見える。外洋船は皆、半旗を掲げて墓のそばを通過し、大砲からは弔砲が轟き、木霊《こだま》が長く鳴り止むことなく響き渡る。墓は石灰岩で建てられ、沈まない北極の太陽の光を浴びて、目も眩むほどに輝いている。人の身の丈に次のような言葉が刻まれている。

《最も勇敢な旅を成し遂げ、セヴェルナヤ・ゼムリャ島を発見し、一九一五年六月、帰還の途上で亡くなったI・L・タターリノフ船長　ここに眠る

闘い、探し求め、見つけたらあきらめないこと》

一九三六―一九四四

訳者あとがき

ヴェニアミン・カヴェーリン（本名ヴェニアミン・アレクサンドロヴィチ・ジーリベル）は一九〇二年、ロシアの古都プスコフの音楽一家（父親は軍楽隊長、母親は貸しピアノ屋を経営）に生まれました。六人兄弟の末っ子でしたが、幼い時から文学好きの兄レフ（後に有名な微生物・免疫学者になる）の影響を受け、十六歳で兄と共にモスクワへ上京、モスクワ大学の文科に入学し、詩作に励みますが、マンデリシュタームやシクロフスキーらの厳しい評価のため詩を断念します。十八歳の時、ユーリー・トゥイニャーノフ（ロシア構造主義《フォルマリズム》の先駆者、カヴェーリンの姉の夫でもある）の助言で、ペトログラード大学に転校、同時に東洋語大学アラビア語科にも在籍します。一九一七年の革命直後の、未来派を始めとする急進的なロシア・アヴァンギャルドの芸術活動に沸くモスクワは、カヴェーリンの文学肌にはあまり馴染めなかったようです。ペトログラードでカヴェーリンは彼の文学創作スタイルに重要な契機をもたらす文学グループ「セラピオン兄弟」（ザミャーチンやシクロフスキーを理論的指導者として一九二〇年代初頭に形成される）に参加します。「セラピオン兄弟」の文学は、一九二〇年代のソビエト体制下では、「同伴者文学」（トロツキーが「文学と革命」の中で、この用語を使う）に分類され、社会主義革命を受け入れながらも、プロレタリア的世界観に完全に同調できない、主として知識人出身の作家の作品を指す言葉として用いられました。一九二三年、カヴェーリンの処女作『師匠たちと弟子たち』（沼野充義訳・月刊ペン社・一九八一年）が出版され、特異な幻想短編集として、マクシム・ゴーリキーの好意的な評価を得ます。しかし、一九三〇年代に入って、社会主義リアリズムが唯一の公認の芸術思潮とされるに至り、現実離れした幻想小説を書き続けることは厳しい批判の対象となり、やむなく題材を同時代のソビエト社会に求めることになります。『二人のキャプテン』（一九三六年～一九四四年）は、こうした時期のカヴェーリンの代表作です。一九六〇年代に入ると、カヴェーリンはソビエト文学の民主化に力を注ぎ、ブルガーコフの再評価、ソルジェニーツィンの擁護にあたったことは有名です。晩年も精力的に小説や文学的回想を発表したカヴェーリンは、一九八九年、モスクワで八十七歳で亡くなります。

ところで、二〇〇二年十月のモスクワ劇場占拠事件（チェチェン共和国の独立派武装勢力による観客人質事件）の時、テレビ映像で何度も流されたＨＯＰД　ОСＴ（ノルド・オスト）の大看板の文字を記憶されている読者は多いと思います。そして、それがロシア初のロングランの大ヒット・ミュージカルの題名だったことも。しかし、このミュージカルの原作が、実は『二人のキャプテン』であったことは、あまり日本では知られていません。ちなみにノルド・オストは北東を意味し、小説のタターリノフ船長が出航したアルハンゲリスクからこの方角にあるのが、彼の発見するセヴェルナヤ・ゼムリャ島なのです。『二人のキャプテン』は、一九七六年にはモスフィルム（モスクワ文芸映画製作所）で映画化され、ＤＶＤ（三巻）にも収録されています。勇壮なテーマ音楽が印象的な作品です。（もちろん、日本語字幕はありませんが）

カヴェーリンの長編小説『二人のキャプテン』が、これほど広範なロシア国民に愛読され、現在も熱い支持を得ている理由は何なのでしょう。作品が発表されたのは一九四四年、大祖国戦争末期のスターリン時代のソビエトです。平和な湖の静寂が一瞬にして破られる独ソ戦開戦の衝撃は、サーニャの手記（五九一頁）にも、カーチャの手記（五二三頁）にも、丁寧な心理描写に表現されています。ドイツ軍の電撃的侵攻と軍上層部の狼狽ぶりへの憤りと、退却、敗走する中で崩壊していく戦闘意識は、主人公サーニャの意識と表裏一体となって、当時の話を両親・祖父母から伝え聞いてきたロシア人たちに共感を呼び起します。銃後を守る無名の一般ロシア民衆の中で救助されたサーニャは、負傷から立ち直り、爆撃機の飛行士として、軍需物資運搬の生命線である北極の海でドイツ遊撃艇狩りの特殊任務に再び生命を賭けるのです。念願のタターリノフ船長の捜索隊派遣が直前で中止になり、農業飛行隊に配置替えになったり、戦争の真っ最中に、負傷のため病院で無為の時を過ごすという不遇な環境を乗り越えて、たくましく生きていく主人公――人間サーニャのこうした内面の葛藤に、ロシア人は我が身を投影しているのかも知れません。

孤児サーニャの成長を見守る三人の人物は、芝居の名脇役のように小説に渋い深みと説得力をつくり出しています。その筆頭は、イワン・パーブロヴィチ・コラブリョフ。ともすれば自分の運命に負けそうになるサーニャを励まし、的確なアドバイスを与えるこの人物は、いわば主人公サーニャそしてカーチャの精神的後見人といったところでしょう。次がイワン・イワニッチ医師。サーニャに北方（ザポリャーリエ、ポリャールヌイ）への眼を開かせ、タターリノフ船長遭難の謎解きの手助けとなり、そして何よりもカーチャとの再会を実現させることになります。三人目はもちろんニコライ・アントニッチ。屈折した過去をひたすら隠し、タターリノフ船長の妻と結婚するこの人物は、当初サーニャの学校の校長として絶大なる権力を行使し、サーニャの成長後も、自分を中傷し続けるサーニャに対して、あらゆる妨害工作をするものの、最終的にサーニャの正義が勝利するのです。人の良い情熱家でありながら、一方で謙虚で懐の深い包容力のある人物コラブリョフは、ロシア人の理想の典型なのでしょう。

『二人のキャプテン』は、サーニャとカーチャの青春恋愛小説の側面も持っています。幼時の唖体験、そして孤児として育ったサーニャは、自分の感情を素直に表現するのが苦手な青年、一方のカーチャはプライドの高い男勝《まさ》りの活発な女の子から、大学で地質学を専攻する教養豊かな娘へと成長します。N市を共通の故郷に持つ二人が、モスクワで偶然知り合い、デートをするようになった時、登場するのが恋敵《こいがたき》のロマショフ。彼はサーニャと違い、社交的で目的のためには手段を選ばない冷酷な人間です。久し振りにデートをしても、内向的でカーチャに「君に連絡するから」としか言えないサーニャにとってロマショフの存在は、自らのカーチャへの愛を鍛え、カーチャも徐々にサーニャに心を開いていきます。二人の間には、カーチャの父でもあるタターリノフ船長の遭難の原因をニコライ・アントニッチだと主張し、生涯かけてそれを証明しようとするサーニャと、それを認めたくないカーチャの気持ちが交錯します。そして、極地の飛行士となったサーニャが遂にタターリノフ船長の終焉の地を発見、そこに残された手紙から、ニコライ・アントニッチの意図的な犯行を暴くに至るのです。

〝闘い、探し求め、見つけたらあきらめない〟――小説に繰り返される標語《モットー》の出典は、英国の詩人アルフレッド・テニスン（一八〇九年～一八九二年）の詩ユリシーズです。（原文 To strive, to seek, to find, and not to yield.）一九一二年、南極点到達の帰途遭難した英国の探検家ロバート・スコット（一八六八年～一九一二年）たちの記念碑にも、この標語が刻まれているそうです。

カヴェーリンはこの小説――極地の飛行士となった主人公が、北極探検で遭難した船長の謎を追う物語――のモチーフを得た二人の人物について、次の様に語っています。一人は、一九三〇年代半ばにレニングラードで出会った若い遺伝学者ミハイル・ロバショフ――頑固なまでの正直さを持った目標意識に燃える情熱家で、子供時代は唖で、孤児の放浪生活を続け、その後大学に入り学者になる――そして、もう一人は、戦闘機乗組員サムイル・クレバノフ――飛行技術の秘密を著者に語り、一九四三年勇敢な死を遂げる――です。主人公のサーニャは、こうした実在の人間の性格を余すところなく吸収した人物として描かれているのです。小説の影の主役であるタターリノフ船長と、帆船〝聖マリヤ号〟のモデルにもカヴェーリンは言及しています。三人のロシア人極地探検家――ゲオルギー・セドフ船長（一八七七年〜一九一四年）、ゲオルギー・ブルシーロフ（一八八四年〜一九一四年?）、それにウラジミール・ルサノフ（一八七五年〜一九一三年?）です。セドフ船長は、帆船〝聖フォーカ号〟で一九一二年アルハンゲリスクを出港、一九一四年、犬橇で北極点を目指しますが、壊血病のためルドルフ島目前で遭難します。小説ではタターリノフ船長の風貌・性格をこのセドフ船長に求めています。ブルシーロフの帆船〝聖アンナ号〟は、小説の帆船〝聖マリヤ号〟の航路と航行期間に再現されています。ルサノフは、やはり一九一二年、帆船〝ヘルクレス号〟でシュピッツベルゲン島の資源調査の後消息を絶ちますが、この時のルサノフの捜索がタターリノフ船長の捜索モデルとなっています。なお、セドフ船長の〝聖フォーカ号〟は、帰還の途中、ブルシーロフの探検隊の二名の生存者を救出していますが、小説のクリモフ航海士が救出されるのも、同じ〝聖フォーカ号〟という設定なのです。

翻訳の底本には、"ДВА КАПИТАНА (Молодая Гвардия, Москва, 1951)" サブテキストには新版本 "ДВА КАПИТАНА (Издательство АСТ, Москва, 2003)" を使用しました。一九五〇年代の当局の検閲を意識した宗教的表現あるいはその名残《なごり》には、〔訳注〕を入れてありますが、それよりも興味深かったのは、二〇〇三年の新版本で削除されている箇所の内容でした。それは、革命を知らない若い青少年世代に配慮したと思われる露骨で具体的な戦争描写（これも当時は社会主義リアリズムに忠実な表現だったのでしょうか）や、カヴェーリン特有の主観的・幻想的表現、あるいは唯一スターリンの名前が挙げられた箇所（七三二頁）、さらにはサーニャが共産党員に推薦される場面の詳細記述などです。これらの削除という名の出版社による自主検閲から、現代ロシア社会の、過去の戦争・革命に対する微妙なスタンスを垣間見る思いがするのです。ヴィシミルスキーが革命後の要注意人物として屋敷を接収されるくだりは、新版本では〝やがて革命が始まると〟の部分が削除され、一部屋の質素な生活を強いられるまでが何かベールに包まれたように、あっさりと触れられているのに対し、底本の方では、屋敷が三部屋になりさらに一部屋になりと、生々しいヴィシミルスキーの告白の裏に、ブルジョワ層の広い屋敷を取り上げるのは当然だった、革命直後の当時の雰囲気が感じられます。〝ソビエト政権〟という言葉も、小文字で表記して何ら違和感のない現代ロシア社会——ソビエト時代を知らないロシア人が二十歳を越えた今日、革命は、はるか遠くなりにけりです。

訳者が本書の翻訳を始めるに至った経緯は、全くの軽率ともいうべき私の一言からでした。ロシア人の浜野アーラ先生（現在東京外語大学ロシア語講師、在日二十六年、専攻はロシア美術史）の個人レッスンを受け始めた頃、先生の愛読書である本書の話を聞き、「私にそれを翻訳させて下さい」と申し出て、それ以来八年間、週一回のレッスンが始まるのです。私がロシア語を独習し、少しでも本物のロシア人の気持ちに近付きたくて、ウォッカを飲み始めたのが一九九八年。それから五年後、ネイティブのロシア人のレッスンを受けたいと思っていた矢先の、アーラ先生および本書との出会い。無謀とも思える翻訳は、ここからスタートするのです。

翻訳者の宿命として痛感するのは、訳者のその作品に対する理解の範囲でしか、作品の持つ世界の広がりと内容の深さは再現できないということです。字面だけを置き換えた日本語をいくら読み直してもさっぱり意味がとれず、〝これはどういう意味？〟〝何を言いたいのか？〟の質問を、くどくどと先生にぶつける日々が延々と続くのです。文化も歴史背景も全く異なる民族間の、いたしかたないギャップの部分は、訳者の納得できる範囲でことばを添えたり、〔訳注〕で補足して理解の手助けとしました。そしてさらに踏み込んで、ロシア人なら、このことばにどういう思いを持つかの視点からの〔訳注〕を入れることで、著者の意図をより深く再現することに心掛けたつもりです。

さらに、この小説全編の中に散見される創作的・文学的誤差ともいうべきものに触れておきます。タタ—リノフ船長のセヴェルナヤ・ゼムリャ島発見に際しての緯度・経度ですが、地図で分かるように、かなりの誤差が見られます（特に経度)。船長本人が航海用クロノメーターの誤差に言及している箇所もありますが、それよりもこれをどう解釈するかです。アーラ先生の結論としては、これはあくまでフィクションの小説の中の、文学的な誤差であるということになりました。タターリノフ船長のテント跡からアルミ鍋が発見されたり(一九〇〇年代初頭に?)、ポリヤールヌイとほぼ同緯度(北緯六九度)のザポリヤーリエが、一年のうち半分が白夜(?)という話、さらに、そのザポリヤーリエ産のおいしいワイン(?)にも、やや首を傾げるところですが、そこは万事おおらかでアバウトなロシア人気質に免じてそっとしておきましょう。

最後に翻訳当初から長期間にわたって文字組版を担当し、厳しい禁則処理の組版ルールと訳者からの注文に辛抱強く応えてくれた仕事仲間でもある鈴木写植の鈴木英夫氏、大部の拙稿に丹念に目を通し、文章表現の的確なアドバイスを数多く頂いた編集長の佐藤聡氏に、ここで心からお礼を申し上げておきます。

二〇一二年三月　入谷　郷

編集部註／本文中に差別用語として使用を憚られる表現がありますが、作品の意図を尊重し、文学性を損なわないようにとの配慮から、敢えてそのままの表現にしてあります。

二人《ふたり》のキャプテン

2012年5月5日　第1刷発行

著　者 —— ヴァニアミン・カヴェーリン
訳　者 —— 入谷《いりや》 郷《ごう》
発行者 —— 佐藤　聡
発行所 —— 株式会社 郁朋社《いくほうしゃ》

〒101-0061　東京都千代田区三崎町 2-20-4
電　話　03（3234）8923（代表）
ＦＡＸ　03（3234）3948
振　替　00160-5-100328

印刷・製本 —— 日本ハイコム株式会社

落丁、乱丁本はお取り替え致します。

郁朋社ホームページアドレス　http://www.ikuhousha.com
この本に関するご意見・ご感想をメールでお寄せいただく際は、
comment@ikuhousha.com までお願い致します。

ISBN 978-4-87302-519-3 C0097